O SEGREDO FINAL

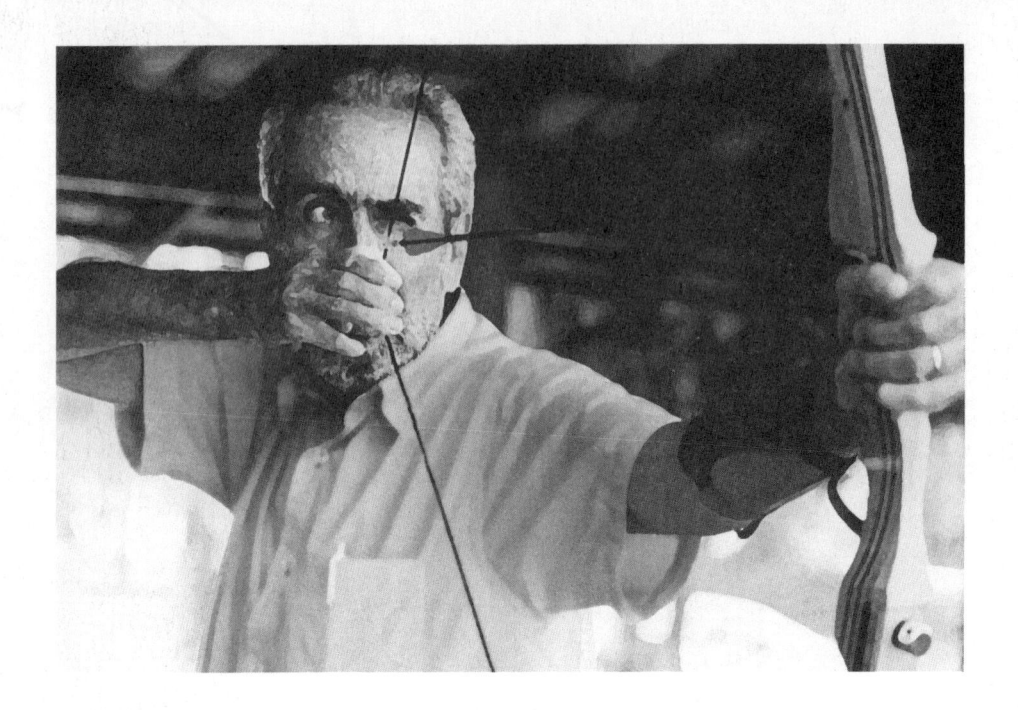

O Arqueiro

GERALDO JORDÃO PEREIRA (1938-2008) começou sua carreira aos 17 anos, quando foi trabalhar com seu pai, o célebre editor José Olympio, publicando obras marcantes como *O menino do dedo verde*, de Maurice Druon, e *Minha vida*, de Charles Chaplin.

Em 1976, fundou a Editora Salamandra com o propósito de formar uma nova geração de leitores e acabou criando um dos catálogos infantis mais premiados do Brasil. Em 1992, fugindo de sua linha editorial, lançou *Muitas vidas, muitos mestres*, de Brian Weiss, livro que deu origem à Editora Sextante.

Fã de histórias de suspense, Geraldo descobriu *O Código Da Vinci* antes mesmo de ele ser lançado nos Estados Unidos. A aposta em ficção, que não era o foco da Sextante, foi certeira: o título se transformou em um dos maiores fenômenos editoriais de todos os tempos.

Mas não foi só aos livros que se dedicou. Com seu desejo de ajudar o próximo, Geraldo desenvolveu diversos projetos sociais que se tornaram sua grande paixão.

Com a missão de publicar histórias empolgantes, tornar os livros cada vez mais acessíveis e despertar o amor pela leitura, a Editora Arqueiro é uma homenagem a esta figura extraordinária, capaz de enxergar mais além, mirar nas coisas verdadeiramente importantes e não perder o idealismo e a esperança diante dos desafios e contratempos da vida.

DAN BROWN

O SEGREDO FINAL

Traduzido por Fernanda Abreu

ARQUEIRO

Título original: *The Secret of Secrets*
Copyright © 2025 por Dan Brown
Copyright da tradução © 2025 por Editora Arqueiro Ltda.

Todos os direitos reservados. Nenhuma parte deste livro pode ser utilizada ou reproduzida sob quaisquer meios existentes sem autorização por escrito dos editores.

Este livro é uma obra de ficção. Nomes, personagens, empresas, organizações, lugares, acontecimentos e incidentes são todos produtos da imaginação do autor ou foram usados de modo ficcional. Qualquer semelhança com pessoas reais, vivas ou mortas, acontecimentos ou lugares é mera coincidência.

coordenação editorial: Taís Monteiro

produção editorial: Ana Sarah Maciel

preparo de originais: Ângelo Lessa

revisão: Hermínia Totti e Taís Monteiro

diagramação e adaptação de capa: Ana Paula Daudt Brandão

capa: Will Staehle | Unusual Co

impressão e acabamento: Associação Religiosa Imprensa da Fé

CIP-BRASIL. CATALOGAÇÃO NA PUBLICAÇÃO
SINDICATO NACIONAL DOS EDITORES DE LIVROS, RJ

B897s

    Brown, Dan, 1964-
        O segredo final / Dan Brown ; tradução Fernanda Abreu. - 1. ed. - São Paulo : Arqueiro, 2025.
        560 p. ; 23 cm.

    Tradução de: The secret of secrets
    ISBN 978-65-5565-839-2

    1. Ficção americana. I. Abreu, Fernanda. II. Título.

25-98897.0   CDD: 813
                 CDU: 82-3(73)

Meri Gleice Rodrigues de Souza - Bibliotecária - CRB-7/6439

Todos os direitos reservados, no Brasil, por
Editora Arqueiro Ltda.
Rua Artur de Azevedo, 1.767 – Conj. 177 – Pinheiros
05404-014 – São Paulo – SP
Tel.: (11) 2894-4987
E-mail: atendimento@editoraarqueiro.com.br
www.editoraarqueiro.com.br

Para meu editor e melhor
amigo, Jason Kaufman,
sem o qual escrever
esses romances teria sido
quase impossível...
e bem menos divertido.

*No dia em que começar a estudar os
fenômenos não físicos,
a ciência avançará mais em uma década
do que em todos os séculos anteriores.*
— Nikola Tesla

FATO

As obras de arte, os artefatos, os símbolos e os documentos citados neste romance são todos reais.

Os experimentos, as tecnologias e os resultados científicos são todos fiéis à realidade.

Todas as organizações mencionadas existem de verdade.

para o Aeroporto Václav Havel

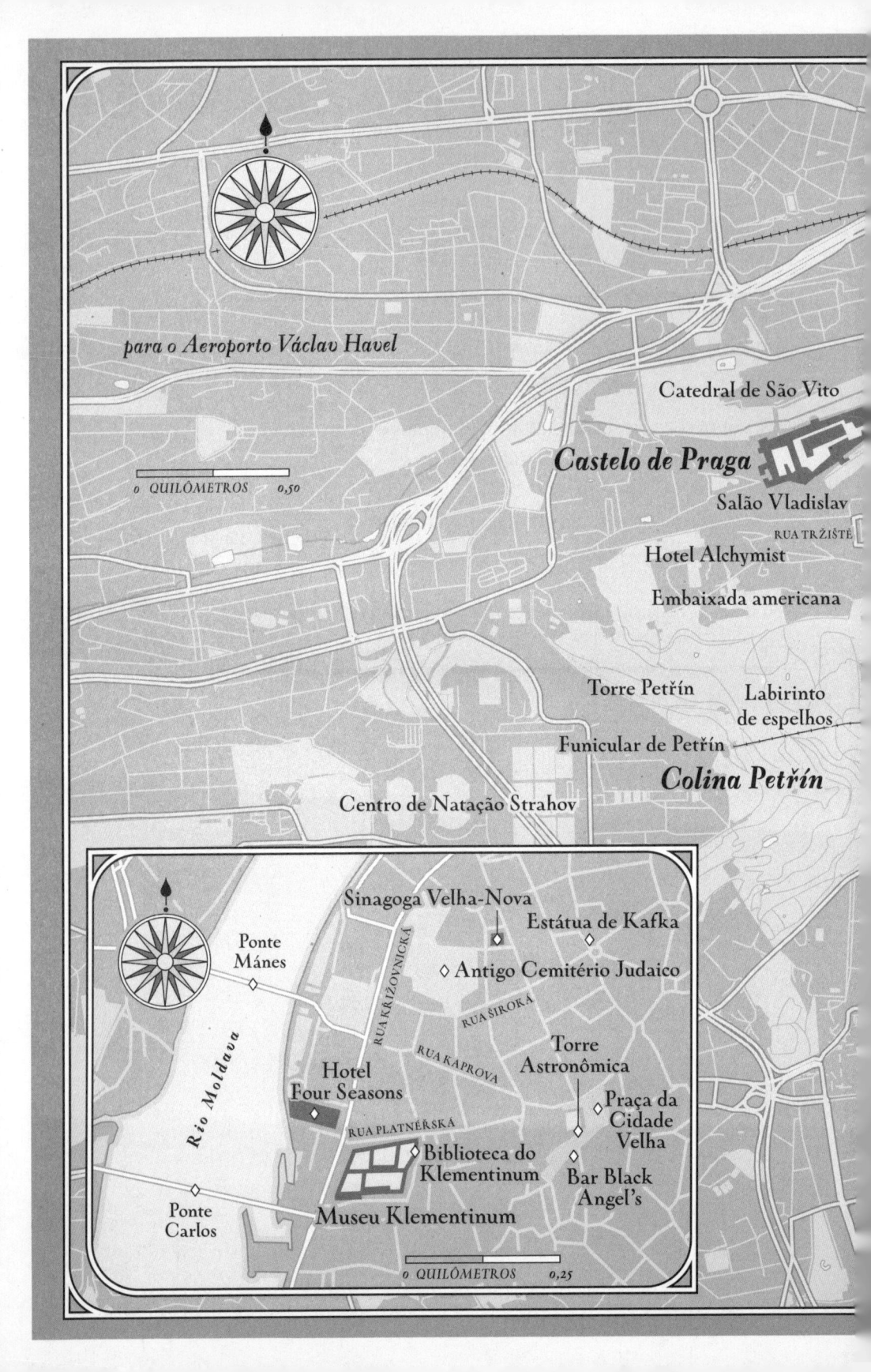

0 QUILÔMETROS 0,50

Catedral de São Vito

Castelo de Praga

Salão Vladislav

RUA TRŽIŠTĚ

Hotel Alchymist

Embaixada americana

Torre Petřín

Labirinto de espelhos

Funicular de Petřín

Colina Petřín

Centro de Natação Strahov

Sinagoga Velha-Nova

Ponte Mánes

Estátua de Kafka

Antigo Cemitério Judaico

RUA KŘIŽOVNICKÁ

RUA ŠIROKÁ

RUA KAPROVA

Torre Astronômica

Rio Moldava

Hotel Four Seasons

RUA PLATNÉŘSKÁ

Praça da Cidade Velha

Biblioteca do Klementinum

Bar Black Angel's

Ponte Carlos

Museu Klementinum

0 QUILÔMETROS 0,25

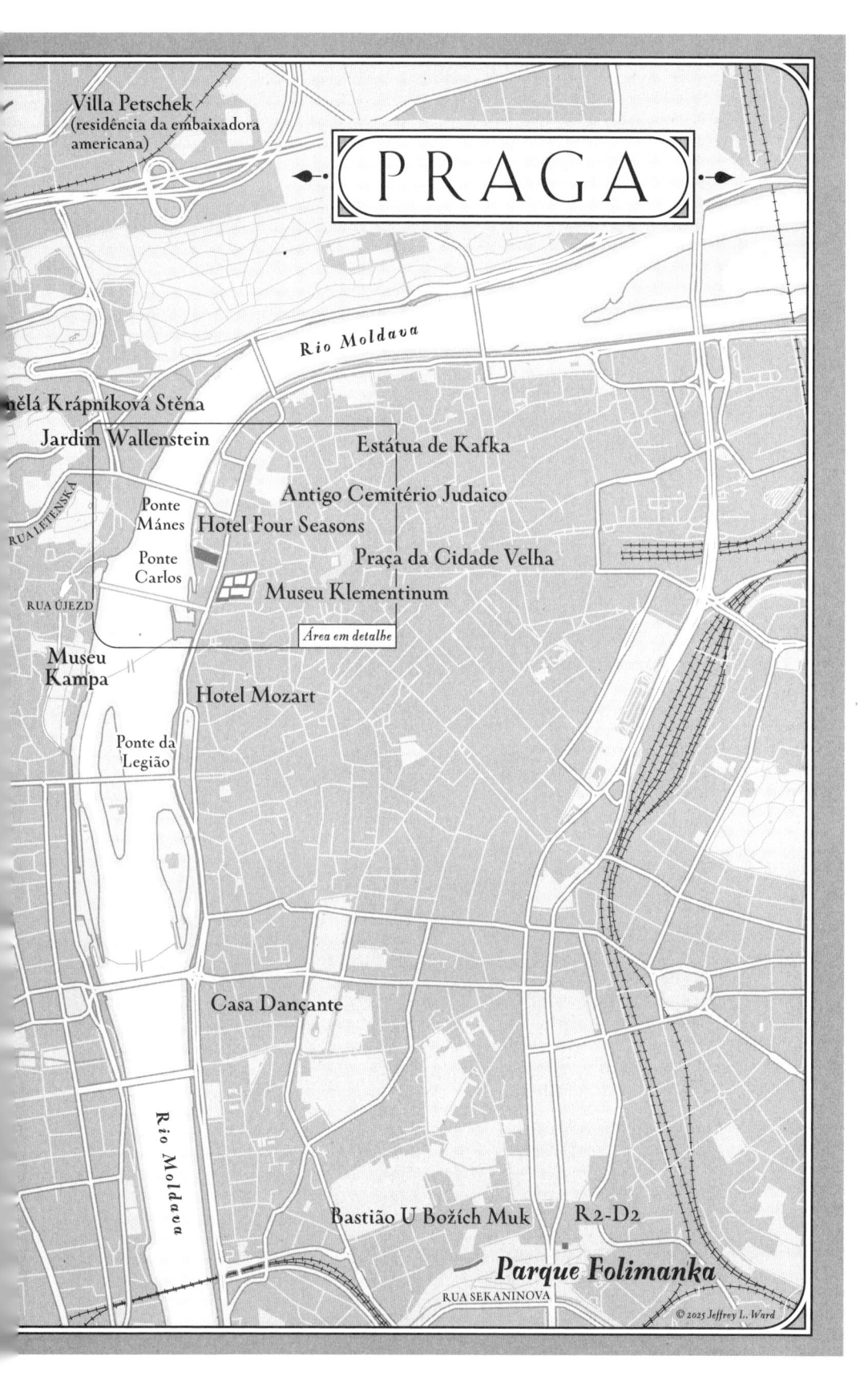

PRAGA

Villa Petschek (residência da embaixadora americana)

Rio Moldava

ěnělá Krápníková Stěna

Jardim Wallenstein

Estátua de Kafka

Antigo Cemitério Judaico

RUA LETENSKÁ

Ponte Mánes

Hotel Four Seasons

Ponte Carlos

Praça da Cidade Velha

RUA ÚJEZD

Museu Klementinum

Área em detalhe

Museu Kampa

Hotel Mozart

Ponte da Legião

Casa Dançante

Rio Moldava

Bastião U Božích Muk

R2-D2

Parque Folimanka

RUA SEKANINOVA

© 2025 Jeffrey L. Ward

Prólogo

Eu devo ter morrido, pensou a mulher.

Estava flutuando bem alto, acima dos pináculos da Cidade Velha. Lá embaixo, as torres iluminadas da catedral de São Vito brilhavam em meio a um mar de luzes piscando. Com os olhos – se é que a mulher ainda os tinha –, ela foi descendo a suave encosta da colina onde ficava o Castelo de Praga até o coração da capital da Boêmia, seguindo o labirinto de ruas sinuosas agora coberto por um manto de neve fresca.

Praga.

Desorientada, esforçou-se para entender o que estava acontecendo.

Eu sou uma neurocientista, garantiu a si mesma. *Estou em pleno gozo das minhas faculdades mentais.*

Concluiu que a segunda afirmação era questionável.

A única certeza da Dra. Brigita Gessner no momento era de estar suspensa acima da sua cidade natal. Seu corpo não estava ali. Ela estava desprovida de massa e de forma. Apesar disso, o que restava dela, seu *verdadeiro* eu – sua essência, sua consciência –, parecia razoavelmente intacto e alerta, pairando vagarosamente em direção ao rio Moldava.

Gessner não conseguia se recordar de nada de seu passado recente, exceto a tênue lembrança de dor física, mas agora tinha a sensação de que seu corpo era apenas a atmosfera em que flutuava. Era diferente de tudo que já havia sentido. Contrariando o próprio instinto intelectual, ela só conseguia encontrar uma explicação para aquilo.

Eu morri. Isto aqui é a vida após a morte.

No exato instante em que a ideia se materializou, Gessner a rejeitou, considerando-a absurda.

A vida após a morte é uma ilusão coletiva, criada para tornar nossa vida real suportável.

Como médica, Gessner conhecia a morte de perto e sabia de seu caráter definitivo. Quando ainda era estudante de medicina, ao dissecar cérebros humanos, entendeu que todos os atributos pessoais que fazem de nós quem somos – as esperanças, os medos, os sonhos, as lembranças – não passam de componentes químicos mantidos em suspensão por descargas elétricas dentro do cérebro. Quando a pessoa morre, a fonte de energia do cérebro é cortada, e todas essas substâncias químicas simplesmente se dissolvem até virar uma poça de líquido sem significado algum, apagando todos os vestígios de quem essa pessoa foi um dia.

Quando a pessoa morre, ela morre.
Ponto final.

Agora, porém, pairando sobre os jardins simétricos do Palácio Wallenstein, ela se sentia extremamente viva. Via a neve cair à sua volta – ou seria *através* dela? – e, por mais estranho que parecesse, não sentia frio algum. Era como se sua mente estivesse apenas flutuando no espaço, com todo o raciocínio e toda a lógica intactos.

Eu tenho função cerebral, falou para si mesma. *Então, devo estar viva.*

A única conclusão à qual Gessner conseguia chegar era de que estava tendo o que a literatura médica denominava EFC, uma experiência fora do corpo: uma alucinação que ocorre quando pacientes gravemente feridos são ressuscitados após a constatação da morte clínica.

A EFC se dá quase sempre da mesma maneira: a pessoa tem a percepção de que a mente está temporariamente separada do corpo físico, que flutua em pleno ar, suspenso, sem forma. Apesar de parecer uma experiência real, a EFC é fruto da imaginação, em geral desencadeada pelos efeitos do estresse extremo e da falta de oxigenação no cérebro, por vezes aliados a algum anestésico usado nos atendimentos emergenciais – por exemplo, a cetamina.

As imagens que estou vendo são alucinações, garantiu Gessner a si mesma ao fitar lá embaixo o rio Moldava serpeando pela cidade. *Mas, se isso é uma EFC, então eu devo estar morrendo.*

Surpresa com a própria calma, Gessner tentou lembrar o que tinha lhe acontecido.

Eu sou uma mulher saudável de 49 anos. Por que estaria morrendo?

Num clarão ofuscante, uma lembrança assustadora se materializou em sua consciência, e ela então compreendeu onde seu corpo físico jazia naquele exato instante – e o mais apavorante: o que estava sendo feito com ela.

Gessner estava deitada de costas, presa a uma máquina que ela própria havia criado. Acima dela, um monstro, uma criatura que mais parecia uma espécie de homem primordial surgido das entranhas da terra. Sua cabeça estava toda coberta por uma grossa camada de barro imundo, repleto de rachaduras e irregular como a superfície da Lua. Por trás da máscara de barro, apenas os olhos cheios de ódio eram visíveis. Três letras num idioma antigo estavam entalhadas de modo grosseiro em sua testa.

– Por que está fazendo isso? – gritou Gessner, em pânico. – Quem é você? *O que é você?*

– Eu sou o protetor dela – respondeu o monstro com uma voz oca, e um leve sotaque eslavo. – Ela confiou em você, e você a traiu.

– Ela quem? – exigiu saber Gessner.

O monstro disse um nome de mulher, e Gessner sentiu uma pontada de pânico. *Como é possível ele saber o que eu fiz?*

Um peso gelado se materializou nos braços de Gessner, e ela se deu conta de que o monstro havia iniciado o processo. Um segundo depois, sentiu no braço esquerdo uma pontada insuportável de dor, que foi se espalhando pela veia cubital mediana e avançou em direção ao ombro com garras de aço.

– Pare, por favor – arquejou ela.

– Conte-me tudo – exigiu ele, enquanto a sensação lancinante chegava à axila de Gessner.

– Eu conto! – concordou ela, fora de si, e o monstro pausou a máquina.

A dor no ombro cessou de imediato, embora a queimação tenha perdurado.

Tomada pelo terror, Gessner se pôs a falar freneticamente por entre os dentes, revelando os segredos que havia jurado guardar. Foi respondendo às perguntas que ele fazia, revelando, assim, a perturbadora verdade em relação ao que ela e seus colegas tinham criado bem fundo debaixo da cidade de Praga.

O monstro a encarou de cima, por trás da grossa máscara de barro, os olhos frios cintilando de compreensão... e raiva.

– Vocês construíram um circo dos horrores subterrâneo – sussurrou ele. – Merecem todos morrer.

Sem hesitar, religou a máquina e se encaminhou para a porta.

– Não! – guinchou ela quando a agonia voltou a dominá-la, passando pelo ombro e chegando ao peito. – Por favor, não vá embora. Isto vai me matar!

– Vai – respondeu ele por cima do ombro. – Mas a morte não é o fim. Eu já morri muitas vezes.

Em seguida o monstro evaporou, e Gessner de repente se viu flutuando outra vez. Tentou suplicar por clemência, mas sua voz foi calada por um trovão ensurdecedor quando o céu acima dela pareceu rachar ao meio. Ela se sentiu agarrada por uma força invisível, uma espécie de gravidade invertida, que começou a erguê-la cada vez mais alto, a arrastá-la para cima.

Por anos a Dra. Brigita Gessner havia zombado das histórias de seus pacientes que diziam ter voltado das raias da morte. Agora se pegou rezando para ser uma das raras almas que haviam chegado à beira do abismo, encarado o vazio e de alguma forma se afastado do precipício.

Eu não posso morrer. Preciso avisar os outros!

Mas ela sabia que era tarde.

Essa vida tinha chegado ao fim.

CAPÍTULO 1

Robert Langdon acordou com toda a tranquilidade, apreciando as notas suaves da música clássica do alarme do seu celular sobre a mesinha de cabeceira. A *Atmosfera da manhã* de Grieg provavelmente era uma escolha óbvia, mas ele sempre considerara aqueles os quatro minutos de música perfeitos para iniciar o dia. Conforme os instrumentos de sopro iam ganhando força, Langdon saboreava a incerteza de não conseguir recordar exatamente onde estava.

Ah, sim, lembrou, sorrindo para si mesmo. *A Cidade dos Cem Pináculos.*

Na penumbra, examinou a imensa janela em arco do quarto, ladeada por uma cômoda antiga em estilo eduardiano e por uma luminária de alabastro. O tapete felpudo fabricado em tear manual seguia coalhado com as pétalas de rosas deixadas pelo serviço de quarto da noite anterior.

Langdon havia chegado a Praga fazia três dias e, assim como em suas visitas anteriores, estava hospedado no hotel Four Seasons. Quando o gerente insistira para dar um upgrade na sua reserva e colocá-lo na Suíte Real de três quartos, Langdon se perguntou se era devido à sua lealdade à marca ou, o mais provável, à importância da mulher com quem estava viajando.

– Nossos hóspedes mais célebres merecem nossa acomodação mais célebre – insistira o gerente.

A suíte era composta por três quartos de dormir separados, todos com banheiro próprio, uma sala de estar, uma sala de jantar, um piano de cauda e um janelão central enfeitado com um opulento arranjo de tulipas vermelhas, brancas e azuis, presente de boas-vindas da embaixada dos Estados Unidos. No quarto de vestir privativo, Langdon encontrou um par de pantufas de lã penteada com o monograma *RL*.

Algo me diz que não é Ralph Lauren, pensou, impressionado com o toque de personalização.

Enquanto se entregava ao conforto da cama ouvindo a música do despertador, Langdon sentiu o toque delicado de uma mão em seu ombro.

– Robert... – sussurrou uma voz suave.

Langdon rolou para o outro lado e sentiu o coração acelerar. Ali estava ela, sorrindo para ele, os olhos acinzentados ainda meio adormecidos, o cabelo preto comprido bagunçado sobre os ombros.

– Bom dia, lindeza – respondeu ele.

Ela estendeu a mão para lhe acariciar o rosto, com a fragrância de Balade Sauvage ainda no pulso.

Langdon admirou a elegância dos traços da mulher. Quatro anos mais velha que ele, ela estava cada vez mais deslumbrante: as linhas de expressão cada vez mais marcadas, os poucos fios brancos no cabelo escuro, os olhos vivazes e a inteligência fascinante.

Langdon conhecia aquela mulher notável desde a época de Princeton, onde ela era uma jovem professora assistente enquanto ele fazia graduação. Sua paixonite secreta de estudante havia passado despercebida ou não fora correspondida, mas desde então os dois cultivaram uma amizade platônica com um toque de flerte. Mesmo depois de a carreira profissional dela alcançar a estratosfera e de Langdon virar um professor universitário de renome mundial, os dois mantiveram um contato casual.

Timing é tudo, pensou Langdon, ainda maravilhado com a forma como os dois haviam se apaixonado durante aquela viagem espontânea a trabalho.

Enquanto *Atmosfera da manhã* subia num crescendo, ele a puxou para perto com um braço forte, e ela se aninhou junto a seu peito.

– Dormiu bem? – sussurrou ele. – Não teve mais nenhum pesadelo?

Ela fez que não com a cabeça e suspirou.

– Que vergonha. Foi horrível.

Naquela noite, ela acordara apavorada ao ter um pesadelo especialmente vívido, e Langdon passara quase uma hora reconfortando-a, até que ela conseguisse voltar a dormir. Langdon garantiu-lhe que o pesadelo tão intenso tinha sido causado pela fatídica saideira de absinto da Boêmia, bebida que, para ele, deveria ser servida sempre acompanhada por um alerta: *Muito apreciada na Belle Époque por suas propriedades alucinógenas.*

– Absinto nunca mais – garantiu ela.

Langdon esticou o braço e desligou a música.

– Feche os olhos. Eu volto a tempo do café da manhã.

– Fique aqui comigo – provocou ela, segurando-o. – Você pode passar *um dia* sem nadar.

– Só se você quiser que eu deixe de ser esse garotão de corpo enxuto – retrucou ele, sentando-se na cama com um sorriso travesso.

Todas as manhãs, Langdon corria 3 quilômetros até o Centro de Natação Strahov.

– Está escuro lá fora – insistiu ela. – Não dá para nadar aqui?
– Na piscina do *hotel*?
– Por que não? A água daqui é igual à de lá.
– A piscina daqui é minúscula. Com duas braçadas eu chego na borda.
– Daria para fazer uma piada com essa sua frase, Robert, mas vou ser gentil.
Langdon sorriu.
– Engraçadinha. Volte a dormir, a gente se encontra no café.
Ela fez beicinho, jogou um travesseiro nele e rolou para o outro lado.
Langdon vestiu seu conjunto de moletom de Harvard e se encaminhou para a porta, decidindo usar a escadaria privativa em vez do elevador diminuto da suíte.
No térreo, percorreu rapidamente o corredor elegante que ligava o anexo barroco do hotel, situado na beira do rio, ao lobby do edifício. No caminho, passou por uma vitrine intitulada ACONTECENDO AGORA EM PRAGA, onde uma série de cartazes emoldurados anunciava os shows, passeios e palestras da semana.
O cartaz central em papel couché o fez sorrir.

O CICLO DE PALESTRAS DA UNIVERSIDADE CARLOS
RECEBE NO CASTELO DE PRAGA
A CIENTISTA NOÉTICA MUNDIALMENTE ACLAMADA
DRA. KATHERINE SOLOMON

Bom dia, lindeza, pensou ele, admirando a foto do rosto da mulher que acabara de beijar lá em cima.

A palestra de Katherine na noite anterior lotara, com direito a espectadores em pé, o que era um feito, considerando que o evento acontecera no lendário Salão Vladislav do Castelo de Praga: um recinto cavernoso, com o teto abobadado, que durante o Renascimento foi usado para sediar torneios de justa com cavaleiros e cavalos paramentados da cabeça aos pés.

O ciclo de palestras era um dos mais respeitados da Europa, atraindo sempre palestrantes de renome e plateias entusiasmadas do mundo todo. A noite anterior não tinha sido exceção, e o salão abarrotado irrompeu em aplausos quando Katherine foi apresentada.

– Obrigada a todos – disse ela, entrando no palco com calma e confiança. Estava vestida com um suéter branco de cashmere e uma calça de grife que lhe caíam à perfeição. – Eu gostaria de começar hoje respondendo à pergunta que ouço quase todos os dias. – Ela sorriu e tirou o microfone do pedestal. – "*Ciência noética*? Que diabo é isso?"

Uma onda de risos percorreu o salão.

– Resumindo – começou Katherine –, ciência noética é o estudo da *consciência humana*. Ao contrário do que muitos acreditam, as pesquisas sobre a consciência não são uma ciência nova. Na verdade, elas constituem a ciência mais antiga do mundo. Desde a aurora dos tempos, nós buscamos resposta para os mistérios persistentes da mente humana... a natureza da consciência e da alma. E durante séculos exploramos essas questões principalmente através da lente da *religião*.

Katherine desceu do palco e avançou até a primeira fila de espectadores.

– E, por falar em religião, senhoras e senhores, não pude deixar de reparar que temos aqui na plateia hoje um estudioso de simbologia religiosa de renome mundial: o professor Robert Langdon.

Langdon ouviu murmúrios de animação na plateia. *O que ela está aprontando?*

– Professor – continuou ela, colocando-se diante dele e sorrindo. – Será que nós poderíamos nos valer por alguns instantes da sua experiência? Pode se levantar, por gentileza?

Langdon educadamente se levantou e dirigiu a ela um discreto sorriso do tipo *você me paga por isso*.

– Me tire uma dúvida: qual é o símbolo religioso mais comum do mundo?

A resposta era simples, e das duas uma: ou Katherine tinha lido o artigo de Langdon sobre o tema e sabia o que estava por vir, ou estava prestes a ter uma grande decepção.

Langdon aceitou o microfone e virou-se para o mar de rostos atentos sob a iluminação fraca dos lustres suspensos em correntes de ferro antiquíssimas.

– Boa noite a todos – falou, a voz de barítono saindo pelas caixas de som. – E obrigado à Dra. Solomon por ter me posto na berlinda sem qualquer aviso prévio.

A plateia bateu palmas, achando graça.

– Certo – disse ele. – O símbolo religioso mais comum do mundo é... alguém tem um palpite?

Algumas mãos se levantaram.

– Excelente – disse Langdon. – Algum palpite que *não seja* o crucifixo?

Todas as mãos se abaixaram, sem exceção.

Langdon deu uma risadinha.

– É verdade que o crucifixo é um símbolo extremamente comum, mas ele é especificamente *cristão*. Mas existe um símbolo *universal*, presente em obras de arte de todas as religiões da história.

Os espectadores se entreolharam, intrigados.

– Todos vocês já o viram muitas vezes – insistiu Langdon, dando uma dica.

– Na estela de Ra-Horakhty egípcia, talvez. – Ele fez uma pausa. – Quem sabe na estupa budista de Canisca? Ou no célebre Cristo Pantocrator?

Silêncio. Olhares vazios.

Caramba, pensou Langdon. *Esta com certeza é uma plateia de ciência.*

– Esse símbolo também aparece em centenas das mais famosas pinturas renascentistas: na segunda versão da *Virgem dos Rochedos* de Leonardo da Vinci, na *Anunciação* de Fra Angelico, na *Lamentação* de Giotto, na *Tentação de Cristo* de Ticiano e em inúmeras outras representações da Virgem Maria com o Menino Jesus.

Ainda nada.

– O símbolo ao qual estou me referindo – disse ele – é o *halo*.

Katherine sorriu, parecendo saber que essa era a resposta.

– O halo – prosseguiu Langdon – é aquele disco de luz na cabeça de um ser iluminado. Na Cristandade, ele existe acima de Jesus, de Maria e dos santos. Voltando um pouco mais no tempo, um disco solar pairava sobre a cabeça do antigo deus egípcio Rá, e nas religiões orientais um nimbo aparecia acima do Buda e das divindades hindus.

– Maravilha, professor, obrigada – disse Katherine, estendendo a mão para pegar o microfone, mas Langdon a ignorou e, de um jeito brincalhão, virou-se de lado para ela: uma pequena revanche.

Nunca faça a um historiador uma pergunta para a qual não queira uma resposta completa.

– Devo acrescentar ainda – disse Langdon enquanto a plateia ria, satisfeita – que os halos podem ter vários formatos, tamanhos e representações artísticas. Alguns são discos dourados de cor sólida, outros são translúcidos, e outros podem ser até quadrados. Segundo as antigas escrituras judaicas, na cabeça de Moisés há um *hila*: o termo hebraico que significa "halo" ou "emanação de luz". Determinadas formas especiais de halo projetam raios de luz, como riscos resplandecentes que irradiam em todas as direções.

Langdon tornou a se virar para Katherine com um sorriso travesso.

– Por acaso a Dra. Solomon sabe como se chama esse tipo de halo? – perguntou ele, inclinando o microfone na direção dela.

– Uma coroa de raios – respondeu Katherine, sem hesitar.

Alguém andou estudando.

Langdon levou o microfone de volta à boca.

– Sim, a coroa de raios é um símbolo de significado especial. Ao longo da história aparece adornando a cabeça de Hórus, Hélios, Ptolomeu, César e até mesmo do imponente Colosso de Rodes.

Langdon abriu um sorriso conspiratório na direção do público.

– Pouca gente se dá conta, mas o objeto mais fotografado de Nova York é uma coroa de raios.

Os presentes fizeram cara de confusão, inclusive Katherine.

– Alguém tem um palpite? – indagou ele. – Nenhum de vocês nunca fotografou a coroa de raios suspensa a uns 100 metros do porto de Nova York?

Ele aguardou enquanto o murmúrio crescia na plateia.

– A Estátua da Liberdade! – gritou alguém.

– Exato – disse Langdon. – A Estátua da Liberdade tem uma coroa de raios, um halo antigo: o emblema universal usado ao longo da história para identificar indivíduos especiais que acreditamos serem dotados de iluminação divina ou de um estado avançado de... *consciência*.

Quando Langdon devolveu o microfone a Katherine, ela estava sorrindo de orelha a orelha. *Obrigada*, articulou ela silenciosamente na direção de Langdon enquanto ele retomava seu lugar em meio às palmas.

Katherine subiu de volta ao palco.

– Como o professor Langdon acaba de explicar com tanta eloquência, os seres humanos vêm refletindo sobre a *consciência* há muito tempo. Mas mesmo hoje, com todos os avanços da ciência, nós ainda temos dificuldade para definir *o que é* a consciência. Na verdade, muitos cientistas temem inclusive *debater* esse tema. – Katherine correu os olhos pela plateia antes de completar, num sussurro: – Dizem que é palavrão.

Risadas esparsas tornaram a percorrer o recinto.

Katherine meneou a cabeça para uma mulher de óculos na primeira fila.

– A *senhora* definiria consciência de que forma?

A mulher passou alguns instantes pensando.

– Acho que como... uma noção da minha própria existência.

– Perfeito. E essa noção? De onde ela *vem*?

– Do meu cérebro, acho. Dos meus pensamentos e ideias, da minha imaginação, da atividade cerebral que faz de mim quem sou.

– Excelente descrição, obrigada. – Katherine tornou a erguer os olhos para a plateia. – Será que todos aqui podemos começar concordando com o básico? A consciência é criada pelo nosso cérebro, o emaranhado de 86 bilhões de neurônios e um quilo e meio situado dentro do nosso crânio. Portanto, a *consciência* está localizada dentro da nossa cabeça.

Pessoas assentiram por todo o salão.

– Maravilha – disse Katherine. – Acabamos de concordar com o modelo atualmente aceito da consciência humana. – Ela deixou alguns segundos passarem, então deu um suspiro pesado. – O problema é que... esse modelo está *redondamente enganado*. Sua consciência *não é* uma criação do seu cérebro. Na verdade, sua consciência nem sequer está localizada *dentro* da sua cabeça.

Um silêncio atônito sucedeu suas palavras.

A mulher de óculos na fila da frente falou:

– Mas, se a minha consciência não está *dentro* da minha cabeça, então onde está?

– Fico muito feliz com a sua pergunta – disse Katherine, sorrindo para o público. – Acomode-se, pessoal. Hoje vamos fazer uma viagem e tanto.

Celebridade, pensou Langdon enquanto caminhava em direção ao lobby do hotel, ainda escutando os ecos da plateia aplaudindo Katherine de pé. A apresentação fora um feito estonteante que deixara os espectadores estarrecidos e ávidos por mais. Quando alguém perguntou em que ela estava trabalhando, Katherine revelou que acabara de dar os toques finais num livro que tinha escrito com a expectativa de, talvez, ajudar a redefinir o atual paradigma da consciência.

Langdon a ajudara a fechar contrato com uma editora, mas ainda não tinha lido o manuscrito. Katherine lhe fizera revelações suficientes sobre o conteúdo para deixá-lo fascinado e ansioso para ler, mas ele sentira que ela havia guardado segredo em relação a todas as revelações mais chocantes. *Katherine Solomon tem sempre uma carta na manga.*

Ao se aproximar do lobby, de repente Langdon recordou que Katherine tinha agendado para as oito horas daquela manhã um encontro com a Dra. Brigita Gessner, renomada neurocientista tcheca que a convidara pessoalmente a dar a palestra. O convite de Gessner fora generoso, mas após conhecê-la depois do evento e achá-la insuportável, Langdon estava torcendo em segredo para Katherine perder a hora e decidir tomar café da manhã com *ele* em vez de ir ao encontro.

Afastando esses pensamentos, adentrou o lobby, onde apreciou o perfume dos extravagantes buquês de rosas que sempre adornavam a entrada principal do hotel. A cena que viu ao chegar ali, porém, foi bem menos acolhedora.

Dois policiais vestidos de preto percorriam a passos firmes o espaço aberto conduzindo um par de pastores-alemães. Ambos os cães usavam colete à prova de balas com a palavra POLICIE escrita e farejavam o local como se estivessem em busca de alguma coisa.

Isso não está cheirando bem. Langdon foi até o balcão da recepção.

– Está tudo bem?

– Está, sim, Sr. Langdon! – O gerente impecavelmente vestido quase fez uma mesura ao correr para cumprimentá-lo. – Tudo na mais perfeita ordem, professor. Uma questão sem importância ontem à noite, mas foi alarme falso

– garantiu o homem, balançando a cabeça como quem não dá importância ao assunto. – É só uma precaução. Como o senhor sabe, aqui no Four Seasons de Praga a segurança é prioridade máxima.

Langdon olhou para os policiais. *Questão sem importância?* Aqueles caras não pareciam nem um pouco triviais.

– O senhor está indo nadar no clube? – quis saber o gerente. – Quer que eu mande chamar um carro?

– Não, obrigado – respondeu Langdon, encaminhando-se para a porta. – Eu vou correndo. Gosto do ar puro.

– Mas está nevando!

Natural da Nova Inglaterra, Langdon olhou de relance para os flocos de neve esparsos caindo lá fora e abriu um sorriso para o gerente.

– Se daqui a uma hora eu não tiver voltado, mande um desses cachorros para me resgatar.

CAPÍTULO 2

O Golĕm atravessou a neve a passos claudicantes, a barra de sua longa capa preta se arrastando pela neve encardida e meio derretida que cobria a Rua Kaprova. Escondidas por baixo da capa, suas imensas botas de salto plataforma eram tão pesadas que ele mal conseguia levantar as pernas. A grossa camada de barro que cobria sua cabeça estava cada vez mais ressecada no ar frio.

Preciso chegar em casa.

O Éter está se aproximando.

Temendo que o Éter o alcançasse, O Golĕm levou a mão ao bolso, pegou o pequeno bastão de metal que sempre levava consigo e o pressionou com força no barro seco no alto da cabeça, fazendo pequenos movimentos circulares.

Ainda não, entoou em silêncio, fechando os olhos.

O Éter se dispersou, pelo menos por ora, e ele guardou o bastão de volta no bolso e seguiu em frente.

Mais alguns quarteirões, e vou poder Liberar.

A Praça da Cidade Velha – conhecida em Praga como *Staromák* – estava deserta naquela manhã escura, exceto por uma dupla de turistas segurando doces de açúcar queimado e olhando para cima, na direção do famoso relógio medieval. De hora em hora, o mecanismo executava a "Caminhada dos Apóstolos", uma procissão sincopada de santos que se punham a girar e iam surgindo e desaparecendo por duas janelinhas na frente do relógio.

Andando em círculos sem rumo desde o século XV, pensou O Golĕm, *e mesmo assim continuam atraindo ovelhas para assistir ao espetáculo.*

Quando os dois turistas viram O Golĕm passar, deram um arquejo espontâneo e um passo para trás. Ele já estava acostumado a essa reação dos desconhecidos. Ela o fazia lembrar que tinha uma forma física, mesmo ninguém conseguindo ver o que ele era de verdade.

Eu sou O Golĕm.

Não pertenço à sua dimensão.

O Golĕm às vezes se sentia desancorado, como se pudesse flutuar, por isso gostava de envolver sua casca mortal em túnicas pesadas. O peso da capa e das botas de salto plataforma aumentava a força da gravidade e o segurava no chão. A cabeça coberta de barro e a capa com capuz faziam dele uma estranheza apavorante, mesmo em Praga, onde era comum ver pessoas fantasiadas à noite.

Mas o que fazia do Golĕm uma visão realmente singular eram as três letras antigas gravadas em sua testa, entalhadas no barro com uma espátula de pintor.

אמת

As três letras hebraicas – *aleph, mem, tav* –, lidas da direita para a esquerda, formavam a palavra *EMET*.

Verdade.

Fora a Verdade que levara O Golĕm a Praga. E fora a Verdade que a Dra. Gessner lhe revelara mais cedo naquela noite: uma confissão detalhada das atrocidades que ela e seus colegas haviam cometido nas profundezas da cidade. Seus crimes eram hediondos, mas nem se comparavam ao que estava planejado para o futuro próximo.

Eu vou acabar com tudo, disse ele para si mesmo. *Reduzir tudo a ruínas.*

O Golĕm visualizou a sombria criação do grupo destruída, um buraco fumegante na terra. Embora a tarefa fosse árdua, ele estava confiante de que conseguiria executá-la. A Dra. Gessner havia lhe revelado tudo que ele precisava saber.

Preciso agir depressa. A janela de oportunidade é pequena, disse ele a si mesmo, com o plano começando a se cristalizar em sua mente.

O Golěm seguiu na direção sudeste, afastando-se da praça, e encontrou a viela que ia dar no edifício onde morava. O bairro da Cidade Velha era um labirinto de vias estreitas conhecidas por uma vida noturna vibrante e pelos pubs típicos: o Café Literário Týnská para escritores e intelectuais, o Anonymous Bar para os hackers e amantes de intrigas, e o Hemingway Bar para os sofisticados e apreciadores de drinques. Fora o Museu de Máquinas Sexuais, que ficava aberto até tarde e atraía multidões de curiosos a qualquer hora.

Enquanto serpeava pelo labirinto de ruelas, O Golěm se pegou pensando não nos horrores que acabara de infligir à Dra. Brigita Gessner, tampouco nas chocantes informações que conseguira extrair da mulher, e sim *nela*.

Estava sempre pensando nela.

Eu sou o protetor dela.

Ela e eu somos duas partículas emaranhadas, entrelaçadas para sempre.

Seu único objetivo no mundo era protegê-la, e apesar disso ela desconhecia sua existência. Mesmo assim, o tempo que ele passara servindo a ela tinha sido uma honra. Suportar os fardos de outro ser é a mais nobre das vocações, mas fazer isso de forma anônima, sem qualquer reconhecimento... *isso sim é um verdadeiro ato de amor altruísta.*

Os anjos da guarda assumem muitas formas.

Ela era uma pessoa que confiava nos outros e que sem querer se viu envolvida num mundo de ciência sombria. Não tinha visto os tubarões nadando a seu redor. Naquela noite, O Golěm tinha matado um desses tubarões, mas agora havia sangue na água. Forças poderosas subiriam à superfície para descobrir o que tinha acontecido, para proteger o segredo que haviam criado.

Vocês vão chegar tarde, pensou.

O circo dos horrores subterrâneo estava prestes a ruir sob o peso do próprio pecado, vítima da própria engenhosidade.

Enquanto caminhava pelas ruas nevadas, O Golěm sentiu o Éter voltar a ficar mais denso a seu redor. Mais uma vez esfregou o bastão de metal na cabeça.

Em breve, prometeu.

◆ ◆ ◆

Em Londres, um americano chamado Sr. Finch andava de um lado para outro em seu luxuoso escritório limpando um par de óculos Panthère, da Cartier. Sua impaciência havia se transformado numa profunda preocupação.

Que fim levou Gessner? Por que não consigo entrar em contato com ela?

Ele sabia que a neurocientista tcheca tinha comparecido à palestra de Katherine Solomon no Castelo de Praga na noite anterior. Na sequência, a mulher lhe mandou uma mensagem alarmante relacionada ao livro que Solomon publicaria em breve. Não era uma boa notícia. Gessner prometera ligar para Finch e atualizá-lo sobre a situação.

Mas era quase de manhã, e Finch ainda não havia recebido notícias.

Tinha enviado mensagens e tentado ligar, sem resposta.

Já faz seis horas... Gessner é meticulosa; isso não é nem um pouco do seu feitio.

Tendo chegado ao ápice da sua profissão escutando os próprios instintos, o Sr. Finch aprendera a ouvir sua intuição. E, infelizmente, naquele momento seus instintos lhe disseram que alguma coisa tinha dado perigosamente errado em Praga.

CAPÍTULO 3

Robert Langdon sentia o ar gelado e revigorante do inverno enquanto corria na direção sul pela Rua Křižovnická, seus passos compridos deixando um rastro solitário de pegadas na fina camada de neve que cobria a calçada.

A cidade de Praga sempre lhe parecera um lugar encantado, um instante congelado no tempo. Por ter sofrido bem menos estragos do que outras cidades europeias durante a Segunda Guerra Mundial, a capital histórica da Boêmia ostentava prédios estonteantes, ainda cravejada com todas as joias da sua arquitetura original, uma amostra única, variada e intacta de construções romanescas, góticas, barrocas, art nouveau e neoclássicas.

O apelido da cidade – *Stověžatá* – significava literalmente "dos cem pináculos", embora na realidade houvesse mais de setecentos pináculos e campanários em Praga. No verão, de vez em quando a cidade as iluminava com um mar de holofotes verdes; diziam que o efeito espantoso tinha servido de inspiração a Hollywood para retratar a Cidade das Esmeraldas de *O mágico de Oz*, lugar místico que, assim como Praga, era considerado repleto de possibilidades mágicas.

Ao atravessar a esquina da Křižovnická com a Rua Platnéřská, Langdon teve a sensação de estar correndo pelas páginas de um livro de história. À sua esquerda se avultava a fachada colossal do Klementinum, complexo de 2 hectares que abrigava a torre de observação usada pelos astrônomos Tycho

Brahe e Johannes Kepler, bem como a lindíssima biblioteca barroca contendo mais de vinte mil volumes de literatura teológica antiga. A biblioteca era o local preferido de Langdon na cidade, quiçá na Europa inteira. Ele e Katherine tinham ido visitar a mais recente exposição no dia anterior.

Ao dobrar à direita na igreja de São Francisco de Assis, ele chegou ao acesso leste de um dos marcos mais famosos da cidade, iluminado pela claridade âmbar dos raros postes de iluminação a gás de Praga. Considerada por muitos a ponte mais romântica do mundo, a Karlův most – a Ponte Carlos – era feita de arenito da Boêmia e margeada de ambos os lados por trinta estátuas de santos cristãos. Com mais de meio quilômetro de extensão por sobre o plácido rio Moldava, protegida de ambos os lados por imensas torres de vigia, a ponte havia sido uma importante rota comercial entre as partes oriental e ocidental da Europa.

Langdon atravessou correndo o arco da torre leste e, ao emergir dele, deparou com um manto de neve imaculada estendido à sua frente. A ponte era só para pedestres, mas naquele horário ainda não havia uma pegada sequer.

Estou sozinho na Ponte Carlos, pensou Langdon. *Um momento único na vida.*

Certa vez ele havia se pegado igualmente sozinho no Louvre com a *Mona Lisa*, mas em circunstâncias bem menos agradáveis do que as de agora.

Os passos de Langdon se alargaram conforme ele foi ganhando ritmo, e ao chegar do outro lado do rio ele já corria sem esforço. À sua direita e ao alto, iluminada em meio à linha do horizonte formada pelos prédios escuros, brilhava a joia reluzente mais amada da cidade.

O Castelo de Praga.

Era o maior complexo de castelos do mundo, com mais de meio quilômetro de extensão do portão oeste até a extremidade leste, e ocupava um espaço de mais de 460 mil metros quadrados. Suas muralhas abrigavam seis jardins formais, quatro palácios independentes e quatro igrejas cristãs, entre elas a esplendorosa catedral de São Vito, onde estavam guardadas as joias da coroa da Boêmia, além da coroa de São Venceslau, amado governante da Boêmia que viveu no século X.

Quando passou debaixo da torre oeste da Ponte Carlos, Langdon riu sozinho ao pensar no evento da véspera no Castelo de Praga.

Katherine sabe ser persistente.

– Vamos lá na minha palestra, Robert! – dissera ela ao telefonar duas semanas antes para convencê-lo a ir a Praga. – Vai ser perfeito! Você está no recesso de inverno. É tudo por minha conta.

Langdon refletiu sobre a proposta animadora. Os dois sempre haviam cultivado um respeito mútuo e uma quedinha platônica um pelo outro, e ele se sentira inclinado a mandar a cautela às favas e aceitar a proposta espontânea que ela estava fazendo.

– Fico tentado, Katherine. Praga é um lugar mágico, mas a verdade é que...

– Olha, vou direto ao assunto – disparou ela. – Eu preciso de alguém, tá? Pronto, falei. Preciso de um acompanhante para ir à minha própria palestra.

Langdon deu uma gargalhada.

– Foi por *isso* que você ligou? Uma cientista de renome mundial precisando de um acompanhante?

– Só de alguém para fazer bonito ao meu lado, Robert. Vai ter um jantar dos patrocinadores com traje a rigor, e depois vou dar uma palestra num salão famoso qualquer... Vlad não sei das quantas.

– No *Salão Vladislav*? No Castelo de Praga?

– Esse mesmo.

Langdon ficou impressionado. O Ciclo de Palestras da Universidade Carlos era um evento trimestral e um dos encontros mais prestigiosos da Europa, mas pelo visto era mais elegante do que ele havia imaginado.

– Tem certeza de que quer um *simbologista* como acompanhante num jantar com traje a rigor?

– Eu convidei o George Clooney, mas o smoking dele está na tinturaria.

Langdon deu um grunhido.

– Por acaso *todos* os cientistas noéticos são insistentes assim?

– Só os melhores. E vou interpretar isso como um sim.

Que diferença vão fazer duas semanas, ponderou Langdon, ainda sorrindo ao alcançar o outro lado da Ponte Carlos. Praga com certeza tinha feito jus à reputação de cidade mágica, uma catalisadora dotada de poderes ancestrais. *Alguma coisa aconteceu aqui.*

Langdon jamais esqueceria o primeiro dia com Katherine naquele lugar místico: os dois se perdendo num labirinto de ruas de paralelepípedos; correndo de mãos dadas em meio à chuva com névoa; se abrigando sob um arco do Palácio Kinský, na Praça da Cidade Velha; e, ofegantes, à sombra da Torre do Relógio: o primeiríssimo beijo, que parecera surpreendentemente natural após anos de amizade.

Quer fosse por causa de Praga, do timing perfeito ou de uma espécie de mão invisível Langdon não fazia ideia, mas uma inesperada alquimia fora despertada entre os dois e ganhava força a cada dia que passava.

◆ ◆ ◆

Do outro lado da cidade, O Golěm dobrou a última esquina e chegou cansado ao seu prédio. Destrancou a porta externa e adentrou o exíguo hall de entrada.

Apesar de o recinto estar às escuras, ele decidiu não acender a luz. Em vez disso, usou uma passagem estreita para acessar uma escadaria escondida, que foi subindo sem o menor resquício de luz, segurando-se no corrimão para se orientar. Sentiu as pernas doerem conforme subia, e gratidão ao enfim chegar à porta de seu apartamento. Limpou com cuidado a neve das botas e entrou.

O apartamento estava imerso numa escuridão completa.

Exatamente como eu o criei.

As paredes e os tetos eram pintados de preto chapado, e as janelas, tapadas por cortinas grossas e pesadas. Os pisos de sinteco baços e opacos quase não refletiam luz, e praticamente não havia móveis.

O Golěm acionou um interruptor geral, e uma dúzia de luzes negras se acenderam pelo apartamento, irradiando uma leve claridade arroxeada sobre os objetos de tons mais claros. Seu lar era uma paisagem de outro mundo – efêmera e luminescente –, e ela o fez relaxar de imediato. Andar naquele espaço lhe dava a sensação de vagar por um vácuo profundo, de flutuar de um objeto tremeluzente até o outro.

A ausência de qualquer outra fonte de luz criava um ambiente "temporalmente neutro", um mundo atemporal no qual sua forma física não recebia estímulo circadiano. Os deveres do Golěm exigiam que ele tivesse uma rotina irregular, e a falta de luz libertava seu biorritmo das influências do tempo convencional. Horários previsíveis eram um luxo a ser gozado por almas mais simples, almas sem um fardo por carregar.

Meus serviços são exigidos por ela em horários inesperados, do dia ou da noite.

Ele foi andando pela escuridão fantasmagórica, entrou no quarto de vestir, tirou a capa e descalçou as botas. Agora nu do pescoço para baixo, sua pele pálida refulgia sob a luz negra, mas O Golěm evitou olhar para ela. Seu santuário não tinha espelhos de propósito, salvo o pequeno espelho de mão que ele usava para cobrir o rosto de barro.

Ver sua casca física era sempre perturbador.

Este corpo não é meu.

Eu apenas me manifestei dentro dele.

Descalço, O Golěm foi até o banheiro, abriu o chuveiro e entrou no boxe. Após remover a camada de barro que cobria seu crânio, ele fechou os olhos e ergueu o rosto em direção ao jato morno. A água causava uma sensação purificante conforme o barro seco se dissolvia e era levado por filetes escuros que escorriam por seu corpo e desciam em espiral pelo ralo.

Após ter certeza de que havia se livrado de qualquer indício de suas atividades da noite anterior, O Golěm saiu do chuveiro e se secou.

O Éter agora o puxava com mais força, mas ele não pegou o bastão.

Chegou a hora.

Ainda nu, O Golěm atravessou a escuridão até seu *svatyně*, o cômodo especial que havia criado para receber o dom.

No breu total, foi até o tapete de juta que mantinha no centro do piso. Com todo o respeito, deitou-se nu de barriga para cima no centro exato do tapete.

Então, pôs a mordaça com a bola de silicone perfurada na boca... e Liberou.

CAPÍTULO 4

Sou o primeiro aqui também, pensou Langdon ao chegar ao Centro de Natação Strahov no exato instante em que o funcionário destrancava a porta de entrada. Conhecia poucas experiências tão luxuosas quanto ter uma piscina de 25 metros inteirinha só para si. Foi até seu armário alugado, vestiu a sunga, tomou uma ducha rápida, pegou os óculos de natação e foi para a piscina.

As luzes frias do teto ainda estavam se aquecendo, e o recinto estava quase todo às escuras. Langdon ficou parado, com os dedos dos pés para fora da borda, encarando a superfície lisa da água que parecia um imenso espelho negro.

O Templo de Atenas, pensou, recordando como os gregos antigos costumavam praticar a catoptromancia fitando poças de água escura para vislumbrar o futuro. Imaginou Katherine adormecida na suíte do hotel e se perguntou se seria *ela* o seu futuro. Para um solteiro convicto, era uma ideia ao mesmo tempo perturbadora e empolgante.

Colocou os óculos de natação, inspirou fundo e saltou, cortando a superfície da água feito uma faca. Avançou dois segundos submerso, então bateu perna no estilo borboleta por 10 metros antes de subir à superfície e engatar um nado livre.

Concentrado na cadência da própria respiração, entrou no estado semimeditativo que a natação sempre lhe proporcionava. Sua musculatura relaxou e seu corpo tornou-se aerodinâmico e ágil, avançando pela água escura num ritmo impressionante para um cinquentão.

Em geral, quando Langdon nadava, sentia a mente vazia por completo, mas naquela manhã, mesmo após quatro voltas na piscina, ela continuava ocupada, repassando momentos da fascinante palestra de Katherine na noite anterior.

– *Sua consciência não é uma criação do seu cérebro. Na realidade, a sua consciência nem sequer está localizada dentro da sua cabeça.*

Essas palavras haviam despertado a curiosidade de todos os presentes, mas Langdon sabia que a palestra mal arranhara a superfície do que estaria incluído no livro a ser lançado por Katherine.

Ela alega ter feito uma descoberta inacreditável.

A descoberta de Katherine – fosse qual fosse – era segredo. Ela ainda não a compartilhara com ninguém, nem mesmo Langdon, embora tivesse feito várias alusões a ela nos últimos dias, confidenciando-lhe que a pesquisa para o livro levara a uma descoberta espantosa. Após a palestra, Langdon passou a ter a sensação de que o livro de Katherine tinha um potencial explosivo.

Ela não se intimida diante da controvérsia, refletiu Langdon, que gostou de vê-la irritar os membros mais tradicionalistas da plateia.

– A ciência tem um longo histórico de modelos *falhos* – anunciara ela, fazendo a voz ecoar pelo Salão Vladislav. – A teoria da Terra plana, o sistema solar geocêntrico, o universo em estado constante: tudo isso é falso, embora já tenha sido levado muito a sério e considerado verdadeiro. Felizmente, nossos sistemas de crenças evoluem quando se deparam com uma série de inconsistências impossíveis de explicar.

Katherine empunhou um controle remoto, e a tela atrás dela ganhou vida com a imagem de um modelo astronômico medieval: o sistema solar com a Terra retratada no centro.

– Durante séculos, o modelo geocêntrico foi aceito como um fato inquestionável. Com o tempo, porém, os astrônomos perceberam que o movimento dos planetas não condizia com esse modelo. As anomalias se tornaram tão numerosas e flagrantes que nós – ela tornou a clicar no controle – criamos um novo modelo. – A tela então exibiu uma ilustração moderna do sistema solar, com o *Sol* no centro. – Esse novo modelo explicava todos os fenômenos anômalos, e hoje a heliocentricidade é a realidade aceita por nós.

A plateia se manteve em silêncio enquanto Katherine avançava até a frente do palco.

– Da mesma forma – disse ela –, houve um tempo em que a mera sugestão de que a Terra era *redonda* era algo risível, uma heresia científica, até. Afinal, se a Terra era redonda, os oceanos não escorreriam para fora dela? Muitos de nós não estaríamos de cabeça para baixo? Mas, pouco a pouco, começamos a ver fenômenos que não faziam sentido com o modelo da Terra plana: a sombra *curva* do planeta durante os eclipses lunares, navios que partiam rumo ao horizonte desaparecendo de baixo para cima, e, é claro, a circum-navegação do globo realizada por Fernão de Magalhães. – Ela sorriu. – Xiii... Hora de um novo modelo.

Cabeças assentiram, num bom humor compartilhado.

– Minhas senhoras, meus senhores – continuou ela num tom de voz sombrio. – Eu creio que uma evolução semelhante esteja ocorrendo agora no campo da *consciência humana*. Estamos prestes a vivenciar um maremoto em nossa compreensão de como o cérebro funciona, da natureza da consciência e da própria natureza da realidade em si.

Nada como mirar alto, pensou Langdon.

– Assim como acontece com qualquer crença ultrapassada – prosseguiu ela –, o modelo hoje aceito da consciência humana está sendo desafiado por uma maré crescente de fenômenos que simplesmente não consegue explicar, fenômenos validados de forma criteriosa pelos laboratórios de noética mundo afora e testemunhados pelos seres humanos há séculos. Mesmo assim, a ciência tradicionalista *segue* se recusando a lidar com a existência desses fenômenos, ou mesmo a aceitar que eles sejam reais. Em vez disso, prefere trivializá-los, afirmando que são exceções ou farsas, chamando-os de "paranormalidade", um nome desrespeitoso que passou a ser sinônimo "daquilo que não é ciência".

O comentário provocou um burburinho no fundo do auditório, mas Katherine seguiu em frente sem se deixar abalar.

– A verdade é que vocês todos estão familiarizados com esses fenômenos *paranormais* – declarou ela. – Eles são conhecidos por nomes como percepção extrassensorial, precognição, telepatia, clarividência, experiências fora do corpo. Apesar de serem denominados "para"normais, esses fenômenos são *normais*. Ocorrem todo dia tanto na ciência, em experimentos cuidadosamente controlados, quanto no mundo real.

Um silêncio total reinava no recinto.

– A questão não é *se* esses fenômenos são reais – disse Katherine. – A ciência já demonstrou que são. A questão é: por que tantos de nós permanecem cegos em relação a eles?

Ela apertou um botão do controle remoto, e uma imagem se materializou no telão.

A grade de Hermann. Langdon identificou a conhecida ilusão de ótica na qual pontos pretos parecem surgir e desaparecer dependendo do ponto do diagrama em que uma pessoa foca o olhar.

A plateia começou a sentir o efeito, e um murmúrio de surpresa se espalhou pela sala.

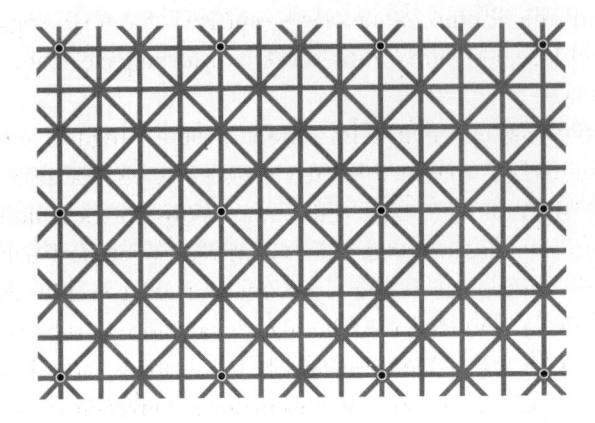

– Estou mostrando isso a vocês por um motivo simples: para nos lembrar que a percepção humana está repleta de *pontos cegos* – concluiu Katherine. – Às vezes estamos tão ocupados olhando para o lado errado que deixamos de ver o que está bem na nossa frente.

◆ ◆ ◆

O céu matinal ainda estava totalmente escuro quando Langdon saiu do clube e desceu a colina. Sua meia hora de meditação aquática o deixara tomado por uma sensação de tranquilidade, e a caminhada solitária de volta ao hotel estava rapidamente virando uma das partes preferidas do seu dia. Quando ele se aproximou do rio, o relógio digital do centro de informações turísticas brilhava marcando 6h52.

Tempo de sobra, pensou Langdon, torcendo para conseguir voltar para a cama com Katherine e convencê-la a cancelar o encontro das oito com Brigita Gessner. A neurocientista havia praticamente forçado Katherine a ir conhecer seu laboratório naquela manhã. Katherine fora educada demais para recusar.

Ao chegar à Ponte Carlos, Langdon viu que o manto liso de neve já não estava mais imaculado, e sim repleto de pegadas de outros visitantes madrugadores. Viu, à direita, a Torre Judith, única sobrevivente da estrutura medieval original. Ao longe ficava a torre de vigia "nova", do século XIV, na qual as cabeças decapitadas tinham ficado expostas em estacas como um lembrete para qualquer um disposto a desafiar o domínio dos Habsburgos.

Dizem que ainda é possível ouvir os gemidos de dor dessas pessoas ao passar perto.

A palavra "Praga" significa "limiar", e Langdon tinha sempre a sensação de atravessar um toda vez que visitava a cidade. O lugar mágico passara séculos mergulhado em misticismo, fantasmas e espíritos. Até hoje os guias turísticos dizem que a cidade tem uma aura sobrenatural palpável para qualquer um aberto a senti-la.

Provavelmente não sou uma dessas pessoas, sabia Langdon, embora devesse reconhecer que naquela manhã a Ponte Carlos parecia saída de outro mundo, a neve que caía formando halos espectrais em volta dos postes de iluminação a gás.

Durante séculos, a cidade tinha sido o centro europeu de todas as formas de ocultismo. O rei Rodolfo II de Praga era um praticante secreto das ciências da transmutação em seu Speculum Alchemiae, localizado no subterrâneo da cidade. Os clarividentes John Dee e Edward Kelley tinham ido a Praga promover sessões de perscrutação para conjurar espíritos e conversar com anjos. O misterioso escritor judeu Franz Kafka tinha nascido e trabalhado em Praga, onde escrevera seu sombrio e surreal *A metamorfose*.

Enquanto atravessava a ponte, o olhar de Langdon recaiu sobre o hotel Four Seasons ao longe, de frente para o rio, com as águas profundas do Moldava a lamber suas fundações. Acima da superfície reluzente do rio, as janelas da sua suíte no segundo andar continuavam às escuras.

Katherine ainda está dormindo, constatou, nem um pouco surpreso, considerando o pesadelo que a fizera passar boa parte da noite acordada.

Após percorrer cerca de um terço da ponte colossal, Langdon passou pela estátua de bronze de São João Nepomuceno. *Assassinado neste exato local*, pensou, com um calafrio. Ao receber uma ordem do rei para violar o voto de confidencialidade e revelar as confissões particulares da rainha, o padre se recusou a ceder, e o rei mandou torturá-lo e jogá-lo da ponte.

Langdon estava perdido em pensamentos quando teve a atenção atraída para uma visão incomum mais à frente. Perto da metade da ponte, uma mulher toda vestida de preto vinha se aproximando. Ele imaginou que ela estivesse voltando de uma festa a fantasia, tendo em vista que ostentava um adereço de cabeça extravagante: uma espécie de tiara com meia dúzia de estacas pretas pontiagudas saindo do crânio para cima e para fora, rodeando sua cabeça feito uma...

Langdon sentiu um calafrio. *Uma coroa de raios?*

A bizarra coincidência de ver uma coroa de raios naquela manhã foi surpreendente e um pouco perturbadora, mas Langdon lembrou a si mesmo que em Praga era comum ver fantasias macabras do tipo.

Quando a mulher se aproximou, no entanto, a cena se tornou mais estranha. Ela parecia em transe e caminhava como se estivesse semimorta, com os olhos arregalados fixos à frente e uma expressão vazia. Langdon estava prestes a perguntar se ela estava bem quando reparou no que ela vinha segurando.

A visão o fez travar.

Mas... é impossível.

A mulher estava empunhando uma *lança* de prata.

Igualzinho ao pesadelo de Katherine.

Langdon olhou para a arma pontiaguda e se perguntou se agora quem estaria sonhando era *ele*. Quando a mulher passou a seu lado, ele percebeu que havia parado de andar, paralisado pela própria incompreensão. Obrigando-se a sair do estupor, virou-se na direção dela e a chamou.

– Com licença! – soltou. – Moça!

Ela nem sequer diminuiu o passo, como se não conseguisse escutá-lo.

– *Ei!* – gritou Langdon, ainda parado, mas a mulher simplesmente passou por ele feito uma aparição, um espírito cego que atravessava a ponte atraído por uma força invisível do outro lado.

Langdon se virou para sair correndo atrás dela, mas avançou apenas dois passos antes de se deter, dessa vez ao sentir um cheiro pútrido.

No rastro da aparição pairava um odor inconfundível.

O cheiro... da morte.

O fedor teve um efeito instantâneo em Langdon. O medo o invadiu.

Meu Deus, não... Katherine!

No impulso, ele girou nos calcanhares ao mesmo tempo que arrancou freneticamente o celular do bolso e saiu em disparada pela Ponte Carlos. Enquanto corria em direção ao hotel, aproximou o aparelho da boca e gritou:

– Siri, ligar para a emergência.

Quando a ligação foi completada, Langdon já tinha atravessado a ponte e chegado à Rua Křižovnická.

– Emergência – atendeu uma voz. – Em que posso ajudar?

– O Four Seasons de Praga! – gritou Langdon virando à esquerda e seguindo desabalado pela calçada escura em direção ao hotel. – É preciso evacuar o hotel! Agora!

– Desculpe, como o senhor se chama, por favor?

– Meu nome é Robert Langdon, eu sou ameri...

Um táxi saiu do estacionamento à sua frente, e ele bateu com força contra a lateral do carro, deixando o celular cair na rua coberta de neve. Catou o aparelho e voltou a correr, mas a ligação tinha se encerrado. Pouco importava; a entrada do hotel estava bem à sua frente.

Ofegante, irrompeu lobby adentro, localizou o gerente e o chamou.

– *Todo mundo precisa sair daqui!*

Os policiais com cães farejadores já tinham ido embora, mas alguns hóspedes que tomavam café da manhã ergueram os olhos num espanto coletivo.

– *Todo mundo aqui está correndo perigo!* – tornou a gritar Langdon para o gerente. – *Saiam todos daqui!*

O gerente correu até ele com um ar horrorizado.

– Professor, por favor! Qual é o problema?

Langdon já estava correndo na direção do alarme de incêndio na parede. Sem hesitar, estilhaçou o vidro e puxou a alavanca.

O alarme disparou na hora.

Langdon saiu correndo do lobby e atravessou a mil o corredor comprido até o anexo onde ficava a sua suíte. Ignorou o elevador, subiu correndo dois lances de escada até o saguão privativo, destrancou a Suíte Real, entrou desabalado e começou a chamar feito um louco no escuro.

– *Katherine! Acorda! O sonho que você teve...*

Ele ligou o interruptor geral e correu até o quarto de dormir. A cama estava vazia. *Cadê ela?* Correu até o banheiro. Nada. Desesperado, procurou no restante da suíte. *Ela não está aqui?!*

Nesse instante, um sino de igreja ali perto começou a tocar num tom pesaroso.

O som preencheu Langdon com um terror acachapante. Algo lhe dizia que ele jamais conseguiria sair a tempo do hotel. Temendo pela própria vida e movido pela adrenalina, correu até o janelão e olhou para as águas profundas do Moldava.

A superfície lisa e escura do rio estava bem abaixo dele.

Os sinos tocaram com mais força.

Langdon tentou pensar, mas não havia pensamento algum, apenas um instinto humano avassalador: sobreviver.

Sem hesitar, abriu a janela com um tranco e subiu no peitoril. A rajada de ar frio e neve não atenuou seu pânico em nada.

É a sua única opção.

Ele se equilibrou na borda do peitoril.

Então, inspirou fundo e se lançou na escuridão.

CAPÍTULO 5

Robert Langdon arquejou, tentando respirar.

As águas gélidas do Moldava haviam lhe causado um choque térmico, levando-o às raias da paralisia, e ao tentar se manter na superfície ele sentiu o peso das roupas encharcadas puxando-o para baixo.

Katherine...

Ergueu a cabeça e olhou para a janela do segundo andar da qual acabara de saltar. A explosão que ele achou que aconteceria em breve não se concretizou. O Four Seasons continuava de pé, intacto.

Guiados pelas fortes luzes de emergência, os hóspedes saíam às pressas pela lateral do hotel para um pátio espaçoso acima do atracadouro do prédio, que se estendia pelo rio.

Lutando para se manter na superfície, de repente Langdon percebeu que a correnteza o estava puxando para longe; o atracadouro seria sua única chance de sair da água antes de ser levado embora.

Esforçando-se para não entrar em pânico, tentou um nado livre na direção do atracadouro, mas mal conseguiu erguer os braços. O moletom encharcado parecia uma âncora. A água fria começava a prejudicar seu sistema circulatório, e a dor irradiando de seus tornozelos e pulsos eram os primeiros sinais de alerta da hipotermia começando a se instalar.

Nade, Robert...

Com um nado peito desengonçado, Langdon lutou contra a correnteza, tentando avançar na direção do atracadouro do hotel. Olhou adiante e temeu ser arrastado para a cascata que não estava longe, embora soubesse que provavelmente estaria inconsciente e submerso bem antes de chegar ali.

Força, droga!

Enquanto seus braços o impeliam na água, em sua mente a imagem da mulher fantasmagórica com o halo preto de raios ardia. O adereço de cabeça poderia ter sido uma coincidência espantosa, mas e a lança? E o cheiro de morte?

Impossível.

Inexplicável.

Por um instante, Langdon se perguntou se ainda estaria dormindo, encurralado num pesadelo vívido como o que Katherine tivera na noite anterior. *Não.* O frio cortante e as batidas descompassadas do coração lhe garantiram que ele estava acordado. Como qualquer um que já caiu na água de um lago gelado pode confirmar, a chegada de uma hipotermia aguda traz consigo uma sucessão singular de estados mentais: choque, pânico, reflexão e, por fim, aceitação.

Use o pânico, disse ele a si mesmo. *Nade com mais força.*

Tentando nadar na diagonal em relação à correnteza, Langdon foi dando braçadas desajeitadas na direção do atracadouro ao mesmo tempo que tentava ignorar a dor cada vez mais intensa. Com o passar dos segundos ela piorava, embora o som do alarme do hotel parecesse estar ficando mais alto. *Está mais perto.* Seus olhos ardiam na água congelante, e sua visão começava a falhar.

O atracadouro estava mais próximo, uma área escura em meio à claridade formada pelas luzes de segurança, e Langdon fez um esforço derradeiro para ir na direção dela. Quando sua mão encostou em algo sólido, seus dedos anestesiados mal conseguiram sentir a madeira áspera, que dirá segurá-la. Com as mãos, ele impeliu o corpo pela borda do atracadouro até chegar a uma escadinha metálica. Usando cada fração de força que ainda possuía, subiu a escada e se deixou cair feito um peso morto no deque, as roupas encharcadas molhando tudo em volta.

Ficou ali, imóvel, tremendo de frio e exaurido, sabendo que ainda estava correndo forte perigo.

Vou congelar depressa aqui fora. Preciso me aquecer.

Começou a engatinhar e ergueu os olhos para o hotel. O pátio já estava abarrotado de hóspedes em pé na neve, muitos de roupão. Olhou para a Ponte Carlos, que parecia uma imagem de cartão-postal, os postes irradiando uma luz cálida em meio à neve que caía.

Eu sei o que vi.

Escutou o som de passos se aproximando rápido pelo deque.

– Sr. Langdon! – gritou o gerente do hotel, com os olhos esbugalhados, derrapando até parar no chão coberto de neve. – Tudo bem com o senhor? O que houve?

Langdon fez que sim com a cabeça.

– Eu... eu pensei... pensei que fosse...

– Um incêndio?

Convulsionando de frio, Langdon fez que não com a cabeça.

– Não...

– Então por que tocou o alarme? – perguntou o gerente, em geral muito tranquilo, num tom alterado e zangado.

– Eu pensei... pensei que tivesse um perigo.

– Perigo *de quê*?

Langdon se esforçou para se sentar. Sua cabeça latejava, e ele podia sentir a hipotermia tomando conta do corpo.

Um segurança musculoso correu pelo deque até eles. O homem baixou os braços e puxou Langdon sem qualquer delicadeza para colocá-lo de pé, levantando-o firme pelas axilas. Langdon ficou sem saber se o segurança estava tentando ajudá-lo ou contê-lo.

– *Por que* o senhor acionou o alarme? – repetiu o gerente, encarando-o firme.

– Eu sinto muito... – foi a resposta de Langdon, começando a bater os dentes. – Eu... me confundi.

– Por causa da polícia no lobby? Eu disse ao senhor que aquilo não era nada! – O gerente mal conseguia se conter. – Preciso saber: é *seguro* voltar lá para dentro?

Langdon viu que ainda havia hóspedes passando pela saída de emergência dos fundos do hotel e imaginou o caos que devia estar acontecendo na entrada. *Não tenho como explicar isso para eles. Eles vão me achar maluco.*

– Professor Langdon – disse o gerente, o tom de frustração se transformando em raiva. – Eu preciso de uma resposta! Estou com quatrocentos hóspedes em pé na neve do lado de fora. O prédio está seguro? Sim ou não? Nossos hóspedes podem voltar para dentro?

Langdon viu novamente a imagem da mulher que fedia a morte com a coroa de raios preta e a lança prateada. *Deve haver outra explicação. O mundo não funciona assim! Segura a onda, Robert.*

Por fim, assentiu.

– Sim, acho que é seguro. Sinto muitíssimo. Como falei, eu me confun...

– *Vypněte alarm!* – disse o gerente para o segurança, que soltou Langdon sem a menor cerimônia.

Enquanto Langdon se equilibrava sobre as pernas trêmulas, o segurança sacou um rádio e começou a ladrar ordens e o gerente do hotel pegou o celular para fazer uma ligação.

Em segundos o alarme silenciou, substituído pela sirene distante de veículos de emergência se aproximando. O gerente fechou os olhos, inspirou fundo e soltou o ar lentamente por entre os lábios franzidos. Então abriu os olhos e, com toda a calma do mundo, limpou os flocos de neve do terno escuro.

– Professor Langdon – sussurrou, por entre os dentes –, eu preciso receber as autoridades. Meu segurança vai ajudá-lo a voltar para a sua suíte. *Não vá* a lugar algum. As autoridades vão precisar falar com o senhor.

Langdon assentiu.

Enquanto o gerente ia embora apressado, o segurança conduziu Langdon por uma entrada de serviço até uma escadaria dos fundos. Os tênis de Langdon chiavam a cada passo enquanto os dois subiam até a Suíte Real. A porta estava aberta, e as luzes, acesas, exatamente como Langdon as deixara.

– *Zůstaňte tady* – ordenou o segurança, apontando para dentro da suíte.

Langdon não falava tcheco, mas a linguagem corporal do segurança foi cristalina. *Entre aí e não saia.* Ele assentiu, entrou na suíte sozinho e fechou a porta.

A janela da qual havia saltado continuava escancarada, e o arranjo de flores no peitoril já começara a murchar por causa do frio intenso. As tulipas vermelhas, brancas e azuis tinham sido um presente da embaixada para Katherine, parabenizando-a pela palestra; eram as cores tanto da bandeira americana quanto da tcheca.

Langdon fechou a janela, recordando com morbidez como a prática da defenestração – jogar a vítima de uma janela alta – havia sido o estopim tanto das Guerras Hussitas quanto da Guerra dos Trinta Anos. Felizmente, a janela da sua suíte era bem mais baixa do que a torre do Castelo de Praga, e, apesar do problema que havia causado, ele duvidava que tivesse iniciado uma guerra.

Preciso falar com Katherine e contar o que vi.

O encontro com a mulher na Ponte Carlos havia sido a situação mais desorientadora de que Langdon conseguia se recordar, e, apesar de Katherine ter a mente aberta em relação a "paranormalidades", ele duvidava que mesmo ela teria uma explicação.

Torcendo para ela ter mandado uma mensagem de texto dizendo ter saído em segurança do hotel, Langdon enfiou a mão no bolso encharcado da calça de moletom para pegar o celular, mas não encontrou o aparelho – provavelmente estava no fundo do Moldava.

Uma nova onda de frio o fez estremecer enquanto ele ia depressa até o quarto ligar para ela do telefone fixo. Quando foi pegar o aparelho, porém, viu um bilhete escrito à mão sobre a mesinha de cabeceira.

No pânico que se apossara dele mais cedo, Langdon não havia sequer reparado naquilo.

R.,
Resolvi ir a pé para o laboratório da Dra. Gessner.
Você não vai ser o *único* a fazer exercício hoje!
Volto antes das dez. Pega um smoothie pra mim! ☺
K.

Langdon expirou.
Katherine está a salvo. Era só isso que eu precisava saber.
Aliviado, foi direto para o chuveiro, abriu a torneira e entrou de roupa e tudo no boxe.

CAPÍTULO 6

O Éter havia passado, e O Golĕm jazia deitado, nu, sobre o tapete de juta.

Como sempre, o clímax da sua jornada fora acompanhado por ondas de euforia e por uma sensação avassaladora de conexão espiritual com todas as coisas. Receber o Éter era um orgasmo não sexual, uma onda de êxtase místico que, ao rebentar, destrancava um portal através do qual se podia entrever a Realidade como ela de fato era.

Esse tipo de jornada mística muitas vezes era ridicularizado, considerado apenas uma fantasia ilusória, mas aqueles que enxergavam a Verdade desprezavam as mentes limitadas. A experiência ensinara ao Golĕm que o universo era bem mais complexo e lindo do que a maioria das pessoas era capaz de compreender. Os Modernos ainda não conseguiam aceitar a Verdade que os Antigos compreendiam de forma intuitiva. O corpo humano nada mais era do que um recipiente usado para vivenciar o universo terreno.

Ele tirou a mordaça da boca e se levantou, sozinho nas trevas de seu *svatyně*. Na escuridão total, foi até a parede mais distante e se ajoelhou sobre a almofada diante do altar que havia criado ali.

Tateando no escuro, encontrou a caixa de fósforos e riscou um para acender as três velas votivas que havia arrumado sobre a mesa num leito de flores secas.

À medida que a luz bruxuleante das velas ficava mais forte, a fotografia na parede à sua frente foi se tornando visível.

Ele sorriu amorosamente para o rosto dela.

Você não me conhece, mas eu estou aqui para livrá-la do mal.

As forças das trevas que a haviam ameaçado eram poderosas e tinham um alcance excepcional. Agora ela estava mais vulnerável do que nunca, sobretudo por estar distraída.

Ela encontrou o amor.

Ou pensa que encontrou.

O Golĕm se sentiu nauseado ao saber que ela estava oferecendo o corpo a alguém tão indigno.

Ele não entende você como eu.

Ninguém entende.

Às vezes, quando ela estava na cama abraçada com seu novo companheiro ali em Praga, O Golĕm se permitia olhar – um visitante na mente dela, observando em silêncio, louco para gritar no seu ouvido: "Ele não é quem parece ser!"

Mas O Golĕm permanecia calado – um pensamento nas sombras.

Ela jamais deve saber que eu estou aqui.

CAPÍTULO 7

Maior editora de livros do mundo, a Penguin Random House publica quase vinte mil títulos por ano e tem uma renda bruta anual superior a cinco bilhões de dólares. Sua sede americana fica na Broadway, em Midtown Manhattan, e ocupa 24 andares de um reluzente arranha-céu de aço e vidro conhecido como a Torre da Random House.

Naquela noite, o escritório estava silencioso. Passava da meia-noite, e até as equipes de faxina já haviam terminado sua ronda. Mesmo assim, no vigésimo terceiro andar, uma solitária luz estava acesa numa sala de canto.

O editor Jonas Faukman era um notívago. Com 55 anos e jovial, mantinha os mesmos horários de um adolescente, corria diariamente no Central Park e ia trabalhar de jeans preto e tênis. Seu cabelo preto ondulado por sorte continuava farto, mas a barba definitivamente estava começando a ficar grisalha; ele gostava de pensar que lembrava Joseph Conrad.

Faukman adorava o silêncio sem perturbações daquelas horas tardias, adorava saborear a solidão enquanto destrinchava narrativas complexas e prosas empoladas, produzindo páginas de comentários detalhados para seus autores. Naquela noite, havia liberado a mesa para passar a noite se dedicando à sua ocupação preferida: ler um original recém-chegado de um autor novinho em folha.

Potencial ainda desconhecido.

A maioria dos livros publicados chegava e partia sem deixar rastro, mas uns poucos cativavam a mente dos leitores e se transformavam em best-sellers. Faukman tinha grandes esperanças para o original que estava prestes a ler. Fazia meses que estava ansioso para recebê-lo. Era uma audaciosa exploração dos mistérios da consciência humana, assinado pela célebre cientista noética Katherine Solomon.

Pouco mais de um ano antes, Robert Langdon, amigo próximo de Faukman, levara Katherine a Nova York para fazer o pitch da sua ideia de livro durante um almoço. A apresentação da cientista fora nada menos que assombrosa: havia sido o mais fascinante pitch de uma obra de não ficção que Faukman se lembrava de ter escutado. Dias depois, ele ofereceu a Katherine um lucrativo contrato de publicação, tirando o livro do mercado.

Ela passara o último ano trabalhando duro em total segredo, e naquela tarde havia telefonado de Praga para contar que terminara de revisar o texto e que ele estava pronto para a leitura de Faukman. Ele desconfiou que Langdon tivesse influenciado Katherine a parar de mexer no texto e pedir a opinião do seu editor. Qualquer que fosse o estopim, de uma coisa Faukman tinha certeza: se o manuscrito de Katherine Solomon viesse a ter metade do poder de fascínio do seu pitch, aquele livro seria um dos projetos mais importantes da sua carreira.

Esclarecedor, surpreendente, de relevância universal.

A busca por compreender a consciência humana estava se transformando rapidamente no novo Santo Graal da ciência, e Kaufman pressentia que Katherine Solomon estava destinada a se tornar uma voz pioneira nesse campo. Se a teoria dela se provasse correta, a mente humana não era nem um pouco como se havia imaginado: a verdade traria uma mudança profunda em nossa visão da humanidade, da vida e até da morte.

Faukman se perguntou se estaria prestes a editar um livro que um dia se perfilaria ao lado de outras publicações capazes de mudar paradigmas, como *A origem das espécies* e *Uma breve história do tempo.*

Calma lá, Jonas, pensou. *Você ainda nem leu.*

Uma batida incisiva em sua porta o trouxe de volta ao momento presente, e ao se virar ele se espantou por estar recebendo um visitante no meio da noite.

– Sr. Faukman? – chamou um rapaz desconhecido postado em frente à sua porta.

– Sim. E você, quem é?

– Me desculpe pelo susto – disse o rapaz, erguendo seu crachá plastificado da empresa. – Meu nome é Alex Conan. Sou da segurança de dados. Trabalho principalmente à noite, quando o tráfego de dados do sistema está fraco.

A cabeleira loura e a camiseta da Pizzeria Papagayo faziam o garoto parecer mais um surfista do que um profissional de TI.

– Como posso ajudar, Alex?

– Deve ser alarme falso, mas o nosso sistema acabou de sinalizar uma informação que foi acessada indevidamente. Tenho certeza de que não é nada – disse o rapaz. – Fiquei preocupado porque é raro recebermos um alerta de "usuário não verificado", mas agora que estou vendo que o senhor está *aqui* no prédio e logado fico mais tranquilo. Deve ser só um erro na sua conta.

– Mas eu *não* estou logado – disse Faukman, indicando com um gesto o monitor. – Meu computador não foi sequer ligado a noite inteira.

Os olhos do garoto se arregalaram muito de leve.

– Ah...

Faukman se sentiu levemente alarmado.

– Alguém está logado na minha conta?

– Não, não. Bom, agora não mais. Quem quer que tenha sido, já foi embora.

– "Quem quer que tenha sido"? O que *isso* quer dizer?

O rapaz fez uma cara preocupada.

– Só que alguém acessou seu drive pessoal sem usar senha ou qualquer credencial autorizada. Quem quer que tenha sido deve ter um baita talento, porque o nosso firewall é de nível milit...

– Espere aí! *O que* exatamente foi acessado? – Faukman girou a cadeira de frente para a mesa e ligou o computador.

Minha vida profissional inteira está nessa porcaria de servidor!

– Alguém hackeou um dos seus SVWs – disse o garoto.

Faukman gelou. *Essa* não *era a resposta que eu queria.*

Os SVWs – *secure virtual workspaces*, ou espaços de trabalho virtuais protegidos – eram uma novidade relativamente recente na PRH. Devido a um aumento na pirataria de originais roubados, alguns editores da casa haviam começado a incentivar os autores de mais sucesso a trabalharem *exclusivamente* nos servidores da Penguin Random House, garantindo assim uma camada a mais de proteção. Muitos dos manuscritos mais valiosos da PRH eram escritos, editados e salvos num mesmo local seguro: as entranhas do sistema criptografado e protegido por firewall localizado na Torre da Random House. Isso sem contar o backup no estado de Maryland.

Eu pedi para Katherine Solomon usar um SVW, pensou Faukman, aflito.

Por ter sentido que a proposta de livro dela tinha o potencial de virar um best-seller, Faukman havia incentivado Katherine a usar protocolos rígidos para escrever o original. Ela havia aceitado de bom grado, dizendo adorar a ideia de poder se logar de qualquer lugar do mundo para trabalhar no livro sabendo que todo o seu material estaria no mesmo lugar, protegido, e com backup automático.

A maioria dos autores também pensava assim, com uma ressalva: *privacidade*. Nenhum autor quer um editor impaciente monitorando o avanço de um manuscrito antes de estar pronto. Por esse motivo, todo autor que usasse um SVW protegia seu espaço de trabalho virtual com uma senha – um código de acesso que só ele conhecia – até a hora em que o original estivesse pronto para ser entregue.

Para Katherine, esse dia foi hoje, pensou Faukman.

Ao telefonar de Praga para Kaufman mais cedo naquele dia, mesmo com o pé atrás ela revelou a senha para ele poder iniciar a leitura e a edição. Faukman imediatamente deixou todas as outras tarefas de lado para poder começar a ler o original na mesma noite e terminá-lo no fim de semana. Porém, sua tão esperada noite de leitura tinha sido interrompida por um profissional de TI de camiseta que havia aparecido com uma notícia perturbadora.

– *Qual* SVW foi acessado? – quis saber Faukman, sentindo a garganta seca.
– De qual livro?
O garoto sacou do bolso um pedacinho de papel e começou a lê-lo.
– Acho que um livro de *matemática*.
Faukman se empertigou, sentindo uma centelha de esperança.
– Olha – disse Alex, lendo o bilhete. – O título é SOMA.
O editor sentiu uma descarga de pânico na mesma hora.
Respira, Jonas. Respira.
SOMA não era um livro de matemática. Era um acrônimo.
Que significava: SOlomon – MAnuscrito.

CAPÍTULO 8

Saboreando a quentura dos jatos de hidromassagem do chuveiro do hotel, Robert Langdon fechou os olhos e inspirou o vapor quente para dentro dos pulmões. Havia se livrado das roupas molhadas, mas não da confusão sobre os acontecimentos daquela manhã.

Cogitou ligar para Katherine e interromper o tour pelo laboratório da Dra. Gessner para contar o ocorrido, mas pensou melhor e desistiu. *Essa é uma conversa bizarra que vamos precisar ter cara a cara quando ela voltar.* Mesmo agora, conforme seu corpo ia se aquecendo e seu pensamento, se tornando mais claro, ele ainda não se sentia mais próximo de uma explicação para a aparição fantasmagórica na Ponte Carlos. Nem para as próprias reações.

Em geral, ele reagia com calma quando sob pressão, mas naquela manhã acabou entrando em pânico, dominado por um medo estranho e visceral, que atropelou sua mente racional: a visão da mulher, o cheiro de morte, a lança, o sinistro dobrar dos sinos. A todo momento a lembrança apavorante era reencenada na sua cabeça.

Como é possível uma coisa dessas?

Langdon rememorou o acontecimento da madrugada anterior, cinco horas antes, se tanto, quando Katherine acordou gritando seu nome, sobressaltada por um pesadelo vívido. Ele a consolava enquanto ela narrava, histérica, sua visão perturbadora.

Foi apavorante, Robert. Tinha um vulto escuro ao pé da nossa cama. Todo de preto, com um halo com estacas pontiagudas ao redor da cabeça e uma lança de prata na mão. E exalava um cheiro pútrido, parecido com o cheiro da morte. Eu gritei por você, mas você não estava lá! A mulher sibilou para mim: "Robert não pode salvá-la. Você vai morrer." Aí teve um barulho ensurdecedor e um clarão, e o hotel explodiu em meio a uma nuvem de fogo. Eu senti meu corpo queimar.

Na hora, apesar do horror evidente, os elementos do sonho de Katherine fizeram um sentido lógico para Langdon. O halo com estacas ou coroa de raios tivera uma participação importante na palestra de Katherine. A lança de prata tinha sido um tema de conversa com Brigita Gessner durante os drinques após o evento. O cheiro de enxofre poderia ter sido remanescente de sua ida às fontes termais de Karlovy Vary, perto de Praga. E a explosão no hotel sem dúvida era resultado de ela ter assistido, no noticiário, a imagens perturbadoras de um bombardeio no Sudeste Asiático.

Langdon havia reconfortado Katherine, lembrando-lhe que o absinto era um poderoso alucinógeno e também que ela devia estar nervosa com o fato de o editor estar prestes a ler seu original.

Eu conheço bem essa tensão, pensou Langdon. *É natural você ter dificuldade para dormir.*

Agora, porém, horas depois, em pé debaixo do chuveiro, Langdon se via incapaz de encontrar qualquer explicação lógica para o que acabara de ver – ao menos não conforme seu entendimento atual da realidade.

Einstein já tinha feito a famosa declaração: *A coincidência é a forma que Deus tem de se manter no anonimato.*

O que eu vi não foi coincidência, insistia a intuição de Langdon. *Foi uma impossibilidade estatística.*

Das duas uma: ou o pesadelo de Katherine havia previsto o futuro, ou o futuro havia reagido ao sonho dela. Fosse qual fosse a opção certa, Langdon seguia sem entender.

O mais sinistro ainda era que a palestra de Katherine na noite anterior havia tratado desse exato fenômeno.

Precognição.

Capacidade de pressentir ou prever acontecimentos futuros antes da sua ocorrência.

No palco do Salão Vladislav, Katherine havia rememorado alguns dos casos mais famosos de precognição da história, entre eles os sonhos clarividentes de Carl Jung, Mark Twain e Joana d'Arc. Explicara que, três dias antes de ser assassinado, Abraham Lincoln havia contado para seu guarda-costas Ward Hill Lamon um sonho no qual via um cadáver coberto vigiado por um soldado que anunciava: "O presidente foi morto por um assassino."

Em seguida, Katherine descrevera o caso mais estranho de todos: o de Morgan Robertson, autor americano que em 1898 havia publicado o romance *Futilidade*, baseado num pesadelo vívido que tivera sobre um transatlântico inaufragável – o *Titã* – que colidia com um iceberg e afundava em uma de suas primeiras travessias pelo Atlântico. O incrível era o livro ter sido publicado catorze anos *antes* da tragédia do *Titanic*. Ele descrevia com tantas minúcias a construção do navio, a rota e o acidente que as coincidências nunca tinham sido explicadas.

– Como sei que há céticos aqui na plateia – tinha dito Katherine, lançando um olhar bem-humorado na direção de Langdon –, pensei que valeria a pena compartilhar uma experiência, concebida e executada anos atrás por um colega meu do Instituto de Ciências Noéticas. De lá para cá, ela foi replicada e aprimorada por laboratórios mundo afora. Consiste no seguinte...

Katherine apontou o controle remoto para a tela atrás de si e uma imagem surgiu: a do participante de um teste equipado com um monitor cerebral sentado no escuro diante de uma pequena tela.

– Enquanto monitoramos as ondas cerebrais de um participante com equipamentos especializados – começou ela –, nós mostramos a ele uma série aleatória de imagens. Essas imagens se dividem em três categorias: violência estarrecedora, calma tranquila ou conteúdo sexual explícito. Como cada tipo de imagem estimula uma região diferente do cérebro, podemos observar em tempo real quando a mente consciente do participante registra a imagem.

Ela tornou a clicar, e a tela passou a exibir um gráfico de ondas cerebrais com picos intermitentes, todos identificados segundo um código de cores para indicar o tipo de imagem mostrada.

– Conforme esperado, as regiões apropriadas do cérebro se acendem quando cada imagem específica aparece. Estão me acompanhando até aqui?

Cabeças assentiram com vigor.

– Ótimo – disse ela, então deu um zoom no eixo horizontal do gráfico. – Essa linha do tempo é um registro extremamente preciso, indicando o momento exato no qual o computador disparou cada imagem aleatória e também o momento exato em que o cérebro reagiu.

Langdon se perguntou que direção aquilo estaria tomando.

– Se aumentarmos o zoom – disse ela, clicando para mostrar intervalos de tempo cada vez mais curtos –, vamos chegar ao nível dos milésimos de segundo e descobrir um grande problema.

Ela não disse mais nada, porém segundos depois um burburinho coletivo de espanto começou a tomar conta do amplo salão. Langdon ficou encarando a tela sem entender. Segundo os gráficos, o cérebro do participante reagia *antes* de o computador mostrar a imagem.

– Como se pode observar claramente – disse Katherine –, esse homem está registrando cada uma das imagens muito antes da hora. A parte apropriada do seu cérebro está reagindo 400 milésimos de segundo *antes* de a imagem surgir. De alguma forma, a consciência dele *já sabe* que tipo de imagem está prestes a ver. – Ela sorriu. – E essa nem é a parte mais espantosa.

O salão silenciou.

– Na verdade, o que aconteceu – prosseguiu Katherine – foi que o cérebro reagiu não apenas antes de a imagem ser *mostrada*, mas antes mesmo de o gerador aleatório do computador ter *escolhido* que imagem mostrar! É como se o cérebro estivesse não prevendo a realidade, e sim *criando* a realidade.

Assim como todos à sua volta, Langdon ficou estarrecido. Sabia que esse exato conceito – de que os pensamentos humanos *criam* a realidade – existia no cerne da maioria dos ensinamentos espirituais.

Buda: *Com nossos pensamentos nós criamos o mundo.*

Jesus Cristo: *O que você pedir em oração será seu.*

Hinduísmo: *Você tem o poder de Deus.*

Langdon sabia que esse conceito era retomado também por pensadores progressistas e gênios artísticos modernos. O guru dos negócios Robin Sharma declarou: *Tudo é criado duas vezes: primeiro na mente, depois na realidade.* A citação mais longeva de Pablo Picasso declarava: *Tudo que você consegue imaginar é real.*

Uma batida na porta assustou Langdon, e o Salão Vladislav se dissipou da sua mente. Ele estava de volta ao chuveiro quando ouviu a porta do banheiro se abrir. Através do boxe translúcido, viu o contorno embaçado de uma pessoa entrando e suspirou de alívio. *Que bom que ela voltou cedo.* Com certeza Katherine ficara sabendo do incidente no hotel e voltara correndo.

– Acabei de acabar aqui – entoou ele em voz alta, fechando a água quente e abrindo mão do jato frio costumeiro. *Chega de água gelada por enquanto.*

Pegou a toalha pendurada no boxe, enrolou-a na cintura e saiu para o banheiro. – Katherine...

Travou.

Não era Katherine quem estava ali.

Langdon estava cara a cara com um homem de traços angulosos e paletó de couro.

– Quem diabos é o senhor? – exigiu saber.

Como foi que entrou aqui?

O intruso se aproximou com uma expressão desprovida de humor, ficando a centímetros de Langdon.

– Sr. Robert Langdon? – indagou ele com um forte sotaque tcheco. – Bom dia. Sou o capitão Janáček, do Úřad pro Zahraniční Styky a Informace. Tomei a liberdade de recolher seu passaporte. Creio que o senhor não vai se importar.

Recolher meu passaporte? Langdon se sentiu nu, parado só de toalha diante daquele desconhecido.

– Desculpe, o senhor é *quem*?

O homem mostrou um distintivo, mas no ar tomado pelo vapor Langdon não conseguiu ver muita coisa além do valoroso emblema da organização: um leão erguido nas patas traseiras. *O Leão Rampante?* Era um símbolo bastante comum, e por acaso também o logo do colégio onde Langdon havia estudado, embora ele tivesse razoável certeza de que aquele cara não era da Academia Phillips Exeter.

– Eu trabalho na ÚZSI – disse o homem, brusco. – Serviço de inteligência nacional da República Tcheca.

O senhor não tem cara de quem faz parte de um serviço de inteligência, pensou Langdon. Os olhos do sujeito estavam injetados e úmidos, seu cabelo era ralo e despenteado, e a camisa, toda amarrotada por baixo do paletó.

– Vou falar só *uma vez*, Sr. Langdon. – O agente tcheco deu um passo mais para perto dele, como se fizesse questão de cruzar uma linha invisível entre os dois. – O senhor acaba de evacuar um hotel cinco estrelas. Ou me dá um motivo muito bom para ter feito isso ou eu o prendo agora mesmo.

Langdon não soube o que responder.

– Eu... eu sinto muitíssimo – falou, gaguejando. – É difícil de explicar, capitão. Eu cometi um erro.

– Concordo – disparou o homem em resposta com uma expressão neutra. – Um erro considerável. Por que disparou o alarme?

Langdon não viu muita escolha senão dizer a verdade.

– Eu pensei que fosse haver uma explosão.

A única reação do agente foi um leve tremor das sobrancelhas grossas.

– Que interessante. E o que poderia causar essa explosão?

– Não sei, uma bomba, talvez.

– Entendo. Talvez uma bomba. Quer dizer que o senhor temia que houvesse uma bomba no hotel, mas mesmo assim correu de volta *para dentro* do prédio e subiu até esta suíte?

– Para alertar minha... amiga.

O homem sacou do bolso do terno um bloco de notas e leu.

– Sua amiga é a Sra. Katherine Solomon?

Langdon sentiu um calafrio ao ouvir o nome de Katherine saído da boca de um agente de inteligência da República Tcheca. A situação parecia ficar mais séria a cada instante.

– Correto. Só que ela já havia saído.

– Entendo, entendo. Então, sabendo que a sua amiga estava em segurança, em vez de descer de volta pela escadaria o senhor correu o risco de se afogar num rio gelado pulando pela janela?

Langdon teve que admitir que ele próprio ficou surpreso com esse ato.

– Eu entrei em pânico. Um sino de igreja começou a tocar de repente. Isso me pareceu um mau sinal.

– Um mau sinal? – O homem fez cara de ofendido. – Esse toque se chama *Angelus*, professor. Os sinos das igrejas daqui tocam de hora em hora, como um chamado para a prece matinal. Eu teria pensado que o senhor fosse saber.

– E sei, mas na hora não estava pensando direito. Os sinos me deram a sensação de que... não sei... de que o meu tempo estava se esgotando. Eu tinha visto policiais no lobby do hotel mais cedo.

– Seu tempo estava se esgotando? Quer dizer então que a sua bomba era uma bomba-*relógio*? Marcada para explodir às sete da manhã?

A bomba não *era minha!* Langdon lutou para manter a compostura.

– Não, eu estava só muito confuso e reagi por instinto. É claro que vou pagar pelo...

– Não há necessidade alguma de pagar, meu senhor – disse o homem, agora num tom mais brando. – As pessoas se confundem. Isso não é um problema. Só estou tentando entender *por que* o senhor achou que fosse haver uma explosão. *Onde* obteve essa informação?

Não existe a menor possibilidade de eu lhe dizer, Langdon sabia.

A verdade era implausível, improvável, quase inverossímil, e uma confissão sincera corria um sério risco de sair pela culatra. *Ele nunca vai acreditar em mim.* De repente Langdon sentiu que talvez fosse precisar de um advogado.

– Sr. Langdon? – insistiu o agente.

Langdon mudou de posição, segurando a toalha em volta da cintura.

– Como já disse, eu me confundi. A informação que eu tinha estava errada.

O olhar do capitão se estreitou ao mesmo tempo que ele deu um passo mais para perto.

– Na verdade, professor, o problema não é esse – disse, baixando a voz. – O problema é que o senhor recebeu uma informação *certa*. Uma informação *muito* certa.

– Não estou entendendo.

O agente o fuzilou com um olhar inquisitivo.

– Não mesmo?

Langdon fez que não com a cabeça.

– Professor – disse o capitão com uma voz gélida –, hoje cedo, neste mesmo hotel, minha equipe localizou e desarmou... uma bomba. Que estava marcada para explodir às sete da manhã em ponto.

CAPÍTULO 9

À luz bruxuleante das velas, O Golěm dirigiu mais uma vez o olhar para a fotografia na parede. Então apagou as velas com um sopro e saiu do seu espaço sagrado.

Eu renasci.

Banhado na claridade efêmera do apartamento, ele entrou no quarto de vestir. Sua capa com capuz e suas botas de salto plataforma estavam largadas no chão, descartadas às pressas de modo que ele pudesse receber o Éter, viagem que sempre empreendia despido, sem adornos e na escuridão completa.

O Golěm pendurou a fantasia com cuidado de volta no lugar, limpando os pedacinhos de barro seco grudados no colarinho. Muitos turistas se espantavam com seu visual, mas os moradores da cidade mal olhavam para ele. Praga era uma cidade de teatro e de fantasia, e o pessoal que saía à noite vivia andando pelas ruas fantasiado de personagens célebres da história local: fantasmas famosos, bruxas, amantes contrariados, santos mártires... e aquele monstro imenso feito de barro.

A lenda mais antiga de Praga.

Um guardião místico igualzinho a mim.

O Golěm conhecia de cor a história do monstro de barro, porque ela era a sua própria história: a de um espírito protetor condenado a uma forma física, encarregado de sacrificar o próprio conforto para poder carregar a dor alheia.

Segundo rezava a lenda do século XVI, um rabino muito poderoso chamado Judá Loew tinha catado barro fresco das margens do Moldava e usado para criar um monstro com a ideia de proteger seu povo. Usando a magia da cabala, o rabino gravou a palavra em hebraico na testa do guardião inanimado, e na mesma hora o monstro de barro ganhou vida, dotado de uma alma proveniente de outra dimensão.

A palavra escrita em sua testa era אמת: *emet*. Verdade.

O rabino batizou sua criação de *golem*, "matéria-prima" em hebraico: uma referência ao barro com o qual o monstro fora criado. Dali em diante, o golem passou a patrulhar as ruas do gueto judeu para proteger quem corresse perigo, matando malfeitores e garantindo a segurança da comunidade.

Mas a partir daí a lenda toma um rumo sombrio.

O monstro começou a se sentir sozinho e confuso com a própria violência, e acabou se voltando contra seu criador. O rabino por pouco conseguiu sobreviver ao ataque dele, erguendo desesperadamente a mão para cima e borrando uma das letras hebraicas na testa da criatura.

Ao apagar o *aleph*, א, a palavra hebraica *verdade* – *emet* – foi transformada em algo muito mais sombrio: *met*, palavra hebraica para *morte*.

אמת virou מת.

Verdade virou... *Morte*.

O monstro desmoronou, sem vida.

Parado junto à sua criação caída, o rabino resolveu não correr qualquer risco. Desmantelou rapidamente o corpo de barro e escondeu os pedaços no sótão da Sinagoga Velha-Nova de Praga, onde dizem que as lascas de barro seco permanecem até hoje, acima do antigo cemitério onde o rabino Loew jaz enterrado.

Foi neste cemitério que minha jornada começou, pensou O Golěm enquanto fitava a fantasia pendurada. *Eu sou O Golěm. Mais uma encarnação no ciclo de almas.*

Ele também fora invocado como um protetor: um guardião da mulher cuja foto estava pendurada na parede do seu *svatyně*. Ela jamais poderia saber da existência dele ou do que ele tinha feito por ela. *E muito menos do que farei em breve.*

O Golěm já havia matado Brigita Gessner, uma traidora das mais dissimuladas. Ainda era capaz de ouvir os ecos da voz da cientista ao narrar desesperada tudo que ela e os outros conspiradores tinham feito.

Alguns dos traidores comparsas da Dra. Gessner se encontravam ali em Praga, ao alcance do Golěm. Outros estavam a milhares de quilômetros, gente poderosa que se movia nas sombras.

Não descansarei até todos terem sido punidos.
O Golěm só conhecia uma forma de fazer isso.
Vou destruir tudo que eles criaram.

CAPÍTULO 10

Eles desarmaram uma bomba?!
Robert Langdon estava com a cabeça a mil enquanto se vestia na suíte do hotel. Não conseguia aceitar o fato de um atentado a bomba ter sido impedido naquela manhã, muito menos aceitar a visão da mulher na ponte.

Minutos antes, pedira para ver mais de perto a identidade do agente tcheco, que com relutância havia mostrado, confirmando se chamar Oldřich Janáček, 61 anos, capitão da ÚZSI. A sigla, informou ele a Langdon, significava Úřad pro Zahraniční Styky a Informace – Escritório de Relações Exteriores e Informação – e era pronunciada "exatamente igual ao nome da submetralhadora: Uzi".

O logotipo do Leão Rampante da agência era acompanhado pelo lema *Sine Ira et Studio*, "sem raiva nem viés", embora o comportamento do capitão sugerisse a presença de ambos.

Janáček havia passado os últimos três minutos postado na porta do quarto de Langdon, batendo boca em tcheco no celular enquanto ficava de olho nele.

Por acaso ele acha que eu vou fugir?

Langdon terminou de se vestir, sentindo-se enfim aquecido com a calça de sarja grossa, a blusa de gola alta e um suéter de lã por cima. Pegou o antiquíssimo relógio do Mickey Mouse de cima da cômoda e o pôs no pulso, sentindo que nesse dia talvez fosse precisar de um lembrete constante para manter a leveza.

– *Ne!* – gritou Janáček com raiva no celular. – *Tady velím já!*

Desligou e virou-se para Langdon.

– Era a sua *chůva*. Está subindo.

Minha chůva? Langdon não fazia a menor ideia do que a palavra significava, mas Janáček obviamente não estava contente com a sua chegada.

O capitão era um homem alto de uma magreza incomum, com uma postura vergada que dava a impressão de que ele poderia tombar para a frente a qualquer momento. Langdon o seguiu até a sala, onde Janáček se pôs à vontade, acendendo a lareira a gás, acomodando-se numa poltrona de couro e cruzando as pernas finas.

Enquanto ele se instalava, a campainha da porta da suíte tocou.

Janáček apontou para o saguão.

– Abre para ele.

Enquanto seguia pelo corredor para abrir a porta, Langdon tornou a se perguntar: *Minha* chůva?

Quando abriu a porta, olhou para o saguão e viu um homem negro bonito, de seus 30 anos talvez, da mesma altura de Langdon – por volta de 1,85m –, com a cabeça raspada, um sorriso largo e um rosto de traços bem marcados. Vestido de forma impecável com um blazer azul, camisa rosa e gravata de estampa geométrica miúda, o homem mais parecia um modelo do que alguém com quem o capitão Janáček havia acabado de bater boca em tcheco.

– Michael Harris – apresentou-se ele, estendendo a mão. – É uma honra conhecê-lo, professor Langdon.

Tinha um sotaque americano, talvez do subúrbio da Filadélfia.

– Obrigado – respondeu Langdon enquanto apertava a mão.

Seja o senhor quem for.

– Em primeiro lugar, eu gostaria de me desculpar. O capitão Janáček deveria ter ligado para o meu escritório antes de interrogar o senhor.

– Entendo – disse Langdon, sem entender nada. – E o seu escritório seria...

Harris fez uma cara de surpreso.

– Ele não lhe disse?

– Não, só falou que o senhor era a minha *chůva*.

Harris fez cara feia e ficou parado, sem fazer qualquer movimento para entrar.

– Janáček estava ironizando. *Chůva* quer dizer babá. Eu sou o assessor jurídico da embaixada dos Estados Unidos. Estou aqui para auxiliar o senhor.

Langdon sentiu um profundo alívio por poder contar com aconselhamento jurídico, embora estivesse torcendo para o assessor não reparar no fato de que ele havia estragado o caro arranjo de tulipas enviado pela embaixada como presente de boas-vindas.

– O meu trabalho – disse o assessor, falando baixinho – é salvaguardar seus direitos como americano no exterior, que, pelo que eu soube até aqui, foram desconsiderados hoje de manhã.

Langdon deu de ombros.

– O capitão Janáček foi agressivo, mas levando em conta as circunstâncias compreendo por que ele agiu como agiu.

– O senhor é generoso – sussurrou Harris. – Mas vou fazer um alerta: cuidado com a gentileza. O capitão Janáček é mestre em explorar a cortesia alheia e transformá-la em ponto fraco, e pelo visto a sua situação é... um tanto incomum.

Você nem faz ideia, pensou Langdon, ainda pasmo com o que tinha visto na ponte.

– Um conselho – acrescentou Harris. – Tanto este hotel quanto a Ponte Carlos são fortemente monitorados por câmeras de segurança. Isso significa que a esta altura Janáček está a par de todos os detalhes do que aconteceu. De modo que o senhor precisa dizer a verdade. *Não minta*.

– Harris! – A voz de Janáček trovejou lá de dentro. – *Čekám!*

– *Už jdeme!* – gritou Harris de volta num tcheco que soou perfeito antes de lançar a Langdon um olhar tranquilizador. – Vamos?

Os dois encontraram Janáček diante da lareira, baforando com toda a calma um cigarro da marca local Petra, com a cabeça jogada para trás e soprando a fumaça para o alto.

Lá se vai a suíte de não fumantes.

– Sentem-se – ordenou Janáček, batendo a cinza num vaso de plantas apoiado no chão. – Professor, antes de começarmos, eu gostaria que o senhor me entregasse o seu celular. – Ele estendeu uma das mãos finas.

– Não, capitão – interveio Harris. – O senhor não tem embasamento le...

– Meu celular sumiu – disse Langdon. – Eu perdi no rio.

– Mas claro – grunhiu Janáček, exalando uma nuvem de fumaça. – Que conveniente. Sentem-se.

Langdon e Harris ocuparam assentos de frente para Janáček.

– Professor – começou o capitão –, enquanto estava se vestindo, o senhor questionou a forma como estou lidando com a situação. Disse ter ficado chocado por eu não ter *evacuado* o hotel assim que a bomba foi encontrada.

– Fiquei surpreso, mas não estava questionando a sua forma de...

– Sr. Harris – cortou Janáček, virando-se para o assessor e dando outra tragada –, pode esclarecer para o professor?

– Claro – respondeu Harris com calma. – A pergunta faz sentido, e embora eu não tenha como avaliar diretamente os procedimentos adotados pelo capitão Janáček, posso confirmar que as ações dele estão de acordo com a estratégia geral usada no combate ao terrorismo. Ataques que são divulgados, incluindo os *abortados*, só fazem deixar os terroristas mais ousados. A conduta correta, quando possível, é neutralizar o risco, fingir que ele nunca aconteceu e evitar que os terroristas tenham qualquer tipo de publicidade.

– Certo.

Langdon se perguntou quantos atentados terroristas seriam frustrados diariamente sem o conhecimento do público.

Janáček inclinou-se na direção dele com os cotovelos apoiados nos joelhos.

– Mais alguma pergunta?

– Não, capitão.

– Ótimo. Passemos então à *minha* pergunta, e eu só tenho uma. Que até aqui o senhor se recusou a responder. – Janáček deu outra tragada no cigarro e fez sua pergunta como se estivesse se dirigindo a uma criança. – Professor, *como* o senhor sabia sobre a bomba?

– Eu não *sabia* – retrucou Langdon. – Eu só...

– O senhor acionou o alarme! – explodiu Janáček. – *Alguma coisa* o senhor sabia! E professor, por gentileza não repita que "é complicado". Eu entendo que o senhor seja um estudioso de renome, mas eu também sou um homem inteligente. Acho que sou capaz de entender as suas complicações.

– Sr. Langdon – disse Harris com toda a calma. – Agora é com o senhor. Basta dizer a verdade.

Langdon inspirou fundo e torceu para que São João Evangelista estivesse certo quando garantiu que "a verdade vos libertará".

CAPÍTULO **11**

O editor Jonas Faukman clicou várias vezes com o mouse, querendo que o computador iniciasse mais depressa. Em tese, apenas duas pessoas na face da Terra tinham acesso ao SVW privativo de Katherine Solomon: a própria Katherine e, desde aquela tarde, ele.

Como alguém de fora pode ter conseguido acesso?

O editor sentiu um mal-estar físico ao imaginar o que poderia ter sido comprometido: toda a pesquisa científica de Katherine, suas anotações e o mais importante – o manuscrito em si.

Anda!, apressou, impaciente para a máquina ser ligada.

O jovem funcionário de TI espiava por cima do ombro de Faukman e produzia um zumbido nervoso que em nada aplacava a aflição do editor. Quando o computador por fim ganhou vida, Faukman entrou na pasta correta e clicou no nome da partição do servidor chamada "SOMA" – SOlomon MAnuscrito.

Havia anotado a senha de Katherine numa ficha e a guardado na segurança de uma gaveta, mas antes de poder tentar pegá-la o computador emitiu um som desconhecido: três bipes rápidos em sequência. Faukman virou-se para o monitor esperando ver a janela de login de Katherine, mas em vez disso se deparou com uma mensagem de erro em vermelho-vivo.

PARTIÇÃO NÃO ENCONTRADA.

– Mas o que...? – Faukman voltou a clicar no ícone SOMA. Três bipes curtos soaram, e a mesma mensagem de erro apareceu. *Partição não encontrada?* Virou-se para Alex depressa. – A partição inteira *sumiu*?

Estava ali naquela tarde, quando Faukman testara a senha de Katherine. *Onde foi parar?*

De olhos arregalados, o rapaz de TI se ajoelhou ao lado de Faukman e se apossou do teclado e do mouse. O editor prendeu a respiração enquanto o rapaz trabalhava, os dedos voando por cima das teclas. As várias tentativas que ele fez produziram o mesmo resultado: três bipes altos.

PARTIÇÃO NÃO ENCONTRADA.

– Não entre em pânico – disse o garoto com uma voz que era puro pânico. – Isso só quer dizer que, para tentar apagar as próprias pegadas, eles removeram a partição.

– Está me dizendo que alguém *deletou* toda a pesquisa e as versões preliminares do original desse título?

– Sim, senhor. É um protocolo comum depois de um hackeamento. Dificulta rastrear os hackers. – Ele voltou a digitar. – Mas não se preocupe, Sr. Faukman, nós temos sistemas redundantes, e todos os seus dados continuam existindo no backup externo da PRH, que fica no nosso centro de dados em Maryland. Estou entrando nele agora mesmo para recuperar os dados.

Os dedos de Alex eram um borrão.

– Só precisamos acessar a partição remota e migrar...

O computador emitiu três bipes curtos novamente. Uma caixa de diálogo já conhecida surgiu na tela.

PARTIÇÃO NÃO ENCONTRADA.

Os olhos do rapaz se arregalaram mais ainda enquanto ele tentava acessar o servidor redundante outra vez.

PARTIÇÃO NÃO ENCONTRADA.

– Ah, não – murmurou o garoto.

Faukman sentiu uma fraqueza súbita. *A partição de Katherine foi deletada nos dois servidores? Junto com o manuscrito e as anotações dela?*

Alex Conan se levantou com um pulo e se encaminhou para a porta.

– Senhor, preciso voltar para a minha máquina. Nunca vi nada igual na vida. É uma violação séria.

Não me diga!

Faukman ficou sentado catatônico em sua cadeira enquanto os passos do garoto desapareciam no corredor vazio.

– Eu preciso desses arquivos, Alex! – entoou ele no encalço do outro. – Minha autora me confiou um ano inteiro de trabalho!

◆ ◆ ◆

Em Londres, o Sr. Finch passara a noite monitorando uma situação que mudava a cada instante.

Primeiro fora Brigita Gessner. A neurocientista tinha enviado a Finch uma mensagem profundamente perturbadora relacionada ao manuscrito de Katherine Solomon, depois simplesmente evaporou. *Silêncio total.*

Depois fora a vez da própria Katherine Solomon. Trinta e cinco minutos antes, em Praga, a cientista havia feito algo tão inesperado que não tinha como ser ignorado. *Foi necessário agir imediatamente.*

Finch havia cogitado alertar seus superiores nos Estados Unidos, mas lá era o meio da madrugada agora, e eles tinham lhe concedido "controle operacional unilateral" para tomar decisões estratégicas. Para seus superiores, pessoas em posições de grande poder, era importante que pudessem refutar de forma plausível o envolvimento com qualquer operação questionável do ponto de vista ético.

Operações como essa, pensou Finch, sabendo que seus colegas prefeririam *não* saber como ele alcançava seus resultados.

Assim, minutos após saber das ações de Solomon, o Sr. Finch ouviu os próprios instintos e puxou o gatilho, transmitindo a seus agentes de campo uma mensagem com apenas duas palavras.

Execução imediata.

O recebimento da ordem fora confirmado por seus contatos de prontidão em Praga e Nova York.

CAPÍTULO 12

– Foi *essa* a mulher que o senhor viu? – exigiu saber Janáček, mostrando a tela de um tablet com a captura de imagem granulada da mulher com a cabeça rodeada por estacas negras pontiagudas e uma lança na mão.

Janáček e o assessor Harris estavam sentados diante de Langdon em frente à lareira.

– Sim, é ela – confirmou Langdon, recordando o pânico que havia sentido.

– De acordo com as imagens das câmeras de vigilância – disse Janáček –, o senhor cruzou com essa mulher na metade da ponte, parou para falar com ela e então, de repente, voltou correndo para cá e fez o hotel ser evacuado. O que essa mulher lhe disse?

– Nada – respondeu Langdon. – Ela me ignorou e seguiu andando.

– Ela não disse *nada*? – Janáček riu. – Professor, se ela não disse nada, o que fez o senhor entrar em pânico?

Harris tampouco parecia estar entendendo.

– Ela estava usando esse adereço esquisito na cabeça e segurando uma lança – disse Langdon. – Tinha também um... um cheiro muito forte.

Langdon percebeu na hora quão estranha soava sua descrição.

O capitão arqueou as sobrancelhas.

– O senhor não gostou do cheiro dela? Por isso saiu correndo?

– Ela estava com um cheiro de morte.

Janáček o encarou.

– De morte? E que cheiro exatamente tem *a* morte?

– Não sei... decomposição, enxofre, putrefação. É uma mistura compli...

– Professor Langdon! – ladrou Janáček. – Como o senhor sabia que este prédio precisava ser evacuado?

– Capitão – interveio Harris –, quem sabe nós possamos dar alguns instantes para o Sr. Langdon se explicar?

Janáček batucou com a caneta em seu bloco de notas sem interromper o contato visual.

Langdon respirou fundo. *Tentar não custa.*

– Ontem à noite – começou ele, no tom mais neutro possível –, minha colega Katherine Solomon deu uma palestra no Castelo de Praga. Depois da palestra, ela e eu voltamos para este hotel e fomos tomar um drinque no bar lá embaixo. Uma neurocientista tcheca conhecida foi se juntar a nós, a Dra. Brigita Gessner, que foi a grande responsável por Katherine ser convidada para vir a Praga. A Dra. Gessner insistiu para Katherine experimentar o absinto produzido aqui na Boêmia. Ela experimentou, e isso a levou a ter uma noite de sono agitada.

Janáček ia anotando.

– Prossiga.

– Em determinado momento, por volta de uma e meia da manhã, Katherine teve um pesadelo e acordou em pânico. Estava extremamente abalada. Eu a trouxe para esta sala, a fiz se sentar diante da lareira, preparei um chá, esperei ela se acalmar, e depois, quando ela ficou mais tranquila, nós dois voltamos para a cama.

– Como você é legal – resmungou Janáček. – E *o que* isso tem a ver com a sua presepada de evacuação?

Langdon se calou, tentando formular a explicação da melhor maneira possível. Então, preparando-se para a reação dos dois, disse a verdade.

– No pesadelo de Katherine – falou, com toda a calma –, acontecia uma explosão mortal aqui neste hotel.

Ele percebeu que nem Janáček nem Harris estavam esperando essa resposta.

– Óbvio que isso é bem alarmante – disse Harris em voz baixa. – Mas e a mulher na ponte? Por que o senhor saiu correndo quando a viu?

Langdon suspirou e falou devagar.

– Porque no sonho de Katherine uma mulher aparecia ao lado da nossa cama aqui nesta suíte. Estava toda vestida de preto e tinha... – Langdon apontou para a imagem no tablet. – Exatamente isto aqui: um adereço preto de estacas na cabeça. E segurava uma lança de prata. A mulher fedia a morte e disse que Katherine ia morrer. – Langdon fez uma pausa. – No sonho, o hotel inteiro explodia e matava todo mundo.

– *Hovadina!* – exclamou Janáček. – Papo furado! Eu não acredito numa só palavra dessa história!

Harris parecia igualmente incrédulo.

– Entendo a reação de vocês – disse Langdon. – Eu mesmo ainda estou tentando entender, mas é a verdade. Hoje de manhã, quando vi a mesma mulher do sonho de Katherine em carne e osso, entrei em pânico. Tive medo de que talvez o sonho tivesse sido algum tipo de... sei lá, de aviso.

– Um aviso em sonho? – disparou Janáček, com um forte sotaque tcheco que fez a possibilidade soar ainda menos plausível. – Então me diga: nesse sonho mágico da Sra. Solomon, a que *horas* a bomba explodia?

Langdon pensou um pouco.

– Não sei. A mulher não dava nenhum horário.

– Mas mesmo assim o senhor pulou pela janela para fugir às sete da manhã, exatamente no horário em que a bomba estava marcada para explodir. Como sabia que seria às sete da manhã?

– Eu *não sabia*. Os sinos da igreja começaram a tocar, e por algum motivo tudo simplesmente colidiu dentro da minha mente...

– *Ještě větší hovadina!* – cuspiu Janáček, levantando-se num pulo e se inclinando na direção de Langdon de um jeito ameaçador. – Duas vezes papo furado! O senhor está mentindo para mim!

Harris também se levantou num pulo para sair em defesa de Langdon e encarou Janáček.

– Já chega, capitão.

– Ah, já? – disparou Janáček, virando-se para o assessor. – Pois veja que conveniente: às sete horas da manhã de hoje, exatamente no horário em que a bomba estava programada para explodir, *tanto* Robert Langdon quanto Katherine Solomon estavam fora do hotel. Eles claramente temiam pela própria vida.

– Que coisa mais *ridícula*! – exclamou Langdon, sem conseguir conter o riso.

– Tão ridículo quanto um sonho com cheiro de enxofre?

– Capitão Janáček, o senhor está passando dos limites – alertou Harris com firmeza.

– Que limites? – bradou o capitão. – Um atentado terrorista foi evitado por um triz, e os indícios mostram que esses dois americanos sabiam com antecedência que a explosão iria ocorrer. Eu não vou aceitar um sonho mágico como álibi!

Harris encarou Janáček sem recuar sequer um centímetro.

– Tanto o senhor quanto eu sabemos que é totalmente inconcebível Robert Langdon ou Katherine Solomon conspirarem para explodir um hotel. Isso não faz o menor sentido.

– Faz sentido, *sim*, se considerarmos que Katherine tinha um motivo claro.

– Para explodir um hotel? – indagou Langdon, sem acreditar.

– Isso mesmo – respondeu Janáček. – Em qualquer inquérito criminal eu sempre me faço uma pergunta simples: quem vai se beneficiar com o crime? Seja quem for essa pessoa, e por mais improvável que pareça, ela será meu principal suspeito.

– Capitão – interveio Harris –, *de que modo* Katherine Solomon poderia se beneficiar de uma...

– Permita-me perguntar uma coisa, professor – interrompeu Janáček, tornando a se virar para Langdon. – Pelo que entendi, a Sra. Solomon está escrevendo um livro, correto?

– Correto.

Embora Katherine tivesse mencionado seu livro na palestra da noite anterior, Langdon se sentiu incomodado com o fato de o capitão ter essa informação.

– Além disso – disse Janáček –, pelo que entendi esse livro defende a existência de poderes paranormais, como percepções extrassensoriais, clarividência, esse tipo de coisa. A Sra. Solomon é especialista nesses assuntos. A mim parece que uma notícia sobre um sonho místico que salva um hotel cheio de gente seria muito útil para o livro dela do ponto de vista da credibilidade e das vendas, não?

Langdon ficou incrédulo encarando o agente.

– Capitão – disse Harris, igualmente espantado –, sua insinuação é claramente...

– A única explicação possível – completou Janáček.

– Capitão – disse Langdon em voz baixa –, está sugerindo que o alarme de incêndio e o pesadelo foram algum tipo de ação *publicitária*?

Janáček abriu um sorriso de ironia e deu uma longa tragada em seu cigarro.

– Depois de 38 anos de trabalho investigativo, professor, eu pensei que já tivesse visto de tudo. Mas hoje, no seu mundo das redes sociais, todos os dias me choco com o que as pessoas são capazes de fazer em troca de uma cobertura da mídia, para "viralizar", como vocês americanos adoram dizer. Na verdade, esse plano foi até engenhoso, surpreendentemente seguro e fácil de executar.

– Como o senhor pode dizer que plantar uma bomba num hotel é *seguro*? – quis saber Langdon.

Harris se manteve calado.

– Vocês se certificaram de que seria seguro – repetiu Janáček. – A bomba que nós encontramos era pequena e tinha sido deixada numa área do subsolo onde o estrago causado seria mínimo. Vocês ligaram com uma denúncia anônima para ter certeza de que o explosivo seria descoberto antes de alguém se machucar.

Os cachorros da polícia no lobby...

– Aliás – acrescentou Janáček –, a coroa foi um toque de classe: bem memorável e difícil de passar despercebida nas imagens das câmeras de segurança.

Langdon estava se sentindo meio enjoado.

– Capitão, nada poderia estar mais distante da verdade.

– Se o senhor acredita nisso – disse o capitão –, então talvez não *saiba* a verdade. Talvez o senhor não conheça Katherine Solomon tão bem quanto pensa. Talvez ela tenha feito tudo isso pelas suas costas e usado o senhor como cúmplice sem o seu conhecimento.

Langdon não se dignou a responder.

– Eu sou mestre em descobrir a verdade, professor – disse Janáček, direto –, e é por isso que estou ansioso para ouvir a versão da Sra. Solomon para essa história. Se ela de fato teve um sonho que se realizou, talvez seja inocente. Mas isso significaria que Katherine Solomon é capaz de prever o futuro, o que a tornaria de fato uma mulher muito especial. Ela é *tão* especial assim, Sr. Langdon?

O sarcasmo na voz do agente deixou pouca margem de dúvida: Langdon e Katherine teriam uma tarefa ingrata pela frente. *Somos culpados até que se prove a nossa inocência.*

– O que me faz chegar à minha última pergunta – disse Janáček. – *Onde* está a Sra. Solomon neste momento?

– Reunida com uma colega – respondeu Langdon, tenso.

– Que colega?

– A neurocientista tcheca que eu mencionei, Dra. Gessner.

– E as duas marcaram de se encontrar no laboratório da Dra. Gessner?

Langdon se espantou que o agente soubesse disso.

– Relaxe – disse Janáček, erguendo um bilhete. – Peguei isto no seu quarto junto com seus dois passaportes.

O capitão mostrou o bilhete escrito por Katherine. Estava apenas testando Langdon.

– A que horas é o encontro?

– Às oito – respondeu Langdon.

Janáček consultou o relógio.

– Ou seja, daqui a poucos minutos. Onde fica esse laboratório?

Langdon ficara sabendo na noite anterior que o laboratório de Gessner ficava num monumento protegido de Praga: o Bastião U Božích Muk, pequena fortificação medieval reformada para virar um centro de pesquisas ultramoderno a quatro quilômetros do centro da cidade.

– Vou ligar para Katherine – sugeriu ele, imaginando que ela não gostaria de ser interrogada na frente de Gessner. – Tenho certeza de que ela vai voltar na mesma ho...

– *Onde fica o laboratório?* – explodiu Janáček, passando por Harris com um empurrão e parando a centímetros do rosto de Langdon. – Eu prendo o senhor agora mesmo, professor, e o seu consulado vai levar semanas para conseguir soltá-lo.

Langdon não arredou pé.

– Eu gostaria de falar a sós com o Sr. Harris.

– Última chance – disse Janáček, ríspido. – Onde fica o laboratório?

Fez-se um longo silêncio, e a voz que falou a seguir foi como uma punhalada nas costas de Langdon.

– No Bastião U Božích Muk – disse Harris com uma voz sem entonação. – A quatro quilômetros daqui.

CAPÍTULO 13

Robert Langdon se sentiu um criminoso ao atravessar o lobby do hotel escoltado por Janáček. Quando eles estavam passando pelo balcão da recepção, o celular do capitão tocou, e ele se afastou para atender onde Langdon e Harris não conseguissem escutá-lo.

– Professor – sussurrou Harris a seu lado, aproveitando o momento a sós. – Por favor, entenda, o capitão Janáček *já sabia* onde fica o laboratório. Ele estava tentando fazer o senhor cair numa armadilha de obstrução à justiça. Eu revelei a localização para Janáček não poder alegar que o senhor tentou atrapalhar a investigação. O senhor teria sido preso no ato.

Então obrigado... acho.

– *Dost řeči!* – gritou Janáček, encerrando a ligação e atravessando o lobby a passo militar até Langdon. – Chega de papo! Vamos indo!

Langdon obedeceu e seguiu o capitão e Harris até fora do hotel, onde caía uma neve fraca. Apesar de o dia nascer tarde em fevereiro, o sol por fim surgira e espalhava uma claridade acinzentada pela cidade. Enquanto eles estavam andando até o meio-fio, Harris ergueu os olhos do celular e disse:

– Capitão, eu coloquei a embaixadora no circuito.

– A *embaixadora?* – repreendeu Janáček. – Por acaso não confia no próprio julgamento?

– Eu não confio é no *seu* – retrucou Harris, sem se deixar abalar. – Levando em conta a seriedade da acusação que o senhor está fazendo e a importância dos indivíduos acusados, meu dever é dar ciência à embaixada no mais alto escalão.

– Fique à vontade – disse Janáček, com um sorriso sarcástico e um aceno de mão de quem não estava dando importância. – Tenho certeza de que o Sr. Langdon e eu passaremos muito bem sem o senhor.

– Errado – rebateu Harris. – Eu vou levar o Sr. Langdon para a embaixada comigo. Ele pode ficar esperando lá com mais conforto enquanto o senhor busca a Sra. Solomon.

Langdon não tinha a menor intenção de deixar Katherine sozinha com Janáček e estava prestes a protestar quando o capitão deu uma risada.

– Sr. Harris, *o senhor* pode ir, claro, mas o meu suspeito, Sr. Langdon, vai me acompanhar até o laboratório.

– *Suspeito?* – retrucou Harris. – O senhor não o acusou de nada, e ele tem todo o direito de...

– Terei o maior prazer em acusar, se o senhor preferir. Não seria difícil, levando em conta que ele provocou a evacuação de um dos hotéis mais chiques de Praga usando como desculpa um sonho fantasioso qualquer.

Harris se calou, considerando as alternativas. Depois de alguns instantes, virou-se para Langdon com um ar de grave preocupação.

– Professor, eu solicitei uma reunião de emergência com a embaixadora. O senhor fica bem sozinho por cerca de meia hora?

– Com certeza – respondeu Langdon.

– Ótimo. Vou informar a embaixadora e em seguida me encontro com vocês no laboratório, talvez acompanhado da própria.

– Obrigado – disse Langdon. – Tenho certeza de que vamos resolver essa história toda assim que falarmos com Katherine.

Harris virou-se de volta para Janáček, que havia acendido outro cigarro.

– Capitão, esteja ciente de que a embaixada está de olho no senhor. Não podemos impedi-lo de ser mal-educado, mas se o senhor se atrever a cruzar algum limite ético ou jurí...

– Entendido – disparou Janáček com o cigarro pendurado na boca.

Virando as costas, ele fez sinal para um carro parado ali perto, que ganhou vida com um rugido e acelerou em direção aos três, parando a centímetros do grupo com uma freada brusca.

Langdon deu um pulo para trás. *Cuidado!*

O sedã preto da Škoda tinha o logo da ÚZSI pintado de ambos os lados. Janáček abriu a porta de trás e fez um gesto para Langdon entrar.

Enquanto o professor embarcava, Janáček se virou para Harris.

– Esteja avisado, assessor: é bom o senhor se apressar. Não tenho a menor intenção de atrasar o interrogatório da Sra. Solomon.

◆ ◆ ◆

O táxi de Michael Harris se afastou do Four Seasons. O taxista ligou a seta para a direita, achando que Harris era um turista americano desavisado sem a menor ideia de como chegar à embaixada americana, um alvo perfeito para uma corrida inflacionada.

– *Jed'te přes Mánesův most, sakra!* – gritou Harris em tcheco, com direito a palavrão. – *Spěchám!*

O taxista arregalou os olhos e deu uma guinada para a esquerda. Os praguenses sempre se espantavam quando um americano falava tcheco fluente, sobretudo quando era um homem negro de 1,90m usando terno de alfaiataria.

Michael Okhu Harris crescera numa casa abastada de Filadélfia, criado principalmente pela babá, uma imigrante de Brno. Por sugestão dos pais, a babá falava apenas tcheco com o menino, e aos 15 anos Michael já era totalmente bilíngue. Após estudar direito na UCLA, ele decidira fazer uso de suas competências linguísticas postulando um cargo na embaixada americana em Praga, cidade exótica de comidas sofisticadas, mulheres lindas e trabalho estimulante.

Nas últimas semanas, porém, o trabalho havia se tornado bem mais interessante do que ele quisera que fosse. E naquela manhã o "interessante" havia alcançado outro patamar.

Ele seguia sem entender o incidente na Ponte Carlos. A alegação de Janáček – de que aquilo era uma jogada publicitária para o livro a ser lançado por Katherine Solomon – parecia absurda, mas mesmo assim Harris precisava admitir que ela obedecia a uma estranha lógica; ele sempre ficava pasmo com os riscos que as pessoas bem-sucedidas corriam para tentar promover a própria carreira.

Inclusive eu, lembrou Harris a si mesmo.

Havia meses que Harris vinha trabalhando "por fora" para a embaixadora, e, embora suas atribuições estivessem tecnicamente dentro da lei, a fronteira era tênue... e o trabalho com certeza era desagradável. Mesmo assim, o retorno financeiro por baixo dos panos, somado à influência pessoal que a embaixadora tinha sobre ele, havia tornado a proposta irrecusável para Harris.

Tomara que isso não volte para me assombrar.

Mas ele teve a incômoda sensação de que voltaria.

CAPÍTULO 14

Na Cidade Velha, O Golĕm percorreu o labirinto de vielas ao redor do apartamento onde morava até sair da área. Aquela obscura rede de passagens, algumas com apenas dois metros de largura, serpenteava o velho bairro como as gavinhas de uma trepadeira.

Enquanto avançava, O Golĕm inspirou fundo, forçando o ar gelado a preencher completamente os pulmões e tentando ressintonizar a mente. Encontros com o Éter sempre o afastavam da realidade física, mas também aguçavam seus sentidos.

Você precisa estar alerta. Tem um trabalho a fazer.

O plano de vingança do Golĕm exigia uma informação específica que ele ainda não possuía. Precisava proceder com toda a cautela – se deixasse escapar o mais ínfimo indício do que estava buscando, correria o risco de se entregar. Por esse motivo, havia escolhido cuidadosamente seu destino seguinte: um lugar tranquilo onde poderia obter respostas de forma anônima.

Estava usando roupas normais naquela manhã: calça, camisa, uma parca, uma boina de jornaleiro e óculos escuros que cobriam a maior parte de seu rosto. Passava mais tempo com trajes desse tipo do que com a fantasia, embora saboreasse as horas em que podia percorrer as ruas de Praga como O Golĕm, as horas em que sua aparência externa era um reflexo da sua alma: um poderoso protetor vindo de outra dimensão.

A fantasia também lhe oferecia uma vantagem mundana: Praga era uma cidade vigiada, e câmeras com software de reconhecimento facial eram onipresentes nos locais públicos. Diziam que os praguenses usavam fantasias e máscaras só para tentar gozar um efêmero instante de anonimato. Assim, quando precisava mesmo passar despercebido, O Golĕm cobria o rosto e a cabeça com uma grossa camada de barro, que lhe proporcionava o luxo de poder se movimentar livremente pelo mundo físico.

Na noite anterior, ele se vestira de Golĕm não para ocultar a própria aparência, e sim para esconder seu rosto da Dra. Gessner. *E para aterrorizá-la.* O choque provocado pelo seu visual sem dúvida a convencera a revelar seus maiores segredos. Até agora O Golĕm estava processando todas as informações obtidas dela.

A atrocidade subterrânea que eles haviam construído.

A identidade dos comparsas dela.

E, involuntariamente, o modo engenhoso como ele poderia fazer tudo aquilo desmoronar à volta deles.

O Golĕm então entrou na Melantrichova, uma viela mais larga, embora ainda estreita demais para a passagem de um único carro, margeada por algumas lojas e cafeterias, que começavam a abrir as portas naquele exato instante. Uns poucos turistas tinham começado a percorrer o labirinto, bebericando café e tirando fotos daquelas passagens singulares.

Seguindo em frente, O Golĕm passou pelo Museu das Máquinas Sexuais, com sua vitrine de geringonças criadas para dar prazer ao corpo humano. Aquilo em nada lhe atraía; o Éter lhe proporcionava um clímax bem mais prazeroso do que a satisfação física.

Mesmo assim, as imagens explícitas nas vitrines do museu fizeram se materializar na mente do Golĕm lembranças *dela* nos braços do amante. O pensamento lhe causou um mal-estar. Ele já havia decidido que a melhor coisa que poderia fazer por ela seria tirar aquele homem de cena o quanto antes. É claro que essa morte iria entristecê-la, mas O Golĕm absorveria por completo essa dor e a ajudaria a esquecer.

O papel de um golem é suportar o fardo de uma alma mais fraca.

Quando ele chegou à praça, o ambiente estava tomado pelo cheiro de castanhas assadas e pelas notas de uma *bock*, pequena gaita de foles típica da Boêmia e um dos instrumentos preferidos dos músicos de rua dali. A praça com chão de paralelepípedos coberto de neve encardida já estava salpicada de grupos maiores de turistas, alguns dos quais tinham se reunido ao pé do relógio astronômico para observar a perambulação dos santos às oito em ponto.

Ali perto, vários homens fantasiados de personagens posavam para fotos em troca de gorjeta. Alguns usavam túnicas longas, outros, cartolas, e havia ainda aqueles com maquiagens vistosas de arlequim: o rosto pintado todo de branco, com exceção das órbitas oculares pretas.

Oportunistas, pensou O Golĕm, duvidando que aqueles homens fossem de fato integrantes da tristemente célebre Igreja de Satã de Praga, a *Cirkev Satanova*. Desde que o jornal *Daily Mail* publicara a matéria intitulada "Por dentro do ritual satânico do 'Arlequim Negro' de Praga" – com direito a fotos tiradas por um fotógrafo disfarçado –, os turistas que visitavam a cidade pareciam dispostos a pagar caro por uma foto com um satanista de verdade.

Religião e ocultismo estavam entrelaçados na trama de Praga, e a todo momento os viajantes que perambulavam pelas ruas se deparavam com anjos, santos, demônios e personagens mitológicos. Era comum ver uma atriz vestida de anjo negro na praça, abrindo as asas também negras diante do Hotel U Prince e acolhendo os turistas que entravam para visitar o famoso subterrâneo do hotel: o Black Angel's.

Àquela hora, o anjo já tinha ido para casa dormir, e a elegante entrada do hotel estava deserta, como O Golěm imaginava. Ele entrou sem ser visto e desceu a escada em caracol que levava até o bar. Era lá que planejava encontrar suas respostas.

O Black Angel's ficava numa caverna de pedra em estilo gótico do século XII, situada vários andares abaixo do hotel. Reza a lenda que, durante uma reforma, os operários tinham encontrado uma câmara secreta com um baú que continha diários antigos pertencentes a um homem chamado Alois Krcha. Os diários incluíam receitas de drinques exóticos e elixires místicos de antigamente, e, segundo os rumores, alguns tinham propriedades mágicas. Os turistas frequentavam o Black Angel's na esperança de haver alguma verdade no famoso lema do bar: AQUI O IMPOSSÍVEL É POSSÍVEL.

Que assim seja, torceu O Golěm.

Se tudo corresse conforme o planejado, as informações de que ele necessitava para alcançar o impossível seriam encontradas naquele subsolo.

Com os cumprimentos do anjo da morte, pensou.

CAPÍTULO 15

Às duas da madrugada, Jonas Faukman estava parado sozinho em frente à janela do vigésimo terceiro andar de seu escritório, encarando com um olhar vazio as luzes de Manhattan. *A cidade que não dorme*, pensou o editor, sabendo que demoraria um bom tempo para ele próprio dormir caso não conseguisse encontrar o valioso manuscrito de sua autora.

Ainda tinha esperança de que o técnico ligasse a qualquer momento para dizer que a invasão não passara de um bug, mas no fundo sentia que havia algo de mais sinistro acontecendo.

Nenhuma outra partição foi afetada.

Só a de Katherine.

Pegou o telefone fixo do escritório decidido a ligar para Katherine em Praga, mas, após passar alguns instantes segurando o fone, colocou-o de volta no lugar. Era o começo da manhã na Europa Central, e a notícia sem dúvida seria devastadora para ela. Katherine havia depositado sua confiança em Faukman, e ele sentia uma forte obrigação moral de consertar aquilo, especialmente depois de tê-la convencido a trabalhar no servidor protegido da empresa.

Mas quem terá roubado o manuscrito dela?
Será que ele vai aparecer no mercado paralelo nas próximas horas?

Faukman se forçou a inspirar fundo e expirar. Lembrou a si mesmo que *uma* coisa tinha corrido a seu favor naquela noite – um pequeno golpe de sorte –, e ele precisaria agir logo, e com cuidado.

Atravessou a sala e fechou a porta, passando o trinco sem fazer barulho. Então, foi até sua estante abarrotada de suvenires editoriais: cartazes de marketing, chapas de impressão, prêmios literários, listas de mais vendidos emolduradas e exemplares de leitura antecipada com edição limitada. Tirou da prateleira de cima um de seus objetos mais preciosos: uma caneca de café personalizada.

A caneca era ilustrada com um cálice, um triângulo e uma rosa. Fora um presente dado por Langdon após sua primeira publicação juntos, ocorrida duas décadas antes – *Símbolos do sagrado feminino perdido* –, um livro que vendera cópias suficientes para Langdon presentear Faukman com aquela caneca... e não muito mais do que isso. Ao longo dos anos, a caneca havia se tornado um símbolo da amizade duradoura de Langdon, e também daquela colaboração profissional em curso.

De dentro da caneca, Faukman tirou uma chave solta. Então, voltou à sua mesa e a usou para destrancar a última gaveta da escrivaninha.

E ali, abrigada na segurança da gaveta, estava uma pilha grossa de páginas impressas – 481, com espaçamento duplo –, bem alinhadas e presas por dois elásticos. Faukman tirou o manuscrito da gaveta e o pôs sobre sua grande mesa de madeira.

A folha de rosto continha apenas duas linhas:

SEM TÍTULO
KATHERINE SOLOMON

Graças a Deus eu ainda edito em papel, pensou, dando um suspiro de alívio ao saber que tinha pelo menos *uma* cópia. Por força do hábito, horas antes, assim que Katherine lhe concedera acesso ao SVW, Faukman imprimiu uma cópia para começar a editar o manuscrito.

A maioria dos editores usava processadores de texto e o recurso de "controlar alterações" para editar originais, mas Faukman continuava preferindo o jeito tradicional: uma pilha de folhas de papel e uma caneta azul. *Dessa vez, ser antiquado compensou.*

Houve um tempo no mercado editorial – nem fazia tanto tempo assim – em que era corriqueiro existir somente *uma* cópia de um original. Os autores escreviam à mão, punham o original numa caixa e mandavam entregá-lo no escritório do editor. *O morro dos ventos uivantes, Os irmãos Karamázov, Por quem os sinos dobram*: todos tinham nascido de um único original em papel.

Relaxe, disse Faukman para si mesmo. *Se Maxwell Perkins conseguiu manter a calma ao manusear originais de Hemingway e Fitzgerald, então eu com certeza consigo fazer o mesmo com Katherine Solomon.*

Assim, a primeiríssima coisa que ele pretendia fazer era criar um arquivo digital de backup. Antigamente esse processo exigia redigitar o livro inteiro num processador de texto, mas hoje em dia os scanners com reconhecimento óptico de caracteres faziam isso em minutos.

Uma pequena garantia enquanto a PRH esclarece o que aconteceu.

Ao refletir sobre o plano, porém, algo inquietante ocorreu a Faukman. Os scanners de OCR e as fotocopiadoras da editora eram conectados à rede da empresa. Assim, se um hacker tinha conseguido acessar a base de dados mais protegida da PRH, então as máquinas da empresa não podiam ser consideradas seguras. Com tudo que acabara de acontecer naquela noite, Faukman não estava disposto a correr nenhum risco.

Ele olhou o relógio de pulso: *2h09*. Se fosse até a loja 24 horas da FedEx ali perto, poderia usar o OCR e a copiadora de lá, que seriam anônimos e impossíveis de rastrear; com certeza isso seria bem mais seguro do que usar as máquinas da editora.

Confiante em seu plano, Faukman enfiou rapidamente o original dentro de um envelope acolchoado, lacrou-o e o guardou na mochila. Após amarrar os cadarços de seus tênis de corrida pretos e vestir seu casaco de lã vintage cinza, pôs a mochila nas costas, saiu da sala e trancou a porta. Trinta segundos depois, estava descendo no elevador para o térreo.

Ao sair do elevador, Faukman deu um aceno para o vigia noturno sentado atrás do balcão da segurança no lobby cavernoso.

– Até amanhã, Mark.

– Obrigado, Sr. Kaufman. Tenha uma ótima noite.

Agora já era, pensou Faukman.

Ao seguir apressado em direção à saída, ele passou entre as duas paredes de estantes altíssimas do lobby, que exibiam com orgulho os clássicos da Random House desde o início do século XX, quando os cofundadores Bennett Cerf e Donald S. Klopfer criaram a empresa como uma pequena editora de reimpressões. O gosto literário dos fundadores era tão variado e diverso a ponto de parecer quase aleatório, "*random*", em inglês, o que os levou a batizar assim sua empreitada editorial.

Alguns livros de Faukman repousavam ali, naquelas veneráveis estantes, e até aquela noite ele tinha certeza de que um dia a primeira edição do livro de Katherine também estaria ali.

Agora você tem um único trabalho a fazer, lembrou ele a si mesmo enquanto empurrava as grandes portas giratórias e saía para a rua. *Proteger este original.*

A noite estava gélida, e as calçadas, desertas naquele horário. Faukman dobrou à direita na Broadway e seguiu num passo acelerado em direção à Rua 55 enquanto o vento gelado erguia as abas de seu casaco.

Atravessou a avenida preocupado demais para notar uma van preta que o seguia a um quarteirão de distância.

◆ ◆ ◆

A Segurança de Dados da PRH fica no quarto andar da Torre da Random House e consiste em seis terminais protegidos situados nas profundezas de um labirinto murmurante de prateleiras de servidor. Essa estrutura compacta era responsável pela manutenção de um firewall impenetrável em torno dos servidores internos da editora.

O profissional de TI Alex Conan digitava enlouquecidamente em seu computador após ter confirmado que todos os vestígios do original e dos arquivos de pesquisa de Katherine Solomon tinham desaparecido: zerados, limpos e irrecuperáveis.

Isso não é mais uma missão de resgate, pensou Alex. *Não há sobreviventes.*

Um detalhe perturbador foi que o mecanismo de detecção e prevenção de invasões ao sistema não havia identificado nenhuma vulnerabilidade que pudesse ter sido explorada: nenhuma entrada de registro fora do comum, nenhum arquivo modificado, nenhuma configuração de sistema alterada, nenhuma captura suspeita de pacote de dados. Estava claro que os hackers responsáveis tinham uma competência fora do normal.

Quem diabo são esses caras?

Ansioso para atualizar Jonas Faukman, Alex digitou o ramal da sala dele, mas ninguém atendeu. *Que estranho.*

Ligou para o vigia noturno do lobby.

– Oi, Mark, aqui é o Alex Conan, da TI. Pode entrar em contato com Jonas

Faukman e pedir que ele venha agora mesmo aqui na central de segurança? É importante.

– Ele não vai atender – respondeu o vigia com seu costumeiro tom jovial. – Acabou de sair do prédio.

Faukman saiu? Nós fomos hackeados por causa do livro dele!

Alex imaginou que Faukman tivesse saído apenas para tomar um pouco de ar e fosse voltar logo. Cogitou alertar os seguranças da PRH, mas não havia nada que alguém pudesse fazer no momento, e ele provavelmente seria demitido na hora por ter deixado aquilo acontecer no seu horário.

Controle de danos, disse a si mesmo. *Ainda tenho tempo para resolver isso.*

Alex era um hacker habilidoso, como a maioria dos que trabalhavam com segurança de sistemas. Com umas poucas horas e alguma sorte, ele tinha uma boa chance de descobrir *quem* havia hackeado a PRH. Então, a depender do que descobrisse, talvez até encontrasse um jeito inteligente de hackear a pessoa de volta.

CAPÍTULO 16

Afundado no banco de trás do sedã Octavia da Škoda, Robert Langdon se sentia preso. Na sua frente, o capitão Janáček havia recuado o banco dianteiro o máximo possível, obrigando Langdon a ficar com os joelhos encostados no peito e lutar contra a sensação cada vez mais forte de claustrofobia. Os dutos de ventilação sopravam um ar sufocante de tão quente, misturado com a fumaça dos cigarros do capitão, e Langdon sentiu-se grato por estar usando apenas seu suéter de lã, e não sua volumosa jaqueta de gominhos Patagonia.

Janáček estava no celular outra vez, sussurrando em tcheco enquanto o veículo seguia na direção sul pelas margens do Moldava. O motorista do capitão era um tenente jovem e parrudo, vestido com um macacão azul-marinho da ÚZSI e uma boina militar torta na cabeça. Mais parecia um halterofilista ou um profissional de luta-livre do que um agente de segurança pública, e agora estava costurando pelo tráfego com apenas uma das mãos no volante, como se quisesse impressionar o chefe.

Enquanto o carro ia margeando o rio em disparada pela Masarykovo nábřeži, Langdon começou a ficar enjoado e se obrigou a olhar para os espaços abertos lá fora.

Eles tinham acabado de passar por uma pequena ilha no Moldava onde ficava o edifício neorrenascentista amarelo chamado Palácio Žofín. Em forte contraste com o palácio antigo, a estrutura ultramoderna mais famosa de Praga ficava logo adiante, à esquerda. A Casa Dançante era formada por dois edifícios pequenos inclinados um na direção do outro, como se estivessem dançando. O arquiteto, Frank Gehry, se referia às próprias torres como Fred & Ginger, o que parecia um exagero, mas, levando-se em conta que Londres contava com edifícios como O Pepino, O Walkie-Talkie e O Ralador de Queijo, talvez a dupla de astros do cinema dançante de Praga pudesse ser considerada uma bênção.

Já fazia tempo que Langdon admirava a paixão praguense pela arte de vanguarda. Algumas das coleções mais progressistas do mundo estavam na cidade, mais especificamente no Centro de Arte Contemporânea DOX, na Galeria Nacional de Praga e no Museu Kampa. Mas uma coisa única de Praga eram as instalações pop-up amadoras que se materializavam com frequência pela cidade, e, no caso de umas poucas mais sortudas – como o *Muro de John Lennon* e as *Pessoas com guarda-chuva penduradas* –, eram tão celebradas que chegavam a ser adotadas de forma permanente.

– Professor – chamou Janáček, virando-se para trás com um movimento abrupto que fez o encosto do banco pressionar ainda mais os joelhos de Langdon. – Quando chegarmos ao Bastião U Božích Muk, vou separar o senhor da Sra. Solomon. Pretendo interrogá-la sem a sua presença. Não quero que vocês dois combinem suas versões.

– Nossas *versões*? – repetiu Langdon, tentando evitar que a irritação transparecesse em sua voz. – Tudo que eu disse ao senhor é a mais absoluta verdade.

– Bom saber. Nesse caso, o senhor não tem nada com que se preocupar – disse Janáček, já virado para a frente outra vez.

Langdon estava, sim, preocupado com o encontro iminente entre Katherine e Janáček. O capitão parecia já ter concluído que os dois americanos – ou pelo menos *Katherine* – tinham, de alguma forma, orquestrado aquela bizarra sequência de acontecimentos visando um ganho pessoal.

Loucura total.

Mesmo assim, por mais que analisasse a situação sob vários ângulos, Langdon não conseguia encontrar nenhuma explicação para o sonho em que Katherine previu a cena na Ponte Carlos.

Ela não contou a ninguém sobre a visão que teve, e nós voltamos direto para a cama.

Por mais incompreensível que Langdon considerasse, a única explicação remanescente era Katherine ter tido um sonho precognitivo *real* – sua premonição pessoal sobre o *Titanic*.

O desafio para Langdon era que ele próprio nunca acreditara em precognição. Ao longo da carreira havia se deparado com o tema em textos antigos, mas defendia que a precognição – que também podia ser chamada de profecia, clarividência, presságio, divinação, astrologia ou de qualquer outro nome – na verdade não passava da mais antiga ilusão da história.

Desde que começaram a manter registros do passado, os humanos ansiaram por conhecer o futuro. Profetas como Nostradamus, o Oráculo de Delfos e os astrólogos maias tinham sido venerados como semideuses. Até hoje, um fluxo constante de pessoas instruídas consultava quiromantes, videntes, paranormais e astrólogos.

Conhecer o futuro é uma obsessão humana.

Os alunos de história de Langdon com frequência lhe perguntavam sobre Nostradamus, talvez o "vidente" mais célebre de todos os tempos. Os enigmáticos poemas do profeta pareciam ter previsto, entre outras coisas, a Revolução Francesa, a ascensão de Hitler e o desmoronamento do World Trade Center. Langdon explicava para seus alunos que algumas quadras do profeta continham o que *pareciam* referências chocantes a acontecimentos futuros, mas sempre apontava que Nostradamus havia escrito "de forma prolífica, cifrada e corriqueira". Ou seja, o profeta havia escrito uma *prolífica* coletânea de 942 poemas, usando uma linguagem *cifrada* e ambígua para prever acontecimentos *corriqueiros* como guerras, desastres naturais e disputas de poder.

– É mais que normal encontrarmos pontos de congruência ocasionais – dizia-lhes Langdon. – Como todos nós queremos acreditar em magia ou algo externo a este mundo, nossa mente vive nos pregando peças e nos faz enxergar coisas que na realidade não existem.

Para ilustrar esse ponto, no primeiro dia de aula de cada semestre Langdon pedia que todos os calouros lhe dissessem sua data e hora de nascimento. Uma semana depois, entregava a cada um deles um envelope lacrado com seu nome escrito, dizendo ter enviado as informações a um conhecido astrólogo e pedido uma consulta. Ao abrir os envelopes, os alunos invariavelmente arquejavam, incrédulos diante da exatidão dos dados no papel.

Em seguida, Langdon pedia que eles trocassem de envelope com um colega. Para surpresa geral, eles constatavam que todas as "consultas astrológicas" eram *idênticas*. As interpretações só *pareciam* precisas porque incluíam crenças pessoais comuns a todos:

Você tem tendência à autocrítica.
Você se orgulha do seu pensamento independente.
Você às vezes duvida se tomou a decisão correta.

Langdon explicava que a facilidade para encontrar verdades pessoais em afirmações genéricas era conhecida como o efeito Barnum, assim chamado por causa dos "testes de personalidade" usados por P. T. Barnum para convencer os espectadores de circo a acreditar que ele possuía poderes paranormais.

O sedã da ÚZSI deu uma forte guinada para a esquerda, arrancando Langdon de seus pensamentos conforme o carro começava a subir pela vasta paisagem arborizada do Parque Folimanka, extenso espaço público nos arredores do centro de Praga.

Ao chegar ao topo de uma colina, Langdon podia mal e mal distinguir as muralhas de pedra do Bastião U Božích Muk, na crista do morro acima deles. Nunca tinha visitado a pequena fortaleza – que passara muitos anos em ruínas e só fora reformada recentemente –, mas sabia muito mais do que teria gostado de saber sobre a reforma, após ter sido incansavelmente informado na noite anterior pela orgulhosa nova ocupante do bastião.

A Dra. Brigita Gessner.

A neurocientista tcheca fazia parte do conselho do Ciclo de Palestras da Universidade Carlos e havia convidado Katherine para dar a palestra da noite anterior. Após a fala, Gessner se juntara a Katherine e Langdon para tomar drinques no bar do hotel. Em vez de parabenizar Katherine, porém, Gessner mal fizera referência à brilhante palestra da americana e passara o tempo inteiro se vangloriando do próprio trabalho e de seu incrível novo laboratório particular.

– O bastião é bem pequeno, mas é um lugarzinho *sublime* para um centro de pesquisas – disse, empolgada. – A antiga fortaleza fica no alto de um morro de onde se tem uma vista incomparável da cidade, e as grossas muralhas de pedra proporcionam uma proteção incrível contra as interferências magnéticas, o que a torna o lugar ideal para meu trabalho delicado com imagens do cérebro.

Em seguida, Gessner se gabou de que, devido a seu sucesso nas áreas de tecnologia para exames de imagem do cérebro e de redes neurais artificiais, tinha conquistado autonomia total para suas pesquisas – tanto do ponto de vista financeiro quanto do programático –, e de que agora podia se dar ao luxo de trabalhar "com o que quiser e bem entender, num local extremamente reservado".

Quando o sedã da ÚZSI surgiu dentre as árvores, a visão do laboratório no alto do morro provocou em Langdon uma repentina pontada de preocupação com a segurança de Katherine.

Por algum motivo, Langdon teve uma súbita sensação de perigo. Torceu para não ser uma precognição.

CAPÍTULO 17

Jonas Faukman soprou as mãos em concha enquanto caminhava na direção leste pela Rua 52, deserta naquele horário. O frio da noite era cortante, e o manuscrito pesava na sua mochila. Felizmente, a loja 24 horas da FedEx ficava um pouco à frente, do outro lado da Sétima Avenida.

Faukman ainda estava tentando entender por que alguém escolheria como alvo *apenas* o livro de Katherine. A base de dados da PRH continha outros incontáveis alvos mais óbvios, sucessos de vendas garantidos escritos por autores famosos dos quais dependia a saúde da PRH. Aquilo não fazia sentido. Faukman começava a se perguntar se, em vez de uma pirataria editorial, a invasão teria a ver com *outra* coisa.

Uns 20 metros à frente, uma van preta havia encostado no meio-fio e parado, com o motor ligado. Por instinto, Faukman diminuiu o passo, sentindo-se exposto na rua deserta àquela hora. Um segundo depois, porém, concluiu que a paranoia era injustificada: o motorista da van saltou assobiando alegremente enquanto lia uma prancheta. Sem sequer olhar para Faukman, saiu andando na outra direção.

Faukman relaxou e passou andando pela van.

Mais à frente, o motorista ergueu os olhos para a numeração dos prédios, tornou a consultar a prancheta e se virou, voltando na direção da qual tinha vindo.

– Johnny! – chamou na direção da van. – Qual era mesmo o endereço no tal e-mail? Não estou vendo nenhum restaurante de *souvlaki* aqui.

– Fica mais adiante – informou Faukman, apontando. – Logo depois da Séti...

Um punho cerrado acertou seu rim direito com um soco por trás, e um saco preto desceu em volta da sua cabeça. Antes de Faukman sequer conseguir assimilar o que estava acontecendo, dois pares de mãos fortes o suspenderam do chão e o jogaram na van. Ele aterrissou com violência no piso duro, e o impacto o deixou sem ar. A porta se fechou com força, e segundos depois a van já estava acelerando.

Arquejando, apavorado e sem conseguir ver nada, o editor tentou recuperar o fôlego e avaliar a situação. Já havia editado muitos thrillers para saber o que acontece quando um personagem é vendado e jogado na traseira de uma van.

Nunca é boa coisa.

◆ ◆ ◆

A três quarteirões dali, na Torre da Random House, Alex Conan já havia ligado para todos os telefones de contato de Faukman – escritório, casa, celular –, mas não fora atendido em nenhum deles.

Onde ele se meteu?

Estamos no meio de uma crise!

Faukman parecia ter simplesmente desligado o telefone e saído perambulando pela noite; vai ver tinha se enfiado no On the Rocks, uísque-bar próximo dali frequentado por editores neuróticos tentando acalmar os próprios nervos a qualquer hora da noite.

Até agora Alex não tinha progredido nada na identificação dos hackers. Havia passado o pente-fino no estrago, mas sem encontrar nada de interessante. *Preciso de um pente mais fino ainda*, ele sabia. Para a próxima varredura teria que usar um algoritmo forense patenteado projetado para executar uma varredura buscando artefatos específicos *próprios* ao original desaparecido – palavras-chave, conceitos, nomes –, só que para fazer isso precisava falar com Faukman.

Ou então eu posso ligar direto para Katherine Solomon.

O protocolo da PRH proibia que ele fizesse isso, pois qualquer contato com um autor deveria passar exclusivamente pelo respectivo editor, pessoa de confiança que havia aprendido a lidar com as manias, excentricidades e inseguranças do autor.

Que se dane, pensou Alex.

Não só era crucial saber mais sobre o livro de Katherine, como ele acreditava que a autora tinha o direito de saber que alguém havia escolhido sua obra como alvo, sobretudo se isso significasse que ela poderia estar correndo um perigo pessoal.

Com isso em mente, Alex acessou o arquivo de autora de Katherine Solomon, localizou o número do celular dela e ligou. Faukman tinha mencionado que naquele momento Katherine se encontrava na Europa, ou seja, para ela era de manhã cedo, mas se Alex a acordasse ela entenderia que se tratava de uma emergência.

O celular de Katherine tocou quatro vezes e caiu na caixa postal. *Que droga.* Alex deixou um recado curto se apresentando e pedindo que, por favor, ela telefonasse o quanto antes de volta para ele.

Desligou e tornou a tentar o celular de Faukman.

Nada.

Foi então que se lembrou de Faukman ter comentado que Solomon estava viajando acompanhada de outro autor seu: o professor de Harvard Robert Langdon. *Que também está na base de dados da PRH*, pensou Alex, decidindo que valia a pena tentar.

Acessou o arquivo de Langdon e ligou também para o número de celular dele. O aparelho de Langdon sequer tocou: a chamada caiu direto na caixa postal.

Alex desligou, de repente se sentindo muito sozinho.

Onde essa gente toda se meteu?

CAPÍTULO 18

Em Londres, Finch acabara de receber a confirmação de que seus planos de contingência tinham sido iniciados, tanto em Praga quanto em Nova York. A notícia chegara a ele via Signal, plataforma de comunicação de nível militar exigida para todas as comunicações com agentes de campo, uma vez que garantia criptografia de ponta a ponta a qualquer mensagem de texto ou de voz.

Finch, americano de nascimento, ocupava um cargo secreto na sede europeia de uma organização mundial conhecida internamente como "Q", que devia seu enigmático apelido a um personagem dos filmes de James Bond, o tecnólogo-inventor "Q", responsável pela criação de inovações letais a serviço de Sua Majestade, a Rainha.

Assim como seu xará da ficção, a Q do mundo real desenvolvia tecnologias avançadas a serviço de um poder maior, embora esse poder fosse muito mais influente do que qualquer rainha. A entidade responsável pela discreta fundação da Q no distante ano de 1999 exercia uma influência sem precedentes no mundo inteiro, e, embora fosse raro testemunhar ou mesmo desconfiar da sua presença, com frequência suas ações mudavam o curso dos acontecimentos globais.

Aos 73 anos, Everett Finch era um mestre enxadrista com 2.374 pontos no ranking da Federação Internacional de Xadrez, remava nove quilômetros diáriamente em seu simulador e concluía seu desjejum ingerindo 300 miligramas de Nuvigil, nootrópico usado para aguçar o raciocínio e que transformava sua mente num carro de Fórmula-1 numa autoestrada repleta de vans.

Após ter passado a última década numa posição de poder no seio da poderosa organização-mãe da Q, Finch fora escolhido para uma missão confidencial no escritório londrino. Isso fazia três anos. Também fora informado de que iria capitanear o desenvolvimento de uma das empreitadas mais ambiciosas e secretas da história mundial.

O Projeto Limiar.

Finch foi informado de que o projeto exigia certa flexibilidade em relação às restrições do direito e da moral, e foi escolhido por seu alto conhecimento acerca de "regras de conduta éticas ponderadas por sucesso": arcabouços morais que priorizavam o sucesso em detrimento de uma consciência limpa.

Finch não se espantou ao ler em sua carta de missão:

> É impossível exagerar a importância do Limiar. Ele justifica toda e qualquer medida extraordinária que o senhor julgar necessária para assegurar o sucesso do projeto.

Mensagem captada, pensou Finch. *Não existem regras.*

◆ ◆ ◆

Meia hora se passara desde que O Golěm havia entrado no Black Angel's, localizado no subsolo do Hotel U Prince. Ao chegar, o bar estava fechado, com uma equipe de limpeza varrendo o chão, encerando os sofás de couro e limpando cinzas de cigarros apagados nas antigas paredes de pedra bruta.

Antes que alguém reparasse nele, O Golěm seguiu andando, passou pelo bar e chegou a um espaço semelhante a um armário que continha uma mesa e dois computadores velhos, com monitores que exibiam o logo do estabelecimento. O serviço de internet 24 horas oferecido aos clientes era uma esdrúxula relíquia da época em que os celulares estrangeiros mal funcionavam em Praga e os turistas escolhiam ir beber ali só para poderem mandar um e-mail.

Mais cedo naquele dia, ao perceber que precisaria de informações técnicas específicas para executar seu plano, O Golěm pensou imediatamente no Black Angel's. Ninguém estaria monitorando aquela máquina.

E agora eu encontrei o que vim buscar, pensou, olhando para as informações técnicas na tela à sua frente. Ele não compreendia muitos dos detalhes exibidos na tela, mas isso pouco importava: disparar uma arma não exige diploma em ciências balísticas, apenas acesso a um gatilho.

E esse gatilho tinha sido localizado.

Ao tentar salvar a própria vida, Gessner havia revelado muitos segredos, entre eles a presença de um artefato tecnológico surpreendentemente poderoso localizado nas profundezas mais recônditas do seu laboratório subterrâneo, lacrado dentro de um cofre hermético com paredes de concreto reforçado de dois metros de espessura.

Um artefato tecnológico capaz de fazer o mundo deles vir abaixo.

Com a informação que acabara de obter, agora O Golěm sabia como fazer isso acontecer.

Ele limpou rapidamente o histórico de pesquisas do navegador e reiniciou o computador. Ao subir a escada e pisar na praça outra vez, sentiu-se revigorado pela perspectiva de uma vingança tão ousada que emitiria ondas de choque que seriam sentidas a milhares de quilômetros de Praga por todos os que fossem responsáveis.

CAPÍTULO 19

O Bastião U Božích Muk fica no alto de uma crista arborizada de morro que demarca o limite norte do Parque Folimanka. Em meados do século XIV, a crista alta chamou a atenção do imperador do Sacro Império Romano--Germânico Carlos IV, que decidiu que ali era o lugar ideal para construir uma fortificação capaz de vigiar sua amada cidade de Praga, uma joia da Cristandade então em pleno auge.

Na crista do morro, o imperador mandou construir uma muralha de pedra encimada por uma fortaleza pequena, mas robusta. Como aquele promontório elevado o fazia se lembrar do monte no qual Cristo foi crucificado, ele batizou a fortificação de Bastião U Božích Muk, que significa "Bastião do Calvário de Deus".

O sedã da ÚZSI seguiu subindo a crista do morro pela sinuosa estrada de acesso, até parar em frente ao bastião. Langdon olhou para a fortaleza antiga do lado de fora e ficou impressionado com a elegante reforma para modernizar o lugar.

É esse o laboratório particular de Gessner? Langdon concluiu que a neurocientista ganhava melhor a vida do que ele imaginava.

Janáček saltou do banco do carona e abriu a porta de Langdon com um puxão, fazendo um gesto impaciente para ele saltar. Langdon obedeceu na hora, louco para sair da viatura apertada e cada vez mais aflito para encontrar Katherine.

O motorista brutamontes ficou no veículo enquanto Janáček conduzia Langdon até o laboratório pela neve que caía. Na camada branca que cobria o cascalho do chão, Langdon viu marcas de pegadas já meio apagadas: algumas sem dúvida eram de Katherine ao chegar para o encontro com a Dra. Gessner.

Acima da entrada principal, um elegante painel de bronze anunciava: INSTITUTO GESSNER. A porta do bastião era uma chapa larga e estilosa de vidro temperado fosco numa moldura de aço. Janáček puxou a maçaneta, mas a porta não saiu do lugar. Bateu com força no vidro grosso.

Não houve resposta.

Janáček então se virou para o interfone ao lado da porta: havia um scanner digital biométrico, um alto-falante e um botão de chamar. *Não tem painel para digitar uma senha?*, estranhou Langdon, intrigado, pois na noite anterior Gessner havia se vangloriado gratuitamente do fato de o laboratório ser protegido por "uma senha muito engenhosa".

Ela devia estar se referindo a uma porta interna.

Janáček apertou com impaciência o botão de chamar e o alto-falante chiou, mostrando que o interfone estava tocando lá dentro. Eles aguardaram, e após cinco toques o ruído cessou.

Janáček deu um passo para trás e ergueu os olhos fundos para a câmera de segurança posicionada discretamente acima deles, como que a desafiando. Segurou o crachá de identificação da ÚZSI bem alto em frente à câmera e tornou a apertar o botão de chamar.

O interfone tocou mais cinco vezes sem ninguém atender.

Langdon olhou também para a câmera de segurança, se perguntando se Katherine estaria do outro lado olhando para ele. *Por que Gessner não vem atender à porta ou não a abre lá de dentro?* Estava claro que as duas podiam ver Janáček ali, e Langdon achava improvável que o desejo de Gessner de guardar segredo fosse tão forte a ponto de ela ignorar um agente da ÚZSI.

– Me passe o número de celular de Katherine Solomon – disse Janáček, sacando o próprio aparelho do bolso.

Langdon recitou o número de cor, e Janáček o digitou e pôs a ligação no viva-voz. A chamada caiu direto na caixa postal.

Será que essas muralhas grossas de pedra bloqueiam o sinal do celular?, perguntou-se Langdon, embora parecesse estranho uma gigante da tecnologia como Gessner não ter instalado repetidores de sinal no laboratório.

Janáček resmungou algo entre os dentes, se virou na direção da viatura e gritou:

– Pavel!

O motorista parrudo saiu do veículo num salto e andou apressado até Janáček feito um cachorro em direção ao dono.

– *Ano, pane kapitáne?*

Janáček apontou para a porta de vidro.

– *Prostřílej dveře.*

O tenente Pavel assentiu, sacou uma pistola e se agachou numa posição de tiro mirando a porta.

Meu Deus! Langdon deu um salto para trás na mesma hora em que a pistola do tenente rugiu.

Seis tiros ecoaram em rápida sucessão, e as balas perfuraram o centro da chapa de vidro formando um círculo quase perfeito. O vidro temperado não se estilhaçou por causa da camada interna mais macia. Sem perder tempo, o tenente Pavel girou o corpo e desferiu um chute, acertando a pesada bota no meio do círculo dos furos de bala. Uma rachadura em forma de teia de aranha se espalhou do centro para fora. Ele tornou a chutar, e a chapa de vidro desabou inteira para trás, soltando-se da moldura e deslizando pelo chão em meio a uma chuva de cacos de vidro temperado que pareciam cubos de açúcar cintilantes.

Langdon ficou vendo aquilo sem acreditar, pensando se Janáček nem sequer cogitara a possibilidade de haver alguém do outro lado da porta de vidro fosco quando o tenente atirou.

Pavel recarregou a arma e passou pela abertura destruída, os cacos de vidro estalando sob as botas. Olhou para a esquerda e para a direita, então fez um gesto de *liberado* para Janáček entrar.

– O senhor primeiro, professor – disse o capitão. – A menos que prefira esperar no carro.

Langdon não tinha a menor intenção de deixar Katherine sozinha com Janáček e seu atirador de estimação maluco. Com o coração a mil, atravessou a abertura destruída, perguntando-se quantas outras vezes ao longo da história aquela fortaleza medieval teria sido invadida.

CAPÍTULO 20

A embaixada dos Estados Unidos em Praga fica no Palácio Schönborn e tem mais de cem cômodos, muitos com as paredes de estuque e o pé-direito de 10 metros originais. Construído em 1656 por um conde de uma perna só – Rudolf von Colloredo-Waldsee –, o opulento palácio tem várias rampas que permitiam ao conde entrar no prédio montado a cavalo. Hoje, após se tornar oficialmente a embaixada americana, o palácio abriga 23 funcionários presenciais encarregados de trabalhar para promover os interesses dos Estados Unidos na região.

Naquela manhã, a assessora de imprensa da embaixada, Dana Daněk, estava sozinha em sua sala organizando a agenda do dia. A praguense de 34 anos tinha aperfeiçoado o inglês trabalhando como modelo em Londres quando mais jovem. Após voltar para Praga e se formar em ciência da computação, candidatou-se a um cargo na embaixada americana e acabou parando no departamento de relações públicas.

Sentindo sua sala mais fria do que de costume na manhã nevada, Dana foi até o clássico radiador a vapor e se curvou para ligá-lo e obter um calorzinho extra.

– *Pěkný výhled* – disse uma voz grave atrás dela. *Bela vista.*

Ela se virou e sentiu uma leve palpitação, como sempre acontecia ao ver o belo assessor jurídico Michael Harris. Ele a tratava com educação no escritório; naturalmente, o que mais agradava a Dana era o modo como ele a tratava *fora* do escritório e dentro do quarto. Além dos predicados físicos, Harris tinha um jeito leve que sempre melhorava o humor dela.

– Você errou de andar – falou ela, bem-humorada, já sabendo que Harris havia requisitado uma reunião de emergência com a embaixadora. – Ela está lá em cima na sala, esperando você.

– Me faz um favor? – foi a resposta de Harris, com uma voz surpreendentemente séria. – É importante.

Dana assentiu. *O que você quiser, Michael Harris.*

Ele descreveu rapidamente o pedido.

Dana o encarou, tentando avaliar se ele estaria brincando.

– Como é? Uma mulher usando uma tiara com estacas?

Harris assentiu.

– Ela estava na Ponte Carlos hoje de manhã pouco antes das sete. Só preciso saber de onde veio e para onde foi depois.

Era um pedido incomum. Tecnicamente, o acesso de Dana ao sistema de câmeras era restrito a incidentes específicos que tivessem impacto nas relações públicas: comícios, manifestações, protestos, esse tipo de coisa. Aquilo ali parecia algo diferente.

– Não precisa se preocupar – insistiu ele. – Eu garanto a sua retaguarda.

Tomara, pensou ela.

Os dois compartilhavam um segredo perigoso – um romance ilícito no trabalho, algo estritamente proibido entre funcionários da embaixada.

– Vou ver o que consigo descobrir – disse Dana.

Michael apertou seu ombro de leve.

– Obrigado. Passo aqui depois da reunião.

Dana o observou partir. *Você quer que eu rastreie uma mulher com uma tiara com estacas... Por quê?*

Ao longo das últimas semanas Michael vinha apresentando um comportamento diferente, escondendo coisas, em especial no que dizia respeito às suas atividades noturnas. Estava cada vez menos disponível para encontrar Dana depois do trabalho e vinha dando respostas evasivas ao ser perguntado sobre o que andava fazendo. Dana estava começando a desconfiar de que havia outra mulher.

Tomada por uma súbita onda de ciúme, pensou que o pedido pudesse ser uma questão *pessoal*. Era uma desconfiança absurda, claro: o assessor jurídico da embaixada era a última pessoa que mobilizaria recursos oficiais para uma questão pessoal, e Dana seria a última pessoa a quem Harris recorreria para fazer pesquisas relacionadas a outra mulher.

Seja como for, ele está me usando, sabia ela.

Mesmo assim, Dana se acomodou diante da sua mesa de trabalho e se logou na interface de segurança da embaixada.

– Certo, Michael, vamos ver o que conseguimos encontrar.

Depois da entrada da República Tcheca na OTAN, em 1999, mais de *mil e cem* câmeras de segurança tinham sido instaladas em Praga no âmbito de uma parceria ultrassecreta financiada pelos Estados Unidos chamada Echelon. Apesar das rígidas leis tchecas relacionadas ao acesso a essas câmeras, os americanos tinham instalado a rede, e suas embaixadas, com poucas exceções, haviam recebido pleno acesso ao sistema, um ponto de intensa discórdia com as autoridades tchecas.

Dana Daněk também não se sentia inteiramente à vontade com aquela vigilância, mas os cidadãos da Europa Central não tinham escolha senão aceitar que os olhos atentos da Echelon monitorassem sua vida cotidiana, que no caso dela incluía entrar e sair de fininho do apartamento de Michael Harris no meio da noite de vez em quando.

Ninguém está monitorando minhas atividades, tranquilizava ela a si mesma. *O volume de dados é simplesmente grande demais.*

Ainda assim, campanhas em prol da privacidade dos civis promoviam protestos antiamericanos regulares contra as onipresentes câmeras de segurança de Praga. O contra-argumento da embaixada era ao mesmo tempo simples e verdadeiro: *A maioria dos cidadãos prefere ser monitorada a morrer num atentado terrorista.*

Foi com essa ideia em mente que Dana moveu o cursor por um mapa detalhado de Praga, clicou na Ponte Carlos e acessou as imagens de segurança recentemente arquivadas daquela área.

CAPÍTULO 21

Os tímpanos de Langdon ainda estavam zumbindo por causa dos tiros quando ele passou pelos estilhaços de vidro da porta e adentrou o Bastião U Božích Muk. Seus sapatos sociais fizeram estalar os cacos que cobriam o chão de mármore rosa quando ele se juntou a Janáček e ao tenente Pavel no elegante saguão.

Um corredor se estendia à sua direita, mas Janáček parecia mais focado na imponente porta de aço bem na sua frente. Identificada com a palavra LABO-RATÓRIO, a porta de segurança contava com uma janelinha reforçada e um painel biométrico.

– A escadaria que desce para o laboratório – disse Janáček, espiando pela janelinha e tentando abrir a porta trancada.

Curioso em relação a como Gessner transportava equipamentos científicos pesados até seu local de trabalho, Langdon olhou em volta à procura de um elevador, mas nada viu no saguão além da escadaria de serviço e do corredor à direita. Ainda não tinha visto qualquer sinal de um painel para a "senha muito engenhosa" à qual a Dra. Gessner tinha se referido na noite anterior.

Janáček estava analisando a moldura da porta de vidro temperado estilhaçada, arrancada do batente e derrubada no chão. Instantes depois, ajoelhou-se, suspendeu a moldura, levou-a até a entrada do laboratório e a apoiou de qualquer jeito na porta.

– Um alarme improvisado – anunciou. – Caso a sua amiga ache que pode sair de fininho enquanto não estivermos olhando.

Langdon não acreditou que Janáček estivesse achando que Katherine poderia fugir, mas a capacidade de improviso do agente era impressionante.

O tenente Pavel já avançava cautelosamente pelo corredor com a pistola em riste, como se a qualquer momento pudesse sofrer uma emboscada. A vontade de Langdon era gritar: *Guarde essa porcaria! São duas cientistas desarmadas!*

Com Janáček e Langdon em seu encalço, o tenente Pavel abriu cuidadosamente a porta de um banheiro, espiou, concluiu que ele estava vazio e seguiu em frente, até o fim do corredor, que virava para a esquerda. Dobrou a quina da parede a passos lentos, pronto para atirar. Instantes depois, guardou a arma no coldre, virou-se para trás, olhou para o capitão e deu de ombros, dizendo:

– *Nikde nikdo.*

◆ ◆ ◆

Seguindo Janáček, Langdon dobrou a quina da parede e se deparou com um espaço ofuscante banhado por luz natural. Mobiliado como a recepção de um hotel chique, o cômodo tinha sofás muito brancos, mesas de cobre batido e uma sofisticada estação de café. As janelas do piso ao teto proporcionavam uma vista majestosa do pátio comprido do bastião, com direito a uma visão panorâmica da cidade, da Torre Petřín e da Fortaleza de Vyšehrad.

Ao analisar o espaço, o olhar de Langdon recaiu numa obra de arte imensa na parede dos fundos: uma escultura de parede brutalista cujo estilo singular ele reconheceu no ato.

Meu Deus, isso é um Paul Evans original?

A peça metálica de cor enferrujada era dividida numa grade de nichos retangulares, cada qual abrigando uma escultura menor. Langdon calculou que a obra, um "gabinete de curiosidades" improvisado, devia valer uns 250 mil dólares, fácil. Na noite anterior Gessner se gabara de suas lucrativas patentes médicas, mas estava claro que Langdon havia subestimado *quão* lucrativas as patentes deviam ser.

Janáček se dirigiu ao extremo mais afastado do cômodo, onde uma porta de madeira grande e aberta dava para o que parecia ser a sala da Dra. Gessner.

– Dra. Gessner? – chamou ele, entrando na sala.

Langdon foi atrás na esperança de encontrar Katherine, mas a sala estava vazia.

A sala da neurocientista era decorada com uma coleção de gravuras abstratas de cores vibrantes – manchas esféricas amorfas com regiões de cores diferentes –, que Langdon reconheceu na hora: eram imagens de ressonância magnética do cérebro humano.

A ciência como arte.

Pensou se Gessner seria egocêntrica a ponto de pendurar na parede imagens do *próprio* cérebro. Os autorretratos biológicos vinham ganhando muita popularidade nos últimos tempos, com o surgimento de empresas como a DNA11, que criava obras de arte baseadas inteiramente na microscopia única do DNA de seus clientes. *Na arte genética*, anunciavam eles, é impossível *duas pessoas terem a mesma peça.*

Janáček foi até a mesa de Gessner e examinou o que parecia ser um interfone e um microfone. Escolheu um botão e o apertou.

– Dra. Gessner – falou no microfone –, meu nome é Oldřich Janáček, eu sou capitão da ÚZSI. Desconfio que a senhora já saiba, mas estou aqui com o professor Langdon. A senhora e a Sra. Solomon precisam subir aqui imediatamente para falar comigo. Repetindo: *imediatamente.* Por favor, confirme o recebimento.

Janáček soltou o botão e aguardou enquanto olhava de cara feia para uma câmera olho de peixe afixada no teto.

A cada instante de silêncio que passava, Langdon ficava mais incomodado. *Por que Katherine não está respondendo? Será que aconteceu alguma coisa lá embaixo? Será que houve algum acidente?*

– Professor – chamou Janáček, caminhando lentamente até Langdon. – O senhor tem alguma ideia de por que a Sra. Solomon estaria me ignorando? É óbvio que as duas estão aqui. A sala da Dra. Gessner está destrancada, e tem *pegadas* frescas lá fora.

Langdon não sabia ao certo quão "frescas" eram as pegadas já meio apagadas, mas, levando em conta que as duas tinham marcado de se encontrar ali, parecia lógico que Katherine de fato estivesse lá embaixo com Gessner.

– Não faço a menor ideia – respondeu, sincero.

Janáček levou Langdon de volta para a sala de espera e apontou para os sofás brancos.

– Sente ali.

Langdon obedeceu, acomodando-se no sofá comprido junto à parede lateral. Janáček deu um telefonema e começou a falar num tcheco acelerado.

Enquanto Langdon aguardava, seu olhar tornou a se mover para as imagens coloridas que decoravam a sala de Gessner. *Apenas um quilo e meio de carne,* pensou, examinando os contornos misteriosos e dobras interligadas de cada imagem. *E a ciência não faz ideia de como funciona.*

Na palestra da noite anterior, Katherine havia projetado uma imagem bem *menos* atraente de um cérebro humano: uma fotografia tirada em laboratório de uma massa acinzentada e sulcada de tecido sobre uma bandeja de aço inoxidável.

– Essa massa é o seu cérebro – tinha dito à plateia. – Sei que parece um pedaço de carne moída bem velha, mas garanto a vocês que esse órgão é nada mais, nada menos do que um milagre. Contém aproximadamente 86 *bilhões* de neurônios. Juntos, esses neurônios formam mais de cem *trilhões* de sinapses capazes de processar informações complexas de forma quase instantânea. As sinapses, por sua vez, são capazes de se reorganizar com o passar do tempo e conforme a necessidade. Esse fenômeno, conhecido como neuroplasticidade, permite que o cérebro se adapte, aprenda e se recupere de lesões.

Katherine mostrou outra foto: a de um DVD em cima de uma mesa.

– Isto aqui é um DVD padrão, que pode armazenar impressionantes 4,7 gigabytes de informações – continuou ela. – Isso equivale a mais ou menos duas mil fotografias em alta resolução. Sabem quantos DVDs seriam necessários para armazenar a memória estimada do cérebro humano médio? Vou dar uma dica: se os DVDs necessários fossem empilhados – ela fez um gesto em direção ao altíssimo teto do Salão Vladislav –, superariam em muito a altura deste prédio. Na verdade, a pilha seria tão alta que chegaria à Estação Espacial Internacional.

Katherine bateu com os dedos no crânio.

– Todos nós armazenamos aqui dentro milhões de gigabytes de informação: imagens, lembranças, vidas inteiras de estudo, habilidades, idiomas, tudo muito bem separado e organizado dentro desse espacinho mínimo. A tecnologia moderna ainda precisa de um centro de dados para sequer chegar perto.

Ela desligou o PowerPoint e foi para a frente do palco.

– Até hoje os cientistas materialistas não sabem como um órgão tão *pequeno* é capaz de guardar uma quantidade tão *imensa* de informações. E concordo com eles que parece uma impossibilidade física...: motivo pelo qual *não sou* materialista.

Houve uma leve movimentação na plateia. *Cutucando a onça com vara curta outra vez, né?* Langdon já havia percebido que Katherine não tinha medo de tocar num ponto sensível quando o assunto eram as duas filosofias opostas nas quais se dividia o estudo da consciência humana.

Materialismo versus noética.

Para os materialistas, todos os fenômenos – entre eles a consciência – podiam ser explicados unicamente com base na matéria física e em suas interações. Segundo eles, a consciência era um subproduto dos processos físicos, da atividade das redes neurais aliada a outros processos químicos ocorridos dentro do cérebro.

Para os noéticos, porém, o quadro era bem menos restrito. Eles acreditavam não que a consciência era *criada* pelos processos cerebrais, e sim que ela era um aspecto fundamental do universo – comparável ao espaço, ao tempo ou à energia – e não ficava sequer localizada dentro do corpo.

Langdon ficara pasmo ao aprender que o cérebro humano representava apenas 2% do peso corporal de uma pessoa, mas consumia incríveis *20%* da energia e do oxigênio do corpo. Katherine acreditava que esse descompasso flagrante era uma prova de que o cérebro estava fazendo algo tão incompreensível que a biologia tradicional ainda não conseguira entender.

O livro dela provavelmente vai destrinchar esse mistério, pensou Langdon, se perguntando se Jonas Faukman já teria iniciado a leitura. *Se bem conheço Jonas, ele passou a noite inteira em claro e está na metade do livro.*

Janáček acabara de fazer uma segunda ligação, e seu tom cada vez mais urgente não estava ajudando a acalmar os nervos à flor da pele de Langdon, que consultou o relógio de pulso torcendo para Harris e a embaixadora chegarem logo.

Enquanto esperava, ali sentado no sofá, Langdon se pegou examinando mais uma vez a imensa escultura de parede de Paul Evans do outro lado do recinto. Aquela obra cara havia causado a frustração de Langdon no momento em que ele a vira.

Ele se irritava ao pensar nos amantes de arte endinheirados que compravam obras-primas de nível mundial, tiravam-nas da segurança dos museus e as exibiam de modo privado com iluminação ruim e sem a segurança necessária.

E, para completar, Gessner pendurou a obra do jeito errado.

Quando criou a escultura, sem dúvida Evans queria que ela fosse exibida como um quadro, centralizada e suspensa na parede, mas Gessner havia posto preguiçosamente a obra direto no chão, apoiada na vertical e com apenas uma barra estabilizadora na parte superior impedindo-a de tombar para a frente no meio da sala.

Essa parede é de rocha maciça, pensou Langdon. *Teria suportado o peso sem dificuldade.*

Ao observar a pesada barra horizontal, porém, um pensamento inesperado lhe ocorreu.

A menos que...

Passou mais alguns segundos examinando a obra de arte completa. Então se levantou e caminhou depressa em direção a ela.

Sem aviso, Pavel deu um salto, se meteu na frente de Langdon, sacou a arma e a apontou para o peito dele.

– *Nechte toho!*

Langdon ergueu os braços na mesma hora. *Pelo amor de Deus!*

Janáček encerrou a ligação e meneou a cabeça com toda a calma para seu tenente enquanto dizia algo em tcheco.

Pavel guardou a arma no coldre.

– Que diabo ele está fazendo? – gritou Langdon para Janáček.

– O trabalho dele – respondeu o capitão. – O senhor está tentando *ir embora*?

– *Embora*? – repetiu Langdon, zangado. – Não, eu estava indo...

– Indo *aonde*?

Langdon hesitou por alguns instantes, pensando melhor no que iria dizer.

– Estava só indo ao banheiro – mentiu, voltando para o sofá onde estava sentado. – Pensando melhor, eu posso esperar.

❖ ❖ ❖

O Golěm pôs os óculos escuros ao atravessar as pedras do calçamento da Praça da Cidade Velha em direção ao ponto de táxi. Apesar de não ter dormido, sentia-se cheio de energia, com os pensamentos firmemente focados no que seria necessário para executar seu libertador ato de vingança.

Na noite anterior, Gessner havia confessado uma verdade macabra: ela e os colegas tinham construído recentemente uma estrutura vasta e cavernosa bem fundo sob a cidade de Praga. *Eles a chamam de Limiar.* O escopo do projeto era estarrecedor, porém o que mais havia impressionado O Golěm fora a *localização* da estrutura.

Bem no coração da cidade.

Centenas de pessoas andam por cima dela diariamente sem ter a menor noção da sua existência.

Quando O Golěm exigiu que Gessner revelasse como se fazia para entrar, ela tentou resistir, mas, sobrepujada pela dor, logo revelou a resposta: para acessar o Limiar era preciso saber onde ficava a entrada escondida... e *também* estar de posse de um cartão de acesso altamente especializado de identificação por radiofrequência, ou RFID.

Em poucos minutos de brutalidade O Golěm conseguiu extrair de Gessner ambas as coisas. Ao deixar a cientista lá para morrer, estava de posse das informações necessárias... e também do cartão de acesso RFID pessoal da neurocientista.

Só depois foi descobrir que ela conseguira esconder dele uma informação crucial: *apenas* o cartão de acesso não era suficiente para entrar na instalação.

Derrotado e exaurido, O Golĕm fez o trajeto de volta para casa em meio à escuridão, com o cartão de acesso inútil no bolso. A meio caminho de casa, porém, se deu conta de que talvez o problema ainda tivesse solução. Quanto mais refletia, mais confiante ficava. Quando o dia raiou, tinha certeza absoluta.

Eu preciso de um segundo item.

Por sorte, O Golĕm sabia exatamente onde esse item se encontrava naquele instante: no laboratório pessoal de Gessner, no alto do morro com vista para toda a cidade.

– Me leve ao Bastião U Božích Muk – disse ao embarcar num táxi.

CAPÍTULO 22

Quando percebeu que havia assustado Robert Langdon a ponto de fazê-lo desistir de ir ao banheiro, o tenente Pavel achou curioso e ao mesmo tempo se sentiu cheio de si. O americano foi se sentar de volta no sofá, com o olhar perdido.

Ter uma arma apontada para a cara embaralha os pensamentos de qualquer pessoa.

Em parte para espezinhar Langdon, Pavel virou o corredor e entrou no banheiro. Deixando a porta escancarada para Langdon escutar, urinou ruidosamente e em seguida deu a descarga.

Ao sair do banheiro, viu Janáček aparecendo no corredor.

– Vou fumar um cigarro – disse o capitão.

Pavel trabalhava com Janáček havia tempo suficiente para saber que o capitão fumava onde bem entendesse. Ele devia estar saindo para dar um telefonema particular. Janáček dava muitos telefonemas particulares.

– A equipe de arrombamento chega em meia hora – disse Janáček. – Para explodir *aquilo ali.*

Ele apontou para o portal de aço protegendo a escadaria de serviço que descia para o laboratório.

Uma única explosão controlada, concordou Pavel, examinando a porta. *E teremos acesso ao piso inferior.*

A moldura estilhaçada da porta continuava encostada na porta do laboratório para servir de alarme, mas Pavel teve a sensação de que ninguém sairia dali por vontade própria. As duas mulheres já tinham desafiado uma ordem direta do capitão Janáček, então não restavam muitas opções.

– Vou esperar a equipe lá fora – disse Janáček. – Fique aqui e se certifique de que ninguém saia do laboratório. E não tire os olhos de Langdon.

Pavel bateu um calcanhar no outro. *Entendido.*

Fazia quase cinco anos que Pavel era o braço-direito do capitão. Mas o que poucos sabiam era que ele era sobrinho de Oldřich Janáček. Quando tinha apenas nove anos, Pavel perdeu o pai num acidente fortuito: atropelado por um turista de moto. Após a mãe do menino se entregar à bebida, ele começou a passar a maior parte do tempo na rua, ganhando a vida à base de roubos no bairro, depois convencendo os comerciantes das redondezas a lhe pagar em troca de proteção.

Aos 19 anos, quando Pavel foi preso, o paradeiro da sua mãe era desconhecido. Assim, coube ao irmão mais velho dela, Oldřich, interceder em nome de um sobrinho que mal conhecia. Na época, Oldřich Janáček era um agente em ascensão na ÚZSI e ficara impressionado com a ousadia e a engenhosidade de Pavel, a ponto de oferecer ao garoto uma escolha simples: *Ou você vai preso e passa a vida com bandidos, ou faz o treinamento da ÚZSI, e eu lhe mostro como pegar bandidos.*

Apesar de ser uma solução drástica, a escolha foi fácil, e Pavel deu duro para se tornar um agente respeitador das leis. Embora tenha se formado sem grande destaque na ÚZSI, ele subiu rapidamente na hierarquia da corporação. Agora era tenente, patente mais alta do que o habitual para um agente com pouco menos de 30 anos, e só se dirigia ao tio como capitão Janáček.

Eu devo tudo a ele, sabia Pavel. Janáček passara a ser o pai que ele havia perdido, e o jovem tenente idolatrava o jeito destemido e determinado de seu capitão. *Às vezes, para aplicar a lei é preciso se colocar acima dela.* Esse era o lema de vida do capitão Janáček, que muitas vezes confiava a Pavel a tarefa de encobrir qualquer rastro que deixasse ao forçar o desfecho de alguma investigação, como tinha feito naquela mesma manhã.

Ele sabe que vou protegê-lo até o fim.

Pavel ficou parado no saguão vendo o capitão Janáček sair do prédio para o pátio coberto de neve do bastião, um espaço comprido e retangular fechado por uma mureta de pedra baixa que protegia os visitantes da altura estonteante do precipício. Enquanto se afastava caminhando por entre os vasos de plantas perenes ao longo do gramado, o capitão fez uma ligação e foi para o extremo oposto do pátio, com vista para os edifícios de Praga.

Pavel aproveitou a oportunidade para checar o celular e ver se tinha recebido alguma mensagem, torcendo para ver uma notificação de seu novo aplicativo, o *Dream Zone*: plataforma virtual de relacionamentos que havia tomado a Europa de assalto. Pavel nunca havia imaginado que teria qualquer interesse em conversar na internet com mulheres geradas por inteligência artificial, mas, assim como tantos outros homens, tinha se viciado nas conversas sensuais, nas fotos reveladoras e nas histórias inventadas.

Onze notificações.

Ele sorriu, satisfeito por ter algo para ler enquanto esperava. Com o celular na mão, se encaminhou de volta à recepção para ficar bancando a babá de Langdon, mas quando adentrou o recinto se espantou ao ver o sofá vazio. Virou-se para a esquerda, depois para a direita, observando cada recanto do espaço. Correu até a sala de Gessner, mas constatou que ela também estava vazia.

A incompreensão imediatamente se transformou em pânico. Atarantado, Pavel correu de um lado para outro da sala, olhando atrás de sofás e poltronas. *Onde ele se meteu?*

Era como se Robert Langdon tivesse evaporado.

◆ ◆ ◆

A pouco mais de cinco metros dali, Langdon se manteve imóvel na alcova escura e escondida atrás da obra de Paul Evans. Segundos antes, ao perceber que estava sozinho, ele havia se levantado do sofá com um pulo e caminhado depressa até a obra para estudá-la mais de perto. Conforme havia pensado, a barra de aço acima da peça realmente não era uma barra estabilizadora.

Era um trilho.

Como uma porta de galpão extremamente cara.

Langdon segurou firme a borda direita da escultura e fez força para a esquerda. A peça imensa deslizou sem qualquer dificuldade, equilibrada em rolamentos de alta precisão. Como Langdon já imaginava, atrás dela havia uma abertura escondida. Entrou ali depressa, e o mecanismo deslizante acionado por mola se fechou atrás dele sem fazer barulho.

Então, conforme seus olhos se acostumavam ao espaço mal iluminado, pôde ouvir o tenente Pavel correndo de um lado para outro da recepção enquanto vociferava palavrões.

A alcova atrás da escultura era igualmente bem mobiliada e tinha um ar sereno, com paredes revestidas por opulentos painéis de madeira e um pilar de mármore com velas artificiais tremeluzindo, iluminando uma porta de metal escovado.

Um elevador privativo.

Aquela parecia ser uma entrada bem mais condizente com o pequeno laboratório de Gessner do que a escadaria de serviço, e Langdon viu que a porta do elevador era protegida por um painel de acesso que estava aceso.

```
1 2 3 4 5 6 7 8 9 0
Q W E R T Y U I O P
A S D F G H J K L
⇧ Z X C V B N M ENTER
```

Pelo visto, Gessner não estava blefando ao afirmar que havia protegido seu laboratório com uma senha muito engenhosa. Agora só restava a Langdon descobrir que senha era essa.

CAPÍTULO 23

Jonas Faukman já havia passado por muitos momentos de terror na vida – pular de um helicóptero sem paraquedas, quase morrer afogado pelas mãos de um psicopata, esquivar-se de balas ao mesmo tempo que se segurava num telhado inclinado –, mas todas essas situações tinham se desenrolado nas páginas dos romances editados por ele.

Dessa vez o terror era real.

Com as mãos amarradas atrás das costas e o saco que cobria sua cabeça dificultando cada vez mais sua respiração, estava deitado no piso de metal duro de um veículo que havia passado os últimos dez minutos acelerando numa estrada. Ouviu o celular vibrar diversas vezes no bolso, mas não tinha como alcançá-lo.

Até onde conseguia discernir, Faukman tinha sido sequestrado por dois americanos – a julgar pelo sotaque –, e eles haviam revirado sua mochila.

Estão com o manuscrito.

O medo intensificava sua incompreensão.

Por quê?

De repente, a van saiu da estrada, serpenteou por algumas ruas, então parou abruptamente. Quando seus captores por fim removeram o saco que lhe cobria a cabeça, Faukman se viu cara a cara com um homem de 30 e poucos anos, parrudo e cabelo à escovinha. Todo de preto, o sujeito estava a uma proximidade alarmante, sentado num engradado diante de Faukman, encarando-o com um olhar gélido.

Petrificado, Faukman olhou para além do sequestrador e através do para-brisa. Viu apenas árvores e escuridão e ouviu o som de máquinas pesadas zumbindo ao longe. *Onde eu estou?*

O segundo sequestrador – um pouco menos corpulento que o primeiro – digitava num notebook sentado no banco do carona. *É o cara que estava com a prancheta na calçada.*

– Pronto – disse o homem do notebook.

O sujeito de corte à escovinha ergueu a mão e apontou uma câmera de vídeo instalada no teto da van para o rosto de Faukman.

Regra de sobrevivência número um, lembrou Faukman a si mesmo. *Nunca demonstrar medo.*

– Que câmera bacana – conseguiu dizer. – Vamos gravar um vídeo para o TikTok?

O homem olhou para baixo, aparentemente espantado com a insolência do editor.

Faukman tentou soar calmo.

– Ou é só um vídeo de resgate para a minha família?

– Você não tem família – disse o homem num tom neutro. – Não é casado, trabalha seis dias por semana e não sai do país há mais de quatro anos.

Meu Deus! Quem são *esses caras?*

O primeiro palpite de Faukman foi que eles eram militares americanos, mas hoje em dia era difícil saber. Anos antes, ele havia publicado um livro de não ficção sobre o mundo secreto dos mercenários modernos, empresas especializadas e altamente treinadas com nomes misteriosos como Blackwater, Triple Canopy, Wackenhut e International Development Solutions.

A verdade era que os dois podiam estar trabalhando para qualquer um.

O do corte à escovinha tirou do casaco um pequeno tablet, mexeu na tela, então o virou para Faukman.

– Reconhece esse lugar?

Faukman olhou para a imagem e levou alguns segundos para entender o que estava vendo. *Como assim?* Era a sala da sua própria casa. Pelo visto, seu espaçoso apartamento no Upper East Side tinha sido revirado: obras de arte derrubadas da parede, prateleiras vazias, sofás retalhados, mesas de pernas para o ar.

– O que a gente estava procurando? – perguntou Escovinha. – Chuta.

Faukman olhou para o cabelo do sujeito, cortado curto, rente à cabeça.

– Um barbeiro mais legal?

Sem qualquer aviso, Escovinha se projetou para a frente e cravou um punho de mamute na barriga de Faukman. O editor dobrou o corpo e caiu de lado, arquejando.

– Tenta outra vez – disse o homem, tornando a colocá-lo de joelhos com um puxão. – O que a gente estava procurando?

– Eu... não... sei – respondeu Faukman, quase sem conseguir respirar.

O homem do notebook examinou alguns dados que tinham surgido na sua tela e fez que não com a cabeça.

– Está mentindo.

– Vou perguntar uma última vez – disse Escovinha. – E, antes de responder, vou lhe apresentar o Avatar. – Ele apontou para a câmera no teto. – Isso aí é uma ferramenta de inteligência artificial que rastreia seus movimentos oculares, as micromudanças no seu rosto e as movimentações da sua postura. É um sistema analisador de veracidade de alta tecnologia.

Sistema analisador de veracidade? Faukman decidiu não criar caso com o brutamontes por usar uma expressão ridícula para se referir a uma engenhoca igualmente ridícula, mas pelo menos isso explicava a câmera.

O homem sentado no caixote de leite se inclinou para a frente até seu rosto chegar desconfortavelmente perto do de Faukman.

– Jonas, sabemos tudo sobre você. Sabemos que trabalha até tarde da noite, que vai correr no Central Park quando não tem almoço de trabalho e que costuma beber martínis de gim com seus autores na White Horse Tavern. Então, não vem de palhaçada pra cima de mim. Eu vou fazer uma pergunta bem simples.

Faukman aguardou, ainda com a barriga contraída de dor.

– O manuscrito que achamos na sua mochila é a única cópia que você tem? – perguntou Escovinha.

Faukman sabia a resposta que eles *esperavam* ouvir. O problema era que dizer a verdade significava perder na hora o poder de negociação, e muito possivelmente a vida.

Vendo pouquíssimas alternativas, Faukman fechou os olhos e imaginou o herói de uma de suas séries de thriller de maior sucesso: um espião que vivia derrotando os detectores de mentira usando três passos simples, que ele então tentou empregar.

Em primeiro lugar, baixou os ombros e relaxou toda a tensão da barriga.

Em segundo, encostou bem de leve o indicador no polegar e desacelerou a respiração.

Em terceiro, invocou mentalmente uma imagem clara daquilo que *desejava* que fosse real: nesse caso, vários manuscritos extras em segurança sobre sua mesa na Random House.

Sentiu-se bem mais calmo.

– Não – respondeu, no tom mais neutro possível. – O manuscrito na minha mochila *não é* a única cópia. Existem muitas outras.

Notebook analisou sua tela e quase na mesma hora balançou a cabeça.

– Mentira.

Caramba, Jonas! Não é à toa que se chama ficção!

Escovinha tornou a erguer o punho, preparando-se para lhe dar outro soco na barriga.

– Espera! – disse Faukman. – Estou me referindo às cópias *digitais* nos servidores da PRH.

Escovinha fez cara de quem estava achando graça.

– Sr. Faukman, nós *deletamos* todas as cópias digitais, motivo pelo qual você estava indo para a loja de xerox, não foi isso?

Faukman se calou, sentindo o coração bater descompassado. Podia ouvir um maquinário lá fora, possivelmente de motores industriais.

– Deixa eu simplificar a coisa para você – disse Escovinha. – Além da cópia que está na sua mochila e das que estavam nos servidores da PRH, você tem conhecimento de *outra* cópia desse manuscrito, seja digital, em papel ou de qualquer outro tipo?

Faukman balançou a cabeça.

– Não, o manuscrito na minha mochila é a única cópia remanescente.

– *Era* a única cópia remanescente – corrigiu Escovinha. – Já destruímos.

◆ ◆ ◆

Sozinho na central de segurança da PRH, Alex Conan estava estupefato.

Não pode ser.

Estava praticamente espancando o teclado para atualizar a página, torcendo para a informação diante de seus olhos estar errada, mas a mesma imagem apavorante seguia aparecendo.

Meu Deus, não...

Minutos antes, sem qualquer sinal de Faukman e incapaz de entrar em contato com Katherine Solomon e Robert Langdon, Alex decidira tomar uma atitude ousada.

Você tem habilidades. Você tem acesso.

Lançando mão das duas coisas, usou métodos bem questionáveis do ponto de vista jurídico para acessar informações que não deveria com o objetivo de localizar os autores. Agora, seu monitor exibia uma imagem perturbadora. Ele tentou imaginar uma explicação positiva para o que estava vendo, mas a todo momento sua mente voltava para a única conclusão lógica e apavorante.

Quem quer que esteja querendo matar este livro matou um dos autores da PRH.

CAPÍTULO 24

Na escuridão da alcova, Langdon analisou o painel alfanumérico do elevador privativo enquanto sua mente começava a repassar a conversa que ele e Katherine haviam tido com a neurocientista na noite anterior.

Gessner era uma mulher sem qualquer senso de humor, pálida e taciturna, que usava o cabelo preso bem apertado para trás, feito uma dançarina de flamenco. Langdon havia antipatizado com a neurocientista logo de cara. Após a palestra de Katherine, Gessner foi se encontrar com os dois no CottoCrudo, bar do Four Seasons.

– Dra. Gessner! – exclamou Katherine, simpática, levantando-se com um pulo quando a mulher se aproximou da mesa tranquila encostada numa parede que eles haviam escolhido nos fundos do bar. – Obrigada por ter vindo e, claro, por ter me convidado para dar a palestra na sua cidade estupenda.

A mulher respondeu com um sorriso protocolar.

– Plateia cheia hoje – falou Gessner em inglês com um leve sotaque tcheco. – A senhora construiu um nome de respeito.

Katherine educadamente descartou o elogio com um gesto e apontou a mão para Langdon.

– Quanta gentileza. E tenho certeza de que a senhora já conhece meu colega, o professor Robert Langdon.

Langdon se levantou e estendeu a mão.

– Prazer.

Gessner ignorou a mão estendida e simplesmente se acomodou à mesa.

– Espero que ainda não tenham pedido as bebidas – falou. – Passei no bar antes e pedi que eles trouxessem algumas das mais conhecidas daqui. – Ela se virou para Langdon. – Para o *senhor*, professor, pedi o "Luce", um drinque autoral do CottoCrudo que leva uísque canadense, amaro de cereja, xarope de bordo e bacon.

Bacon? Langdon teria preferido mil vezes seu Vesper Martini habitual de gim Nolet reserva.

– E, para a *senhora*, Katherine – disse Gessner –, pedi um *Staroplzenecký*, um absinto aqui da Boêmia. Nós brincamos dizendo que, se ainda for capaz de pronunciar o nome da bebida, precisa de uma segunda dose.

Uma demonstração de poder disfarçada de hospitalidade, desconfiou Langdon. Poucos destilados eram mais fortes do que o absinto da Boêmia, e Katherine era peso-pena em se tratando de bebida alcoólica.

– Quanta generosidade a sua – respondeu Katherine, cortês. – Tenho adorado estar aqui e fiquei encantada por poder dar minha palestra na sua cidade. É um lugar mágico. É uma honra e tanto.

Langdon admirou a postura de Katherine, e também seu rosto de traços elegantes, emoldurado suavemente por cascatas de cabelo preto comprido.

Gessner deu de ombros.

– Sua palestra foi divertida, mas achei o tema, como dizer... previsivelmente *metafísico*.

– Ah – fez Katherine. – Que pena ouvir isso.

– Sem querer desrespeitar os noéticos, mas cientistas legítimos como eu não conferem a menor credibilidade a conceitos etéreos como alma, visões espirituais ou consciência cósmica. Nós acreditamos que toda e qualquer experiência humana, do êxtase religioso aos temores incapacitantes, provém da química do cérebro. É pura física de causa e efeito. O resto é ilusão.

Gessner acabou de dizer que a ciência dela é legítima e a de Katherine, uma ilusão? Langdon estava ofendido, mas Katherine se limitou a sorrir e dar um leve apertão na perna dele por baixo da mesa.

– Acho curioso – prosseguiu Gessner – que, após fazer doutorado em *neuroquímica*, a mais materialista das especialidades, a senhora tenha se perdido no buraco negro da noética.

– No buraco negro da Califórnia, a senhora quer dizer? – brincou Katherine. – Mas, respondendo, acho que a neuroquímica me fez ter vontade de analisar o contexto geral.

– Com licença – interrompeu Langdon, sem conseguir se segurar. – Mas, se a senhora tem uma opinião tão negativa das ciências noéticas, por que convidou a Dra. Solomon para dar a palestra?

Gessner pareceu achar graça da pergunta.

– Na verdade, por dois motivos. Em primeiro lugar, nossa palestrante original, a Dra. Ava Easton, do Conselho Europeu do Cérebro, precisou cancelar. Nós precisávamos de outra cientista mulher para ocupar o lugar dela, e imaginei que alguém como Katherine aceitaria a oportunidade na hora. E, em segundo lugar, eu li uma entrevista na qual Katherine confessava generosamente que um dos meus artigos tinha ajudado a inspirar parte do seu futuro livro.

– É verdade – disse Katherine. – Fiquei pensando se a senhora teria visto.

– Vi sim, Katherine – disse Gessner, com um tom de superioridade mais adequado para se dirigir a uma criança. – Mas a senhora não disse *qual* dos meus artigos a inspirou.

– "A química cerebral da epilepsia" – respondeu Katherine. – No *European Journal of Neuroscience.*

– Um pouco fora do escopo de uma cientista noética, não? Espero que não esteja distorcendo minha pesquisa para apoiar suas próprias conclusões.

– De jeito nenhum – disse Katherine.

A educação de Katherine estava deixando Langdon maravilhado. *É mais do que eu conseguiria mobilizar por essa mulher.*

– Mesmo assim – retrucou Gessner –, como cortesia profissional, eu gostaria de ler esse trecho de antemão. Imagino que a senhora tenha uma cópia do manuscrito.

– Na verdade, não tenho – disse Katherine, o que era verdade.

Gessner adotou uma expressão cética.

– Bem, então quem sabe possa conseguir uma para mim. Se eu gostar, posso considerar a possibilidade de escrever um elogio, o que talvez seja muito útil para a sua credibilidade num primeiro livro.

– É muita gentileza sua – respondeu Katherine, exibindo a paciência de uma santa. – Vou consultar meu editor.

Gessner pareceu contrariada por ter a sugestão recusada.

– Como quiser, mas pelo menos me permita convidar a senhora ao meu laboratório particular amanhã, para mostrar parte do meu trabalho. Tenho a impressão de que vai achá-lo elucidativo. Eu adoraria ter a chance de esclarecer sua visão.

Langdon se remexeu na cadeira, incomodado, mas Katherine segurou sua mão por baixo da mesa e a apertou com uma força surpreendente, contendo-o ao mesmo tempo que aceitava o convite.

Vinte minutos depois, Gessner seguia falando, mas Langdon tinha perdido o fio da meada do que ela dizia. Após beber metade do seu intragável drinque de xarope de bordo com bacon, sua boca estava com gosto de café da manhã. Se o monólogo de Gessner se estendesse muito mais, ele com certeza iria precisar de uma segunda rodada.

Quem sabe um martíni de ovo frito?

Katherine só havia bebido parte do absinto, mas já estava começando a exibir os efeitos: falava com uma voz arrastada e se esforçava para manter os olhos abertos.

– Considerando o caráter inovador da minha pesquisa – disse Gessner num tom casual –, é claro que a senhora vai ter que assinar um acordo de confidencialidade antes de entrar no laboratório amanhã.

Para Langdon, essa exigência era de uma prepotência obscena entre colegas.

– Na verdade, estou com o contrato – disse Gessner, sacando uma pequena pasta de couro e começando a destrancá-la. – Assim podemos deixar isso resolvido para ama...

– Na verdade – interrompeu Langdon –, tenho dúvidas se Katherine está em condições de ler um documento jurídico. Quem sabe amanhã, quando ela chegar ao seu laboratório?

Claramente contrariada, Gessner encarou Langdon por cima da pasta como se estivesse avaliando o nível de determinação dele. Por fim, falou:

– Tudo bem, sem problema.

Enquanto as duas conversavam, Langdon se perguntou por que uma neurocientista que desvalorizava tanto o trabalho de Katherine estaria ansiosa para lhe mostrar seu laboratório. Quaisquer que fossem as motivações de Gessner, Langdon pretendia sugerir que, na manhã seguinte, Katherine recusasse educadamente a visita.

– Não é nada pessoal, Katherine! – exclamou Gessner bem alto, interrompendo o raciocínio de Langdon. – A senhora sabe que eu nunca fiz questão de esconder meu desagrado em relação aos fenômenos paranormais e à ciência PSI. Se lembra da minha capa na *Scientific American*?

– Claro – respondeu Katherine, sorrindo. – "Doutora Brigita Gessner: não a chamem de neuro-PSI-entista".

– Isso – disse Gessner, tornando a rir alto demais. – Todo mundo gostou dessa piada. Um fã chegou a me mandar um mousepad com uma frase minha: "PSI não é ciência." E uma colega disse, de brincadeira, que eu deveria mudar todas as minhas senhas para P-S-I, porque essa era a última coisa que alguém pensaria que eu fosse escolher!

– Engraçado *mesmo* – disse Katherine, tomando um golinho do absinto.

– O mais engraçado é que, anos depois, quando precisei escolher uma senha de acesso para o meu laboratório novo, eu me lembrei desse conselho e escolhi PSI como senha!

Langdon ergueu uma sobrancelha, questionando o que seria menos provável: Gessner ter usado uma senha de três letras para proteger seu laboratório ou revelar qual era ela.

– Não literalmente P-S-I, claro – emendou ela, rindo. – Eu criptografei. E é uma senha muito engenhosa, se me permitem dizer.

Não permiti, mas a senhora já disse.

– Professor – disse ela, olhando para ele –, salvo engano o senhor é um apreciador de enigmas, certo? Ficaria impressionado com a minha criptografia.

– Não tenho dúvidas – foi a resposta que ele conseguiu dar, mal escutando a Dra. Gessner.

Gessner se exibiu mais um pouco.

– Eu descreveria minha senha engenhosa como "uma homenagem árabe a um grego antigo, com um floreio latino". – Ela pegou a tira fina e espiralada da casca de limão-siciliano que enfeitava a borda de seu copo e a soltou no drinque com um gesto teatral. *Tcharam!*

Langdon não tinha a menor ideia do que ela estava falando.

– Parece bem engenhoso mesmo.

– O Robert conseguiria decifrar – disse Katherine num rompante, sob efeito evidente do absinto. – Ele é especialista em códigos.

– Essa aposta eu banco – disse Gessner com um sorriso irônico. – Calculo que as chances de o professor adivinhar são de pouco menos de uma em 3,5 trilhões.

– Pelo visto é uma senha alfanumérica com sete caracteres – respondeu Langdon de bate-pronto.

Gessner se retraiu com os olhos arregalados, espantada por ele ter usado a informação dada por ela e descoberto uma pista tão rápido.

Katherine deixou escapar uma gargalhada perfumada de álcool.

– Eu disse que ele era um mestre dos códigos!

– E dos números exponenciais também, pelo visto – acrescentou Gessner, nitidamente desestabilizada. – Certo, professor: chega de dicas para o senhor.

– E, aproveitando a deixa – disse Langdon, levantando-se com um movimento abrupto –, acho que é um bom momento para encerrarmos a noite também.

– Puxa, o papai disse que a festa acabou – ironizou Gessner, levantando-se e deixando a maior parte da sua vodca-tônica em cima da mesa. – Até amanhã, então, Katherine. Às oito em ponto no Bastião U Božích Muk.

Veremos, pensou Langdon.

Ao se levantar, Katherine bebeu o que restava do seu absinto de uma golada só. Langdon calculou ter cerca de três minutos para subir com ela para a suíte antes de a bebida bater de verdade.

Eles se despediram, e, enquanto ajudava Katherine a andar pelo corredor até a suíte, Langdon se repreendeu por ter tolerado Gessner por tanto tempo. Já conhecera uma porção de acadêmicos cheios de si, mas Brigita Gessner levava a arrogância a outro patamar.

Uma homenagem árabe a um grego antigo, com um floreio latino? É sério isso?

Langdon queria ter decifrado a "senha muito engenhosa" de Gessner ali, no ato, nem que fosse só para neutralizar aquela arrogância insuportável. Mas tinha perdido o timing. *Esquece. Quem se importa com isso?*

Quando chegaram à suíte, Katherine entrou no banheiro e foi se aprontar para dormir. Langdon ficou andando de um lado para o outro da sala de estar, sabendo que estava ligado demais para pegar no sono. Por mais que quisesse esquecer o encontro com Gessner, o ar de superioridade arrogante da cientista havia despertado sua irritação e seu espírito competitivo. Sua mente analítica já estava em ação, buscando uma forma de decifrar o enigma.

Vamos isolar cada parte, pensou. *Um tributo árabe...*

Como sabia que não havia letras árabes no alfabeto alfanumérico, Langdon concluiu com razoável certeza que Gessner estava se referindo ao *outro* alfabeto árabe: os números, linguagem matemática popularizada pelos árabes mais de mil anos atrás.

A senha de Gessner deve ser um número.

– Uma homenagem árabe... – enunciou ele em voz alta, intrigado. – ... a um grego antigo.

Logicamente, se a senha de Gessner era um número, então a "homenagem" seria *numérica*, portanto o grego antigo em questão devia estar ligado à matemática.

Os três matemáticos mais famosos da Antiguidade eram gregos.

Os nomes desses homens ficaram gravados no cérebro de Langdon após o Sr. Brown, seu professor de matemática na Academia Phillips Exeter, informar à classe que o onipresente acrônimo "PEA" não era uma abreviação do nome do colégio em inglês, como todos pensavam, e sim uma homenagem secreta aos três titãs dos primórdios da matemática: *Pitágoras, Euclides, Arquimedes*.

Mas a qual deles Gessner estava se referindo? Langdon percorreu a lista:

PITÁGORAS: teorema de Pitágoras, proporções, esfericidade da Terra.
EUCLIDES: pai da geometria, seções cônicas, teoria dos números.
ARQUIMEDES: espirais, o número pi, cálculo da área do círculo.

Langdon se deteve.
– O número pi – enunciou em voz alta.
– O que disse? – perguntou Katherine, já no quarto.
– Nada.
Langdon deu uma risadinha enquanto ia até o quarto para ajudá-la a se deitar na cama.

Após dar um beijo de boa-noite nela, ele voltou à sala, foi até a escrivaninha, pegou uma folha de papel e uma caneta e se sentou no sofá, tomado pelo desejo compulsivo de terminar o que havia começado.

A solução do enigma de Gessner não estava nem de longe clara, mas Langdon acabara de perceber que as letras que formavam "pi" – talvez o número mais famoso da história – tinham uma proximidade intrigante com as que formavam PSI.

Gessner disse que a senha dela era a palavra PSI criptografada.
Sentiu que estava no caminho certo.
3,14159, pensou, anotando a forma mais comum do pi.

O número pi com certeza poderia ser descrito como uma homenagem a um grego antigo e também era expressado em algarismos árabes – ou seja, o pi satisfazia duas das três exigências de Gessner.

Uma homenagem árabe a um grego antigo.
A vírgula decimal de 3,14159 era um problema. Para começar, esse caractere não existia numa senha puramente alfanumérica. Além disso, o separador decimal não era uma criação árabe – na verdade, fora inventado por um matemático escocês, John Napier.

Dá para resolver os dois problemas simplesmente apagando a vírgula.
Mas ainda havia outra questão: o número 314159 representava o pi, não PSI.
E ainda está faltando o "floreio latino".

Dez minutos mais tarde, sem ter feito qualquer outro avanço, Langdon concluiu que era melhor dar a noite por encerrada. *A senha de Gessner pode esperar ou, melhor ainda, ser esquecida.*

Langdon se deitou ao lado de Katherine e dormiu pesado por horas, até ela acordar aos gritos por causa do pesadelo.

Parece que isso foi uma vida inteira atrás, pensou Langdon, parado na alcova escura do elevador, encarando o painel e desejando ter solucionado o enigmazinho irritante de Gessner.

Do outro lado da parede, Pavel gritou um palavrão, e Langdon o ouviu sair correndo da recepção, com certeza para ir atrás de Janáček. Sabia que esse instante talvez fosse a oportunidade de sair do bastião sem ser visto, mas para onde ele iria dali?

Não vou embora daqui sem Katherine, pensou, temendo cada vez mais que algo tivesse acontecido com ela. *Preciso ir lá embaixo.*

Voltou a olhar para o painel, pensando se teria uma chance melhor de decifrar a última parte da senha de Gessner agora que uma noite havia passado. Afinal, existe um motivo para deixarmos nossos problemas "assentarem de um dia para o outro": o inconsciente é capaz de fazer conexões notáveis durante o sono.

Langdon fora dormir pensando que o número 314159 era uma representação exata de "homenagem árabe a um grego antigo".

Está faltando o floreio latino.

Langdon sabia que a maioria dos idiomas, entre eles o inglês, usava o sistema de letras conhecido como alfabeto romano, ou *latino*. Observando os números e letras das teclas do painel, percebeu que ficara tão focado nos *números* que esquecera que podia usar *letras*.

Seria o "floreio latino" uma letra?

Enquanto pensava, a mais simples das formas se materializou na sua mente: a curva sinuosa da letra S.

Meu Deus, percebeu ele. É literalmente *um "floreio latino"*!

Nesse exato instante se lembrou de Gessner, toda cheia de si, soltando a tira fina de casca de limão-siciliano no drinque, espiralada e lembrando um S, e não pôde evitar sentir certa admiração.

A peça que falta no quebra-cabeça é o S.

O resto foi simples.

PI vira PSI!

A senha de Gessner era uma mistura de símbolos árabes e latinos – números e letras –, e, se Langdon não estivesse enganado, a solução só podia ser *314S159!*

Bateu seu raciocínio com o que Gessner tinha dito. "Uma homenagem árabe a um grego antigo com um floreio latino."

O número 314159 é um tributo puramente árabe ao número grego pi, e o "S" no meio é um floreio latino que transforma PI em PSI, que Gessner tinha dito ser a sua senha.

Se algum dia houve o momento certo de bradar "Eureka!", tal qual Arquimedes, foi esse, mas em vez disso Langdon aproximou-se em silêncio do painel.

Prendendo a respiração, digitou cuidadosamente os sete caracteres, que foram aparecendo na tela.

314S159

Após checar mais uma vez a sequência, soltou o ar e apertou o Enter.
Nada aconteceu.

Uma onda imediata de desespero tomou conta de Langdon, mas segundos depois ele escutou um clique e um ronronar mecânico bem baixinho do outro lado da porta. O ruído foi ficando mais alto – um elevador estava subindo.

Eureka, pensou, permitindo-se dar um sorriso de alívio. *Uma chance em 3,5 trilhões.*

A porta do elevador se abriu, revelando uma cabine extragrande revestida de madeira. Ignorando sua claustrofobia, Langdon entrou e procurou o botão para descer até o laboratório.

Só que aquele elevador não tinha botão ou controle de qualquer tipo.

Em vez disso, as portas se fecharam automaticamente, e Langdon sentiu que estava descendo.

CAPÍTULO 25

Imagens de Katherine Solomon se reproduziam na mente do Golěm enquanto seu táxi subia a colina do Bastião U Božích Muk. Ele ainda era capaz de vê-la no palco do Castelo de Praga dando sua impressionante palestra. Havia comparecido e se sentara discretamente nos fundos do salão vestindo roupas normais, como as que estava usando agora.

Sentira-se atraído pelas ideias de Katherine, e em determinados momentos tivera a impressão de que ela se dirigia diretamente a ele. *Eu sou uma prova viva de que você está certa.* Durante mais de uma hora, Katherine havia mantido a plateia absorta, eletrizada com as possibilidades, uma nova visão da consciência humana.

Um dos momentos, em especial, havia calado fundo no Golěm.

– Existe um fenômeno extraordinário que demonstra, sem deixar qualquer margem a dúvidas, que nossas visões tradicionais sobre a consciência estão equivocadas – tinha dito Katherine. – Chama-se síndrome de savant adquirida, e sua definição clínica é a seguinte: "Manifestação abrupta, na mente humana, de competência ou conhecimento singular antes inexistente." – Ela sorriu. – Em outras palavras, a pessoa leva uma pancada na cabeça e quando acorda é mestre do violino, fala espanhol fluente ou é gênio da matemática, sendo que antes não tinha nenhuma dessas habilidades.

Ela percorreu rapidamente uma série de slides e videoclipes de indivíduos acometidos pela síndrome.

REUBEN NSEMOH – americano de 16 anos que havia levado um chute na cabeça durante uma partida de futebol, entrado em coma e acordado falando espanhol perfeitamente.
DEREK AMATO – homem de meia-idade que, ao mergulhar numa piscina, bateu a cabeça e quando acordou era um gênio da música e pianista virtuoso.
ORLANDO S. SERRELL – menino de 10 anos atingido por uma bola de beisebol que subitamente constatara ser capaz de fazer cálculos complexos de data com extrema precisão.

– A pergunta óbvia – disse Katherine – é: *como isso é possível?* Como um impacto na cabeça pode, num passe de mágica, registrar no cérebro a integralidade do idioma espanhol? Ou uma vida inteira de prática do violino? Ou a capacidade de identificar datas precisas séculos no passado ou no futuro? A resposta, segundo nosso atual modelo do cérebro, é que todos esses eventos são literalmente *impossíveis*.

Ela se dirigiu a um rapaz que estava no celular.

– É como se você jogasse esse celular na parede e quando o pegasse de volta sua galeria de fotos contivesse imagens novas de lugares que você jamais visitou.

– Impossível – concordou o sujeito.

O Golěm entendia como isso era possível, claro. Entendia por que os sinais cósmicos se embaralhavam. E pelo visto Katherine Solomon também entendia.

– E temos, claro, a espantosa história de Michael Thomas Boatwright.

Katherine começou a contar a história de um veterano da Marinha americana encontrado inconsciente num quarto de hotel e que acordou falando sueco fluente; ele não se recordava de nada da própria vida, mas se lembrava, isso sim, de uma vida vivida como um sueco chamado Johan Ek.

Para enfatizar, contou também a conhecida história de James Leininger, menino de 2 anos atormentado por pesadelos nos quais ficava preso no cockpit de um caça militar em chamas. Quando acordada, a criança fazia desenhos de uma aeronave pegando fogo e narrava complexas rotinas pré-voo, usando um vocabulário técnico que seus pais, e com toda a certeza ele próprio, nunca haviam escutado. Quando seus assustados pais lhe perguntaram *onde* ele tinha obtido aquelas informações, o menino respondeu que seu nome não era James Leininger, e sim James *Huston*, e que era um piloto de caça que havia decolado de "um Natoma" com seu amigo Jack. Para espanto dos pais, uma busca nos registros da Segunda Guerra Mundial revelou que um piloto de caça chamado James Huston havia levantado voo do porta-aviões *Natoma Bay* com seu colega, o piloto Jack Larsen. Huston tivera um acidente e morrera preso no cockpit em chamas. A partir daí a história só foi ficando mais esquisita, até se tornar tema de documentários e de inúmeras especulações na internet.

– Esses fenômenos são inexplicáveis, mas *reais* – prosseguiu Katherine. – São verdadeiras anomalias e solapam de tal maneira o atual modelo de consciência que agora nos vemos numa encruzilhada da compreensão humana, um ponto em que um círculo cada vez maior de mentes brilhantes da neurociência, da física, da biologia e da filosofia não veem alternativa, a não ser aceitar a verdade chocante de que, muito simplesmente, as visões científicas hoje estabelecidas do funcionamento da mente humana não são mais adequadas. Chegou a hora de um novo modelo. Chegou a hora de reconhecer que não temos resposta para uma pergunta muito simples: de onde vêm nossos pensamentos, talentos, ideias? E esse, meus amigos e minhas amigas, é o tema da palestra de hoje.

O táxi do Golěm fez a última curva antes do Bastião U Božích Muk, e o laboratório surgiu ao longe. Ao ver o que estava na sua frente, porém, ele socou a divisória de acrílico do veículo na mesma hora.

– *Zastavte! Zastavte!*

O motorista freou bruscamente.

O Golěm pensou que estaria sozinho ali em cima, mas para sua surpresa havia um sedã da ÚZSI estacionado em frente ao prédio. *Não deveria haver ninguém aqui a uma hora destas!*

Mandou o táxi embora e se aproximou do bastião devagar, a pé, avançando discretamente pela mata. Ao chegar mais perto, viu que a porta de entrada estava destruída. O saguão se encontrava escancarado, e o chão, coalhado de cacos.

Será que a ÚZSI arrombou o laboratório de Gessner?

O Golěm de repente temeu que talvez tivesse dificuldade para pegar o que fora ali buscar. *Sem isso não vou conseguir ter acesso ao Limiar.*

Não viu ninguém dentro do saguão, mas reparou num movimento no outro extremo do pátio. A uns 70 metros, um homem magro e alto olhava por cima da mureta baixa e falava no celular.

Um agente da ÚZSI?

Será um dos contatos de Gessner?

Fosse como fosse, a presença do homem era um problema que precisava ser corrigido.

CAPÍTULO 26

No outro extremo do pátio, o capitão Janáček concluiu seus telefonemas e se debruçou na mureta de pedra baixa para olhar o precipício lá embaixo. Por mais estranho que parecesse, nesse instante ele estava se sentindo totalmente vivo. Pouco importava se o que lhe parecia tão empolgante era a perigosa vista ali do alto ou os acontecimentos da manhã.

Hoje está sendo um dia bom.

Seus anos na segurança pública foram se tornando cada vez mais frustrantes à medida que Praga foi invadida pelos turistas. Todo mundo exigia uma cidade segura, e ele fazia o possível, mas vivia sendo repreendido, quer por falta de resultados, quer por excesso de agressividade.

Vocês precisam escolher um dos dois, argumentava Janáček. *Uma lei dura ou o caos.*

Ele fora preterido várias vezes para o cargo mais alto da ÚZSI após ter problemas num caso relacionado a um grupo de universitários americanos arruaceiros poucos anos antes. Quando confrontados por Janáček, os garotos resistiram, embriagados, arrogantes e agressivos. Revoltado e decidido a lhes ensinar uma lição, Janáček os fizera passar a noite na cadeia.

O problema era que um dos garotos era filho de um senador americano, que na mesma hora deu um telefonema indignado para a embaixada dos Estados Unidos em Praga. Os garotos foram soltos de imediato, e logo em seguida foi aberto um processo disciplinar contra Janáček por "uso excessivo da força" e "danos emocionais".

A carreira de Janáček nunca se recuperou desse golpe.

Hoje eu mostro aos americanos quem está no comando.

A equipe de arrombamento acabara de confirmar sua chegada iminente, e Janáček havia marcado uma coletiva de imprensa para dali a uma hora. Já podia ver fotos suas escoltando um célebre professor de Harvard e uma das maiores cientistas americanas para fora do Bastião U Božích Muk, ambos algemados.

Esses dois americanos puseram vidas em risco hoje, anunciaria ele, num tom grave. *Tudo para conseguir publicidade para um livro.*

Janáček sabia que suas alegações não eram *totalmente* honestas, mas tinha certeza de que sua mentirinha inocente não viria à tona. Seu sobrinho Pavel tinha encoberto o rastro. A ÚZSI era uma irmandade, e na área da segurança pública havia um entendimento de que às vezes é preciso driblar as leis para poder aplicá-las, em especial diante da irritante influência da embaixada americana naquele país.

Enquanto ele se deleitava pensando na vingança iminente, seu celular tocou. Ao ver de quem era a chamada, deu um sorriso satisfeito.

E por falar no diabo... Janáček havia tido vários embates com aquela mulher e perdera todos. *Hoje não.*

– Senhora embaixadora, é sempre uma honra – disse ele ao atender, sem tentar esconder o tom de sarcasmo.

– Capitão Janáček, o senhor está no Bastião U Božích Muk? – perguntou a embaixadora.

– Estou, sim – respondeu Janáček num tom arrogante. – Estou aguardando a equipe de arrombamento e planejando deter pelo menos um cidadão americano.

– O assessor Harris está aqui comigo – disse a embaixadora num tom enfático. – E está convencido de que não existe a menor possibilidade nem de Katherine Solomon nem de Robert Langdon terem tido qualquer coisa a ver com a bomba plantada no hotel.

– Então por que a Sra. Solomon está resistindo à prisão?

– Capitão Janáček, vou falar só uma vez: nessa situação existem complexidades que o senhor desconhece.

– Que se fodam as suas complexidades americanas, embaixadora! O que eu *não* desconheço é que o Bastião U Božích Muk *não faz* parte da sua jurisdição, e não há nada que a senhora possa fazer para me impedir de en...

– *A DOST!* – explodiu a embaixadora, e seu rompante em tcheco desconcertou Janáček.

Depois de conseguir silenciá-lo, a embaixadora emendou um sussurro irado. Ela disse seis palavras, e seis palavras apenas.

Janáček teve a sensação de ter sido atropelado por um caminhão. Nesse instante, tudo mudou.

CAPÍTULO 27

Quando o elevador parou no nível inferior, o coração de Langdon já estava a mil, em parte por causa da cabine claustrofóbica, mas sobretudo por causa da preocupação crescente com o paradeiro de Katherine.

Ela deve estar aqui em algum lugar...

Quando a porta se abriu. Langdon se viu no começo de um corredor comprido cujas paredes de pedra bruta pareciam as de uma fortaleza de oitocentos anos atrás, coisa que de fato eram. Em forte contraste, o piso de tacos de madeira formava um elegante padrão de espinha de peixe, com iluminação dimerizada por lâmpadas espaçadas a intervalos regulares.

– Katherine? – chamou ele baixinho ao sair da cabine apertada enquanto seus olhos se adaptavam à luz suave.

Quando a porta do elevador se fechou atrás de Langdon, ele olhou para o outro extremo do corredor e viu cinco elegantes portas de madeira ao longo da parede direita, cada qual com um batente de pedra em forma de arco. O laboratório parecia mais um chique hotel boutique do que um lugar onde se estuda neurociência.

– Dra. Gessner! – chamou, sentindo que o tenente Pavel não tinha mais como escutá-lo lá de cima.

A primeira porta à qual Langdon chegou estava aberta e dava para um escritório espaçoso e elegante, com paredes de pedra, carpete felpudo e armários altos. Em cima da mesa havia dois computadores, uma linha de telefone fixo e pilhas de papéis. Pelo visto era ali que Gessner fazia seu trabalho de verdade.

– Olá! – chamou, espiando para dentro de uma sala contígua: era um espaço menor, com uma mesa decorada por fotografias e uma planta artificial, além de uma garrafa d'água de cor magenta gravada com as palavras *Пей воды!*. Langdon não fazia ideia do que aquilo significava, mas reconheceu o alfabeto cirílico e se lembrou de Gessner ter lhe dito que sua assistente de laboratório era russa.

Ao sair da sala da assistente, foi para o corredor e entrou na segunda porta, identificada com um símbolo que não reconheceu na hora:

Por alguns instantes pensou que era uma espécie de circumponto: o antigo símbolo de um círculo com um ponto no meio. Também lembrava vagamente o escudo do time de hóquei Philadelphia Flyers. Segundos depois, porém, ele percebeu que aquilo na verdade era um pictograma moderno representando uma pessoa deitada entrando em um grande tubo.

É um laboratório de imagem, entendeu e bateu com força na porta.

Silêncio.

– Katherine? Está aí? – chamou baixinho.

Empurrou a porta. As luzes do recinto se acenderam automaticamente, revelando uma complexa estação de comando que dava para duas imensas máquinas de imagem: um aparelho de tomografia computadorizada e outro de ressonância magnética; não havia ninguém operando as máquinas.

Langdon saiu da sala e foi para a terceira porta. A placa desta lhe deu uma súbita esperança.

REALIDADE VIRTUAL

Gessner havia mencionado seu trabalho com RV, e ele imaginou que as duas mulheres poderiam estar lá dentro, entretidas em algum tipo de sessão de RV que mobilizasse todos os sentidos, portanto incapazes de ouvir o interfone tocar.

A única experiência de Langdon com RV tinha sido profundamente perturbadora. Uma aluna o convencera a experimentar um simulador de escalada em rocha chamado *A Subida*, e quando ele pôs os óculos se viu precariamente equilibrado numa plataforma estreita a centenas de metros do chão. Apesar de saber que estava seguro e pisando num chão plano, ficara paralisado de medo, com o centro de gravidade profundamente desorientado, e não conseguira dar um passo sequer. Por incrível que parecesse, a realidade *virtual* tinha sido mais persuasiva do que a realidade *real* que seu cérebro sabia ser a verdadeira.

Nunca mais, pensou, batendo com força na porta da sala ao mesmo tempo que a abria com um empurrão.

– Katherine? – chamou ao entrar. – Dra. Gessner?

Era uma sala pequena e acarpetada, com paredes de pedra e uma espreguiçadeira no centro. Parecia um home theater de um só assento e sem tela. No encosto da espreguiçadeira estavam pendurados uns óculos robustos de prender na cabeça conectados a cabos.

Que lugar mais sinistro, pensou Langdon. *E Katherine não está aqui.*

Saiu rapidamente da salinha e deu mais alguns passos no corredor, passando por um banheiro equipado com uma mesa para lavagem ocular de emergência e um pequeno box de chuveiro. Vazio.

Seguindo em frente, Langdon chegou à última porta do laboratório, cuja placa dizia:

TECNODESENVOLVIMENTO

Langdon só conhecia essa palavra nova e descolada, tão usada por startups de tecnologia, porque certa vez Jonas Faukman zombara dela chamando-a de "amálgama gratuito", argumentando que os jovens que não têm energia para soletrar "desenvolvimento tecnológico" não deveriam receber milhões de dólares para desenvolver coisa alguma.

Langdon bateu de leve na porta e a empurrou.

Última chance, pensou, torcendo para Katherine estar do outro lado.

Quando a porta se moveu para dentro, por um instante ele ficou cego. O recinto ofuscava de tão iluminado, e era barulhento também. Luzes brancas fortes zumbiam acima de um piso branco, ventiladores industriais rugiam, e bipes incessantes ecoavam numa espécie de alarme. Langdon ficou nervoso na hora.

– Olá! – gritou, mais alto do que o barulho. – Katherine!

Ao entrar, viu um labirinto de mesas de trabalho lotadas de equipamentos eletrônicos, ferramentas, peças avulsas e diagramas; tudo isso lhe deu a sensação de estar adentrando o antro de um cientista louco. Mais além das bancadas abarrotadas, nos fundos do recinto, havia uma grande estante de equipamentos que pareciam uma mistura esquisita entre computadores centrais arcaicos e geradores industriais. Ventiladores de resfriamento zumbiam acompanhados por bipes altos e incessantes.

– Tem *alguém* aqui? – gritou ele em direção à bagunça.

Avançando em direção à máquina, reparou nos tubos e fios grossos que saíam da lateral do aparelho e serpenteavam pelo chão até um contêiner fino e baixo feito de plástico ou vidro transparente, cujo interior irradiava uma claridade suave.

Que troço é esse?

O tamanho e o formato o fizeram pensar numa cápsula de dormir.

Ou num caixão, percebeu, subitamente incomodado.

Ao se aproximar da cápsula, notou que o material transparente estava embaçado devido à condensação produzida pelo que quer que estivesse acontecendo lá dentro. Os bipes seguiam soando. Ele se aproximou da cápsula com cuidado e olhou através da tampa.

Na mesma hora recuou, horrorizado.

Deitado imóvel dentro da cápsula, rodeado por uma densa névoa, era possível distinguir o contorno de uma forma humana.

Meu Deus... Katherine!

CAPÍTULO 28

No segundo andar da embaixada americana, Michael Harris estava se sentindo desconcertado ao sair da conversa particular que acabara de ter com a embaixadora. Após ser parcialmente "brifado" da situação, ainda estava tentando assimilar todas as implicações das informações confidenciais que ela havia compartilhado.

Sentia que a embaixadora não havia contado tudo, mas uma coisa estava bem clara: *O dia de hoje tem a ver com muito mais do que uma ameaça de bomba no Four Seasons.*

Harris se recompôs e desceu correndo a escadaria até a sala de Dana, arrependido de ter falado com ela antes da reunião com a embaixadora. Encontrou-a diante do computador, entretida com várias imagens de vídeo da Ponte Carlos. *Merda.*

Dana ergueu os olhos quando ele entrou.

– Encontrei a mulher da tiara, Michael. Aliás, ela é bem bonita. Você nunca me contou que...

– Desliga isso, Dana – falou ele, indo depressa até ela. – Eu cometi um erro.

– Mas você pediu que eu...

– Eu sei. E sinto muito. Desliga isso, por favor. *Agora.*

Dana o encarou desconfiada e se levantou. Na condição de ex-modelo de passarela, do alto de seu 1,83m de altura, ela era uma das poucas mulheres capazes de encarar Michael Harris com os olhos no mesmo nível dos dele. Antes de ela poder dizer uma palavra sequer, porém, Harris se agachou.

– Sério? – disse ela. – Vai me pedir de joelhos?

Não exatamente. Harris enfiou a mão debaixo da mesa dela e puxou a tomada, desligando o computador.

Dana viu o monitor ficar preto.

– Que diabo você está fazendo?

– Preciso que você confie em mim – disse ele, se levantando.

– Você tem andado muito cheio de segredos.

Você não faz ideia, pensou ele.

– Só peço que volte ao trabalho e esqueça que algum dia eu lhe perguntei qualquer coisa sobre essa história.

Dana seguiu encarando Harris, que percebeu que ela não estava com a menor inclinação para esquecer o assunto. Com um grande esforço, ele conseguiu abrir um sorriso e sussurrou:

– As paredes daqui têm ouvidos. Que tal eu contar tudo hoje à noite num jantar?

Os olhos de Dana se iluminaram, e seus lábios carnudos fizeram um biquinho de quem estava gostando da promessa.

– Delivery? Na sua casa?

Harris deu uma piscadela.

– A comida pode ser opcional.

Ela sorriu.

– Gosto de como a sua mente funciona, Sr. Harris.

Harris jogou um beijo para Dana e saiu da sala.

Minutos depois, ele estava num dos Audi A7 pretos da embaixada, acelerando pela Rua Tržiště. Antes, imaginara que estaria rumando para o Bastião U Božích Muk, mas a embaixadora lhe mandara fazer algo para ela primeiro.

– O Sr. Langdon vai estar seguro por um tempinho – disse a embaixadora. – O capitão Janáček está sob controle.

Para dizer o mínimo, pensou Harris, que acabara de testemunhar o telefonema brutal entre a embaixadora e o capitão. *Janáček apostou alto demais e perdeu*. Devia estar lambendo as próprias feridas e iria se comportar até a chegada de Harris.

Apesar da natureza alarmante de tudo que a embaixadora havia contado, Harris sentia que um véu tinha sido retirado e revelado muita coisa sobre as peças de quebra-cabeça e sobre como elas estavam interligadas: o próprio trabalho que ele vinha fazendo por baixo dos panos para a embaixadora, o laboratório de Gessner, a mulher na Ponte Carlos e até o livro a ser publicado por Katherine Solomon.

◆ ◆ ◆

Dana Daněk estava soltando fogo pelas ventas.

Você não manda em mim, Michael Harris.

Nós só estamos saindo, você não é meu chefe.

O papinho do assessor sobre jantar tinha deixado Dana uma fera, e o estranho comportamento dele só fizera aumentar a curiosidade dela em relação à misteriosa mulher na Ponte Carlos.

Felizmente para ela, a famosa ponte era monitorada por mais câmeras de segurança por metro quadrado do que qualquer outro ponto de Praga, duas delas instaladas no alto das torres de vigia e capazes de fazer gravações 360º, fora as outras lá embaixo, embutidas nos postes de iluminação a gás.

Após escolher uma das câmeras panorâmicas, Dana tinha acessado as imagens captadas às 6h40 da manhã. Para sua surpresa, a mulher da tiara de pontas *já estava* lá, parada na extremidade leste da ponte deserta, como que à espera de alguém.

Mas quem?

Em seguida, Dana tinha selecionado uma câmera no nível dos olhos, dado um zoom no rosto da mulher e se irritado ao constatar que a pessoa fantasiada era jovem e bonita, com covinhas marcadas e olhos grandes e redondos. Parecia ter um corpo mignon e sarado por baixo da capa preta justa.

É por isso que o Michael Harris está interessado em você?

Parecia inconcebível Michael pedir que ela pesquisasse uma mulher por quem ele estaria interessado, mas talvez ele estivesse fazendo uma brincadeira cruel. Havia semanas que a intuição de Dana lhe dizia que Michael estava saindo com outra.

A mulher sempre sabe.

Segura de que Harris tinha ido embora, Dana se enfiou debaixo da mesa, ligou o computador e tornou a acessar o portal com as câmeras de vigilância.

Navegou de volta à mulher bonita decidida a descobrir *para onde* ela tinha ido, mas antes havia uma pergunta bem mais urgente por responder.

Quem é você?

Uma das tarefas que Dana executava para a embaixadora era confirmar a identidade e o histórico de qualquer pessoa que aparecesse na embaixada pedindo ajuda ou asilo. Para isso, só precisava de uma fotografia de passaporte ou da captura de tela de uma das câmeras de segurança do portão da embaixada, e um mundo inteiro se abria. Hoje em dia, graças aos softwares avançados de reconhecimento facial, era possível identificar qualquer indivíduo no planeta em questão de minutos.

Foi mal, querida, pensou Dana ao salvar vários closes em alta resolução do rosto da mulher. *Mas você não tem como se esconder de mim.*

Dana fez upload das fotos na base de dados internacional de reconhecimento facial da embaixada. Se a mulher tivesse ficha na polícia, em qualquer lugar do mundo, seria identificada em trinta segundos no máximo. Caso contrário, a foto seria comparada a todas as outras que faziam parte de uma imensa base de dados internacional de fotos tiradas de passaportes, carteiras de motorista e veículos de mídia importantes.

E, por fim, se *isso* também não desse em nada, a imagem seria comparada com as outras na mais nova e completa base de dados do mundo: as bilhões de selfies inocentes postadas em plataformas como Instagram, Facebook, LinkedIn, Snapchat e outras.

As redes sociais, pensou Dana. *A maior benesse para os serviços de inteligência desde que a Igreja católica inventou a confissão.*

CAPÍTULO 29

Langdon se sentiu momentaneamente paralisado enquanto olhava para o interior da cápsula e para o corpo humano lá dentro.

Meu Deus... Katherine.

Se ajoelhou no chão e começou a socar o vidro, encostando o rosto na superfície e tentando ver lá dentro.

Preciso tirar Katherine daqui!

Por baixo da tampa, uma mão imóvel estava pressionada contra o interior da cápsula, os dedos esguios pálidos e rígidos, meio congelados, como se os pulsos dela estivessem presos por correias grossas.

Langdon agarrou a cápsula de vidro em busca de um jeito de abri-la. Tateou a superfície lisa, que estava gelada, mas não achou nenhuma junta, alça ou botão de abertura. O alarme ensurdecedor seguia tocando.

Abre, droga!

A poucos centímetros do rosto de Langdon, o contorno indistinto do corpo aparecia e sumia dentro da névoa rodopiante.

De repente, um som se fez ouvir atrás dele: eram passos se aproximando rapidamente. Langdon girou nos calcanhares e deu de cara com uma mulher alta de cabelo louro na altura dos ombros. Corria na direção dele empunhando um extintor de incêndio de aço inoxidável e ameaçando acertá-lo em cheio.

– *Co to sakra děláš?* – gritou, mais alto do que o barulho.

Langdon ergueu as mãos num gesto de defesa.

– Espere!

– Como entrou aqui? – exigiu saber a mulher com sotaque russo carregado ao mesmo tempo que erguia o pesado extintor para atacar Langdon.

– Por favor, nós precisamos ab...

– Como entrou aqui?

– A Dra. Gessner me deu a senha do elevador! Minha amiga Katherine Solomon e eu...

A mulher baixou o extintor na hora, aparentando uma surpresa genuína.

– Professor Langdon? Me desculpe... Eu sou Sasha Vesna, assistente de laboratório da Brigita...

– Katherine está dentro deste troço! – interrompeu Langdon, apontando para a cápsula. – Ela precisa de ajuda!

De repente, Sasha pareceu prestar atenção no som dos bipes, e sua expressão passou de confusa a horrorizada. Ela largou o extintor, que caiu no chão com um estrondo metálico, foi correndo até a máquina presa à cápsula, puxou com violência uma gaveta na estante, abriu um notebook e começou a digitar freneticamente.

– Ai, não... não!

Langdon não fazia a menor ideia do que estava acontecendo, mas o pânico da mulher só fez reforçar o seu.

– Abre essa porcaria e pronto! – sugeriu ele.

– É perigoso demais! Primeiro preciso reverter o processo.

Que processo?

– Por favor, tire logo ela dali!

A assistente olhava com medo para dentro da cápsula, parecendo perdida.

– Não estou entendendo: por que a Dra. Solomon entraria aí, para começo de conversa?

Langdon sentiu-se tentado a empunhar o extintor e arrebentar a cápsula para abri-la. *Isso não pode estar acontecendo.*

A assistente de Gessner seguiu digitando a mil no teclado, até que o barulho de alarme cessou. Segundos depois, os ventiladores silenciaram, e os tubos que conectavam a cápsula ao aparelho maior começaram a gorgolejar. Langdon não sabia o que imaginava ver fluindo pelos tubos transparentes, mas com toda a certeza não era o líquido vermelho que começou a correr na direção do corpo.

– Isso é sangue? – perguntou, sentindo-se subitamente fraco. – Que diabo é *isso*?

— É uma PRE! — respondeu Sasha em tom de pânico, ainda digitando à medida que o líquido fluía para a cápsula. — Uma máquina de preservação e ressuscitação emergencial! É o protótipo da Brigita! Não está pronto para ser usado!

Enquanto a névoa fria rodopiava em volta do corpo, Langdon lembrou que Gessner chegara a comentar sobre a máquina na noite anterior. A hipótese original da construção de uma máquina com essa tecnologia salvadora de vidas tinha sido feita por um cirurgião chamado Samuel Tisherman, da Escola de Medicina da Universidade de Maryland, mas fora Brigita Gessner quem pegara o conceito rudimentar, projetara um protótipo altamente modificado e agora detinha a patente, da qual tanto se gabava, alegando valer uma fortuna.

— A falta de oxigenação prolongada causa danos cerebrais — dissera Gessner na noite anterior —, mas a minha máquina de PRE consegue *proteger* o cérebro da falta de oxigênio, ao pausar a atividade celular, criando uma espécie de animação suspensa. Minha máquina é basicamente uma ECMO modificada, um aparelho de oxigenação por membrana extracorpórea que troca o sangue por um soro fisiológico ultrarrefrigerado a uma vazão de dois litros por minuto. Ela resfria rapidamente o cérebro e o corpo até 10ºC. Com isso, a equipe cirúrgica tem *horas* para tratar um paciente gravemente lesionado que sofreria morte cerebral em questão de minutos.

De pé junto ao protótipo de Gessner, Langdon estava prestes a vomitar.

De repente, a cápsula soltou um estalo abafado, e gotas de sangue começaram a salpicar todo o lado interno. Langdon deu um pulo para trás. *Ela está sangrando!*

— Блядь — praguejou Sasha, abandonando o notebook e correndo até um painel de emergência na parede dos fundos.

Ela rompeu um lacre plástico e, sem hesitar, apertou um botão vermelho. Na mesma hora a cápsula emitiu um silvo e liberou a sucção da tampa, que começou a se abrir para cima feito a porta de uma aeronave. Enquanto a névoa se dissipava, Langdon se inclinou por cima da caixa.

Meu Deus...

Assim que a viu, soube que ela estava morta. Tinha os olhos vazios, sem vida, e o rosto petrificado numa expressão do mais puro terror. Nunca tinha imaginado que ver o cadáver de uma pessoa pudesse causar um sentimento tão avassalador de desespero e de alívio ao mesmo tempo, mas foi exatamente o que sentiu nesse momento.

Porque o cadáver que jazia diante dele não era o de Katherine Solomon.

Era o de Brigita Gessner.

CAPÍTULO 30

Sasha Vesna soltou um lamento de agonia e caiu de joelhos junto ao corpo na cápsula.

– Brigita! Não!

Tapou o rosto com as mãos e começou a chorar descontroladamente.

Tudo que Langdon pôde fazer foi ficar olhando, sentindo um aperto no coração diante da dor da mulher. O sofrimento dela ao ver a Dra. Gessner na cápsula era claramente tão avassalador quanto o alívio de Langdon pelo fato de não ser Katherine ali dentro.

Após vários segundos de lágrimas de angústia, porém, Sasha ergueu os olhos com uma expressão alarmada. Começou a tatear os próprios bolsos, como se tivesse perdido alguma coisa, e a respirar depressa.

– Não – sussurrou, contraindo o maxilar numa careta. – Por favor, agora não!

Langdon foi depressa até ela.

Sasha tentou se levantar atabalhoadamente e ir em direção à porta, mas titubeou e tornou a cair ajoelhada. Pelo visto, estava a ponto de ter algum tipo de convulsão, e Langdon fez o possível para ampará-la.

– O que eu posso fazer? – perguntou.

Sasha emitiu um som rouco e apontou para a bolsa que tinha largado no chão ali perto.

Um remédio?, adivinhou ele, correu até a bolsa e começou a revirá-la freneticamente enquanto a levava de volta para Sasha.

A Dra. Gessner havia comentado na noite anterior que sua assistente de laboratório padecia de ELT, epilepsia do lobo temporal, embora tivesse falado menos em tom de empatia e mais como uma forma de se vangloriar de quantos pacientes já havia curado.

– Convulsões são tempestades elétricas no cérebro, só isso – explicara ela. – Mas eu criei um jeito de interrompê-las. Trata-se basicamente de uma cura perfeita.

Perfeita? A Sra. Vesna não parecia muito "curada" naquele momento.

Para sua frustração, Langdon encontrou apenas chaves, luvas, óculos, lenços de papel e objetos variados. Nenhum frasco de comprimidos, nenhuma seringa, nenhuma bombinha inalatória – nada que parecesse útil na situação.

– Do que a senhora precisa? – perguntou, chegando ao lado dela com a bolsa.

Mas era tarde. Sasha já se encontrava deitada de lado, tremendo violentamente, com os olhos revirados e a cabeça batendo no chão.

Tarde demais para remédios, pensou Langdon, se jogando rápido no chão e segurando a cabeça da mulher com as duas mãos para evitar que ela batesse contra o piso duro. Por ser professor, Langdon fora treinado para saber como ajudar caso um aluno ou aluna tivesse uma convulsão.

Em primeiro lugar, não piorar a situação. Ele sabia muito bem que não se deve colocar a pessoa de bruços, como muitas vezes faziam os socorristas na televisão para impedir a vítima de "engolir a própria língua", lenda bizarra que na verdade era uma impossibilidade física. Também era indicado jamais enfiar um cinto enrolado na boca da pessoa, como algumas pessoas consideravam prudente. É a receita certa para sufocar alguém ou perder o dedo numa mordida. Só havia uma proteção bucal para convulsões aprovada pela Agência Americana de Saúde, e Langdon não estava vendo uma na bolsa de Sasha. *Ajude-a a passar por isso e pronto.*

– Vai ficar tudo bem – sussurrou. – Estou aqui.

Enquanto segurava a cabeça da mulher com as mãos, Langdon percebeu que ela já tivera o nariz fraturado e mal consertado, além de uma cicatriz avermelhada debaixo do queixo, quase certamente ferimentos sofridos durante outras convulsões. Percebeu vestígios de outras cicatrizes por entre o farto cabelo louro, sem dúvida causadas por acidentes parecidos.

Sentiu uma onda de empatia pela mulher.

Convulsões epiléticas cobravam um preço brutal do corpo *físico* da pessoa. Quanto a isso não havia controvérsia. Paradoxalmente, o efeito no estado *mental* documentado ao longo da história parecia ter uma natureza oposta.

Durante a palestra, Katherine havia mencionado que a epilepsia era um dos "estados alterados" de consciência que ocorrem naturalmente na mente humana. Quando analisadas num equipamento de ressonância magnética, as convulsões exibiam uma assinatura elétrica espantosa, semelhante à de alguns alucinógenos, à de experiências de quase morte e até à do orgasmo.

Algumas das mentes mais criativas da humanidade tinham sido epiléticas: Vincent van Gogh, Agatha Christie, Sócrates, Fiódor Dostoiévski. O escritor russo certa vez declarara que suas convulsões epiléticas traziam "uma felicidade e uma harmonia impensáveis no estado normal". Outros diziam que as convulsões "eram um portal que se abria para o divino", "libertavam a mente dos limites físicos e sentiam nisso grande prazer" e "proporcionavam explosões sobrenaturais de profunda criatividade".

A epilepsia aparece com notável frequência nas obras de arte cristãs, o que não chega a ser surpresa, levando em conta que muitos relatos de experiências místicas nas Escrituras – visões, êxtases, encontros divinos, revelações transcendentais – parecem descrever, com uma especificidade e uma precisão singulares, a experiência de uma convulsão epilética, entre eles os de Ezequiel, São Paulo, Joana d'Arc e Santa Brígida. A famosa *Transfiguração* de Rafael Sanzio retratava um menino epilético em plena convulsão, fato que ele e outros artistas usavam com frequência como metáfora visual para a ascensão de Jesus Cristo ao céu.

Nos braços de Langdon, Sasha por fim parou de tremer. Sua respiração desacelerou até voltar ao ritmo normal. A convulsão inteira havia durado cerca de um minuto, e agora ela se encontrava inerte e, muito provavelmente, inconsciente. Langdon sabia que só precisava ter paciência e dar tempo para ela voltar.

Enquanto observava a russa desacordada, sentiu-se desorientado pela reviravolta perturbadora que sua manhã havia sofrido. Horas antes, ele estava nadando tranquilamente. Agora estava sentado no chão de um laboratório, com duas mulheres que nunca tinha visto antes da noite anterior: uma desmaiada nos seus braços, outra morta dentro de uma cápsula de PRE.

E o mais perturbador de tudo: nenhum sinal de Katherine.

◆ ◆ ◆

O tenente Pavel foi ao hall de entrada destruído do bastião e, ansioso, correu os olhos pelo pátio em busca de qualquer sinal de seu capitão. Tinha visto Janáček minutos antes dando um telefonema perto da mureta, mas agora ele havia desaparecido. Chegou a ligar duas vezes, mas o capitão não atendera.

Janáček também sumiu?

Felizmente, o mistério do desaparecimento de *Langdon* fora esclarecido. Pouco antes, Pavel havia localizado um elevador escondido atrás de uma parede de correr na recepção. O elevador pedia uma senha, mas isso foi fácil de esclarecer: alguém lá embaixo devia ter visto Langdon pelas câmeras de segurança e subido no elevador para buscá-lo.

O sumiço de Langdon confirmava que Solomon e Gessner estavam de fato lá embaixo e tinham desobedecido a uma ordem direta do capitão Janáček. Pavel se perguntou se os americanos faziam ideia da gravidade da encrenca em que estavam se metendo.

Estava examinando a alcova secreta quando ouviu algo desmoronar no saguão. Na mesma hora se deu conta de que era a moldura da porta estilhaçada que o capitão engenhosamente havia apoiado no acesso à escada do laboratório para funcionar como um alarme rudimentar.

Solomon, Langdon e Gessner estão fugindo do laboratório!

Pavel sacou a arma e saiu em disparada em direção ao corredor.

– *Stůj!* – gritou ao chegar. – *Pare!*

Mas não havia ninguém ali.

O batente estilhaçado de fato estava caído no chão, indicando que a porta fora aberta, mas o saguão se encontrava estranhamente vazio.

Pavel foi correndo até a entrada e olhou para fora. A área aberta estava deserta. *Ninguém consegue correr tão rápido.* Em pé no meio da neve, olhou de volta para a porta do laboratório, dando-se conta de que talvez o barulho não fosse alguém saindo do laboratório, e sim entrando.

Era evidente que essa pessoa tinha acesso por biometria. *Será um funcionário?* Pavel sentiu um suor frio na testa ao imaginar como Janáček receberia a notícia. Ele não só havia perdido Robert Langdon como tinha deixado *outra pessoa* entrar no laboratório.

Que burrice, Pavel. Ele mandou você ficar aqui, vigiando a porta do laboratório.

No vento congelante, Pavel voltou para o saguão, onde ficou andando de um lado para outro tentando se aquecer, as botas militares fazendo os cacos estalarem no chão. Estava a ponto de pegar o celular quando reparou num detalhe no painel biométrico ao lado da porta do laboratório.

Que esquisito, pensou, ao fitar a minúscula luzinha verde que indicava o status do painel.

A luz estava *vermelha* mais cedo, quando eles haviam chegado e encontrado a porta trancada. Ele tinha certeza. Agora estava verde. E *piscando*. Intrigado, Pavel foi até a porta do laboratório, segurou a maçaneta e puxou.

Para sua surpresa, a porta se abriu com facilidade, revelando uma escada. Pelo visto não tinha trancado direito após a última pessoa descer. Ao olhar para o chão, Pavel entendeu o motivo: um caco grande de vidro temperado ficara preso no batente.

Preciso avisar o capitão agora mesmo. Conseguimos acesso!

Ao olhar para a escada vazia lá embaixo, porém, Pavel foi acometido por outra ideia. Uma ideia agressiva e talvez um pouco arriscada, mas empolgante, sobretudo por ele saber que havia desapontado o capitão em várias ocasiões recentes.

Imaginou a cena lá embaixo.

Alguns acadêmicos desarmados...

Imaginou o deleite de Janáček ao voltar e encontrar os fugitivos adequadamente enfileirados no sofá, sob a mira de uma arma. Alisou a pistola CZ 75D no coldre, e a textura rugosa do cabo foi como o toque tranquilizador de uma velha amiga.

Eu sou treinado para executar justamente essa tarefa.

Robert Langdon já havia demonstrado ter medo de armas de fogo, e com as duas mulheres com certeza não seria diferente. Na experiência de Pavel, todo civil diante de um agente armado da ÚZSI faz exatamente a mesma coisa: o que o agente ordenar.

◆ ◆ ◆

Em algum lugar bem abaixo da crista do morro, olhando para o céu, o capitão Janáček perdia e recobrava a consciência. Não fazia ideia de quanto tempo havia se passado desde que despencara a uma velocidade aterrorizante até se espatifar nas pedras do penhasco lá embaixo com uma força nauseante.

O suicídio teria sido uma saída poética, levando em conta a notícia que ele acabara de receber da embaixadora. Só que Janáček não havia tirado a própria vida.

Eu fui empurrado.

Caído nas pedras, todo quebrado e ensanguentado, Janáček ainda podia sentir os pontos nas costas em que duas mãos fortes o haviam empurrado com força e o feito despencar por cima da mureta baixa de pedra. O capitão não fazia ideia de quem o tinha surpreendido, porém, por mais estranho que parecesse, tal fato no momento lhe parecia irrelevante.

É o fim, estou morrendo.

Para sua surpresa, a transição era bastante natural e tranquila.

O desconforto físico era mínimo. Todas as preocupações que minutos antes o consumiam pareciam estar evaporando, incluindo o devastador telefonema com a embaixadora dos Estados Unidos.

Ainda podia escutar as seis palavras que ela lhe dissera.

Sabemos que não tinha nenhuma bomba.

A alegação de Janáček, de que a ÚZSI havia encontrado uma pequena bomba no hotel, era de fato mentira, um engodo para ajudá-lo a assumir total controle da situação.

Eu fiz o que me mandaram fazer.

Ele acordara de um sono pesado ao receber a ligação peculiar, de Londres, naquela manhã bem cedo. O americano do outro lado tinha pedido desculpas pelo horário e solicitado ao capitão que checasse suas mensagens de texto. Janáček assim o fez, e encontrou evidências concretas confirmando que o homem ao telefone fazia parte dos mais altos escalões do poder.

– Eu estou com um problema – disse o homem. – E gostaria da sua ajuda.

Janáček esfregou os olhos sonolentos para tentar se concentrar.

– Pois não?

– Tem dois americanos importantes em Praga neste momento. Preciso que eles sejam presos.

– O senhor sabe que eu não posso simplesmente prender estrangeiros sem...

– Todas as informações de que o senhor precisa vão ser fornecidas. Escute com atenção.

Ao ouvir o que os dois americanos estavam tramando, Janáček sentiu uma indignação conhecida. *Um golpe publicitário? Uma ameaça de bomba no Four Seasons? Que absurdo!* Estava cansado de estrangeiros tratando seu país como um parquinho de diversões sem lei.

– Preciso avisar ao senhor – disse Janáček – que a única acusação que posso usar nesse caso é a de "perturbação do sossego". Se esses americanos forem ricos ou conhecidos, a embaixada americana vai interceder na hora.

– Esqueça a embaixada. Deixe a embaixadora comigo. Tudo que o senhor precisa fazer é inflar a gravidade da infração deles. Vou lhe explicar como.

A ideia do homem era inteligente – simples, limpa –, um penduricalho jurídico que permitiria a Janáček efetuar uma prisão embasada e mostrar finalmente à embaixadora que "ser americano" não punha ninguém acima da lei tcheca.

Uma mentirinha boba que serve à justiça é uma mentira honrada, acreditava Janáček, sem dar a mínima para a bela recompensa que o homem oferecera em troca da ajuda. *Levar a melhor sobre a embaixada vai ser recompensa suficiente*, pensou, carregando mágoas causadas por rixas passadas. E assim, justamente como o homem da ligação sugerira, Janáček aumentou a verdade muito de leve.

Não houvera bomba alguma, apenas uma ameaça de bomba, mas esse pequeno ajuste tinha feito as acusações atingirem um nível bem mais grave.

Agora, todo arrebentado no despenhadeiro, Janáček via seu instante de glória evaporar como se fosse uma miragem. Humilhado pela embaixadora, que planejava entrar em contato com seu superior, ele havia cancelado a coletiva de imprensa e o pedido da equipe de arrombamento. Sua ansiedade para efetuar uma prisão importante o havia transformado num alvo fácil, um peão voluntário.

Talvez o americano que me ligou tenha me usado. As credenciais do sujeito eram autênticas, assim como o número do qual ele havia telefonado.

Porém nada disso tinha mais qualquer importância.

Esparramado nas pedras, Janáček sentiu o sangue morno escorrer da parte de trás da cabeça. Tinha consciência de que a vida se esvaía de dentro dele. Por mais estranho que parecesse, a morte era quase uma alternativa mais clemente a ter que se curvar à embaixada americana, principalmente ao convencido Michael Harris.

Isso é uma bênção, concluiu Janáček, surpreso por perceber que não estava com um pingo de pânico.

Por mais estranho que parecesse, o capitão sentiu que começava a se afastar cada vez mais de *si mesmo*. Era boa a sensação de se separar da forma física arrebentada, sem sentir dor ou ferimento algum, como se estivesse subindo e deixando as complicações do mundo para trás.

Não houve medo, apenas uma serenidade cada vez maior. Foi diferente de tudo que ele havia experimentado na vida.

CAPÍTULO 31

Dana Daněk já estava se impacientando com a falta de resultados da base de dados de reconhecimento facial na tentativa de identificar a mulher na Ponte Carlos. O processo parecia estar levando mais tempo do que o habitual.

Enquanto aguardava, ela voltou às imagens das câmeras aéreas. Estava observando a mulher da tiara de pontas parada na extremidade leste da ponte, como se à espera de alguma coisa.

De repente, às 6h52, a mulher recebeu uma ligação. Atendeu na hora e passou poucos segundos ao celular antes de guardá-lo de volta no bolso. Então, para espanto de Dana, a mulher tirou do bolso um pequeno frasco e derramou um líquido nos ombros e braços da capa preta.

Será perfume? Água benta?

Ela guardou o frasco no bolso, ajeitou a tiara, levou a mão ao forro interno da capa e sacou um bastão de metal. Parecia uma pequena lança prateada.

Será que ela está armada?

Na sequência, a mulher se pôs a andar vagarosamente, quase como um zumbi, pela ponte deserta. Perto da metade do caminho, um homem alto de cabelo preto entrou no quadro seguindo rumo a leste, na direção dela. Usava um conjunto de moletom esportivo e calçava tênis. Ao se aproximar da mulher, o homem parou de repente e se virou na direção dela, como se estivesse dizendo algo. Mas ou a mulher o ignorou ou não o escutou, pois seguiu andando. Por um momento, o homem ficou paralisado. Voltou a chamá-la, mas não obteve resposta, então de repente girou nos calcanhares e saiu em disparada na mesma direção em que estava correndo antes, até sair do quadro da câmera.

O que acabou de acontecer aqui?

Dana voltou a gravação e assistiu à sequência inteira outra vez. Ficou curiosa para saber para onde o homem estava correndo, mas primeiro examinou a mulher fantasiada. Ativou o modo que usava reconhecimento facial, inteligência artificial e algoritmos de projeção para acompanhar pessoas. Enquanto a imagem rolava, o programa trocava de uma câmera para outra, seguindo a mulher de tiara de estacas pela ponte.

Ela estava passando pela estátua de Santo Agostinho quando de repente parou. Após olhar em volta, como para confirmar que estava sozinha, arrancou a tiara da cabeça e sem a menor cerimônia a atirou no rio. Em seguida foi a vez da lança. Então, tirou do bolso um gorro de lã branca e o vestiu, escondendo o cabelo escuro dentro dele. Por fim, tirou a capa preta, revelando um suéter vermelho grosso. Dobrou a capa e a depositou como se fosse uma oferenda aos pés da estátua de Santo Agostinho, local onde se costuma deixar donativos para os sem-teto ou necessitados.

Agora transformada, a mulher dobrou à direita de repente e desapareceu por uma escadaria estreita encostada na parede externa da ponte que dava para a margem ocidental do rio. Quem quer que fosse, pelo visto aquela camaleoa não queria que ninguém a seguisse.

Dana avançou depressa pelas imagens de arquivo, seguindo a mulher em alta velocidade pela praça calçada de pedras em frente ao Palácio Liechtenstein, passando pelo Museu Kampa, com sua bizarra instalação ao ar livre de três bebês de bronze gigantes com códigos de barra no lugar do rosto, e por fim entrando no Parque Kampa, onde ficou zanzando por um tempo antes de comprar um café num quiosque. Enquanto estava sentada num banco bebericando, recebeu um telefonema.

Ao final da ligação, voltou correndo para a Ponte Carlos, onde agora havia alguns pedestres a caminho do trabalho. Às pressas, fez o caminho para a margem leste, saiu da ponte e dobrou à esquerda na Rua Křižovnická. Enquanto ela andava pela calçada, a gravação diminuiu de velocidade, e as palavras "AO VIVO" começaram a piscar. O passo acelerado da mulher se transformou num passo normal.

Tempo real. Isso está acontecendo agora.

Apesar de não ter autorização para usar o sofisticado sistema de segurança dessa forma, Dana não conseguiu desgrudar os olhos da mulher. Observou-a andar pela calçada, virar à esquerda e atravessar um elegante pátio de estacionamento em direção à entrada principal de um dos hotéis mais caros de Praga.

Ela vai entrar no Four Seasons?

Enquanto a mulher desaparecia pela porta giratória, algo inesperado atraiu a atenção de Dana: um Audi A7 estacionado nas vagas reservadas em frente ao hotel. Dana não teria dado a menor bola para aquilo, não fosse pelo fato de os caracteres vermelhos na placa do sedã indicarem se tratar de um veículo diplomático.

É um dos carros da *nossa embaixada?*

Um segundo depois, Dana teve sua resposta quando a silhueta elegante de Michael Harris saltou do sedã e entrou no hotel em passo acelerado.

Dana ficou olhando chocada e sentiu o estômago se embrulhar.

Michael, seu filho da mãe. Eu sabia!

◆ ◆ ◆

O gerente do Four Seasons ainda estava sob efeito da recente ligação pessoal recebida da embaixadora americana. Após agradecer a ele pela discrição na situação envolvendo o Sr. Langdon, a mulher tinha lhe pedido um favor.

Um favor que acaba de entrar pela porta, pensou o gerente ao ver o cavalheiro bem-vestido se encaminhando a passos largos para a recepção.

– Sr. Harris – cumprimentou o gerente. – A embaixadora acabou de ligar.

– Obrigado – respondeu o homem, cujo aperto de mão parecia um torno de tão forte.

– Vi o senhor mais cedo com o Sr. Langdon – disse o gerente. – E com a... ÚZSI. – Ele fez uma careta. – Espero que aquilo tudo esteja sendo resolvido.

– E está. Foi um mal-entendido infeliz, e estamos dando um jeito. Vim aqui agora, como o senhor já deve saber, porque o Sr. Langdon pediu que a embaixada recolhesse algumas coisas na suíte dele enquanto resolvemos esse assunto. Pelo que entendi, é algum remédio importan...

– Claro. Já mandei fazer a chave da suíte para o senhor. Só vou precisar de um documento de identidade, está bem? Peço desculpas pela formalidade, mas é que essa história toda é meio fora do comum, e a política do hotel...

– Sem problema – disse o homem, entregando a identidade da embaixada. – Obrigado pelo cuidado. A embaixada aprendeu a esperar apenas o melhor do Four Seasons.

Radiante, o gerente devolveu o documento.

– É muita gentileza sua. Imagino que o senhor se lembre de como chegar à Suíte Real, certo? Quando tiver terminado, pode deixar a chave lá dentro e fechar a porta depois de sair.

O homem da embaixada agradeceu e subiu.

O gerente voltou para suas obrigações, ocupado demais para reparar na mulher bonita de suéter vermelho que seguiu o homem escada acima.

CAPÍTULO 32

Onde estou?, pensou Sasha.

Sentiu um formigamento familiar subir pelo corpo, uma sensação leve e agradável, como se suas veias estivessem cheias de bolhas de champanhe. Assim que saía de uma convulsão epilética, muitas vezes ela sentia que o cérebro era um computador reiniciando, recomeçando do zero, carregando cada programa aos poucos.

Por instinto, iniciou seu ritual pós-convulsão. O "foco pós-ictal", como a Dra. Gessner denominava a estratégia, era uma forma de se reconectar com a realidade do presente forçando a mente a recuperar a lembrança mais recente que conseguisse resgatar.

Hoje de manhã eu fiz chá, lembrou Sasha, recuperando o aroma do hibisco, a luz da manhã entrando pelas janelas da cozinha e seus dois gatos siameses miando baixinho e se esfregando em suas panturrilhas, ansiosos pelo desjejum. Devagar, conforme seu cérebro foi pegando ritmo, ela tentou recordar o que tinha feito após alimentar os gatos, mas essas lembranças eram um branco e se recusaram a vir à tona.

A amnésia pós-ictal, como era chamada, era bastante comum entre os epiléticos e consistia em períodos de amnésia total que às vezes duravam horas, como se o cérebro tivesse simplesmente se esquecido de registrar os acontecimentos.

Para alguns epiléticos, a amnésia era mais debilitante do que as crises, mas Sasha havia optado por aceitar a condição. Às vezes se perguntava inclusive se não seria uma bênção.

Tem partes do meu passado das quais prefiro não me lembrar.

Quando Sasha era criança na Rússia, os outros alunos da escola zombavam das suas convulsões, chamando-a por um apelido obsceno – *вибратор*, "vibrador". Seus pais a levavam para se consultar com especialistas, mas as respostas eram sempre as mesmas.

– Não existe cura. Sasha vai morrer *com* essas crises, mas não *por causa* delas.

Mas eu quero *morrer*, pensava a menina com frequência.

Os instantes de tranquilidade que experimentava logo após as convulsões, embora mágicos sob determinados aspectos, eram vencidos pela dor emocional e pelas lesões físicas causadas pelas crises.

Os médicos acabaram por diagnosticar em Sasha uma síncope recorrente e uma doença mental aguda, e sugeriram que fosse internada. O melhor que seus pais arranjaram foi uma *psikhushka*, instituição psiquiátrica pública. Era um lugar caindo aos pedaços, no meio do nada, perto da fronteira ocidental da Rússia. No aniversário de 10 anos da menina, seus pais a deixaram lá e nunca mais foram visitá-la.

Sasha passara semanas chorando no seu quartinho minúsculo. Tinha várias convulsões por dia, e os funcionários a seguravam à força sem qualquer compaixão. As refeições fornecidas eram parcas, mas os remédios eram fartos. Na juventude, Sasha tinha uma vida sedada e solitária.

Passou mais de dez anos assim, esquecida e sozinha. Suas únicas fugas da realidade eram os filmes americanos que passavam sem parar na sala de convivência do outro lado do corredor. Seus preferidos eram as comédias românticas, e por muitas vezes Sasha sonhou se apaixonar em Nova York. *Um dia vou conhecer os Estados Unidos*, prometeu a si mesma, às vezes sentindo que esse sonho era a única coisa que a fazia seguir em frente.

Então até ele foi destruído.

Certo dia a acompanhante noturna de Sasha foi trocada. A nova profissional era uma enfermeira impiedosa chamada Malvina, que se divertia nas horas mortas confiscando a medicação anticonvulsivante de Sasha, depois assistindo a suas crises espasmódicas como se fossem um espetáculo de circo e então a espancando. Malvina passou semanas cometendo abusos físicos, emocionais e talvez até de outras formas que a mente de Sasha havia bloqueado.

Certa manhã, após sobreviver por pouco a mais um ataque brutal e traumático de Malvina, Sasha estava chorando na cama quando três funcionários irromperam quarto adentro e a arrastaram pelo corredor até a sala de convivência.

– *Priznavaysya!* – gritaram. *Confesse!*

Aos pés de Sasha, no chão da sala de convivência, jazia o corpo sem vida de Malvina, com a cabeça torcida quase toda para trás.

Não fui eu, insistia Sasha, mas os funcionários já haviam decidido que ela era culpada. Com medo de perder parte do financiamento público que bancava a instituição, eles relataram que Malvina tinha morrido num infeliz acidente, ao escorregar no piso molhado, e, como castigo, trancafiaram Sasha numa solitária.

Sozinha no escuro, muitas vezes Sasha se perguntou quem poderia ter matado a enfermeira. Havia outros pacientes que sofriam convulsões, e talvez Malvina tivesse mexido com a pessoa errada. *Ou talvez*, fantasiou Sasha, *alguém tenha matado Malvina para me proteger*. Por algum motivo a ideia a fez se sentir menos sozinha.

Após duas semanas confinada, Sasha foi arrastada para fora da solitária, vestida com uma camisa de força e informada de que tinha uma visita. Jamais recebera qualquer visita, nem mesmo dos pais. *Eles me largaram aqui para morrer*.

A pessoa na recepção era uma desconhecida: uma mulher miúda, de cabelos muito pretos, roupas caras e um rosto severo. Transmitia uma impressão de autoridade. A mulher na mesma hora repreendeu os auxiliares, exigindo que tirassem a camisa de força, ordem que, para espanto de Sasha, eles acataram.

– *Zvířata* – resmungou ela, enxotando-os dali. *Animais*.

Sasha estreitou os olhos; fazia semanas que não via a luz do dia.

– *Кто ты?* – perguntou em russo. *Quem é você?*

– Você fala tcheco? – quis saber a mulher.

Sasha fez que não com a cabeça.

– Inglês?

– Um pouco. Eu vejo TV americana.

– Eu também – cochichou a mulher num tom quase conspiratório. – É maravilhoso, né?

Sasha só fez encará-la.

– Eu sou a Dra. Brigita Gessner – disse a mulher. – Estou aqui para ajudar você. Sou uma neurocirurgiã da Europa.

– Os médicos não têm como me ajudar – retrucou Sasha depressa.

– Sinto muito por isso. É porque eles não entendem o que aflige você.

– Eu sofro de insanidade e convulsões.

A mulher balançou enfaticamente a cabeça.

– Não, Sasha, sua sanidade é perfeita. Você tem uma doença conhecida como ELT, epilepsia do lobo temporal. Ela causa as convulsões. É uma síndrome totalmente curável. Eu tenho um laboratório em Praga e gostaria de levar você para lá.

– Para me consertar? – indagou Sasha, cética.

– Você não está quebrada, meu bem. Seu cérebro às vezes passa por tempestades elétricas, só isso. Mas eu posso ajudar você a controlar essas tempestades. Já tratei muitos pacientes com ELT iguaizinhos a você, e os resultados foram estupendos. Tratei inclusive um rapaz chamado Dmitri, desta mesma instituição.

Dmitri? Sasha conhecia o homem alto e atraente, mas fazia um tempo que não o via. *Fiquei me perguntando onde ele tinha ido parar!*

– A senhora curou o Dmitri?

– Curei, sim. E ele já voltou para casa na Rússia.

Sasha estava desesperada para acreditar na Sra. Gessner, mas aquilo tudo parecia bom demais para ser verdade.

– Eu não tenho dinheiro.

– O tratamento é de graça, Sasha – disse a mulher. – E bem simples.

A doutora explicou rapidamente um procedimento que consistia na implantação de um pequeno chip no crânio de Sasha. Se ela sentisse que uma convulsão estava prestes a acontecer, poderia ativar o chip esfregando na cabeça um pequeno bastão magnético. Com isso, o chip geraria pulsos elétricos que interromperiam o início da convulsão, impedindo a crise antes mesmo de ela começar.

– Isso... isso é mesmo possível? – indagou Sasha, quase chorando.

– É, sim! Chama-se chip de neuroestimulação responsivo. Fui eu que inventei.

– Mas por que... por que ajudar *a mim*?

A Dra. Gessner estendeu a mão por cima da mesa e segurou a de Sasha.

– Sabe, eu tive muita sorte na vida. A verdade é que ajudar *você* traz vantagens para *mim* também. Eu me sinto bem ajudando pessoas que precisam. Se posso salvar a vida de alguém, por que não fazer isso?

A vontade de Sasha foi se levantar com um pulo e abraçar aquela mulher, mas ela estava com medo de acreditar no que a doutora dizia. Ao longo de toda a vida, raramente alguém tinha sido gentil com ela.

– Mas e... e se eles não me deixarem sair?

– Ah, é *melhor* eles deixarem – disse Gessner, incisiva. – Eu paguei uma pequena fortuna para liberarem você.

Quatro dias depois, Sasha acordou num leito de hospital em Praga, grogue por causa da anestesia e dos remédios para dor, mas vivíssima. Quando Gessner lhe disse que o procedimento tinha sido um sucesso, suas emoções se intensificaram e, como acontecia com frequência, serviram de gatilho para o formigamento que antecedia uma crise convulsiva. Com toda a calma, Gessner sacou o bastão magnético e o esfregou no alto da cabeça de Sasha. Como que por milagre, ela sentiu a convulsão evaporar. A sensação foi como a de um espirro que não chega a acontecer.

Sasha não conseguiu acreditar.

A Dra. Gessner passou os dias seguintes monitorando Sasha de perto e ajustando o implemento para maximizar sua eficiência. O bastão funcionava com perfeição, e Sasha se deu conta de que talvez nunca mais voltasse a ter outra convulsão. Chegou a se perguntar se viria a sentir falta da tranquilidade e do contentamento etéreo típicos do momento pós-convulsão, mas isso parecia ser um preço minúsculo a pagar pelo luxo de poder funcionar no mundo real.

Certa tarde, quando as duas estavam conferindo exames de diagnóstico, Brigita Gessner falou, num tom casual:

– Sasha, eu não sei muito bem quais são seus planos para o futuro, mas preciso contratar um auxiliar para o laboratório, e muito francamente você seria a candidata ideal.

– Eu? – Sasha pensou que ela estivesse de brincadeira.

– Por que não? Você passou praticamente a vida inteira numa instituição médica.

– Como *paciente*! – disse Sasha, rindo. – Não como médica!

– É verdade, mas você é uma mulher inteligente. Não estou pedindo para virar médica ou realizar cirurgias no cérebro. Estou me referindo a documentações de consultório, desinfecção de equipamentos, esse tipo de coisa. E o melhor de tudo: se você estiver trabalhando no meu laboratório, talvez nós consigamos fazer melhorias no seu estado.

– Melhorias? Mas eu estou me sentindo perfeita!

– É mesmo? Parou de ter perdas de memória e períodos de "apagão"?

– Ah, tem isso ainda.

Elas riram juntas, mas na realidade Sasha tinha esquecido os próprios esquecimentos. Sua memória sempre fora falha, e ela simplesmente se acostumara com isso.

– A amnésia pós-ictal é muito comum em todos os meus pacientes com ELT – disse Gessner. – Tenho algumas ideias sobre como avançar nesse campo. Quer dizer, se você me deixar olhar seu cérebro de vez em quando.

– Deixo, claro, mas...

– Eu tenho um pequeno apartamento aqui em Praga, que comprei para minha mãe, mas ela partiu faz um tempo e eu nunca me decidi a vendê-lo. Você pode ficar lá o tempo que quiser. É mobiliado, mas se não gostar do estilo nós podemos...

– Eu *vou amar* o estilo – disse Sasha depressa, quase aos prantos.

Essa conversa havia acontecido fazia dois anos, e Sasha nunca mais fora embora. Tinha 28 anos, e seu salário modesto e o aluguel gratuito bastavam para ela se sustentar, o que era um sonho transformado em realidade. Com o tempo, ela progrediu, deixando de lidar com a limpeza e a papelada do laboratório para ajudar a Dra. Gessner em suas pesquisas e aprender a operar equipamentos básicos de imagem.

Brigita escaneava regularmente o cérebro de Sasha para monitorar a evolução do tratamento, feito com suplementos alimentares por via intravenosa e treinamentos cognitivos na cadeira de realidade virtual. Às vezes, Gessner deixava Sasha se divertir usando os óculos de RV para viajar pelo mundo. Assim a assistente tinha conhecido a Torre Eiffel, a Grande Barreira de Corais e seu lugar preferido, Manhattan. Ela amava flutuar acima de todos aqueles arranha-céus ou passear pelo Central Park. *Espero um dia ver tudo isso de verdade.*

– Sasha? – Uma voz grave soou logo acima dela. – Tudo bem com você?

A voz parecia próxima e a puxou de volta para o presente.

– Sasha? – repetiu a voz.

A sensação gostosa pós-convulsão começou a perder força, e então, sem aviso, uma onda amarga de dor se abateu sobre ela.

Ela se lembrou de tudo.

Brigita está morta.

Minha única amiga de verdade.

Seus olhos se abriram de repente, e ela se viu olhando para o rosto bonito e gentil do homem que ainda segurava sua cabeça.

Ele abriu um sorriso suave para ela e sussurrou:

– Bem-vinda de volta.

CAPÍTULO 33

O interior da van ia ficando mais frio a cada minuto que passava, e Jonas Faukman tremia. Com as mãos ainda amarradas atrás das costas, seus dedos tinham ficado inteiramente dormentes. Após arrancarem seu casaco de lã vintage, os sequestradores o amarraram. Em seguida, revistaram os forros e bolsos da peça de roupa antes de jogá-la no chão ao lado dele.

O editor se perguntou se o celular ainda estaria dentro do seu bolso. Sentiu-se tentado a gritar: "Siri, ligar para a polícia!"

O homem atarracado de cabelo à escovinha estava sentado em cima do engradado, a um metro dele, enquanto o outro seguia no banco da frente digitando no celular. Parecia conversar com alguém.

Um superior?

Faukman tentava juntar as peças, mas não conseguia imaginar quem poderiam ser aqueles caras ou por que eles o haviam raptado descaradamente na rua. *Eles roubaram um original específico e destruíram todas as cópias da editora?* Mesmo que o livro de Katherine fosse um tremendo best-seller, valeria a pena hackear o sistema da empresa, destruir cópias em papel e *sequestrar* pessoas por causa dele? *Pelo amor de Deus, é o mercado editorial, não* Duro de Matar*!*

– Certo – disse Escovinha, erguendo os olhos do tablet. – Tenho algumas perguntas, Sr. Faukman.

– Pode me chamar de Jonas – entoou ele. – Os sequestros de hoje em dia são bem menos formais do que antigamente.

Escovinha o encarou, sem achar graça na piada.

– Katherine Solomon está no exterior?

– Está.

– Onde?

– Vocês *sabem* onde. Só estão calibrando o detectorzinho de mentiras me fazendo perguntas para as quais já têm a resposta.

– *Onde?* – repetiu Escovinha.

O editor não estava com a menor vontade de levar outro soco.

– Praga.

– Muito bem. – Escovinha olhou para o tablet. – Em algum momento antes das sete da manhã, horário local, a Dra. Solomon saiu do quarto de hotel em Praga e foi até o Centro Empresarial do Four Seasons.

Faukman estranhou aquilo e sentiu uma pontada de pânico.

– Espere aí, vocês andaram espionando a Dra. Solomon?

– Digamos apenas que a gente andou prestando atenção.

– Quem *são* vocês, caramba?

– No centro empresarial – continuou Escovinha, sem responder –, a Dra. Solomon usou um dos computadores do hotel para se logar no servidor da PRH. Ela acessou a última versão do manuscrito.

E daí? Autores muitas vezes sentem um nervosismo de última hora quando seus editores estão prestes a iniciar a leitura de seus originais. Provavelmente Katherine estava matutando sobre algum trecho e decidiu relê-lo.

– Por que ela não usou o próprio notebook, na privacidade do quarto? – perguntou Escovinha.

– Porque a Dra. Solomon *não tem* um notebook. Ela prefere tela grande, teclado e mouse.

E se vocês a estivessem mesmo vigiando, já saberiam disso.

O cara do notebook assentiu.

– Verdade.

Escovinha tornou a olhar para o tablet.

– Nossos registros mostram que hoje de manhã a Dra. Solomon imprimiu uma cópia em papel completa do manuscrito, todas as 481 páginas, e saiu do hotel com ela.

Por um momento, Faukman ficou espantado com o fato de aqueles gorilas saberem o número exato de páginas do original, mas então lembrou que eles tinham acabado de roubar sua cópia. *Que blefe fraco.*

– A Dra. Solomon não imprimiu cópia alguma, e vocês sabem disso.

O cara marombado sentado no engradado passou um tempão encarando Faukman, então espreguiçou as costas para se alongar, revelando um coldre de ombro com uma pistola supreendentemente grande. Faukman não via ninguém fazer um movimento com segundas intenções tão óbvio desde o quarto ano do fundamental, quando fingiu se espreguiçar para abraçar Laura Schwartz no cinema. Entendeu o recado.

– Tem certeza de que vai tentar me enganar? – indagou Escovinha.

– Calma aí – interrompeu Notebook, olhando para a tela. – O Avatar diz que ele está falando a verdade. Ele não sabe que a Solomon imprimiu uma cópia.

Escovinha fez uma cara surpresa.

– Que interessante. Quer dizer que a Dra. Solomon imprimiu pelas suas costas?

Valeu a tentativa. Faukman já havia editado tantas cenas de interrogatório policial que não se deixava enganar pela tática do Policial Bonzinho *versus* Policial Mau, estratégia para fazê-lo desconfiar de Katherine. Infelizmente para os dois palhaços, sua carreira profissional fora construída analisando narrativas fictícias e assinalando inconsistências. Se seus sequestradores tivessem dito que Katherine havia cuidadosamente imprimido uma cópia para editar na suíte do hotel, ele poderia ter acreditado. Mas o diabo mora nos detalhes, e os caras estavam afirmando que Katherine tinha levado o manuscrito para fora do hotel. *Ela não teria feito isso.*

– O que a gente quer saber é: por que a Katherine imprimiu o livro? – insistiu Escovinha. – E pra quem entregou?

– O certo é *a* quem entregou – corrigiu instintivamente Faukman.

Escovinha o fuzilou com os olhos.

– Foi isso que eu disse.

– Não foi, não. Pode desamarrar minhas mãos? Estou com os braços dormentes.

– *Pra quem* ela entregou?

Faukman balançou a cabeça.

– Continua errado. E não faço ideia.

– Ele não sabe – interveio Notebook lá da frente.

Escovinha pareceu frustrado.

– Katherine tentou fazer contato com o senhor?

– Não.

– E Robert Langdon?

– Não.

Notebook assentiu.

– Verdade, as duas coisas.

Escovinha coçou a cabeça, parecendo refletir sobre suas próximas perguntas. Faukman tremia cada vez mais à medida que o frio aumentava.

– Vocês podem pelo menos ligar a calefação?

– Ah, desculpa, está com friozinho?

Escovinha estendeu a mão para o banco do motorista e apertou um botão no painel. No entanto, em vez de a calefação começar a funcionar, o que aconteceu foi que o vidro do motorista baixou e uma rajada de ar frio entrou na van.

– Melhorou agora?

Faukman começou a acreditar que poderia estar correndo um grave perigo.

Pela janela aberta, ouviu mais uma vez os ruídos mecânicos vindos de fora, agora mais altos, e se deu conta do que estava escutando: o rugido inconfundível de motores de aviões a jato.

Caramba, será que eu estou numa base militar?

CAPÍTULO 34

Langdon ficou aliviado ao ver Sasha Vesna abrir os olhos. Vários minutos tinham se passado desde a forte convulsão, e agora ela parecia estar se reorientando.

– Obrigada – sussurrou ela, com os olhos erguidos na direção dele.

– Sinto muito. Não consegui encontrar o remédio na sua bolsa.

– Não faz mal. O que eu precisava ter em mãos fica num bolso secreto. Estou bem.

Langdon ajudou Sasha a se sentar com as costas apoiadas na cápsula, e ela mexeu delicadamente os dedos das mãos e dos pés, como quem tenta recuperar o controle do corpo. Os ventiladores e bipes de alarme tinham se desligado assim que o processo de PRE fora abortado, e um silêncio profundo reinava na sala.

Sasha se apoiou na cápsula e pareceu prestes a apagar mais uma vez, fechando os olhos e respirando fundo como se ainda precisasse de tempo para assimilar tudo. Dez segundos depois, porém, reabriu os olhos, e Langdon se espantou com a diferença na expressão da mulher, subitamente mais forte e focada, como se houvesse se obrigado a enterrar a dor e seguir em frente.

– Preciso de água, por favor – disse Sasha, agora também com a voz mais firme.

– Claro.

Langdon se levantou com um pulo, lembrando que a boca seca era um dos sintomas mais comuns depois de uma convulsão.

– Na minha sala... – Ela fez um gesto na direção da porta. – A minha... garrafa d'água.

Langdon se virou e passou depressa por uma mesa de trabalho, e reparou numa pasta de couro em cima dela. *A pasta que Gessner estava carregando ontem à noite no bar.* Entrou na salinha de Sasha, onde pegou a garrafa magenta que vira mais cedo, com algo escrito em cirílico. Estava quase vazia, e no caminho de volta Langdon parou para enchê-la no banheiro do laboratório.

Em frente à pia, com os dedos sob o jato d'água esperando-a esfriar, ele encarou o reflexo cansado no espelho e se demorou alguns instantes para acalmar os nervos. Encontrar o cadáver de Gessner tinha sido um momento de horror, mas a morte dela também havia aumentado seu temor em relação à segurança de Katherine.

Onde ela está agora?

De repente, Langdon se sentiu assombrado por uma série de pensamentos. Lembrou-se da pasta de Gessner na mesa de trabalho perto da cápsula e de ela ter dito, na noite anterior, que precisava voltar ao laboratório depois dos drinques. Era bem provável que Gessner já estivesse presa na cápsula quando Katherine chegara ali às oito da manhã.

Será que Katherine ficou cara a cara com o agressor de Gessner?

Enquanto esperava a garrafa encher, um movimento atrás de Langdon chamou sua atenção. Antes de ele conseguir se virar de costas para a pia, alguém o agarrou e torceu seu braço para trás. A garrafa caiu no chão.

– Cadê as duas? – exigiu saber o homem, imprensando o ombro nas costas de Langdon e fazendo-o grudar a cabeça no espelho.

Langdon sentiu o cano de uma arma contra as costelas e pelo espelho viu o rosto abrutalhado do tenente Pavel.

– Cadê Gessner e Solomon? – repetiu o agente da ÚZSI, torcendo o braço de Langdon com mais força. – Eu sei que elas estão aqui embaixo junto com a outra pessoa que acabou de descer.

– Katherine não está... aqui – conseguiu articular Langdon por entre os dentes. – E Gessner... está morta.

– Mentira! – gritou Pavel, soando bem parecido com seu chefe.

Langdon se perguntou se Janáček também estaria descendo.

– Por que eu iria mentir? – grunhiu, sentindo o braço prestes a quebrar.

– Última chance – rosnou o tenente, puxando o cotovelo de Langdon num ângulo impossível. – Me diz on...

Uma pancada metálica pesada soou no banheiro, e na mesma hora as mãos de Pavel perderam a força e ficaram flácidas, então ele desabou no chão e sua pistola caiu longe com um estardalhaço. Langdon se virou e deu de cara com Sasha Vesna, brandindo o mesmo extintor de incêndio com o qual o ameaçara mais cedo. Com uma expressão assustada, ela encarava o tenente da ÚZSI encolhido e imóvel a seus pés.

– Eu não sabia o que mais fazer – disse ela. – Ele estava machucando o senhor!

Langdon olhou para Pavel no chão. O homem não estava sangrando, mas com certeza estava desacordado.

– Não faz mal – conseguiu dizer, pegando cuidadosamente o extintor das mãos de Sasha com o braço dolorido e o pousando no chão.

– Quem é ele? – perguntou ela.

– Um tenente da ÚZSI – respondeu Langdon, recuperando a pistola de Pavel e a colocando na pia, fora de alcance. – Ele vai precisar de um médico.

– Ele está bem. Foi um trauma parietal posterior. Vai passar alguns minutos desmaiado e quando acordar vai sentir uma baita dor de cabeça.

Langdon lembrou a si mesmo que Sasha trabalhava para uma neurocientista.

– Mas como ele desceu até aqui? – indagou Sasha.

Langdon não fazia ideia; vai ver a equipe de arrombamento da ÚZSI havia chegado e derrubado a porta. Os alarmes dos equipamentos estavam tocando alto, e talvez Langdon não tivesse escutado a operação. *E agora estou diretamente ligado a uma agressão a um tenente da ÚZSI.*

– Sasha, eu preciso chegar à embaixada dos Estados Unidos o quanto antes – falou, percorrendo mentalmente as alternativas possíveis. – Tem um homem aqui em Praga que tem me ajudado. Michael Harris.

Sasha tomou um susto.

– Eu conheço o Michael. Ele é meu amigo próximo.

– Você o *conhece*? – Langdon se espantou por Harris não ter mencionado conhecer a assistente de laboratório de Brigita Gessner.

– Nós não expomos nossa amizade – disse Sasha. – Um funcionário do governo americano, uma russa puro-sangue...

Claro, pensou Langdon, entendendo. *Política é percepção*. Levando em conta a crescente hostilidade entre Estados Unidos e Rússia, um funcionário da embaixada americana que convivesse com uma assistente de laboratório russa certamente levantaria suspeitas.

– Seja como for, não podemos ir daqui para a embaixada – disse ela. – É perigoso demais. A ÚZSI deve ter montado uma blitz para revistar todos os carros no caminho. É melhor mandar uma mensagem de texto para o Michael e pedir que ele nos busque no meu apartamento num veículo oficial da embaixada. Vai ser bem mais seguro.

Langdon pensou que, para uma mulher que acabara de sofrer uma grave convulsão, Sasha Vesna estava com o raciocínio mais claro que o dele. *Então vamos para o apartamento*, pensou ele, grato pela ajuda e torcendo para conseguir fazer contato com Katherine em breve.

– Dá para sair daqui por algum lugar que não seja a porta da frente?

– Não, é a única saída – disse Sasha, catando a pistola de Pavel na pia e a guardando na bolsa.

– Espere aí – disse Langdon, alarmado. – Não sei se roubar uma pistola da ÚZSI...

– Eu não vou *usar*, mas daqui a um minuto esse agente vai acordar, e, se ele resolver ir atrás de nós, prefiro que não esteja armado.

Difícil discordar, pensou Langdon. Pavel já estava gemendo e começando a se mexer.

Sasha pegou a garrafa d'água magenta, que fora esmagada pelas botas de Pavel durante a confusão. Olhou com um ar saudoso para o texto em russo escrito à mão.

– Foi Brigita quem me deu – falou, quando eles já estavam no corredor. – Para me lembrar de me manter hidratada. Eu vivo esquecendo. Está escrito: *Beba água*.

Sasha colocou a garrafa na entrada da sua sala e levou Langdon até a escada, onde eles subiram em silêncio até o patamar superior. Ele torceu para Janáček não estar à sua espera no saguão. No alto, eles chegaram à porta de segurança, que Langdon esperava ver destruída.

Mas a porta estava intacta.

Com todo o cuidado, Sasha espiou pela janelinha. Sem ver nada, abriu a porta com um empurrão e olhou em volta. Gesticulando para Langdon segui-la, foi na frente pelo saguão congelante e deserto. Quando a porta se fechou atrás deles, o painel de segurança emitiu um bipe satisfeito e ficou vermelho.

Pisando nos cacos de vidro que estalavam no chão, Langdon e Sasha saíram do prédio. Estava tudo tranquilo. O sedã de Janáček continuava estacionado na frente, mas o capitão não estava por perto.

Sasha refletiu por alguns instantes.

– Venha comigo.

Virou à direita, levando Langdon para longe do bastião, até chegarem a uma abertura na mureta com uma escadaria de pedra que dava para um declive de mata. Essa parte do morro era bem menos íngreme do que o precipício em volta do pátio do bastião, mas mesmo assim o chão estava escorregadio por causa da neve, e com seus sapatos de solado liso Langdon estava com dificuldade para se manter em pé.

As roupas que escolhera naquela manhã – suéter de lã estampado e sapatos sociais – tinham sido pensadas para uma visita a um laboratório, não para descer um morro em fuga. Enquanto avançava desajeitadamente pelo meio da mata, ele estabeleceu como objetivo chegar ileso lá embaixo. Tinha percebido que o declive dava direto no Parque Folimanka.

De lá, pegamos um táxi até o apartamento de Sasha, pensou, torcendo.

◆ ◆ ◆

De onde estava, O Golěm tinha uma visão perfeita do professor americano descendo desajeitadamente a encosta em direção ao Parque Folimanka. A presença imprevista de Robert Langdon no bastião naquela manhã, somada à da ÚZSI, era um dos vários obstáculos para o plano do Golěm.

O plano de adentrar o Limiar teria que sofrer um leve adiamento, pois uma nova oportunidade acabara de se apresentar.

Oportunidade essa que eu não tenho a menor intenção de desperdiçar.

Com todo o cuidado, O Golěm também foi descendo a encosta escorregadia, certo de que nem Langdon nem Sasha tinham a menor ideia de sua presença.

CAPÍTULO 35

O lobby do Four Seasons estava com perfume de rosas.

Igualzinho às rosas que Michael costumava levar para mim, pensou Dana Daněk enquanto avançava marchando até o balcão de recepção. Já tinha olhado no lobby e no restaurante do hotel, mas Michael e sua bela amiguinha não estavam em lugar nenhum por ali.

Estão lá em cima.

Ao se aproximar do homem na recepção, Dana se forçou a sorrir e ofereceu o crachá da embaixada.

– Bom dia – falou, com simpatia. – Desculpe incomodar o senhor. Eu trabalho na embaixada americana de Praga, e meu chefe, Michael Harris, está aqui no seu hotel no momento. Ele solicitou que eu viesse entregar uma coisa com urgência. Talvez o senhor o tenha visto entrar uns quinze minutos atrás. É um homem afro-americano alto com...

– Sim, claro – interrompeu o homem, devolvendo o crachá. – O Sr. Harris está lá em cima, na Suíte Real. Quer que eu entregue alguma coisa a ele?

– Não, obrigada. É um documento diplomático sigiloso que preciso entregar em mãos. Me lembre por favor: qual é mesmo o número da Suíte Real?

O concierge a orientou a ir até os fundos do hotel, e um minuto depois Dana já havia subido a escadaria privativa e chegado ao saguão do quarto mais caro do hotel.

Sério, Michael? Suíte Real?

Dana bateu de leve e chamou:

– *Úklid!* Serviço de quarto!

Mal podia esperar para ver a cara de Michael quando entrasse. Encostou a orelha na porta e ouviu uma movimentação lá dentro.

– *Serviço de quarto!* – tornou a chamar, batendo mais forte.

Passos se aproximaram da porta, que se entreabriu, e um conhecido par de olhos grandes e redondos espiou para fora.

– Desculpe – disse a mulher da ponte –, mas será que a senhora pode vol...

Dana se atirou na porta, jogando a mulher para trás no chão. Passou por ela ensandecida, entrou na suíte, atravessou na mesma hora a sala até o que obviamente era o quarto de dormir principal.

Vazio.

Checou o banheiro principal.

Vazio.

Nenhum sinal de Michael.

A suíte estava desarrumada: gavetas abertas, malas escancaradas, e até o cofre do hotel entreaberto: era como se o quarto estivesse sendo... *revistado*?

Quando Dana voltou para a sala, a mulher das covinhas estava à sua espera, olhando por cima do cano de uma ameaçadora pistola preta fosca, apontada para sua testa.

Meu Deus!

– Vou perguntar só uma vez – disse a mulher, com uma calma sobrenatural e um sotaque americano. – O que você está fazendo aqui?

A firmeza da voz e da mão que empunhava a pistola sugeria que a mulher tinha alguma experiência com armas de fogo. Dana nunca tivera uma arma apontada para si, e só ali percebeu onde tinha se metido.

– Eu... eu vim procurar Michael Harris – ouviu-se dizer.

A pistola se manteve firme, apontada.

– Ele não está aqui.

Ao entrar, Dana de fato havia reparado que o sedã da embaixada não se encontrava mais em frente ao hotel, mas imaginara que Michael tivesse pedido ao motorista que estacionasse em outro lugar, de modo a não chamar atenção.

– Você precisa sair daqui agora – disse a mulher. – Isto aqui não é da sua conta.

– É da minha conta, sim – retrucou Dana, recuperando a voz. – Eu sou funcionária da embaixada americana, e você está apontando uma arma para mim. Além do mais, parece que está revistando o quarto de hotel de dois cidadãos do meu país.

– Como eu disse, isto aqui não é da sua conta – repetiu a mulher, dando um passo à frente com a pistola ainda apontada.

Quem é você, caramba? Dana sabia que tinha apenas uma carta a jogar. Olhou pelo janelão com vista para a Ponte Carlos e disse:

– Eu sei o que aconteceu na ponte hoje de manhã. Cadê sua coroa de espinhos?

A mulher da pistola nem sequer piscou. Deu mais um passo em direção a Dana.

– Seja você quem for – disse ela, num tom firme –, recomendo fortemente voltar à embaixada e conversar com a sua embaixadora antes de falar sobre isso com *qualquer* pessoa.

– Primeiro me diga onde o Michael Harris está.

– A sua embaixadora o enviou aqui para me dar acesso a esta suíte, coisa que ele *fez*, e depois disso foi embora. É tudo que eu sei sobre ele. – A mulher fez um gesto em direção à saída. – Agora vá embora. E feche a porta quando sair.

♦ ♦ ♦

A agente de campo Susan Housemore esperou a porta se fechar com um clique antes de baixar a pistola e guardá-la no discreto coldre na lombar. Então, sacou o celular e fez uma ligação protegida para o Sr. Finch, em Londres.

♦ ♦ ♦

Do outro lado da cidade, no banco de trás do carro da embaixada que acelerava em direção ao Bastião U Božích Muk, Michael Harris se sentiu aliviado por ter completado a bizarra incumbência da embaixadora no Four Seasons. O agente que deveria "ajudar" nem sequer havia travado contato visual ao aceitar a chave da suíte oferecida discretamente por ele.
Uma profissional séria.
Harris ficou satisfeito ao ver o bastião surgir ao longe e não avistar nenhum sinal de equipe de arrombamento ou qualquer outro veículo da ÚZSI. Pelo visto, a ligação da embaixadora fizera Janáček se segurar, e Harris estava ansioso para reencontrar Robert Langdon, como havia prometido.
Ao saltar do sedã, porém, Harris hesitou. A porta da frente do laboratório parecia estilhaçada e escancarada. *Que diabo aconteceu aqui?* Enquanto corria até a porta, um agente da ÚZSI saiu cambaleando lá de dentro com a mão na cabeça. Harris o reconheceu: era o tenente musculoso que estava conduzindo a viatura de Janáček no Four Seasons naquela manhã.
Foi correndo segurar o sujeito.
– Está tudo bem? O que houve?
E por que a porta da frente está destruída?
– Katherine Solomon – disse o homem, sem forças. – Ela... ela me acertou...
A afirmação não fazia sentido.
– Tem certeza de que foi a Dra. *Solomon*?
– Eu vi pelo espelho... alta... loura...
Com certeza não é Katherine Solomon. Harris sabia que só havia uma loura alta com acesso ao laboratório – Sasha Vesna, assistente de Gessner –, e achava difícil acreditar que ela fosse capaz de cometer um ato de violência.
– E Robert Langdon, onde está?
– Fugiu... com ela.
A história parecia um delírio, mas então Harris reparou numa sequência de pegadas que começavam na entrada do laboratório e pareciam seguir rumo à mata. *Langdon fugiu?*

– O senhor viu alguém *mais* lá dentro?
A Dra. Gessner?
– Não... subi direto para me reportar ao meu capitão. – O tenente apontou para o outro extremo do pátio. – Ele está para lá.
Harris olhou na direção, mas não viu Janáček.
– Não estou vendo o seu capitão.
– Ele foi dar um telefonema...
Harris não ficou surpreso. *Provavelmente está fazendo contenção de danos após falar com a embaixadora.*
– É melhor o senhor se sentar, tenente.
Vendo que o homem já estava caminhando em direção ao precipício, Harris recolheu um punhado de neve do chão e correu para alcançá-lo.
– Tome aqui. Segure junto da cabeça.
O homem pegou a bola de neve e a pressionou na parte de trás da cabeça sem parar de andar.
– Ele estava aqui falando no celular, mas não entrou de volta.
Harris viu um emaranhado de pegadas junto ao precipício, como se Janáček tivesse andado de um lado para outro ou alguém tivesse se aproximado, mas o lugar agora estava deserto. Quando os dois se aproximaram da borda, o tenente se deteve e catou um objeto metálico do chão. Limpou a neve que o cobria e arregalou os olhos, preocupado.
– É o celular dele! – exclamou.
Por que Janáček teria largado o telefone?
Com cuidado, eles percorreram os últimos metros até a borda e espiaram por cima da mureta. A cena lá embaixo era medonha. No fundo do precipício, estatelado de forma grotesca e todo quebrado pelo impacto contra as pedras, jazia um corpo num terno escuro. A cabeça do homem estava rodeada por uma neve vermelha que se espalhava por vários metros em todas as direções. Mesmo dali de cima, Harris não teve dúvida de que ele estava morto, nem de quem era.
Meu Deus, o Janáček pulou?
A seu lado, o tenente virou as costas e soltou um uivo gutural que parecia o de um animal ferido. Sua voz reverberou com a dor de uma perda genuína – e uma raiva incontrolável.

CAPÍTULO 36

Langdon abaixou a cabeça para se proteger do vento enquanto ele e Sasha Vesna desciam a encosta. A floresta densa e arborizada proporcionava terreno seco suficiente para Langdon descer com mais elegância do que o previsto, e, apesar de escorregar várias vezes na neve, ele conseguiu manter um ritmo constante.

Quando os dois saíram da mata e chegaram ao Parque Folimanka, os sapatos de Langdon estavam cobertos por uma crosta de neve, e seus pés, congelados. Alguns pedestres percorriam os caminhos do parque de cabeça baixa, indo para o trabalho.

Sem dizer nada, Sasha seguiu rapidamente pelo parque na direção sul. Quando passaram pelo Chafariz Folimanka, falou entre os dentes:

– Tenho certeza de que Katherine não chegou a entrar no bastião hoje de manhã. O mostrador da cápsula de PRE registrava que Brigita estava lá dentro desde ontem à noite, ou seja, muito mais tempo do que qualquer um conseguiria sobreviver.

Langdon torceu para isso significar que Katherine tinha chegado ao laboratório, tocado o interfone em vão e simplesmente voltado para o hotel. *Vai ver nós dois nos desencontramos*, pensou, tentando ignorar a sensação insistente de que havia algo muito errado em relação a Katherine. A possibilidade de perdê-la o deixava apavorado.

Nos três dias anteriores, os dois não tinham passado um instante sequer separados, e Langdon ficara impressionado ao perceber que após quase 35 anos a amizade casual tinha se transformado num romance tão natural e arrebatador, pegando ambos desprevenidos.

Para Langdon, os dias com ela estavam sendo um deleite. Ele havia levado Katherine para ver a estátua bizarramente fetichista do Menino Jesus de Praga, que de acordo com o calendário litúrgico era vestida com trajes de diferentes cores, tal qual uma boneca Barbie sagrada. Mostrara a ela a misteriosa *Bíblia do Diabo*, de 75 quilos, o maior livro do mundo, cuja lenda aterrorizante envolvia um monge adúltero, a pele de 160 asnos e uma morte por "emparedamento". E a desafiara a provar a *tlačenka*, "geleia de carne" que é uma especialidade local e que ela concordou ser uma delícia, apesar de feita com cabeças de porco.

Para Katherine, os últimos dias também tinham sido uma adrenalina só, uma vez que ela acabara de concluir seu manuscrito. Com um misto de empolgação e falsa modéstia, falara sobre o assunto com Langdon de maneira genérica, rechaçando com bom humor as tentativas dele de saber mais detalhes do livro, evitando assim estragar as surpresas para ele. Mas, acima de tudo, Langdon se lembrava de notar que ela estava ansiosa, querendo saber se os leitores e críticos estariam abertos a novas ideias.

– Vamos encarar os fatos: a mente humana detesta mudanças – tinha dito ela no dia anterior, bebericando um *espresso* no estiloso café La Bohème. – E a mente odeia abandonar crenças *existentes*.

Langdon sorriu. *Por isso as religiões perduram milênios, apesar dos inúmeros indícios que contradizem suas crenças.*

– *Trinta* anos atrás, os físicos provaram que a comunicação entre duas partículas entrelaçadas é *instantânea*! – reclamou Katherine. – Mas, mesmo assim, nós *ainda* ensinamos o mantra de Einstein que diz que "nada se desloca mais depressa do que a velocidade da luz"!

A experiência original, recordava Langdon, envolvia o uso de um ímã para inverter a polaridade de uma das partículas entrelaçadas, o que fazia a polaridade da sua partícula "gêmea" se inverter de imediato, quer ela estivesse localizada no mesmo recinto ou a quilômetros de distância. Levando o raciocínio um passo além, posteriormente cientistas chineses haviam realizado o mesmo experimento usando satélites para demonstrar que duas partículas entrelaçadas permaneciam "instantaneamente conectadas" a uma distância de 12 mil quilômetros. A *Science Magazine* publicou a matéria de capa "China pulveriza o recorde de 'Ação Assustadora a Distância'", referindo-se à expressão cunhada por Albert Einstein em meados dos anos 1930 para descrever o fenômeno.

– E já faz décadas que nós demonstramos repetidas vezes que o pensamento humano, quando focado, é literalmente capaz de alterar a química corporal do indivíduo – continuou Katherine. – Ainda assim, o conceito de cura remota é visto com ceticismo, considerado vodu e alvo de desdém por parte da medicina.

Uma mente obstinada pode ser uma montanha intransponível, pensou Langdon, sempre estarrecido com o modo como tantas pessoas ainda acreditavam com fervor que os seres humanos provinham de Adão e Eva, apesar dos indícios científicos acachapantes da evolução.

– Uma aluna minha com QI 148 insiste que a Terra existe há seis mil anos – contou Langdon. – Então decidi levá-la até o departamento de geologia e mostrei um fóssil de três milhões de anos. Ela apenas deu de ombros e disse: "Eu acredito que Deus pôs esse fóssil no mundo como um truque para testar a minha fé."

Katherine riu.

– Mas se você acha que os fanáticos *religiosos* têm um apego irracional pelas próprias visões de mundo, é porque não conheceu os acadêmicos catedráticos do ensino superior.

– Calma aí, *eu* sou um acadêmico catedrático do ensino superior!

– E sempre foi um cético, Robert. Antiquado, mas fofo.

– Antiquado? – Langdon inclinou a cabeça. – Detesto ter que lembrar, mas sou mais novo que você.

– Olha lá, hein... – disse ela, abrindo um sorriso desarmante. – Você assistiu ao meu seminário da graduação *duas vezes*, bonitão, e tenho quase certeza de que não foi por causa dos meus slides.

Langdon gargalhou.

– Não vou negar.

– A questão é que *ninguém* gosta de mudanças. E os acadêmicos jurássicos tendem a seguir agarrados ao conforto das suas crenças mesmo muito depois de seus modelos ficarem claramente obsoletos. Por esse motivo, a criação de um paradigma da ciência, como o da consciência humana, é um processo extremamente frustrante e lento.

Langdon pensou em *A estrutura das revoluções científicas*, livro clássico de 1962 escrito por Thomas Kuhn que descreve como as mudanças de paradigma só ocorrem quando uma massa crítica de fenômenos incompatíveis é alcançada. Pelo visto, Katherine estava torcendo para seu livro acrescentar peso suficiente a essa busca por uma massa crítica.

– Você ainda não me contou qual é *exatamente* seu grande achado – disse Langdon.

Katherine sorriu.

– Paciência. Tenho para mim que você vai achar tudo fascinante, mas prefiro que leia e me diga o que acha.

Um carro buzinou, e as ternas lembranças da cafeteria se evaporaram e jogaram Langdon de volta ao gélido Parque Folimanka. Seguindo Sasha e tremendo de frio, ele atravessou o portão de ferro da saída do parque e ficou contente ao ver uma fila de sedãs amarelos da Škoda parados num ponto de táxi.

Eles embarcaram no primeiro veículo da fila, e Langdon se sentiu imensamente grato pelo interior aquecido. Sasha deu um endereço ao motorista e o carro entrou na Rua Sekaninova.

Então ela sacou o celular e pôs uma chamada no viva-voz.

A voz conhecida de Michael Harris atendeu.

– Sasha?

– Michael! – exclamou ela, aflita. – Aconteceu uma coisa horrível com a Brigita!

Ela narrou sua medonha descoberta num tom choroso.

– Sinto muito – disse Harris, parecendo atônito. – Eu não fazia ideia. Estou no bastião agora.

Que droga, nos desencontramos dele por pouco, percebeu Langdon.

– A ÚZSI também está aqui – emendou Harris. – Não fazem ideia de que Brigita morreu.

Pavel não deve ter visto o cadáver.

– Sasha – disse Harris –, você atacou um agente da ÚZSI?

Ela hesitou, pega de surpresa.

– Ele atacou o Robert Langdon! Fiquei sem saber o que fazer.

– Langdon? Ele está aí com você?

– Está. Queria pegar um táxi para a embaixada, mas...

– Péssima ideia. A ÚZSI vai interceptar vocês.

– Eu sei. Por isso estou levando ele para...

– Não fala pelo telefone! – cortou Harris. – Eu sei aonde vocês estão indo. Diga a Harry e Sally que mandei lembranças. Chego assim que puder. Uns vinte minutos, talvez. Não fique no celular.

A ligação foi encerrada.

– Harry e Sally? – estranhou Langdon.

– Meus gatos. Ele não quis que eu dissesse que estávamos indo para meu apartamento.

Esperto.

– Pelo visto você o conhece bem.

Ela assentiu, parecendo quase acanhada.

– Faz uns dois meses.

– E pelo visto confia nele.

– Confio, sim. – Os olhos de Sasha ficaram marejados com uma súbita emoção. – Ele vai saber como ajudar o senhor.

E quanto a ajudar você? Langdon torceu para a embaixada americana conseguir proteger a russa, apesar de ela ter atacado um tenente da ÚZSI. Lamentou que Sasha não tivesse perguntado a Harris se ele tinha novas informações sobre Katherine, mas o assessor parecia ter tanto pé atrás com celulares quanto Sasha, e mesmo que ela tivesse perguntado provavelmente ele não teria dito nada.

Eu falo com ele daqui a pouco na casa de Sasha.

Ao seu lado, Sasha fechou os olhos e se acomodou no banco. Começou a balançar o corpo de leve, como se estivesse tentando se reconfortar. *Ela precisa de calma*, pensou Langdon. Acabara de passar por uma crise epilética e de atacar um agente da ÚZSI, e estava agora se arriscando para levar Langdon a um lugar seguro, tudo isso após testemunhar a morte horrenda de sua mentora.

Langdon checou o relógio de pulso. Os braços estendidos do Mickey Mouse marcavam um pouco mais de nove da manhã, poucas horas depois de ele ter acordado tranquilamente ao lado de Katherine.

Parecia ter sido em outra vida.

CAPÍTULO 37

O corpo de Langdon absorveu o calor do táxi com avidez. Morrendo de frio após atravessar o Parque Folimanka, ele descalçou os sapatos sociais cobertos de neve e massageou os dedos dos pés congelados. A seu lado, Sasha seguia calada, ainda de olhos fechados.

A mulher da Ponte Carlos ainda o atormentava. Tudo naquele breve encontro parecia saído de outro mundo: o modo fantasmagórico como ela se movia, a expressão vazia de seus olhos, o cheiro de morte e o modo como ela parecera não escutá-lo, como se estivesse numa realidade paralela.

Avistamentos de fantasmas eram relatados quase todas as noites em Praga, a necromante capital da Boêmia, e os mais comuns eram as celebridades espectrais da cidade: o cavaleiro templário sem cabeça que assombrava a Ponte Carlos em busca de vingança por ter sido executado; a Dama Branca do Castelo de Praga, cujas muralhas percorria tentando fugir após ser aprisionada por suposta prática de bruxaria; o golem de barro que ainda se movia pelas sombras perto da Sinagoga Velha-Nova, protegendo os mais fracos.

Fantasmas não existem. E com certeza não deixam pegadas na neve.

O que quer que tivesse acontecido na Ponte Carlos era de carne e osso.

Langdon sempre apreciara as histórias sobrenaturais de Praga, ainda que por instinto não as levasse a sério. E naquela manhã sua mente racional havia dissipado a névoa de misticismo para chegar a uma conclusão objetiva. Só havia três explicações viáveis para a assustadora presença da mulher na Ponte Carlos.

Primeiro, havia a possibilidade de o sonho de Katherine ter sido de fato uma milagrosa visão precognitiva de um acontecimento futuro. Se fosse assim, ela acabara de protagonizar um dos mais vívidos e precisos episódios de clarividência já relatados da história. *A chance é quase zero. Descartada.*

A segunda explicação parecia igualmente improvável. *Uma coincidência.* Uma mulher com uma tiara na cabeça, uma lança na mão e cheirando a enxofre tinha, por acaso, atravessado a ponte poucas horas depois do sonho de Katherine. *Estatisticamente é impossível, a ponto de a ideia ser absurda.*

Embora perturbador, o terceiro cenário parecia ser a única explicação racional. Já dizia Sherlock Holmes: *Uma vez descartado o impossível, qualquer coisa que sobre, por mais improvável que pareça, deve ser a verdade.* A verdade improvável, nesse caso, era que outra pessoa ficara sabendo do sonho de Katherine e orquestrara aquele espetáculo.

Uma armação.
Mas por quê?
E como?

O *como* ainda era um mistério, mas o *porquê* parecia assustadoramente plausível. Durante a turnê de lançamento de um livro seu pela Rússia, poucos anos antes, Langdon fora alertado de que a maioria dos hotéis de luxo de Moscou estava grampeada pelo governo. *Será que em Praga era a mesma coisa?* A cidade não tinha semelhança alguma com Moscou, mas mesmo assim a influência da história costuma ser forte. Não fazia muito tempo que Praga havia passado 45 anos atrás da Cortina de Ferro, e, tirando a curtíssima "Primavera de Praga", quem sempre dera o tom por ali tinham sido os linhas-duras da antiga União Soviética, com a vigilância onipresente da KGB. E se havia *um* quarto de hotel em Praga que valia a pena monitorar, era a Suíte Real do Four Seasons, escolha certa de bilionários, líderes mundiais e diplomatas.

Será que alguém estava escutando quando Katherine me contou seu sonho?

Langdon se retraiu ao pensar na possibilidade de a suíte estar grampeada e ao imaginar que momentos íntimos poderiam ter sido entreouvidos, ou mesmo gravados, durante aqueles dias de paixão.

Mas quem estaria escutando? Janáček? A ÚZSI?

Qualquer que fosse o motivo por trás da recriação do sonho perturbador, fazia três dias que Langdon atravessava correndo a Ponte Carlos, e naquela manhã ele tinha avisado a Katherine que voltaria às sete.

Pontual como um relógio.

Seguindo essa lógica, ele teve mais certeza de que tudo tinha sido uma armação.

E por algum motivo isso lhe pareceu mais assustador do que a existência de qualquer fantasma.

CAPÍTULO 38

O Sr. Finch estava furioso.

Sua agente de campo em Praga acabara de telefonar avisando de um contratempo no seu simples trabalho de limpeza no Four Seasons. Housemore era os olhos, ouvidos e músculos de Finch para qualquer assunto local relacionado ao Limiar, e, apesar de não conhecer todos os detalhes do projeto, ela sabia que o sigilo era um ingrediente crucial.

Então, que diabo acabou de acontecer?

Para alguém com as competências dela, a tarefa no hotel deveria ter sido uma coisa trivial, mas de alguma forma havia resultado num confronto armado com uma funcionária da embaixada.

Pelo amor de Deus...

Finch fez uma ligação protegida para a embaixadora americana em Praga.

◆ ◆ ◆

No Four Seasons, Susan Housemore correu os olhos uma última vez pela Suíte Real para confirmar que tudo estava em ordem. Estava exausta da noite sem dormir, mas segura de que a missão tinha sido concluída, apesar da interrupção.

A correria louca havia começado por volta das quatro da manhã, quando ela foi acordada por um telefonema do Sr. Finch com a ordem mais incomum que já havia recebido. Sabendo que não deveria pedir nenhum tipo de explicação, Susan pulou da cama, foi buscar o embrulho que havia sido deixado para ela e desembalou os "componentes" especiais necessários para a missão.

Pouco depois das seis, Housemore tinha saído de seu apartamento com a sensação de que deveria estar a caminho de um set de filmagem, não indo executar uma missão. Vestida completamente de preto, usava um rebuscado adereço de cabeça com pontas e uma ameaçadora lança prateada. No bolso, levava um frasco de um líquido fedorento que quase a fizera vomitar quando ela abrira a tampa. Qualquer que fosse o objetivo da operação, Finch havia sido muito preciso em relação à forma de executá-la.

A agente de campo Housemore havia seguido à risca as instruções de Finch, recebendo a ordem e iniciando a marcha pela ponte como se estivesse em transe. E embora para ela aquilo não tivesse o menor sentido, a encenação obviamente havia deixado Robert Langdon morrendo de medo.

E então o caos se instalou.

Housemore desconfiava que o objetivo de Finch fosse *justamente* esse. Ele era um estrategista experiente, conhecido por admirar as táticas de personagens históricos como Sun Tzu e Napoleão Bonaparte, e aproveitava qualquer oportunidade de incrementar a eficiência das operações de campo incluindo elementos de guerra psicológica. As "psi ops" eram uma forma limpa, segura e extremamente eficiente de enfraquecer o adversário. *Perturbar. Desestabilizar. Desorientar.* Um inimigo distraído pelo caos toma decisões ruins e é mais fácil de manipular.

Missão cumprida, pensou Housemore. Depois ela foi avisada de que Robert Langdon tinha acionado o alarme de incêndio e causado a evacuação do hotel.

Agora ela estava amarrando as últimas pontas soltas. Após uma revista completa da suíte, confirmou para o Sr. Finch que não havia nenhum manuscrito impresso escondido em lugar algum, nem mesmo no cofre, que se encontrava aberto e vazio. Havia arrumado tudo e deixado a suíte do jeito que a encontrara.

Antes de sair, porém, tinha uma última coisa a fazer.

Foi até o janelão e olhou para o luxuoso arranjo de tulipas vermelhas, brancas e azuis enviado três dias antes pela embaixada americana para Katherine Solomon. O recado escrito à mão da embaixadora Heide Nagel estava caído no chão.

Castigadas pelo ar gelado do inverno, as flores haviam murchado antes da hora, e seus caules flácidos se dobravam em todas as direções, mal dando conta de esconder o aparelho eletrônico que fora instalado secretamente no meio delas.

Housemore enfiou a mão ali e com cuidado pegou o microfone parabólico de vigilância com transmissor FM da marca Sennheiser. A escuta fora plantada pelo escritório da embaixadora americana a pedido do Sr. Finch.

Guardou o aparelho no bolso do casaco, ajeitou as flores moribundas e correu os olhos pela suíte uma última vez.

Então, exaurida, tomou o rumo de casa para dormir um pouco.

CAPÍTULO 39

Pela janela aberta da van, Jonas Faukman conseguia escutar o estrondo dos motores de aviões a jato. Sabia que no Brooklyn havia uma base militar americana pouco conhecida, situada surpreendentemente perto de Manhattan, mas não conseguia lembrar se Fort Hamilton tinha pista de pouso. Para onde quer que o tivessem levado, seus captores com certeza pareciam envolvidos em algo mais sério do que pirataria editorial.

Alguém poderoso quer impedir a publicação do original de Katherine Solomon. Mas quem? Um cientista concorrente, talvez?

Tremendo de frio no chão de metal gélido da van, Faukman fez uma busca por pistas na memória, remontando ao momento em que havia tomado conhecimento da existência do manuscrito. Robert Langdon tinha ligado e perguntado se ele poderia almoçar com sua brilhante amiga Katherine Solomon para ouvi-la apresentar seu espantoso projeto de livro. Faukman disse sim na hora, pois sabia que "brilhante" e "espantoso" não eram adjetivos que o professor de Harvard usasse a torto e a direito.

Os três se reuniram ao redor da mesa preferida de Faukman em Manhattan, um lugar ao canto da Trattoria Dell'Arte, restaurante que servia uma autêntica cozinha da Itália, decorado como um estúdio artístico, com pinturas e esculturas de narizes de personalidades do país. Tinha lido as informações biográficas que Katherine Solomon lhe mandara e ficara impressionado com a lista de feitos científicos, os artigos publicados, o doutorado em ciência cognitiva e a proeminência dela na área de atuação.

Quando eles se sentaram frente a frente, Faukman levou poucos minutos para ver que Katherine Solomon era ainda mais impressionante na vida real do que no papel. Não muito diferente do próprio Langdon, era uma pessoa afável, humilde, e tinha um raciocínio afiadíssimo. Também exibia um talento natural para se promover, com uma rara combinação de charme e grande beleza que se encaixaria como uma luva no admirável mundo novo do mercado editorial do século XXI, tão dependente das redes sociais. Depois de algum tempo conversando amenidades e de pedirem um Solaia 2016, o supertoscano predileto de Langdon, a conversa tomou naturalmente a direção do projeto de livro.

– Para simplificar ao máximo – começou Katherine –, o livro vai ser uma exploração da consciência humana. Ele tem por base as minhas pesquisas ao longo dos últimos vinte anos e também vários dos meus achados científicos recentes. – Ela fez uma pausa e tomou um gole do vinho enquanto pensava. – Como vocês devem saber, por muito tempo se acreditou que a consciência humana é o resultado de processos químicos no cérebro. Isso significa que a consciência não pode existir *sem* o cérebro.

Interessante, mas um tanto óbvio, pensou Faukman, cujo trabalho era se manter cético até ser atropelado por uma ideia.

– O problema – disse Katherine, entreabrindo os lábios num sorriso misterioso – é que esse modelo da consciência está incorreto.

Os dois homens ficaram mais atentos.

– Eu pretendo escrever um livro apresentando um novo e revolucionário modelo da consciência, que vai impactar *tudo* que nós conhecemos sobre a vida, inclusive a natureza da "realidade" em si.

Faukman arqueou as sobrancelhas com aprovação e sorriu.

– Do ponto de vista editorial, nada como mirar alto. – Ele estudou Katherine. – Mas eu tenho uma pergunta: muitas pessoas propõem livros com teorias novas e empolgantes. Sabendo disso, você por aca...

– Claro – interrompeu ela. – Meu trabalho é amparado por inúmeros dados científicos.

– Leu meu pensamento – disse Faukman, impressionado.

– Eu não desperdiçaria seu tempo sem provas – rebateu ela.

Langdon pareceu achar graça do fato de Katherine conseguir se defender com tanta facilidade.

– Bom, você com certeza conquistou minha atenção – disse Faukman. – Que modelo revolucionário da consciência humana é esse?

– No começo ele vai parecer impossível. Então, para preparar sua mente e criar uma linha de base... – Ela enfiou a mão na bolsa Cuyana e sacou um tablet. – Primeiro vou mostrar um exemplo de algo que acho que todos podemos concordar que é *impossível*.

Faukman olhou para Langdon, que parecia igualmente fascinado.

Katherine mexeu no tablet e o pôs em pé na mesa, de frente para Faukman e Langdon, que se pegaram olhando para um par de vídeos lado a lado: uma tela dividida mostrando dois aquários distintos, cada qual com um solitário peixe dourado nadando em círculos preguiçosos.

Peixes dourados são impossíveis?

– Temos aqui duas transmissões ao vivo – disse Katherine. – Geradas por duas câmeras distintas no meu laboratório na Califórnia.

Eles ficaram olhando para os peixes, que nadavam em aquários parecidos, com o fundo forrado por seixos azuis e uma pequena escultura submersa. A única diferença entre os aquários parecia ser as esculturas. Uma era a palavra *Sim*, e outra, a palavra *Não*.

Que bizarro. Faukman ergueu os olhos para Katherine Solomon esperando uma explicação, mas ela apenas meneou a cabeça, como que pedindo para ele seguir assistindo. Educado, Faukman olhou de volta para a tela. *Dois peixes nadando em círculos. O que eu deveria estar vendo aqui?*

– Incrível – sussurrou Langdon ao seu lado.

Foi nesse instante que Faukman também viu. Por mais estranho que fosse, os dois peixes estavam nadando em perfeita sincronia. Quando um parava, nadava mais depressa ou ia até a superfície, o outro fazia *exatamente* a mesma coisa no outro aquário, no mesmo instante! Os dois estavam perfeitamente sincronizados, até o mais ínfimo movimento.

Estupefato, Faukman ficou vendo os peixes nadarem em sincronia por pelo menos quinze segundos até finalmente balançar a cabeça e erguer os olhos.

– Certo, isso é impossível.

– Que bom que você pensa assim – disse Katherine.

– Como esses peixes estão fazendo isso? – quis saber ele.

– Notável, não? – disse ela. – Na realidade, a resposta é bem simples.

Langdon e Faukman ficaram parados, perplexos, à espera da explicação.

– Para começar, quantos peixes vocês estão vendo no total? – perguntou ela.

Faukman encarou um, depois o outro.

– Dois – respondeu.

– E você, Robert?

– Dois – concordou Langdon.

– Perfeito: vocês dois estão vendo o que a maioria das pessoas vê e o que está diante dos seus olhos: dois peixes separados dentro de aquários separados.

E de que outra forma se poderia ver?, pensou Faukman. *Um dos aquários tem uma escultura com a palavra* Sim, *e outro, com a palavra* Não, *mas os dois peixes estão em perfeita sincronia.*

– Mas e se eu dissesse a vocês que o fato de os peixes estarem separados é uma *ilusão*? E se dissesse que na verdade eles são uma única entidade, um único organismo unificado conectado à mesma consciência e se movendo em perfeita sincronia?

Faukman pressentiu estar prestes a escutar algum blá-blá-blá esotérico sobre como todos os seres vivos estão conectados. Não fazia a menor ideia de como os peixes haviam interligado os movimentos, mas tinha bastante certeza de que não era por estarem sintonizados na mesma consciência cósmica. *O que você esperava, Jonas? A mulher é uma cientista noética da Califórnia!*

– A perspectiva é uma escolha – continuou Katherine –, e ela é a chave quando o assunto é compreender a consciência. Vocês dois *escolheram* ver esses dois peixes nadando em perfeita sincronia. Mas se mudarem de perspectiva e passarem a vê-los como *um só* peixe, *uma só* mente, *um só* organismo, a coisa se torna bastante normal.

De repente, Langdon pareceu preocupado com a possibilidade de o pitch desandar.

– Na verdade, não se trata de uma *escolha*, certo, Katherine? *Dois* peixes distintos e sem conexão entre si não podem ser vistos como um único organismo.

– Verdade. Só que eles *não são* dois organismos distintos, professor. Eles são *um*. E eu aposto o seu relógio do Mickey que posso provar isso a vocês agora mesmo. Provar cientificamente. Sem qualquer sombra de dúvida.

Langdon deu mais uma olhada nas duas transmissões ao vivo: *Dois aquários distintos. Dois peixes distintos.*

– Apostado – falou, por fim. – Me convença de que eles são um organismo só.

– Muito bem. – Katherine sorriu. – E, se me permitem, vou citar meu simbologista preferido: *Às vezes basta uma mudança de perspectiva para revelar a Verdade.*

Ela tocou a tela do tablet.

– Eis aqui uma terceira transmissão ao vivo do mesmo laboratório. E eis aqui, senhores, a mudança de perspectiva.

O novo ângulo de câmera era uma vista de cima que mostrava *logo abaixo* um único aquário parecido com os dois outros: seixos azuis, uma escultura e um solitário peixe a nadar em círculos. Curiosamente, essa vista de cima também mostrava duas câmeras de vídeo perto do aquário, apontando para ele de posições diferentes.

– Não estou entendendo – disse Faukman.

– Vocês estavam vendo dois vídeos do mesmo aquário – disse Katherine. – Um aquário só. Com um só peixe. Visto de duas perspectivas diferentes. A distinção entre os dois é uma ilusão. Eles são um mesmo organismo.

– Mas os peixes claramente estão em aquários diferentes – protestou Faukman. – E as esculturas de *Sim* e *Não*? Elas são *diferentes*. Como é possível ser *o mesmo* aquário?

Langdon baixou a cabeça.

– Markus Raetz – sussurrou. – Eu devia ter me tocado.

Katherine enfiou a mão na bolsa, tirou uma cópia da escultura do *Sim* do primeiro aquário e a mostrou a Faukman. Então girou a escultura em noventa graus, e Faukman se ouviu dar um arquejo. Desse novo ângulo, a escultura parecia totalmente diferente – dizia *Não*.

– Esta obra de arte – disse Katherine – é uma criação do escultor Markus Raetz, um mestre do ilusionismo, assim como o universo no qual vivemos.

Langdon já estava desafivelando o relógio.

– Pode ficar com seu relógio do Mickey, Robert. Você sabe que eu não tenho filhos. – Ela riu. – Só fiz isso para ilustrar algo relacionado à impossibilidade. E esse algo é: o que estou a ponto de revelar sobre a consciência humana no início vai *parecer* impossível, tão impossível quanto dois peixes nadando em sincronia, mas, se vocês se permitirem mudar de perspectiva, de repente tudo vai fazer sentido, e essas coisas que vocês antes consideravam misteriosas vão ficar claras como a luz do dia.

Desse momento em diante, Faukman se pegou absorvendo cada palavra do que ela dizia. O almoço acabou virando uma revolucionária viagem de descoberta com três horas de duração, acompanhada de uma promessa feita por Katherine: a de que o seu livro iria enumerar uma série de experimentos inovadores realizados por ela e cujos resultados não só sustentavam esse novo paradigma como sugeriam que a experiência humana atual era tristemente limitada em comparação com o que de fato poderia ser.

Ao fim do almoço, Faukman já não tinha certeza se a sua cabeça estava rodando por causa das ideias de Katherine Solomon ou por ter exagerado no vinho, mas uma coisa ele sabia:

Com certeza eu vou publicar esse livro.

Desconfiou que o almoço talvez acabasse se tornando o melhor investimento editorial de toda a sua carreira.

Agora, porém, um ano depois, com as mãos amarradas atrás das costas e sentado no piso de uma van gelada, ele estava questionando seriamente a decisão. Ainda não tinha lido uma só palavra do manuscrito e nada sabia sobre as misteriosas experiências de Katherine, mas mesmo assim estava perplexo com o fato de alguém querer destruir o original.

É só um livro sobre a consciência humana, meu Deus!

Os sequestradores estavam sentados perto dele, entretidos em suas telas.

– Ei, gente – arriscou Faukman, batendo os dentes, tentando fazê-los continuar falando. – O que esse livro tem de tão especial? Vocês sabem que é um livro de *ciência*, né? Não tem nenhuma figura.

Não houve resposta.

– Olha, eu estou congelando aqui. Que loucura tudo isso. Se vocês conseguirem me dizer por que estão tão interessados nesse manuscrito, talvez eu possa...

– Nós dois não estamos nem um pouco interessados – disse Escovinha. – Quem está é o nosso *patrão*.

– O Darth Vader sabe ler?

Escovinha reprimiu uma risada.

– Sabe, sim, e quer falar com você. Estamos com um avião abastecendo. Vamos decolar em breve rumo a Praga.

Faukman sentiu o corpo se retesar.

– Calma aí! Eu não vou para Praga, não, sem chance! Não estou nem com meu passaporte! E preciso dar comida para o meu gato!

– Eu peguei seu passaporte no seu apartamento – disse Escovinha. – E meti uma bala no seu gato.

Nessa hora Faukman sentiu medo de verdade.

– Que coisa mais sem graça, eu nem tenho gato. Podemos conversar sobre isso?

– Claro. – Escovinha abriu um sorriso arrogante. – Tempo para conversar é o que não vai faltar durante o voo.

CAPÍTULO 40

O **Mercado Havelské** estava congestionado com o tráfego lento da manhã. A poucos quarteirões do seu destino, Langdon e Sasha abandonaram o táxi e prosseguiram a pé pelo emaranhado de ruas e vielas da área residencial da Cidade Velha. Enquanto seguia Sasha, Langdon se espantou ao saber que o apartamento dela na verdade pertencia a Brigita Gessner, que a deixava morar ali sem pagar aluguel.

Mais um ato de bondade fora da curva, pensou Langdon, curioso em relação ao motivo que levara Gessner a fazer questão de ajudar aquela jovem.

Brigita Gessner era um enigma. Embora parecesse generosa e compassiva com Sasha, havia se mostrado insuportável na noite anterior. Em determinado momento, quando Langdon estava segurando distraído seu drinque repugnante com sabor de bacon, ela se virou na direção dele e, do nada, o colocou na berlinda.

– Professor Langford – falou, certamente errando o sobrenome dele de propósito. – Katherine e eu discordamos em relação a uma coisa, e queremos que o senhor desempate a questão para nós.

Katherine se retraiu; ficou evidente que não queria meter Langdon naquela história.

– O senhor é um homem instruído – disse Gessner –, e sua opinião vai ser interessante. Katherine e eu discordamos em relação a uma questão que está no cerne do debate entre materialistas e noéticos. A da vida após a morte.

Ai...

– Então nos diga: *em que* o senhor acredita? – insistiu Gessner. – Quando a pessoa morre, é o fim? Ou existe alguma outra coisa?

Langdon hesitou, tentando entender como lidar com a pergunta.

– Como já afirmei muitas vezes – prosseguiu Gessner –, eu considero a vida após a morte uma fantasia vazia, uma ilusão vendida pela religião para recrutar pessoas de coração frágil e mente fraca.

Nesse vespeiro eu não enfio a mão.

– E, como tenho certeza de que o senhor sabe – continuou Gessner –, Katherine já afirmou publicamente acreditar que as experiências extracorpóreas são um forte indício de que a consciência está situada *fora* do cérebro, portanto pode *sobreviver* à morte. Em outras palavras, ela afirmou que a vida após a morte é real. – A neurocientista tomou um gole casual de seu drinque. – E então, professor? Qual dos dois vai ser?

– Eu não tenho uma opinião cravada – respondeu ele. – Já lecionei tanatologia, mas essa área na verdade não é mi...

– A pergunta é simples – disse a mulher com um muxoxo, interrompendo-o. – Se estivesse morrendo e se visse olhando para o próprio corpo de cima de uma mesa de operação, o senhor classificaria isso como um indício de vida após a morte? Ou como uma alucinação causada pela falta de oxigenação?

Eu nunca tive uma experiência de quase morte, não tenho a menor ideia do que iria pensar.

O único encontro de Langdon com experiências de quase morte havia se dado nas páginas de *A vida depois da vida*, sucesso editorial de 1975 de autoria de Raymond Moody que convencera a ciência a examinar mais a sério a possibilidade de a morte não ser o fim de uma jornada, e sim apenas o começo.

O livro incluía centenas de casos médicos documentados de pessoas clinicamente mortas que haviam acordado e relatado experiências muito parecidas: um ponto de vista afastado do corpo, uma sensação de estar pairando, se erguendo e entrando num túnel escuro, aproximando-se de uma luz forte. O mais notável, porém, era a sensação de calma absoluta e conhecimento sem limites.

Depois do livro de Moody, a pergunta passou a ser não mais *se* as pessoas tinham experiências fora do corpo, e sim *o que* as causava e o que significavam.

Langdon tinha consciência de que a morte era a pedra angular de literalmente qualquer espiritualidade duradoura: os cristãos tinham o paraíso; os judeus, o *Gilgul neshamot*; os muçulmanos, o *Jannah*; os hindus e budistas, o *Devaloka*; os adeptos das filosofias esotéricas, as vidas passadas; Platão, a metempsicose. Uma constante em todas as filosofias religiosas era o fato de a alma ser *eterna*.

Mesmo assim, quando o assunto era vida após a morte, Langdon nunca conseguira se afastar dos materialistas. Para ele, o conceito de vida após a morte era apenas uma história reconfortante, um mecanismo de adaptação, e se ele tivesse que dar uma resposta sincera à pergunta de Gessner...

As experiências de quase morte são alucinações.

Como estudioso da arte de inspiração religiosa, Langdon conhecia intimamente as obras-mestras que retratavam visões de um mundo além do nosso: revelações divinas, visões espirituais, teofanias, êxtases religiosos, visitas de anjos. Os praticantes consideravam essas experiências encontros *reais* com outros planos, mas, em seu íntimo, Langdon acreditava que elas eram outra coisa: visões vívidas e convincentes provocadas por um profundo anseio espiritual.

Existe um motivo para as miragens de oásis serem vistas somente por viajantes sedentos no deserto, nunca por universitários andando pelo campus, lembrava ele com frequência a seus alunos. *Nós vemos aquilo que* temos vontade *de ver.*

E, falando em *vontade*, Langdon supunha que a maioria das pessoas prestes a morrer tivesse o mesmo desejo: de *não* morrer. É claro que o medo da morte não era uma exclusividade de quem estava à beira da morte. Era um medo universal... talvez *o grande* medo universal.

A assim chamada saliência da mortalidade – a certeza de que vamos morrer – assusta por temermos perder não o corpo físico, e sim as lembranças, os sonhos e as conexões emocionais. Em última instância, a *alma*.

As religiões haviam aprendido que, diante da aterrorizante perspectiva do nada eterno, a mente humana é capaz de acreditar em quase tudo. *Timor mortis est pater religionis*, pensou Langdon, recordando o antigo ditado imortalizado por Upton Sinclair. *O medo da morte é o pai da religião.*

E, de fato, todas as religiões do mundo tinham produzido numerosos escritos sugerindo a existência de uma vida após a morte: o Livro dos Mortos egípcio, os Sutras, as Upanishads, os Vedas, a Bíblia Sagrada, o Alcorão, a Cabala. Cada religião tinha a própria escatologia, a própria arquitetura da vida além desta nossa e a própria hierarquia meticulosamente catalogada dos espíritos ligados a ela.

Essas alegações religiosas eram, em grande medida, ignoradas pelos tanatólogos modernos, profissionais que estudavam a *ciência* da morte. Ainda assim, era espantoso perceber que os cientistas da atualidade admitiam não ter feito quase nenhum progresso na resposta à pergunta fundamental da sua área de conhecimento:

O que acontece quando morremos?

Essa pergunta constitui, de longe, o maior mistério da vida, o segredo que *todos* almejamos desvendar. A ironia é que em dado momento a esquiva resposta para ela acaba se revelando a todos nós, porém não temos como voltar para compartilhá-la.

– O gato comeu sua língua? – perguntou Gessner com um sorriso malicioso.

– Na verdade, não – respondeu Langdon, mal-humorado. – Só acho curioso a senhora aceitar como fato inquestionável uma premissa que é incapaz de provar. De onde eu venho isso se chama *fé*, não ciência.

– *Zbabělče* – bufou Gessner. – Eu sei que o senhor é *materialista*, professor, e, com um pouco de sorte amanhã, quando Katherine for ao meu laboratório, talvez eu consiga convencê-la a se juntar a nós no mundo racional.

Com isso, Gessner destravou sua pasta de couro, pegou um cartão de visitas e o colocou diante de Katherine.

Langdon espiou o cartão.

Dra. Brigita Gessner
Instituto Gessner
Bastião U Božích Muk, 1
Praga

– Entregue este cartão a seu motorista amanhã de manhã – instruiu Gessner. – Meu laboratório é particular, mas a localização é bem conhecida. O bastião na verdade é bem *famoso*.

Langdon prendeu um grunhido. *Famoso no século XIV, talvez.*

Quando Gessner ia fechar a pasta, ele viu de relance o conteúdo meticulosamente organizado ali dentro: diversos documentos em pastas, uma caneta presa por uma cordinha, um smartphone ligado a uma correia de couro, uma coleção de cartões de crédito, documentos de identidade e cartões de acesso, todos perfeitamente enfileirados dentro de compartimentos transparentes individuais. Mas um símbolo chamou a atenção de Langdon.

– Que cartão é esse? – perguntou ele, apontando para um cartão preto que despontava de uma capa especial revestida de chumbo feita para proteger cartões RFID. Ele só conseguia ver a lateral do cartão, mas ficou intrigado pelos seis caracteres impressos em letras grossas na superfície.

PRAGUE

Gessner baixou os olhos para o cartão e hesitou por um segundo.
– Ah, não é nada. – Ela fechou a pasta. – É o cartão da minha academia.
– Ah, é? – fez Langdon. – Fiquei curioso. O terceiro caractere... o que era?
Ela o encarou com uma expressão estranha.
– Está falando da letra *A*?
– Aquilo não era um *A* – disse Langdon, que tinha visto muito bem. – Era uma Vel.
Nenhuma das mulheres pareceu entender.
– Como? – fez Gessner.
– A diferença está na barra transversal – disse Langdon. – No *A* ela é uma linha só. Esse logo tinha três linhas e um ponto no centro. Sempre que temos uma lâmina apontada para cima, ou seja, o formato de um *A* maiúsculo com três barras transversais e um ponto, trata-se de um símbolo especial com um significado muito específico.
– Seria *saúde*? – arriscou Katherine, soando levemente embriagada.
Passou longe, pensou Langdon.
– A lança Vel é um símbolo de poder hindu – respondeu ele. – O ponto na lança representa a iluminação, uma mente afiada, o entendimento superior usado para romper a escuridão da ignorância e derrotar os inimigos. O deus hindu da guerra, Murugan, levava essa lança aonde quer que fosse.
Gessner parecia genuinamente surpresa.
– Matar os inimigos com conhecimento? – disse Katherine. – Que mensagem estranha para uma academia.
Concordo.
– Claro que é uma coincidência – disse Gessner com um muxoxo. – Com certeza a academia nem deve fazer ideia disso e só gostou do desenho.
Langdon não insistiu, mas ficou convencido de que Gessner estava escondendo algo. Um cartão RFID parecia uma tecnologia avançada demais para uma academia, e Gessner tampouco parecia o tipo de pessoa que toleraria se exercitar com as massas impuras. Além do mais, uma academia de Praga muito provavelmente usaria a grafia tcheca do nome da cidade, "PRAHA".

– Claramente os simbologistas e os noéticos são um match perfeito – disse Gessner, parecendo contrariada, e tomou um gole do seu drinque. – Ambos veem significado onde não existe.

CAPÍTULO 41

Apesar de pequeno, o apartamento de primeiro andar de Sasha Vesna era aconchegante: mobiliado com bom gosto, bem organizado e iluminado por bastante luz natural. Ao entrar, Langdon inspirou o aroma defumado de malte que pairava no ar.

– É cheiro de chá russo – explicou Sasha, parecendo encabulada por causa do odor perceptível. – E eu tenho gatos.

Como quem surge bem na sua deixa, uma dupla ágil de siameses apareceu no extremo oposto do corredor e se aproximou deles. Langdon se agachou para afagá-los, e eles apressaram o passo, querendo atenção.

– Eles adoram homens – disse Sasha. – Não que já tenham visto muitos – emendou, sem jeito.

Langdon sorriu com educação.

– São lindos.

– Esta aqui é a Sally. Ele é o Harry. Batizei os dois em homenagem ao meu filme preferido. – Sasha apontou para um antigo cartaz de cinema pendurado na parede. – Presente da Dra. Gessner.

O título do filme estava escrito em russo, mas Langdon reconheceu Meg Ryan e Billy Crystal em pé frente a frente com os prédios de Nova York ao fundo. Nunca tinha visto o clássico *Harry e Sally: Feitos um para o outro*, mas já ouvira falar da famosa "cena de sexo" numa delicatéssen nova-iorquina.

– Sempre adorei as comédias românticas americanas – disse Sasha. – Foi como aprendi inglês. – Ela passou alguns instantes admirando o cartaz, e seus olhos marejaram de tristeza. – Os gatos também foram presente da Dra. Gessner, para eu não ficar sozinha.

– Quanta sensibilidade a dela.

Sasha tirou os sapatos pesados e os deixou num tapete de borracha junto à entrada. Langdon fez o mesmo, mais uma vez feliz por poder descalçar os sapatos úmidos.

– O banheiro fica ali, se precisar – disse ela, apontando para uma entrada no corredor.

– Obrigado. Vou lá.

– E eu vou fazer um chá – avisou ela, deixando-o sozinho e sumindo no fim do corredor.

Langdon ficou parado alguns instantes olhando para o cartaz, pensando mais uma vez em Katherine. Os prédios de Nova York e o logo da Columbia Pictures – a mulher de túnica erguendo uma tocha – trouxeram à sua mente imagens da Estátua da Liberdade e da palestra de Katherine na noite anterior.

Cadê você?, pensou enquanto andava até o banheiro. Estava ansioso para ligar para o Four Seasons e saber se Katherine tinha voltado para o hotel, mas, como Harris dera a entender, a ÚZSI devia estar à procura dele e de Sasha por ela ter agredido um agente e fugido. Ele teria que esperar o assessor jurídico chegar.

Apesar de apertado, o banheiro era bem organizado, e Langdon se sentiu pouco à vontade usando o espaço pessoal de Sasha. Após lavar as mãos, secou-as na própria calça para poupar as toalhas de mão perfeitamente arrumadas. Ao olhar no espelho, o rosto que o encarou de volta lhe pareceu o de um desconhecido. Ele estava com os olhos injetados, o cabelo desgrenhado e a testa marcada por vincos fundos causados pelo estresse. *Que cara horrorosa, Robert.* Levando em conta a manhã que tivera, não era de espantar. *Chegue logo à embaixada e encontre Katherine.*

Quando ele foi para a cozinha, viu Sasha despejando ração seca para gatos em duas tigelas sobre a bancada. Harry e Sally pularam ali sem o menor esforço e começaram a devorar a comida.

Sasha foi até o fogão, onde uma chaleira fervia.

– Como o senhor prefere seu chá?

A vontade dele foi responder: *com café.*

– Puro está perfeito. Obrigado.

Ela dispôs três xícaras, três pires e três colheres.

– Vou ao banheiro – falou, encaminhando-se para a porta. – Depois sirvo um chá para nós. Michael deve chegar daqui a uns quinze minutos.

Langdon a ouviu caminhar pelo corredor e fechar a porta do banheiro.

O apartamento mergulhou em profundo silêncio, quebrado apenas pela água que fervia. Sozinho na cozinha, Langdon espiou o celular de Sasha em cima da bancada, e mais uma vez se sentiu tentado a ligar para o Four Seasons. Mas imaginou que a essa altura Janáček devia ter mandado vigiar o hotel, de modo que ele não tinha como saber o paradeiro de Katherine no momento.

Quando a água começou a ferver, Langdon ouviu uma batida firme na porta do apartamento. *Que esquisito*, pensou, duvidando que já pudesse ser Harris. Sentiu um temor repentino de que Janáček ou Pavel os tivessem seguido até ali ou feito a suposição lógica de checar o apartamento de Sasha.

Disparou para o corredor bem na hora em que Sasha saía do banheiro secando as mãos. Com cara de preocupada, ela articulou para ele sem produzir som: "Alguém bateu?"

Langdon assentiu.

Pela expressão no rosto de Sasha, uma visita era algo inesperado. Eles aguardaram quinze segundos em silêncio total, mas não houve outra batida. Sasha foi até a porta sem fazer barulho e espiou pelo olho mágico. Segundos depois, se virou de volta para Langdon e encolheu os ombros. Ninguém.

Foi quando Langdon viu um pedacinho de papel branco despontando por baixo da porta.

– Alguém deixou um bilhete para você – sussurrou, apontando.

Sasha olhou para baixo e viu o papel. Intrigada, agachou-se e o puxou. Pelo pouco que Langdon conseguiu ver, parecia ser um bilhete manuscrito.

Sasha se levantou olhando o recado e na mesma hora deu um arquejo de espanto. Com os dedos trêmulos, passou o papel para Langdon.

– É para o *senhor*.

Para mim? Langdon pegou o papel, leu e na mesma hora sentiu um aperto no peito.

Tomado pelo medo, abriu com violência a porta do apartamento, atravessou o hall deserto a toda a velocidade e saiu correndo do prédio para o meio da neve encardida, calçado só com as meias. Enquanto girava em círculos no espaço deserto, começou a gritar:

– *Quem é você? O que fez com ela?*

◆ ◆ ◆

A menos de 20 metros de onde Langdon gritava, O Golěm observava escondido.

O bilhete que acabara de deixar na porta de Sasha Vesna havia provocado a reação desejada. Se tudo corresse conforme o planejado, em breve Robert Langdon estaria se dirigindo, apressado e sozinho, para um lugar ermo.

O medo é uma grande motivação.

CAPÍTULO 42

Michael Harris ainda podia ouvir em sua cabeça o telefonema desesperado de Sasha Vesna enquanto acelerava o carro após sair do Bastião U Božích Muk.

Eu estou com o Robert Langdon! Precisamos da sua ajuda!

Virou à direita e seguiu a toda a velocidade rumo ao apartamento de Sasha. *Um lugar que conheço muito bem*, lamentou, tendo estado lá várias vezes, sempre sabendo que não deveria.

Havia conhecido Sasha dois meses antes no David Rio Chai Latte, onde ela parava todas as manhãs no caminho para o trabalho. Sasha estava sozinha diante de uma mesa alta sem cadeira, e Harris a abordou com um sorriso.

– *Privet, Sasha* – falou ele, em russo. *Oi, Sasha.*

A loura alta ergueu os olhos com uma expressão alarmada.

– Como sabe o meu nome?

Harris sorriu e apontou para o copo de papelão, no qual o barista havia escrito: SAŠA.

– Ah – fez ela, parecendo encabulada, mas ainda insegura. – Mas você falou russo.

– Foi um palpite. Ouvi seu sotaque quando você fez o pedido.

Sasha pareceu constrangida.

– Claro. Desculpe eu ter estranhado. Russos não são exatamente o povo preferido aqui em Praga.

– Experimente ser *americano*! – retrucou ele, mostrando o copo com MICKALE escrito. – Tenho certeza de que o barista escreveu errado de propósito. – Ele sorriu e fez sua melhor imitação de Bogart. – De todos os cafés de todas as cidades do mundo, eu vim entrar logo *neste*.

– *Casablanca!* – Ela se animou. – Adoro esse filme!

Ao longo da meia hora seguinte, os dois trocaram histórias de vida, e Sasha falou de seu passado, uma narrativa de cortar o coração: tinha uma epilepsia debilitante e havia sido abandonada quando criança numa instituição psiquiátrica na Rússia, até uma neurocirurgiã resgatá-la e levá-la para Praga.

– E essa tal Dra. Gessner *curou* você? – quis saber Harris.

– Totalmente – disse Sasha, com os olhos cheios de gratidão. – Ela inventou um implante cerebral que eu consigo ativar esfregando um bastão magnético no crânio toda vez que sinto a aura se formando.

– Aura?

– Desculpe, é que, antes de uma crise, os epiléticos recebem um aviso. É uma espécie de névoa, de formigamento, meio como a sensação de cócegas antes de um espirro. Quando isso acontece, eu esfrego o bastão no alto da cabeça, e o ímã aciona o chip dentro do meu crânio. – Ela hesitou, sentindo-se subitamente exposta. – Desculpe, esse papo não é nada atraente.

– De jeito nenhum, não dá para ver nadinha – disse Harris, sincero. – Se tem alguma cicatriz, ela está totalmente escondida debaixo dessa linda cabeleira loura!

O elogio foi sincero, mas Sasha desviou os olhos e pareceu subitamente sem graça.

– Não acredito que lhe contei tudo isso. Que vergonha. Eu não converso com muita gente, então... Enfim, preciso ir para o trabalho. – Ela terminou de beber o que restava do seu chai com um gole abrupto e começou a arrumar suas coisas depressa.

– Também tenho que ir andando – disse Harris –, mas adorei nosso papo, e se um dia você quiser almoçar eu adoraria conversar mais.

Sasha pareceu espantada com a sugestão.

– Não, acho que não seria uma boa ideia.

– Claro, desculpe – disse Harris depressa. – Eu não quis dizer um encontro romântico. Eu só... enfim, você deve estar saindo com alguém, então...

– Eu? Não, não estou *saindo* com ninguém – disparou ela, sem graça. – É só que...

Seus olhos de repente ficaram marejados, como se ela estivesse prestes a chorar.

– Ai, puxa! – exclamou Harris, arrependido. – Eu não quis chatear você.

– A culpa é minha – disse ela em um fio de voz. – Desculpe, é que eu tenho medo de você me conhecer melhor. Você vai se decepcionar tanto...

– Por que está dizendo isso?

Ela enxugou os olhos e o encarou.

– Michael, eu não sou muito boa nisso de... você sabe, de me relacionar. Passei a maior parte da vida sozinha e tomando remédios fortíssimos. Tenho problemas sérios de memória, um monte de cicatrizes feias por causa das convul...

– Pode parar por aí. Pois eu acho você uma graça. E, levando em conta tudo por que passou, você é surpreendentemente boa de conversa.

– Sério? – Ela corou. – Deve ser a companhia.

Eles bateram mais um papo, e no fim Sasha topou voltar a vê-lo.

Duas semanas mais tarde, depois de um almoço, um jantar e um passeio noturno pelo Jardim Wallenstein, Harris sentiu que sabia tudo o que havia para saber sobre Sasha Vesna. Ela era uma mulher simples, sem amigos, que gastava todo o seu tempo trabalhando no laboratório de Gessner ou em casa assistindo a filmes antigos com seus gatos. *Sasha é uma mulher solitária... e muito sozinha.*

Infelizmente, Harris estava se sentindo cada vez menos à vontade com a relação que ia se aprofundando. *Se um dia Sasha descobrir o verdadeiro motivo pelo qual estou saindo com ela, vai ficar destruída.* Dominado pela culpa, ele se repreendeu por um dia ter aceitado fazer aquilo. *Está na hora de pôr um ponto final nessa farsa.*

Determinado, Harris subiu a escadaria de mármore que levava à sala da embaixadora. Bateu na porta aberta e ela acenou, mandando-o entrar.

A embaixadora Heide Nagel tinha 66 anos e era formada em direito por Columbia. Filha de imigrantes alemães, chegara aos Estados Unidos com apenas 4 anos e conseguira alcançar o topo da sua carreira. Alguém já havia comentado que o significado literal do seu sobrenome em alemão era "unha", o que remetia a quanto ela se agarrava ao trabalho "com unhas e dentes".

Dona de um olhar inescrutável e modos educados e diplomáticos, Nagel muitas vezes criava nos adversários a falsa sensação de segurança antes de levá-los a nocaute. Até os trajes que usava no dia a dia pareciam calculados para minimizar sua influência: terninhos pretos sem adornos, sapatos confortáveis e óculos de leitura pendurados numa correntinha que mais pareciam de uma bibliotecária do que de uma diplomata. Tinha cabelo preto e franja reta feito uma régua, e quase não usava maquiagem.

– Michael – disse ela, fechando o notebook –, em que posso ajudar?

Harris entrou e parou em frente à mesa da chefe.

– Embaixadora, infelizmente não estou mais me sentindo à vontade com aquele projeto externo que a senhora me confiou.

– Ah, é? – Nagel tirou os óculos e gesticulou, convidando-o a se sentar. – Qual é o problema?

Harris limpou a garganta com um pigarro e se acomodou.

– Como já informei, Sasha Vesna é uma moça ingênua que sofreu maus-tratos terríveis na infância e só está dando o melhor de si para levar uma vida normal. Nada mais que isso. E no momento sinto que continuar mentindo para ela é, bem... é errado, do ponto de vista moral.

Michael não permitira que a sua relação se tornasse excessivamente física, mas mesmo assim sentia que Sasha estava lhe abrindo seu coração.

– Entendo – disse Nagel. – Por um segundo achei que você fosse dizer que era *perigoso*. Espero que saiba que se fosse perigoso eu tiraria você na hora.

Harris acreditava nela. Nagel chefiava a embaixada com mão de ferro, mas também era muito leal com a própria equipe.

– Não, embaixadora – garantiu ele. – Não vejo perigo algum. O problema é que Sasha está *de fato* se apegando. *Eticamente* isso me parece...

– Desonesto? – completou a embaixadora, parecendo achar graça. – Confesso que acho irônico você citar a *moralidade* como motivo para querer parar de sair com a Sasha, Michael.

– Hein?

A embaixadora se levantou e foi até o bar no canto da sala. Sem dizer nada, serviu um copinho de água mineral Vincentka, voltou e entregou o copo a Michael. Em seguida, sentou-se atrás da sua mesa, ergueu os olhos e o encarou.

– Desconfio que o *verdadeiro* motivo de você querer parar de ver Sasha Vesna é porque está com medo de a minha relações-públicas, a Sra. Daněk, flagrá-lo com outra.

Harris tentou manter a expressão impassível, mas se sentiu desmoronando. *A embaixadora sabe que estou saindo com Dana?* Qualquer posição de superioridade moral que Harris tivesse imaginado ocupar simplesmente evaporou.

– Espero que saiba que a embaixada tem uma política de tolerância zero com relacionamentos entre funcionários – disse Nagel e fez uma pausa, como se tivesse acabado de se lembrar. – Ah, mas é claro que você sabe, porque você ajudou a *formular* nossa política.

Merda.

– Relaxe – disse Nagel com calma. – Não tenho a menor intenção de causar sua demissão. Só estou explorando um ponto fraco seu com o intuito de servir ao meu país.

– Um eufemismo e tanto para "coação" – ele conseguiu dizer.

– Michael, você é advogado, então pode considerar isso uma negociação eficaz. E acredite: eu não estaria exercendo esse tipo de pressão se meus superiores não estivessem exercendo a mesma pressão sobre mim.

– Com todo o respeito, embaixadora, acho difícil acreditar que o nosso presidente se importe com uma epilética russa com dois gatos chamados Harry e Sally.

– Para começar, a Casa Branca não é a única entidade poderosa cujas ordens eu acato. Em segundo lugar, meus superiores não me contaram exatamente por que estão interessados na Sasha Vesna, só disseram que querem ser informados dos segredos que ela está contando para as pessoas nas quais confia.

– A Sasha não tem segredo algum! Ela é um livro aberto e só está feliz por ter alguém com quem conversar.

– Exato. E *você* agora se firmou nessa posição muito valiosa. Precisa fazer com que ela continue falando. Enquanto isso, vou ignorar sua situação com Dana e pedir que meus superiores lhe paguem o dobro do que já estão pagando por esse projeto especial.

Harris ficou estarrecido. Sua compensação financeira suplementar já era extremamente generosa. *Quem quer tanto saber da vida de Sasha Vesna? E por quê?*

– E, Michael – disse ela ainda –, se em algum momento o projeto parecer perigoso, mesmo que só *um pouquinho*, é só me avisar, que eu cancelo tudo. – Ela sustentou o olhar do assessor. – Combinado?

Harris olhou para a mão estendida de Nagel, estarrecido diante da facilidade com a qual ela conseguira lhe dar um xeque-mate. Apesar de ter reservas morais sobre a situação que estava vivendo, o assessor desconfiou que, se não fosse ele a fazer aquilo, seria *outra pessoa*, e ela poderia tomar medidas mais drásticas. *Sasha não merece isso.* Ele apertou a mão da embaixadora.

Ao longo das últimas semanas, a relação de Harris e Sasha progredira naturalmente para um canhestro romance físico. Por sorte, ela era inexperiente ao extremo nesse quesito, e Harris insistiu que fossem muito devagar. O máximo de intimidade entre os dois até ali fora ficar deitados abraçados na cama dela, quase inteiramente vestidos, assistindo a antigas comédias românticas americanas até pegarem no sono.

Agora, enquanto seguia a toda para encontrar Sasha e Langdon, ele refletiu sobre tudo que a embaixadora lhe revelara naquela manhã. O escopo da operação em curso ia além de qualquer coisa que ele pudesse ter imaginado. Mesmo sem conhecer os detalhes, Harris sabia que estava mergulhado naquilo até o pescoço.

Está na hora de pular fora.

Conforme se aproximava da Cidade Velha, ele fez um juramento solene para si mesmo.

Sejam quais forem as consequências, esta vai ser a última vez que vou encontrar Sasha Vesna... na vida.

CAPÍTULO 43

Robert Langdon andava ansioso de um lado para outro na pequena cozinha de Sasha Vesna, as meias encharcadas deixando marcas de pegadas pelo chão.
Isso não pode estar acontecendo.
Voltou a olhar o pedaço de papel que se materializara segundos antes debaixo da porta de Sasha.
O bilhete manuscrito tinha virado seu mundo de cabeça para baixo.

Estou com Katherine.
Venha à Torre Petřín.

Perguntas torturantes se embaralhavam na sua mente.
Quem é você? O que fez com ela? Por que a Torre Petřín?
A Torre Petřín era uma edificação com 60 metros de altura situada não muito longe do centro de Praga, no alto de um morro coberto por uma densa floresta, cuja história, repleta de lendas sobre sacrifícios de virgens, em nada ajudou a acalmar os nervos de Langdon.
Ele não conseguia imaginar um motivo para alguém ter sequestrado Katherine Solomon. *Venha à Torre Petřín. Por quê?*
– Alguém deve ter nos seguido até aqui – disse Sasha com uma voz assustada. – Talvez desde o ponto de táxi. Talvez seja coisa da ÚZSI, mas...
– Por que a ÚZSI iria *sequestrar* Katherine?
– Não sei. – Sasha parecia abalada. – Michael vai saber o que fazer.
– Não tenho como esperar o Michael – interrompeu Langdon, indo rapidamente até o corredor para calçar os sapatos sociais. – Preciso ir até lá *agora*.
Katherine está em perigo. Preciso chegar o quanto antes.
Enquanto ele enfiava as meias molhadas nos sapatos, Sasha abriu a porta do armário do hall e fez menção de pegar seu casaco.
– Não, Sasha – interrompeu ele. – A melhor coisa que você pode fazer é ficar aqui, encontrar Michael, pedir que ele a leve à embaixada americana e contar tudo que sabe. *Tudo.* Inclusive o que aconteceu com Brigita e com o agente da ÚZSI. Fale sobre o bilhete, conte que eu fui para a Torre Petřín, revele tudo.
Ele já havia testemunhado que Sasha era capaz de cometer um ato de violên-

cia abrupto e não podia se dar ao luxo de aparecer na Torre Petřín acompanhado por alguém imprevisível.

– Tudo bem – disse ela, enfiando a mão na bolsa. – Mas, se você vai sozinho, pelo menos leve *isto aqui*.

Ela pegou a pistola de Pavel.

Langdon recuou na hora. Sempre se incomodou com a simples proximidade de armas de fogo e sabia que, num confronto, elas só devem ser usadas em último caso. Não estava com a menor vontade de sair pelas ruas de Praga portando uma pistola roubada de um agente da ÚZSI, sobretudo sabendo que só podia transportá-la no cós da calça, técnica que, toda vez que via no cinema, lhe parecia insanamente arriscada.

– Eu me sentiria melhor se *você* ficasse com isso – falou. – Pelo visto, quem quer que tenha deixado esse bilhete sabe onde você mora. Esconda num armário da cozinha. Se você precisar dela num momento de desespero, vai saber onde está.

Sasha passou alguns instantes refletindo, então assentiu.

– Certo, mas *isto aqui* você deveria levar. – Ela foi até um gancho na parede e pegou um chaveiro de plástico com uma única chave. – Minha chave reserva. Se você ou Katherine precisarem de um lugar seguro para ir ou se esconder, podem vir *para cá*. Não sei o que Michael vai sugerir fazermos, então talvez a gente não esteja aqui quando vocês chegarem, mas assim pelo menos vão ter como entrar.

– Obrigado – disse Langdon, duvidando que fosse voltar. Mesmo assim, aceitou o gesto de generosidade e reparou que o chaveiro tinha o formato de um gato com as patas esticadas e as palavras "Bichano insano" escritas. Guardou-o no bolso. – Eu encontro um telefone e ligo para você assim que souber o que está acontecendo.

– Vai precisar do meu número.

– Eu sei o celular de Michael.

– Ele deu o número pessoal dele? – perguntou Sasha, parecendo surpresa.

– Eu vi você digitando no carro.

– E decorou?

– Eu tenho um cérebro estranho. Não esqueço as coisas.

– Deve ser legal. Eu tenho o problema contrário: não consigo me lembrar das coisas. Minhas lembranças se confundem, fica tudo falhado.

– Por causa da epilepsia?

– É, mas a Brigita estava trabalhando comigo para resolver isso.

Langdon abriu um sorriso reconfortante.

– A Dra. Gessner parece ter sido muito boa com você.

– Ela salvou minha vida. – Sasha adotou uma expressão melancólica. – Tomara que eu não me esqueça *dela* também.

– Não vai esquecer, não – garantiu Langdon, estendendo a mão para a porta. – E vá por mim: se lembrar *de tudo* nem sempre é uma bênção.

CAPÍTULO 44

Desde o instante em que fora jogado dentro da van, Jonas Faukman vinha se fingindo de petulante para tentar conter o medo, mas estava ficando cada vez mais difícil manter essa postura diante da inquietante sensação de que estava prestes a ser levado para Praga. O motor de avião rugindo ali perto, somado à sensação de total dormência nas mãos, o deixaram à beira do pânico.

– Vou avisar aos pilotos que estamos prontos – disse Escovinha ao parceiro. – Daí o embarcamos.

Ele abriu a porta de correr da van e saltou, deixando-a totalmente aberta ao se afastar, pelo visto para castigar Faukman pela petulância.

– Está um gelo aqui dentro – comentou Faukman para o outro homem.

Não houve resposta.

Com a porta aberta o barulho dos jatos ficou bem mais alto, e Faukman pôde enfim olhar os arredores. A van estava parada numa estradinha de acesso cercada de mata, atrás de uma construção branca situada a uns 200 metros. Imaginara estar numa base aérea secreta prestes a ser embarcado num transporte militar, mas a marquise iluminada do prédio contava uma história muito diferente.

SIGNATURE AVIATION / TETERBORO

Puta merda. Eu estou em Nova Jersey?

O Signature era um movimentado terminal de jatinhos particulares no Aeroporto de Teterboro, em Nova Jersey. A apenas vinte minutos de Manhattan, o luxuoso operador de base fixa servia de *hub* para os ricaços de Manhattan entrarem em seus jatinhos e fazerem viagens de negócios ou para suas casas de férias escondidas nas encostas de Aspen ou nas praias de West Palm Beach.

Por um instante Faukman sentiu alívio por não estar numa base militar, mas então, à medida que a realidade começou se assentar, pensou se aquilo não seria ainda pior. Pelo menos nas Forças Armadas havia protocolos, e Faukman era um civil americano. Se aqueles trogloditas fossem, na realidade, mercenários a serviço de um ricaço qualquer, não havia nenhuma regra.

Eles podem me levar de avião para o exterior, e ninguém vai saber que eu saí do país!

Quando uma lufada de ar gelado do inverno entrou na van, o sujeito no banco da frente largou o notebook, entrou no meio dos bancos e puxou a porta de correr para fechá-la.

– Tem razão, parceiro. Está frio mesmo.

O homem tinha traços mais brandos do que Escovinha, tinha ascendência asiática e, assim como o parceiro, um visual arrumadinho e militar.

– E as mãos, como estão? – perguntou.

– Para ser sincero, se isso demorar mais muito tempo acho que corro o risco de ter que amputar.

– Deixa eu dar uma olhada. – O homem se espremeu por trás de Faukman e examinou suas mãos. – É, não está nada bom. – Sacou um canivete militar. – Não se mexa. Vou soltar você e depois prender de volta mais frouxo, está bem?

Faukman assentiu, ainda com a cabeça a mil depois do que tinha acabado de ver do lado de fora.

– Sem palhaçada, e não tente me passar a perna – disse o homem. – Lembre-se: sou eu quem está com um canivete na mão.

– Entendido.

Um segundo depois, as mãos de Faukman estavam livres. Com todo o cuidado, ele levou os braços para a frente do corpo e agitou os dedos para fazer o sangue voltar a circular.

O homem atrás dele passou para sua frente e se aboletou no engradado, com o canivete a postos.

– Você tem sessenta segundos – falou.

– Valeu.

Faukman fez uma careta ao sentir o formigamento doloroso da sensibilidade retornando a seus pulsos e dedos.

– Desculpe pelo meu parceiro – disse o homem. – O Auger às vezes é meio... *intenso*.

– O termo literário correto é "babaca".

O homem gargalhou.

Os dois ficaram sentados em silêncio enquanto Faukman seguia massageando as mãos. Sentia os dedos dos pés igualmente congelados: os tênis de corrida que havia calçado ao sair do escritório não protegiam contra o frio.

– Quer colocar o casaco de volta antes de eu amarrar suas mãos? – perguntou o homem.

Faukman olhou para o casaco no chão da van. *Nossa, se quero!*

Meio em pé e meio agachado, enfiou desajeitadamente os braços doloridos nas mangas do casaco e saboreou a quentura. Tentou fechar os botões, mas seus dedos ainda meio congelados se recusaram.

– Pode me dar uma ajudinha? – pediu, olhando para seu captor sentado no engradado com o canivete na mão.

O homem fez que não com a cabeça.

– E largar minha arma? Foi mal, parceiro. Não confio em você.

– Acho que você está subestimando muito o meu potencial para atos de heroísmo – disse Faukman, fechando o casaco em volta de si da melhor maneira que conseguiu, satisfeito ao sentir o celular dentro do bolso, exatamente onde o havia deixado.

– Certo – disse o homem. – Vou prender suas mãos de volta.

– Pode me dar só mais um minuto? Minhas mãos estão me matando.

– Agora – ordenou o homem. – Vire-se.

Faukman deu meia-volta e ficou de frente para a traseira da van. Ao fazer isso, teve uma visão desimpedida pela janela da porta traseira. Através do vidro viu o prédio da Signature Aviation. Viu também o estacionamento, onde um solitário SUV estava parado com o motor ligado, o cano de escapamento soltando fumaça no ar frio da madrugada. A porta do motorista do SUV estava aberta, mas não havia ninguém no assento – muito provavelmente o motorista estava dentro do pequeno terminal.

– Vou deixar frouxo por enquanto – disse o homem, tornando a prender os pulsos de Faukman. – Mas vamos ter que apertar quando o meu parceiro voltar.

– Valeu.

Quando o homem acabou de amarrar suas mãos, Faukman girou os punhos de leve e se espantou ao perceber que as braçadeiras estavam tão frouxas que ele provavelmente conseguiria se soltar.

– Já volto, preciso tirar a água do joelho – disse o homem, saindo pela porta lateral da van e fechando-a de volta no trilho. Faukman se virou e, pelo para-brisa, viu o homem passar em frente à van, entrar alguns metros na mata e desafivelar o cinto.

Então começou a urinar num tronco de árvore.

Por ter editado todos os livros de Langdon sobre símbolos, sinais e significados ocultos, Faukman não teve dúvida de como o professor classificaria aquele instante.

Um momento simbólico.
Faukman chamaria de algo um pouco menos poético.
Minha última chance, caramba.
Tentar fugir de homens armados beirava a insanidade, mas não tanto quanto deixar que eles o sequestrassem para outro país sem resistir. No pior dos casos, eles o pegariam de volta e o jogariam no avião.
Através do para-brisa, viu que o homem continuava fazendo xixi.
Quando a pessoa começa, é difícil parar.
E até a pessoa parar, é difícil correr.
Faukman tomou sua decisão num segundo, grato pelas inúmeras horas de corrida no Central Park. *Se tentarem atirar em mim, eu serei um alvo em movimento.* Fez as mãos escorregarem rapidamente para fora da braçadeira e deu outra olhada para garantir que o homem não estava vendo.
Lá vamos nós.
Segurou a maçaneta da porta traseira da van, pressionou-a e, sem fazer barulho, empurrou a porta. Então se agachou e saltou para fora. No instante em que seus pés tocaram o chão, ele explodiu num tiro de alta velocidade pela estradinha de acesso, forçando-se a superar a dor e as câimbras nas pernas. Por ele ser um corredor experiente, suas pernas reagiram sem dificuldade ao esforço repentino. O casaco de lã se estufou conforme ele foi aumentando a velocidade com os olhos no SUV ligado lá longe.
Ao olhar por cima do ombro, viu seu sequestrador fechar atabalhoadamente a braguilha e tentar partir atrás dele. *Sem chance*, pensou, sentindo o vento no rosto.
O homem gritou quando Faukman chegou perto do SUV. Um tiro ecoou, e uma bala passou zunindo acima da sua cabeça.
Puta merda!
Faukman chegou ao SUV ligado, atirou-se no banco do motorista, bateu a porta com força e engatou a marcha. Esmagou o acelerador e o SUV partiu, cantando pneus ao passar quicando pela divisória da estrada e dando um cavalo de pau ao sair do estacionamento e pegar a Industrial Avenue.
Enquanto se afastava a toda a velocidade, deixando para trás a Signature Aviation e seus captores, Faukman pegou o celular no bolso do casaco, aproximou o aparelho do rosto e gritou:
– Ei, Siri! Ligar para Robert Langdon!

◆ ◆ ◆

A uns 100 metros dali, o agente chamado Chinburg parou de correr, terminou de fechar a braguilha e ficou observando calmamente o SUV desaparecer noite adentro. Quando o veículo saiu do campo de visão, ele voltou andando para a van.

– Tudo certo – anunciou.

Seu parceiro do corte à escovinha, Auger, saiu de onde estava escondido.

– E o celular?

– Tudo nos conformes. Ele levou.

– Bom trabalho.

Apesar de ter larga experiência como editor de livros de suspense, o prisioneiro acabara de cair na mais básica das armações de um interrogatório: a do fugitivo.

É só ameaçar a vida da pessoa que ela fará o inevitável se você der oportunidade: fugir.

A verdade é que não havia avião algum à espera, nem voo para Praga. Eles simplesmente tinham estacionado a van numa estradinha de acesso perto da pista de pouso da Signature Aviation em Teterboro, chamado um terceiro agente para se fazer passar por motorista do SUV e criado a ilusão de uma oportunidade perfeita para Faukman fugir.

Faukman mordeu a isca, e o SUV está equipado com um rastreador.

Às vezes, antes de deixar um fugitivo escapar, eles plantavam uma escuta na própria vítima, mas no caso de Faukman não havia necessidade: ele já estava carregando um poderoso transceptor bidirecional com GPS: seu próprio smartphone.

Enquanto Faukman estava vendado, os agentes silenciosamente tiraram o celular do bolso do seu casaco, plugaram o aparelho no notebook, hackearam o telefone e instalaram diversos programas nele antes de recolocá-lo no bolso.

– Temos atividade – anunciou Chinburg com o rosto iluminado pela tela do tablet, que exibia uma interface de vigilância completa com informações do celular de Faukman: localização, mensagens de texto e voz, além de dados recebidos e enviados.

O alto-falante do tablet chiou com a voz de Faukman, que parecia estar deixando um recado de voz.

– Robert, aqui é o Jonas. Me ligue assim que der! Você está correndo perigo, e Katherine também. O que eu vou dizer vai parecer maluquice, mas alguém hackeou nosso servidor e deletou o manuscrito dela, só não sei ainda por quê. Fui literalmente sequestrado na rua perto do escritório. Vou ligar para Katherine agora, mas você tem que ficar onde quer que esteja no momento. Não fale com ninguém!

A ligação foi encerrada, e outra, feita na mesma hora.

A segunda ligação também caiu na caixa postal, dessa vez de Katherine. Faukman deixou outro recado ofegante parecido com o primeiro, com um acréscimo.

– Katherine, os caras disseram que você imprimiu o manuscrito hoje de manhã. É verdade? – disse Faukman. – Se for, guarde num lugar seguro, porque foi a única cópia que sobrou! Todas as outras já eram, literalmente todas. Me ligue quando ouvir este recado.

A ligação foi encerrada.

– Uma pequena informação suplementar – disse Auger, cheio de si. – A confirmação de que o manuscrito em Praga é o único que sobrou.

– Finch vai ficar satisfeito – disse Chinburg, pegando o celular. – Vou avisar a ele.

CAPÍTULO 45

A cabeça do tenente Pavel ainda latejava devido ao golpe com o extintor, mas isso não era nada em comparação com a dor de ver o corpo sem vida de seu tio no fundo do precipício. O assessor Michael Harris, da embaixada, achava que o capitão tinha pulado, mas Pavel sabia que não.

Janáček era destemido, não era homem de desistir. Alguém o matou, e eu sei quem foi.

Desde o teatrinho no hotel a lista de crimes de Robert Langdon contra a ÚZSI vinha crescendo sem parar: resistência à prisão, agressão a um agente, roubo de uma arma da ÚZSI e, agora, a julgar pelo emaranhado de pegadas à beira da mureta, assassinato do capitão Janáček e fuga da cena do crime.

Sozinho no bastião, Pavel estava se recuperando no macio sofá da recepção de Gessner. Harris tinha lhe dado uma bolsa de gelo, pedido que ele não saísse dali e partido rumo à embaixada americana com a promessa de ligar imediatamente para o quartel-general da ÚZSI e avisar sobre Janáček.

Essa queda não foi acidental, Pavel sabia.

Sabia também que Harris era um farsante; o assessor não tinha a menor intenção de dar o tal telefonema. Estava só ganhando tempo para a embaixada poder inventar suas mentiras antes mesmo de a ÚZSI tomar ciência da morte de Janáček.

Pavel havia sacado o celular para ligar para a central, mas após refletir por alguns instantes se deteve. Não tinha dúvida de que a prisão de um americano importante iria terminar como sempre: com a embaixada entrando na jogada, assumindo o controle da situação e encontrando uma brecha para deixar a ÚZSI a ver navios. Isso o enfurecia.

– *Oko za oko* – disse Pavel em voz alta, sabendo como seu finado capitão teria lidado com a situação. *Olho por olho.*

Ninguém tinha ainda tomado conhecimento da morte de Janáček, ou seja: Pavel dispunha de uma pequena janela de oportunidade para lidar ele próprio com Langdon. *Mas primeiro preciso encontrar esse sujeito.* Localizar um fugitivo numa cidade do tamanho de Praga seria quase impossível não fosse a carta na manga de Pavel, que faria o jogo contra o americano virar num piscar de olhos.

Janáček me ensinou a adaptar as regras, a improvisar em nome do bem maior.

Tecnicamente, Pavel não tinha a patente necessária para fazer o que pretendia, mas estava com o celular pessoal do capitão Janáček, o mesmo que havia encontrado perto da mureta, coberto de neve.

Se contasse uma mentirinha de nada, ele poderia mudar tudo.

Langdon não teria onde se esconder.

◆ ◆ ◆

Dana Daněk voltou pisando firme para sua sala na embaixada, ainda furiosa após o confronto no Four Seasons. A mulher fantasmagórica da Ponte Carlos a deixara apavorada, o que não era algo fácil.

Ela apontou a porra de uma pistola para a minha cara!

O ciúme de Dana havia se transformado numa raiva vulcânica.

Quem é essa mulher, caramba?

Ela sabia que a resposta já estava à sua espera no seu computador: o resultado da busca por reconhecimento facial que havia feito quase uma hora antes com a captura de tela da Ponte Carlos.

Foi depressa até o computador e se sentou. Conforme esperado, o programa havia completado a busca.

Ela encarou incrédula o resultado.

Deve estar havendo algum erro.

BUSCA CONCLUÍDA
RESULTADOS: 0

Ela nunca tinha visto uma busca na base de dados não produzir resultado algum. No mundo moderno, era fisicamente impossível viver sem deixar *nenhuma* pegada digital.

O "apagamento" digital era a única maneira possível de ficar fora da base de dados Echelon. Os Estados Unidos eram donos e operadores da base, ou seja: o governo americano podia criar "pessoas invisíveis", *excluindo* os rostos que preferisse manter irrastreáveis e limitando os resultados das buscas. Essa técnica era muito usada para garantir privacidade e segurança a agentes do governo, empresários americanos importantes e funcionários infiltrados das Forças Armadas ou do serviço secreto.

Dana pensou no intrigante buquê de tulipas vermelhas, brancas e azuis que tinha visto na Suíte Real. As flores eram o presente de boas-vindas padrão da embaixadora americana para os VIPs em visita a Praga, e como relações-públicas ela era responsável pela entrega. O problema era que *daquelas* tulipas ela nunca ouvira falar.

Será que a própria embaixadora organizou a entrega?

– Sra. Daněk! – bradou uma mulher da porta.

Dana girou nos calcanhares, reconhecendo a voz na hora.

– Sra. Embaixadora! Eu ia mes...

– A senhora foi ao Four Seasons?

Dana abriu a boca, mas nenhuma palavra saiu.

– Seguiu o Sr. Harris até lá?

– Não! – disparou Dana. – Quer dizer, mais ou menos. Eu achei que...

– A senhora achou *o quê?* – interrompeu a embaixadora com um olhar fulminante.

Dana baixou a cabeça. *Merda.*

– Sra. Daněk, é *justamente* por isso que não se vai para a cama com colegas de trabalho.

CAPÍTULO 46

Enquanto o táxi de Langdon seguia para a Torre Petřín, ele percebeu que ainda estava segurando o bilhete bem apertado.

Estou com Katherine.
Venha à Torre Petřín.

Quem quer que o tivesse passado por baixo da porta de Sasha tinha dado mostras de um simbolismo sombrio: a torre ficava no alto de um morro conhecido por sua macabra história de mortes e sacrifícios humanos.
Em especial a morte de mulheres, pelas mãos de fanáticos religiosos.
Segundo se contava, antigamente existia no alto da colina Petřín um altar de sacrifícios onde sacerdotes pagãos queimavam donzelas virgens em oferenda a divindades pagãs. Os sacrifícios aconteceram durante muitos séculos, até os cristãos assumirem o controle da região, demolirem o altar e construírem no local a Igreja de São Lourenço. Até hoje, porém, incêndios misteriosos ocorriam com regularidade na área, e havia quem acreditasse que eles fossem obra das centenas de fantasmas das mulheres sacrificadas, que ainda assombravam aquelas matas.

◆ ◆ ◆

O taxista, um homem de 40 e poucos anos e rabo de cavalo, foi subindo a pista sinuosa em direção à colina Petřín enquanto observava seu passageiro pelo retrovisor. O homem sentado no banco de trás parecia aflito e esticava o pescoço para espiar nervosamente o alto da Torre Petřín.
Se tiver medo de altura, meu amigo, é melhor não subir.
O passageiro era alto e tinha cabelo escuro, e, embora o sotaque americano e o suéter caro deixassem claro que o sujeito era turista, ele havia entrado no táxi com a pressa de alguém fugindo de um incêndio florestal. O taxista tinha avisado que talvez a Torre Petřín ainda não estivesse aberta naquele horário e também que o sujeito não estava agasalhado o bastante para o vento frio lá de cima, mas o homem tinha insistido.
Como quiser. Corrida é corrida.
Enquanto o táxi subia a colina, o taxista batucava alegremente no volante ao ritmo da música que saía do seu celular. Estava tocando seu flashback preferido, "Klokoči", mas quando a música chegou ao seu melodioso solo de clarinete foi abruptamente interrompida por uma série de alertas estridentes.
– *Sakra!* – praguejou o taxista, irritado com a interrupção.
A segurança pública tcheca, assim como na maior parte da Europa, tinha passado a fazer aqueles irritantes "alertas à população" na esperança de receber a ajuda das pessoas no policiamento da cidade. A primeira onda de alertas

era sempre enviada aos funcionários de meios de transporte, aeroportos e hospitais da região.

Eu tenho meu próprio trabalho, resmungou ele. *Por que vou fazer o de vocês?*

O taxista estendeu a mão para descartar o alerta e voltar à sua música, mas o banner piscando na tela do aparelho o fez parar. Era um alerta de código azul, algo extremamente raro em Praga. Os alertas em geral eram laranja ou prata, pedindo ajuda à população para localizar uma criança desaparecida ou um idoso desorientado. O azul era bem mais sério: significava que um agente de segurança pública fora morto por um criminoso que continuava foragido.

Alguém matou um agente de polícia aqui em Praga?

O taxista então viu a foto do suspeito.

Mas esse cara... é o meu passageiro!

Estupefato, o taxista confirmou com uma olhada rápida pelo retrovisor. Então, de modo casual, pegou o celular, fez uma ligação para o número mencionado no alerta e transmitiu a informação com calma em tcheco para o agente que atendeu.

◆ ◆ ◆

A cabeça do tenente Pavel latejava quando ele saiu correndo do Bastião U Božích Muk e se sentou apressado ao volante de sua viatura da ÚZSI. Em poucos minutos o alerta azul que ele havia disparado pelo celular de Janáček tinha gerado uma ligação, que, como Pavel havia organizado, caiu direto no celular de Janáček.

Ninguém mais tem a informação que eu acabei de receber.

Robert Langdon estava a caminho da Torre Petřín, e, embora Pavel não conseguisse imaginar o motivo, não poderia haver lugar melhor para levar o americano. A área era isolada e grande. E o mais importante: naquele início de manhã de inverno, estaria praticamente deserta.

Vai ser um prazer pegar o Langdon.

Só preciso de uma arma.

Pavel encontrou a pistola de Janáček dentro do porta-luvas. Enquanto a inseria no coldre lateral vazio, ficou fantasiando sobre qual seria a sensação de disparar a arma do seu capitão e matar o homem responsável por assassinar Janáček a sangue-frio.

Olho por olho.

CAPÍTULO 47

Em 1889, após visitarem a Exposition Universelle em Paris e ficarem de queixo caído ao verem a torre de Gustave Eiffel, representantes municipais de Praga decidiram construir sua própria Torre Eiffel em "miniatura" ali. Situada no alto da colina Petřín e concluída em 1891, de miniatura a torre não tinha nada, uma vez que se erguia 60 metros acima do alto de uma colina com mais de 300 metros de altura.

A exemplo de sua inspiração parisiense, a Torre Petřín tinha como estrutura um trançado aberto de vigas e escoras de aço fixadas com rebites. Tirando a diferença de altura, as torres de Paris e de Praga tinham uma silhueta bem parecida, e a única diferença óbvia era a base quadrada da Torre Eiffel por oposição à base octogonal da Torre Petřín.

Quando o táxi de Langdon chegou ao estacionamento cercado por mata ao pé da torre, ele olhou ansiosamente de um lado para outro do local deserto em busca de sinal de vida.

Estou com Katherine. Venha à Torre Petřín.

Langdon pagou rapidamente a corrida, acrescida de uma generosa gorjeta, e pediu que o taxista o esperasse. O homem resmungou alguma coisa num tcheco tenso e saiu zunindo com o táxi assim que Langdon saltou e fechou a porta, deixando-o sozinho no estacionamento ventoso.

Puxa, obrigado.

A Torre Petřín era consideravelmente mais alta do que Langdon se lembrava e nesse dia parecia ondular contra o céu cinzento. A floresta levemente coberta de neve em volta da torre parecia tranquila e majestosa, e por ali uns poucos jardineiros e funcionários estavam iniciando o dia de trabalho. Langdon não viu sinal algum de Katherine nem de ninguém suspeito. Tentando esquecer o histórico de sacrifícios humanos do morro, avançou depressa na direção da torre, com o coração apertado e torcendo para Katherine estar de fato lá em cima – e em segurança.

Abaixo da Torre Petřín ficava o centro de visitantes, um edifício baixo octogonal perfeitamente aninhado no meio das oito imensas pernas que sustentavam a torre. A construção tinha um telhado levemente inclinado, através do qual se erguia uma fina coluna que subia até o alto da torre. *O elevador minúsculo*, sabia Langdon. Infelizmente, a alternativa era uma escadaria estreita e aberta que subia em caracol por fora do poço do elevador até o topo. Nenhuma das formas de subir parecia convidativa.

Ao se aproximar da torre, Langdon ouviu o rangido das engrenagens do elevador e o atrito de metal contra metal conforme a cabine subia pelo poço.

Alguém está indo até lá em cima, pensou, ansioso. *Será Katherine?*

Entrou correndo no centro de visitantes, um recinto octogonal decorado com fotografias da época da construção da estrutura. O lugar estava às moscas, com exceção de uma jovem atendente desencaixotando bibelôs turísticos relacionados a Praga.

– *Dobré ráno!* – entoou ela alegremente. – Bom dia!

– Bom dia – respondeu Langdon. – A torre está aberta?

– Acabou de abrir. Só tem duas pessoas lá em cima. Deseja comprar ingresso?

Langdon sentiu a pulsação se acelerar. *Duas pessoas*. Não pôde evitar se perguntar se seriam Katherine e o sequestrador. *Será que eu preciso subir lá?* O bilhete não tinha especificado isso, mas ele não estava disposto a correr o risco. Pensar em Katherine nas garras de algum maluco numa plataforma de observação aberta a dezenas de metros do chão o enchia de apreensão.

Langdon comprou um ingresso e ficou esperando em frente à porta do elevador. Em algum lugar acima, a cabine começou sua ruidosa descida. Quando as portas por fim se abriram com um barulho chacoalhante, ele se pegou encarando uma cabine minúscula, de formato estranho, que parecia não passar por uma reforma desde o século XIX.

Por instinto, voltou o olhar para a escadaria em caracol logo ao lado, fechada por uma fita e uma plaquinha: ZAVŘENO / FECHADO. Outra placa alertava que os 299 degraus eram extremamente íngremes.

– A escadaria está aberta? – indagou Langdon, torcendo para a funcionária ter acabado de chegar e ainda não ter removido a plaquinha.

– Ela fica fechada no inverno. O vento é forte demais, e hoje, ainda por cima, tem neve e gelo!

Sensacional. Ele espiou com relutância para dentro do minúsculo compartimento do elevador, e três palavras ecoaram na sua mente.

Estou com Katherine.

Inspirando fundo, Langdon entrou no elevador. Apertou o botão e as portas se fecharam devagar. Enquanto a cabine subia chacoalhando, ele concentrou a atenção no painel, onde uma série de luzinhas vermelhas piscava indicando sua progressão.

À medida que o elevador subia, Langdon começou a se sentir mais despreparado para quem ou o que quer que fosse encontrar lá em cima. Perguntou-se se deveria ter aceitado a pistola de Sasha. *E se o sequestrador estiver armado?* Enquanto o elevador subia, ele começou a sentir as paredes se estreitarem a seu redor. Fechou os olhos e se pôs a cantarolar, tentando se tranquilizar.

Quando o elevador por fim diminuiu de velocidade e parou, Langdon se preparou e abriu os olhos. As portas se abriram chacoalhando, e ele sentiu uma onda instantânea de alívio ao ver o ar livre, mas na mesma hora a emoção foi neutralizada pela decepção. O casal no alto da torre era jovem, de origem indiana, e estava entretido tirando fotos de Praga.

Katherine não estava ali.

Langdon disse a si mesmo para ter paciência, afinal tinha saído do apartamento de Sasha logo após receber o bilhete e chegado ali depressa. *Estou adiantado*, concluiu, o que, sob alguns aspectos, talvez fosse até melhor. *Vai dar para vê-los chegando*, pensou, aproximando-se do guarda-corpo e olhando para o estacionamento lá embaixo.

O vento começou a soprar mais forte, e o balanço da torre só fez piorar o estado mental já precário de Langdon. Enquanto andava de um lado para outro pela estreita plataforma de observação em volta do elevador, ele passou pela escadaria em caracol que descia do topo, com a entrada isolada por uma placa de ENTRADA PROIBIDA e o ameaçador desenho de uma pessoa sendo soprada para fora da torre. *Não, obrigado.*

Encontrou um local razoavelmente abrigado para esperar, com vista para a mata do Parque Petřín. O local turístico era popular e oferecia várias atrações infantis, entre as quais um jardim secreto, um parquinho com brinquedos de corda, balanços e um carrossel, que naquele momento estava sendo descoberto para em seguida ser ligado. Seu olhar recaiu na Igreja de São Lourenço, onde antes existia o antigo altar pagão de sacrifícios, e ele voltou a pensar nas histórias de fantasmas e virgens assassinadas.

Não é exatamente um lugar indicado para famílias, ponderou e ergueu o olhar para observar a vista panorâmica de Praga: os pináculos gêmeos de Vyšehrad, a Torre da Pólvora, a Ponte Carlos e a monolítica Catedral de São Vito, cercada pela extensa fortificação do Castelo de Praga.

Lembrando que Katherine dera sua palestra no castelo na noite anterior, Langdon se perguntou se o desaparecimento dela estaria, de alguma forma, relacionado a algo que ela tivesse dito ao público – ou a algo em suas pesquisas científicas. Se fosse esse o caso, ele não fazia ideia do que poderia ter levado a isso.

Outra possibilidade também lhe ocorreu. Ele estava começando a ter dúvidas quanto à autenticidade do bilhete de resgate de Katherine. Algo na mensagem lhe parecia esquisito. *Quem é você? Por que a Torre Petřín?* Nada naquela situação fazia sentido do ponto de vista racional, e ele cogitou a possibilidade de o bilhete fazer parte de algum complô bizarro.

– Com licença – disse uma voz atrás dele.

Ao se virar, Langdon se deparou com o jovem casal de indianos. A moça estava sorrindo e lhe estendendo o celular.

– O senhor se importaria de tirar uma foto nossa? Esqueci meu pau de selfie no hotel.

– Desculpe. Lua de mel no Instagram – disse o rapaz, meio sem graça.

– Sem problema – respondeu Langdon, se recompondo.

A mulher ajeitou a posição do marido junto ao guarda-corpo, se juntou a ele e deu o sinal verde para Langdon. Após tirar várias fotos, ele ia devolver o aparelho, mas a mulher pediu que ele seguisse fotografando enquanto eles experimentavam diversas poses e expressões.

– Ela tem muitos seguidores – disse o rapaz, nitidamente constrangido.

Imortalidade por meio da fama, ponderou Langdon enquanto tirava as fotos, recordando que Shakespeare, Homero e Horácio achavam que o desejo singularmente humano de ser "famoso" na verdade era sintoma de outro traço singularmente humano: o medo da morte. Ser famoso significava ser lembrado muito depois de morrer – a fama era uma espécie de vida eterna.

– Já deve estar bom – disse a moça, estendendo a mão para pegar o celular.

– Deixa eu dar uma olhada.

Quando foi devolver o aparelho, Langdon reparou no mar de notificações de aplicativos de redes sociais. *A nova métrica de popularidade do mundo. Palmas digitais.*

Ela foi passando as fotos e assentindo com a cabeça.

– Ficaram perfeitas! – exultou. – Obrigada!

Langdon conseguiu abrir um sorriso.

– Meus parabéns.

Os recém-casados começaram a se dirigir para o elevador, tendo ficado ali apenas tempo suficiente para fazer as fotos antes de seguir em frente, muito provavelmente rumo à próxima atração fotografável. Às vezes Langdon tinha a sensação de que o único motivo para fazer *qualquer coisa* hoje em dia era postar para os outros verem.

Enquanto as portas do elevador se abriam, um pensamento lhe ocorreu.

– Com licença – disse ele, chamando o casal. – Posso pedir um favorzinho?

Os dois pararam, segurando a porta do elevador e o encarando.

– Eu ia encontrar uma pessoa aqui – disse Langdon. – Só que ela não apareceu, e eu perdi o celular hoje cedo. Será que eu poderia usar o seu e ligar rapidinho para ela?

A moça fez uma cara que parecia até que Langdon tinha pedido para segurar no colo seu bebê recém-nascido, mas após um cutucão do marido ofereceu com relutância o celular.

Enquanto o jovem casal o observava com atenção, Langdon digitou rapidamente o número que tinha visto várias vezes no balcão da recepção do Four Seasons, e a familiar voz do gerente do hotel atendeu ao primeiro toque.

– Obrigado por ligar para o Four...

– Bom dia – interrompeu Langdon. – Quem está falando é o Robert Langdon. Preciso falar com a Katherine Solomon imediatamente. É importante.

– Ah, olá, professor. – A empolgação do gerente arrefeceu na hora. – Não creio que a Sra. Solomon esteja aqui. Ela saiu hoje de manhã enquanto o senhor estava... nadando.

– E não voltou?

– Eu não a vi, professor. Vou transferir a ligação para sua suíte.

Quando o telefone da suíte começou a tocar sem ninguém atender, Langdon teve que aceitar a assustadora realidade de que Katherine talvez não tivesse voltado para o hotel naquela manhã. *Então, para onde ela foi?* Enquanto tentava imaginar onde ela poderia estar, um pensamento estranho lhe ocorreu.

Não acredito que não pensei nisso antes.

A ligação seguia tocando, e o casal aparentava uma impaciência cada vez maior enquanto segurava a porta do elevador e esperava para poder descer.

– Querida! – exclamou Langdon de repente, fingindo que alguém tinha atendido. – Cadê você? Eu estou na Torre Petřín, e... – Ele se calou, como se estivesse escutando, então deu um arquejo teatral. – Espere aí, *o quê?* Fale mais devagar. Me conte o que...

Langdon indicou com um gesto que precisava de um segundo de privacidade e sem esperar autorização virou as costas para o casal e saiu andando pela plataforma, deu a volta no poço do elevador e abriu um navegador de internet.

Talvez Katherine tenha tentado entrar em contato comigo hoje mais cedo.

Ele ficara tão envolvido no caos daquela manhã que não conseguira pensar direito, mas as notificações dos aplicativos da moça o fizeram se lembrar dessas mesmas notificações no seu notebook. *E-mail.* Ao longo dos anos, Katherine e Langdon sempre haviam se comunicado assim. Katherine dizia que essa era uma forma de comunicação arcaica, mas, como Langdon desprezava a urgência implícita nas mensagens de texto, os dois passaram a se comunicar sempre por e-mail.

Langdon se deu conta de que, se Katherine tivesse tentado entrar em contato naquela manhã por telefone ou mensagem sem receber resposta, provavelmente teria lhe mandado um e-mail que ele pudesse ler no notebook.

Não cheguei a checar meu e-mail hoje de manhã!

Ele rapidamente abriu o Gmail no navegador e entrou na conta. Sua caixa de entrada começou a carregar e foi aparecendo bem devagar. *Anda logo!*

A porta do elevador apitava, pelo visto protestando por ser mantida aberta tanto tempo.

Por fim, a caixa de entrada de Langdon apareceu.

VOCÊ TEM 31 E-MAILS NÃO LIDOS.

Ele amaldiçoou a caixa de entrada abarrotada e correu os olhos pelos e-mails de colegas e amigos e por spams. Conforme ia chegando ao final da lista, começou a perder a esperança.

Foi então que viu. *Isso!*

DE: KATHERINE SOLOMON.

O horário de envio era 7h42 daquela manhã – depois de Katherine sair do hotel, mas antes do encontro com Gessner.

Estranhamente, a linha de assunto estava em branco.

Com o coração a mil, Langdon clicou para abrir a mensagem, mas quando esta apareceu estava em branco também. *Não tem nada?* Um segundo depois, ele reparou no ícone que indicava um arquivo anexo. *Ela mandou uma foto?* Clicou com força no ícone, e o cursor voltou a girar conforme a imagem carregava. O celular exibia uma única barra de sinal.

– Meu senhor... – disse uma voz ali perto.

Langdon ergueu os olhos e viu o rapaz dando a volta no poço do elevador.

– O que está fazendo? – exigiu saber o rapaz. – O senhor disse que precisava dar um telefonema! Está olhando as fotos da...

– Não! – interrompeu Langdon. – É que eu preciso checar uma mensagem que entrou. Me desculpe. É muito importante. – Ele ergueu a tela em branco. – Está carregando. Devolvo num instante.

– Quero que o senhor devolva *agora* – exigiu o homem, avançando na sua direção.

O elevador continuava apitando.

Carrega, desgraça!

O vento soprou com mais força, e a mulher começou a chamar o marido.

– Meu senhor!

O homem estendeu a mão para o celular.

– Por favor, só um segundo – disse Langdon enquanto o cursor girava. – Eu preciso *mesmo* ver...

– Agora! – exigiu o rapaz. – O senhor não tem o di...

– Pronto! – gritou Langdon no mesmo instante em que a imagem por fim se materializou diante dele.

Langdon perdeu o equilíbrio de repente, sem saber se o vento tinha feito a torre balançar ou se suas pernas tinham bambeado. A imagem na tela do aparelho era mais inesperada do que qualquer coisa que ele poderia imaginar vinda de Katherine.

Passou vários segundos encarando a bizarra "mensagem", deixando sua memória eidética registrá-la. Então fechou o navegador e devolveu o telefone ao rapaz, que agarrou o aparelho e se afastou marchando de raiva.

Segundos depois, Langdon ouviu o elevador iniciar a descida.

CAPÍTULO 48

Michael Harris chegou diante da porta do apartamento de Sasha Vesna se perguntando quantas vezes havia se postado naquele exato lugar, envergonhado, dizendo a si mesmo que *aquela* seria sua última visita.

Tomando coragem, bateu com força na porta. Ninguém veio. Tentou abri-la e constatou que estava destrancada.

Normal. Ela está me esperando.

– Sasha? – chamou, entrando no apartamento. – Cheguei!

Os únicos sinais de vida foram Harry e Sally, que apareceram no corredor e foram até ele. Harris fechou a porta para os gatos não saírem.

– Sasha? Professor Langdon?

Silêncio.

Intrigado, foi até o final do corredor e entrou na cozinha. Viu três xícaras arrumadas para o chá e vapor subindo da chaleira.

Que estranho. Será que eles saíram?

Na hora em que começou a se virar de volta para o corredor, uma das tábuas do piso rangeu atrás dele, e uma descarga elétrica repentina varou o centro das suas costas. Imediatamente paralisado, ele caiu de joelhos e tombou para a frente, se estatelando no chão.

Durante vários segundos sua mente ficou vazia, os ouvidos apitando, a musculatura travada. À medida que voltava a se situar, tudo que Harris conseguiu supor foi que alguém tinha acabado de sair do pequeno armário da cozinha e usado uma pistola de eletrochoque nele.

O que houve com Sasha e Langdon?

– Sa... sha!

Tentou chamá-la, mas sua voz não saiu.

– Sasha não vai escutar você – disse uma voz grave e oca acima dele. – Não onde está agora.

Não. Antes de Harris conseguir rolar de costas para ver seu agressor, sentiu os pinos da pistola de eletrochoque serem pressionados com força na base do seu crânio.

Em seguida sentiu uma descarga escaldante, e seu mundo ficou totalmente preto.

❖ ❖ ❖

O Golĕm ficou junto do corpo paralisado de Michael Harris, que estava caído de bruços sobre o piso de madeira. O eletrochoque o fizera perder os sentidos. Com uma perna de cada lado do homem forte, ele se agachou, pegou uma sacola plástica grossa que havia encontrado no armário e a pôs por cima da cabeça de Harris. Torcendo a sacola com força em volta do pescoço, a criatura impediu o homem de respirar.

Três minutos mais tarde, O Golĕm soltou o saco.

Quase não sofreu.

Sasha iria gostar disso. O Golĕm a havia trancado num lugar e pretendia mantê-la ali até estar preparado para dar seu último passo.

Ao se levantar, ele sentiu o Éter se aproximando, como muitas vezes ocorria após um esforço físico. Pegou rapidamente o bastão de metal que sempre levava consigo.

– *Ne seychas* – sussurrou, esfregando o bastão no cocuruto. *Agora não.*

O Éter teria que esperar. Ainda havia trabalho a fazer *neste* plano. Largando o cadáver no chão, O Golĕm jogou o saco plástico no lixo da cozinha e foi até uma pequena escrivaninha no corredor, diante da qual se sentou para escrever.

Encontrou apenas um papel de carta de Sasha decorado com gatinhos. Nele, escreveu uma mensagem curta e lacrou a carta dentro de um envelope com a mesma estampa. Em letras garrafais, endereçou o envelope à chefe de Michael Harris.

HEIDE NAGEL – EMBAIXADORA DOS ESTADOS UNIDOS

Antes de sair, O Golĕm largou o envelope em cima do corpo sem vida do assessor. Então, deixando a porta de Sasha destrancada, tomou o caminho de casa.

CAPÍTULO 49

Sozinho no alto da Torre Petřín, Langdon se segurou no guarda-corpo por causa do vento que fustigava a plataforma de observação. Apesar de seus olhos estarem mirando a cidade salpicada de neve, a imagem na sua mente não tinha nada a ver com Praga: era uma reprodução do que Katherine tinha lhe mandado por e-mail naquela manhã.

Para ele, era impossível diferenciar o efeito da lembrança "eidética" da visão do objeto em si. Sua memória eidética – palavra que vem do grego *eidos*, que significa "forma visível" – lhe permitia recordar de maneira precisa e plena qualquer informação visual.

Ele refletiu sobre a imagem que ela havia mandado, aparentemente uma captura de tela do celular. A tela mostrava uma sequência de sete caracteres:

Langdon reconheceu na hora o alfabeto antigo, mas não fazia a menor ideia do que aquilo estava fazendo no celular de Katherine.

Ela me mandou algo escrito em enoquiano?

Muitas vezes chamada de "Língua dos Anjos", o enoquiano era um idioma "descoberto" ali em Praga, no ano de 1583, por dois ingleses que se diziam místicos: John Dee e seu parceiro Edward Kelley. Supostamente, era nessa língua que os médiuns conseguiam falar com os espíritos e acessar o "conhecimento vindo do outro plano".

Katherine só conhecia a existência do enoquiano porque Langdon tinha lhe falado sobre o idioma na véspera. Passeando pelas ruas, eles tinham visto um cartaz de divulgação de uma exposição chamada Fabricação de Ouro e Troca de Esposas, que além do título chamativo era decorado com símbolos enoquianos. Katherine perguntou o que eram os símbolos, e ele contou a sórdida história da paixão de Dee e Kelley pela alquimia, de sua prática de trocar esposas, e de como eles falavam com os anjos no idioma angelical, o enoquiano, língua mística do mundo espiritual.

– Muito provavelmente eram charlatães oportunistas – disse Langdon. – Mas na época tinham um público bem grande e chegaram a ser contratados pelo imperador Rodolfo II para pedir que os anjos o ajudassem a tomar boas decisões políticas.

– Nossos políticos atuais já tentaram isso? – perguntou ela, sorrindo.

– Não é difícil de fazer. Existe até um aplicativo de enoquiano para celular.

– Um aplicativo renascentista para falar com os espíritos?! – exclamou Katherine, gargalhando.

Langdon pegou o celular e baixou rapidamente o aplicativo gratuito.

– Pronto. Agora você também vai poder se comunicar com outra dimensão.

– Que coisa mais ridícula.

– Ridícula? – repetiu Langdon com um sorriso malicioso. – Será que finalmente achamos um conceito místico no qual você *não* acredita?

– Muito engraçadinho, professor.

– Adoro esse seu lado cínico – disse Langdon, beijando seu rosto.

Agora, tremendo de frio no alto da Torre Petřín, Langdon deduziu que Katherine havia usado o aplicativo de tradução para gerar uma mensagem e em seguida a mandara por e-mail.

Mas por quê? Será que ela estava brincando?

Langdon não viu a menor graça em ler a língua dos espíritos no alto de um morro infestado de fantasmas enquanto procurava uma mulher sumida. Concluiu que talvez Katherine não estivesse brincando, e sim que tivesse codificado a mensagem. O problema era que qualquer um com um dicionário ou aplicativo de enoquiano conseguiria decifrá-la. Visualizou mentalmente a imagem.

⊂ΓΓ⊐Ⅺ⌐Ɓ

A tradução do enoquiano para o inglês era, na verdade, um esquema de substituição incrivelmente fácil. Langdon sempre desconfiara dessa praticidade: a língua mística descoberta por um vidente *britânico* por acaso era uma transliteração letra a letra do idioma *inglês*.

Tempos atrás, ele havia decorado a "chave criptográfica" do enoquiano, por isso precisou de poucos segundos para efetuar a transliteração e converter os símbolos da mensagem de Katherine.

A transcrição que surgiu, porém, parecia não significar nada.

LXXEDOC

Langdon ficou sem entender aquele monte de letras embaralhadas, que tinham uma vaga semelhança com um numeral romano, tirando o fato de as letras *E* e *O* não existirem nesse sistema numérico e de as outras tampouco estarem na sequência correta.

Seja lá o que Katherine tenha tentado me dizer, não é isso.

Se havia algum erro na transliteração, ela nunca seria capaz de desconfiar, pois teria visto apenas os símbolos que enviara para Langdon.

Frustrado, ele ficou contemplando a paisagem de mata e tentando entender qual deveria ser seu próximo passo. Enquanto o fazia, um imenso bando de pássaros levantou voo das árvores, todos ao mesmo tempo.

É o universo zombando de mim, decidiu Langdon enquanto observava a nuvem amorfa de aves ondular pelo céu. Katherine havia pesquisado o voo sincronizado dos estorninhos e declarado que o fenômeno era prova científica de uma conexão invisível entre os seres vivos.

– A separação é uma ilusão – tinha dito ela a Jonas no almoço do ano anterior, em seguida abrira um vídeo fascinante de um bando de estorninhos se movendo como uma coisa só. – Esse fenômeno se chama sincronismo comportamental e ocorre em toda a natureza.

Ela foi mostrando diversos vídeos: um cardume de anchovas com quase 2 quilômetros de comprimento virando à esquerda e à direita em perfeita sincronia; uma manada gigantesca de gazelas em migração, todas saltando ao mesmo tempo; um enxame de vaga-lumes, todos piscando no mesmo momento; um ninho com centenas de ovos de tartarugas marinhas, todos eclodindo com poucos segundos de diferença.

– Incrível – tinha dito Faukman.

– Fico sempre maravilhada – comentou Katherine. – Alguns cientistas tradicionais alegam que o sincronismo comportamental não passa de *ilusão*, que esses organismos estão simplesmente *reagindo* uns aos outros com tanta rapidez que a diferença temporal é imperceptível. – Katherine deu de ombros. – Infelizmente, um par de câmeras de vídeo de alta velocidade acopladas a relógios atômicos nos dois extremos de um cardume de peixes mostrou que esse suposto tempo de reação é mais rápido que a velocidade da luz.

– Xi... – fez Langdon.

– Pois é – disse Katherine com um sorriso. – Segundo o modelo atual da física e da realidade, trata-se de uma impossibilidade. O que eu defendo é a existência de um ponto de vista segundo o qual esses sincronismos estão longe de ser um milagre. Se virmos um voo sincronizado de estorninhos *não* como várias aves individuais, e sim como um organismo completo, o sincronismo passa a ser algo esperado. Os estorninhos estão se movendo como uma só coisa porque *são* uma só coisa, um sistema interconectado. Sem separação. Não é muito diferente das células do seu corpo, que, juntas, formam o todo integrado que consiste na sua pessoa.

Faukman parecia fascinado.

– Acredito que o mesmo se aplique a cada um de nós, como seres humanos – prosseguiu Katherine, animada. – Nós equivocadamente nos vemos como *indivíduos* isolados, quando na verdade fazemos parte de um organismo muito maior. A solidão que sentimos é por não conseguirmos enxergar a verdade: que estamos integrados ao todo. A separação é uma ilusão coletiva.

Ela mexeu no tablet.

– Mas não precisam acreditar só porque eu estou dizendo. Eis aqui o que diz uma das mentes mais brilhantes de toda a história.

Outra tela apareceu: era uma citação de Albert Einstein.

Um ser humano representa uma parte do todo chamado "universo"...
A experiência que ele tem de si mesmo, do que pensa e
do que sente como algo separado do resto
é uma espécie de ilusão de ótica da sua consciência.
Essa ilusão é uma espécie de prisão para nós.

– Até o maior cientista da história declarou que nossa mente consciente nos *ilude* e nos faz ver desconexão onde existe apenas unidade – disse Katherine.

Leonardo da Vinci tinha dito a mesma coisa, lembrou Langdon. *Perceba que tudo está conectado a todo o resto.*

– E declarações semelhantes foram feitas por profetas ao longo da história – continuou ela. – Só que hoje um número cada vez maior de físicos quânticos está aderindo à crença na interconectividade de todas as coisas... e pessoas. – Katherine sorriu para Faukman. – Admito que é difícil visualizar nossa conexão com um mundo que não conseguimos *ver*, mas acredite: as futuras gerações vão entender. Um dia vamos ver que a percepção de estarmos sozinhos no mundo foi a maior das ilusões coletivas da humanidade.

– E os seus *experimentos*? – insistiu Faukman. – Sobre eles você não falou. Eles aderem a essa interconectividade?

Katherine sorriu, com os olhos brilhando de empolgação.

– Senhores, os resultados desses experimentos não só nos farão lembrar que estamos todos interconectados como vão iluminar o caminho rumo a uma compreensão totalmente nova da nossa realidade e do potencial humano.

Nesse exato instante, um guincho estridente levou Langdon de volta para o vento frio no alto da Torre Petřín. Por um segundo ele achou que fosse um barulho do elevador, mas então olhou para baixo e viu que um carro acabara de parar ao pé da torre, os pneus cantando bem alto. O sedã preto parecia ameaçadoramente conhecido. Os emblemas nas portas confirmaram isso.

ÚZSI.

Langdon não conseguiu distinguir o rosto do homem fardado que saltou do banco do motorista lá embaixo e agora corria pelo estacionamento em direção à torre. Mas seu físico musculoso era inconfundível.

Assim como a grande pistola que segurava com força na mão.

CAPÍTULO 50

O tenente Pavel irrompeu no centro de visitantes da Torre Petřín com a arma na mão.

– *Kde je ten Američan?* – gritou ele em tcheco para a atendente atrás do balcão.

Assustada, a mulher recuou e deixou cair a pilha de folhetos que estava arrumando no display da bancada. Enquanto Pavel descrevia Langdon, ela apontou para cima.

– Ele subiu! – exclamou, encolhendo-se.

Pavel podia ouvir o elevador se movimentando no poço, o som ficando mais alto. *Está descendo*. A escadaria estava interditada por uma corda e fechada. *Perfeito*.

O elevador apitou, e Pavel se posicionou com os pés bem distantes e ergueu a pistola. Quando as portas se abriram, pegou-se apontando para um jovem casal indiano. Ambos deram um pulo para trás ao ver a arma.

– Saiam! – ordenou Pavel.

Enquanto o casal se afastava correndo, Pavel se jogou dentro da cabine e apertou com força o botão para sua única alternativa: subir. Na sua mão, segurava a pistola do capitão carregada e pronta para disparar.

Enquanto subia, Pavel ficou andando de um lado para outro na minúscula cabine, feito um animal selvagem, até por fim o elevador parar com um tranco e as portas se abrirem e o libertarem. Ele irrompeu do elevador com a arma em riste. Com o dedo no gatilho, virou-se de um lado para outro da plataforma. *Ninguém*. Sabendo que só havia um lugar onde Langdon poderia estar, correu ao redor do poço do elevador no sentido horário até o outro lado da torre. Por mais estranho que fosse, também não viu ninguém ali. Seguiu avançando até dar a volta inteira na pequena plataforma e chegar exatamente aonde havia começado.

O elevador continuava aberto. E vazio.
Onde ele se meteu?
Pavel se deteve e baixou a pistola.
A plataforma também estava vazia.

O latejar em seu crânio se intensificou de repente por causa de todo o esforço que acabara de fazer, e junto veio uma nova onda de raiva. Uma rajada de vento soprou com um forte assobio, porém Pavel ouviu outra coisa ainda mais alto do que o uivo: pancadas repetidas vindas de algum lugar abaixo da plataforma. Por um instante, pensou que algum operário estivesse usando um martelo, mas o ritmo estava frenético e veloz demais.

Foi então que ele viu.

No alto da escadaria em caracol que descia dali, a corda de entrada proibida estava caída no chão, e havia pegadas recentes nos degraus metálicos.

Má escolha, professor.

Pavel pulou para dentro do elevador no instante em que as portas começavam a se fechar. Mesmo que Langdon conseguisse efetuar a perigosa descida sem cair por cima do guarda-corpo, uma vez lá embaixo ele não teria para onde correr.

◆ ◆ ◆

Menos de 20 metros abaixo da plataforma de observação, Langdon temeu ter cometido um erro terrível. Estava descendo aos pulos a espiral estreita de uma escadaria aberta, a uma velocidade estonteante, quase sem nenhuma tração dos sapatos de sola lisa, que ressoavam bem alto nos degraus metálicos gelados. Em algum lugar acima dele, o elevador recomeçava a se mover com um ronco e iniciava a ruidosa descida pelo poço fechado ao redor do qual estava a escadaria.

Mais depressa, Robert.

Suas mãos estavam congelando rapidamente conforme deslizavam pelo corrimão de metal de ambos os lados daqueles degraus traiçoeiros, único jeito de se equilibrar para descer numa situação tão precária. Acima dele, o elevador parecia diminuir a distância, e Langdon pensou se conseguiria vencer a corrida até lá embaixo. O empate favoreceria Pavel, que estava armado, e Langdon duvidava que a pancada de extintor que o tenente levara na cabeça tivesse colocado na cabeça dele alguma dose de autocontrole.

Para onde posso correr? É óbvio que ele não vai hesitar em atirar em mim.

A única alternativa que tinha visto era o Parque Petřín, atrás do centro de visitantes. E o único jeito de chegar lá seria atravessar correndo o espaço do centro e sair do prédio antes de as portas do elevador se abrirem.

Um segundo depois, porém, Langdon percebeu que era tarde.

Enquanto descia a escadaria em caracol, o poço do elevador a seu lado começou a tremer com um barulho inconfundível: a fricção áspera do elevador o ultrapassando.

◆ ◆ ◆

A entrada explosiva do tenente Pavel no centro de visitantes foi como a de um touro numa arena. A atendente e o casal de indianos estavam encolhidos num canto do recinto.

– *Kde je?* – gritou Pavel. – O americano? Cadê?

A atendente assustada balançou a cabeça e deu de ombros.

Ótimo, pensou Pavel. *Você ainda está acima de mim.*

Ele se posicionou no pé da escadaria em caracol e mirou a pistola no vazio, à espera de Langdon. Dez segundos depois, porém, percebeu que o espaço acima dele estava silencioso *demais*. As pancadas dos passos de Langdon haviam cessado.

Silêncio total.

E então Pavel escutou um baque forte logo acima da cabeça.

◆ ◆ ◆

Langdon aterrissou com mais força do que imaginava no telhado do centro de visitantes. Após interromper a descida no ponto em que a escadaria encontrava o telhado, agarrou o corrimão e passou as pernas por cima dele, projetando-se sobre o guarda-corpo baixo e pousando todo troncho no telhado levemente inclinado.

Rolou de bruços, deixou-se escorregar até a borda e baixou o corpo com os pés na frente por cima da calha, pulando a curta distância até o chão nos fundos da estrutura. Imaginando que sua ginástica amadora não passaria despercebida lá dentro, não perdeu tempo: saiu correndo para dentro da mata e para longe da torre o mais depressa possível.

A menos de 30 metros da estrutura, ouviu Pavel aos berros adentrar desabalado a floresta coberta de neve. *Que rápido.* Tinha esperado abrir uma distância maior. Também preferiria estar usando tênis de corrida, não sapatos sociais.

Enquanto corria por entre as árvores, teve a desconfortável sensação de que aquela história de Torre Petřín havia sido armação. A ÚZSI aparecera poucos minutos após ele chegar. Cogitou que Pavel tivesse passado o bilhete sob a porta de Sasha. *Será que ele estava tentando me isolar para poder me matar? Será que alguém me quer morto?*

Estou com Katherine. Venha à Torre Petřín.

Era óbvio que Katherine não estava ali, e parecia improvável que tivesse estado em algum momento. Nada fazia sentido, nem o e-mail em enoquiano enviado por ela.

LXXEDOC?

O que será que ela está tentando me dizer?

Não muito à frente, Langdon viu uma clareira com várias das atrações do parque: o carrossel, a cocheira dos pôneis, o roseiral, a capela. Saindo da floresta, atravessou correndo o pátio de cascalho, grato pelo chão mais aderente, mas ainda conseguia ouvir os passos pesados de seu perseguidor mais atrás.

Passou correndo pela cocheira e pelo roseiral até chegar à capela, que transmitia a ideia de salvação, embora o cadeado na porta passasse outra mensagem. Sem diminuir o passo, correu os olhos pela esplanada em busca de qualquer outro abrigo. Viu três edificações à frente e se decidiu num instante.

As duas primeiras estruturas muito provavelmente estariam fechadas nesse horário: a Capela da Cavalaria e a Igreja de São Lourenço, ambas parte de um programa de cristianização daquela colina pagã. A terceira estrutura era um castelo brega amarelo-vivo digno de conto de fadas, com torreões de mentira que ostentavam flâmulas coloridas com brasões acima de muralhas reforçadas por contrafortes. Do outro lado de uma falsa ponte levadiça, naquele exato instante um homem de fantasia medieval estava subindo o portão de ferro, pelo visto abrindo o castelo para funcionamento. Acima da entrada, uma faixa pendurada dizia: VÍTEJTE / BEM-VINDO.

Às vezes o universo aponta o caminho, pensou Langdon.

Quer a faixa fosse ou não um empurrãozinho cósmico na direção certa, ele não via alternativa de esconderijo. Com uma olhada rápida por cima do ombro, ele confirmou que Pavel já saíra da floresta do outro lado da esplanada e parecia ganhar terreno. Seguindo em frente, atravessou correndo a falsa ponte levadiça, passou pelo funcionário espantado e chegou derrapando numa pequena antessala, cuja bilheteria vazia estava encimada por uma placa que dizia:

ZRCADLOVÉ BLUDIŠTĚ

Langdon não fazia ideia do que significavam as palavras, mas isso pouco importava; a antessala continha uma catraca solitária protegendo o que parecia ser o único acesso ao castelo: um arco estreito que dava para um corredor escuro.

Perdão, Cinderela, pensou, pulando a catraca e atravessando o arco a mil. Seguiu depressa por um corredor de pedra, dobrou à esquerda numa quina fechada e mergulhou num recinto reluzente de seis lados. Parou derrapando no chão, estarrecido com o que viu à sua volta.

Mas o que...?

Seis homens estavam parados num círculo ao seu redor, espaçados regularmente, todos a encará-lo.

E mais estranho ainda: os seis eram o próprio Robert Langdon.

Ele então entendeu o significado de ZRCADLOVÉ BLUDIŠTĚ e desejou desesperadamente ter feito outra escolha.

CAPÍTULO 51

A luminosidade arroxeada do apartamento do Golěm o tranquilizou depois do violento episódio da morte de Michael Harris. Após tomar uma ducha rápida e vestir um roupão, O Golěm se ajoelhou em silêncio no seu *svatyně*, recinto sagrado no qual mantinha o altar que havia construído para ela.

Uma homenagem à mulher que nasci para proteger.

Ajoelhado no escuro, ele riscou um fósforo e acendeu as três velas votivas dispostas sobre a mesa entre as flores secas. Quando a luz tremeluzente ganhou força, ele ergueu os olhos para a fotografia pendurada acima do altar.

O Golěm sorriu amorosamente para o rosto dela.

Estou aqui para protegê-la, embora você nem me conheça.

Os detalhes do rosto da mulher não tinham uma beleza clássica. Ela exibia fortes traços eslavos, tinha cabelo louro na altura dos ombros e um nariz torto, devido a uma fratura. O mundo do Golěm girava em torno de Sasha Vesna.

Eu sou seu protetor, Sasha.

Embora Sasha não soubesse, sua alma havia tido contato com a dele anos antes, numa instituição psiquiátrica russa, num momento de violência horripilante. Sasha estava sozinha e desprotegida, sendo brutalmente espancada por Malvina, a cruel enfermeira do turno da noite, quando, incapaz de suportar aquela agressão por mais tempo, O Golĕm invadiu o recinto indignado e interveio com uma força brutal: quebrou o pescoço da enfermeira.

Por sorte, Sasha estava desacordada e nunca ficara sabendo o que de fato aconteceu naquela noite. O Golĕm desapareceu silenciosamente na escuridão sem se fazer notar, mas nesse instante suas almas se entrelaçaram para sempre, e ele jurou protegê-la.

A noite em que salvei a vida dela foi a noite em que me tornei seu protetor.

Antes desse ato de compaixão, ele não passava de uma casca vazia, de um espírito fantasmagórico. Mas naquele instante, como que atingido por um raio de energia vindo de outro plano, ele sentiu sua vida começar e na mesma hora entendeu quem era e qual era a natureza da sua conexão mística com Sasha Vesna.

Eu sou o anjo da guarda dela.
Ela é a única razão da minha existência, do meu sofrimento, do meu ser.
No entanto, ela nunca pode saber.

Até então Sasha Vesna não fazia a ideia da existência do Golĕm, muito menos de que ele tinha alguma participação na sua vida ou de que ficava observando das sombras, protegendo sua alma inocente dos horrores do mundo.

Brigita Gessner havia cometido abusos contra o corpo e a mente de Sasha. Michael Harris, por sua vez, havia traído o *coração* dela, o mais cruel de todos os engodos.

– Michael... – havia sussurrado O Golĕm apenas vinte minutos antes, enquanto apertava o pescoço do homem desacordado para manter o saco plástico bem fechado em volta do seu rosto. – A *sua* traição foi a mais dura de todas. Eu vi você se aproveitar da solidão da Sasha. Vi você deitado na cama abraçado com ela, fingindo estar apaixonado.

O Golĕm apertou com mais força e sem qualquer remorso, sentindo as pontas dos dedos se cravarem na carne de Harris.

– Sasha vai ficar arrasada quando souber da sua morte – sussurrou ele –, mas isso não seria nada em comparação com saber *a verdade*: que o único homem que ela amou a estava *usando*, enganando, espionando.

Quando a pulsação no pescoço de Michael Harris começou a perder força, O Golĕm entendeu, com base em suas próprias mortes, que o homem estava deixando o corpo e pairando acima daquele cômodo, uma testemunha do próprio fim.

Nessa hora O Golĕm voltou os olhos para o teto e se dirigiu diretamente a Harris.

– Ela é uma criança, Michael. Abandonada pelos pais. Trancafiada num hospício. Atraída até Praga por um monstro. Todos a traíram, *menos eu*!

Quando a última gota de vida foi extraída do corpo de Harris, O Golěm se abaixou e sussurrou com frieza as mesmas palavras que tinha ouvido Sasha sussurrar para Michael enquanto ele adormecia nos seus braços: "*Spokoynoy nochi, milyy.* Boa noite, meu amor."

Essa parte do plano do Golěm tinha dado certo. Michael Harris fora encurralado sozinho. Sasha estava presa num lugar seguro. E o professor americano, Robert Langdon, fora mandado embora. Langdon não merecia morrer, mas sua presença no apartamento de Sasha o teria impedido de executar Harris. Assim, O Golěm havia improvisado: passou um bilhete por baixo da porta de Sasha para fazê-lo sair correndo atrás de Katherine Solomon.

É claro que Langdon não iria encontrá-la na Torre Petřín.

Existe uma boa chance de ele nunca encontrá-la, pensou O Golěm, recordando o que Gessner havia confessado na noite anterior enquanto soro fisiológico percorria seu corpo.

– Katherine não faz ideia do perigo que está correndo – tinha dito Gessner em meio à dor. – As pessoas para quem estou trabalhando não vão deixar que nada as impeça de silenciar esta mulher.

CAPÍTULO 52

O estádio MetLife fica alguns quilômetros ao sul do aeroporto de Teterboro, em East Rutherford, no estado de Nova Jersey, e é um dos mais lucrativos do mundo. Sede dos dois times de futebol americano de Nova York, o Giants e o Jets, o estádio foi construído com foco na transformação e toda semana troca os escudos no campo e os esquemas de iluminação, do azul do Giants para o verde do Jets.

Nesse dia, ao se avultar diante de Faukman, o estádio lhe pareceu uma coisa alienígena, uma espécie de nave-mãe escura abandonada no meio de um estacionamento gigantesco. Ele checou o retrovisor em busca de sinais de que estava sendo perseguido, e, ao não ver ninguém, saiu com o SUV roubado da Rota 17, deu a volta até atrás do estádio e estacionou numa das quase trinta mil vagas disponíveis.

Descanse um minutinho, Jonas. Pense.

Ele viera dirigindo com as mãos cravadas no volante, a 140 por hora, e seus nervos estavam em frangalhos. Esse momento de calma era uma trégua bem-vinda, sobretudo porque o calor do banco aquecido enfim começou a lhe permear o corpo.

Sozinho no estacionamento deserto, Faukman checou o celular, preocupado por Langdon não ter ligado de volta. *Ele já deve estar acordado a essa hora, são nove da manhã em Praga.* O histórico de ligações de Faukman não mostrava nenhuma chamada perdida, a não ser várias de um ramal de TI da Random House, que nesse horário ele imaginou que só podiam ser de Alex.

Tocou no botão para ligar de volta, na esperança de Alex ter informações que esclarecessem um pouco o que estava acontecendo. A conhecida voz atendeu ao primeiro toque.

– Sr. Faukman! Onde o senhor estava? Tudo bem?

Está longe de estar tudo bem, garoto.

– Preciso avisar ao senhor – emendou Alex, ofegante. – Os hackers que deletaram seu manuscrito... eu acho que eles podem ser muito perigosos.

Não me diga, pensou Faukman, tocando inconscientemente o abdômen dolorido no lugar em que levara o soco.

– Pois eu cheguei à mesma conclusão, Alex.

– E, bom, sinto muito ter que dizer ao senhor, mas... – A voz do rapaz falhou, e Faukman foi ficando cada vez mais alarmado.

Me dizer o quê?

– Eu... eu acho que eles podem ter matado um autor seu.

O editor torceu para ter entendido errado as palavras.

Enquanto o jovem contava sua descoberta, Faukman ficou escutando, em choque, e teve a sensação de que iria vomitar.

◆ ◆ ◆

A menos de 2 quilômetros dali, rastreando o celular de Faukman a uma distância segura, os dois agentes – Auger e Chinburg – estavam estacionados numa rua residencial tranquila de East Rutherford, Nova Jersey, perto do estádio MetLife. Estavam escutando a chamada telefônica pelo tablet.

O que ouviram também os deixou alarmados.

Um dos autores americanos foi morto em Praga? Terá sido Langdon ou Solomon? Pelo jeito alguma coisa deu muito errado.

Mas, pensando bem, o Sr. Finch tinha deixado claro que recuperar o manuscrito de Katherine Solomon era de vital importância. E Finch sempre cumpria sua missão, fosse qual fosse o preço.

CAPÍTULO 53

O histórico Zrcadlové Bludiště de Praga, o Labirinto de Espelhos, fora construído em 1891 para a Exposição do Jubileu da cidade, e segue sendo uma atração popular entre turistas e crianças. Mesmo sendo um labirinto curto para os padrões modernos, pode ser difícil percorrê-lo devido à natureza desorientadora de seu formato e às suas paredes anguladas com espelhos.

Robert Langdon ficara paralisado já na primeira sala, cercado por imagens de si mesmo em pânico. *Pavel está bem atrás de você.* Demorou alguns instantes para perceber que um dos reflexos era ligeiramente menor do que os outros e correu nessa direção, onde constatou que o espelho estava inserido num nicho com pouca profundidade e escondia uma abertura engenhosamente disfarçada, que dava para um corredor espelhado que se estendia para ambos os lados.

Esquerda ou direita, pensou Langdon, que nunca tinha sido fã de jogos de adivinhação aleatórios. Estatisticamente falando, num mundo com viés para a direita, quando diante de uma escolha do tipo a esmagadora maioria das pessoas virava à *direita*, motivo pelo qual os projetistas de labirintos em geral se certificavam de que a primeira curva para a direita fosse um erro que levasse a pessoa a andar em círculos.

Langdon virou depressa para a esquerda. Ao fazer isso, levou a mão direita à parede e deixou os dedos correrem pelos espelhos. *Nunca perca contato com a parede.*

Tinha aprendido esse truque quando menino, graças à paixão pela mitologia grega e à lenda do famoso labirinto do Minotauro de Creta. O machado de fio duplo, o *labrys*, era um símbolo de escolha, e de fato o que tornava o labirinto tão desafiador era a obrigação de escolher. Mas os astutos minoicos haviam eliminado a necessidade da escolha com a estratégia da mão na parede: ao percorrer um labirinto bastava seguir em qualquer direção que a mão na parede conduzisse, sem ter que tomar uma decisão. Isso não garantia o caminho *mais curto* para sair, mas garantia, sim, nunca precisar fazer a mesma escolha duas vezes, o que permitia uma fuga mais rápida e, no caso deles, evitava que fossem mortos pelo Minotauro.

Ao chegar à bifurcação seguinte, em vez de hesitar para tomar uma decisão, Langdon manteve a mão no espelho enquanto corria e dobrou imediatamente à direita, comprometido a ir para onde sua mão o guiasse. E assim ele seguiu, virando sem parar, sempre com a mão na parede, entrando mais e mais no labirinto.

Langdon podia ouvir os passos pesados de Pavel pelos corredores em algum lugar ali perto, a respiração alta por vezes a apenas um fino espelho de distância. Corria fazendo o mínimo de barulho possível, sabendo que se tivesse feito a primeira escolha errada e dobrado à direita, em vez de dobrar à esquerda, a estratégia da mão na parede o levaria de volta ao mesmo corredor no sentido *contrário* – e talvez o fizesse dar de cara com Pavel.

Langdon entrou num recinto maior, de espelhos torcidos e deformados como os de um parque de diversões. Vários não estavam presos à parede, o que atrapalhou sua estratégia. Agora podia ouvir o agente da ÚZSI se aproximando perigosamente, e ao correr os olhos pelo espaço avistou uma claridade acinzentada inconfundível no fim de um corredor. *A luz do dia!* Tirou a mão da parede e correu na direção da luz.

Mas não chegou lá.

A silhueta grandalhona do tenente Pavel se materializou à sua frente, à direita. Quando seus olhares se cruzaram, Pavel ergueu a pistola e mirou em cheio no peito de Langdon.

– Espere! – berrou Langdon, detendo-se cambaleante e levando as mãos ao alto.

Mas Pavel apertou o gatilho.

A pistola fez um estrondo, e Langdon cambaleou para trás imaginando que fosse sentir um impacto, mas em vez disso um barulho de vidro se estilhaçando ecoou. A imagem de Pavel se desintegrou diante dos olhos de Langdon.

Em algum lugar por perto, o tenente deu um grito frustrado.

Sem esperar para entender que sequência complexa de reflexos havia criado a ilusão de que ele e Pavel estavam frente a frente, Langdon deu o fora dali. Seguiu a toda a velocidade na direção da abertura acinzentada, quase esbarrando em outro espelho. Conseguiu ver que a saída de verdade ficava logo à frente à sua esquerda. Irrompeu por ela e saiu para a luz do dia.

Com passos cada vez mais largos, correu para se afastar do castelo pelo caminho pavimentado. Atrás dele, ouviu o barulho de tiros e de vidro se estilhaçando. Três disparos. Pelo visto o tenente estava criando a *própria* saída.

O caminho descia pela mata, e Langdon passou correndo por um grupo de turistas idosos que vinham na direção contrária. Por um instante pensou que eles haviam subido a colina Petřín *a pé*, mas então viu de onde eles tinham vindo. Mais à frente, havia uma pequena edificação de estuque ao lado de um trilho de trem em declive acentuado no qual estava parado um solitário vagão, inclinado para baixo num ângulo alarmante.

O Funicular de Petřín.

Langdon nunca tinha pegado esse bonde, mas aquele lhe pareceu um bom momento para uma viagem inaugural. As portas estavam se fechando bem na hora em que ele chegou, ofegante, e se espremeu para dentro do vagão. O trenzinho começou a descer, e Langdon se deu conta de que a decisão de entrar no Labirinto de Espelhos talvez tivesse lhe salvado a vida.

Vai ver no fim das contas o universo tinha razão.

◆ ◆ ◆

O Golĕm colocou a touca de borracha na cabeça e pegou o balde de barro úmido retirado do rio Moldava que guardava debaixo da pia do banheiro. Enfiando a mão através da camada de água, pegou um punhado de terra macia e encharcada. Com um cuidado digno de um ritual, começou a espalhar uma grossa camada por cima da touca e então do rosto, cobrindo tudo exceto os olhos.

Após ficar inteiramente mascarado, levou a mão à gaveta e pegou o caco de vidro espelhado, o único espelho que havia na sua casa. Usando o vidro e uma espátula de pintor, gravou na testa com todo o cuidado as três letras sagradas.

אמת

Verdade.
A Verdade era algo que O Golĕm tinha vivenciado com fartura recentemente.
Fazia tempo que desconfiava que Brigita Gessner não era a alma altruísta e bondosa que Sasha parecia enxergar. Num esforço para saber mais sobre Gessner, O Golĕm havia orquestrado diversas formas de vigiar a neurocientista e entender melhor o que a fazia ser tão generosa com Sasha.
A verdade que descobriu foi inesperadamente perturbadora.
Cogitou contar tudo para Sasha, mas o trauma seria grande demais para ela.
Sasha precisa desesperadamente de uma mentora, alguém em quem acreditar.
A verdade sobre Michael Harris era ainda pior. O Golĕm tinha assistido aos avanços calculados do belo americano para cima de Sasha e percebera de imediato o que motivava o assessor jurídico. Mas Sasha era ingênua demais para perceber que um homem como Harris nunca a teria escolhido.
Agora a traição dos dois foi vingada.
Enquanto checava cuidadosamente o barro ao redor da boca e das narinas, O Golĕm se regozijou ao recordar a experiência tida com Gessner na noite anterior. Havia seguido a cientista até a palestra de Katherine Solomon, depois

até o bar do Four Seasons e, por fim, de volta ao seu laboratório, onde usara de violência para subjugá-la e improvisara uma técnica de interrogatório de eficácia devastadora.

A confissão forçada de Gessner havia preenchido as lacunas de informação que ainda restavam, e as traições que O Golěm descobriu eram mais depravadas do que ele suspeitava. Ela havia revelado a identidade secreta de seus influentes parceiros, além de detalhes arrepiantes do que eles tinham construído debaixo de Praga.

O Limiar.

O Golěm se enfureceu. Assim que saiu do laboratório de Gessner, começou a fazer planos. A cabeça da serpente era um americano chamado Finch, a quem Gessner respondia diretamente. Finch agia da segurança de um escritório em Londres e vivia se deslocando pelo mundo.

Primeiro vou destruir sua criação aqui em Praga, depois terei o prazer de caçar você, onde quer esteja.

Gessner tinha lhe revelado a localização da estrutura subterrânea, mas o cartão de acesso pessoal dela se revelara insuficiente para adentrar o local. *Preciso de algo mais.* Já tinha feito uma tentativa malsucedida de conseguir o que precisava no Bastião U Božích Muk, mas estaria muito mais preparado para qualquer coisa na visita que estava prestes a fazer.

Ao sair do prédio e pisar na rua estreita, O Golěm sentiu o vento forte secar rapidamente o barro molhado em seu rosto e repuxar sua pele. As botas de salto plataforma ainda estavam úmidas da noite anterior, mas ele ignorou o incômodo. Seus inimigos talvez o estivessem observando, e ele não podia correr nenhum risco de ser reconhecido.

Agora estou me movendo como meu verdadeiro eu.

Sinto a força dessa verdade.

Ele sabia que sua missão exigiria um foco extraordinário. Por isso, primeiro precisaria se reabastecer de energia visitando o local onde podia sentir a pulsação do poder mais místico de Praga. O Golěm iria a um campo sagrado dos mortos, se ajoelharia na terra fria e extrairia forças de seu homônimo e sua inspiração: o golem anterior.

CAPÍTULO 54

Ao subir a escadaria para a sala da embaixadora americana, Dana Daněk teve a sensação de que aquela convocação seria sua última. A embaixadora tinha girado nos calcanhares e sumido após confrontá-la com raiva a respeito de sua ida ao Four Seasons e sua relação pessoal com Michael Harris.

Vou ser demitida, pressentiu ela ao bater de leve na porta.

– Entre – disse a embaixadora. – E feche a porta.

Dana obedeceu e se virou de frente para a chefe.

Como de costume, o comportamento da embaixadora condizia com seus trajes sem adornos: era puro profissionalismo. Dana achava sua chefe uma pessoa intimidadora mesmo *fora* daquela sala, mas ali, sentada atrás da mesa de mogno, ladeada pelas bandeiras dos Estados Unidos e da República Tcheca, a embaixadora Heide Nagel parecia uma leoa prestes a devorar sua presa.

A embaixadora encarou Dana por cima dos óculos de leitura que sempre mantinha na ponta do nariz.

– Desligue o celular. Coloque em cima da mesa.

– Eu vou ser demitida?

– *Deveria*. Vamos ver o que acontece.

Dana desligou o celular e o pôs na mesa da embaixadora.

– Você vai ter que assinar *isto aqui* – disse Nagel, empurrando um documento pela mesa.

Dana deu uma olhada nos papéis.

– Não estou entendendo.

– É um termo de confidencialidade. Significa que não pode falar sobre o teor da conversa que vamos ter.

– Claro, embaixadora, só não sei se deveria assinar um documento sem...

– Quer que o *Michael* revise o documento?

Merda. A embaixadora sabia mesmo como ir direto ao ponto. Dana pegou uma caneta e assinou o termo.

– Sra. Daněk – começou Nagel. – Sua ida ao Four Seasons foi uma temeridade... e um infortúnio. Você não deveria ter visto o que viu.

Foi o que imaginei quando vi a pistola daquela mulher apontada para a minha cara.

– Sim, embaixadora. Eu teria o maior prazer em *esquecer* o que vi e simplesmente seguir em fre...

– Sejamos francas aqui: a senhora não vai esquecer o que viu. E agora não me resta alternativa a não ser me certificar de que *entenda* o que viu.

CAPÍTULO 55

Langdon se sentou nos fundos do Funicular de Petřín enquanto o vagão praticamente vazio descia a encosta íngreme. Seguro de que conseguira escapar de Pavel, ao menos por enquanto, fechou os olhos e respirou fundo, tentando entender o que acabara de acontecer.

Quem quer que o tivesse atraído para a Torre Petřín obviamente sabia que Katherine estava sumida. *Estou com Katherine.* Quer isso fosse verdade ou não, agora parecia inteiramente possível que o bilhete passado por baixo da porta de Sasha fosse uma armadilha para isolar Langdon – ou talvez Sasha.

Langdon se sentia culpado por ter deixado a jovem russa sozinha e desprotegida, mesmo que, a julgar pela pancada que dera em Pavel, Sasha Vesna claramente fosse capaz de se defender sozinha. *E ela está com a pistola de Pavel*, lembrou Langdon, torcendo para Michael Harris já ter chegado ao apartamento. Torceu também para Harris ter alguma informação sobre o paradeiro de Katherine.

Tornou a se concentrar na única informação que tinha de fato: o estranho e-mail codificado que Katherine lhe mandara mais cedo. Mas mesmo isso lhe parecia inútil. Bobagem. A imagem surgiu na sua mente como um clarão.

⊣ϹΓΓ⊐ΧႱᛒ

Para garantir que não havia cometido um erro, Langdon refez a transliteração do enoquiano, mas o resultado foi a mesma sequência de letras sem sentido.

LXXEDOC

Vai ver ela confundiu recto com verso, pensou, tentando imaginar por que o recado parecia sem sentido.

Recto e verso – frente e verso – eram termos usados pelos iconógrafos para designar qual página de um livro aberto deveria ser lida primeiro – em outras palavras, a *direção* na qual um idioma deveria ser lido. Ao contrário do inglês, o enoquiano era uma língua da direita para a esquerda, assim como o hebraico, o árabe e o farsi. Seria possível o aplicativo ter deixado de inverter a direção do texto ao criptografá-lo? Ou quem sabe Katherine o tivesse invertido por engano, colocando-o de trás para a frente e fazendo com que fosse criptografado de forma incorreta?

Langdon tornou a transliterar os caracteres, dessa vez de trás para a frente, e percebeu de imediato que seu instinto estava correto.

$$ℬ\mathcal{L}\mathcal{I}\mathbb{T}\mathbb{T}\mathbb{C}$$

Uma nova palavra surgiu na sua mente.

CODEXXL

Code XXL, bem mais próximo do inglês.
Mesmo assim, não fazia ideia do que poderia ser esse *Código XXL*.
O que será que estou deixando passar? Tornou a fechar os olhos e visualizou a linha.

CODEXXL

De repente, percebeu onde tinha se enganado.
Coloquei o espaço no lugar errado.
Katherine não tinha escrito CODE XXL, e sim CODEX XL.
Essa alusão Langdon entendia perfeitamente, e Katherine também. "Codex XL" era uma referência clara a um artefato enigmático situado bem ali, no coração de Praga, que eles tinham visto no dia anterior.
A Bíblia do Diabo!
Oficialmente conhecida como Codex Gigas, a "Bíblia do Diabo" era um misterioso objeto com uma história bizarra – até assombrada, segundo alguns. Tratava-se do maior manuscrito medieval do mundo, com 89 centímetros de altura, 49 de largura, e espantosos 75 quilos de peso. Costumava ser conservado na Kungliga Biblioteket – a Biblioteca Nacional da Suécia –, mas agora estava ali, em Praga, emprestado ao Klementinum. Ao visitar a exposição com Katherine na véspera, Langdon tinha comentado que o códice tinha mais de dez denominações históricas – na verdade eram tantas que um de seus alunos o havia batizado com o bem-humorado e simples apelido "Codex XL", em que XL significa extragrande, referência ao seu tamanho avantajado.

Enquanto o vagão descia o morro, Langdon se deu conta de que, em vez de ter esclarecido a situação, a mensagem astutamente codificada de Katherine o fez pensar em mais perguntas. *Será que ela está com medo de alguém estar lendo seu e-mail? Será que está tentando me lembrar de alguma coisa no livro ou algo que aconteceu no Klementinum ontem?*

Visualizou a exposição que tinham ido ver na véspera. De valor incalculável, a Bíblia do Diabo ficava trancada dentro de uma vitrine imensa, blindada e à prova de fogo no interior do Klementinum, a menos de 2 quilômetros de onde Langdon se encontrava naquele instante. A primeira vez que vira o códice fora anos antes na Biblioteca Nacional da Suécia, mas, quando descobriu que o livro estava em turnê em Praga, insistiu que fossem vê-lo.

– *Codex Gigas* significa literalmente "livro gigante" – disse Langdon, animado, quando eles chegaram diante do imponente objeto. Apontou para a lombada grossa do volume. – A encadernação é feita de madeira e contém mais de trezentas folhas de pergaminho gravadas à mão feitas com a pele de 160 jumentos. As páginas são meticulosamente caligrafadas e incluem não só a Bíblia Latina completa, mas também textos diversos de medicina, histórias, fórmulas mágicas, feitiços e encantamentos. Elas incluem até um exorcismo complexo.

– Chega, Robert – disse Katherine, sorrindo e apertando de leve a mão dele. – Você já me ganhou com os 160 jumentos.

Ele sorriu de volta.

– Como você pode ver, eu gosto de dar essa aula.

Apenas um mês antes, num curso chamado *Iluminuras: A arte dos manuscritos medievais*, ele havia exibido vários slides do códice, a começar por sua página mais famosa.

– Temos aqui o Fólio 290 – falou, exibindo a bizarra ilustração de um diabo chifrudo agachado numa posição esquisita, totalmente nu a não ser por um tapa-sexo cobrindo-lhe as partes íntimas. – É a página à qual o livro deve seu apelido mais antigo.

– "O Diabo de Fralda?" – entoou um dos astros do lacrosse de Harvard, provocando risadas dos colegas.

– Boa tentativa – disse Langdon, paciente. – Ele se chama Bíblia do Diabo. Essa imagem mostra Satã usando um tapa-sexo de arminho, que é um símbolo de realeza.

– Espera aí: quer dizer que essa imagem apresenta Satã como rei? – comentou uma jovem. – Nas páginas de uma Bíblia?

– Exato, obrigado por reparar – respondeu Langdon. – É uma iconografia *extremamente* atípica. Mas esse documento tem uma história maior, e a aparição de Satã faz parte dela. Reza a lenda que o escriba responsável por executar essa iluminura o fez em agradecimento a Satã por um favor. Esse códice imenso teria sido escrito *numa única noite*, por um único monge, que só conseguiu concluir a tarefa impensável porque Satã em pessoa apareceu para ajudá-lo.

– Será que Satã pode me ajudar com as provas? – perguntou o rapaz do lacrosse, num tom brincalhão.

– Estou quase silenciando você do mesmo jeito que o monge foi silenciado – disse Langdon. – Por emparedamento.

Pela cara do rapaz, Langdon deduziu que ele não conhecia a palavra.

– Alguém sabe o que significa emparedamento? – Ele correu os olhos pela sala. – Ninguém? Os sistemas de justiça modernos não usam mais o emparedamento como punição por ele ser cruel demais. A palavra na verdade vem do latim e significa... – Langdon aguardou. – Alguém chuta?

– Dentro da parede? – sugeriu alguém.

– Correto. Emparedar significa literalmente fechar uma pessoa viva dentro de uma parede.

– Que horror – comentou outra pessoa. – Como em *O barril de Amontillado*.

– Exato – disse Langdon com um meneio de cabeça, satisfeito por saber que ainda havia alunos de Harvard lendo Edgar Allan Poe.

– O monge foi encerrado numa parede por ter posto Satã na Bíblia? – perguntou outra aluna.

– Não – respondeu Langdon. – Na verdade, foi por ter violado o voto de celibato. Mas reza a lenda que, antes de o último tijolo ser assentado, ele implorou perdão e recebeu uma chance de se redimir. O abade do mosteiro deixou uma pequena abertura na parede e disse ao monge que ele só seria libertado se criasse, numa única noite, um livro que contivesse todo o conhecimento do mundo.

– Puxa, que oferta mais generosa – murmurou alguém.

– Pois é. Mas, de manhã – continuou Langdon –, quando o abade voltou e espiou pela abertura, o prisioneiro estava sentado em cima de um códice gigantesco. O monge explicou que tinha vendido a alma ao diabo em troca do livro. Foi libertado de imediato, em grande parte por medo, e na mesma hora a Bíblia do Diabo se tornou um artefato de valor inestimável. No começo da sua existência, foi roubada, recomprada e penhorada muitas vezes, até se tornar propriedade dos monges cistercienses de Sedlec. Talvez vocês tenham ouvido falar. Eles são famosos por terem construído... *isto aqui*.

Langdon avançou um slide, e como sempre todos os alunos se retraíram.

– Mas... que... negócio... é esse? – indagou alguém.

A imagem era de um altar todo feito de ossos humanos, acima do qual pendia um candelabro também de ossos, ladeado por quatro imensas pirâmides de crânios e fêmures, tudo dentro de uma capela cujas paredes e teto eram revestidos inteiramente com ossos de gente.

– O Ossuário de Sedlec – disse Langdon. – A Capela dos Ossos. Segundo estimativas, contém os esqueletos de umas setenta mil pessoas, a maior parte vítimas da peste. Se um dia vocês forem à República Tcheca, vale a viagem. Fica a uns 70 quilômetros de Praga. Um lugar espantoso.

– Que troço mais nojento – resmungou alguém.

– *Memento mori* – disse Langdon. – Lembrem que a morte vai chegar... e vivam bem.

Ele prosseguiu explicando como a Bíblia do Diabo foi tirada de Sedlec e acabou indo parar em Praga em 1594, onde ficou guardada na biblioteca do imperador Rodolfo II até 1648, quando foi levada como butim pela Suécia e transferida permanentemente para a Biblioteca Nacional da Suécia, em Estocolmo.

– Durante três séculos e meio – concluiu Langdon –, os suecos exibiram o códice protegido por guardas armados. Então, em 2007, após pressão do governo tcheco, o livro foi temporariamente devolvido a Praga para uma exposição de quatro meses na Biblioteca Nacional da República Tcheca. Durante esse período, mais de cem mil pessoas foram ver "o livro coescrito pelo diabo".

– Quanta gente crédula – resmungou o rapaz do lacrosse.

Langdon decidiu não mencionar os milhões de pessoas que atravessavam continentes e oceanos para ver milagres como o Sudário de Turim, o santuário de Lourdes ou qualquer uma das incontáveis estátuas da "Virgem Maria que chora" espalhadas pelo mundo. Milagres e mistérios sempre foram catalisadores de esperança – "suavizadores da realidade", como Langdon às vezes chamava.

– Mas quer vocês acreditem ou não na origem sobrenatural do livro – falou –, ele contém outros mistérios importantes. Um dos aspectos mais enigmáticos do Codex Gigas é a qualidade extraordinária da caligrafia. Mais de dez grandes peritos em caligrafia examinaram o códice ao longo do último século, e todos garantem que ele foi inteiramente escrito por uma única mão. Um *só* escriba.

Langdon aguardou a informação ser processada, mas ninguém reagiu.

– Pessoal! – cutucou ele. – Um livro grande, longo e complexo como esse teria levado *quarenta anos* para ser escrito, segundo as estimativas.

– Bom, faz mais sentido do que ter sido escrito numa só noite – disse alguém.

– Concordo – disse Langdon. – Mas essa lógica esbarra num problema importante. No século XIII, a expectativa de vida das pessoas era de uns trinta anos, e teria sido preciso *no mínimo* metade desse tempo para dominar a habilidade artística demonstrada por essa caligrafia e essas ilustrações. E o mais estranho: os especialistas confirmam que a caligrafia é espantosamente constante ao longo de todo o livro. A letra não se degrada do início ao fim. Não há sinal algum de cansaço, perda de visão, restrição de mobilidade, envelhecimento ou senilidade do escriba. Absolutamente nenhuma mudança de estilo. Se juntarmos todos esses fatores, trata-se de um quebra-cabeça tecnicamente insolúvel.

Silêncio.

– Então, professor, o que o senhor acha que aconteceu? – indagou alguém por fim.

Langdon se demorou vários instantes pensando.

– Não faço ideia – respondeu, sincero. – A história contém muitas anomalias inexplicáveis, e essa é uma delas.

– É por isso que eu estudo física – interveio um aluno calado da primeira fila.

– Sem querer acabar com a sua ilusão – disse Langdon com uma risadinha –, mas a ciência não se sai muito melhor quando o assunto são anomalias. Quer tentar explicar para a turma o experimento da dupla fenda? Ou o problema do horizonte? Ou o gato de Schrö...

– Retiro o que disse! – rendeu-se o garoto, bem-humorado.

– Sinais de vida inteligente, afinal – disse Langdon ao som de risadas. – De toda forma, em 2007, quando o códice roubado foi emprestado a Praga, os suecos temeram que o governo tcheco não o devolvesse, mas o artefato foi devolvido conforme o prometido, e, devido a esse gesto de boa-fé, agora a Bíblia do Diabo visita Praga por seis meses a cada década, contanto que nunca seja retirada da vitrine lacrada onde é exposta.

Com um leve tranco, o funicular parou ao pé da Colina Petřín. Langdon ergueu os olhos, ainda pensando no códice e na mensagem de Katherine. Era óbvio que ela estava lhe pedindo para voltar à Bíblia do Diabo, mas ele não via nenhum motivo lógico para ela fazer esse pedido.

Nenhum motivo, exceto um.

Será que a Katherine está lá, à minha espera?

CAPÍTULO 56

A Ponte George Washington é a ponte rodoviária mais movimentada do mundo. Interligando a encosta íngreme de Nova Jersey à costa de Nova York, suas catorze pistas permitem a travessia segura de mais de cem milhões de veículos por ano.

Nesse dia, porém, na escuridão antes de a manhã raiar, Jonas Faukman estava quase sozinho na ponte, pisando fundo rumo a Manhattan no SUV roubado. Seus olhos não paravam de relancear para o retrovisor em busca de sinais de perseguidores. Estava torcendo para chegar à relativa segurança da Torre da Random House antes de alguém registrar o roubo do veículo.

Alex, o TI da PRH, acabara de dar uma notícia horrível vinda de Praga. Tudo que Faukman podia fazer era rezar para estar errada.

Será que realmente vale a pena matar *por causa da descoberta no livro de Katherine?* Ele pensou na teoria da consciência que a autora defendera durante o pitch do livro feito naquele almoço em Nova York. Com certeza era bem diferente do atual paradigma, mas nem por isso parecia perigosa.

– A teoria se chama *consciência não local* – tinha dito Katherine. – Ela tem por base a premissa de que a consciência *não está* localizada no cérebro, e sim *por toda parte*. Ou seja: a consciência permeia o universo. A consciência, na verdade, é um dos pilares fundamentais do nosso mundo.

– Certo – disse Faukman, já com dificuldade para acompanhar.

– No modelo não local – continuou ela –, seu cérebro não *cria* a consciência, mas *sente* aquilo que já existe à sua volta. – Ela olhou de Faukman para Langdon, e de volta para Faukman. – Trocando em miúdos: o cérebro interage com uma matriz de consciência *que já existe*.

– Isso foi "trocando em miúdos"? – Faukman parecia não estar entendendo nada.

– Pode se considerar um cara de sorte – disse Langdon. – Ela seria capaz de estragar seu almoço tentando explicar o paradigma triádico do vórtice dimensional.

– Sério, Robert? – ralhou ela. – Um homem da sua envergadura intelectual deveria ser capaz de entender uma realidade volumétrica quantizada com nove dimensões inserida numa continuidade infinita.

– Entendeu o que eu quis dizer? – disse Langdon a Faukman, revirando os olhos.

– Crianças – disse Faukman erguendo as mãos –, não me façam parar o carro!

Langdon voltou a encher as taças de vinho enquanto Katherine recomeçava.

– A maneira mais fácil de pensar nisso é a seguinte – disse ela. – Olhem aquele alto-falante ali. – Ela apontou para uma prateleira próxima, em cima da qual um pequeno alto-falante sem fio tocava música clássica. – Digamos que Mozart tivesse avançado no tempo e se juntado a nós neste exato momento, nesta mesa de almoço. Ele ficaria maravilhado ao ouvir música saindo daquela caixinha. No mundo dele não existiam gravações. Quando ele ouvia música, havia *sempre* uma orquestra presente. Logo, ao ver o alto-falante, ele poderia chegar à conclusão equivocada de que há uma orquestra escondida atrás da parede, ou mesmo uma orquestra em miniatura dentro do próprio alto-falante. No entendimento intelectual dele não haveria outra possibilidade. Ele nunca concluiria que a música na verdade estava pairando *silenciosamente* à nossa volta em forma de ondas de rádio, e de alguma maneira sendo *recebida* por esse alto-falante.

Faukman olhou para o recinto em volta e o imaginou repleto de ondas de rádio silenciosas.

– Nós poderíamos tentar explicar nossa realidade para Mozart – continuou ela –, mas ele não teria a estrutura de referências necessária para entender. A primeira técnica primitiva de gravação ainda demoraria mais cem anos para ser inventada depois da morte dele. O que eu quero dizer é: aqui estamos nós, sentados ao redor desta mesa na Manhattan moderna, mas explicar a consciência não local para vocês dois é meio como tentar descrever as ondas de rádio para Mozart. Na realidade *dele*, a música só vem de músicos tocando instrumentos em tempo real, não há outra possibilidade.

Um silêncio pairou sobre a mesa enquanto eles assimilavam as ideias de Katherine.

– Mas, na *nossa* realidade, as coisas são diferentes – prosseguiu ela, se inclinando na direção dos dois. – No mundo da consciência não local, a música existe *por toda parte* à nossa volta. Nosso cérebro simplesmente "se sintoniza" para ouvir essa música.

Faukman passou vários segundos pensando.

– Está dizendo que a consciência é tipo um serviço de streaming que o nosso cérebro assina?

– Chegou bem perto. Está mais para um dial de rádio incomensuravelmente grande. Pensem na consciência como uma nuvem infinita de ondas de rádio neste recinto. Seu cérebro é uma antena sintonizada apenas na sua própria estação, e ela é única. No seu caso, está sintonizado na estação Jonas Faukman.

O editor franziu a testa.

– Sem querer soar como Mozart, mas isso parece... impossível.

– Não discordo – disse Langdon a Faukman. – Mas, a bem da verdade, muitas descobertas científicas foram consideradas absurdas ou impossíveis: a heliocentricidade, a Terra esférica, a radioatividade, o universo em expansão, a teoria dos germes, a epigenética e incontáveis outras. Historicamente falando, verdades importantes muitas vezes nascem como algo impossível. E o simples fato de não conseguirmos imaginar *como* uma coisa pode ser verdade não significa que não conseguimos *observar* essa coisa sendo verdade. Os gregos antigos já afirmavam que a Terra era redonda milênios antes de Newton explicar exatamente *como* os oceanos permaneciam no lugar graças à lei da gravidade.

– *Touché!* – Faukman sorriu. – Eu deveria saber que não é boa ideia debater com um professor de Harvard.

– Acho que o que Robert está tentando dizer – sugeriu Katherine – é que, apesar de ainda estarmos aprendendo exatamente *como* a consciência não local funciona, com certeza já mostramos que essa teoria oferece respostas claras para uma série de fenômenos que parecem incompreensíveis no modelo atual.

– Sei...

– Além do mais – continuou Katherine –, ao contrário de Mozart, você tem a vantagem de viver num mundo em que interage diariamente com um modelo bem parecido.

– Parecido com a consciência não local? – perguntou Faukman, sem conseguir ver nenhum paralelo no nosso mundo.

– E se eu dissesse – falou Katherine – que conseguiria colocar *toda* a informação do mundo dentro de um recipiente do tamanho de um baralho de cartas? Verdadeiro ou falso?

– Impossível. Falso.

Katherine mostrou o celular.

– Está tudo aqui dentro. O que você quer saber?

– Espertinha... – disse Faukman, sorrindo. – Mas essa informação não está contida *dentro* do aparelho. O telefone está acessando dados de inúmeros bancos de dados mundo afora.

– Exato – respondeu Katherine, concordando, mas Faukman sentiu que ela queria provar algum argumento. – Excelente raciocínio. Mas e se eu dissesse que posso armazenar *milhões* de gigabytes de dados dentro de um pedaço de tecido humano mais ou menos do tamanho de, digamos, um cérebro humano?

Faukman franziu a testa. *Que rápido. Xeque-mate em três jogadas.*

– O conceito é o mesmo, idêntico – declarou ela. – A capacidade de armazenamento inconcebível do cérebro humano é uma impossibilidade *física*. Comparável a tentar pôr todas as músicas do mundo dentro do seu celular. Não faz sentido. A não ser que...

– A não ser que – capitulou Faukman – o cérebro esteja acessando dados de outro lugar.

– Não *localmente* – acrescentou Langdon, parecendo impressionado.

– Exato. – Katherine sorriu. – Seu cérebro não passa de uma antena. Uma antena de complexidade inimaginável, uma antena espantosamente avançada, que escolhe *quais* sinais específicos quer receber da nuvem de consciência global que já existe. Assim como um sinal de Wi-Fi, a consciência global fica pairando por toda parte, absolutamente intacta, quer você a acesse ou não.

– Os antigos defendiam essa visão – interveio Langdon, enxergando vários paralelos na história. – Quase todas as tradições espirituais do mundo defendem há muito tempo a crença numa consciência universal: o Campo Akáshico, a Mente Universal, a Consciência Cósmica e o Reino de Deus, para citar apenas alguns.

– Isso mesmo! – concordou Katherine. – Essa "nova" teoria, na verdade, corre em paralelo a algumas das nossas crenças religiosas mais antigas.

Na sequência ela descreveu como a consciência não local vinha sendo cada vez mais sustentada por descobertas em áreas diversas como a física de plasmas, a matemática não linear e a antropologia da consciência. Conceitos novos, como a superposição e o entrelaçamento quânticos, estavam desvendando um universo no qual todas as coisas existiam a todo momento em todo lugar. Em outras palavras, a natureza do nosso universo era *unificada* ou, como havia descrito tão bem o título de um filme recente ganhador do Oscar: *Tudo em todo o lugar ao mesmo tempo*.

– O que tem feito as pessoas prestarem atenção – continuou Katherine – é o fato de que esse novo modelo traz explicações lógicas para todas as "anomalias paranormais" que por tanto tempo assolaram o modelo tradicional: percepções extrassensoriais, síndrome de Savant adquirida, precognição, visão cega, experiências fora do corpo... a lista não tem fim.

– Mas como algum modelo conseguiria explicar um garoto mediano levar uma pancada na cabeça de uma bola de beisebol e acordar um virtuose do violino? – desafiou Faukman.

– Bom, isso de fato acontece. A síndrome de Savant adquirida já foi documentada várias vezes pela medicina.

– É, eu li sobre isso – disse ele com uma risadinha. – Li e resolvi ignorar!

– Justamente... É assim que nós, humanos, *sempre* lidamos com fenômenos que não se encaixam na nossa realidade. Preferimos ignorar a exceção ocasional a reconhecer que o nosso modelo inteiro está errado.

– E você acha que a consciência não local explica tudo isso? Ter um acidente e de repente conseguir falar mandarim fluente?

Katherine assentiu.

– Acho. Se o seu cérebro é uma antena, pense nele como um rádio de carro daqueles clássicos, com um botão de dial físico, giratório. Ele está sintonizado na sua rádio normal de rock clássico, um sinal claro, cujo conteúdo você conhece bem. Aí, um belo dia, você passa num buraco e o rádio é chacoalhado. O dial se desloca de leve, e além de ouvir rock clássico você passa a ouvir um apresentador de notícias em espanhol de uma estação totalmente diferente misturado com a música.

Faukman não parecia convencido.

– Vamos considerar da seguinte maneira – disse Katherine. – O que é preciso para se tornar um virtuose do violino?

– Prática – respondeu Faukman.

– E para virar um grande golfista?

– Treino.

– E por que treinar faz de você um golfista melhor?

– Porque ajuda a desenvolver memória muscular. Melhora a sua tacada.

– Errado. Memória muscular não existe. É um paradoxo. Músculos não têm memória. Na verdade, quando você treina, está refinando o seu *cérebro*, reconfigurando aos poucos o cérebro para receber informações de maneira mais clara e consistente da consciência universal, de modo que ele possa mandar seus músculos se contraírem do jeito perfeito para desempenhar uma tarefa de determinada maneira.

Faukman fechou a cara.

– Está dizendo que existe um canal de golfe na consciência universal?

– Estou dizendo que tudo já existe por aí e que o treino ajuda a *clarear* o sinal que seu cérebro está recebendo. É assim que nos tornamos mais habilidosos: adquirindo aos poucos um novo sinal específico. Alguns cérebros nascem com predisposição para receber determinado sinal, motivo pelo qual existem atletas de elite, virtuoses e gênios.

– Sei...

– E a mesma coisa acontece no caso de pessoas com Asperger ou autismo – acrescentou ela. – Elas podem ter antenas altamente especializadas, que dão acesso a habilidades e entendimentos notáveis, mas ao mesmo tempo dificultam a execução de tarefas rotineiras. É meio como usar um *binóculo* em vez de óculos: dá para ver bem mais longe do que a maioria das pessoas, mas o entorno imediato fica desfocado.

Que ponto de vista singular, refletiu ele.

– E você alega que esse modelo explica também a percepção extrassensorial, certo?

– Sem dúvida – disse Katherine. – O "sexto sentido" que atribuímos à percepção extrassensorial na verdade nada mais é do que o cérebro sintonizando informações em geral deixadas de lado. Segundo essa nova teoria, quando a pessoa tem uma intuição ou um palpite, é como se o rádio do carro captasse um tiquinho de sinal de outra estação que em geral não capta. E, em alguns casos, se o cérebro capta várias estações com muita clareza, a experiência pode ser profundamente perturbadora ou até debilitante. É o que ocorre com pessoas com esquizofrenia, transtorno dissociativo de identidade, gente que ouve vozes na cabeça: tudo isso pode ser explicado por esse modelo.

– Fascinante – interpôs Langdon. – E uma experiência como a *precognição*?

– Às vezes a transmissão de rádio fica rebatendo pela atmosfera – respondeu ela – e cria ecos e diferenças temporais. Segundo esse modelo, essas coisas se manifestam na nossa mente como déjà-vus ou seu oposto, a precognição.

Faukman passou vários instantes parado, olhando alternadamente para Langdon e Katherine.

– Meus amigos – disse ele por fim, sorrindo –, ouso dizer que isso pede outra garrafa de vinho.

Agora, um ano depois, a consciência de Jonas Faukman – fosse qual fosse seu modo de funcionamento – voltou para a rodovia à sua frente. Enquanto acelerava pelo nível superior da Ponte George Washington, ele não tinha muita certeza do canal em que sua mente estava sintonizada, mas sem dúvida era um canal esquisito.

Ele se aproximou do meio da ponte e baixou o vidro para executar a tarefa que Alex havia insistido para ele realizar.

– O senhor precisa se livrar do celular – tinha dito Alex. – Existe uma alta probabilidade de ele estar sendo rastreado.

Com relutância, Faukman arremessou o telefone noite adentro. O aparelho voou por cima do guarda-corpo da ponte e iniciou uma queda de quase 65 metros em direção ao rio Hudson.

Enquanto o celular caía, Faukman recordou as últimas palavras que o TI tinha dito.

– Tente voltar para cá o mais rápido que conseguir. Descobri quem nos hackeou.

CAPÍTULO 57

As portas do funicular se abriram no pé da colina Petřín, e Langdon desceu do vagão e se viu na Estação Újezd, um entroncamento inesperadamente movimentado de táxis, ônibus e bondes. Querendo se distanciar o máximo possível do tenente Pavel, ele avaliou suas opções.

Suas duas últimas corridas de táxi tinham acabado mal, e ele decidiu que o mais seguro era pegar um bonde e se misturar à multidão. O bonde da linha 22 era o único com uma fila de passageiros esperando para embarcar, e segundo o cartaz acima do para-brisa seguiria em direção ao centro da cidade.

Em direção ao Klementinum.

Langdon queria muito acreditar que a mensagem de Katherine fosse uma súplica cifrada para ele ir a seu encontro na Bíblia do Diabo, mas tinha se dado conta de um pequeno problema: ela havia mandado o e-mail fazia pelo menos duas horas, bem antes de o museu abrir. O horário de abertura padrão dos museus de Praga era dez da manhã, e ainda faltavam alguns minutos.

Será que ela passou esse tempo todo esperando em frente ao museu?

Atormentado pela incerteza, Langdon embarcou no bonde 22 e seguiu rumo ao museu que abrigava a Bíblia do Diabo. Ao atravessar o rio, torceu para encontrar o que estava buscando com a ajuda de um livro antigo, como fizera tantas vezes na vida.

◆ ◆ ◆

Quando o tenente Pavel chegou a seu sedã ao pé da Torre Petřín, sua cabeça latejava tanto que a visão estava começando a embaçar. Ele se sentou ao volante, fechou os olhos e refletiu sobre o que fazer a seguir. Sentiu que precisava ir ao hospital, mas a perseguição a Langdon era urgente, e ele não estava disposto a desistir dela – nem do seu capitão.

Embora tivesse a reputação de ser um acadêmico tranquilo, Langdon estava se revelando um fora da lei perigoso e cheio de habilidades. Mesmo assim, havia um limite para até onde ele conseguiria correr. O americano estava à solta, e as dicas do Alerta Azul continuariam sendo encaminhadas para o celular de Janáček, que estava no bolso de Pavel.

Infelizmente, não demoraria muito para outras pessoas – a ÚZSI, a embaixada americana, a polícia de Praga – descobrirem que Langdon era um homem procurado. Em breve, todas essas organizações estariam envolvidas e dariam a Langdon um tratamento mais brando do que ele merecia.

Pavel sabia que a janela para sua vingança estava se fechando depressa e só havia um jeito de prestar plena homenagem à memória do capitão.

Encontrar Langdon antes de qualquer outro chegar a ele primeiro.

◆ ◆ ◆

A condutora da linha 22 do bonde de Praga já havia testemunhado muitas coisas esquisitas na carreira. Em tempos normais, não teria estranhado um turista desavisado usando apenas sapatos sociais e suéter no auge do inverno. Só que *aquele* homem acabara de saltar do bonde e de atravessar bem na frente da sua janela. Ela reparou no rosto charmoso e não lhe restou qualquer dúvida: era o mesmo rosto que, menos de uma hora antes, surgira na tela de seu celular junto com o "Alerta Azul".

CAPÍTULO 58

O vigia noturno Mark S. Dole adorava seu emprego na Torre da Random House. Fazia dois anos que trabalhava como segurança no prédio, e sentia orgulho toda vez que vestia a jaqueta azul, punha o quepe na cabeça e assumia seu posto atrás do imponente balcão de segurança do lobby. Tinha 28 anos e havia prometido à mulher ser promovido para o turno do dia antes de completar 30.

Para ele, uma das maiores vantagens de trabalhar ali era a biblioteca gratuita para os funcionários: um depósito subterrâneo abarrotado de livros, desde clássicos antigos a thrillers modernos. Desde que aceitara o emprego, Dole tinha lido mais de trinta livros, e nessa noite estava avançando por *As vinhas da ira*, de John Steinbeck, sentindo-se abençoado por sustentar a família com um emprego que não dependia das condições meteorológicas.

Ele ergueu os olhos do livro quando um SUV preto parou derrapando forte em frente à entrada principal. Nunca tinha visto uma coisa daquelas, em especial às 3h48 da manhã. E o mais surpreendente: o homem que saltou do banco do motorista era o editor Jonas Faukman. Dole não conseguia se lembrar de ter visto Faukman chegar de carro no trabalho, o que era ótimo, levando em conta o jeito como ele acabara de estacionar.

Faukman parou em frente à porta eletrônica e começou a revirar os bolsos freneticamente. Dole já tinha visto essa dança muitas vezes. *Ele esqueceu o cartão de acesso.* O vigia noturno apertou um botão debaixo do balcão e a porta se abriu com um clique.

Faukman entrou correndo no lobby, parecendo transtornado.

– Tudo bem com o senhor? – indagou Dole.

– Tudo, tudo – garantiu o editor, embora parecesse longe de estar bem.

Pelo cabelo desgrenhado e a expressão atormentada, mais parecia que ele havia passado a noite inteira na montanha-russa de Coney Island.

– Perdi minha mochila. Meu cartão de acesso estava dentro.

– Que pena. Vou fazer um cartão temporário para o senhor.

Dole pegou um cartão de plástico virgem e o inseriu no aparelho magnético. Faukman ficou aguardando apoiado pesadamente no balcão, de olhos fechados, respirando fundo.

– Sr. Faukman, tem certeza de que está bem?

Faukman abriu os olhos.

– Estou, Mark, desculpe. É só que... a noite foi longa.

– Está trabalhando num manuscrito? – indagou Dole, entregando o novo cartão de acesso.

O editor assentiu com ironia e seguiu em direção aos elevadores.

– E esse está mais complicado do que eu esperava.

◆ ◆ ◆

Depois de seguir o sinal do celular de Faukman, os agentes Auger e Chinburg tinham alcançado o SUV pouco antes de ele atirar o aparelho pela janela. Dali, foram seguindo discretamente o veículo à frente, até a esquina da Rua 56 com a Broadway, onde o SUV agora se encontrava estacionado todo torto em frente à Torre da Random House.

A questão era como proceder a partir dali.

Eles pararam do outro lado da Broadway, e Auger fez mais uma ligação protegida para Finch, que atendeu com um sucinto "Fale".

– Senhor, perdemos o áudio do editor, mas interceptamos uma informação surpreendente – disse Auger. – Parece que o TI da PRH ficou sabendo que um dos americanos em Praga morreu.

Finch passou um instante calado.

– Onde ele conseguiu essa informação? – indagou, num tom que nada revelava.

Auger compartilhou o que eles tinham escutado da ligação de Faukman.

– Não se preocupem com isso – disse Finch, encerrando o interrogatório. – Mais alguma coisa?

– Sim, senhor – respondeu Auger, que tinha deixado o pior para o final. – O TI também afirma saber quem foi responsável por hackear os servidores deles.

Finch sorveu uma rápida inspiração.

– Me passa o Chinburg.

Auger pôs o telefone no viva-voz e o estendeu para o parceiro.

– Acreditamos que a informação esteja errada, senhor – disse Chinburg. – O sujeito não entrou em detalhes, então nem sequer sabemos se ele está no caminho certo.

– Já falou com sua equipe de penetração? – perguntou Finch.

– Sim, senhor. Acabamos de falar. Eles garantiram que a invasão foi limpa. – Chinburg hesitou. – Mas comentaram que, como a operação tinha um limite de tempo muito restrito, foram forçados a priorizar a velocidade e a eficiência em detrimento de medidas de anonimato redundantes.

– Como é que é? Eles usaram *atalhos*?

– Não, senhor, eles executaram a melhor operação possível dentro da janela de tempo fornecida. Me garantiram estar bem confiantes.

– Bem confiantes? – disse Finch rispidamente, num tom gélido. – Pela minha experiência essa frase só é usada por pessoas que deixam a desejar na segurança. – Houve uma pausa de três segundos inteiros na ligação. – Descubram o que esse técnico sabe... e contenham o sujeito *agora*. Da maneira que julgarem necessária.

A ligação ficou muda.

Chinburg parecia abalado.

– Merda.

Auger parecia achar graça.

– Você está bem confiante?

– Deixa de ser babaca.

Auger olhou para o outro lado da rua e para o lobby do arranha-céu.

– Se o Finch quer a informação, vamos ter que entrar.

A tarefa de avaliar quanto o TI sabia teria sido simples se eles pudessem ativar remotamente o microfone do celular de Faukman e ouvir a conversa que ele estava prestes a ter com o rapaz. Infelizmente, o editor havia tomado sua primeira atitude da noite com a segurança em mente, e seu celular agora estava no fundo do rio Hudson, logo abaixo da Ponte George Washington.

Sem ver outra saída, Auger pôs vários itens nos compartimentos de sua jaqueta tática preta e de sua mochila. A parte da noite em que podiam contar com apoio tecnológico tinha se encerrado – estava na hora de eles meterem a mão na massa.

CAPÍTULO 59

Em Praga, a embaixadora americana Heide Nagel estava parada diante da janela de sua sala encarando com uma expressão cansada o Hotel Alchymist, do outro lado da Rua Tržiště. Tinha acabado de brifar Dana Daněk sobre a operação confidencial na qual havia se metido sem querer naquela manhã e mandado a relações-públicas voltar para sua sala e aguardar novas ordens. Como não era de espantar, Dana ficara assustada com o que lhe fora revelado.

Ótimo, pensou Nagel. *Talvez o medo seja o único jeito de controlar essa mulher.*

Uma batida leve na porta chamou sua atenção. Ao se virar, ela viu um fuzileiro naval americano em posição de sentido usando o uniforme azul e branco tradicional. Os fuzileiros navais oferecem segurança e proteção a embaixadas e diplomatas americanos mundo afora, e em Praga a equipe era composta por oito deles.

– Senhora embaixadora – disse o fuzileiro. – Estamos com um problema.

Só me faltava essa. Eu já estou com uma porcaria de um problema, pensou Nagel, mas acenou, mandando-o entrar.

O homem entrou na sala.

– Senhora embaixadora, o capitão Janáček, da ÚZSI, emitiu um alerta de busca para a população em nome de um cidadão americano. – Ele consultou um cartão com uma anotação. – O nome dele é Robert Langdon.

Nagel fechou os olhos, sem acreditar que a ameaça de denunciar Janáček não conseguira neutralizá-lo. *Janáček partiu com força total para cima do Robert Langdon? Merda.* Ela claramente não fora tão persuasiva ou intimidadora quanto havia imaginado.

– E é um Alerta *Azul* – acrescentou o fuzileiro. – Ou seja: a ÚZSI diz que Robert Langdon matou um agente deles.

– Como é que é? – explodiu ela. – Mas isso é mentira, caramba!

— Se não encontrarmos o Langdon agora — disse o fuzileiro em voz baixa —, alguém vai apagá-lo.

Nagel inspirou várias vezes e agradeceu ao soldado com um meneio tenso de cabeça.

— Em breve vou ter ordens para vocês. Por favor, feche a porta depois de sair.

O homem deu meia-volta e se retirou.

Nagel fez uma ligação por Signal para Finch imediatamente.

— Pode falar — disse ele, ao atender no primeiro toque.

Nagel fez um resumo da situação cada vez mais deteriorada em Praga.

A ÚZSI está atrás do Robert Langdon com força letal.

Katherine Solomon sumiu.

O assessor Harris foi ao Bastião U Božích Muk e não está mais atendendo o celular.

Como previsto, Finch ficou uma fera.

— Achei que você tivesse cuidado da ÚZSI! Que espécie de operação mequetrefe está chefiando por aí?

— Essa operação é *sua*! — disparou Nagel de volta. — E essa situação é culpa sua, caramba!

Enquanto pronunciava essas palavras Nagel percebeu que tinha ido longe demais.

— Heide — sussurrou ele, num tom de voz atipicamente baixo e deixando de lado o título formal da embaixadora para lembrá-la de que era um mero peão no mundo dele. — Sugiro que você lembre quem a colocou nesse cargo... e *por quê*.

◆ ◆ ◆

A agente de campo Housemore tinha dormido menos de uma hora.

Estava parada diante da pia, com cara de sono, após acabar de ser acordada por uma nova ligação do Sr. Finch com mais ordens.

Vá agora ao Bastião U Božích Muk.

Lacre o laboratório de Gessner.

O conhecimento de Housemore sobre a operação em Praga era "compartimentalizado". Embora ela soubesse que Gessner era vital para o Limiar, sabia também que a estrutura subterrânea construída por Finch estava situada em algum outro lugar da cidade. *Então por que lacrar o laboratório de Gessner?*

Além dessa nova instrução, Finch lhe deu a surpreendente notícia de que estava pessoalmente a caminho de Praga. E, se o chefão em pessoa estava a caminho de Praga, Housemore sabia que a missão com certeza tinha fugido ao controle.

❖ ❖ ❖

Ao atravessar a Praça da Cidade Velha, O Golěm passou perto de uma multidão de turistas reunidos bebericando *svařák*, vinho quente, em copos de plástico em volta de uma estátua de bronze. A voz do guia ecoava bem alto através de um megafone portátil.

– Esta obra-prima do Art Nouveau – declarou o guia – retrata o líder do movimento tcheco de nossa reforma religiosa, Jan Hus, que foi queimado na fogueira em 1415 por ter se recusado a obedecer às ordens do papa.

O guia estava a ponto de continuar quando avistou o vulto escuro do Golěm passando. Embora Praga estivesse lotada de atores fantasiados posando em troca de gorjetas, ele decidiu aproveitar aquele instante e criar um pouco de drama para seus clientes.

– Senhoras e senhores – anunciou, animado –, temos um convidado inesperado esta manhã! Uma das celebridades mais famosas de Praga!

Os turistas se viraram, como se esperassem ver Ivan Lendl ou Martina Navratilova. Em vez disso, viram uma silhueta de capuz e o rosto coberto de barro seco.

– O monstro golem! – exclamou um menininho. – O senhor acabou de falar sobre ele na sinagoga!

– Excelente – disse o guia, virando-se para a criança. – E você se lembra do significado das letras hebraicas na cabeça dele?

– Verdade! – respondeu o menino. – Até o rabino apagar uma letra e matar ele!

– Excelente – disse o guia enquanto O Golěm passava. – Bom, pelo visto o golem não vai vir tirar fotos hoje, mas quem sabe dizer qual é o *segundo* monstro mais famoso de Praga?

Ninguém respondeu.

– A *barata*! – respondeu o guia, num tom dramático. – Franz Kafka escreveu bem aqui nesta cidade uma novela chamada *A metamorfose*, na qual um rapaz acorda um belo dia na sua cama e descobre ter virado... uma barata gigante!

O Golěm deixou rapidamente o grupo para trás, saiu da praça e seguiu na direção norte. Enquanto caminhava, pegou-se pensando em Franz Kafka e recordando a primeira vez que vira a célebre e perturbadora estátua do autor em Praga: um gigante de capa sem cabeça, carregando nos ombros um homem bem menor.

Uma criatura sem rosto carregando o fardo de uma alma mais fraca.

O Golěm havia sentido uma identificação imediata com a estátua.

O minúsculo homem carregado representava Kafka, que na história *Descrição de uma luta* tivera o apoio de um amigo protetor que chamava de "conhecido".

O conhecido carregava Kafka, percebera O Golěm, do mesmo jeito que o golem carregava o povo judeu. *Do mesmo jeito que eu carrego Sasha.*

Pensar em Sasha trouxe sua mente de volta à tarefa em curso.

Hoje eu vou me infiltrar no Limiar.

Sasha não tinha sido a primeira vítima deles, tampouco seria a última. Era preciso destruir tudo. Para sempre.

CAPÍTULO 60

Langdon andou depressa pela calçada em direção ao Klementinum, observando a multidão esparsa em busca de sinais de Katherine. Um vento frio voltou a fustigá-lo enquanto ele seguia na direção da torre astronômica do museu, visível acima de outros edifícios próximos.

Ele passou pelo opulento Mozart Hotel, onde Wolfgang tinha dado vários concertos particulares, e recordou ter visto certa vez a fachada clara do edifício magicamente transformada em imensas pautas com partituras que iam passando ao ritmo e ao som da *Serenata nº 13 para cordas em sol maior*. Todo mês de outubro, ocorria em Praga o Signal Festival, uma semana durante a qual os marcos arquitetônicos da cidade eram transformados em telas usando projeções de luzes e mapeamento de vídeo. A preferida de Langdon tinha sido uma projeção colossal no Palácio do Arcebispo representando a origem e a evolução da espécie, ironia que refletia bem a afinidade inabalável de Praga com a arte de vanguarda.

Ao passar pelo hotel, Langdon de repente diminuiu o passo, os olhos atraídos por um quiosque de publicidade dentro de um parquinho. O cartaz mostrava um exército de soldados futuristas marchando por um planeta arrasado. Acima dos guerreiros armados pairava uma única palavra, que lhe pareceu uma perturbadora coincidência.

HALO.

Será que o universo está me provocando?

É claro que o cartaz ameaçador não estava se referindo a um símbolo radiante de mente iluminada, e sim a uma conhecida série de jogos de computador que, segundo os alunos de Langdon, havia se apropriado inteligentemente da influência cultural cristã ao incorporar termos bíblicos como Aliança, Arca, Profetas e Dilúvio, além de toda uma trama de referências religiosas eruditas.

– Pelo visto é capaz de eu gostar – tinha dito Langdon à turma.

– Que nada – brincou um aluno. – Os brutos armados com *manglers* iriam acabar com o senhor na hora.

Langdon não tinha a menor ideia do que o rapaz estava falando, mas decidiu se ater ao gamão on-line.

Mesmo assim, naquele momento, a aparição da palavra *halo* parecia uma alusão a Katherine num timing perturbador. Ele não soube ao certo se deveria considerá-la mau agouro ou bom presságio, levando em conta que dois dias antes tinha conversado com Katherine justamente sobre halos.

– Os halos são malcompreendidos – comentara ela. – Sempre foram imaginados como fachos radiantes de luz ao redor da cabeça, representando a energia que *emana* de uma mente iluminada. Mas eu acho que estamos interpretando os halos ao contrário. Esses raios representam fachos de *consciência* fluindo *para dentro*, não para fora. Dizer que alguém tem a "mente iluminada" é apenas outro modo de dizer que a pessoa tem uma "antena melhor".

Por muitos anos Langdon tinha estudado os halos como símbolos religiosos importantes, mas nunca havia pensado neles da maneira que Katherine acabara de expressar. Assim como a maioria das pessoas, ele sempre considerara que os halos irradiassem *para fora*. A interpretação inversa o deixou desorientado. Mas ele precisava reconhecer que, segundo a descrição da Bíblia, os profetas invariavelmente *recebiam* o conhecimento divino de Deus, nunca o formulavam nem o transmitiam.

Em Atos 9, a conversão do apóstolo Paulo a caminho de Damasco era descrita como resultado de uma explosão de energia *recebida* do céu. Em Atos 2, o Espírito Santo fluía *para dentro* dos apóstolos, dando-lhes instantaneamente o poder de falar várias línguas para que pudessem pregar o evangelho. *Síndrome de Savant adquirida?*

Embora o símbolo do halo fosse em geral associado ao cristianismo, Langdon sabia que muitas versões anteriores – vindas do mitraísmo, do budismo e do zoroastrismo – retratavam raios de energia ao redor de seus personagens. Depois de o cristianismo adotar o símbolo do halo, aos poucos os raios foram sendo removidos e substituídos por um disco simples pairando acima da cabeça. Assim, um elemento simbólico importante do halo se perdera na história, e Katherine acreditava que a versão antiga do halo poderia confirmar um entendimento perdido e antigo – o entendimento daquilo que agora tinha se tornado a teoria da consciência não local.

O cérebro é uma antena, e a consciência flui para dentro, não para fora.

– Você ainda não consegue acreditar de verdade nesse conceito, né? – perguntara ela num tom desafiador e bem-humorado. – Está esperando algum tipo de *prova* de que o seu cérebro é uma antena.

Langdon refletiu. Os modelos científicos nunca eram *provados* num sentido absoluto. Em vez disso, iam conquistando aceitação à medida que, de modo consistente, explicavam e previam observações melhor do que os modelos alternativos. O conceito de Katherine era convincente e conseguia explicar muitas anomalias, como as percepções extrassensoriais, as experiências fora do corpo e a síndrome de Savant adquirida.

– Se quer saber minha opinião, Robert, acho que a sua memória eidética deveria ser prova suficiente – disse ela. – Sei que você acha que o seu cérebro *armazenou* toda e qualquer imagem que já viu na vida, mas a recordação fotográfica integral é uma impossibilidade física. Mesmo usando os métodos de armazenamento digital mais avançados, a sua *vida inteira* de dados de imagem vívidos encheria um centro de dados inteiro, e apesar disso você segue conseguindo se lembrar perfeitamente de tudo. A verdade é que o cérebro humano, inclusive o *seu*, é fisicamente muito, muito pequeno para conter tanta informação.

Isso atiçou a atenção de Langdon.

– Está dizendo que a memória funciona como uma nuvem digital? Todos os nossos dados de memória estão armazenados *em outro lugar*, esperando o nosso acesso?

– *Exatamente*. Seu cérebro eidético só tem um mecanismo mais apurado para acessar e capturar dados. Sua antena é sofisticada e altamente sintonizada no acesso de *imagens*. – Ela sorriu. – Mas talvez um pouco menos sintonizada no acesso da fé e da confiança.

Langdon riu.

– Bom, eu *tenho fé* em você e *confio* que em breve vai compartilhar comigo seus experimentos científicos e me explicar exatamente o que descobriu.

– Bela tentativa, professor. Mas você vai ter que esperar e ler o livro.

CAPÍTULO 61

A exemplo de tantos edifícios esplendorosos da Europa, o Klementinum foi construído para promover a glória do Deus cristão.

Num esforço para aumentar a presença da Igreja católica na Boêmia quinhentista, o imperador Fernando I convidou alguns integrantes da emergente Sociedade de Jesus – os jesuítas – para irem a Praga e deu-lhes de presente o terreno mais valioso da cidade para ali construírem um colégio. Ao final do século XVI, o "Klementinum" jesuíta – batizado em homenagem a São Clemente – já era um dos maiores complexos de edifícios do império, perdendo apenas para o Castelo de Praga.

Celebrada por sua dedicação à ciência, a universidade Klementinum acabou ganhando uma Torre Astronômica com 68 metros de altura, uma biblioteca científica com milhares de livros e uma engenhosa Sala dos Meridianos, que usava a geometria e a luz solar para marcar diariamente o meio-dia em ponto, horário no qual o monge responsável por anunciar as horas disparava um canhão, avisando a todos na cidade que era meio-dia.

Na época moderna, o Klementinum funcionava principalmente como sede da Biblioteca Nacional da República Tcheca e museu de história. Turistas em busca das melhores vistas de Praga iam ao topo da Torre Astronômica do Klementinum: a subida dos 172 degraus era recompensada por vistas deslumbrantes e uma interessante exposição de instrumentos astronômicos do século XVIII.

Enquanto seguia apressado em direção ao museu, Robert Langdon nem pensou nos inúmeros tesouros contidos ali; seu único foco era Katherine e a mensagem cifrada que o levara até aquele local. Ao passar perto do portão leste da Ponte Carlos, ele se deu conta de que estava na mesma calçada em que havia corrido poucas horas antes.

Estou andando em círculos, pensou. *Igualzinho ao peixe de Katherine.*

Eram 9h55 da manhã quando ele chegou diante da entrada principal do Klementinum e começou a correr os olhos pelo espaço em busca de Katherine. Ela não estava ali, mas para sua surpresa viu uma família entrando pelas portas principais.

Ué, o museu já está aberto?

Sentindo uma onda de esperança de que Katherine pudesse estar à sua espera lá dentro, entrou depressa e sentiu a quentura acolhedora do saguão. Imaginou que fosse encontrar o museu quase vazio àquela hora, mas o lobby estava abarrotado de turistas, muitos sentados em cima de malas tomando café e comendo rosquinhas. O lugar mais parecia o saguão de um aeroporto do que a antessala de um mosteiro jesuíta do século XVI.

Mas como assim?

Uma animada funcionária do museu o abordou com um sorriso.

– Café? – ofereceu, estendendo uma bandeja.

Perplexo, Langdon aceitou agradecido a bebida quente e envolveu o copo de papelão quentinho com os dedos congelados.

– Obrigado, mas... o que está acontecendo aqui?

A mulher meneou a cabeça em direção a um banner na parede.

KLEMENTINUM

AGORA ABERTO A PARTIR DAS 7!

– É uma nova iniciativa de marketing – entoou ela alegremente. – Como a maioria dos voos dos Estados Unidos chega às seis da manhã, os turistas precisam matar o tempo por várias horas antes de poderem fazer o check-in no hotel. Nós oferecemos traslado gratuito do aeroporto, guarda-volumes, café e rosquinhas... *et voilà!* – Ela fez um gesto indicando o saguão lotado. – Vale tudo para trazer vocês, americanos, ao museu, não é?

Ela se afastou.

O comentário teria sido mais ofensivo se Langdon não tivesse ouvido falar que uma das atrações turísticas mais populares de Praga hoje em dia era um estande de tiro subterrâneo, onde americanos podiam disparar legalmente uma exótica coleção de armas automáticas.

Mesmo assim, nesse momento ele sentiu um pedaço do quebra-cabeça se encaixar. *Quando Katherine mandou o e-mail, o museu estava aberto!* Além do mais, ela teria precisado passar em frente à entrada no caminho para o laboratório de Gessner. *Será que ela entrou aqui e tentou me fazer vir para cá? Codex XL...*

Animado com a ideia de Katherine talvez ainda estar em algum lugar daquele complexo de edifícios, Langdon correu os olhos pelo saguão lotado à procura de sua farta cabeleira escura. Não a viu e foi depressa até a bilheteria comprar um ingresso de acesso integral. A bilheteira pareceu estudá-lo por alguns instantes, meio desconfiada, mas imprimiu o adesivo de acesso sem questionar. Langdon o colou no suéter e saiu apressado por uma série de corredores ornamentados em direção a seu destino.

MOSTRA ESPECIAL

CODEX GIGAS

(A BÍBLIA DO DIABO)

Chegando à grandiosa entrada da biblioteca, foi parado por um guia do museu. Após examinar o acesso de Langdon, ele o complementou com um adesivo vermelho.

– O senhor tem uma janela de uma hora – falou. – Boa visita.

Langdon tinha esquecido que o acesso à Biblioteca Barroca era limitado a intervalos de uma hora, ou seja: se Katherine tivesse mandado seu e-mail lá de dentro, seu tempo de permanência a essa altura já teria acabado. *Por favor, esteja aí dentro ainda, em algum lugar.*

Ele passou rapidamente pela porta e adentrou aquela que Jorge Luis Borges certa vez denominara "a biblioteca mais esplêndida de toda a Europa".

Mesmo no seu atual estado de preocupação, foi tomado por um fascínio absoluto ao entrar no recinto. Era uma câmara comprida e estreita, cujos afrescos de teto representavam uma vasta e lindamente executada superfície azul-clara de céu ensolarado, com querubins e tudo, que pareciam pairar sem peso algum. O *trompe l'oeil* dava a impressão de que a luz do sol estava vindo de fora e *atravessando* a própria estrutura.

As paredes da biblioteca que davam sustentação ao afresco eram estantes com 10 metros de altura, com mais de *vinte mil* edições remontando a muitos séculos. O cheiro inconfundível de pergaminho descia das mais antigas edições guardadas no segundo nível – as que tinham lombada branca e caracteres escritos em vermelho –, que era acessível apenas por uma escada secreta que levava à galeria que margeava a biblioteca. O piso de tacos de madeira tinha o padrão mais intricado que Langdon tinha visto, mais até que o piso da Grande Galeria do Louvre.

Ele deu vários passos para dentro do espaço silencioso e parou, observando as pessoas ali presentes em busca de Katherine. *Nada.* Entrou um pouco mais no rebuscado recinto e passou pela famosa fileira de enormes e antigos globos terrestres que seguia pelo meio do piso até o extremo oposto do recinto. Entre um globo e outro havia placas com o símbolo mais óbvio que Langdon era capaz de imaginar.

Quem riscaria um fósforo num lugar cheio de livros antigos?

Em dado momento, enquanto avançava pela biblioteca, viu uma turba de visitantes rodeando a atração principal.

A Bíblia do Diabo.

O livro colossal estava dentro de uma vitrine cúbica de acrílico tão grande que mais parecia um fumódromo de aeroporto do que um recipiente de proteção. A vitrine estava cercada de turistas, todos murmurando baixinho, tirando fotos e admirando o misterioso códice aberto na emblemática iluminura de um diabo com tapa-sexo de arminho. Ao se aproximar, Langdon mal olhou para o códice, observando, em vez disso, os rostos na multidão.

Você está aqui, Katherine?

Muitos dos visitantes ainda estavam encapotados, alguns assoprando as mãos. Como Katherine havia comentado na véspera, o Klementinum mantinha sua biblioteca a uma temperatura excepcionalmente baixa – até desconfortável de fria, a maioria das pessoas diria. Langdon explicara que os curadores de museu costumavam esfriar as salas de exibição mais frequentadas de modo a fazer os turistas passarem depressa, proporcionando um fluxo mais rápido – a mesma tática de gerenciamento de multidões mais tarde adotada pelos restaurantes de fast food, comentou ele. *Entrou, saiu.*

– *Katherine?* – chamou, hesitante, dirigindo-se às pessoas silenciosas.

Vários visitantes se viraram e lhe lançaram olhares curiosos. Alguns olharam uma segunda vez, como se o tivessem reconhecido. Mas ninguém respondeu.

Vai ver ela já esteve aqui e foi embora.

Ele correu os olhos pelos presentes, então os ergueu para o nível superior deserto.

– *Katherine Solomon?* – tornou a chamar, dessa vez mais alto.

Um guia se aproximou marchando e encostou o indicador na boca, num sinal para ele falar baixo, afinal aquilo era uma biblioteca. Langdon assentiu e continuou observando em silêncio o rebuscado recinto em todas as direções. Após duas voltas completas, não tinha visto sinal de Katherine.

Sentiu um peso no coração ao pensar em como a cidade era grande e nas poucas pistas que tinha.

Onde você está, se não aqui?

◆ ◆ ◆

Nenhuma sirene, pensou Pavel ao parar cantando pneus em frente ao Klementinum. A essa altura já havia quatro denúncias distintas de avistamentos de Langdon.

Uma condutora de bonde perto do Teatro Nacional informara que ele estava indo na direção norte rente ao rio.

Um taxista perto da Praça da Virgem Maria o viu entrando no Klementinum.

Esconderijo inteligente, pensou Pavel, levando em conta quão bem o historiador devia conhecer aquele complexo de edifícios. *Não vai fazer diferença. Eu tenho olhos por toda parte.*

Ele entrou apressado no museu e mostrou a fotografia de Langdon para a mulher da bilheteria, que não só lhe informou que aquele homem tinha comprado ingresso, como disse a sala exata em que ele quase com certeza se encontrava naquele momento.

Peguei, pensou Pavel, verificando discretamente que sua pistola estava carregada e se embrenhando no museu.

– *Barokní knihovna!* – gritou para uma guia de museu no saguão principal. – A Biblioteca Barroca! Onde fica?

CAPÍTULO 62

O vigia noturno Mark Dole conhecia quase todo mundo que recebera o cartão de acesso à Torre da Random House, mas não sabia quem eram os dois homens que tinham acabado de usar o deles para entrar no vasto saguão do edifício.

A chegada da dupla, no meio da noite e bem no encalço da dramática entrada de Faukman, era por si só estranha, mas o fato de ambos estarem vestidos com trajes militares pretos ligou um alarme em Dole.

– Senhores! – exclamou ele, levantando-se com um pulo. – Em que posso ajudar?

E como diabos vocês destrancaram a minha porta?

– Está havendo uma emergência no prédio – respondeu o homem musculoso num tom alto e firme, encaminhando-se a passos largos para o balcão de segurança com uma mochila volumosa. – O *amortecedor de massa sintonizada* do seu prédio disparou um alarme na prefeitura. Existe um risco de falência estrutural.

Dole precisou de alguns segundos para entender o que o sujeito acabara de dizer. De fato, a maioria dos arranha-céus de Manhattan fora equipada com um "amortecedor de massa sintonizada", uma estrutura pesada instalada num andar alto para servir de contrapeso e impedir a oscilação do prédio em caso de ventos fortes ou terremotos. No caso da Torre da Random House, esse mecanismo consistia num tanque de 800 toneladas de água suspenso no quinquagésimo andar.

Uma pane estrutural? Por que não tocou nenhum alarme aqui no balcão?

– Vocês têm que evacuar o prédio, e eu tenho que ir lá em cima – disse o homem com urgência ao chegar no balcão.

– Mas eu não estou entend...

Houve um movimento rápido, e um punho fechado atingiu em cheio o esterno de Dole, expulsando todo o ar de seus pulmões. O vigia noturno caiu de costas no chão com força, arquejando, escondido atrás do balcão. Um segundo depois, o homem parrudo se ajoelhou em cima dele com um cano de arma encostado no seu peito.

– Não quero nenhum pio – sussurrou enquanto pegava no bolso do uniforme de Dole o cartão de acesso mestre e o jogava para o outro homem por cima do balcão.

Dole ficou deitado de costas sem se mexer, encarando o teto do saguão do prédio. Ouviu passos se afastando depressa e uma sequência conhecida de bipes: o outro intruso acabara de usar o cartão de acesso para passar pela catraca de segurança e acessar o elevador.

– É só ficar aqui deitado quieto que você não vai se machucar – sussurrou o homem em cima de Dole, então prendeu as mãos dele com uma braçadeira de plástico, recolheu do chão o quepe do segurança, colocou-o na cabeça e assumiu com toda a calma o lugar do vigia atrás do balcão, com a arma no colo.

O peito de Dole doía enquanto ele tentava recuperar o fôlego. Quem quer que fossem, aqueles intrusos tinham precisado de menos de dez segundos para assumir seu posto e roubar um cartão que permitia o acesso ao prédio inteiro.

◆ ◆ ◆

No quarto andar, Jonas Faukman saiu do elevador e se encaminhou para a porta de aço onde estava escrito CENTRAL DE SEGURANÇA DE DADOS. Era preciso um cartão de acesso especial para entrar ali, e ele esmurrou a porta com força até esta por fim se abrir e um rosto conhecido aparecer.

Pela cara, Alex Conan parecia ter travado sua própria guerra.

– Graças a Deus – disse o técnico. – O senhor conseguiu voltar.

– Alguma notícia de Langdon e Katherine? – perguntou Faukman, ainda assombrado pelas palavras frenéticas de Alex na ligação de mais cedo. *Os hackers que deletaram seu manuscrito podem ter matado um autor seu.*

– Vou explicar tudo – disse Alex –, mas a notícia é boa. Ninguém morreu. Eu me enganei.

Faukman sentiu uma onda visceral de alívio, curvou-se para a frente com as mãos nos joelhos e respirou fundo várias vezes. *Graças a Deus.*

– Foi o Langdon que eu achei que tivesse... morrido – disse Alex enquanto conduzia Faukman para dentro da central de segurança. – Mas acabei de falar com o gerente do Four Seasons. A situação é complicada, mas ele confirmou que Robert Langdon está vivíssimo, embora, pelo que entendi, talvez esteja encrencado com as autoridades locais.

Encrencado como?, perguntou-se Faukman, mas sua curiosidade foi apagada pelo profundo alívio que sentiu ao saber que Langdon estava bem.

Revigorado pela boa notícia, seguiu Alex por um labirinto de racks de computador que iam do chão ao teto, todos zumbindo alto. Chegaram a uma área aberta onde havia uma grande estação de trabalho, com vários monitores dispostos em semicírculo e cadeiras de escritório de espaldar alto posicionadas diante deles. Faukman teve a sensação de estar num minicentro de controle.

A parede acima da estação de trabalho exibia a ilustração emoldurada de um transatlântico em apuros, afundando num mar de uns e zeros. A legenda dizia: PEÇAS SOLTAS AFUNDAM NAVIOS. A paródia de slogan da Segunda Guerra Mundial tinha por objetivo lembrar que os dados precisavam ser protegidos na base.

Agora é meio tarde para isso, pensou Faukman. *O manuscrito já era.*

Alex puxou uma cadeira de rodinhas para perto da sua, e os dois se sentaram frente a frente.

– Certo... muita coisa aconteceu – disse o técnico com uma expressão aflita. – Vou começar pelo começo.

Faukman sabia que começar pelo começo **era** o pior jeito de narrar uma história, mas segurou a língua.

– Não queria dizer tudo pelo telefone – começou Alex –, mas depois que o senhor sumiu fiquei com medo e achei melhor avisar logo a Katherine Solomon que o manuscrito dela estava sob ataque e que ela pessoalmente talvez estivesse correndo perigo.

– Certo.

– Acessei o arquivo dela aqui na editora, liguei para o número do celular e ninguém atendeu. Mesma coisa com Robert Langdon. Quando não consegui contato com nenhum de vocês três, entrei em pânico e decidi rastrear a localização exata de todos hackeando seus celulares.

– Espera aí... você tem como fazer isso?

– No *seu* caso não – respondeu Alex, girando de frente para o próprio terminal e começando a digitar. – Nem no da Dra. Solomon, mas o do Sr. Langdon foi fácil. Reparei que ele tem um endereço de e-mail na nuvem e também que tinha escolhido *exatamente* a mesma senha para vários acessos ao servidor da PRH. Devo dizer que fiquei surpreso ao descobrir que um cara inteligente como ele usasse sempre a mesma senha, principalmente uma senha tão fraca quanto *Golfinho123*.

A senha do Langdon é Golfinho? Faukman baixou a cabeça. *De que adianta ter protocolos de segurança?* O apelido de Langdon em Harvard era "Golfinho" porque ele ainda era capaz de nadar mais rápido do que metade do time de polo aquático universitário. Infelizmente, ele também era um ludita confesso: um classicista cujo conhecimento sobre o passado remoto o levava a ter uma relação relutante com o futuro. *O cara ainda tem um sistema de cartões pessoais físicos e usa um relógio do Mickey Mouse, caramba!*

– Como eu estava desesperado para achar um de vocês – disse Alex –, usei a senha para hackear o celular do Langdon e descobrir a localização dele.

O TI digitou algo mais no teclado, e o mapa de Praga se materializou na tela.

– Segundo o que descobri na nuvem – continuou ele –, o celular de Langdon estava *totalmente* off-line, o que é bem incomum. E, se verificarmos a última localização conhecida dele, o que aparece é uma imagem perturbadora. – Conan atualizou a tela e deu zoom. – Aqui diz que a última localização conhecida do Sr. Langdon se deu hoje de manhã às 7h02, horário local, e ele estava exatamente... *aqui*. – Ele apontou para um pontinho azul no mapa. – Depois mais nada.

Faukman estreitou os olhos para o pontinho.

– Como é? Aqui diz que ele estava no meio do rio Moldava?

– Isso! Levando em conta que tínhamos sido atacados por hackers de nível militar – disse Alex –, que o senhor tinha sumido e que Langdon não estava atendendo o celular...

– Você achou que ele tivesse *se afogado*? Langdon é um nadador de alto nível! Vai ver ele só jogou o celular fora.

– Eu quis acreditar nisso, mas se Langdon tivesse *jogado* o telefone o rastreador do aparelho teria sido uma linha reta. Só que, de acordo com o rastro, o aparelho se movimenta de um lado para outro e chega a voltar antes de sumir! Me pareceu que Langdon tinha sido levado até o rio, jogado lá dentro, depois tentado nadar de volta até a margem, antes de, por fim, se afogar e levar o celular junto para o fundo do rio.

Faukman percebeu que o cenário era alarmante, mas que a lógica de Alex era falha: ele não podia ter concluído que o fato de a "última localização conhecida" do celular de Langdon ser o fundo de um rio significava que o autor tinha sido assassinado. Por outro lado, não era menos lógico do que a coincidência surreal de *tanto* o telefone de Langdon *quanto* o de Faukman estarem no fundo de um rio em cantos distintos do planeta.

— Sei que o senhor acha que eu exagerei na reação — disse Alex —, mas, levando em conta *quem* nos hackeou, eu tinha o direito de ficar preocupado. E continuo preocupado.

— Quem nos hackeou, afinal? — exigiu saber Faukman, inclinando-se para a frente.

— Era por isto que eu queria falar com Katherine: para descobrir se ela conseguia pensar em alguém que pudesse tê-la como alvo para poder criar um algoritmo especial e buscar artefatos digitais específicos.

Meu Deus do céu, esse garoto precisa de um editor. Me diz logo quem foi e pronto!

— Só que antes de eu conseguir criar o algoritmo, eu fiz uma varredura no FTK e encontrei um resultado. Um dos indicadores de comprometimento da invasão bateu com um código na MISP associado a...

— Alex, eu não estou entendo uma vírgula dessa...

— Tudo que o senhor precisa saber é que o pessoal que hackeou a PRH estava com pressa! Eles pouparam tempo usando uma parte reciclada do *próprio* código, linhas duplicadas que os hackers chamam de código espaguete! Isso poupa tempo, mas também corre o risco de revelar...

De repente Alex se levantou com um pulo, se virou para trás e começou a observar atentamente a entrada por entre as fileiras de racks cheios de equipamentos.

— Allison?! — gritou.

Faukman já estava uma pilha.

— Quem é Allison?

— Minha chefe. Ou ela chegou cedo, ou então estou ouvindo coisas. — Alex se levantou e olhou para o relógio de pulso. — O senhor ouviu o bipe da porta se abrindo?

Faukman fez que não com a cabeça. *Não ouço nada desde 5 de outubro de 1987. Quarta fila do show do Pink Floyd no Madison Square Garden. O Gilmour arrebentou.*

— Espere aí — disse Alex e desapareceu no labirinto de máquinas.

Inacreditável, pensou Faukman enquanto aguardava com impaciência.

Dez segundos mais tarde, o técnico voltou dando de ombros.

— Foi mal, hoje eu estou totalmente paranoico. — Ele parecia abalado ao se sentar. — As pessoas que estamos enfrentando não são do tipo com quem se brinca. – Alex virou a cadeira para o computador e acenou para Faukman se aproximar. – Vou lhe mostrar – disse o rapaz, abrindo um navegador. – O senhor não vai acreditar no que...

Abruptamente, Faukman segurou o braço do TI, um sinal para ele parar de falar. *Não diga mais nada!*

– O que foi? – estranhou Alex, encolhendo-se.

– Desculpe – disse Faukman com uma voz alta, mas calma –, eu só queria verificar uma coisa rapidinho na internet.

Faukman levou um dedo aos lábios enquanto encarava fixamente o jovem TI, instando-o a permanecer calado. Quando Alex assentiu dando a entender que tinha compreendido, Faukman pegou o teclado. O navegador tinha aberto uma página de busca padrão, e ele digitou rapidamente em maiúsculas:

NÃO ESTAMOS SOZINHOS. FAÇA O QUE EU DISSER.

O técnico se virou para ele com os olhos vidrados de medo.

É, eu também estou com medo, pensou Faukman, que acabara de perceber que o bipe que Alex ouvira não tinha sido produto de uma imaginação paranoica: alguém de fato havia entrado na sala de controle e estava escondido em algum lugar entre os racks atrás deles.

E agora está nos ouvindo. Segundos antes, Faukman tinha reparado num pontinho de luz azul quase imperceptível refletido no vidro da ilustração emoldurada na parede ali perto. *Ter editado thrillers de espionagem acabou de render frutos.* Alguns teriam imaginado que o pontinho seria a mira a laser de uma arma, mas ele era azul, não vermelho, e estava apontado para uma placa de *vidro*.

– Esse site é interessante – disse Faukman, deletando com toda a calma sua primeira mensagem e digitando outra.

QUEM FOI RESPONSÁVEL PELO HACKEAMENTO?

Alex estava pálido quando Faukman empurrou o teclado de volta para ele.

Inspirando fundo, o técnico obedeceu e digitou sua resposta.

Faukman ficou estudando a palavra estranha e hifenizada digitada por Alex. Uma palavra que ele desconhecia. Deu de ombros para o TI como quem não estava entendendo e nervosamente articulou com a boca:

– Quem... é?

Alex recomeçou a digitar, dessa vez um acrônimo curto.

Faukman ficou encarando a resposta, chocado e emudecido. *Não.*

Em qualquer outro momento, jamais teria acreditado no que acabara de aparecer na tela, mas, levando em conta tudo que havia acontecido, a informação com certeza respondia a várias perguntas.

Puta merda.

A pergunta agora era o que Faukman iria fazer em relação à situação em que se encontrava. A resposta, desconfiava, dependeria de sua capacidade de dialogar – e também da compreensão da sutil diferença entre dois conceitos bem parecidos.

Informação errada e *des*informação.

CAPÍTULO 63

Na Biblioteca Barroca, Langdon olhava de um lado para outro, observando os rostos da multidão de visitantes, até que, por fim, aceitou que havia chegado tarde demais.

Ela foi embora.

Duas horas tinham transcorrido desde que Katherine enviara o e-mail cifrado mandando-o ir até aquele lugar. Mesmo que ela tivesse estado ali mais cedo, seu ingresso teria expirado e os guias do museu teriam lhe pedido que saísse.

Enquanto Langdon encarava o Codex Gigas, aberto dentro de seu cubo de vidro protetor, a ilustração do "Diabo de Fralda" parecia encará-lo de volta com um ar zombeteiro. Na véspera mesmo, ele e Katherine tinham estado naquele exato local, de mãos dadas, conversando alegremente sobre os mistérios daquele livro incrível.

Katherine ficara intrigada com a lenda da Bíblia do Diabo, porém o que mais a deixara fascinada tinha sido a arquitetura da opulenta biblioteca. Enfeitiçada por tanta beleza, ela havia perguntado a Langdon sobre o piso de tacos, sobre os afrescos e sobre aquilo a que se referira como "a sacada falsa".

– Como assim, *falsa*? – questionou Langdon, surpreso.

– Isso é *decorativo*, né? – Katherine apontou para cima na direção da galeria que dava a volta no recinto. – Olha, não tem como subir. Não vejo nenhuma escada para subir nem porta para entrar por cima.

Langdon teve que rir. *Só mesmo uma cientista para reparar nessa inconsistência.* A maioria dos turistas que admirava a passarela suspensa nunca chegava a identificar o enigma evidente: não havia meio visível para acessá-la.

– Vem comigo – sussurrou ele, meneando a cabeça com discrição.

Ele a conduziu até o canto da biblioteca, e então, após verificar que os outros visitantes estavam concentrados na Bíblia, delicadamente segurou uma parte da estante e a puxou para si. A estante se abriu para fora sem fazer barulho, revelando uma alcova escura com uma escada em espiral que subia até uma abertura no nível superior.

– E é claro que você sabia disso... – disse ela, revirando os olhos.

As lembranças ternas da véspera se dissolveram na cabeça de Langdon ao mesmo tempo que uma voz autoritária de repente rompeu o silêncio e começou a gritar da porta da biblioteca.

– *Dámy a pánové!* – gritou um homem. – *Opusťte výstavu! Požární poplach!*

Muitos visitantes tchecos se entreolharam espantados e começaram a se encaminhar para a saída. Alguns turistas estrangeiros olharam para eles e fizeram o mesmo.

– Emergência de incêndio! – gritou a mesma voz. – *Todos para a saída! Agora!*

Incêndio? Langdon não estava sentindo cheiro algum. *Sério?*

Olhou na direção do amontoado de turistas que se aglomeravam para passar pela única saída da biblioteca. Do outro lado da turba, no corredor, um homem musculoso de uniforme da ÚZSI supervisionava a evacuação da biblioteca, observando com atenção cada pessoa que saía e chegando a parar uma ou duas para olhar o rosto delas de perto.

Langdon o reconheceu na hora. *Tenente Pavel.*

Não tinha ideia de como o agente conseguira localizá-lo tão depressa – ou com tanta precisão –, mas ali estava ele, revistando a multidão.

É mentira essa emergência, intuiu Langdon. *Para conseguir me encurralar.*

Levando em conta que Pavel já havia disparado contra Langdon no Labirinto de Espelhos, não havia garantia alguma de que o tenente não fosse simplesmente abatê-lo a tiros quando o visse após a última pessoa deixar a biblioteca.

Correndo os olhos pelo recinto em busca de um lugar para se esconder, tudo que Langdon viu foi a fileira de globos terrestres e a vitrine transparente do códice. Nenhum dos dois oferecia grande ajuda. Desesperado, voltou os olhos para a galeria superior e então para a estante móvel no canto da biblioteca.

Mesmo que ele conseguisse subir, não conseguiria sair do nível superior. *A estante é um beco sem saída.* Mas ficar escondido ali poderia lhe render alguns minutos a mais. A segurança do museu acabaria por encontrá-lo, é claro, mas qualquer coisa era melhor do que ficar sozinho com um agente da ÚZSI desequilibrado e doido para puxar o gatilho.

Antes de Pavel conseguir vê-lo, Langdon se afastou da massa de visitantes que saía e caminhou na direção dos fundos da biblioteca até a estante. Chegando lá, segurou a porta e a puxou para si.

A porta não se mexeu.

Intrigado, tornou a puxar.

Será que trancaram?

Instalar um trinco naquela estante não fazia o menor sentido, e além do mais a porta estava aberta no dia anterior, quando ele e Katherine entraram.

Um pensamento inesperado se materializou.

Inexplicável, mas mesmo assim...

Espantado com a possibilidade, Langdon aproximou a boca da divisória e sussurrou:

– Katherine?

Ouviu um farfalhar lá dentro, como se alguém estivesse soltando o que mantinha a porta presa. Um segundo depois, a estante se abriu.

Langdon se pegou encarando os olhos marejados de Katherine Solomon.

Sem hesitar, avançou para os braços dela, deixando a estante se fechar atrás dele. Enquanto se abraçavam na escuridão da alcova diminuta, ele a ouviu chorar baixinho.

– Graças a Deus – conseguiu dizer ela. – Pensei que você tivesse morrido.

– Estou bem aqui – sussurrou ele.

CAPÍTULO 64

No breu da alcova, Katherine encostou o corpo no de Langdon e o segurou com força, e nenhum dos dois disse nada. Qualquer que fosse o caos em curso fora daquele pequeno espaço, agora eles estavam sozinhos ali dentro, pelo menos por aquele breve instante, juntos e em segurança.

Achei que nunca mais o veria, pensou Katherine.

Era como se ela tivesse passado uma eternidade escondida ali, apavorada com medo de perder a vida e arrasada por talvez ter perdido o homem por quem estava se apaixonando. Ficar sem ele teria sido a mais cruel das reviravoltas: Katherine passara anos sentindo uma poderosa atração pelo charme natural de Langdon, mas por algum motivo sempre evitara que o relacionamento virasse um romance. Talvez tivesse sido por medo de perdê-lo como amigo, mas, mesmo assim, toda vez que seus caminhos tinham se cruzado, ela se pegara pensando, bem no seu íntimo, se um dia, após décadas de amizade, talvez o momento certo tivesse chegado.

E agora finalmente *era* o momento certo.

Tomada pela emoção, Katherine apertou Langdon com mais força, saboreando o encaixe perfeito do abraço e o calor do corpo dele.

– Você está fria – sussurrou Langdon. – Está tudo bem? Cadê seu casaco?

– Usei para amarrar a porta – disse ela, que havia prendido uma das mangas no corrimão em caracol e outra na maçaneta, de modo que ninguém conseguisse puxar a estante. – Este foi o único lugar em que consegui pensar para me esconder.

– Mas *por que* você está se escondendo? – perguntou ele num tom de quem não estava entendendo nada.

Katherine explicou que, naquela manhã, tinha recebido uma mensagem de voz em pânico de um TI da PRH chamado Alex. Ao retornar a ligação, ele freneticamente a alertou que alguém acabara de hackear o servidor da PRH e de apagar qualquer vestígio do seu manuscrito.

– O quê? – Langdon soou consternado. – Seu manuscrito *sumiu*?

– Parece que sim. E o técnico estava apavorado. Ele me falou... – Katherine fez uma pausa, e a emoção deixou sua voz embargada. – Robert, ele falou que achava que você havia *morrido afogado*.

◆ ◆ ◆

Langdon se afastou do abraço para tentar ver o rosto dela na escuridão.

– Ele disse que eu tinha *morrido*?

– É, ele estava com medo de ser isso – respondeu Katherine com uma voz frágil e emocionada. – Disse que tinha rastreado seu celular e que ele estava no meio do rio Moldava quando o sinal sumiu. Fiquei abalada demais para fazer mais perguntas, e ele pediu que eu jogasse meu celular fora na hora, saísse da rua e me escondesse num lugar seguro até ele ter mais informações. O problema era que ele não estava conseguindo entrar em contato com a gente, e pelo visto quem deletou meu manuscrito estava atrás de nós *três*! Disse também que o Jonas tinha sumido do mapa!

Langdon mal conseguia assimilar o que estava escutando. *O Jonas sumiu?*

– Mas por que alguém escolheria seu manuscrito como alvo? Ou qualquer um de nós três?

– Não faço ideia – disse ela, puxando-o para mais perto, seu cabelo perfumado caindo no rosto dele. – Só estou aliviada por você estar bem.

– Katherine – sussurrou Langdon –, eu não tenho a menor ideia do que está acontecendo, mas sinto muito mesmo por você ter passado por isso. – Ele sabia que precisava dividir com ela os detalhes de sua manhã caótica, mas por ora ainda estava tentando pensar no que fazer a seguir. – E tem certeza de que o manuscrito... *se foi*?

– Segundo Alex, sim. Deletado de todos os servidores. A única boa notícia é que hoje de manhã, quando eu estava saindo do hotel, reparei que o centro empresarial estava deserto, então decidi aproveitar aquele momento de privacidade e imprimir uma cópia do manuscrito para você ler.

Katherine havia passado os últimos dias dizendo estar quase pronta para entregar a Langdon uma cópia do livro para leitura, mas o decoro editorial exigia que seu *editor* fosse o primeiro a receber o manuscrito, o que já havia acontecido.

– Eu imprimi sua cópia, mas quando estava subindo para guardá-la no cofre da suíte, um alarme de incêndio disparou no hotel e eu tive que ser evacuada do prédio!

Para seu assombro, Langdon percebeu que Katherine estivera bem pertinho dele, no centro empresarial do hotel, quando ele havia passado correndo pelo saguão e tocado o alarme. *Nossa, eu me desencontrei dela por pouco.*

– A cópia que você imprimiu... – disse Langdon, sem conseguir ver nada no escuro. – Você conseguiu guardar num lugar seguro?

– Estou com ela aqui na bolsa! – respondeu Katherine. – Quando contei a Alex que a cópia estava comigo, ele falou que poderia ser a última e me mandou expressamente levá-la para um lugar seguro até entendermos o que estava acontecendo. Como, nessa hora, eu estava bem aqui nesta rua, vim *para cá*.

Langdon a abraçou mais forte ainda.

– Eu tinha certeza de que você estava vivo, Robert. Podia *sentir* que estava, mesmo após Alex ter me dito que você havia se afogado. Minha ideia era ligar para avisar onde ficaria esperando por você. O problema foi que ele me disse que alguém provavelmente estaria monitorando a nossa comunicação.

– Então você me mandou um e-mail antes de jogar o celular fora – disse Langdon, sentindo as peças se encaixarem.

– Isso. Enoquiano e Codex XL. Foi a mensagem mais cifrada em que eu consegui pensar, mas sabia que você iria entender.

Langdon não conseguiu conter o sorriso.

– Na verdade, foi uma mensagem danada de inteligente, Katherine Solomon.

– Não foi muito difícil. – Ela riu e o beijou com carinho no rosto. – Foi só pensar: o que *você* teria feito?

◆ ◆ ◆

No corredor do lado de fora da Biblioteca Barroca, o tenente Pavel observou os últimos turistas saírem.

Onde diabos Robert Langdon se enfiou?

Cinco minutos antes, tinha mostrado a foto de Langdon ao guia do museu que checava os ingressos na entrada da biblioteca. O homem confirmara que o americano alto tinha entrado ali pouco antes de Pavel chegar, e até onde sabia ainda não tinha saído.

Então cadê ele?

– Tem outra saída daqui? – exigiu saber ele. – *Jiný východ?*

O assustado funcionário fez que não com a cabeça.

– Žádný tu není.

Pavel atravessou a soleira e correu os olhos pelo comprido recinto retangular. Tratava-se basicamente de um corredor largo com estantes altíssimas à guisa de paredes, que não oferecia esconderijo algum. Uma procissão de globos terrestres antigos se estendia pelo centro do espaço na direção de uma imensa vitrine transparente – não havia onde se abrigar.

Foi então que Pavel reparou no piso superior.

Muito esperto, professor.

A sacada em volta da biblioteca era alta o suficiente para Langdon conseguir se manter escondido simplesmente ficando deitado no piso. Pavel olhou em volta e não viu nenhuma escada, porta ou acesso ao nível superior.

Chamou o guia e apontou.

– Como se sobe ali? – indagou baixinho, assomando acima do rapaz magrelo.

O guia apontou nervoso para o canto da biblioteca, à esquerda de quem entrava.

– Tem uma porta na estante, e atrás dela uma escada em caracol.

Pavel considerou suas alternativas.

– Vamos isolar a biblioteca! – ordenou. – Saiam e mantenham as portas trancadas. O homem preso aqui dentro é de alta periculosidade. *Não abram* essas portas seja por que motivo for, independentemente do que vocês escutarem! Inclusive tiros de arma de fogo. Fui claro?

O guia empalideceu, assentiu e sem mais delongas correu de volta para o corredor e fechou as pesadas portas por fora. O barulho delas se fechando ecoou pelo recinto vazio, e Pavel escutou vários trincos serem passados.

Agora sozinho, virou-se e encarou a câmara silenciosa.

Só você e eu, professor, nesta linda caixa da morte.

CAPÍTULO **65**

A histórica Sinagoga Velha-Nova fica no bairro de Josefov, antigo gueto murado original de Praga. Por ser a mais antiga sinagoga em atividade da Europa, foi testemunha silenciosa das marés cambiantes da história desde o fim do século XIII. Apesar das interferências do tempo e dos acontecimentos turbulentos que Praga precisou suportar, a sinagoga resistiu intacta, prova de resiliência da fé e da tradição.

Reza a lenda que as pedras do templo foram levadas por anjos de Jerusalém "com a condição" de serem devolvidas à cidade sagrada quando o Messias chegasse. Muitos estudiosos acreditam que esse presente "condicional" – *al tnay*, em hebraico – foi confundido com o iídiche *alt-nay*, que significa literalmente Velha-Nova, daí o nome incomum do edifício.

Um oásis espiritual num deserto materialista, pensou O Golěm, fitando à sua frente a austera fachada de pedra da sinagoga, ladeada de perto pelas fachadas de lojas da Hermès, da Montblanc e da Valentino. O mundo moderno havia invadido cada canto daquele antigo gueto, engolindo suas moradias escuras até não sobrar quase nenhum resquício das perigosas ruas outrora patrulhadas pelo golem original da mitologia, criado muitos séculos antes naquele mesmo lugar.

Sob muitos aspectos, a sinagoga era também o lugar onde O Golěm nascera. Pouco depois de chegar a Praga, ele estava passando em frente ao templo, sem destino certo, quando ouviu um guia turístico narrar a lenda do grande protetor do gueto judeu, uma alma guardiã posta dentro do corpo de um monstro de barro. A história lhe pareceu conhecida e pessoal. Como que atraído por uma força gravitacional, O Golěm entrou no templo.

O ar lá dentro era parado como o de uma cripta, imbuído de uma energia quase mística. Atrás do altar, a arca sagrada servia de sentinela, abrigando os antigos pergaminhos da Torá inspirados pelo eterno diálogo entre o terreno e o divino. O Golěm se sentiu reconfortado pelo silêncio e pela meia-luz. Sentou-se num banco de madeira, com a superfície desgastada por muitas gerações de fiéis, e ali, sob a luz fraca de candelabros medievais, pegou um folheto informativo e começou a ler.

Pegou-se fascinado pela lenda do golem e de seu *criador*, um poderoso rabino chamado Judá Loew ben Bezalel, reverenciado também como o Maharal de Praga. Além de conhecedor erudito do misticismo judaico e do Talmude, o rabino Loew fora matemático, astrônomo, filósofo e cabalista, e deixara muitos escritos, entre eles um texto importante chamado *Gur Aryeh al HaTorah*.

Mais tarde nessa noite, O Golĕm tinha lido em silêncio o texto do rabino, comprado numa loja de presentes vizinha à sinagoga. Conforme devorava as palavras ancestrais, ficou pasmo ao *se* encontrar em cada página... a Verdade como ele já a compreendia!

A realidade tem muitos níveis.

Guf, nefesh, sechel.

Uma alma pode se fundir com outra para formar uma nova entidade.

Yesodot, taarovot, tarkovot.

Almas renascem várias vezes.

Gilgul neshamot.

Nessa fatídica noite, estudando o ciclo das almas, O Golĕm teve a súbita compreensão de que, assim como o golem original, tinha se materializado neste plano com clareza e sem preâmbulo, uma alma em branco despertada dentro de uma forma física que lhe parecia tão estranha a ponto de causar repulsa.

Recordou aquele primeiro instante, na instituição psiquiátrica úmida e gelada, quando, inspirado por um ato de crueldade indizível, de repente se deu conta de quem era e sentiu um propósito, se erguendo a partir do nada ao ver uma mulher indefesa ser espancada por uma enfermeira noturna até desfalecer. Nesse momento ele partiu para cima da enfermeira, derrubou-a no chão e a estrangulou sem dó até a vida abandoná-la.

Então ficou em pé junto à sua vítima, saboreando a vitória, sentindo-se empoderado por aquele primeiro ato de serviço neste plano. A mulher que ele tinha salvado não estava consciente para presenciar seu valoroso ato. Tampouco sentira O Golĕm transportar seu corpo espancado até a cama, onde ele cuidou de seus ferimentos antes de se esgueirar de volta para as sombras, começando a entender quem era e por que tinha sido chamado.

Eu sou o protetor dessa mulher.

Dali em diante, ele passou a desempenhar o papel de guardião silencioso dentro dos muros daquela prisão, observando das sombras para garantir a segurança dela. Só naquela noite em Praga, ao ler as palavras do rabino Loew, foi que O Golĕm se deu conta de por que a lenda judaica lhe parecia tão conhecida e do verdadeiro motivo pelo qual ele fora trazido até Praga.

Eu sou O Golĕm.

Imaginou o monstro de barro despertando sem aviso, sabendo apenas que estava ali para proteger.

A minha história é a história dele.

Assim como o ancestral monstro de barro, O Golĕm muitas vezes se sentia um pária, condenado à solidão. Também tinha dificuldade para manter a sanidade. Às vezes queria reconhecimento por seus sacrifícios, mas não cabia a ele querer isso. Assim, seguia se movimentando pelo mundo dela sem se deixar ver.

Agora, o desafio do Golĕm era de outra ordem. Ele havia matado tanto a mentora quanto o namorado de Sasha – dois monstros que tinham abusado da confiança dela –, mas era crucial que ela não descobrisse os atos que ele havia cometido em seu nome.

Ela nunca iria me perdoar, nunca iria entender.

Por esse motivo, O Golĕm já tinha decidido o que precisava ser feito. Com toda a delicadeza, havia trancado Sasha no escuro, onde ela ficaria alheia a tudo que estivesse acontecendo, a tudo que ele estava prestes a fazer.

Ao se aproximar da sinagoga, ele sentia que carregava um fardo, mas o peso não era apenas espiritual. Os bolsos de sua capa estavam cheios: uma pistola de eletrochoque, um canivete retrátil e um bastão metálico para controlar o Éter. O Golĕm desconfiava que precisaria das três coisas.

Antes de chegar ao templo, ele dobrou abruptamente à esquerda, na Rua Široká, dirigindo-se não à sinagoga, e sim ao terreno vizinho: 12 mil metros quadrados cercados por uma alta fortificação de pedra.

Ao mesmo tempo reverenciado e temido, o que havia entre aqueles muros tinha se tornado conhecido no mundo inteiro como o lugar mais fantasmagórico da face da Terra.

CAPÍTULO 66

Em outras circunstâncias, o tenente Pavel poderia ter tentado apreciar a serenidade daquela antiga biblioteca, mas nesse dia não havia lugar para calma na sua vida. A raiva que sentia crescer dentro de si não se parecia com nada que já houvesse sentido.

Meu capitão, meu tio… assassinado.

– Professor! – bradou ele no espaço vazio, sacando a pistola e correndo os olhos pelo piso superior. – *Eu sei que o senhor está aí! Pode se levantar!*

Nenhum movimento.

Silêncio.

– *Apareça agora!*

Pavel girou devagar, deixando a arma traçar uma linha vagarosa por todo o perímetro da sacada.

Nada.

Virou-se para o canto do recinto em que o guia indicara haver uma escada oculta, caminhou com passos silenciosos e localizou um trecho de estante discretamente destacado, formando uma porta. Segurou a minúscula maçaneta de latão e puxou, mas a porta só se moveu de leve.

Tornou a tentar. A porta estava, de alguma forma, trancada por dentro.

Preparou-se e puxou a maçaneta com a maior força possível, mas a porta só se moveu por um relutante centímetro antes de a maçaneta de latão se soltar da histórica estante, fazendo Pavel cair para trás no piso duro de tacos. A pancada no chão fez uma dor lancinante varar sua cabeça, que já estava latejando.

Enfurecido, o tenente se levantou com um pulo, mirou a pistola na estante e pressionou o gatilho. Com um eco explosivo, uma bala atravessou a estante e ricocheteou com um barulho alto em alguma coisa metálica do outro lado, talvez a escada em caracol que dava para o piso superior.

Pavel não ouviu nenhum corpo cair no chão. Cogitou esvaziar o cartucho inteiro na estante, mas sabia que era melhor não.

Trpělivost, sussurrou o fantasma do seu capitão. *A paciência é uma arma.*

Baixou a pistola.

Se o barulho de um tiro não tinha feito os guias do museu entrarem correndo, nada faria. O tempo estava a seu favor, e ele já havia formulado uma ideia.

No extremo oposto do recinto havia uma antiga escada apoiada numa estante. Era projetada para permitir pegar livros das prateleiras mais altas do piso inferior, por isso não tinha comprimento suficiente para alcançar o segundo piso.

Os olhos dele se moveram para a vitrine transparente no final do recinto. O pesado cubo de acrílico era quase tão alto quanto o próprio Pavel e parecia feito de acrílico blindado: uma base perfeita para uma escada. Se ele conseguisse fazer a escada chegar à galeria, poderia subir por fora, dar a volta até o alto da escada em caracol e atacar por cima.

Trpělivost, pensou. *Paciência, meu capitão.*

◆ ◆ ◆

Dentro da alcova, Katherine e Langdon estavam agachados, aterrorizados: tinham acabado de ouvir uma bala entrar zunindo no espaço apertado e bater na escada de metal atrás deles. O impacto do tiro tinha gerado uma faísca brilhante e um estrondo metálico ensurdecedor.

Um minuto antes, ao ouvir a voz de Pavel e o barulho das portas externas sendo trancadas, Langdon rapidamente amarrara o casaco de Katherine no corrimão o mais apertado possível. Em seguida os dois subiram até a metade da escada em caracol e ficaram esperando no patamar entre os pisos de modo a poder fugir rapidamente, fosse para cima ou para baixo. Pavel tinha acabado de deixar bem claro que iria atirar primeiro e fazer perguntas depois.

Estamos trancados nesta biblioteca com um louco.

Langdon se perguntou se a lesão na cabeça de Pavel o teria deixado completamente descontrolado ou se o tenente havia recebido autorização oficial para lançar mão de força letal. *Autorização de quem?* Levando em conta tudo que ele sabia agora, havia a perturbadora possibilidade de Pavel ter sido incumbido por alguém de encontrar e destruir o manuscrito de Katherine.

E nos destruir junto.

Langdon sentiu que sua única esperança era alertar imediatamente a embaixada ou a polícia da cidade. O problema era que eles estavam sem celular e se gritassem por socorro Pavel seria a única pessoa a escutá-los.

– Tudo bem com você? – sussurrou ele no escuro.

– Nem um pouco – respondeu a voz de Katherine. – E com você?

Langdon encontrou a mão dela e apertou.

– Não saia daí. Fique nesse patamar. Vou subir para ver se tem outro jeito de sair daqui.

Na escuridão total, Langdon subiu tateando o restante da diminuta escada até sentir um alçapão sobre a cabeça. Empurrou-o para cima com toda a delicadeza, e o pequeno quadrado de madeira se ergueu e fez uma fresta.

Uma luz vazou pela abertura, e Langdon estreitou os olhos ao mesmo tempo que levantava o painel e subia a cabeça aos poucos, até seus olhos ficarem no nível do chão. Espiando pelo alçapão, correu os olhos pela galeria em busca de qualquer saída possível, nem que fosse uma janela para o telhado. Não encontrou nada. Tudo que havia eram estantes de livros antigos que subiam até o espantoso afresco no teto abobadado lá em cima.

Langdon abriu o alçapão até o fim e delicadamente o encostou no piso. Subiu mais um degrau até conseguir espiar o andar de baixo por entre as barras do guarda-corpo. Lá, bem no fundo da biblioteca, viu Pavel de costas, com o rosto encostado na vitrine da Bíblia do Diabo, como que estudando o artefato com atenção.

Para Langdon, Pavel não parecia homem de se interessar por um códice antigo, sobretudo num momento como esse, mas ele escutou um guincho estridente e viu a vitrine se mover vários centímetros. Percebeu que o musculoso tenente não estava admirando o códice, e sim tentando arrastar a vitrine colossal pelo piso.

Para quê? Esse cubo deve pesar meia tonelada!

Langdon ficou consternado ao ver os fundos arranhões que aquilo estava deixando no magnífico piso de tacos, porém ficou bem mais alarmado ao ver a escada antiga deitada no chão perto da vitrine. Num instante, as intenções de Pavel ficaram óbvias. *Ele vai subir aqui.* O cubo transparente parecia robusto o bastante para sustentar a base de uma escada, e Pavel pelo visto era forte o suficiente para mudá-lo de lugar. A vitrine ia se movendo poucos centímetros a cada empurrão, aproximando-se da lateral do recinto. Aproximá-la o suficiente demandaria tempo e paciência, mas pelo visto Pavel dispunha de ambos.

Se ele nos obrigar a sair daqui, não vamos ter mais para onde correr. Não há como escapar desta sala trancada.

Langdon procurou atentamente uma solução e, como muitas vezes acontecia quando torcia para ter uma inspiração, seus olhos apontaram para cima. Ao fitar o afresco colorido na superfície abaulada do teto, ele se viu inteiramente rodeado pela beleza da obra – uma representação de santos jesuítas lendo e escrevendo em meio às nuvens, para enfatizar a importância do conhecimento.

Raciocine, Robert.

Enquanto ele fitava a representação do paraíso, seu olhar se deteve de modo inesperado num objeto incongruente disfarçado entre as nuvens ondulantes do afresco.

Era um pequeno disco metálico.

Uma espécie de halo reluzente.

Langdon tinha certeza quase absoluta de que esse disco *não tinha* sido posto ali pelo artista, e, por mais que considerasse aquilo uma intromissão de mau gosto, quando o avistou teve a sensação de que os céus haviam se aberto sobre ele, oferecendo um caminho para a salvação.

CAPÍTULO 67

Ao chegar ao Bastião U Božích Muk, a agente Housemore não encontrou nenhum veículo estacionado em frente à entrada, não viu qualquer sinal de vida e constatou que a porta estava destruída. *O que houve aqui?* Com a arma em riste, adentrou cautelosamente o saguão coalhado de caquinhos de vidro que estalavam sob seus pés.

Ficou aliviada ao ver que a porta de acesso identificada com a palavra LABORATÓRIO estava intacta e trancada. Seguiu pelo corredor até a recepção e a sala de Gessner.

Cadê todo mundo?

Fez uma ligação via Signal para o Sr. Finch e relatou o que havia encontrado.

– Meu jatinho decolou de Londres agora – respondeu Finch com uma tensão fora do normal. – Isole o prédio inteiro. Ninguém entra, ninguém sai. Use força letal se preciso.

Em seguida ele desligou.

◆ ◆ ◆

No quarto andar da Torre da Random House, escondido no labirinto de servidores, o agente Chinburg ajustou os fones de ouvido e ficou escutando atentamente a conversa entre Jonas Faukman e Alex Conan a uns 12 metros dali.

O feixe de seu microfone a laser estava apontado para a superfície mais lisa que ele conseguira encontrar: um painel de vidro que protegia a ilustração de um navio meio naufragado. Para sua sorte, parte da ilustração era um mar azul que disfarçava bem o pontinho azul de luz. E o mais importante: o quadro estava pendurado bem perto de onde Faukman e o TI conversavam, perto o suficiente para o som de suas vozes provocar microvibrações na superfície do vidro, que por sua vez causava microflutuações no feixe de laser. Em seguida, um interferômetro analisava os padrões de interferência no feixe e "traduzia" as vibrações em áudio outra vez.

Chinburg estava escutando tudo. *E eu não sou o único.*

Em algum lugar, dentro do seu jatinho particular no céu da Europa, o Sr. Finch estava conectado à escuta via satélite e Wi-Fi, ouvindo tudo em tempo real. Chinburg teve certeza de que o chefe ficaria satisfeito. Até poucos segundos antes, o time inteiro temia que o TI da PRH tivesse descoberto que a invasão tinha sido cometida pela Q.

Ele não chegou nem perto.

Chinburg sorriu com sarcasmo, achando graça ao ouvir o editor esbravejar com o jovem TI.

– *Library Genesis!* – esbravejou Faukman. – A gente foi hackeado pela porra da Library Genesis! Uma das organizações de pirataria mais famosas do mundo! Como é possível você ter deixado eles entrarem nos nossos servidores, Alex?

Chinburg já tinha ouvido falar dessa misteriosa organização, conhecida entre os hackers como LibGen. Criada mais de uma década antes por cientistas russos, a LibGen era a maior "biblioteca sombra" de obras acadêmicas e literárias pirateadas da internet. Apesar de várias queixas na justiça e processos movidos por editoras importantes, a LibGen dera um jeito de seguir existindo graças a uma engenhosa estrutura descentralizada de sites-espelho e backups.

O técnico entendeu errado. Estamos seguros.

Chinburg ficou aliviado, pois sentia que a situação poderia ter descambado para o outro lado. Seu time havia feito o ataque às pressas reutilizando códigos existentes, uma decisão que, nessa nova era de varredura da web auxiliada pela IA, poderia ter revelado que o responsável pelo hackeamento era a divisão operacional da Q.

Por sorte, o TI se equivocou.

Chinburg imaginou que a LibGen houvesse tentado hackear a PRH no passado recente e o técnico tinha descoberto um artefato digital desse hackeamento anterior.

Faukman continuava esbravejando contra o infame grupo de pirataria enquanto o TI digitava sem parar, muito provavelmente buscando mais informações – ou quem sabe redigindo a carta de demissão.

Pode continuar procurando, pensou Chinburg. *Sua busca não vai dar em nada.*

Nesse exato instante, Chinburg sentiu o celular vibrar e olhou para a tela.

Era uma mensagem protegida do Sr. Finch, que, ao que tudo indica, tinha escutado o suficiente.

MISSÃO CONCLUÍDA. SAIA DAÍ AGORA.

◆ ◆ ◆

No lobby, neutralizado no chão atrás da bancada, o vigia Mark Dole seguia se martirizando por não ter sabido lidar melhor com a situação.

Aconteceu tudo tão depressa... eu fracassei no momento mais importante.

O brutamontes que havia roubado sua cadeira e seu quepe estava agora dando uma olhada em seu celular e sua carteira e fazendo anotações.

Dole desejou ter tido a presença de espírito de ligar para a polícia na hora em que os dois caras apareceram. A delegacia de Midtown North ficava a poucos quarteirões dali, e a polícia poderia ter chegado em minutos.

O elevador apitou, e Dole ouviu o segundo invasor voltar para o lobby.

– Tudo certo – disse o homem que acabara de chegar. – Eles acham que a gente é de um grupo que pirateia livros. Barra limpa.

– Que hilário. – O cara grandão girou na cadeira e se ajoelhou ao lado de Dole. – Seus patrões estão perdidinhos, Mark. Tomara que você seja mais esperto, o bastante para não contar a ninguém que a gente esteve aqui.

Dole encarou os olhos frios do sujeito.

– A propósito, que fofos os seus filhos – emendou o brutamontes. – Estou vendo aqui que você mora em Sunset Park. Nem demora tanto para vir do Brooklyn para cá todo dia, e a Rua 46, onde você mora, parece bem perto do parque para as crianças. Você tem uma vida tranquila.

Dole entendeu o recado.

O brutamontes ergueu o segurança, colocou o quepe de volta na cabeça dele, cortou as braçadeiras que o prendiam e pôs sua carteira e seu celular na bancada.

– Não aconteceu nada aqui. Agora volte a trabalhar.

Dole ficou olhando os homens atravessarem o lobby descontraídos em direção às quatro portas de saída: duas de vaivém e duas giratórias. Estavam indo na direção da porta de vaivém pela qual haviam entrado, mas antes de chegarem lá Dole apertou um dos dois botões instalados debaixo da bancada e acionou silenciosamente as trancas automáticas.

O musculoso chegou à porta de vaivém e a encontrou trancada.

– Ei, abre aqui!

– Não dá – mentiu Dole.

O homem se virou com uma expressão incrédula.

– Vai querer *mesmo* trancar a gente aqui junto com você?

– Não. *Literalmente* não dá. Não sou eu quem controla as portas. Elas são automatizadas. Prédio ecológico e tal. Para manter o lobby aquecido. Durante os meses do inverno, só as portas giratórias...

– A gente *acabou de passar* por essa porcaria de porta!

– Sim, mas *para entrar*, usando o cartão de acesso de um funcionário. *Para sair* todos os funcionários têm que usar as portas giratórias. Inclusive os babacas.

– Sorte a sua a gente estar com pressa – disse o sujeito, seguindo com o colega em direção a uma porta giratória. Dole rapidamente tornou a apertar o botão sob a bancada, destrancando silenciosamente as quatro portas.

As portas giratórias da Torre da Random House eram enormes, de modo que, em geral, grupos pequenos usavam o mesmo compartimento. Dole ficou satisfeito ao ver que os dois sujeitos fizeram isso. Quando entraram na mesma divisória e empurraram a porta na direção da rua, ela começou a girar no sentido anti-horário. Dole os observou com toda a calma, o dedo próximo do botão de travar. No momento em que a porta deu exatamente um quarto do giro, ele apertou o botão pela terceira vez, reacionando as trancas. A porta giratória travou de modo abrupto, no meio do giro, trancafiando os dois criminosos numa minúscula prisão de vidro.

Enquanto Dole ligava para a polícia, uma fieira de palavrões abafados ecoava pelo lobby.

Podem gritar à vontade, pensou Dole. *Ninguém ameaça meus filhos.*

◆ ◆ ◆

Por dois longos minutos após o pontinho do microfone a laser desaparecer e a porta se fechar com um clique, Jonas Faukman seguiu fingindo esbravejar contra a LibGen, só para ter certeza de que o intruso que os escutava tinha de fato ido embora. Era óbvio que a invasão aos servidores da PRH não tinha nada a ver com pirataria literária, mas a verdade era infinitamente mais perturbadora.

Faukman seguia zonzo após ver o acrônimo digitado por Alex, perguntando-se por que aquele grupo coordenaria uma campanha internacional contra Katherine Solomon e seu livro ainda inédito. Era um grupo que com certeza tinha os recursos e a influência necessários para essa empreitada.

Cada vez mais apreensivo, Faukman percebeu que o pânico de Alex em relação ao paradeiro de Langdon e Solomon de repente parecia muito mais plausível. E lhe ocorreu também que quem quer que houvesse invadido a Torre da Random House precisaria ter passado pelo simpático vigia noturno Mark Dole.

Ligou na mesma hora para a mesa de Dole no térreo para ver se estava tudo bem com o vigia.

Ninguém atendeu. *Droga.*

Temendo o pior, Faukman correu até os elevadores. Ao chegar ao térreo, virou correndo a quina para entrar no lobby, preparando-se para a visão trágica. Mas a cena com a qual se deparou era perfeitamente calma e inesperada. O vigia noturno Mark Dole estava muito bem, obrigado, prestando depoimento tranquilamente para uma dupla de policiais.

A polícia está aqui?

Aliviado de ver Dole ileso, o editor voltou a atenção na mesma hora para os dois homens algemados no chão perto da porta giratória, ambos furiosos.

Meu Deus, esses daí são...?

Faukman não conseguia sequer imaginar o que teria acontecido ali, mas não fez qualquer esforço para esconder a satisfação que sentia ao atravessar o lobby em direção aos dois homens detidos, imobilizados e deitados de lado no chão.

– E aí? Bem-vindos à Random House! – falou, animado. – Não imaginava que vocês gostassem de ler.

– Vai se foder! – disparou Escovinha, os olhos faiscando de raiva.

Faukman se agachou e sorriu.

– Sabe de uma coisa? Se você lesse tanto quanto malha, saberia que toda boa história termina do mesmo jeito. – Ele deu uma piscadela. – Os bandidos sempre se dão mal.

CAPÍTULO 68

Katherine ficou aliviada ao ver Langdon descer da galeria superior, a silhueta se destacando contra a luz fraca vinda do alçapão aberto.

– A gente precisa de fogo – disse ele com urgência ao se juntar a ela no patamar da escada. – Me diz que você tem isqueiro ou fósforo.

– Calma aí, *como é que é?*

– *Fumaça.* A gente vai precisar de fumaça para sair daqui. – A urgência no olhar de Langdon transmitia uma mensagem bem clara: o que ele tinha visto da galeria o havia deixado alarmado e também, quem sabe, oferecido uma solução. – Katherine, a gente tem mais ou menos dois minutos antes de um atirador enlouquecido descer essa escada.

– Eu... eu não sei o que tenho comigo. Minha bolsa está no pé da...

– Vamos lá pegar agora!

Seguida por Langdon, Katherine desceu a escada, e a essa altura havia decifrado a lógica dele. Se o barulho do tiro não tinha feito os funcionários do museu aparecerem, nada mais faria, a não ser, quem sabe, uma ameaça de *incêndio* numa biblioteca histórica.

No dia anterior, enquanto visitavam o Klementinum, Langdon havia lhe mostrado o meticuloso afresco de Jan Hiebl no teto, lamentando a presença de três discos metálicos horríveis entremeados ao desenho, instalados na década de 1970. Embora de fato eles fossem horrorosos, Katherine desconfiava que Langdon agora estivesse feliz com o fato de aqueles pequenos discos terem sido instalados ali.

Detectores de fumaça.

Chegando ao pé da escada, ela pegou a bolsa e a pousou no primeiro degrau.

A bolsa estava mais pesada que o normal, uma vez que continha seu manuscrito – uma pilha com mais de quatrocentas páginas – além de uma garrafa grande de água. Enfiando a mão no fundo da bolsa, começou a revirar às cegas em busca de algum jeito de acender um fogo.

Sabia que não tinha nem fósforos nem isqueiro na bolsa, mas, conforme demonstrado pelos inúmeros programas de "sobrevivência" na TV, era possível fazer fogo usando todo tipo de objeto do dia a dia: celulares, lupas, pilhas, palha de aço. Ainda assim, ao revirar a bolsa Katherine percebeu que aquilo era um beco sem saída.

– Não tenho nada – cochichou ela para Langdon, que estava logo acima na escada. – Nem fósforo nem isqueiro. O celular, eu larguei numa caçamba de lixo. Tenho luvas, brilho labial, um folheto do museu, uma barrinha de granola, uma garrafa d'á...

– Barrinha de granola? Do hotel?

– Isso. Do frigobar.

– Serve.

Granola inflamável?

– Tem alguma pilha? – insistiu Langdon. – Serve qualquer coisa eletrônica. Laser pointer, chave eletrônica, fone bluetooth, qualquer coisa mesmo.

– Não, Robert, sinto muito. – Ela fez uma pausa. – Mas a minha bolsa vem com um carregador de bateria – respondeu ela, abrindo a bolsa. Afastou o volumoso manuscrito e mostrou a Langdon a ponta de um cabo que saía do forro interno. – É meio que uma frescura, mas é prático. Eu carreguei o celular antes da viagem, mas não sei quanto de bat...

– Não saia daqui – disse Langdon, pegando a bolsa. – Em um minuto eu digo o que você precisa fazer.

E sem mais uma palavra ele voltou a subir correndo a escada em caracol.

◆ ◆ ◆

Tomara que ela me perdoe por isso, pensou Langdon, apreensivo.

Sessenta segundos haviam se passado desde que ele havia deixado Katherine lá embaixo, e agora estava agachado no patamar na metade da escada. Tinha encontrado a barrinha de granola e a posto junto com a pilha de páginas do manuscrito que havia separado. Agora estava tateando o forro de seda da bolsa, até que sentiu um retângulo duro dentro de um bolso de velcro. Tirou-o de dentro. *Isto aqui é um carregador?* O carregador ultrafino de Katherine mais parecia um cartão de crédito cor-de-rosa com rabo. *Tomara que esteja com carga.*

Ele segurou o cabo entre os dentes, puxou com força e arrancou o conector. Em seguida separou os dois fios, desencapou ambos também com os dentes e por fim encostou rapidamente um fio exposto no outro.

Uma faísca brilhante iluminou o espaço por um segundo.

Langdon torceu para aquilo ser suficiente.

Pôs o carregador deitado em cima das páginas do manuscrito e pegou a barrinha de granola, que, conforme havia imaginado, estava dentro de uma embalagem metalizada. Rasgou a embalagem, destacou uma tira fina e a enrolou entre os dedos para criar uma espécie de fio metalizado. Em seguida, prendeu uma das pontas num dos fios desencapados do carregador, deixando a outra pendurada.

Em tese, uma vez conectada a ponta solta e fechado o circuito, uma corrente elétrica percorreria o material metalizado. Por ser um mau condutor, ele geraria resistência, o que provocaria um acúmulo de calor que faria o material metalizado *pegar fogo*.

Por um breve instante.

Infelizmente, o material ultrafino queimaria apenas por pouco tempo, nem de longe o bastante para fazer um filme laminado ou o papel fino do manuscrito pegarem fogo. Para ter chance de fazer fogo, Langdon precisaria de algo mais inflamável.

Altamente inflamável.

◆ ◆ ◆

No pé da escada, Katherine ia ficando cada vez mais nervosa enquanto esperava em silêncio novas instruções de Langdon. *Não saia daqui. Em um minuto eu digo o que você precisa fazer*, dissera ele, antes de subir até o mesmo patamar de piso gradeado em que estavam antes.

Além dos ruídos produzidos por Langdon, Katherine tinha escutado os sons vindos da biblioteca – uma série de guinchos repetidos, altos e sincopados – que segundo Langdon eram a vitrine do Codex Gigas sendo arrastada. *O barulho parou*, percebeu Katherine, pressentindo que o tempo deles estava quase no fim.

Com um medo cada vez mais intenso, ela ergueu os olhos na direção da grade metálica onde Langdon trabalhava. Para sua surpresa, a luz que agora vazava pela grade de repente pareceu mudar. Não era mais apenas a iluminação fraca vinda do alçapão, e sim um brilho tremeluzente.

Isso é fogo?

Será que ele conseguiu?

Pasma, ela prendeu a respiração e aguardou.

Em questão de segundos, a claridade começou a ganhar força, e Katherine finalmente soltou o ar, sentindo uma onda de esperança. Não fazia ideia de qual tinha sido a magia de escoteiro feita por Langdon para acender aquele fogo, mas à medida que as chamas ganhavam corpo ela viu que a grade metálica sobre a qual ele tinha acendido o fogo estava proporcionando uma ventilação perfeita vinda de baixo.

Só que logo depois o assombro de Katherine se transformou em preocupação.

Quanto fogo...

As chamas estavam se espalhando depressa e agora pareciam cobrir grande parte do patamar. Com a luz cada vez mais forte, ela viu que Langdon tinha descido alguns degraus e estava ajoelhado, alimentando o fogo pela lateral. Conforme as chamas se espalhavam, Katherine começou a sentir o ar entrar por baixo da porta camuflada na estante e subir pela escada como se fosse uma chaminé, alimentando ainda mais o fogo.

Ela sabia que sua primeira preocupação deveria ter sido: *Será que isso é seguro?* Mas não foi. Sua primeira preocupação foi algo totalmente diferente. *O que ele está queimando?* As chamas estavam fortes demais para ser resultado só da combustão de um folheto de museu, de uma embalagem de lenços de papel ou de qualquer outra coisa que ele tivesse achado na bolsa. *O que ele está usando como combustível?*

A resposta surgiu um segundo depois, quando um pedacinho meio carbonizado de papel desceu flutuando e aterrissou na escada diante dela. O fragmento chamuscado de papel branco estava impresso com um texto escrito em preto, em parte ainda legível. Katherine precisou de apenas um instante para reconhecer as palavras.

Robert, não!

Ela se lançou escada acima gritando para ele parar. Enquanto galgava a espiral em direção a Langdon, de repente desconfiou de que ele havia lhe pedido que ficasse lá embaixo exatamente por saber que ela jamais teria concordado com o plano. *Ele está queimando meu manuscrito!*

Sentiu o calor assim que chegou abaixo do patamar da escada. Olhando para cima, através da grade de metal, viu a parte inferior de uma pilha de páginas que Langdon estava pondo para queimar. Elas pegavam fogo com rapidez e intensidade.

– Pare! – disse ela num arquejo. – Essa é a nossa única cópia! A gente não pode perder!

Langdon a encarou, o olhar intenso à luz do fogo.

– A gente *já* perdeu, Katherine, sinto muito. Essa cópia vai ser confiscada no *segundo* em que a gente sair daqui de dentro. E aí vai ser o fim para nós dois. Melhor usar seu manuscrito para salvar nossa vida.

– Mas não existe outra...

– Me ouve, por favor – interrompeu ele, sem parar de alimentar o fogo com as páginas. – Tem coisas que eu ainda não lhe contei, mas pessoas *foram mortas* hoje por causa desse livro. Enquanto estivermos com ele, nós vamos ser um *alvo*. A primeira bala não pegou na gente por um triz. A próxima não vai errar.

– Meu Deus do céu, pessoas foram mortas? – repetiu ela. – Por causa do meu livro?

– Katherine, profissionais *deletaram* seu manuscrito de um servidor corporativo protegido! O capitão da ÚZSI que me interrogou hoje de manhã acusou a gente de ter orquestrado uma jogada publicitária terrorista para promover o livro. Brigita Gessner pediu uma cópia do seu livro, e foi torturada e morta ontem à noite. Até onde sei, Jonas está desaparecido. A ÚZSI está *me* caçando desde...

– A Brigita Gessner *morreu*?

Langdon assentiu com uma expressão grave.

– Não vou dizer que sei o que está acontecendo, mas *nada* vale a nossa vida. Essa é a coisa certa a fazer. Preciso que você confie em mim.

Está meio tarde para confiar, pensou ela ao ver a pilha fina de páginas que ainda restavam. *Você já queimou quase tudo.*

◆ ◆ ◆

O tenente Pavel sentia a cabeça latejar por causa do esforço.

Tinha acabado de deslocar a imensa vitrine pelo chão da biblioteca, e por fim conseguido posicioná-la abaixo da galeria. O cubo transparente era bem mais pesado do que parecia, e boa parte do peso se devia, sem dúvida, ao gigantesco objeto que continha.

Pavel tinha parado um minuto para recuperar o fôlego e estava olhando através do acrílico grosso para o livro absurdamente grande dentro do cubo. Apesar de famoso o suficiente para atrair multidões, ele estava aberto numa página que retratava um diabo seminu, agachado e de tapa-sexo.

Tem gente que paga para ver isso?

Ansioso para subir até a galeria, Pavel pegou a escada e a apoiou no alto da vitrine, satisfeito ao constatar que agora ela alcançava a galeria.

Antes de subir na vitrine, virou-se para correr os olhos pela galeria uma última vez e ver se Langdon tinha caído em si e aparecido. Enquanto seus olhos percorriam o perímetro superior do recinto, seu olhar travou.

Ele torceu para estar tendo uma alucinação.

No outro extremo da galeria, acima da alcova trancada, uma coluna de fumaça preta parecia estar saindo do nada, subindo até o ponto mais alto do teto abobadado e se acumulando numa nuvem escura que se espalhava, tapando o afresco de valor incalculável.

Não...

Mas era tarde demais.

Uma fração de segundo depois, o alarme de incêndio começou a tocar no volume máximo.

CAPÍTULO 69

Segundos depois de o alarme disparar, o tenente Pavel ouviu o guia do museu destrancar freneticamente as portas da Biblioteca Barroca.

Eu dei ordens a vocês!, pensou, furioso. *Proibi qualquer pessoa de entrar!*

Mas pelo visto uma ameaça de incêndio numa biblioteca antiga valia mais do que ordens da ÚZSI. O guia entrou correndo e começou a olhar de um lado para outro em busca da origem da fumaça.

Pavel estava no fundo do recinto, empoleirado na vitrine, preparando-se para subir a escada até a galeria. O guia nem sequer lhe deu atenção, concentrado na fumaça que subia da galeria. Correu até a estante secreta e tentou abri-la, mas não conseguiu.

Ainda posso matar Langdon, pensou Pavel ao começar a subir a escada. *Olho por olho.*

Dois outros funcionários do museu entraram com extintores de incêndio correndo atrás do guia, gritando um com o outro e tentando abrir a porta secreta sem quebrá-la. Não conseguiram. Mas a fumaça que subia do alçapão agora parecia estar minguando com a mesma rapidez com que tinha começado.

Pavel estava na metade da escada quando outro guia do museu o viu. O homem de idade avançada se aproximou às pressas, parecendo horrorizado ao ver alguém trepado numa escada improvisada em cima do precioso artefato exibido no museu.

– *Co to sakra děláš?* – berrou o guia ao chegar abaixo dele. *Que diabo você está fazendo?*

Pavel o ignorou e continuou subindo.

Ao chegar perto do final da escada, sentiu a fumaça nos pulmões. A nuvem opaca havia se juntado logo acima dele, ao longo do teto abobadado, embora ventiladores barulhentos tivessem sido acionados e parecessem estar limpando o ar depressa.

Pavel chegou ao alto da escada e olhou por cima do guarda-corpo da galeria na direção do alçapão na outra ponta, que continuava aberto. O plano do americano de fazer fumaça tinha sido esperto, mas estava prestes a sair pela culatra. *Langdon nem vai me ver chegando.* Mesmo que ele destrancasse a porta do piso inferior e corresse para dentro da biblioteca, Pavel teria vantagem: estaria na posição perfeita para dar o tiro fatal.

Paciência era o lema do seu capitão, e a paciência tinha rendido frutos. Ele estendeu a mão para segurar o guarda-corpo e saltá-lo.

– Tenente Pavel! – gritou com autoridade uma voz feminina da entrada da biblioteca. – Parado aí!

Empoleirado no último degrau da escada, Pavel se virou, correu os olhos pela biblioteca e piscou várias vezes tentando entender o que estava vendo. A miragem que caminhava em sua direção era tão inesperada e bizarra que o fez se perguntar se a fumaça e a pancada na cabeça estavam provocando uma alucinação.

A mulher que se aproximava era uma beldade elegante de cabelo escuro, facilmente uma das mulheres mais estonteantes que Pavel já havia visto em carne e osso. Tinha pernas esguias e andava como uma modelo na passarela. Poderia ser uma das fantasias de Pavel no aplicativo Dream Zone, não fosse um pequeno problema: vinha ladeada por dois fuzileiros navais americanos vestidos com o uniforme diplomático azul completo – e armados.

◆ ◆ ◆

No patamar da escada em espiral, Langdon tentava se certificar de que cada brasa da pilha de cinzas fumegante estivesse apagada.

Esta fogueira foi um oferecimento da Procter & Gamble, pensou ele, grato pelo pequeno frasco de gel desinfetante para as mãos que tinha encontrado no fundo da bolsa de Katherine.

O gel era oitenta por cento álcool, e Langdon havia besuntado generosamente a folha de rosto do manuscrito de Katherine com ele, em seguida a enrolara, formando um tubo para concentrar a fumaça. Após encaixar o tubo no chão gradeado do patamar para mantê-lo na vertical, usou o carregador para fazer a embalagem metalizada pegar fogo bem acima da boca do tubo. Como esperado, ela se consumiu quase de imediato, mas as emanações alcoólicas concentradas entraram em combustão, e o tubo encharcado de gel pegou fogo.

O resto aconteceu bem depressa.

O fino papel de impressora tcheco se consumiu mais depressa do que Langdon previra: por um instante, ele temeu ter cometido um erro terrível e posto a biblioteca inteira em perigo. O fogo se tornou abrasador em questão de segundos. Enquanto o alimentava com mais páginas, Langdon tomou o que restava da garrafa d'água plástica de Katherine e a jogou por cima do manuscrito, gerando uma fumaça preta densa à medida que ela derretia.

Langdon raramente evocava Shakespeare, mas aquele quase desastre parecia digno do bardo. *Tudo está bem quando termina bem*, pensou, garantindo a si mesmo e imaginando que poderia ter incendiado uma biblioteca de valor inestimável ou sido abatido a tiros.

Após confirmar que não havia mais nada queimando, Langdon pegou a bolsa de Katherine, que estava bem mais leve sem o manuscrito e a água. Ela já havia descido sem dizer nada, abalada por ter visto as páginas do seu manuscrito se reduzirem a cinzas. Langdon tinha certeza de que Katherine acabaria entendendo que ele havia jogado as cartas que os dois tinham na mão da melhor maneira possível.

Estamos vivos.

Ao descer a escada, ele começou a escutar várias conversas do outro lado da porta da estante e torceu para haver alguém da segurança do museu entre as pessoas próximas.

– Sr. Langdon? – chamou uma voz grave com sotaque americano através da porta. – Sou Morgan Dudley, fuzileiro naval da escolta da embaixada.

Langdon e Katherine se entreolharam com uma expressão de espanto. *Que rápido.*

– É seguro sair, senhor – declarou o soldado. – Posso atestar que o tenente da ÚZSI que o ameaçou entregou a arma, e o Alerta Azul foi cancelado.

Langdon não tinha a menor ideia do que era um Alerta Azul, mas a presença da embaixada com certeza soava melhor do que a da ÚZSI.

– Abra a porta, senhor – disse o homem, num tom educado, porém dessa vez firme.

Na mesma hora Katherine começou a desamarrar a manga do casaco da maçaneta.

– Espere! – sussurrou Langdon, apreensivo. – Ele pode ser um agente da ÚZSI imitando um americano.

Langdon não soube se o homem do outro lado era vidente ou entreouviu seu comentário, mas um segundo depois uma identificação plastificada deslizou por baixo da porta. À meia-luz, ele não conseguiu ler o que estava escrito em letras miúdas, mas seus temores foram aplacados pelo *símbolo* gravado no documento: uma águia-careca com um escudo de estrelas e listras.

◆ ◆ ◆

Do lado de fora da estante, Dana Daněk aguardava, ansiosa, a porta secreta se abrir. Menos de dez minutos tinham se passado desde que a embaixadora Nagel entrara correndo na sua sala com uma ordem urgente: ir acompanhada por uma escolta de fuzileiros navais até o Klementinum e salvar a vida de um americano.

Missão cumprida, pensou ela. *Ainda que por pouco.*

O tenente Pavel fora escoltado para fora da biblioteca até uma sala de detenção, e seus superiores foram alertados. A ÚZSI ficou uma fera ao saber que a embaixada americana tinha interferido num Alerta Azul oficial – independentemente de qual tivesse sido sua origem –, mas não teve escolha senão emitir de imediato uma "Retratação de Alerta".

Quando a estante por fim se abriu, Robert Langdon emergiu da penumbra estreitando os olhos. Dana Daněk ficou aliviada ao constatar que ele estava bem, mas também chocada ao vê-lo surgir acompanhado por uma mulher. Reconheceu na mesma hora o rosto elegante.

Era Katherine Solomon.

CAPÍTULO 70

Ainda tremendo de frio por causa do tempo passado na escada gelada, Katherine aproveitou o calor relativo dos corredores do Klementinum enquanto a bela relações-públicas da embaixada, a Sra. Daněk, os escoltava até a saída do museu.

Os fuzileiros navais haviam isolado a entrada da alcova, tirado fotos da pilha de cinzas no patamar da escada em caracol e recolhido os pedaços carbonizados do manuscrito. O forte interesse dos militares pelos restos do livro, por mais inconcebível que fosse, parecia sustentar a afirmação de Langdon de que o manuscrito estava mesmo no centro do que quer que tivesse acontecido ali.

Mas por quê?

Estava começando a ficar mais evidente que Langdon havia tomado a decisão certa: o manuscrito fazia deles um alvo, e queimá-lo tinha lhes salvado a vida.

A perspectiva de reescrever seu livro inteiro causava em Katherine uma apreensão que no momento ela nem sequer conseguia começar a assimilar. Langdon tinha sugerido que a PRH poderia dar um jeito de recuperar uma cópia digital no servidor hackeado, ou quem sabe os hackers exigissem um resgate razoável. Ela estava torcendo para ele ter razão. Ou talvez o universo proporcionasse um milagre que ela não estava prevendo.

Estamos vivos, pensou Katherine. *Vamos começar por aí.*

Ela não conseguia imaginar que Brigita Gessner pudesse estar morta, e pelo visto Langdon ainda tinha muita coisa a lhe contar sobre aquela manhã: ele acabara de informar a Dana Daněk que estava preocupado com a segurança de dois indivíduos. *Michael Harris? Sasha Vesna?* Katherine não reconheceu nenhum dos nomes.

Além disso, quando Langdon pediu um celular emprestado para checar como Jonas Faukman estava, a Sra. Daněk estranhamente recusou, dizendo que a embaixadora insistira que não houvesse nenhum contato externo até Katherine e Langdon terem sido levados para um lugar seguro e orientados, para sua própria proteção.

Nossa própria proteção?

Langdon estava caminhando ao lado de Katherine, e ela segurou a mão dele. Conduzido pelos fuzileiros navais armados, o grupo saiu do museu por uma sequência de pátios e arcos que foram dar na agitação da Praça Marian. Mais à frente, as bandeiras da Prefeitura Nova tremulavam ao vento forte, e ao longe Katherine ouviu sirenes que foram ficando cada vez mais altas. Parecendo também ter escutado as sirenes, os fuzileiros navais os instaram a apressar o passo. Langdon segurou com mais força a mão de Katherine, e os dois seguiram depressa os fuzileiros navais até a praça e o veículo que os aguardava.

É esse o nosso transporte?, pensou Katherine, espantada. *Não é nada discreto.*

Um dos fuzileiros navais estava segurando a porta aberta de uma limusine preta com o logotipo da embaixada americana na lateral e duas pequenas flâmulas no capô – uma bandeira tcheca e outra americana –, ambas vermelhas, brancas e azuis. A limusine já estava atraindo uma atenção considerável na praça.

– Perdoem a formalidade – disse a Sra. Daněk. – Os veículos diplomáticos proporcionam um certo nível de proteção das autoridades locais. A embaixadora achou prudente. Por favor, entrem.

Pelo barulho das sirenes que se aproximavam, Katherine percebeu que a imunidade diplomática talvez fosse uma coisa boa. Quando deu um passo na direção do carro, porém, Langdon segurou com força sua mão, contendo-a discretamente.

As sirenes soavam cada vez mais próximas.

– Senhora – disse o fuzileiro naval –, precisamos de vocês dois dentro do carro *agora*.

A mão de Langdon continuou firme e imóvel, com os olhos pregados na bandeira americana tremulando no capô. Katherine não fazia ideia do que Robert estava pensando, mas por algum motivo ele parecia hesitante em entrar no veículo.

– Entre no carro, senhor! – gritou o fuzileiro de repente, ao mesmo tempo que uma fileira de sedãs pretos com luzes piscantes dobrava uma esquina e aparecia. – Agora!

Os olhos de Langdon se moveram da bandeira para o interior da limusine, em seguida para as luzes piscantes das autoridades tchecas que se aproximavam. Por fim, com a relutância de um homem que escolhe dos males o menor, ele ajudou Katherine a entrar na limusine e embarcou em seguida.

O fuzileiro bateu com força a porta do carro bem na hora em que um comboio de viaturas da ÚZSI chegou, rasgando o frio ar matinal com suas sirenes.

◆ ◆ ◆

Parada no meio-fio, Dana Daněk ficou vendo a limusine da embaixada partir em velocidade. Não sabia ao certo o que levara Langdon a hesitar, mas isso não tinha mais importância. Com os dois seguros sob a tutela da embaixada, ela havia cumprido seu dever.

Já havia telefonado para a embaixadora Nagel, que parecera aliviada por saber que Langdon e Solomon tinham sido encontrados com vida. Porém Dana havia recebido mais informações, informações perturbadoras, e encontrou um lugar tranquilo atrás de uma estátua na quina da prefeitura para retornar a ligação.

– Tenho mais uma coisa a relatar, embaixadora – disse ela quando a ligação foi transferida. – Acabei de falar com o professor Langdon, que se disse muito preocupado com a segurança de Sasha Vesna... – Ela fez uma pausa, e a emoção deixou sua voz embargada. – E também com a de... Michael Harris.

– Harris? – Nagel soou surpresa. – Langdon disse por que estava preocupado?

A essa altura Dana tinha sido informada sobre a verdadeira natureza do "relacionamento" de Michael com Sasha Vesna, e, embora estivesse aliviada por ele não ter tido escolha, no fundo estava furiosa com o fato de a embaixadora o ter posto nessa situação. *Pelo amor de Deus, ele é um assessor jurídico, não um agente de campo!*

– A gente não teve tempo de conversar – respondeu Dana –, mas ele falou que era para ele e Sasha terem encontrado Michael no apartamento dela, só que alguma coisa aconteceu. Langdon insistiu que eu mandasse alguém lá ver como eles estão. Deixou a chave do apartamento de Sasha comigo.

– Langdon estava com a chave de Sasha?

Dana baixou os olhos para o chaveiro cafona que Langdon acabara de lhe entregar.

– Ela insistiu que Langdon ficasse com a chave, caso ele precisasse de um lugar seguro para ir.

A embaixadora ficou sem dizer nada por um tempo mais longo do que o habitual.

– Certo – falou, por fim. – Vou mandar Scott Kerble ir buscar você aí agora. Ele vai acompanhá-la até o apartamento de Sasha.

Eu? Dana não esperava ser mandada para lá pessoalmente e se perguntou se isso seria um castigo ou um voto de confiança. Fosse como fosse, Nagel estava enviando o fuzileiro mais confiável e capaz de sua equipe de segurança. Pelo visto a embaixadora queria ter certeza absoluta de que nada *mais* sairia errado.

◆ ◆ ◆

Apesar do ar quente que saía dos dutos de ventilação da limusine, o frio que Katherine Solomon estava sentindo só aumentava conforme ela escutava o relato de Robert sobre os acontecimentos daquela manhã.

– Robert, meu Deus. Não sei o que dizer...

O relato de Langdon sobre a mulher na ponte, uma reencenação do seu pesadelo, a deixou sem palavras.

Enquanto o carro margeava o rio na direção da embaixada, Langdon compartilhou com ela outra notícia perturbadora: o motivo que o fizera hesitar antes de embarcar na limusine.

O brasão da embaixada americana na lateral do carro.

Enquanto ele se explicava, Katherine se deu conta de que ele havia tido o que os cientistas noéticos chamam de "processamento visual atrasado", algo comum em pessoas dotadas de memória eidética. Como a memória eidética registra uma quantidade colossal de informações visuais, o cérebro não processa todas em tempo real. Na verdade, a maior parte das informações visuais armazenadas por uma memória eidética nunca chega a ser acessada, nem nunca é lembrada, a não ser que a pessoa tente *ativamente* se lembrar do que viu.

Ou... a não ser que haja um gatilho.

O logo da embaixada americana na porta da limusine tinha servido de gatilho para as lembranças de Langdon daquela manhã: um bilhete escrito num cartão com o mesmo brasão da embaixada, que acompanhava o grande arranjo de tulipas vermelhas, brancas e azuis enviado ao hotel pela embaixada.

– Quando voltei para o nosso quarto hoje de manhã – explicou ele –, o janelão estava escancarado, e eu reparei no bilhete da embaixada caído no chão. O quarto estava um gelo, e o vento tinha começado a fazer as flores do peitoril murcharem. Mas, quando eu estava fechando a janela, vi uma haste fina de metal com um cone plástico transparente na ponta. Estava escondida entre as hastes das flores.

Langdon correu a mão pelo cabelo escuro; parecia estar resgatando detalhes da lembrança.

– Na hora eu mal prestei atenção naquilo. Achei que fosse um detector de umidade ou alguma bobagem do tipo, mas com tudo que está acontecendo agora acabei de me dar conta de que vi um objeto parecido no Symphony Hall de Boston: um microfone parabólico suspenso acima da orquestra para captar cada nuance da música.

– Espere – gaguejou Katherine. – Você acha que as flores estavam *grampeadas*?

Langdon assentiu.

– Nós estávamos sentados bem do lado do arranjo quando conversamos sobre seu pesadelo ontem à noite. É a única explicação plausível. Se alguém tiver ouvido você descrever...

– Mas isso não faz sentido algum! – exclamou ela, balançando a cabeça. – Por que a nossa *própria* embaixada iria espionar a gente? E mesmo que eles tenham escutado meu sonho, por que iriam querer *recriá-lo*?

– Não sei. Mas tenho toda a intenção de perguntar à embaixadora quando a gente chegar lá.

– Não estamos indo para a embaixada – disse Katherine. – Ouvi Dana mandar o motorista nos levar para a casa da embaixadora.

Langdon fez cara de surpreso.

– Por quê?

Katherine deu de ombros.

– Vai ver ela achou que seria mais acolhedor...

Pela expressão aflita de Langdon, Katherine concluiu que ele considerava essa mudança o oposto de acolhedora.

– A proteção para os cidadãos dos Estados Unidos só tem efeito *dentro* da própria embaixada – sussurrou ele. – A embaixadora sabe disso. Um encontro na casa dela significa que você e eu continuamos desprotegidos. Expostos.

Katherine sentiu uma pontada de pânico. *O que eles podem estar querendo da gente?* Desejou não ter aceitado o convite de Gessner para dar a palestra em Praga.

– Seja por que motivo for, Katherine, isso *tudo* gira em torno do seu livro. – Langdon se inclinou para a frente e a encarou. – Você precisa falar comigo. Temos poucos minutos a sós, e você precisa me contar tudo. O que tem no manuscrito? O que você descobriu?

Katherine queria que Langdon lesse sobre seus experimentos e conclusões em todos os detalhes, mas esse luxo não era mais uma opção.

Não há mais manuscrito... e não há mais tempo.

– Tudo bem – sussurrou ela, se aproximando dele. – Vou contar.

CAPÍTULO 71

No meio do estiloso bairro comercial de Praga, um pequeno terreno permanece intocado e rodeado por uma fortificação de pedra. Por cinco séculos, esse lugar sagrado vinha sendo um registro sombrio da intolerância da humanidade.

O Antigo Cemitério Judaico, pensou O Golěm ao entrar pelo portão no santuário coberto de musgo e pontuado por árvores.

A paisagem fantasmagórica à sua frente era ocupada de muro a muro por lápides, mais de 12 mil naquele espaço diminuto. Os túmulos antigos estavam tão apinhados que muitos se tocavam, inclinados em todas as direções. O lugar mais parecia um espaço de armazenamento de lápides do que um terreno sagrado para sepultamento.

Por mais incrível que parecesse, havia mais de 100 mil corpos enterrados naquela área de 12 mil metros quadrados. Os judeus da Praga do século XV eram relegados à periferia da aceitação social e isolados num gueto próprio. Quando precisavam enterrar seus mortos, como era o costume judaico, os donos do poder lhes concediam apenas um pedacinho bem pequeno de terra.

Como o costume judaico proibia a exumação de um corpo sepultado, quando o espaço no cemitério acabava os líderes judeus simplesmente mandavam despejar uma nova camada de terra por cima do cemitério original, transferindo as lápides existentes para esse novo nível. Esse processo foi repetido diversas vezes ao longo dos séculos, produzindo, a cada uma delas, uma nova camada de corpos e um novo conjunto de lápides. Havia lugares com *doze* camadas de corpos, e dizia-se que, sem os muros de contenção, o Cemitério Antigo já teria transbordado para as ruas do entorno há tempos, espalhando cinco séculos de ossadas em todas as direções.

Assim que entrou no cemitério, O Golĕm se deteve junto ao grande caixote de madeira e escolheu um quipá, o "domo" ou touca judaica tradicional usado por todos que visitavam aquele lugar como símbolo de humildade e reverência. Baixou o capuz da capa e pôs o quipá sobre o crânio coberto de barro, ignorando os olhares e cochichos dos visitantes. Entendia por que sua presença ali poderia ser considerada desrespeitosa, tendo em vista que estava fantasiado, mas na verdade sentia apenas respeito por aquele lugar sagrado – e pelo rabino que havia criado o primeiro de sua linhagem.

Determinado, O Golĕm seguiu avançando entre o caótico amontoado de lápides, tomando cuidado para não escorregar no caminho de pedras coberto de musgo. Foi em direção ao canto oeste do cemitério, até chegar ao túmulo do rabino Loew.

A lápide do rabino tinha quase 2 metros de altura e exibia a decoração intrincada de um leão, como que confirmando seu sobrenome, *Löw*. O estreito peitoril da parte superior do monumento estava tomado por dezenas de minúsculos pedacinhos de papel dobrados com preces escritas, deixados por visitantes. Os que não tinham papel haviam deixado seixos, seguindo o costume judaico.

Sozinho diante desse túmulo elegante, O Golĕm se ajoelhou com reverência no chão frio e abriu a mente para as conexões invisíveis do universo, para a unidade das almas que tantos não percebiam e na qual se recusavam a acreditar.

Nós somos um.

A separação é uma ilusão.

Os minutos foram passando, e O Golĕm percebeu que estava absorvendo o poder daquele lugar místico. Pouco a pouco, começou a sentir uma presença cada vez mais poderosa, à medida que a força do golem original brotava da terra e preenchia sua alma.

CAPÍTULO 72

Quando a limusine da embaixada dobrou à esquerda e pegou a Ponte Mánes, Katherine abriu uma garrafa de refrigerante Kofola do frigobar do veículo e tomou um longo gole. Langdon aguardou enquanto ela fitava os pináculos do Castelo de Praga. Ela parecia estar organizando os pensamentos para o que estava prestes a dizer.

Eu quero ouvir tudo, pensou ele, ainda sem conseguir imaginar o que Katherine poderia ter descoberto que fosse capaz de levar alguém a querer destruir o manuscrito. *Ou a cometer assassinato.*

– Certo – começou ela, baixando a garrafa e virando-se para ele. – Existe um fenômeno científico chamado crise da replicabilidade. Sabe do que se trata?

Langdon já tinha escutado essa expressão ser discutida casualmente por seus colegas do departamento de ciências.

– Se não me engano, tem a ver com o resultado de um experimento que ocorre *uma única vez* e não tem como ser replicado.

– Isso mesmo. E ao longo dos últimos cinquenta anos dezenas de cientistas respeitadíssimos produziram toda uma série de resultados de laboratório que sustentam *fortemente* a consciência não local. Alguns desses experimentos produziram resultados verdadeiramente espantosos, mas as tentativas de *repeti-los* ou fracassaram ou geraram resultados inconclusivos.

Como a fusão a frio, pensou Langdon.

– Isso é enlouquecedor – comentou Katherine, com certa frustração. – A maioria desses resultados impossíveis de repetir é produzida por experimentos conduzidos de forma meticulosa e revisados por pares, realizados por cientistas competentes e renomados.

– Mas mesmo assim os resultados deles não levam crédito?

– Nenhum. No meu campo de atuação está havendo uma guerra feroz entre defensores dos modelos local e não local da consciência. Como os noéticos não conseguem replicar determinados resultados, os materialistas mundo afora vivem apontando o dedo para esse problema: cientistas céticos, como Gessner, dizem que os experimentos noéticos são enganosos e nos taxam de charlatães afoitos ou de fraudes.

Langdon não estava espantado. Na sua área de atuação, a história religiosa, alegações publicadas eram brutalmente atacadas na guerra entre crédulos e incrédulos. Fraudes eram comuns. Cientistas haviam usado a técnica de datação por carbono-14 no Sudário de Turim – supostamente a mortalha de Jesus –, e descobriu-se que ele era 1.200 anos *posterior* a Jesus Cristo. A célebre "Inscrição do Ossuário de Tiago" de 2002 fora desmascarada – tinha sido falsificada. O influente decreto imperial conhecido como Doação de Constantino fora denunciado após surgirem provas de que tinha sido resultado de uma astuta falsificação fabricada pela Igreja para consolidar seu poder.

Nós proclamamos a Verdade que atende às nossas necessidades.

– Existe *um* experimento paranormal em especial que virou um para-raios nessa tempestade – prosseguiu Katherine. – Ele foi realizado no começo dos anos 1980 por uma equipe de cientistas altamente respeitada, que trabalhou com um cuidado rigoroso e produziu resultados inconcebíveis. Infelizmente, esses resultados se revelaram impossíveis de repetir, apesar de inúmeras tentativas posteriores.

– O experimento Ganzfeld – sugeriu Langdon.

Katherine pareceu impressionada.

– Você sabe disso?

– Aprendi recentemente – reconheceu ele. – Depois do seu pitch de cair o queixo sobre consciência não local, decidi ler um pouco sobre o assunto.

– Eu ficaria lisonjeada, mas imagino que você só tenha querido checar para ter certeza de que eu não havia ficado doida.

Langdon riu.

– De jeito nenhum. Fiquei interessado mesmo.

Ele tinha aprendido que o experimento Ganzfeld consistia em pôr o participante dentro de uma câmara de privação sensorial e pedir a um segundo participante que transmitisse mensagens "mentalmente" para o primeiro. O experimento foi realizado ao longo de várias sessões, e os resultados demonstravam de maneira avassaladora a existência da telepatia. O estranho foi que o nível espantoso de sucesso estatístico obtido nessa *primeira* série de tentativas jamais fora replicado, nem sequer pela mesma equipe, o que produzira uma avalanche de críticas e acusações de engodo.

– E, se você leu sobre esse experimento – disse ela –, é provável que também tenha lido sobre o cientista social Daryl Bem, um dos maiores defensores do experimento Ganzfeld e autor de um artigo controverso chamado "Sentir o futuro", de 2011.

– Li esse também – admitiu Langdon, recordando o intrigante subtítulo do artigo: "Evidência experimental de influências retroativas anômalas na cognição e nas emoções".

O artigo de Bem descrevia um experimento no qual ele havia mostrado aos participantes uma lista de palavras aleatórias, em seguida pedido que recordassem o máximo de palavras possível da lista. No dia seguinte, ele entregou aos participantes uma seleção curta de palavras escolhidas totalmente ao acaso na lista original e pediu que eles as memorizassem. Por incrível que pareça, os resultados dos testes do primeiro dia indicavam claramente que os participantes tinham muito mais probabilidade de recordar palavras que iriam tornar a ver no segundo dia, *depois* do teste!

Espere aí!, Langdon se lembrava de ter pensado, atarantado. *É possível estudar depois de um teste? O futuro afeta o passado?*

Perturbado, levou os resultados de Bem para um colega do departamento de física, um pós-graduado de Oxford que usava gravata-borboleta e se chamava Townley Chisholm. Por incrível que pareça, Chisholm não se mostrara nem um pouco impressionado com os dados. Garantiu a Langdon que a "retrocausalidade" era real e já fora observada em diversos experimentos, entre eles um chamado "borracha quântica da escolha atrasada".

Chisholm o descrevia como "uma versão mais enfeitada do clássico experimento da dupla fenda". Langdon sabia que o experimento original havia deixado o mundo inteiro pasmo ao provar que a luz, ao viajar através de uma barreira com duas fendas, podia se mover como partícula *ou* como onda e, incrivelmente, parecia "decidir" a cada vez de que forma agir com base no fato de alguma outra pessoa decidir ou não *observá-la*.

A modificação da "escolha atrasada", explicou Chisholm, incorporava o uso de fótons emaranhados e espelhos para "atrasar" a escolha em tempo real do observador em relação a observar ou não até *depois* de a luz ter revelado como iria agir. Em outras palavras, os cientistas forçavam a luz a reagir a uma decisão que ainda *não tinha sido* tomada. O resultado estarrecedor foi que a luz não se deixava enganar. De alguma forma, ela *previa* a escolha que o observador faria no futuro, como se o universo já soubesse o que iria acontecer *antes* de ter acontecido.

Mais tarde, após ter pesquisado sobre o experimento no Google, Langdon conseguiu entender apenas o suficiente para aceitar que algumas mentes muito inteligentes acreditavam que os acontecimentos do futuro *de fato* afetavam os do passado – e que o tempo podia correr no sentido contrário.

– Preciso admitir que a simples *ideia* da retrocausalidade me causa dissonância cognitiva – disse Langdon, enrugando a testa.

– Você não é o único – retrucou Katherine. – Devia ver como as minhas visitas reagem à plaquinha em cima da minha mesa, que diz: "As experiências de hoje são resultado das decisões de amanhã."

Por mais que Langdon tentasse se abrir para a ideia, achava a retrocausalidade impossível de aceitar.

– Mas o tempo andar *para trás* não faz o menor sentido! Deve ter outra explicação.
– E tem, mas você não vai gostar muito mais dela do que da retrocausalidade. A outra possibilidade é que toda aquela gente louca que defende a teoria da "consciência universal" está certa, e o universo sabe *tudo*. Segundo essa visão, o universo não é limitado pelo tempo linear, como os seres humanos o vivenciam. Na verdade, ele opera como um todo atemporal no qual passado, presente e futuro coexistem.
Langdon estava começando a sentir dor de cabeça.
– Mas e o seu livro? Você estava falando sobre a crise da replicabilidade e de como ela atormenta a paranormalidade e a ciência noética.
– Atormenta mesmo, mais do que qualquer outra área, o que é uma injustiça. – Katherine tomou um gole do refrigerante. – Pense, por exemplo, na área do atletismo. Se um atleta bate um recorde mundial, algo que nunca aconteceu antes e que ninguém mais consegue replicar, a gente não conclui que as câmeras enganaram todo mundo e que os espectadores tiveram uma alucinação. A gente simplesmente considera o resultado impressionante. O simples fato de você não conseguir realizar o mesmo feito *duas vezes* não significa que ele não ocorreu.
– Bom argumento, mas isso é no esporte. Na ciência é diferente. A replicabilidade é uma parte-chave do processo científico.
– Sim, e concordo que a replicabilidade é um ônus da prova que faz sentido no nível *macroscópico*. Só que no nível *quântico* as coisas funcionam de outro jeito, Robert. Todo mundo concorda que o mundo quântico é *imprevisível*. Na verdade, todo mundo concorda que a característica mais marcante do mundo quântico é a imprevisibilidade!
Outro bom argumento, percebeu ele.
– A linguagem do mundo quântico é literalmente a linguagem da *imprevisibilidade* – disse ela, falando mais depressa agora. – Ondas de probabilidade, flutuações quânticas, princípios de incerteza, tunelamento quântico, caos, interferência quântica, descoerência, superposições, dualidades. Tudo isso pode ser traduzido aproximadamente como: "A gente não sabe o que vai acontecer porque as regras clássicas da física não se aplicam!"
– Certo, mas voltando à consciência...
– A consciência não é um órgão de carne e osso do seu corpo. A consciência existe no plano *quântico*. Assim, é extremamente difícil observá-la com qualquer previsibilidade ou replicabilidade. Você pode usar sua consciência para observar uma bola quicando, mas, quando usa a consciência para observar sua *consciência*, o resultado é um ciclo de feedback infinito. É como tentar observar

de que cor são seus olhos sem usar um espelho. Por mais inteligente ou persistente que seja, você não tem como saber, porque não tem como observar seus olhos com os seus olhos, assim como não tem como observar sua consciência com a sua consciência.

– Interessante. E você defende isso no seu livro?

– Sim, juntamente com o argumento de que a *replicabilidade*, como ônus da prova, é um padrão mais alto do que o razoável para o estudo da consciência. Ele está prejudicando a área e destruindo carreiras.

Langdon não soube o que dizer. Era um conceito fascinante, mas, à luz do que eles tinham vivido neste dia, ele esperava algo mais controverso – ou mais perigoso – para justificar toda a atenção que ela havia atraído.

– Então essa é a espinha dorsal da sua... descoberta?

– Meu Deus do céu, claro que não! – Katherine gargalhou. – Eu só estava explicando por que a consciência é tão arredia. Minha descoberta é *tangível*. Graças a uma série de experimentos, eu descobri uma coisa incrível. – Ela se inclinou mais para perto dele e sorriu. – E, aliás, sim: esses experimentos eu consegui *replicar*.

◆ ◆ ◆

Na Torre da Random House, o elevador apitou, e Jonas Faukman se viu caminhando num piso colorido. O sétimo andar era como uma dimensão paralela, um lugar onde ele sabia que sua tensão iria se dissipar. Ali não havia nada das estantes bem-arrumadas, nada dos tons neutros, nada das linhas retas típicas dos outros andares da PRH. O sétimo andar era um sinuoso labirinto de "baias de trabalho" em cores vivas decorado com personagens de quadrinhos, palmeiras infláveis, pufes e bichos de pelúcia.

Livros infantis: decoração bem-humorada. Negócio sério.

Além do ambiente extravagante e agradável do departamento, Faukman gostava do fato de não haver nada de infantil na máquina de café do andar: uma A1000 da Franke com tecnologia FoamMaster, a anos-luz das máquinas de Nespresso dos outros andares. Às vezes, tarde da noite, Faukman ia de fininho até ali com um manuscrito, preparava um espresso duplo e se jogava num dos pufes para ficar editando sob o olhar vigilante do Ursinho Pooh gigante num dos cantos do lounge e o sorriso travesso de um Gato de Chapéu com 2 metros de altura no outro.

Enquanto a máquina moía os grãos de café, Faukman inspirou o aroma para tentar aliviar seus temores. Ele devia estar aliviado pela prisão dos agentes no térreo, mas não estava se sentindo nada tranquilo; ainda não sabia o paradeiro de Robert e Katherine e estava cada vez mais desesperado para descobrir se os dois estavam bem.

Alex Conan já havia encontrado a resposta para uma pergunta desafiadora: *Quem roubou o livro de Katherine?*

Só que a surpreendente resposta agora dava margem a uma nova pergunta: *Por quê?*

Jonas Faukman havia bolado um plano para desvendar esse mistério.

CAPÍTULO 73

Temos que nos apressar, pensou Langdon enquanto a limusine subia as curvas íngremes e fechadas que atravessavam os Jardins de Chotek. O bairro Praga 6, onde se localizava a residência da embaixadora, ficava a minutos dali, e ele estava desesperado para saber tudo que pudesse sobre o livro de Katherine e sua descoberta. *Antes de confrontarmos a embaixadora*, pensou, ainda sem saber em quem confiar.

Katherine prosseguiu.

– No modelo de consciência não local, o cérebro é uma espécie de rádio que *recebe* a consciência e, assim como todos os outros rádios, é bombardeado o tempo inteiro por uma quantidade incalculável de estações. De modo que é possível entender de imediato por que os rádios precisam ter um dial, um mecanismo que permita escolher qual frequência única ele quer captar. O rádio em si é capaz de captar todas as estações, mas, sem um modo de filtrar quais frequências podem entrar, vai transmitir todas ao mesmo tempo. O cérebro humano funciona da mesma forma: contém uma complexa série de filtros que impede a mente de ser *sobrecarregada* por uma quantidade excessiva de estímulos sensoriais. Assim, pode se concentrar em apenas uma pequena fração da consciência universal.

Faz todo sentido, pensou ele. *Nossa percepção da luz e do som é filtrada.* Langdon sabia que a maioria das pessoas não faz ideia de que só capta uma pequena fração da gama de frequências e do espectro eletromagnético; o restante passa direto por nós, não é sintonizado pelos nossos dials.

– A atenção seletiva é um excelente exemplo de filtragem realizada pelo cérebro – disse Katherine. – Imagine que você está numa festa, com o cérebro focado só nas palavras ditas pela pessoa que está falando com você. Aí fica entediado, e seu foco se desloca sem o menor esforço para uma conversa mais interessante do outro lado do salão. É isso que permite a você filtrar o ruído de fundo e não ser soterrado por todas as vozes no raio de alcance da sua audição.

Reuniões de departamento, pensou Langdon, que muitas vezes se pegava prestando atenção na música que estava tocando do lado de fora, no campus, enquanto seus colegas debatiam questões de currículo ou de calendário.

– A habituação é outro tipo de filtragem – continuou Katherine. – O cérebro é tão eficaz em bloquear os estímulos sensoriais repetidos que você literalmente não consegue escutar o zumbido incessante do ar-condicionado ou sentir o par de óculos apoiados no nariz. Esse filtro é tão poderoso que às vezes ficamos andando de um lado para outro pela casa, procurando os óculos que estão literalmente na nossa frente ou o celular que estamos segurando.

Langdon assentiu. Fazia décadas que não sentia o relógio do Mickey no pulso. Sabia que o conceito de "realidade filtrada" era um tema recorrente nas escrituras antigas. O Vedanta dos hindus, que servira de inspiração para grandes físicos quânticos como Niels Bohr e Erwin Schrödinger, descrevia a mente física como um "fator limitante", capaz de perceber apenas uma fração da consciência universal conhecida como *Brahman*. A definição dos sufis para "mente" era um véu que disfarçava a luz da consciência divina. Os cabalistas descreviam as *klipot*, ou "cascas", da mente como algo que obscurecia a maior parte da luz de Deus. E os budistas alertavam que o ego era uma lente limitadora que nos levava a nos sentir separados do universo – do *uni-versum*, literalmente "tudo em um".

– E a neurociência moderna conseguiu identificar o mecanismo biológico responsável pela filtragem de estímulos externos feita pelo cérebro – acrescentou Katherine, e um sorriso perpassou seus lábios. – O nome desse mecanismo é GABA. Ácido gama-aminobutírico.

– Certo – disse Langdon, lembrando que a maior parte da pesquisa de doutorado de Katherine tinha sido sobre a neuro*química* do cérebro.

– O GABA é um composto impressionante: um mensageiro químico do cérebro, que desempenha um papel crucial na regulação da atividade cerebral. Mas provavelmente não da forma que você pensa. Falando de um modo mais específico, o GABA é um agente *inibidor*.

– Ele *impede* a atividade cerebral?

– Exato. Na verdade, reduz os disparos neuronais e *restringe* a atividade geral dos neurônios. Em outras palavras, desliga determinadas partes do cérebro para filtrar o excesso de estímulos. Segundo a compreensão mais básica que temos dele, a filtragem do GABA evita que o cérebro se sobrecarregue com informações demais. Na analogia do rádio, o GABA é como o dial que limita a recepção a uma única frequência bloqueando dezenas de outras.

– Até aqui tudo fez sentido.

– Na verdade, o GABA chamou minha atenção anos atrás – continuou Katherine, entusiasmada. – Eu li que o cérebro de um recém-nascido tem níveis de GABA incrivelmente *altos*, que filtram tudo, a não ser aquilo que está bem na frente do seu rosto. Dessa forma, os recém-nascidos praticamente não têm noção de detalhes situados do outro lado do quarto. Os filtros funcionam como um par de rodinhas de bicicleta, que protegem a mente do bebê de um excesso de estímulos enquanto ele está se desenvolvendo. Conforme amadurecemos, nossos níveis de GABA diminuem pouco a pouco, nós passamos a absorver mais do mundo e nossa compreensão aumenta.

Fascinante, pensou Langdon, que sempre imaginara que o campo de percepção reduzido de um bebê se devia ao fato de ele não enxergar bem.

– Então comecei a estudar mais a fundo e descobri que os monges tibetanos também apresentam níveis de GABA excepcionalmente altos quando estão meditando – disse Katherine. – Pelo visto, o transe da meditação causa um aumento desse neurotransmissor inibidor, que impede quase todos os disparos neuronais e evita que a maior parte do mundo externo penetre o cérebro dos monges no estado de meditação profunda.

A mente vazia, tão difícil de alcançar, pensou Langdon, que, apesar de conhecer o objetivo da meditação, nunca havia experimentado o processo químico para alcançar esse estado. *Literalmente bloquear o mundo e retornar à pureza da mente que acabou de nascer.*

– Imagino que esses resultados não sejam tão chocantes assim, mas eles me fizeram ter uma ideia – disse Katherine. – A ideia de que a consciência humana é um *sinal* que flui para dentro do cérebro através de uma série de portões.

– Portões que decidem quanto do mundo deixar entrar.

– Exato, e foi mais ou menos um ano e meio atrás, durante minhas pesquisas mais aprofundadas sobre o GABA, que me deparei com um artigo de neurociência escrito por Brigita Gessner.

Ah, sim, pensou Langdon. *E isso levou ao convite para Katherine vir fazer sua palestra aqui em Praga.*

– O artigo dela era sobre um chip para *epiléticos*, inventado por ela, capaz de impedir uma convulsão iminente disparando a reação natural de GABA do cérebro e literalmente "acalmando" os nervos – revelou Katherine. – Fazia todo o sentido. Na verdade, a epilepsia é uma doença muitas vezes relacionada a níveis perigosamente *baixos* de GABA, que é o mecanismo de frenagem do cérebro. Quando ele fica escasso, o cérebro começa a funcionar a todo vapor, os disparos neuronais se descontrolam, e por fim...

– Vem a convulsão.

– Isso – disse ela, tomando um gole de Kofola. – A tempestade elétrica caótica de uma convulsão epilética é o exato *oposto* da mente vazia e focada de um monge durante a meditação: a convulsão é associada ao déficit de GABA, e a meditação, ao excesso desse neurotransmissor. Eu já sabia tudo isso antes, mas o artigo dela me fez lembrar que as convulsões epiléticas muitas vezes são seguidas por um período refratário prazeroso conhecido como êxtase pós-ictal: um estado de consciência tranquilo e expandido, acompanhado por picos de conexão, criatividade, iluminação espiritual e experiências fora do corpo.

Langdon se lembrou de sua experiência com Sasha mais cedo, e também da descrição feita pelos incontáveis epiléticos visionários da história.

– E de repente eu me peguei pensando em *como* um cérebro epilético poderia fazer tão depressa a transição da tempestade de uma convulsão para a paz do êxtase pós-ictal – disse Katherine.

Langdon deu de ombros.

– Seria porque acontece um aumento natural dos níveis de GABA, que acaba acalmando a tempestade?

– Bom chute. Foi o meu também. Isso se chama rebote pós-inibitório e de fato acontece, só que não de imediato. Na verdade, primeiro ocorre *outra* coisa. O cérebro se *reinicia*. O sistema inteiro é desligado. E quando volta a funcionar isso acontece de maneira *gradual*, dando tempo ao cérebro para restaurar suas taxas de GABA, religar seus filtros e proteger o cérebro recém-despertado do excesso de estímulos.

– Parece o jeito como a gente acorda de manhã... abrindo os olhos *devagar* para dar às pupilas tempo de se contrair e filtrar parte da luz.

– Isso! Só que, *nesse* cenário, nós não chegamos a ver a verdadeira luz do sol da manhã, porque, no mesmo instante em que acordamos, alguém fecha as cortinas, nos impedindo de ver o que realmente há lá fora.

– E eu chutaria que esse *alguém* é o GABA, certo?

– Exato! O GABA *em geral* fecha as cortinas a tempo, antes de os nossos olhos se abrirem. Mas se ele se atrasar um instantinho e as cortinas não se fecharem depressa o bastante...

– A gente consegue ver o mundo externo.

– É isso – respondeu ela com um sorriso. – E parece que é uma coisa linda. A realidade sem filtros. O êxtase pós-ictal. A consciência em estado puro.

Impressionante, ponderou ele, pensando se alguns dos "rompantes geniais" mais famosos da história poderiam ser atribuídos a um atrasinho desse tipo, um breve instante no qual o portal da realidade fica entreaberto por engano.

– Quanto mais eu pensava no GABA, mais percebia que esse composto era a chave que eu estava buscando – disse Katherine.

– A chave para...?

– *A chave para entender a consciência!* – exclamou ela. – O ser humano tem uma mente extraordinariamente poderosa, mas *também* tem filtros extraordinariamente eficientes para impedir uma sobrecarga de estímulos. O GABA é o véu protetor que impede o cérebro de vivenciar aquilo com que não conseguimos lidar. Ele *limita* nossa capacidade de expansão da consciência. Esse composto químico talvez seja o único motivo pelo qual nós, humanos, não conseguimos perceber a *realidade* como ela realmente é.

Langdon se recostou no banco macio da limusine, absorvendo essa ideia provocadora.

– Está sugerindo que existe uma realidade à nossa volta que nós somos incapazes de perceber?

– É *exatamente* isso que estou sugerindo, Robert! – Os olhos dela brilhavam de animação. – Mas isso não é nem metade da história.

◆ ◆ ◆

No Antigo Cemitério Judaico, os ruídos das ruas movimentadas do entorno tinham se apagado da percepção do Golĕm – sua mente agora estava imersa num silêncio bem-vindo. Ajoelhado, ele absorvia o poder daquele solo sagrado e ouvia a voz de seu antecessor.

Como não tinha um verdadeiro local de nascimento próprio, O Golĕm considerava o cemitério seu lar e ia visitá-lo de tempos em tempos, quando precisava de força.

O primeiro golem enlouqueceu, mas eu sou mais forte e não vou permitir que isso aconteça comigo.

Suas visitas àquele lugar sempre o deixavam concentrado e reabastecido, mas nesse dia ele se sentiu especialmente fortalecido. Quando abriu os olhos e se levantou para encarar a tarefa que tinha pela frente, uma leve brisa sussurrou pelo cemitério. O Golĕm ouviu a voz do golem original, uma única palavra a farfalhar nos galhos desfolhados acima dele.

Verdade...

Visualizou as letras antigas na própria testa. A verdade do seu propósito nesse plano era proteger uma linda alma que não tinha forças para se defender por conta própria. A verdade era que ela só estaria segura quando O Golĕm levasse a cabo seus atos de vingança.

– Só existem dois caminhos – sussurrou o vento nas árvores. – A Verdade ou a Morte.

O Golĕm já tinha feito a sua escolha.

Eu escolho os dois.

CAPÍTULO 74

A limusine se aproximava do bairro chique de Bubeneč, e Langdon sabia que não estava longe da casa da embaixadora. Fascinado pelas revelações de Katherine, queria ouvir o resto o quanto antes.

Existe uma realidade à nossa volta que não conseguimos perceber?

– Essa ideia me veio pela primeira vez quando eu estava pesquisando sobre as experiências pós-ictais descritas por *epiléticos* – explicou ela. – De repente me dei conta de que a experiência de êxtase deles tinha uma semelhança notável com os relatos de *outro* grupo. – Ela fez uma pausa, e seus olhos brilhavam. – Os que *morreram*... e voltaram.

Experiências de quase morte, pensou Langdon, percebendo que ela estava certa. Depois do trauma de uma quase morte ou de uma convulsão, ambos os grupos relatavam um desligamento do próprio corpo, uma conexão profunda com todas as coisas e um forte sentimento de paz.

– Então eu me guiei por essa ideia e inventei um experimento fora do comum. – Katherine esboçou um sorriso. – E é *aí* que as coisas começam a ficar realmente interessantes. Primeiro, localizei um paciente em estado terminal não muito longe do meu laboratório. Ele próprio era um neurologista aposentado, que concordou em passar pelo processo de morte fechado dentro de um novo tipo de aparelho de imagem: um espectrômetro de ressonância magnética em tempo real. Eu expliquei que conseguiria acompanhar a química do cérebro dele segundo a segundo enquanto ele morria. Ele ficou feliz por fornecer dados precisos de um tipo que nunca tinha sido medido. Rodeado por parentes e funcionários de cuidados paliativos do hospital, ele morreu numa linda tarde enquanto era escaneado dentro do imenso aparelho. Ao longo do processo de morte, notei que os níveis de vários neurotransmissores importantes foram aumentando depressa – continuou Katherine. – Entre eles o de adrenalina e o de endorfina, que reduz as dores e ajuda o corpo físico a passar pelo estresse do processo de morte. Em outras palavras, ocorre um desligamento dos sistemas sensoriais. A consequência lógica seria os níveis de GABA também aumentarem, de modo a filtrar a experiência de morte conforme o cérebro vai se desligando. – Katherine sorriu. – Só que não foi isso que aconteceu.

– Não?

– O que aconteceu foi justamente o contrário! Enquanto ele morria, o nível de GABA *caiu* de forma drástica! Nos instantes finais de vida, chegaram perto de *zero*, ou seja, *todos* os filtros do cérebro dele tinham desaparecido. A experiência de morte estava entrando completa, sem bloqueio algum!

– Isso é bom ou ruim?

– Robert, eu diria que é maravilhoso! Significa que, durante o processo de morte, os filtros do cérebro se abrem e nós nos tornamos um rádio capaz de captar o espectro *inteiro*. Nossa consciência testemunha *toda* a realidade! – Katherine segurou as mãos dele e as apertou com força. – É *exatamente* por isso que as pessoas que passam por experiências de quase morte descrevem um sentimento de conexão total, de êxtase generalizado. A química prova isso! Quando estamos morrendo o *corpo* se desliga... e o *cérebro* acorda!

Langdon recordou a primeira frase de um de seus romances preferidos. *Dizem que, quando chega a hora da morte, tudo se torna claro.*

– E tem mais – continuou ela. – Nos sessenta segundos antes de o coração do paciente parar de bater, o cérebro dele foi inundado por oscilações de alta frequência que incluíam ondas *gama*! Essas ondas são associadas a um acesso intenso à memória. Os níveis dele foram à estratosfera.

– Quer dizer que ele estava se *lembrando* de alguma coisa?

– Não. Nos níveis que vi, ele estava se lembrando *de tudo*. As taxas de ondas gama com certeza sugerem que existe alguma verdade na lenda de que a sua vida inteira passa diante dos seus olhos antes de você morrer.

Langdon sabia que o conceito de "se lembrar da vida inteira" estava presente em muitas religiões: o Anjo da Morte mostrava à alma todas as suas escolhas de vida como um modo de trazer iluminação e ensinamento cármico.

– Em dado momento o cérebro *em si* morre, e aí o receptor desaparece – disse Katherine. – Com base nos meus experimentos, eu acredito que o processo de morrer *prevê* aquilo que está por vir, é uma espécie de teaser de próximas atrações, uma capacidade de perceber muito mais do que normalmente conseguimos.

– Quer dizer que quando o cérebro finalmente morre e não consegue mais perceber nada não é *o fim*?

Katherine deu um sorriso pensativo.

– Graças às experiências de quase morte, a gente já sabe que a morte envolve uma libertação da forma física, combinada com um sentimento intenso de alegria e conexão com todas as coisas. Se a gente sabe que a nossa consciência individual vem de fora do cérebro, como tantas pesquisas noéticas hoje mostram, então, para mim, parece que na hora da morte a consciência simplesmente abandona o plano físico e se reintegra ao todo. Você não precisa mais do seu corpo para *receber* o sinal: você *é* o sinal.

Langdon sentiu um calafrio. *A alma voltando para casa.* Era um conceito bem antigo. *O pó volte à terra, de onde veio, e o espírito volte a Deus, que o deu. Eclesiastes, 12:7.*

Apesar de não ter certeza se a consciência seguia existindo depois da morte, para Langdon não restava dúvida de que, se Katherine estava certa ao dizer que os filtros do cérebro limitavam nossa percepção da realidade, as descobertas dela seriam um divisor de águas. A premissa era basicamente que todos os seres humanos contavam com o equipamento necessário para apreender a verdadeira natureza do universo, mas que somos protegidos quimicamente de usá-lo até a hora da nossa morte.

– Tudo isso é incrível – comentou ele. – Ainda que represente um tipo cruel e cósmico de problema insolúvel.

– Como assim?

– A gente tem que *morrer* para ver a Verdade. Aí, quando morre, não pode contar a ninguém o que viu.

Katherine sorriu.

– A *morte* não é o único caminho para a iluminação, Robert. A história está cheia de mentes geniais que tiveram um vislumbre momentâneo de alguma luz divina que ninguém mais era capaz de ver. Pense em Newton, Einstein, Galileu, nos profetas religiosos... Essas mentes brilhantes tiveram epifanias científicas e revelações espirituais que podem ser explicadas em termos *científicos*.

– Está dizendo que o filtro deles enfraqueceu?

– Sim, por um tempo. E nesse instante eles receberam muito mais informações sobre o universo do que nós conseguimos ver.

Langdon pensou no cientista Nikola Tesla, cuja citação Katherine tinha lhe enviado após eles conversarem pela primeira vez sobre consciência não local: *Meu cérebro é apenas um receptor. No universo existe um núcleo do qual obtemos conhecimento.*

– Robert, você já usou drogas?

A pergunta inusitada o pegou desprevenido.

– Você considera *gim* uma droga?

Ela riu.

– Não, estou falando de drogas psicodélicas, alucinógenos que provocam emoções exacerbadas e imagens vívidas.

Pelo visto você nunca tomou muito gim de uma só vez.

– Não.

– Estou falando de psicodélicos como a mescalina, o LSD, a psilocibina. Sabe *como* essas drogas fazem a pessoa vivenciar tudo isso?

Na verdade, Langdon nunca tinha pensado no assunto.

– Imagino que estimulando a imaginação, certo?

– Seu palpite faz sentido, e é o que a maioria das pessoas pensa. Mas ninguém ainda tinha pensado em usar a espectroscopia por ressonância magnética em tempo real para observar uma mente no meio de uma viagem provocada por um psicodélico.

– Você *fez* isso?

Ele imaginou alguém tendo uma viagem de LSD preso a um tubo de ressonância magnética e sendo observado por Katherine.

– É claro que fiz. Pela lógica, era a etapa seguinte da minha pesquisa. Muitas viagens de drogas incluem experiências fora do corpo, e fiquei pensando em como seria a resposta do GABA nesse momento.

– E...?

Katherine parecia radiante.

– Na verdade, o que houve foi que, igualzinho ao que aconteceu ao longo da história com o nosso malcompreendido halo, a gente estava vendo tudo ao contrário. Os alucinógenos não *estimulam* os neurônios, como foi seu palpite: eles fazem o inverso. Por meio de uma série de interações complexas na rede de modo padrão do cérebro, essas drogas *reduzem* drasticamente os níveis de GABA. Em outras palavras, reduzem nossos filtros e permitem a entrada de um espectro mais amplo da realidade. Isso significa que você *não está* tendo alucinações, e sim vendo *mais* realidade. Essas sensações de conexão, amor e iluminação... *elas são reais*.

Langdon refletiu sobre essa afirmação extraordinária: o cérebro tem um potencial *ilimitado* de receber consciência, mas está trancado numa gaiola protetora da qual só pode escapar por meio da morte ou, num grau menor, de uma convulsão epiléptica ou do uso de psicodélicos.

O tema dos psicodélicos parecia estar por toda parte nos últimos tempos:

especialistas em saúde mídia afora vinham defendendo as virtudes dos cogumelos psicodélicos em "microdoses", afirmando que a psilocibina era um elixir contra a ansiedade, a depressão e a falta de foco.

Um dos colegas de Langdon em Harvard, o escritor Michael Pollan, tinha ganhado as manchetes não muito tempo antes com *Como mudar sua mente*, livro sobre o poder positivo dos psicodélicos que tinha sido campeão de vendas e virado documentário na Netflix.

Outra estrela da área que morava em Boston, Rick Doblin havia fundado a MAPS, sigla em inglês para Associação Multidisciplinar para Estudos sobre Psicodélicos, que conseguira angariar mais de 130 milhões de dólares para pesquisas com psicodélicos e vinha apresentando um índice altíssimo de sucesso no tratamento da depressão e do transtorno de estresse pós-traumático.

Admirável mundo novo, pensou Langdon, recordando que a visão do futuro de Huxley incluía fazer a população inteira tomar uma droga da felicidade chamada soma.

– Pense no caos e na discórdia que reinam hoje no mundo. Imagine um futuro em que os seres humanos começam a diminuir seus filtros cerebrais e a viver com uma compreensão mais ampla da realidade, com um sentimento mais profundo de inclusão e de coexistência. Talvez a gente comece de verdade a acreditar que é uma espécie unificada!

Langdon ficou maravilhado com esse pensamento inovador.

– Pense em todos os estados de iluminação pelos quais a gente anseia e que são tão difíceis de alcançar – sugeriu ela. – Consciência expandida, conexão universal, amor sem limites, despertar espiritual, genialidade criativa. Tudo isso parece fora de alcance, produto de mentes muito especiais ou de experiências raras. Só que não é assim! *Todos nós* temos essa capacidade o tempo *inteiro*. O problema é que nossa química nos impede de vivenciar isso.

Langdon experimentou uma onda de amor e respeito por Katherine. *Talvez ela tenha acabado de revolucionar a compreensão da consciência humana e descoberto uma forma de expandi-la.*

– Estou de queixo caído, Katherine. Seu trabalho vai ter um impacto profundo – disse ele, deixando aquilo tudo assentar e tentando não ser arrastado de volta para a realidade pela pergunta óbvia que ainda lhe ocupava a mente.

– Eu sei... – disse Katherine com o cenho franzido, já sabendo o que ele estava pensando. – Mas nada disso explica por que tudo isso está acontecendo, por que alguém iria querer destruir meu manuscrito.

Exato.

A resposta para *essa* pergunta teria que esperar, percebeu Langdon.

Após dobrar à esquerda, a limusine diminuiu a velocidade diante de um arco de pedra e de um pesado portão de ferro fundido em frente à residência da embaixadora. Numa placa se lia: TODO VISITANTE É OBRIGADO A SE IDENTIFICAR. O protocolo de segurança pelo visto não incluía os ocupantes da limusine da embaixada, pois o portão foi aberto, e o fuzileiro naval na guarita de pedra os fez passar sem hesitação.

Langdon olhou para o perímetro fortificado que circundava o terreno da residência e se perguntou que respostas poderiam estar à espera lá dentro. Enquanto a limusine avançava serpeando pelo acesso margeado de árvores, reparou que o portão atrás deles tinha se fechado por completo. Foi tomado por um pensamento incômodo.

Será que estamos entrando num refúgio ou na cova de um leão?

CAPÍTULO 75

A Villa Petschek, residência do embaixador ou da embaixadora dos Estados Unidos em Praga, é um suntuoso *château beaux-arts* cuja grandiosidade arquitetônica francesa inspirou seu apelido local, Le Petit Versailles. Construída para Otto Petschek, rico industrial judeu cuja família foi expulsa de Praga na ocupação nazista, a Villa Petschek foi invadida e habitada tanto pelo exército nazista quanto pelo russo. Um marco histórico, o palácio é hoje um monumento emblemático à sombria história de ocupação, opressão e genocídio da região.

Depois de Hitler declarar sua intenção de transformar Praga num "museu de uma raça extinta", a Villa Petschek foi escolhida como "troféu" do triunfo nazista. Ele ordenou que todos os melhores móveis e obras de arte dos Petschek fossem marcados com suásticas, catalogados e cuidadosamente armazenados no porão para serem exibidos depois que a Alemanha ganhasse a guerra.

Ao pensar nisso Langdon se sentiu mal. Ficou olhando pela janela enquanto a limusine subia as curvas do acesso até adentrar um suntuoso jardim protegido por uma cerca de ferro alta com estacas verticais afiadas e câmeras de segurança. Concluiu que sair daquela fortaleza seria tão difícil quanto entrar.

– Nossa! – sussurrou Katherine quando a residência luxuosa apareceu. – Isto aqui é a *casa* da embaixadora dos Estados Unidos?

Construída segundo uma suave linha convexa, a luxuosa fachada de colunas do palácio se estendia por quase 100 metros de comprimento e subia três andares até um telhado de mansarda feito de cobre pontuado por águas-furtadas; era um típico palácio europeu.

– Agora entendi por que pago tanto imposto – brincou Katherine. – A gente põe os funcionários do governo para morar em palácios particulares...

Não é tão simples, pensou Langdon, que tinha lido o livro do ex-embaixador Norm Eisen intitulado *O último palácio de Praga*, um retrato histórico detalhado sobre aquela incrível residência. Na realidade, os Estados Unidos tinham gastado uma quantia astronômica depois da guerra para comprar e restaurar a casa, de modo a recuperar sua glória original, e já fazia quase um século que a mantinham mediante um alto custo. *É o jeito americano de ajudar a preservar o legado histórico de Praga.*

Langdon havia encontrado Eisen uma vez e se lembrava de o embaixador ter compartilhado um relato inspirador sobre sua mãe Frieda, sobrevivente de Auschwitz que costumava dizer: "Os nazistas nos tiraram da Tchecoslováquia em vagões de gado, e meu filho voltou para lá no avião da presidência."

"Tudo numa única geração", assinalara Eisen.

Agora, depois de a limusine parar debaixo da *porte-cochère* margeada de colunas, o fuzileiro naval saltou do banco da frente, deu a volta no carro e abriu a porta para Robert e Katherine.

– Cuidado com onde pisam, por favor – disse. – A neve deixa as pedras escorregadias.

Um vento frio fustigou Langdon e Katherine quando eles seguiram o militar até uma pequena antessala em formato de elipse, cujo carpete exibia os símbolos coloridos de uma águia e de uma bandeira americanas. Acima deles, um lustre cilíndrico lançava um padrão de raios nas paredes e no teto contornado por sancas, iluminando um retrato sério da embaixadora americana Heide Nagel.

Na mesma hora Langdon a reconheceu por já tê-la visto em fotos. Era uma mulher de 60 e poucos anos, com uma pele clara realçada pelo estiloso cabelo bem preto que usava com uma franja reta e precisa.

Passos se aproximaram, e um homem mais velho de ar animado trajando um blazer esportivo com estampa espinha de peixe já bastante gasto entrou na sala e os cumprimentou. Após dispensar o militar, ele acenou, pedindo que Langdon e Katherine o acompanhassem para dentro da casa.

Quando os três chegaram a um corredor largo, Langdon sentiu o cheiro aconchegante de uma lareira, mas também detectou outro: o aroma inconfundível de cookies com gotas de chocolate recém-saídos do forno. *Que sutileza,* pensou ele, que sempre achava graça quando os hotéis de luxo faziam a mesma coisa. Essa tática de hospitalidade fora inventada por um corretor de imóveis dos anos 1950 e agora era amplamente usada para transmitir uma sensação de conforto e "familiaridade".

Langdon e Katherine foram conduzidos a uma sala espaçosa, onde o homem lhes sugeriu que se sentassem diante de uma lareira recém-acesa. A mesa à frente deles continha um pequeno bufê: doces sortidos, uma cesta com frutas, um bule de café, uma garrafa de água grande, duas de Coca-Cola, e um prato com cookies caseiros quentinhos com gotas de chocolate.

– Me desculpem pela mistureba – disse o homem. – A embaixadora me avisou em cima da hora que iria receber visitas. Ela está numa ligação e virá falar com os senhores daqui a uns dez minutos. Os cookies acabaram de sair do forno. Estão quentes.

Em seguida ele se retirou, deixando Langdon e Katherine sozinhos diante da lareira, junto a uma mesa de comida.

– Bom – sussurrou ele –, talvez a gente esteja se metendo numa encrenca, mas pelo menos ela é uma ótima anfitriã.

◆ ◆ ◆

No andar de cima da Villa Petschek, a embaixadora Nagel desligou o telefone e passou vários segundos olhando fixo pelo janelão de seu home office. A propriedade hoje coberta de neve lhe parecia um lugar estranho, solitário por algum motivo. Já fazia quase três anos que aquele palácio era seu lar, e ao recordar seus primeiros meses como embaixadora, uma época de ingenuidade e otimismo, ela se deu conta de que esses dois sentimentos tinham se dissipado à dura luz da realidade.

O vexame com a ÚZSI e Langdon era página virada. A narrativa oficial era que o capitão Janáček havia falsificado provas contra dois americanos importantes e, ao saber que seu crime fora descoberto, se atirou para a morte por cima da mureta do Bastião U Božích Muk.

Nagel ameaçara instaurar uma investigação pública caso a ÚZSI não acatasse suas exigências de se manter *bem longe* do Bastião U Božích Muk e resgatar o corpo de Janáček acessando o local pelo Parque Folimanka. À ÚZSI só restou obedecer.

Agora, virando as costas para a janela, Nagel tornou a se concentrar no problema ainda sem solução que tinha diante de si: Robert Langdon e Katherine Solomon. Em cima da sua mesa, a impressora soltou um zumbido e cuspiu os dois documentos que o Sr. Finch acabara de lhe mandar.

Vamos torcer para isso dar certo.

Nagel pegou as folhas, pescou uma caneta de laca preta da "Embaixada dos Estados Unidos da América" em cima da mesa e desceu para receber seus convidados.

◆ ◆ ◆

Na sala, após saborear dois cookies e uma xícara de café forte, Langdon estava se sentindo revigorado e resignado com o que quer que os aguardasse no encontro com a embaixadora.

Já havia aconselhado Katherine a não conversarem mais sobre o que estavam pensando a partir do momento em que entrassem na residência da embaixadora. *As paredes têm ouvidos.* Infelizmente, ele temia já ter falado demais enquanto estava no banco de trás da limusine e se perguntou se o elegante veículo teria um intercomunicador – e se alguém estava escutando. Langdon só se deu conta de seu descuido quando eles chegaram ao palácio, após terem conversado abertamente sobre as espantosas ideias contidas no livro de Katherine, sobre a escuta nas tulipas da suíte de hotel e sobre a desconfiança cada vez maior que ele estava sentindo em relação à embaixada.

Não há o que fazer em relação a isso agora. A gente vai descobrir o que está acontecendo quando encontrar a embaixadora.

Enquanto eles esperavam, Langdon olhou para o salão de jantar formal do outro lado do corredor. Lembrou-se de um documentário sobre a mansão e de uma história incomum que tinha escutado sobre as cadeiras da sala de jantar.

Estou curioso, pensou, acenando para Katherine segui-lo. Foi até a sala de jantar, com sua comprida mesa de pau-cetim rodeada por cadeiras de couro antigas feitas à mão. Pegou uma delas, virou-a de cabeça para baixo e na mesma hora percebeu estar segurando um sombrio pedaço da história. No verso da cadeira estava colado um adesivo desbotado amarelo com o número de catálogo 206 carimbado, além dos símbolos nazistas da *Reichsadler* – a águia imperial – e da suástica.

Ao ver aquilo, Katherine tomou um susto e respirou entrecortado.

– Que diabo *essa coisa* está fazendo aqui?

Langdon suspendeu a cadeira para examinar o adesivo mais de perto.

– Parece que, quando invadiram Praga e ocuparam o palácio, os nazistas catalogaram toda a mobília para usar depois como peças de museu. Esses adesivos são os números de catálogo nazistas originais. A embaixada resolveu não tirar para servir como lembrete dos horrores da guerra.

Uma voz falou atrás deles.

– Um professor de mobiliário, pelo que estou vendo.

Langdon e Katherine giraram nos calcanhares e se viram frente a frente com a embaixadora americana Heide Nagel. Foi possível reconhecer na hora a franja reta do retrato no corredor. Ela usava um terninho preto e um colar de miçangas coloridas.

A embaixadora Nagel com certeza não estava sorrindo.

Encabulado, Langdon rapidamente desvirou a antiga cadeira.

– Me desculpe – falou, colocando-a no chão com cuidado e deslizando-a de volta a seu lugar diante da mesa.

– Professor – disse a embaixadora num tom tenso –, se alguém tem que se desculpar, esse alguém sou eu. Até onde sei, o governo dos Estados Unidos deve a vocês dois uma senhora explicação.

CAPÍTULO 76

O governo dos Estados Unidos nos deve uma explicação?

Langdon não sabia o que pensar enquanto seguia a embaixadora junto com Katherine por uma elegante galeria curva que margeava a ala sul da Villa Petschek. A apresentação com pedido de desculpas o deixara espantado, ele que havia chegado ali num estado de alerta total e com o desconfiômetro ligado no máximo.

Agora, porém, o momento inicial de simpatia fazia parte do passado. A embaixadora Nagel caminhava a passos largos, com a determinação de quem estava lidando com algum assunto urgente e oficial, uma postura que não combinava com sua residência particular. Não fez comentário algum enquanto eles passavam por uma sala de música, por uma sala de estar com tema dourado e por um jardim de inverno com vista para os jardins externos. Chegando ao final da galeria, ela passou por uma porta dupla espelhada e adentrou uma pequena biblioteca.

– Este aqui é o espaço mais reservado da casa – falou, suas primeiras palavras desde que eles tinham saído do salão de jantar. – É onde dou meus telefonemas pessoais. Achei melhor conversarmos aqui.

A biblioteca aconchegante, com paredes forradas de madeira, recendia a couro e charutos. Cercado por estantes repletas de livros antigos, o recinto tinha como peça central um conjunto de sofás frente a frente sob um lustre dourado. No canto, uma poltrona bem gasta e uma mesinha de apoio octogonal estavam posicionadas junto à janela para leitura. A lareira de mármore meticulosamente arrumada com pedaços de lenha de bétula estava apagada.

Seguindo o exemplo da embaixadora, Langdon e Katherine assumiram seus lugares num dos sofás, com a embaixadora de frente para eles no outro. Ela vinha carregando alguns documentos, que pousou de cabeça para baixo na mesa de centro que os separava. Colocou uma caneta oficial da embaixada em cima dos papéis, se recostou, uniu as mãos no colo e soltou o ar.

– Vou pular as amenidades – começou ela. – Em primeiro lugar, preciso dizer a vocês que estou profundamente aliviada por saber que ambos estão em segurança. A situação com a ÚZSI foi especialmente perigosa, professor Langdon, e fico feliz por ter conseguido proteger o senhor.

Obrigado, acho. Langdon não tinha certeza alguma de estar numa situação melhor agora.

A embaixadora os observou por alguns instantes, como que para ter certeza de que os dois estavam prestando total atenção.

– Eu trouxe vocês à minha casa hoje para dizer, pessoalmente, o que precisa ser dito. Para falar de um modo bem simples, *sinto muito*. Em nome do governo dos Estados Unidos da América, eu gostaria de me desculpar. Nossas embaixadas foram criadas para proteger os cidadãos e os interesses americanos no estrangeiro. Como embaixadora, eu jurei fazer exatamente isso, e levo esse juramento muito a sério. Lamento informar que dias atrás, ao cumprir o juramento de proteger os interesses americanos, recebi a ordem de viabilizar a instalação de um aparelho de escuta de áudio no seu quarto de hotel.

Aí está, pensou Langdon, estupefato ao visualizar o arranjo de tulipas e o recado escrito à mão da embaixadora. *Minhas suspeitas estavam certas.* A mulher na Ponte Carlos não tinha sido uma premonição, e sim algum tipo de encenação bizarra, consequência do fato de alguém ter escutado Katherine contar seu sonho. *Mas por quê?*

– A ordem de pôr essa escuta veio de cima, e eu obedeci – prosseguiu a embaixadora. – Imaginei que fosse para a proteção de vocês e não tinha ideia de que as informações obtidas seriam usadas de uma forma que poria vocês dois em perigo. Isso foi imperdoável, e assumo total responsabilidade pelo que aconteceu.

Katherine olhou para Langdon com uma expressão indignada.

– Quer dizer que vocês grampearam *mesmo* o nosso quarto de hotel? – exigiu saber, sem fazer qualquer esforço para disfarçar a raiva.

– Antes que a senhora fique indignada demais, devo dizer que o mundo está vivendo tempos difíceis – respondeu a embaixadora, num tom mais duro. – Posso lhe garantir que ninguém liga a mínima para o que vocês fazem na cama ou para suas conversas íntimas. O aparelho de escuta foi posto lá em nome da segurança nacional.

– Com todo o respeito, embaixadora – disse Langdon com a maior calma possível. – Por acaso nós *temos cara* de risco para a segurança nacional?

– Com todo o respeito, professor, se o senhor acha que os riscos para a segurança nacional têm *cara*, então é mais ingênuo do que o seu currículo leva a crer – disparou ela em resposta. – Estou lhes oferecendo um pedido de desculpas e uma certa transparência em relação ao que aconteceu com vocês hoje de manhã, e sugiro que cooperem comigo. Nosso tempo é curto, e existem aspectos da sua situação que vocês dois precisam muito entender.

Langdon não se lembrava de já ter recebido uma reprimenda tão sucinta.

– Entendido. Por favor, continue.

– Em primeiro lugar, Dra. Solomon, estou ciente de que a senhora escreveu um livro que vai ser publicado em breve – disse Nagel. – O que vocês precisam entender é que existem entidades poderosas que acreditam que esse livro, caso publicado, vai representar um risco *significativo* para a segurança nacional.

– Como? – exigiu saber Katherine. – É um livro sobre a consciência humana!

A embaixadora deu de ombros.

– Essa informação não me foi passada. Mas o homem que *detém* essa informação vai chegar a Praga daqui a pouco para conversar com vocês dois.

Langdon levou um susto.

– Para conversar ou para nos interrogar?

– Um pouco dos dois, imagino – respondeu Nagel, mantendo o olhar firme. – Estou comprometida com a proteção de vocês, mas meu poder tem limites.

– E que *limites* seriam esses? – indagou Katherine. – A senhora é a embaixadora americana.

Heide Nagel deu uma risadinha cansada.

– Diplomatas vêm e vão, Dra. Solomon. Quem toma as decisões de verdade são as forças permanentes do governo, e lamento informar que é com *essas* forças que vocês estão lidando.

Vários palpites surgiram na mente de Langdon, e ele foi se sentindo cada vez mais ansioso.

– Fui proibida de conversar com vocês sobre qualquer coisa mais específica antes de apresentar isto aqui. – Ela virou para cima as duas folhas de papel que havia posto na mesa de centro e deslizou uma até a frente de cada um, juntamente com a caneta. – É um termo de confidencialidade padrão, uma promessa de guardar sigilo em relação à conversa que estão prestes a ter com o homem que vai chegar daqui a pouco. Depois que assinarem, vou poder brifar vocês contando tudo que sei.

Um termo de confidencialidade de uma página só?, estranhou Langdon. *Desde quando advogados conseguem fazer qualquer coisa numa página só?* Ele não era advogado, mas desconfiou que um termo de confidencialidade enxuto como aquele os proibiria de voltar a tratar de todos os temas que seriam discutidos com o tal homem. *Blecaute total.* Ele se lembrou da estranha coincidência de Gessner também ter pedido que Katherine assinasse um termo do tipo.

Quando Katherine estendeu a mão para pegar sua folha, Langdon segurou o pulso dela sem dizer nada e sem interromper o contato visual com a embaixadora.

– Embaixadora, como essa situação claramente tem a ver com o livro de Katherine, ela não pode assinar esse documento sem falar com um advogado, ou pelo menos com o editor dela. Se pudéssemos usar um telefone bem rapidinho, quem sa...

– Um pedido razoável, mas que não posso atender – interrompeu ela. – O homem que está vindo falar com vocês me deu instruções claras de proibir qualquer contato externo até os termos estarem assinados e ele ter falado com vocês.

– Que homem é esse? – perguntou Katherine.

– Ele se chama Sr. Finch, e esses termos de confidencialidade são *dele*. Fiquem à vontade para ler.

– Não precisa – disse Langdon. – Imagino que eles digam que qualquer coisa sobre a qual nós conversarmos aqui nunca poderá ser divulgada.

Nagel assentiu; estava começando a aparentar impaciência.

– Em geral é esse o objetivo de um termo de confidencialidade.

– Seja o Sr. Finch quem for, se ele não pode nos autorizar sequer a dar um telefonema, então espero que a senhora entenda que é difícil para nós confiar às cegas num pedido como esse – retrucou Langdon. – Acho que o melhor agora é Katherine e eu voltarmos para o nosso quarto no hotel.

Katherine pareceu se espantar com o comentário, assim como a embaixadora Nagel, cujo verniz diplomático estava começando a rachar.

– Se quiserem mesmo ir, não tenho a autoridade nem o desejo de deter vocês aqui à revelia, mas acho que ir embora daqui não é do seu interesse – declarou Nagel, incisiva. Então fez uma pausa e encarou Langdon. – Para ser franca, não tenho certeza se lá fora é totalmente seguro para vocês.

– Para ser igualmente franco, também não tenho certeza se nos sentimos totalmente seguros aqui dentro – rebateu Langdon.

A expressão de Nagel era um misto de incompreensão e ultraje.

– Professor, eu imaginava que minha confissão sobre o grampo no hotel talvez me valesse um pouco de boa vontade e confiança de sua parte, mas tendo em vista o seu...

Um som seco de notificação do celular de Nagel cortou o ar e a interrompeu. Irritada, ela pegou o aparelho e leu a mensagem. Sua expressão se transformou, passando da irritação ao pavor. Ela deu um arquejo, tapou a boca e se levantou com um pulo, os olhos esbugalhados de emoção.

– Eu... me desculpem – gaguejou a embaixadora, apoiando-se na mesa. – Vou precisar de dez minutos. Essa mensagem é... me desculpem.

E com isso se retirou às pressas pela porta, seus passos rápidos ecoando pelo corredor de mármore à medida que ela se afastava.

Katherine fez cara de alarmada.

– Acho que isso não foi teatro.

Langdon teve a mesma impressão, embora a política e o teatro fossem mais próximos do que as pessoas gostavam de admitir.

– Você foi *muito* duro com ela, Robert – ralhou Katherine, obviamente surpresa com a resistência de Langdon em assinar os documentos. – Afinal, o que ela disse é verdade: ela *realmente* contou sobre o grampo.

– O mesmo grampo sobre o qual eu falei *com você* quando a gente estava na limusine. Desconfio que a embaixadora, ou talvez o Sr. Finch, tenha ouvido a conversa e se dado conta de que não tinha escolha a não ser contar o que a gente já sabia. Devo admitir que foi uma tentativa astuta de ganhar nossa confiança.

Os lábios de Katherine se contraíram numa linha fina.

– Meu Deus, você acha mesmo que ela grampeou a própria limusine? A gente falou sobre *muita coisa*.

– Tudo que eu sei é que esses termos de confidencialidade são uma armadilha – retrucou Langdon, pegando um dos documentos, passando os olhos no texto e confirmando sua suspeita. – Eles basicamente dizem que tudo que nós dois conversarmos com o Sr. Finch se tornará imediatamente confidencial. Tudo que esse cara precisa fazer é mencionar tópicos do seu livro que considere preocupantes, e você nunca mais na vida vai poder falar nem *escrever* a respeito. Você ficaria legalmente impedida de publicar o livro. Para sempre.

– Eles têm como fazer *isso*?

– Se você assinar o documento, com certeza.

Langdon tinha um amigo que escrevera um thriller sobre uma grande empresa de tecnologia, mas fora impedido de publicá-lo por ter assinado um "termo de confidencialidade padrão" antes de visitar a sede da empresa.

– Bem... – disse Katherine, com o olhar perdido. – Esse termo responde a uma pergunta que ficou na minha cabeça o dia inteiro.

– Que pergunta?

Ela se virou para ele.

– Quando eu soube que alguém estava tentando destruir todas as cópias do manuscrito, me perguntei por que essa pessoa não estava preocupada com a possibilidade de eu simplesmente *reescrever* o livro. Agora a gente sabe. Eles acharam que eu seria impedida de reescrever.

– Justamente. E não me agrada o fato de a gente estar numa residência particular, e não na embaixada americana. – Ele fez um gesto em direção às janelas, apontando para as cercas de segurança altas ao redor da propriedade. – Pense. A gente não tem como sair daqui, não pode usar o telefone, e sei lá quem é esse cara estranho que está vindo falar com a gente. *Aqui*. Numa residência particular. E é um sujeito capaz de mandar uma embaixadora americana plantar escutas.

Era raro o medo transparecer nos expressivos olhos castanhos de Katherine, mas no momento eles com certeza denotavam preocupação.

– O que me dá medo é ninguém saber que a gente está aqui – disse ela. – E a gente nem sequer saber se o Jonas está bem.

Langdon se levantou.

– E é por esse motivo que eu vou matar esses dois coelhos com um telefone só.

Ela o encarou com um olhar de estranhamento.

– Você quer dizer com uma cajadada só?

Não, quis dizer telefone mesmo.

Langdon foi até a poltrona vintage e reparou que o estofado de couro tinha marcas profundas de uso.

– Ela falou que esta biblioteca era o cômodo mais reservado da casa e que era daqui que dava todos os telefonemas. Nesse caso, cadê o telefone dela?

– Ela tem um celular – disse Katherine.

Langdon fez que não com a cabeça.

– O assessor jurídico dela me disse que todos os assuntos oficiais precisam ser tratados por telefone fixo.

Acomodando-se na poltrona de couro gasta, Langdon olhou em volta e percebeu a mesinha de apoio inusitada: um pilar octogonal cujo inimitável estilo beaux-arts estivera em voga no fim do século XIX, quando vigorava a Lei Seca. Ergueu a borda. Uma dobradiça fez o tampo da mesinha se abrir, revelando um nicho. Como Langdon imaginava, dentro dele havia não uma garrafa de bebida alcoólica escondida, e sim o telefone fixo da embaixadora.

Ele enfiou a mão, pegou o aparelho e o pôs no colo.

– Você é ridículo – disse Katherine.

– Um palpite feliz.

Langdon levou o fone ao ouvido e ouviu o tom de discagem.

– Acha mesmo que deveria usar esse telefone? – perguntou Katherine, ressabiada.

– Por que não? – respondeu ele, já discando. – Deve ser a linha mais segura do país.

CAPÍTULO 77

Estimulado pelo espresso duplo, Jonas Faukman havia deixado o andar do selo infantil e voltado para a própria sala com uma missão clara: entender exatamente *por que* o manuscrito de Katherine tinha sido hackeado, em especial por uma entidade tão poderosa. Alex Conan havia se juntado a ele, ansioso para ajudar, ao menos até sua chefe convocá-lo para o inevitável interrogatório.

Faukman estava em seu computador, com o TI sentado de frente para ele com um notebook aberto. Os dois tinham acabado de iniciar os trabalhos quando o toque estridente do telefone da sala de Faukman rompeu o silêncio.

Uma ligação de trabalho às 5h15 da manhã?, estranhou ele. Ao ver que o identificador de chamadas indicava que o número era da Europa, atirou-se no telefone e apertou o botão do viva-voz.

– Alô?!

– Jonas! – O tom barítono de Robert Langdon ecoou pelo recinto, acompanhado por estática. – Graças a Deus você está bem! Tentei ligar para seu celular e seu telefone de casa. O que está fazendo no trabalho tão cedo?

– Robert, meu Deus! – Faukman sentia o coração bater com força. – A gente pensou que você estivesse...

– Eu sei o que você ouviu – disse Langdon. – A Katherine me contou, mas quem se afogou foi só meu *celular*, não eu.

– A Katherine está *com você*?

– Está, e nós dois estamos aliviados por ouvir sua voz. A última notícia que tivemos foi que você estava sumido.

– Essa é uma longa história para contar regada a martínis – disse Faukman. – Como vocês devem saber, o manuscrito da Katherine *sumiu*. A gente foi hackeado, e ele foi completamente apagado do sistema da PRH.

– Fiquei sabendo. Alguma chance de ressuscitar o manuscrito do servidor?

Faukman olhou rapidamente para Alex, que estava balançando a cabeça.

– Foi tudo apagado – respondeu Faukman, desanimado. – Não sei o que dizer.

Langdon deu um suspiro.

– Que pena eles não terem deletado o *meu* último livro no lugar.

É meio cruel, mas é verdade, pensou Faukman. O último livro de Langdon – *Símbolos, semiótica e a evolução da linguagem* – tinha recebido críticas elogiosas, mas nunca conseguira encontrar público fora do meio acadêmico.

– Eu soube que Katherine imprimiu uma cópia do manuscrito. É verdade?

– É, mas essa também se foi.

Faukman suspirou fundo.

– Certo, vamos focar no que importa: vocês dois estão em segurança. O livro a gente resolve depois.

– Bom, é por isso que estou ligando. Na verdade eu não tenho *certeza* se estamos em segurança. A gente está com a embaixadora americana na residência particular dela, mas a situação está meio peculiar. Eu não deveria sequer estar ligando para...

– Espere aí! Vocês estão com a embaixadora americana? – Faukman tentou não deixar o pânico transparecer na voz. – Robert, eu tomaria muito cuidado antes de confiar em *qualquer pessoa* do nosso governo. O TI aqui da PRH identificou que os hackers fazem parte de uma organização extremamente poderosa. – Ele recordou o estranho nome cheio de hífens que Alex havia digitado mais cedo na central de segurança de dados da PRH. – Ela se chama In-Q-Tel.

– Nunca ouvi falar.

– Eu também não. Pelo que consegui entender, eles são um fundo de investimento extremamente bem financiado que desenvolve tecnologias avançadas, a maioria secretas, então não me espanta você nunca ter ouvido falar deles.

– Mas não faz sentido. Fundos de investimento não contratam hackers nem agentes de campo.

– Acho que *esse* contrata. Talvez você nunca tenha ouvido falar na In-Q-Tel, mas com certeza ouviu falar na organização-mãe dela.

– Que é qual?

Faukman suspirou fundo.

– Um grupinho chamado CIA.

A ligação silenciou.

Pois é, pensou Faukman, recordando a própria reação estupefata.

– Tudo que eu sei é o seguinte – continuou ele. – A CIA controla e opera a In-Q-Tel como um fundo de investimento para investir discretamente em tecnologias ligadas à segurança nacional. Eles detêm centenas de patentes de alta tecnologia e têm forte participação em algumas das mais ousadas empresas de tecnologia que estão surgindo. – O editor tinha se virado de volta para seu computador e acessado a tela que estava lendo antes. – Os críticos da organização, a maioria fundos de investimento rivais, vivem reclamando que a ligação da In-Q-Tel com a máquina de inteligência dos Estados Unidos proporciona ao fundo, aspas, "uma flexibilidade alarmante na maneira de perseguir seus objetivos". Algo me diz que esta noite a gente testemunhou um pouco dessa *flexibilidade*.

– Incrível – sussurrou Langdon num tom abalado. – Vai saber por que a CIA escolheria o livro de Katherine como alvo, mas, levando em conta tudo que aconteceu, essa história toda parece marcada com as impressões digitais deles.

– Só pode ser *brincadeira*! – exclamou Alex, acenando enlouquecido e virando o notebook para Faukman. – Olhe isto!

A tela exibia uma página da Wikipédia, que Alex pelo visto tinha aberto após ouvir Langdon mencionar a embaixadora.

Wikipédia:
Heide Nagel: Embaixadora dos Estados Unidos na República Tcheca.

A página era longa e estava cheia de trechos realçados, destacando os resultados da busca que Alex acabara de fazer.

... Nagel foi contratada pela CIA logo após se formar em direito pela Universidade de Nova York...... foi supervisora jurídica de políticas da CIA...
... foi promovida a diretora jurídica da CIA...
... aposentou-se da CIA para servir como embaixadora...

– Ai, *caramba*, Robert – sussurrou Faukman ao telefone. – *Dá o fora* dessa casa! Agora!

CAPÍTULO 78

No andar de cima da casa, no imenso banheiro da suíte máster, a embaixadora Nagel se segurou na borda da pia de mármore e vomitou. A mensagem de texto de Dana que acabara de chegar tinha apenas quatro palavras.

MICHAEL HARRIS FOI MORTO.

Horrorizada, na mesma hora a embaixadora tinha pedido licença e ligado para Dana, que, aos prantos e com dificuldade, a deixou a par da situação. Ela e o militar que a escoltava haviam encontrado o apartamento de Sasha destrancado. Kerble tinha entrado para garantir que tudo estava seguro e se deparado com um corpo no chão do corredor.

O corpo estrangulado de Michael Harris.

Nenhum sinal de Sasha Vesna nem de qualquer outra pessoa.

Apesar das ondas de emoção que a dominavam, Nagel manteve o controle por tempo suficiente para ordenar a Kerble que isolasse o apartamento e chamasse um time de criminalística para recolher o corpo. *E sigilo em relação a isso!* A última coisa de que precisava agora era da notícia do assassinato de um funcionário do consulado em território estrangeiro explodindo na mídia. *Hoje não.*

O que quer que tivesse acontecido naquele apartamento, sua prioridade número um era o próprio subordinado. *Michael.* Nagel estava se sentindo péssima. *O sangue dele está nas minhas mãos.* Ela se encarou no espelho do banheiro, soterrada pela culpa e pelo arrependimento não só em relação a Michael, mas a tudo que ocorrera nos três anos desde que havia chegado a Praga.

Ao contrário de tantos embaixadores e embaixadoras que haviam alcançado seus almejados postos doando uma pequena fortuna para o candidato vitorioso à presidência, Heide Nagel apenas tinha estado no lugar certo na hora certa.

Ou no lugar errado, como ficou claro depois.

Anos antes, quando era diretora jurídica da CIA, uma pasta importante de documentos confidenciais estava sumida até uma força-tarefa da agência invadir sua casa e localizá-la na gaveta de uma escrivaninha. Obviamente, Nagel fora escoltada até o último andar de Langley para uma reunião com o diretor-geral da agência.

O diretor da CIA, Gregory Judd, era um ex-senador de postura calma e ponderada, apesar da reputação de intolerância total com qualquer coisa que não fosse perfeita. Nos corredores da agência dizia-se que Judd sabia onde todos os cadáveres estavam enterrados, porque fora *ele* quem havia enterrado a maioria.

– Negligência colossal ou alta traição? – exigiu saber o diretor assim que ela pisou na sua sala.

– Foi um descuido, senhor diretor – respondeu ela, sincera. – A pasta deve ter se misturado com outros documentos de trabalho. Eu nem fazia ideia de que ela estava comigo.

O diretor se demorou vários instantes estudando-a.

– Estou inclinado a acreditar, mas obviamente você não pode continuar como diretora jurídica até a gente entender como isso pode ter acontecido. Vou colocar você de licença por prazo indeterminado e entregar o caso para a Inspeção Geral, que vai abrir uma investigação.

– Senhor diretor, eu realmente...

– Implementação imediata – declarou ele, sem desviar os olhos. – Isso é um presente, Sra. Nagel, e sugiro fortemente que a senhora aceite antes de eu mudar de ideia.

Uma semana mais tarde, Heide Nagel ainda estava em casa, sufocando de tédio e num limbo profissional. Seus filhos já eram adultos e sua casa num condomínio de luxo, comprada após o divórcio, era vazia e deprimente, embora ela não tivesse percebido isso antes, uma vez que costumava passar a maior parte do dia no trabalho.

Minha vida acabou, percebeu ela. *Eu sou mercadoria avariada.*

Aos 63 anos, Nagel era jovem e ambiciosa demais para se aposentar, mas velha demais para pendurar uma plaquinha e abrir o próprio escritório de advocacia. Perguntou-se o que iria fazer da vida. Entrar para clubes de livro ou aplicativos de relacionamento? Tudo isso lhe parecia o inferno.

Então veio uma ligação que ela jamais imaginara receber.

Quinze dias depois, o diretor lhe telefonou com uma rara demonstração de arrependimento.

– Heide, fiquei me sentindo mal com a forma como a questão toda se desenrolou e estou tentando consertar a situação.

Isso é impossível, pensou ela.

– Como você talvez saiba, o presidente eleito e eu somos velhos amigos de colégio – disse Judd. – Ele me ligou hoje de manhã pedindo orientação para preencher algumas nomeações importantes, entre elas a embaixada dos Estados Unidos na República Tcheca. Eu disse a ele que, levando em conta os distúrbios cada vez maiores na região, ele precisava de alguém com conhecimento sólido de direito internacional, além de experiência na comunidade de inteligência. Resumindo, *você*.

Nagel ficou estupefata. *A panelinha dos garotos agora recruta garotas?*

A decisão foi fácil de tomar. Quatro meses mais tarde, os releases haviam sido enviados para a imprensa, e Heide Nagel se vira morando na espetacular residência da embaixada em Praga, encabeçando uma talentosa equipe de diplomatas e realizando um trabalho cheio de propósito. E o melhor de tudo: sempre que ela via o castelo sentia estar vivendo um conto de fadas.

Então, numa única noite, tudo isso tinha mudado.

Um mês depois de ela ocupar o novo posto, o diretor Judd lhe telefonara para saber como ela estava, e depois de algumas amenidades fez um pedido fora do comum.

– Heide, eu gostaria que você jantasse com um colega meu que está lotado aí na Europa.

– Mas é claro, diretor – respondeu ela, sentindo que era o mínimo que podia fazer pelo homem que tinha basicamente salvado sua vida. – Quem é?

– Um recém-contratado do escritório europeu da In-Q-Tel.

Da Q?, pensou Heide, sentindo uma fisgada de apreensão.

Ela sabia bem o que era o braço investidor secreto da CIA, a In-Q-Tel – ou "Q", no jargão de dentro da agência. Seu misterioso time de financistas adquiria participações majoritárias em tecnologias que julgassem relevantes para os interesses da CIA e para a segurança nacional – tecnologias de todo tipo, desde os mecanismos de anidrobiose da Biomatrica até a eletrônica microscópica da Nanosys e a computação quântica da D-Wave.

Nos seus tempos de diretora jurídica, em mais de uma ocasião Nagel havia aconselhado o diretor-geral sobre questões relacionadas às "técnicas de investimento criativas" e aos "métodos de proteção de ativos" da Q, mas era raro o grupo ser contido.

Por que alguém da Q está vindo a Praga? Nagel estranhou o fato de uma empresa de investimento em tecnologia se interessar por aquela cidade do Velho Mundo, tendo em vista que seu terreno de caça habitual era o Vale do Silício.

Na noite da reunião, a embaixadora Nagel chegou cedo ao seu restaurante preferido, o CODA, um estabelecimento discreto que servia uma cozinha tcheca excepcional. Quando chegou, ficou surpresa ao ver que seu contato já estava sentado. Era um homem franzino, vestido com rigor formal, decerto na casa dos 70 anos e dono de uma basta cabeleira prateada. Estava limpando os óculos quando ela se aproximou da mesa.

Um cara dos números, concluiu ela.

Nagel estava redondamente enganada. Acabou que aquele homem era Everett Finch, o lendário e veterano diretor da Divisão de Ciência e Tecnologia da CIA. Juntos, o time de Finch na DC&T e os das três outras divisões – Administração, Operações e Inteligência – formavam os quatro pilares da Agência Central de Inteligência.

O Finch foi transferido para a In-Q-Tel? Na Europa?

A única explicação lógica em que Nagel conseguia pensar era que o diretor Judd queria a experiência de Finch na Europa por algum motivo clandestino e por isso o havia lotado ali, fora do radar.

O garçom chegou e serviu a ambos um tira-gosto: duas xicarazinhas de uma delicada sopa de cogumelos tcheca chamada *kulajda*. O Sr. Finch tomou a dele numa só golada, encostou o guardanapo na boca, então se inclinou por cima da mesa.

– Heide – falou, ignorando o título formal. – Suponho que esteja gostando de ser embaixadora aqui, certo?

– Estou, sim – respondeu ela, ressabiada.

– Excelente. – Ele abriu um sorriso tenso. – Creio que está na hora de você saber o *verdadeiro* motivo pelo qual foi posta aqui em Praga.

Essa noite marcou a morte da ingenuidade de Nagel diante dos acontecimentos felizes e fortuitos que a tinham conduzido a Praga.

Minha presença aqui foi uma armação.

A panelinha dos garotos havia posto um peão do sexo feminino numa posição de poder no lugar em que precisavam que ela estivesse, e desde então Nagel se vira presa ali. Acabou entendendo o que deveria ter ficado óbvio desde o começo: que Finch havia plantado a pasta de documentos na sua casa e armado sua dispensa da CIA.

Quando Nagel o confrontou em relação ao assunto, furiosa, a resposta dele foi de gelar a espinha. Sem demonstrar um pingo de emoção, Finch mostrou fotocópias dos documentos confidenciais que ela supostamente havia guardado em casa e avisou que, se um dia elas parassem nas mãos de agentes estrangeiros, a alegação de que tudo não tinha passado de um "erro inocente" cairia por terra e ela seria denunciada na mesma hora por alta traição.

Nagel ameaçou ligar para o diretor Judd, na CIA, mas o Sr. Finch só fez incentivá-la, dizendo que tanto Judd quanto o presidente estavam cientes do plano, e que uma ligação para os dois só faria confirmar que ela estava jogando no time dos grandes sem aliados.

Eu sou um fantoche.

Finch podia estar blefando, mas Nagel não tinha como correr o risco de desmascarar o blefe de homens como o presidente dos Estados Unidos e o diretor da CIA, sobretudo quando o que estava em jogo era uma acusação de alta traição – sem falar num projeto de inteligência altamente confidencial.

Era assim que as pessoas desapareciam.

Desse momento em diante, Nagel passara a desprezar Finch – e a lhe obedecer.

Agora, em pé, sozinha e diante de sua pia no banheiro, a embaixadora Nagel enxaguou a boca e encarou os próprios olhos cansados.

Michael Harris foi morto.

– Chega – disse ela em voz alta.

Finch havia pressionado demais – e ido longe demais.

Fazia mais de dois anos que Nagel procurava um jeito de escapar da sua prisão, mas Finch nunca havia lhe proporcionado sequer a mais ínfima abertura.

Até agora.

CAPÍTULO 79

Conforme se aproximava do Bastião U Božích Muk, O Golěm se sentia pulsar, tamanha sua expectativa. Tudo indicava que o laboratório de Gessner estava deserto – ou seja, ele poderia enfim pegar aquilo que não conseguira obter naquela manhã.

Dessa vez ninguém pode me impedir.

O cartão RFID de Gessner continuava guardado no bolso dele, e ele estimava que seriam necessários menos de três minutos para obter o único elemento de que precisava. Então sairia do laboratório rumo ao seu destino final.

O Limiar.

Que irei reduzir a pó.

Enquanto caminhava em direção à porta estilhaçada do bastião, ele recordou as palavras de seu lendário antecessor, o golem de Praga.

Só existem dois caminhos: a Verdade ou a Morte.

O Golěm tinha escolhido os dois.

Revelar a Verdade.

Aceitar a Morte.

Ele já tinha morrido inúmeras vezes, mas essas mortes nunca eram permanentes. Ao contrário do golem antigo, para quem a morte tinha sido um ponto final, O Golěm entrava e saía daquela forma sempre que quisesse.

Eu sou meu próprio criador. Serei sempre meu próprio mestre.

Cada vez que apagava a letra hebraica *aleph* da testa, transformando Verdade em Morte, O Golĕm morria, mas só no plano visível. Tornava-se invisível. Sua casca externa evaporava, transformando um monstro em um *deles*. Alguém sem nada de especial. Que não se fazia notar. Cujo poder interno permanecia oculto.

Vocês não podem me ver, mas eu continuo aqui, protegendo-a.

Apesar dos obstáculos inesperados daquela manhã, O Golĕm soubera improvisar, protegendo os inocentes e destruindo os culpados. Agora estava na hora de terminar o que havia começado.

Ficou satisfeito ao atravessar a soleira para entrar no laboratório de Gessner e se deparar com o elegante corredor vazio. A escada de acesso ao LABORATÓRIO logo à sua frente estava protegida por um painel de segurança biométrica, mas a impressão digital não seria um problema: sem saber, Sasha tinha lhe dado acesso tempos antes.

O Golĕm percorreu o saguão de mármore em direção ao painel, suas botas de salto plataforma fazendo os cacos de vidro estalarem com força no chão, o barulho reverberando no espaço.

Um segundo depois, O Golĕm escutou um segundo som, este vindo de mais adiante no corredor. Era o clique característico de uma pistola sendo engatilhada.

◆ ◆ ◆

Delirando devido à privação do sono, a agente Housemore tinha feito café e ido se sentar em frente à janela do bastião para admirar a vista panorâmica do Castelo de Praga serenamente encarapitado no alto da colina ao longe. Estava num devaneio tranquilo quando um ruído inesperado no corredor a fez voltar a si, levantar-se num pulo e engatilhar a pistola por reflexo.

Agora em alerta total, Housemore avançou na direção da entrada com a arma em riste. Finch tinha lhe dado a ordem de isolar o local, e, embora ele tivesse prometido reforços, ela sabia que era cedo demais para eles já terem chegado. Além do mais, qualquer reforço teria anunciado a própria presença antes de entrar.

Alguma outra pessoa entrou aqui.

Ao dobrar silenciosamente a quina para o corredor, ela viu um vulto vestido com uma capa preta. Ele estava abrindo a porta de metal que dava para a escada do laboratório.

– *Stůj!* – gritou ela, correndo na sua direção. – Parado aí!

O homem a ignorou e passou rapidamente pela porta ao mesmo tempo que Housemore atirou. A bala ricocheteou na porta blindada e por pouco não o acertou. Ela correu, mas chegou assim que a porta se trancou, deixando-a do lado de fora.

Housemore encostou o rosto na janelinha de vidro temperado e espiou a escada do outro lado. Na mesma hora, gelou. O vulto a estava encarando de volta, a centímetros do outro lado do vidro. Tinha o rosto coberto de barro, parecendo a superfície da lua, e símbolos gravados na testa. Seus olhos gélidos se demoraram por alguns instantes a estudá-la, como se estivessem decorando seu rosto. Em seguida, ele deu meia-volta e desceu depressa a escada, fazendo a capa esvoaçar atrás de si enquanto sumia de vista.

Housemore deu um passo atrás para se recompor.

Quem, ou melhor, o que era aquilo?

Ela não fazia ideia de como o intruso conseguira destrancar a porta biométrica, mas precisava alertar Finch de imediato. Ela sabia que, embora o projeto secreto da agência não estivesse ali, o laboratório de Gessner obviamente continha algo importante, e Finch tinha lhe dado ordens para protegê-lo a qualquer custo. E *alguém* havia conseguido passar bem debaixo do seu nariz.

Housemore teve a impressão de que o homem que havia acabado de entrar era russo. Seus olhos claros de expressão dura pareciam os de um eslavo, e a camada grossa de barro lhe pareceu um exemplo perfeito de engenhosidade russa: ao abraçar a tradição praguense de cosplay, o intruso conseguira facilmente evitar as câmeras de segurança com reconhecimento facial da cidade. Além do mais, os russos eram mestres em burlar biometrias com cópias de impressões digitais fabricadas com resina usando impressoras 3D.

Housemore manteve os olhos na porta do laboratório enquanto guardava a pistola no coldre e pegava com relutância o celular. Finch não iria gostar da notícia. Suas mãos tremiam de leve, e ela decidiu que era melhor aguardar um instante antes de falar com o chefe.

Calma. Organize os pensamentos.

Sem desviar o olho da porta do laboratório, Housemore foi recuando devagar para longe do saguão de entrada, andando de costas pelo corredor em direção à recepção.

Ali, na proteção relativa do corredor, ainda de frente para a porta do laboratório, respirou fundo várias vezes e se recompôs. Começou a digitar o número de Finch.

Não teve chance de completar a ligação.

De repente alguém surgiu atrás dela.

Uma corrente elétrica abrasadora varou suas costas. Toda a musculatura do seu corpo se contraiu, ela travou e caiu para a frente no piso. Seu celular escorregou para longe. O agressor a agarrou, virou-a de costas para o chão e a imobilizou. Por mais impossível que parecesse, Housemore se pegou encarando os olhos azul-claros da criatura de rosto terroso que acabara de ver entrando na escada.

De onde ele surgiu? Como é que...

Era como se, do nada, aquele monstro tivesse se materializado bem atrás dela! Agora ele estava em cima dela, sobre o chão duro de cerâmica, com as mãos em seu pescoço. Sem conseguir respirar, Housemore tentou resistir, mas seus músculos paralisados se recusaram a lhe obedecer. Impotente, só lhe restou esperar e tentar manter a consciência.

Após quase vinte segundos deitada com a traqueia bloqueada, ela sentiu o controle muscular começar a voltar aos poucos. Precisava de mais tempo, mas sua visão estava começando a ficar embaçada. Era agora ou nunca. Num esforço derradeiro, reuniu todas as forças de que foi capaz, ergueu as mãos e as pressionou com firmeza no peito do homem, tentando empurrá-lo de cima dela.

Mas seu agressor mal se moveu.

A textura da pele daquele homem de barro era estranha, totalmente inesperada.

– Eu não sou como você pensa que sou – sussurrou o monstro, encarando Housemore enquanto apertava com mais força. – Eu sou O Golěm.

CAPÍTULO 80

A piscina de dezoito metros de comprimento localizada no subsolo da Villa Petschek foi construída no mesmo estilo das termas romanas tradicionais. Cercada por um anel duplo formado por 48 colunas de mármore vermelho, a piscina azul-turquesa e branca era aquecida por duas caldeiras idênticas a carvão e considerada o luxo mais opulento da mansão.

Rezava a lenda que a piscina só tinha sido usada numa única temporada, até a filha de Otto Petschek pegar pneumonia ali e quase morrer. Petschek havia prontamente mandado esvaziar a piscina, declarando-a uma área proibida para todo o sempre.

Robert Langdon estava em pé no fundo da piscina vazia e esquecida, analisando o espaço subterrâneo em busca de alguma saída que não fosse a estreita escada que ele e Katherine tinham acabado de descer na tentativa frenética de fugir da casa.

– É claro que você iria achar uma *piscina* – sussurrou Katherine, sua voz ecoando pelo espaço fechado. – Uma pena ela estar vazia, senão você poderia nadar pela segunda vez no dia.

Terceira, pensou Langdon. *Contando a do Moldava.*

Langdon tinha torcido para a escada dar numa saída subterrânea para eles fugirem da residência da embaixadora, mas a área da piscina não tinha saída. *Não há para onde correr.* Lá em cima, os passos frenéticos da embaixadora ecoavam pelos dutos de ventilação enquanto ela corria de um lado para outro da ala sul, sem dúvida à procura dos convidados desaparecidos. Pelo visto ela conhecia a própria casa bem o suficiente para calcular suas limitadas opções de fuga e levou menos de trinta segundos para descer a escada em direção à piscina.

Langdon meio que esperava ver a embaixadora acompanhada por um fuzileiro naval, mas ela estava sozinha. Sem dizer nada, marchou até onde eles estavam e mostrou os dois termos de confidencialidade que Langdon e Katherine tinham deixado sem assinar em cima da mesa de centro. Então rasgou ambos e deixou os pedacinhos caírem flutuando nos azulejos da piscina vazia.

Langdon viu aquilo sem entender. *O que ela está fazendo?*

Após picar totalmente os papéis, a embaixadora os encarou com um olhar sério e encostou o indicador nos lábios, advertindo-os a permanecer calados. Então sacou o celular, tocou alguns botões e fez uma chamada externa – no viva-voz.

– Finch – disse uma voz masculina que saiu chiada pelos alto-falantes. – Tudo sob controle? – O sotaque era americano, com um quê da fala arrastada do sul.

– Tudo, estamos só esperando – respondeu a embaixadora. – Você chega em quanto tempo?

– Estou pousando agora. Chego em uma hora no máximo.

– *Por favor*, me diga que tem notícias de Michael Harris – pediu Nagel com urgência. – Estou preocupada com a segurança dele.

– Se Harris tiver sido exposto, não há nada que a gente possa fazer em relação a isso agora. De toda forma, a essa altura ele já deve ser irrelevante. Ele confirmou que Sasha não está dizendo nada, e isso é...

– Irrelevante? Michael está envolvido nisso por ordem *sua*.

– Esqueça o Harris. Se concentre na tarefa que tem a fazer, ponto. Onde você está, aliás? Sua voz está cheia de eco.

– No banheiro do meu quarto. Eu precisava de privacidade para ligar.

– E Langdon e Solomon, onde estão?

– Deixei os dois na biblioteca e pedi que relaxassem até você chegar.

Langdon encarou Katherine com um olhar de espanto.

— Você confessou que instalou a escuta no hotel? — indagou Finch.
— Confessei. Como você sugeriu.
— E deu certo?
— Perfeitamente.
— Os dois assinaram os termos?
— Assinaram — respondeu a embaixadora sem hesitar. — Os termos de confidencialidade estão assinados, lacrados e trancados no meu cofre pessoal.
— Excelente — disse Finch, aliviado. — Vai ser bom ter alguma coisa para pressionar o Langdon também.

Langdon e Katherine agora se encaravam totalmente estupefatos.

— E só para confirmar — acrescentou o homem. — Você tem provas concretas de que a cópia em papel do manuscrito foi queimada?
— Tenho, meu time recolheu os únicos resquícios, uns poucos pedacinhos carbonizados. Vou mandar fotos.
— E você disse que a *própria* autora queimou?
— Pelo que entendi, Langdon e Solomon queimaram o manuscrito juntos quando se sentiram ameaçados por um agente desgarrado da ÚZSI. E também por *você*, claro.
— Decisão corajosa — ponderou o homem. — Vou acreditar quando encarar os dois, olhos nos olhos. Se esse manuscrito tiver mesmo sido destruído, *e* se os dois tiverem assinado os termos de confidencialidade, talvez a gente esteja muito perto de encerrar esse assunto.
— Tomara que sim.
— E o Bastião? — perguntou o homem. — Tem certeza de que a ÚZSI aceitou manter distância? Não quero ninguém chegando perto do laboratório de Gessner nem do trabalho dela.
— Positivo. Não tem ninguém lá agora.
— Ótimo — disse ele, parecendo aliviado. — Quero que você mande uma equipe de fuzileiros para lá agora mesmo. É claro que a minha maior preocupação é a nossa instalação principal, mas também não podemos nos dar ao luxo de ter algum vazamento no bastião. Mande sua segurança isolar o local. Depois da reunião na sua casa eu subo lá pessoalmente para fazer uma avaliação.
— Entendido. Vou mandar uma equipe agora mesmo.
— Até daqui a pouco.

A linha emudeceu.

No silêncio que se fez, a embaixadora verificou novamente que a ligação tinha sido mesmo encerrada, então ergueu os olhos para Langdon e Katherine e deu um suspiro cansado.

– Que raio acabou de acontecer? – exigiu saber Katherine.

A embaixadora olhou para cima, na direção dos dutos de ventilação do teto, aparentemente temendo ser ouvida. Então levou Langdon e Katherine até a casa de máquinas da piscina, onde uma única lâmpada iluminava dois boilers muito antigos de ferro fundido que, apesar de quase um século sem uso, continuavam com cheiro de carvão.

– A primeira coisa que vocês dois precisam saber é que o homem com quem eu acabei de falar trabalha para a CIA – murmurou a embaixadora, fechando a porta depois de eles entrarem.

Langdon deu um passo para trás e fingiu surpresa, apesar de ter sido avisado por Jonas.

– Como é?

Nagel assentiu.

– O nome dele é Everett Finch, e ele era diretor da Divisão de Ciência e Tecnologia da agência. – Ela fez uma pausa. – Devo acrescentar que eu mesma também já trabalhei na CIA. Como advogada.

Aí está, pensou Langdon, sem saber se ficava aliviado ou perturbado com o fato de a embaixadora ter simplesmente contado a verdade.

Nagel então confirmou o que Faukman tinha lhe dito ao telefone: que a CIA operava discretamente um fundo de investimento chamado In-Q-Tel, ou Q para abreviar, que investia em tecnologias ligadas à segurança nacional e protegia agressivamente os próprios investimentos.

– A CIA opera um banco de investimento? – perguntou Katherine.

– Mais por patriotismo do que visando lucro – explicou Nagel. – Nos últimos anos houve cortes nos orçamentos de inteligência dos Estados Unidos, e a CIA opera mediante um juramento de defender o país de *qualquer* inimigo, inclusive da miopia dos nossos próprios políticos ingênuos, então se sente imbuída da prerrogativa moral, ou até mesmo *obrigada*, a obter fundos externos para viabilizar programas importantes. Sem o dinheiro de fora, talvez esses programas não existissem.

Ao ouvir isso, Langdon se deu conta de que um projeto financiado com dinheiro da Q poderia se esquivar de toda a supervisão tradicional do Congresso americano associada a uma alocação orçamentária secreta – ou seja, a CIA basicamente podia fazer o que quisesse sem prestar contas a ninguém.

– Anos atrás, o diretor da CIA transferiu Finch para Londres e o nomeou para um posto secreto na sede europeia da Q. As atribuições dele são sigilosas, mas pelo visto ele tem carta branca e, como vocês devem ter percebido, está muitíssimo preocupado com o manuscrito de Katherine.

– Por quê? – indagou Katherine.

– Tudo que sei é que ele considera seu livro uma ameaça a um dos investimentos mais importantes da Q – respondeu Nagel. – Por isso, o assunto é considerado uma questão de segurança nacional, o que dá a ele uma margem de manobra perigosa para decidir como lidar com a senhora.

Langdon estava começando a se sentir cada vez mais encurralado naquele subsolo sem janelas.

– Mas *como* o meu manuscrito é uma ameaça? – insistiu Katherine. – Tenho tentado imaginar de que forma alguma coisa do que eu escr...

– Não sei. Não tenho os detalhes. Tudo que recebi foi uma ordem: forçar a senhora a assinar um termo de confidencialidade.

– Mas se a CIA acha que meu livro representa um risco para a segurança nacional, por que simplesmente não liga para o meu editor e exige que eu retire as partes perigosas? – perguntou Katherine.

– Como ex-advogada da CIA, posso dizer que isolar trechos *específicos* deixaria claro quais são as preocupações da agência – respondeu Nagel. – Lançaria luz justamente ao que eles estão tentando manter em segredo. Além do mais, seu editor poderia simplesmente recusar o pedido e publicar o texto integral com a chamada: *Leia o livro que a CIA não quer que você leia.*

Langdon sabia que a embaixadora tinha razão. O Vaticano vivia cometendo esse erro, inflando as vendas de livros ao insistir que eles eram "anticatólicos" e tentar proibir os fiéis de lê-los.

– A senhora leu os termos? – quis saber Langdon.

– A redação é genérica, estilo guarda-chuva – respondeu Nagel, fazendo que sim com a cabeça. – Isso é um perigo. Basicamente o documento diz que vocês teriam uma conversa gravada com Finch e que qualquer coisa mencionada durante essa conversa seria imediatamente considerada "informação protegida". Dependendo do que Finch dissesse a vocês, esse termo de confidencialidade teria força legal para impedir a publicação do livro de Katherine de forma imediata e definitiva.

Langdon voltou a processar tudo que Katherine tinha lhe contado sobre o manuscrito e suas descobertas: filtros cerebrais, GABA, consciência não local. *Por que a CIA iria se preocupar com esses assuntos?*

– A senhora acabou de dizer que o Sr. Finch acha que o livro de Katherine representa uma ameaça a um dos investimentos mais importantes da Q – insistiu Langdon. – O que leva a uma pergunta óbvia: a senhora *sabe* que investimento é esse?

– Sei que ele tem relação com uma instalação da CIA aqui em Praga.

– Em *Praga*? – repetiu Langdon, surpreso. – Está de brincadeira. O que eles fazem aqui?

Frustrada, Nagel balançou a cabeça.

– Não sei. Tudo que posso dizer é que a instalação tem um codinome. Eles a chamam de "Limiar".

CAPÍTULO 81

– **Eu fui informada** de poucos detalhes – disse Nagel. Os três continuavam encolhidos às escuras na casa de máquinas debaixo do palácio. – A agência alega que estou sendo mantida na ignorância para minha própria segurança. Tudo que sei é que o próprio diretor da CIA considera o Limiar a iniciativa *mais importante* da agência, absolutamente fundamental para a segurança futura.

A afirmação superlativa ficou pairando no ar.

– E a senhora não está envolvida? – perguntou Langdon.

– Só como facilitadora política. Três anos atrás, a CIA armou minha nomeação para a embaixada daqui, de modo que eu passasse a ser um peão diplomático deles, alguém que conhecesse a agência, ficasse subordinado ao Finch e ajudasse a eliminar os obstáculos jurídicos envolvidos na construção secreta das instalações do Limiar.

– E até hoje a senhora não sabe que espécie de operação é essa? – indagou Langdon.

Nagel fez que não com a cabeça.

– Sei que é uma instalação de pesquisa científica. Pelo pouco que Finch falou, e a julgar pelo envolvimento importante da Dra. Brigita Gessner, tenho quase certeza de que eles estão fazendo algum tipo de pesquisa relacionada ao cérebro, talvez à consciência humana. Só que a presença de uma segurança militar reforçada me leva a crer que tem muito mais coisas acontecendo lá do que uma simples curiosidade científica.

Katherine parecia fascinada.

– A instalação está pronta e funcionando?

– A estrutura está pronta, mas ainda não está totalmente operacional. Sei que eles já fizeram testes isolados, e imagino que tenham sido um sucesso, porque agora estão se preparando para começar para valer: estão treinando funcionários nos Estados Unidos e calculam que a instalação esteja funcionando em questão de semanas.

– E ela fica aqui em Praga? – quis saber Katherine.

Nagel demorou a responder, como que ponderando uma última vez se deveria ou não revelar os detalhes.

– Tecnicamente *debaixo* de Praga – disse ela. – É tudo subterrâneo.

Por um segundo, Langdon teve a visão do nível inferior do laboratório de Gessner.

– Não é o Bastião U Božích Muk, imagino...

– Não – respondeu a embaixadora. – Lá é o laboratório de pesquisa particular da Dra. Brigita Gessner. A CIA investiu em tecnologias dela, mas a instalação do Limiar fica em outro lugar. Na verdade, não muito longe do bastião, mas tem quase 1.500 metros quadrados de área.

Quase mil e quinhentos metros quadrados? Tudo debaixo da terra?

– Como alguém poderia ter construído uma estrutura desse porte em completo sigilo debaixo de uma cidade como esta?

Nagel deu de ombros.

– Na verdade foi bem simples: a estrutura básica *já* existia. A CIA se apropriou dela e reformou. – Ela fez uma pausa. – Mas, *para o público*, quem se apropriou da estrutura foi o Instituto de Engenharia do Exército dos Estados Unidos.

Langdon precisou de apenas um segundo para juntar as peças do quebra-cabeça.

Na década de 1950, um dos maiores abrigos nucleares da era soviética na Europa fora construído ali em Praga. Dizia-se que a rede colossal de úmidas câmaras subterrâneas tinha capacidade para cerca de 1.500 pessoas, geração própria de energia, sistema de filtragem de ar, chuveiros, sanitários, sala de reunião e até necrotério próprio. O bunker estava desativado havia tempos, embora parte dele continuasse aberta até hoje como atração turística.

– O Abrigo Nuclear Folimanka – sussurrou Langdon, abismado ao se dar conta de que tinha literalmente caminhado sobre partes do bunker mais cedo: a estrutura ficava debaixo da extensa área do Parque Folimanka.

Apesar de nunca ter colocado os pés lá, Langdon tinha visto a entrada para visitação de turistas: um túnel de cimento com grafites de bombas atômicas explodindo e as palavras KRYT FOLIMANKA, que imaginara querer dizer "Cripta Folimanka", mas fora informado de que significava "Abrigo Nuclear Folimanka".

A conhecida parte turística do bunker – situada no extremo leste do Parque Folimanka – era rasa, estava em condições razoáveis e era perfeitamente segura para a visitação. A porção maior do bunker, por sua vez, estendia-se mais fundo e por uma área maior abaixo do parque. Ao longo das décadas, a vasta rede de túneis e câmaras tinha alagado, se deteriorado e sido isolada e esquecida.

A embaixadora descreveu rapidamente como a CIA conseguira assumir o controle da parte abandonada do bunker. Como membro da OTAN, os Estados Unidos cooperavam regularmente com a República Tcheca em questões militares e políticas. De tempos em tempos, isso significava prestar ajuda civil na área de infraestrutura. No caso do Parque Folimanka, eles queriam salvar aquela área imensa, que, segundo os representantes da cidade, estava começando a ceder. O medo era de que um dia a superfície do parque simplesmente desmoronasse para dentro dos espaços abandonados dos bunkers em ruínas abaixo.

A cavalaria chegara na forma do Instituto de Engenharia do Exército dos Estados Unidos, que havia cavado um novo túnel de acesso no extremo oeste do parque e dado início ao projeto de drenar, impermeabilizar e reforçar o vasto sistema de bunkers. A previsão era de que a obra duraria anos.

A embaixadora explicou que, embora o projeto estivesse próximo da conclusão, as teorias da conspiração antiamericanas ainda corriam. Uma delas dizia que o Parque Folimanka nunca esteve realmente cedendo, que só estava sendo reformado para virar uma prisão militar secreta ou até um bunker de armas químicas. Outra alegava que as cavernas mais profundas nem sequer existiam e que na verdade eram os Estados Unidos que as estavam *cavando*, suspeita alimentada pela ausência de qualquer planta confiável do abrigo criada na era soviética, com o traçado integral do bunker. A ideia era de que ou o documento jamais existira ou fora apagado da história.

Fosse qual fosse a verdade, Langdon se via obrigado a admirar aquele estratagema de simplicidade tão astuta, a não ser por uma pergunta gritante:

– Por que construir *aqui*? – indagou. – Por que não fazer o Limiar num galpão no deserto do Arizona?

– Muito simples – respondeu Nagel. – Os ambientes urbanos congestionados proporcionam um certo nível de camuflagem da vigilância por satélite, algo impossível quando é preciso transportar grandes quantidades de material e pessoas para um local isolado no deserto. Hoje em dia, cada vez mais equipamentos de inteligência vêm sendo transferidos para centros urbanos, e escolher uma cidade *fora* dos Estados Unidos ajuda a minimizar a interferência do Congresso e as restrições legais em território americano.

Langdon achou essa última frase um tanto ameaçadora.

– Por que está nos contando isso tudo? – indagou, espantado com a franqueza da embaixadora.

– É – concordou Katherine. – Isso está com cara...

– De alta traição? – completou a embaixadora, com um olhar perdido. – Minhas motivações são pessoais, mas, aconteça o que acontecer comigo no final, por favor acreditem no que vou dizer: a segurança de vocês dois é minha prioridade máxima.

Apesar de saber que ainda restavam muitas perguntas sem resposta, Langdon se sentiu inclinado a acreditar nela.

– Mas preciso avisar que vocês estão lidando com forças poderosas – disse Nagel. – Na órbita da CIA e do Limiar, o que está em jogo é de suma importância, e, para ser bem sincera, pessoas morrem. – Ela deu um suspiro e encarou Langdon e Katherine; por um breve segundo pareceu prestes a cair no choro. – A Dra. Gessner foi morta ontem à noite, e ela não foi a única baixa. Acabei de receber a notícia de que o meu assessor jurídico Michael Harris foi encontrado morto meia hora atrás.

Langdon se sentiu mal ao se lembrar das interações que havia tido com Harris no hotel poucas horas antes.

– Eu lamento muitíssimo.

Nagel explicou em voz baixa que o corpo de Harris fora encontrado no apartamento de Sasha Vesna, com quem Harris vinha mantendo um relacionamento "falso" para vigiá-la por ordens do Sr. Finch, que desejava ficar de olho na assistente russa de Gessner. Ainda não se sabia o paradeiro de Sasha, mas Nagel não estava otimista.

Langdon sentiu uma preocupação imediata com a segurança da russa.

A embaixadora franziu os lábios e deixou escapar um suspiro profundo.

– Eu sou diretamente responsável pela morte de Michael Harris e vou carregar isso para sempre. – Ela ergueu os olhos para encarar os dois, forçando-se a endireitar as costas. – Não faço ideia de como posso ao menos começar a me redimir pelo que aconteceu com Michael, e por ter acatado cegamente as ordens de Finch. Só sei que no momento preciso fazer *qualquer coisa* para consertar a situação e proteger vocês dois.

– E como pretende fazer isso? – perguntou Katherine, ansiosa.

– Temos três opções, mas infelizmente vocês não vão gostar de nenhuma delas. A primeira é a mais segura. Eu posso reimprimir os termos de confidencialidade, vocês assinam e conversam com o Sr. Finch conforme planejado, dando a ele a garantia de silêncio que ele deseja. Isso basicamente tiraria vocês do radar dele, mas provavelmente significaria que a senhora nunca poderia publicar seu livro, Sra. Solomon, e pode ser que não fique mais completamente livre para se dedicar a determinadas áreas de estudo.

– Isso não é uma alternativa de jeito nenhum – disse Katherine, categórica.

– Concordo – atalhou Langdon. – Qual é a segunda opção?

– A opção número dois... – disse Nagel, olhando de um para o outro. – Nós temos cerca de uma hora até Finch chegar. Podemos ir embora agora mesmo. Eu levaria vocês direto para o aeroporto e faria vocês saírem do país. Haveria consequências, claro, para nós três, mas pelo menos a gente ganharia tempo para pensar em outras soluções.

– Que tipo de soluções? – indagou Langdon.

– Por exemplo, a Sra. Solomon poderia publicar o livro imediatamente. Isso proporcionaria um certo nível de imuni...

– Meu livro não existe mais – interrompeu Katherine. – Reescrever tudo levaria muito tempo.

– E mesmo que ela tivesse uma cópia do original, um livro leva meses para ser produzido e publicado – disse Langdon. – Sem falar que essa opção faria dela um alvo da CIA para sempre, certo?

– Em certa medida, sim.

– Não, obrigada – disse Katherine. – Não tenho o menor interesse em passar o resto da vida olhando por cima do ombro. Qual é a terceira opção?

Nagel passou alguns instantes calada, como que formulando mentalmente os detalhes. Quando falou, foi num tom neutro, como o de uma advogada aconselhando um cliente.

– No ramo da inteligência só existe uma verdadeira fonte de poder: *a informação*. Ela é a única forma de pressão que qualquer um entende, e vocês agora estão prestes a receber uma grande quantidade de informações. Lembrem-se: o Sr. Finch acha que vocês assinaram termos de confidencialidade e está vindo aqui para armar uma conversa que use esses termos contra vocês. Ele vai revelar o máximo possível, para garantir que todos os temas que mencione sejam, daqui em diante, proibidos. Quanto mais ele falar, mais informações vocês vão ter, e, portanto, mais formas de fazer pressão.

Langdon percebeu que eles estavam enfrentando um profissional. *E brincando com fogo.* Apesar disso, o plano de Nagel não parecia nem de longe tão simples quanto ela dava a entender.

– Eu entendi como nós vamos *obter* as informações – falou. – Mas e depois?

– Eu ajudaria vocês. Nós passaríamos todas as informações para um terceiro, um advogado externo, por exemplo. Ele criaria um mecanismo que garantiria que, se alguma coisa acontecesse com qualquer um de nós ou se deixássemos de entrar em contato com ele regularmente, as informações seriam transmitidas na mesma hora para a mídia. Os advogados chamam isso de "cláusula de morte prematura".

– Acho que o termo correto é "chantagem" – disse Langdon.
– Falando cruamente, sim. Mas está totalmente dentro da lei.
Katherine deu um passo para trás.
– Está sugerindo que a gente *chantageie* a CIA?
– Pense nisso como usar informações para exercer pressão, Sra. Solomon. As ameaças de vazamento de informação são a língua que essa gente fala e compreende. Se atacarem vocês, eles sabem que vão ser prejudicados, portanto vão deixá-los em paz.
– E vice-versa – disse Langdon. – Nós protegemos o segredo deles em troca de imunidade.
– É uma garantia de destruição mútua – retrucou Nagel. – Um modelo de eficácia comprovada. Se não funcionasse, as superpotências mundiais teriam se atacado com armas nucleares nos anos 1960. Em vez disso, a autopreservação cria um impasse; os dois lados simplesmente concordam em discordar.
Katherine ainda parecia ressabiada.
– A partir do momento que vocês podem fazer pressão, essa crise perde força – disse Nagel. – A agência se vê obrigada a recuar, reavaliar a situação, dar a todo mundo uma chance para respirar e negociar, talvez até dizer à senhora que trechos não querem no seu livro, e a senhora propõe remover. Pelo menos nesse caminho você tem opções. – Nagel encarou Katherine por um tempo. – E espero que saiba que estou assumindo um risco pessoal enorme, Sra. Solomon, o que faz de mim uma poderosa aliada sua.
– Obrigada – disse Katherine, soando cada vez mais convencida.
Langdon tinha gostado do conceito da terceira opção, mas a execução era outra história.
– Sem querer estragar a festa – falou –, mas e se o Sr. Finch exigir ver os termos de confidencialidade assinados *antes* da nossa conversa com ele?
– É provável que ele faça isso – respondeu a embaixadora. – Eu simplesmente direi que, como sabia que os documentos eram cruciais para o plano dele, mandei um fuzileiro transportá-los até a embaixada por malote diplomático e trancar no meu cofre pessoal. Ele vai ser obrigado a confiar em mim, ou então a transferir a reunião para a embaixada, coisa que com certeza *não vai* querer fazer.
Langdon refletiu sobre o plano; ainda estava com o pé atrás. Era muito otimista pressupor que, na conversa com Finch, ele e Katherine fossem ouvir o suficiente para ter qualquer forma de pressão que fosse. *Nós vamos falar com um veterano treinado da CIA.* E, mesmo que Finch acreditasse que ele e Katherine tinham assinado os draconianos termos de confidencialidade, será que ele iria mesmo revelar dados capazes de comprometer a agência ou um projeto ultrassecreto?

– Você parece inseguro – comentou Katherine.

Ele ergueu os olhos para ela.

– Desculpe, não acho que vá funcionar.

– Essas são as três únicas opções – disse Nagel.

– Na verdade existe uma *quarta* opção – declarou Langdon, que havia acabado de fazer uma conexão inesperada. – É perigosa, mas talvez seja a nossa melhor aposta.

CAPÍTULO 82

Na aproximação final do Aeroporto Václav Havel, o jatinho Citation Latitude do Sr. Finch sobrevoou o monte Bílá Hora. O mapa interativo da aeronave informou que, em 1620, no cume daquele monte tinha havido a batalha final em que os católicos reprimiram a Revolta Boêmia.

Bem adequado, pensou o Sr. Finch, que acabara de reprimir ele próprio uma pequena revolta com a embaixadora Nagel. Por motivos óbvios, a embaixadora sempre tivera desprezo por ele, mas isso de nada lhe importava. *Ela é inteligente o bastante para saber qual é o seu lugar nesta operação.*

Enquanto a aeronave descia, Finch pôs o cinto de segurança; sentia-se bem mais relaxado pouco antes do pouso do que se sentira na decolagem. Apenas uma hora antes, a operação inteira estava um caos. Agora, como que por milagre, toda a confusão parecia ter desaparecido. Uma conhecida organização de pirataria literária estava levando a culpa pelo ataque cibernético na PRH, Robert Langdon e Katherine Solomon tinham sido localizados e detidos em Praga, os termos de confidencialidade tinham sido assinados, todas as cópias do manuscrito tinham sido destruídas, e os dois agentes em Nova York tinham recebido a ordem de recuar e manter silêncio absoluto, proibidos de estabelecer qualquer contato.

Missão concluída, pensou ele, olhando pela janela oval do jatinho particular. Enquanto fitava a tranquila paisagem tcheca, Finch lembrou a si mesmo que toda aquela complicada operação se resumia a um simples fato, que tinha infinitas ramificações e justificava seus atos.

A mente humana é o próximo campo de batalha do planeta.

As guerras do futuro seriam travadas de outra forma, e Finch fora escolhido para liderar o ataque. O centro nervoso dessa diretriz era o Limiar, e os superiores de Finch tinham lhe dado poder para fazer o que fosse preciso de modo a proteger a tecnologia que estava sendo desenvolvida lá.

O Limiar estaria sempre sob risco. Mas uma das primeiras ameaças de verdade tinha surgido de uma origem improvável, antes mesmo de a instalação estar em pleno funcionamento.

Katherine Solomon.

Havia muitos anos que a talentosa cientista noética integrava a lista da CIA de pessoas a serem vigiadas. Entre outras coisas, a natureza do seu trabalho coincidia com projetos que vinham sendo explorados pela agência. Anos antes, o time responsável por vigiá-la havia sinalizado a transcrição de um podcast no qual ela fora perguntada sobre o que achava dos cientistas noéticos que deixavam o meio acadêmico para trabalhar com as Forças Armadas americanas em pesquisas relacionadas ao cérebro. Sua resposta não dera margem a dúvidas. "Trabalhar com as Forças Armadas vai contra tudo em que acredito. Em hipótese alguma eu cogitaria fazer isso. A pesquisa em noética é para todos. Ela nunca deveria ser transformada em arma."

Uma pena, Finch se lembrava de ter pensado. *A Agência de Projetos de Pesquisa Avançada de Defesa poderia ter usado Katherine Solomon nos projetos de Neurotecnologia Não Cirúrgica de Próxima Geração ou de sub-redes.* Com uma única frase, ela havia se identificado como alguém que a CIA jamais poderia abordar, nem mesmo de forma discreta, sem correr o risco de gerar repercussões negativas.

Quando a agência ficou sabendo que Solomon estava preparando um livro sobre a consciência humana e havia fechado um contrato importante com uma editora, Finch instruiu seu time a monitorar o projeto de perto e a conseguir uma cópia do manuscrito antes da publicação, como medida de precaução.

Para surpresa de Finch, seus agentes o informaram de que o manuscrito de Solomon estava sendo redigido de um modo nada convencional: exclusivamente nos servidores internos da editora, protegidos por um forte nível de segurança. Esse fato, aliado a outros elementos preocupantes no passado de Solomon, fez o alarme soar para Finch, e ele pensou num plano B.

Instruiu Brigita Gessner a atrair a cientista noética até Praga com um prestigioso convite para uma palestra. Gessner deveria avaliar a palestra, em seguida se sentar com Solomon para tomar drinques e ver o que conseguia fazê-la revelar sobre o livro. Além disso, ela faria uma oferta rara para uma autora estreante – um elogio para a capa do livro, que lhe valeria uma cópia de leitura preliminar. Por fim, Gessner sugeriria a Solomon conhecer seu laboratório, desde que assinasse um curto termo de confidencialidade contendo algumas discretas linhas que permitiriam a Finch assumir o controle total da situação se necessário.

Infelizmente, o plano B explodiu na minha cara.

Depois dos drinques no Four Seasons, Gessner tinha enviado a Finch uma mensagem decididamente alarmante:

SOLOMON RECUSOU OFERTA. NADA DE CÓPIA DE LEITURA.
TAMBÉM RECUSOU TERMO.
PROBLEMA MAIS GRAVE: MENTIU PARA MIM. LIGO EM 30 MINUTOS.

Solomon mentiu? A mensagem de Gessner dava a entender que Solomon era consideravelmente mais esperta do que Finch acreditava e poderia estar escondendo algo fundamental relacionado ao seu manuscrito.

Finch aguardou ansioso a ligação de Gessner.

Ela jamais ligou.

Os trinta minutos se passaram, depois se transformaram em uma hora.

Finch ligou, mas ninguém atendeu.

Duas horas mais tarde, quando seu telefone enfim tocou, quem estava ligando não era Gessner, e sim seu time de vigilância eletrônica com uma atualização urgente: *Katherine Solomon acaba de gritar por socorro em seu quarto de hotel.*

Na mesma hora, Finch acessou a transmissão de áudio em tempo real do microfone que mandara instalar na suíte e que até então não produzira absolutamente nenhuma informação que valesse a pena. Ouviu Langdon consolando Solomon depois de ela ter tido um pesadelo e os dois conversando sobre os detalhes do sonho que a fizera acordar. Finch então ouviu algo inesperado e profundamente alarmante: Langdon disse que os estranhos elementos do sonho de Solomon faziam total sentido do ponto de vista lógico, entre eles a aparição de uma "lança".

– Você se lembra da lança Vel no cartão da Dra. Brigita Gessner? – perguntou Langdon. – A gente falou justamente sobre isso com ela horas atrás.

Finch não conseguiu acreditar no que havia escutado. O cartão ao qual Langdon estava se referindo era um cartão altamente protegido de *acesso total* ao Limiar. Por enquanto só dois desses cartões existiam, o de Gessner e o do próprio Finch, e não havia *nenhuma* chance de Gessner ter mostrado o dela a Langdon e Solomon.

Ela o mantém guardado numa capa protetora dentro de uma pasta com segredo.

Embasbacado, Finch pegou e observou o próprio cartão. *Ele tem a tecnologia RFID mais segura da face da Terra.* A superfície *inteira* do cartão era um leitor biométrico engenhoso, capaz de ler qualquer uma das digitais do usuário, em qualquer orientação, o que na prática o tornava impossível de ser usado, a não ser pelo usuário autorizado. Em caso de roubo, ele seria inútil. E, se fosse perdido, a única coisa estampada no cartão não dava pista alguma em relação à sua natureza.

A palavra em si era absolutamente genérica. Mas na verdade era um codinome cifrado.

PRAGUE

Praga significava literalmente "limiar", e os cartões de alta tecnologia eram o primeiro nível de segurança para se acessar a instalação subterrânea do Limiar. A sutil inclusão da lança Vel no *A* fora o toque pessoal de Finch, uma referência iconográfica à arma de valor, força e iluminação que estava sendo criada nas entranhas da cidade.

Por que Gessner mostraria esse cartão a alguém de fora, ainda mais a Katherine Solomon?

A única explicação em que Finch conseguia pensar lhe causava um incômodo profundo: talvez ele tivesse avaliado mal a capacidade de discrição de Gessner. Ela era obviamente movida pelo dinheiro, o que tornava fácil para Finch controlá-la, mas além disso era dona de um ego descomunal. Ele se perguntou se talvez os dois americanos tivessem astutamente virado o jogo *contra* Gessner, se aproveitando de sua necessidade de se gabar, e convencido a neurocientista a falar, em vez de Katherine. Talvez eles tivessem feito Gessner se embriagar ou mesmo a feito refém, o que talvez explicasse por que ela não estava atendendo o celular.

Finch sentiu as têmporas latejarem com uma preocupação crescente enquanto analisava os fatos:

Solomon se recusa a compartilhar o manuscrito.

A editora dela está implementando uma medida de segurança extrema para proteger o original.

Ela sabe da existência do cartão RFID de Gessner.

Sozinho em Londres, no meio da madrugada, Finch torceu para aquilo não passar de paranoia. Mas uma possibilidade perturbadora então lhe ocorreu: *Vai ver Solomon sabe sobre o Limiar e está escrevendo uma denúncia explosiva para revelar o trabalho da CIA na área da consciência humana.*

Logo depois, enquanto seguia monitorando a transmissão de áudio, Solomon fez uma confissão que acabou por se revelar a gota d'água.

– Estou mais ansiosa do que de costume, Robert – disse ela, ainda chorosa. – Finalmente dei o sinal verde para Jonas começar a edição do meu livro. O plano dele era imprimir o manuscrito e iniciar a leitura agora à noite, por isso meu nervosismo.

A notícia pegou Finch de surpresa. *Katherine entregou o manuscrito para o editor?* Assim que ele entrasse na fase de "edição", cópias seriam distribuídas por toda a Penguin Random House: revisores, pesquisadores, designers e até os responsáveis pelas primeiras fases da divulgação e do marketing teriam acesso ao material. *A contenção, caso necessária, vai se tornar impossível.*

Finch se deu conta de que seu tempo e suas opções tinham se esgotado. Não quisera causar uma perturbação desnecessária hackeando a editora, mas precisava descobrir o que havia no livro *imediatamente*. Sem hesitação, deu uma ordem ao seu time de tecnologia: invadir o servidor protegido da Penguin Random House e roubar uma cópia do manuscrito de Solomon. Ao ler o que havia no livro, das duas uma: ou ele respiraria aliviado ou então ordenaria uma destruição completa do trabalho dela, até o último resquício.

Finch percebeu também que outro risco potencial havia se materializado: Robert Langdon, o companheiro de Katherine Solomon. O professor de Harvard tinha reputação de desvendar segredos que ninguém queria que fossem revelados.

Vou precisar de uma forma de pressionar Langdon também, concluiu Finch. Formulou rapidamente um plano, usando as poucas informações que acabara de obter graças à escuta instalada na Suíte Real do Four Seasons. Tempos antes, tinha aprendido que mesmo a informação mais inócua, se apresentada de maneira adequada, podia ser transformada numa poderosa arma para gerar confusão. O antigo estrategista chinês Sun Tzu havia planejado campanhas militares inteiras com base no seu famoso mantra: *A confusão cria o caos, e o caos cria oportunidades.*

O tempo era curto, mas Finch havia construído uma carreira estando preparado para qualquer eventualidade e agindo com presteza. Pegou o telefone e fez várias ligações, entre elas uma para a agente Housemore, com instruções claras de logística e ordens para se manter de sobreaviso.

Pouco antes das seis da manhã no horário de Praga, os hackers de Finch finalmente lhe enviaram uma versão criptografada completa do manuscrito de Solomon. Sem a menor intenção de ler o documento inteiro, ele começou apenas dando uma olhada no sumário. Ficou aliviado ao constatar que à primeira vista o livro parecia ser exatamente o que o burburinho pré-lançamento sugeria: uma exploração de uma nova teoria da consciência.

Para ter certeza, Finch buscou as palavras "CIA" e "Limiar", aliviado por nenhuma das duas produzir nenhum resultado.

Até agora tudo bem.

Por fim, pesquisou uma sequência de termos bem específica, em busca de uma única informação.

Ou vai estar aqui ou não.

Prendeu a respiração e teclou Enter para dar início à busca. Dois segundos inteiros se passaram sem resultados, e ele começou a relaxar.

Então seu computador apitou.

Merda...

A busca tinha localizado um resultado já quase no final do arquivo. Quando a página carregou, Finch chegou mais perto e percorreu o texto com os olhos a toda a velocidade. Em segundos compreendeu que o cenário era desastroso. De propósito ou não, Katherine Solomon tinha metido a mão numa casa de marimbondo. Seu livro representava um problema sério.

Enquanto Finch avaliava suas limitadas opções para administrar a crise, seu celular emitiu uma notificação com outra má notícia: Solomon acabara de acessar o servidor da PRH no Centro Empresarial do Four Seasons e estava *imprimindo* seu livro.

Ela está imprimindo uma cópia às 6h45 da manhã na impressora de um hotel?

Esse ato parecia uma heresia para os protocolos de segurança da editora, e Finch temeu que Solomon tivesse ficado sabendo que o livro fora hackeado e estivesse tomando providências para protegê-lo.

Abalado, ele fez uma última tentativa de contato com Brigita Gessner, mas a ligação caiu direto na caixa postal. Gessner estava desaparecida desde o início da noite – desde o encontro com Solomon e Langdon.

De uma coisa Finch tinha certeza: *Onde há fumaça há fogo.*

Ele havia preparado medidas ousadas de retaliação, tanto em Praga quanto em Nova York, que podiam ser iniciadas mediante a emissão de um comando formado por uma única palavra.

Ao avaliar a situação como um todo, decidiu que era chegada a hora.

Mandou mensagens simultâneas por Signal para seus agentes de campo nas duas cidades:

EXECUÇÃO.

CAPÍTULO 83

O Golěm se ajoelhou no chão de mármore rosa, exausto após a luta com a agente Housemore. Reunindo forças para arrastar e ocultar o cadáver, ficou satisfeito ao constatar que o corpo de sua vítima era bem mais leve do que o de Harris. Precisou de pouco esforço para arrastar a mulher e escondeu o corpo atrás de um sofá perto da parede lateral. Cogitou roubar a pistola que ela estava carregando, mas nunca tivera oportunidade de aprender a atirar e preferia de longe a simplicidade e o silêncio da arma de eletrochoque.

O Golěm então foi até a pesada escultura de parede e a empurrou, fazendo-a deslizar para o lado e revelando o elevador no qual subira poucos minutos antes para atacar a mulher de surpresa. O painel de segurança do elevador brilhava na sua frente, e ele cuidadosamente digitou a senha de sete caracteres de Gessner, recordando o terror que ela havia sentido na noite anterior.

Ela me contou tudo, como teria feito qualquer um na sua situação.

Enquanto o elevador descia um andar, O Golěm fechou os olhos e rememorou com satisfação seu método de interrogatório, utilizando uma máquina criada pela própria vítima.

A cápsula de PRE de Gessner fora projetada para pacientes sob o efeito de anestesia geral aliada a uma injeção intravenosa de fentanil – o analgésico mais potente do mundo –, com o objetivo de bloquear a sensação excruciante de ter o próprio sistema circulatório inundado por soro fisiológico gelado. Mas O Golěm simplesmente a prendera na máquina, pulara a anestesia e imobilizara seus pulsos e tornozelos com as poderosas tiras de velcro da cápsula. As agulhas da máquina eram feitas para artérias e veias femorais, mas ele inseriu os cateteres nos braços dela, imaginando que com isso o fluxo do soro a manteria consciente, obrigando-a a vivenciar a dor.

O elevador se abriu automaticamente no laboratório de Gessner, e O Golěm caminhou pela penumbra com a capa esvoaçando às suas costas, lançando sombras fantasmagóricas nas paredes de pedra. Dessa vez ele estava sozinho no bastião, e não seria interrompido.

Só preciso de um minuto para pegar o que vim buscar.

Então tomaria o rumo da instalação secreta conhecida como Limiar.

◆ ◆ ◆

Jonas Faukman seguia traumatizado pelo rapto que sofrera, e, após saber que Robert e Katherine tinham sido atraídos para a residência de uma ex-advogada da CIA, só lhe restava torcer para os dois terem seguido seu conselho e dado o fora de lá.

Ligue para mim, Robert. Me diga que vocês estão bem.

Alex Conan seguia em seu notebook, fazendo um mergulho profundo na In-Q-Tel. Faukman queria muito saber por que o fundo de investimento se opunha tanto ao que quer que houvesse no manuscrito de Katherine.

– Dá uma olhada – disse Alex por fim. – É uma lista parcial dos investimentos privados da Q.

Faukman correu e olhou para a tela por cima do ombro do TI, encarando incrédulo a carteira do fundo. Havia mais de trezentos registros, a maioria numa língua que ele não conseguia decifrar.

- MemSQL – análise sincrônica Boundless Spatial
- Xanadu – soluções em fotônica quântica
- Keyhole – visualização geoespacial
- zSpace – escultura holográfica em 3D

A lista prosseguia indefinidamente.

– Isso está parecendo o que eu imaginava – comentou Alex rapidamente ao passar os olhos pela lista. – A maioria das que eu reconheço são empresas de cibersegurança, análise de dados, geração de imagens, computação...

– E neurociência ou consciência, *esse* tipo de coisa?

– Pode ser, não sei. A gente precisa jogar essa lista numa base de dad... – O celular de Alex vibrou. Ele checou o identificador de chamadas e respirou fundo para tomar coragem antes de atender. – Allison, bom dia. Eu ia justamente...

Faukman pôde ouvir a diretora de segurança de dados aos gritos do outro lado da ligação.

– Entendido – disse Alex com toda a calma. – Já estou indo aí. – Ele encerrou a ligação e se levantou. – Desculpe. Hora do interrogatório.

Faukman ficou com pena do garoto. Levando-se em conta que a PRH tinha sido hackeada por uma agência de inteligência global, aquela não era exatamente uma luta justa, e Alex havia administrado a crise de maneira admirável.

– Volto quando puder – disse o técnico, antes de parecer mudar de ideia e digitar rapidamente no notebook. – Acabei de copiar e lhe mandar a lista; jogue os dados num DAP e veja se tem algum cruzamento.

– Espere! Como é que é? O que é DAP? Eu não tenho isso!

– Tem, *sim* – respondeu Alex, paciente, enquanto se encaminhava para a porta. – O servidor da PRH tem todo um conjunto de plataformas de análise de dados que o senhor pode usar.

Faukman não fazia ideia de onde procurar.

– Deixa pra lá, é só usar uma ferramenta on-line. ChatGPT, Bard ou algo assim – disse Alex. – Use a ferramenta para analisar os investimentos da Q e cruzar com qualquer tópico que o senhor considere relevante para o livro da Dra. Solomon. Volto assim que puder.

E com isso Alex se retirou apressado.

Faukman ficou sozinho em sua sala, encarando o próprio computador com uma expressão ressabiada. É claro que já tinha visto aplicativos de inteligência artificial, mas havia jurado publicamente jamais usá-los. *Uma ameaça existencial ao nobre ofício da escrita!* A PRH já estava recebendo originais obviamente escritos por robôs, mas eles estavam se tornando cada vez mais difíceis de detectar. Faukman havia assumido uma postura de resistência e pedido a seus colegas editores que boicotassem todos os produtos de IA diante da iminência de um apocalipse literário.

Agora, porém, Faukman se pegou numa encruzilhada. Ao abrir o e-mail enviado por Alex e ver a lista de investimentos da Q, pensou nos abusos flagrantes que a organização tinha cometido contra Katherine, Robert e ele próprio.

O posicionamento ético que se dane, decidiu, sentando-se diante de sua máquina. *Isto aqui é guerra.*

CAPÍTULO 84

O SUV de "uso pessoal" fornecido com a residência da embaixadora era um discreto Tucson de cor creme da Hyundai com placa tcheca, que Heide Nagel de vez em quando usava para fugir da cidade nos fins de semana. Seu passeio mais recente fora uma ida ao Labirinto de Pedras de Tisá, no norte do país, um emaranhado de trilhas de caminhada em meio a formações calcárias de tirar o fôlego que, de tão surreais, tinham sido usadas no filme de fantasia *As crônicas de Nárnia*.

Quem me dera estar lá agora, pensou Nagel, ainda nauseada com a morte de Michael Harris.

Saindo da residência sozinha em seu SUV, ela sentia o peso da traição que estava cometendo ao ajudar aqueles dois americanos. Torcia muito para Langdon saber o que estava fazendo.

Se não der certo, Finch vai me enterrar, literalmente falando, acho eu.

Nagel se aproximou do portão de segurança e buzinou duas vezes. O fuzileiro de plantão na guarita se levantou com um pulo da frente de seus monitores e correu até a janela com uma cara de surpresa. Era raro a embaixadora sair sem ser anunciada, sobretudo no próprio carro, e mais raro ainda buzinar.

– Me desculpe, Carlton – disse ela, abaixando a janela. – Vou dar uma passadinha na embaixada. Esqueci minhas seringas de Enbrel lá. Essa maldita neve está fazendo a minha artrite sair do controle.

– Embaixadora, eu teria prazer em mandar bus...

– É mais simples eu mesma ir. O remédio fica trancado na gaveta da minha escrivaninha, e tenho que pegar uns documentos lá também. Volto já.

– Claro, embaixadora.

O guarda apertou um botão e o portão se abriu. Quando começou a se virar de volta para os monitores de segurança, Nagel o chamou de volta.

– Me desculpe, mas tem mais uma coisa, Carlton: estou com dois americanos esperando na biblioteca, e tenho mais um convidado que vai chegar daqui a pouco, chamado Sr. Finch. Volto antes de ele chegar, mas, se por algum motivo ele aparecer antes de mim, pedi à minha equipe para deixá-lo à vontade no salão até eu voltar e fazer as apresentações. Só queria garantir que você soubesse que ele está sendo aguardado.

– *Agora* sei, embaixadora – disse o fuzileiro com um sorriso. – Obrigado. Nos vemos daqui a pouco.

Nagel agradeceu ao militar e se preparou para sair com o carro, mas conforme tinha planejado o tempo se esgotou e o portão começou a fechar de volta.

– Me desculpe – disse ela, balançando a cabeça. – Sempre fico tagarela quando tomo café espresso!

O guarda sorriu.

– Sem problemas, embaixadora.

Ele apertou o botão para reabrir o portão.

Ao tentar engatar a marcha para passar, ela deixou o Hyundai morrer.

– Ai, meu Deus do céu, que vergonha! Hoje em dia é raro eu dirigir.

Ela tornou a dar a partida no carro, mas não antes de o portão se fechar uma segunda vez.

Os dois repetiram o processo, e dessa vez Nagel conseguiu passar. Pegou a Ronald Reagan e logo em seguida entrou à esquerda na Bubenečská. Torcia para seu teatrinho ter mantido os olhos do guarda longe das imagens de segurança por tempo suficiente para Langdon e Solomon, ao ouvirem a buzina do carro, saírem depressa pelo jardim de inverno e atravessarem o gramado até a extremidade da propriedade. Lá, se a pessoa conseguisse encontrar o trinco escondido, podia abrir um portão de pedestres de ferro forjado que dava da Villa Petschek para a Československé Armády.

Dito e feito: quando ela deu a volta na propriedade, viu Langdon e Solomon na esquina da rua, ambos mal agasalhados para o frio que fazia. A embaixadora encostou ao lado deles. Katherine gesticulou para que Langdon se sentasse na frente, ao lado da embaixadora, e os dois entraram no carro.

Enquanto aceleravam para longe da residência, nenhum dos três disse nada. Era como se todos estivessem começando a se dar conta dos perigos do plano proposto por Langdon.

A quarta opção.

– Existe uma boa chance de, mesmo que a gente se reúna com Finch e ele acredite que a gente assinou os tais termos, ele não revelar o que está de fato acontecendo no Limiar – dissera Langdon minutos antes na casa de máquinas da piscina. – Só existe um jeito de conseguirmos as informações e as provas de que precisamos para nos proteger: a saber, documentos e fotos. – Ele fez uma pausa e encarou as duas. – Nós precisamos dar um jeito de *entrar* no Limiar.

– Impossível – disse Nagel. – Sem chance.

– Por quê? – insistiu Solomon. – A senhora disse que não tem ninguém lá no momento, que todo mundo está fazendo treinamento externo. O lugar vai estar deserto.

– Verdade. Mas eu não expliquei o nível de segurança dessa instalação. A entrada do Limiar é basicamente um túnel reforçado e protegido por barricadas de aço, câmeras de segurança, guardas armados e uma biometria sofisticada.

– Como eu imaginaria que fosse – disse Langdon. – Mas tenho um plano para a gente conseguir entrar.

A embaixadora Nagel agora se via dirigindo seu SUV na direção sul. *Não tem volta*, pensou ela. *Agora sou oficialmente uma cúmplice.*

Para evitar que sua partida não autorizada fosse rastreada por Finch, Nagel havia deixado seu celular diplomático na residência, conectado à rede de casa. Em vez dele, estava levando seu velho Samsung pessoal, que só ligava para assistir ou escutar alguma coisa no streaming em casa depois do trabalho. *A embaixada não precisa saber que eu ouço Taylor Swift e assisto reprises de Ted Lasso.*

A bateria do Samsung estava zerada, mas o aparelho estava carregando no painel do veículo. Nagel torceu para carregar depressa o bastante para eles poderem fotografar o que quer que estivesse acontecendo dentro do Limiar.

Isso se Langdon de fato conseguir fazer a gente entrar.

Ele ainda não havia compartilhado os detalhes do seu plano, mas quanto mais Nagel pensava na impenetrável barreira que protegia a entrada, menos otimista se sentia.

◆ ◆ ◆

Na pista coberta de neve do Aeroporto Václav Havel, o Citation do Sr. Finch taxiou até o terminal de aviação particular, onde um sedã de luxo aguardava para levá-lo até Praga. Finch estava contente por se encontrar em solo, mas nem assim conseguia se livrar da insistente sensação de que alguma coisa no telefonema com a embaixadora tinha sido *fora do normal.*

Ele e Nagel sempre haviam antipatizado um com o outro, mas algo no comportamento dela ao celular o deixara encucado. Ele decidiu fazer outra ligação rápida, só para se tranquilizar e confirmar que ela de fato havia despachado um time de fuzileiros para o Bastião U Božích Muk.

Mas quando ele ligou a embaixadora não atendeu. *Que estranho.* Mandou na mesma hora uma mensagem protegida, que também ficou sem resposta.

Enquanto o lustroso jatinho parava e os motores eram desligados, o Sr. Finch sentiu a tensão ficar ainda maior.

◆ ◆ ◆

No andar de baixo do Bastião U Božích Muk, O Golěm fechou o capuz com força por sobre a cabeça coberta de barro e se preparou para a tarefa que tinha pela frente. Acabara de voltar à sala de trabalho atravancada na qual havia matado Brigita Gessner na noite anterior e viu que o cadáver pálido e ensanguentado ainda estava dentro da cápsula de PRE aberta. Gessner e sua assistente eram as duas únicas pessoas a trabalhar ali, e até então a embaixada e as autoridades locais ainda não tinham conseguido entrar.

Numa mesa de trabalho ali perto, O Golěm viu a pasta de couro de Gessner, que conseguira arrombar na noite anterior com uma chave de fenda para extrair o cartão RFID preto que ela protegia com uma capinha especial.

Só que o cartão não bastava; Gessner havia deixado de revelar esse detalhe na noite anterior.

Para acessar o Limiar, O Golěm precisava de um último item.

Após pegar um alicate de corte na estante de ferramentas, ele foi até a cápsula de PRE e se ajoelhou ao lado do cadáver de Gessner.

– Pela Sasha – sussurrou, ao mesmo tempo que segurava a mão sem vida de Gessner.

Sessenta segundos depois, O Golĕm estava novamente no corredor, preparando-se para deixar o bastião. Agora levava consigo tudo de que precisaria para ter acesso ao Limiar – e para reduzir a instalação secreta a um buraco cheio de entulho.

CAPÍTULO 85

Katherine Solomon tinha passado a maior parte da manhã escondida sozinha na escuridão da Biblioteca Barroca do Klementinum, procurando entender quem poderia estar tentando destruir seu manuscrito, e *por quê*. Agora, sentada confortavelmente no banco de trás do SUV de Nagel, Katherine começou a se fazer uma pergunta bem mais imediata.

Como Robert vai fazer a gente entrar no Limiar sem ninguém nos matar?

Os três haviam concordado com o objetivo proposto por Langdon – entrar na instalação e recolher informações confidenciais para se proteger –, mas segundo Nagel a entrada do abrigo nuclear era um acesso de carros fortemente protegido por barricadas, que descia até um posto de controle com vigilância por vídeo, soldados armados do Exército e segurança por biometria.

Katherine começava a se perguntar se tudo aquilo poderia ter sido um blefe inteligente de Robert para fugir da residência da embaixadora. *Mas se for isso, e agora?*

– Antes de prosseguirmos, preciso saber qual é o seu plano para entrar na instalação – disse Nagel, parando no acostamento de uma rua tranquila no seu bairro residencial e se virando de frente para Langdon no banco do carona.

– Nada mais justo – disse Langdon. – Na verdade é bem simples. – Ele fez uma pausa, e deu um sorriso hesitante. – Desde que a minha lógica esteja certa.

Nagel não estava sorrindo.

– Prossiga.

Ao longo dos sessenta segundos seguintes, Langdon explicou exatamente como e por que acreditava que conseguiria acessar o Limiar. Quando terminou de falar, a expressão de dúvida no rosto de Nagel havia se transformado num choque semelhante ao sentimento de surpresa de Katherine. A explicação de Langdon era, a seu modo, muito singular, absolutamente inesperada, perfeitamente lógica e surpreendentemente simples.

– Não sei o que achei que você diria, mas não era *isso* – constatou Nagel, num tom subitamente esperançoso. – Devo admitir que essa ideia nunca me ocorreu.

Langdon assentiu.

– Imagino que eles estejam torcendo para nunca ocorrer a ninguém.

Nagel deu partida no SUV, agora dirigindo mais depressa em direção ao rio. Ninguém falou mais nada.

No banco de trás, Katherine foi ficando cada vez mais ansiosa ao pensar que talvez enfim descobrisse como seu trabalho podia ser uma ameaça para um projeto ultrassecreto da CIA. *Que diabo eles estão fazendo no Limiar que tem relação com o meu livro?*

O codinome Limiar soava genérico e desinteressante, não revelava nada sobre a natureza do projeto da CIA. Pelo visto essa era uma prática padrão, concluiu Katherine, relembrando uma lista de codinomes ultrassecretos da CIA mencionados pela imprensa de tempos em tempos: Blue Book, Artichoke, Mongoose, Phoenix, Stargate...

Foi então que ela sentiu uma conexão inesperada surgir.

– Psicotrônica – declarou.

Nagel olhou por cima do ombro.

– Perdão?

Langdon se virou para trás também parecendo confuso.

– Psicotrônica – repetiu ela. – É assim que os russos chamavam suas primeiras pesquisas sobre fenômenos paranormais: leitura da mente, percepção extrassensorial, controle do pensamento, estados alterados de consciência. A psicotrônica é considerada a precursora da ciência noética moderna.

– Ah, sim, tinha esquecido o nome – comentou Nagel. – A Rússia investiu um bilhão de dólares em psicotrônica durante a Guerra Fria. Foi a primeira iniciativa "neuromilitar" do mundo. Tinha a ver com controle da mente, psicovigilância, táticas relacionadas ao cérebro, esse tipo de coisa. A CIA, claro, ficou sabendo do programa, entrou em pânico, foi pelo mesmo caminho e deu início à nossa própria série de programas ultrassecretos de pesquisa neuromilitar.

– E um desses projetos se chamava Stargate – disse Katherine.

– Isso – respondeu Nagel, acelerando o SUV para passar pelo sinal verde num movimentado cruzamento de seis faixas. – Mas, como vocês devem saber, o Stargate foi um fiasco, um dos fracassos públicos mais humilhantes da agência. Quando o Stargate foi descoberto, a CIA foi alvo de uma zombaria impiedosa por ter gastado milhões em pseudociência, truques e tentativas de treinar "espiões-fantasma mágicos". No fim das contas, descobriu-se que, na verdade, a agência tinha mordido a isca da desinformação russa e corrido atrás do próprio rabo com ciências marginais que nunca iriam funcionar.

Não exatamente marginais, pensou Katherine, indignada, mas segurou a língua. Apesar dos fracassos e do histórico constrangedor, as tentativas do Stargate de explorar fenômenos cerebrais paranormais pertenciam ao campo daquilo que os cientistas hoje chamariam de metafísica ou de parapsicologia.

– Mas por que você mencionou o Stargate? – indagou Langdon. – Ele aparece no seu manuscrito?

– Não – respondeu Katherine. – Mas me ocorreu que o Stargate foi uma das primeiríssimas tentativas de testar a possibilidade da consciência não local.

– É mesmo? – Langdon se virou para ela com um ar surpreso. – Quer dizer que a CIA de fato trabalhou com a consciência não local?

– Sim, em certo sentido. O Stargate tentou desenvolver uma técnica de vigilância nunca antes imaginada chamada "visualização remota". Consiste em um "visualizador" sentado num lugar tranquilo, meditando até entrar em transe, depois projetando a própria consciência para fora do corpo, libertando a consciência de qualquer amarra local e deixando-a se materializar sem o menor esforço em qualquer outro lugar do mundo, para que a consciência possa "ver" o que está acontecendo em lugares remotos.

Langdon arqueou a sobrancelha com uma expressão de extremo ceticismo.

Valeu, Robert, pensou ela, levando em conta que a visualização remota basicamente *definia* sua teoria da consciência não local. *Uma mente que não está presa à localidade.*

– Do ponto de vista militar – acrescentou Nagel –, o objetivo final do Stargate era treinar um espião paranormal capaz de colocar sua consciência dentro do Kremlin para assistir reuniões, conversas particulares ou sessões de estratégia militar, e depois "voltar" para casa e contar tudo que tinha acontecido.

– Difícil imaginar que não tenha dado certo – comentou Langdon com sarcasmo.

Katherine se inclinou para a frente e falou num tom incisivo.

– Só para ficar registrado, Robert, *você* escreveu sobre visualização remota e consciência não local muito antes de mim.

– Como é? Eu nunca escrevi sobre nenhuma dessas co...

– Você se referia a elas como "projeção astral" e "ka desconectado".

Langdon inclinou a cabeça, hesitante.

– Ah, no *Arquitetura espiritual*? Você leu esse livro?

– Bom, você me *mandou* um exemplar...

A prática da projeção astral, escrevera Langdon, remontava ao Egito Antigo, onde as pirâmides eram providas de dutos cuidadosamente inclinados para permitir à alma do faraó, ou seu ka, ir e voltar das estrelas. A palavra "ka", comentara Langdon em seu livro, era muitas vezes traduzida equivocadamente como "alma", quando na realidade significava "veículo", um modo de transportar a consciência para outros lugares. O conhecimento obtido pelos faraós durante a viagem da alma até as estrelas só era possível graças à sua compreensão do ka desconectado – em outras palavras, da consciência não local. O conceito de "alma eterna, incorpórea" era uma constante universal em todas as religiões, escrevera Langdon.

Ele vive falando sobre consciência não local. Só não percebe isso.

– Tudo bem – disse Langdon com uma cara contrariada. – Mas eu escrevo do ponto de vista das crenças *históricas*, não da ciência dura. O simples fato de uma cultura *acreditar* que uma coisa é verdade não faz dela um fato científico. Só estou dizendo que me custa crer que a visualização remota seja cientificamente possível.

Em geral, Katherine apreciava o ceticismo de Langdon porque a fazia se sentir desafiada, mas nesse dia sentiu que ele não estava abrindo a mente o bastante para ver uma verdade que para ela era evidente. William James, pai da psicologia americana, tinha dito a famosa frase: *Para desacreditar a afirmação de que todos os corvos são pretos basta um único corvo branco.* Como Katherine descrevia no seu manuscrito, toda uma *revoada* de corvos brancos tinha sido revelada pela ciência noética, pela física quântica e pelo trabalho de um impressionante corpo de acadêmicos que eram ferrenhos defensores da consciência não local.

Mentes respeitadas como Harold Puthoff, Russell Targ, Edwin May, Dean Radin, Brenda Dunne, Robert Morris, Julia Mossbridge, Robert Jahn e muitas outras tinham feito descobertas espantosas em áreas tão diversas quanto a física de plasma, a matemática não linear e a antropologia da consciência, todas elas sustentando o conceito de consciência não local. Seus livros de sucesso tinham títulos como *Mente sem barreiras, Percepções remotas, O sétimo sentido, Cognição anômala* e *Magia verdadeira*.

Katherine não tinha ouvido falar que nenhum desses outros livros suscitara qualquer reação da CIA. E por que teriam suscitado? O conceito de "mente separada do corpo" não era nem de longe tão exótico quanto a maioria imaginava. Os milhões de praticantes de meditação já vinham flertando com esse mundo, focando a mente até o corpo físico parecer evaporar e eles se perceberem apenas como mente, uma consciência não mais localizada dentro do corpo.

A partir daí, uma pequena porcentagem de praticantes avançados de meditação conseguia "se projetar": alcançar um estado no qual o indivíduo percebe a consciência se *afastando* do local em que ele se encontra fisicamente. É a mesma experiência descrita por muitos epiléticos ou sobreviventes de experiências de quase morte.

O mais perto que Katherine havia chegado de se projetar fora em seus eventuais "sonhos lúcidos", experiência bizarra na qual "acordava" dentro do próprio sonho, percebia estar sonhando e conseguia fazer o que quisesse dentro do sonho. *O parque de diversões virtual por excelência.* Os sonhos lúcidos são uma ponte entre a consciência e a fantasia, proporcionando uma janela singular para a pessoa manipular a própria realidade subjetiva. Não era de espantar que os sonhos lúcidos tivessem se transformado numa indústria multimilionária de "lucidez": agora era possível adquirir manuais de instruções para sonhar, óculos de dormir e até coquetéis de remédios à base de galantamina, fabricados para ajudar a "alcançar a lucidez" no sonho.

Katherine sabia que os sonhos lúcidos eram reconhecidos por diversas culturas havia muitos séculos, mas que só nos anos 1970 os métodos científicos tinham validado empiricamente sua existência, em especial devido ao trabalho do psicofisiologista Stephen LaBerge. LaBerge conseguira demonstrar que, durante o sonho lúcido, é possível comunicar sua "consciência de estar consciente" aos pesquisadores executando uma série de movimentos oculares previamente combinados enquanto a mente da pessoa que sonha está tendo uma experiência bem longe do corpo adormecido.

Acordar dentro de um sonho era uma habilidade passível de ser aprendida para quem estivesse interessado, mas para quem não estivesse ainda havia uma boa notícia: Katherine acreditava que *todo mundo* teria no mínimo uma experiência fora do corpo durante a vida.

No momento da morte.

Os dados sugeriam de maneira irrefutável que a morte era acompanhada por uma transição em que o indivíduo vivenciava uma experiência fora do corpo. Em geral, tinha-se a sensação de que a mente está se separando do corpo físico, pairando acima dele na mesa de operação, no local de um acidente ou no leito de morte, observando as pessoas tentando salvar sua vida ou se despedindo aos prantos. Milhares de pacientes que tinham sido ressuscitados haviam deixado seus cirurgiões pasmos ao descrever ações precisas e conversas ocorridas no hospital enquanto eles estavam clinicamente mortos e com os olhos fechados por esparadrapo durante a operação.

Ainda não havia consenso em relação ao que causava essas visões fora do corpo. *Seriam alucinações fortuitas causadas pela falta de oxigenação do cérebro?*

Indícios da alma abandonando o corpo? Um vislumbre momentâneo da nossa próxima existência?

Katherine sabia que o segredo que todos nós ainda ansiávamos por compreender era o da verdadeira natureza da morte, independentemente da cultura, da geração ou da época. Ao contrário da maioria dos mistérios insondáveis da vida, porém, *esse* era um segredo que por certo seria revelado a cada um de nós, mas somente no fim.

Nossos últimos instantes de vida se tornam nossos primeiros momentos de verdade.

CAPÍTULO 86

A **embaixadora Nagel** estava passando com cuidado pela curva fechada da Chotkova quando seu celular pessoal apitou no carregador a seu lado. Por um instante, ela imaginou que o barulho desconhecido fosse um alerta informando que o aparelho não estava mais totalmente morto.

Só que o telefone seguiu tocando. Nagel baixou os olhos para o Samsung e se espantou ao ver uma chamada entrando – a primeira que recebia naquele celular, que, pelo jeito, tinha o toque de som de grilos.

Ninguém sabe que essa linha existe.

Apesar disso, o identificador de chamadas exibia um nome conhecido: SARGENTO SCOTT KERBLE, o militar que chefiava sua equipe de segurança. Nagel era capaz de confiar a própria vida a Kerble, mas ficou surpresa ao constatar que ele conhecia aquele número. Sem enxergar alternativa, aceitou a chamada.

– Scott?

– Embaixadora! – exclamou o guarda, soando aliviado. – Desculpe ligar para sua linha pessoal. Eu tentei todos os seus outros telefones, mas...

– Não faz mal, é que achei que ninguém sabia esse telefone. Algum problema por aí?

– Sua residência me informou que a senhora está vindo à embaixada pegar um remédio. Em quanto tempo vai chegar aqui?

Nagel se curvou sobre o volante. *Droga.*

– Na verdade, Scott, não estou podendo falar agora. Tem algo errado acontecendo?

Ela já podia ver o acesso da Ponte Mánes se aproximando depressa à sua frente.

– Estou esperando a senhora na embaixada com um objeto que acredito que a senhora precisa...

– Espere aí. Achei que você estivesse com a Dana supervisionando o traslado do Sr. Harris!

– E estava, embaixadora, mas eu a deixei cuidando de tudo lá para voltar à embaixada e lhe entregar o... – Kerble hesitou; sua voz denotava uma hesitação atípica. – Embaixadora, quando eu entrei no apartamento havia um envelope lacrado em cima do corpo do Sr. Harris.

Nagel foi pega de surpresa.

– Como é? Um envelope?

– Sim, embaixadora. Ao que tudo indica foi deixado lá pela pessoa que matou o Sr. Harris.

Pelo amor do Santo Cristo!

– O que tem dentro do envelope?

– Não abri. Decidi tirar discretamente o envelope de lá e trazer para a senhora quanto antes. – Kerble fez uma nova pausa e baixou a voz. – Ele está endereçado especificamente à senhora.

– A mim? – Nagel deixou o celular cair no colo, segurou o volante com as duas mãos e deu uma guinada para a esquerda, parando o SUV abruptamente no acostamento da Klárov, logo depois do monumento do Leão Alado e segundos antes de acessar a ponte.

Nagel catou o celular.

– Scott, me dê só um instantinho.

Langdon e Katherine pareciam compreensivelmente alarmados, e Nagel fez um sinal para avisar que precisava de um instante. Desligou o motor, saiu do veículo e caminhou em direção à margem do rio com o celular encostado na orelha.

– Me diga – disparou, num tom mais raivoso do que pretendia. – Por que *diabos* o assassino de Michael Harris deixaria um envelope em cima do corpo para mim?

– Não sei, mas ele obviamente estava lá para ser encontrado e entregue. Está escrito "Particular".

Uma rajada de vento vinda do Moldava fez um calafrio penetrar o corpo de Nagel até a medula, enquanto ela tentava compreender a situação, que piorava a cada instante.

– Embaixadora – insistiu Kerble –, tenho a informação de que a senhora saiu da residência desacompanhada. Levando em conta essa carta, preciso lhe pedir que venha para cá agora mesmo.

Nagel se sentiu tentada a pedir a Kerble que abrisse a carta e dissesse o que estava escrito, mas sabia que ele iria se recusar. E com razão. Ela estava num celular, e só Deus sabia o que a carta continha. Percebia a preocupação na voz do sargento Kerble e não teve dúvidas de que, caso não retornasse à embaixada de imediato, ele seria forçado a mandar toda a equipe de segurança tentar localizá-la.

Ela olhou de relance para o SUV. Langdon e Katherine tinham saltado do carro e a observavam com ar de preocupação.

– Embaixadora – insistiu o sargento –, posso ouvir que a senhora está ao ar livre. Teve que resolver alguma coisa na rua?

A pergunta do oficial sobre "resolver alguma coisa na rua" era uma indicação de que "o papo tinha ficado sério". A expressão era uma senha de emergência para o caso de ela estar em perigo. Tudo que ela precisava dizer era "sim", e as portas do inferno se abririam.

– Scott, você sabe que eu não resolvo nada na rua – respondeu Nagel. – Pode levar a carta para a minha sala. Eu chego em dez minutos.

– Obrigado, embaixadora – disse o militar, soando aliviado.

Nagel desligou e se encaminhou para o SUV. A Rua Letenská ficava ali perto; dava para chegar à embaixada em oito minutos a pé. Ela obviamente não podia sequer chegar perto de lá com Langdon e Katherine.

– O que acabou de acontecer? – indagou Langdon assim que ela voltou.

– Desgraça pouca é bobagem – disse Nagel, e lhes contou sobre o envelope. – Não faço ideia do que tem nessa carta, mas se não voltar à embaixada em dez minutos toda a minha equipe de segurança vai sair passando o pente-fino em Praga, e eles não brincam em serviço. – Ela entregou a chave do SUV a Langdon. – Vocês vão estar mais seguros sem mim.

– Alguma notícia de Sasha?

– Não, ele teria me dito. Vou pedir ao meu TI que faça uma varredura de reconhecimento facial nas imagens das câmeras de segurança.

– E o celular? – perguntou Katherine, apontando para o Samsung velho que ela estava segurando. – Para tirar as fotos.

Nagel suspirou fundo.

– Pelo visto está comprometido. Não sei se é rastreável, mas é melhor vocês não arriscarem. De toda forma me ocorreu que, se tirarem fotos, a CIA vai simplesmente alegar que foram geradas por inteligência artificial. O ideal seria vocês encontrarem documentos e provas concretas.

– Certo – disse Langdon. – Tem mais um problema. Eu prometi a Jonas Kaufman que ligaria para ele quando conseguisse sair da sua casa. Se ele não tiver notícias minhas, logo, logo vai entrar em contato com as autoridades aqui de Praga. Eu estava esperando o seu celular carregar para dar o telefonema, mas agora que a gente sabe que o aparelho está comprometido...

– Qual é o número direto do seu editor? – perguntou Nagel, entrando no SUV para pegar caneta e papel. – Eu ligo para ele da linha protegida da embaixada. Ou posso mandar um e-mail da...

– Faukman não vai acreditar – cortou Langdon. – Ele sabe que a senhora é da CIA. Vai querer falar comigo diretamente.

Droga, pensou ela. *Ele tem razão.*

– Espere aí – Langdon fez cara de pensativo por alguns segundos. – Me dê isso aqui. – Pegou a caneta e o papel e começou a escrever. – Este aqui é o e-mail do Faukman. – O professor fez uma pausa e fechou os olhos por vários segundos, como se estivesse redigindo mentalmente uma mensagem. – Certo, mande *isto aqui* para ele. – Escreveu rapidamente uma mensagem esquisita e entregou a ela.

Nagel olhou para as letras sem sentido.

– Mas *o que* é isso?

– É só mandar – respondeu Langdon. – Ele vai entender.

CAPÍTULO 87

– **O câmbio manual** devia ser proibido – resmungou Langdon, dando vários solavancos no SUV enquanto seguia rumo ao Parque Folimanka.

– Não é melhor só proibir os homens que não sabem dirigir com ele? – sugeriu Katherine.

Langdon não conseguiu conter o sorriso, feliz por ela trazer leveza em meio a toda aquela tensão. Ele estava com a cabeça em outro lugar, pensando na partida abrupta da embaixadora. Nagel havia corrido um risco profissional enorme por sua causa, e Langdon lhe era grato por isso. Mas sua preocupação principal era garantir a própria segurança e a de Katherine – e descobrir por que o livro dela estava na mira da CIA.

Essas respostas estão dentro do Limiar.

Com sorte, sua intuição otimista sobre como acessar a instalação secreta não seria apenas resultado de um delírio causado por excesso de confiança.

Vamos saber daqui a alguns minutos.

Para Langdon, as suspeitas levantadas por Katherine, de que o Stargate tinha a ver com a complicada situação em que eles se encontravam, parecia improvável. Apesar de não ter detalhes sobre o desacreditado programa, ele sabia que até Hollywood tinha dado risada à custa da CIA, ao lançar um filme com o sarcástico título *Os homens que encaravam cabras*, estrelado por George Clooney. O longa era baseado num suposto experimento do Stargate no qual os participantes tentavam matar cabras encarando-as.

Apesar do ceticismo de Langdon em relação à visualização remota, o conceito básico tinha mais de sete mil anos. Os antigos sumérios haviam escrito sobre "viagens às estrelas", experiências místicas fora do corpo nas quais a mente ia até as estrelas para ver mundos distantes.

Naturalmente, o ópio corria solto, sabia Langdon, perguntando-se se o Limiar estaria explorando estados alterados de consciência induzidos por drogas, talvez chegando ao ponto de relacioná-los com a consciência não local.

Katherine tinha comentado mais cedo sobre uma nova classe de remédios conhecidos como *dissociativos*, que, segundo ela, causavam uma sensação de *desconexão* em relação ao corpo. E a CIA com certeza tinha uma longa ficha corrida de experimentos secretos com drogas.

Inclusive um no campus de Harvard.

Um dos projetos mais famosos da CIA a ter chegado ao conhecimento público tinha o codinome MKULTRA. Eles administraram secretamente LSD a universitários desavisados, para estudar o efeito da droga na mente dos jovens. O mais sinistro foi que um dos participantes do experimento tinha sido o aluno de graduação Ted Kaczynski, que mais tarde seria conhecido como Unabomber, e embora tivesse declarado na justiça que Kaczynski jamais havia sido drogado, a CIA reconheceu que ele fora submetido a "técnicas de interrogatório experimentais", o que muito possivelmente teria afetado sua mente.

E a relação de Harvard com as drogas não parava por aí. Concomitantemente ao MKULTRA, Timothy Leary, psicólogo da universidade, lançou o conhecido Projeto Psilocibina de Harvard, que incentivava os alunos a explorar os benefícios de expansão da mente provocada por alucinógenos. Muitos hoje desconfiam que Leary era um agente infiltrado da CIA.

— Estou curioso com uma coisa — disse Langdon, virando-se para Katherine, que estava olhando pela janela. — No seu livro, você escreveu sobre estados de consciência alterados por indução química?

— Claro. Como falei mais cedo, alguns alucinógenos baixam a taxa de GABA do cérebro, reduzindo a capacidade de filtragem do indivíduo. A meu ver, isso significa que as sensações fora do corpo associadas ao uso de alucinógenos são um reflexo da *realidade* sem filtros, não de alucinações.

Fazia sentido, e com certeza havia precedentes na história em que as drogas tinham sido vistas como caminho para a iluminação. De textos antigos como o Rig Veda e os Mistérios de Elêusis até o clássico de 1954 *As portas da percepção*, de Aldous Huxley, fazia tempo que grandes autores vinham sugerindo que as substâncias psicodélicas podiam expandir a consciência humana e oferecer uma percepção "sem filtros" da realidade.

– Katherine, eu não cheguei a lhe perguntar... – arriscou Langdon num tom casual –, mas na sua pesquisa sobre consciência *você* chegou a usar drogas?

Ela se virou para encará-lo, parecendo achar graça da pergunta.

– *Sério*, Robert? O cérebro é um mecanismo *incrivelmente* delicado, e tentar alterar um mecanismo desses com alucinógenos é como tentar ajustar um Rolex de valor incalculável com um martelo! As drogas alteram nosso estado de consciência ao criar uma forte reação em cadeia de perturbações neurológicas que podem ter efeitos *permanentes*. Por mais que enxergue essa breve experiência como um momento de iluminação, você corre o risco de prejudicar a longo prazo a integridade das sinapses e o equilíbrio dos neurotransmissores. O principal mecanismo de atuação da maioria dos alucinógenos é a desregulação da serotonina, que é uma péssima ideia, porque pode facilmente causar déficits cognitivos, instabilidade emocional e até estados psicóticos prolongados.

Langdon assentiu com um sorriso.

– Vou interpretar isso como um não.

– Sinto muito – disse ela, sem graça. – Tenho colegas que experimentam vários psicodélicos com responsabilidade, e com certeza existe lugar para isso. Só fico nervosa quando os jovens pensam que *tudo* é seguro. Não é assim que funciona.

Langdon reduziu a marcha do modo mais fluido possível para evitar colidir com um bonde.

– Imagino que você tenha perguntado porque acha que as *drogas* podem ter alguma coisa a ver com o Limiar, certo? – prosseguiu Katherine.

– Parece uma possibilidade. Na palestra de ontem, você citou uma série de novos medicamentos que parecem aumentar a capacidade paranormal. Considerando os inúmeros casos documentados de crimes solucionados por médiuns, não é exagero imaginar que a CIA esteja tentando desenvolver drogas para aumentar a capacidade paranormal. As aplicações seriam infinitas.

– Imagino que sim – disse ela. – Mas essa não chega a ser uma ideia inovadora.

Verdade; a CIA estaria chegando meio tarde nessa festa. O Oráculo de Delfos previa frequentemente o futuro inalando gases que emanavam de uma fenda no Monte Parnaso; os astecas falavam com espíritos do futuro durante viagens de peiote; e os egípcios consumiam mandrágora e lótus-azul para ter visões e descobrir o que iria acontecer no dia seguinte. Nossos "pioneiros" modernos – nomes como Castañeda, Burroughs, McKenna, Huxley, Leary – na verdade estavam vindo no encalço de séculos de almas que já haviam tentado expandir a mente com substâncias químicas.

– Eu realmente não acho que o Limiar tenha a ver com drogas – disse Katherine. – Não tem quase nada sobre isso no meu livro.

– Então, qual é o seu palpite? – indagou Langdon, seguindo a margem do rio em direção ao Parque Folimanka.

Katherine apoiou a cabeça no encosto do banco.

– Eu diria que a preocupação deles tem a ver com meus experimentos sobre *precognição*.

Langdon se lembrou dos testes de precognição de Katherine, em que o cérebro do participante reagia a uma imagem *antes* mesmo de "enxergá-la" visualmente. Como por magia, a imagem selecionada de maneira aleatória aparecia na consciência do participante antes de o computador ter selecionado *qual* imagem mostrar.

– Sendo bem sincero, eu nem sei direito se entendi seu experimento sobre precognição – confessou ele. – Se o cérebro registra a imagem *antes* de o computador ter sequer feito a escolha, então é como se *o cérebro* estivesse fazendo a escolha e *depois* dizendo ao computador que imagem escolher.

– A consciência criando a realidade. Sim, essa é uma possibilidade.

– É *nisso* que você acredita?

– Não exatamente. No meu modelo, o cérebro não está *tomando* a decisão, e sim *recebendo* a decisão.

Langdon a olhou de relance.

– Recebendo a decisão de onde?

– Do campo de consciência ao seu redor. Mesmo que você *sinta* que está tomando as decisões ativamente por si só, na verdade elas já foram tomadas e estão sendo enviadas para seu cérebro.

– É aí que eu perco o fio da meada. Se estou só *imaginando* tomar minhas decisões, então não existe livre-arbítrio!

– Verdade. Mas talvez o livre-arbítrio seja supervalorizado.

– Como você pode diz...

Katherine se inclinou para perto do banco do motorista e deu um selinho em Langdon. Então tornou a se sentar e sorriu.

– Não faço ideia de *onde* vem a decisão, mas faz diferença? A *ilusão* de livre-arbítrio por si só não basta?

Langdon passou alguns segundos pensando e pôs a mão na coxa de Katherine.

– Acho que a gente precisa de mais pesquisas.

Ela riu.

– A fim de uma experienciazinha fora do corpo, professor?

– Na verdade acho que prefiro ficar *dentro* do meu corpo durante essa atividade específica.

– Não tenha tanta certeza. O *sexo* está muito intimamente relacionado à visão noética das experiências fora do corpo.

Langdon resmungou.

– Será que *tudo* para você tem a ver com trabalho?

– Nesse caso, sim. Como você sabe, durante o orgasmo, a mente vivencia um momento de êxtase e de abandono total, no qual o mundo corpóreo inteiro desaparece. O gozo é considerado por todas as culturas a experiência de prazer mais intenso que uma pessoa pode ter, um desligamento de si, uma *tabula rasa*, um afastamento momentâneo de qualquer preocupação, dor ou medo. Sabe como os franceses chamam o orgasmo?

– *Oui. La petite mort.*

– Exato, a pequena *morte*. Isso porque a sensação de separação do corpo na hora do clímax é a mesma descrita por pessoas que tiveram experiências de quase morte.

– Que mórbido... e fascinante ao mesmo tempo.

– Isso é a ciência do cérebro, Robert. O problema do orgasmo é ele ser tão efêmero que chega a ser frustrante. Após poucos segundos de êxtase, liberada de tudo, a mente volta correndo para dentro do corpo e se reconecta com o plano físico e com todas as dores, estresses e culpas que vêm junto. – Ela sorriu. – E esse é mais um motivo pelo qual a gente sempre quer repetir. A experiência do orgasmo *sobrecarrega* o sistema nervoso e liberta a mente. De um jeito bem parecido com a convulsão epilética.

Langdon nunca havia feito a associação entre orgasmos e morte ou convulsões, e desconfiava que dali em diante a conexão fosse sempre ressurgir na sua mente nas horas mais inadequadas. *Puxa, valeu.*

– Na verdade, eu acabei de pensar uma coisa bem estranha – disse Katherine, inclinando a cabeça.

Pelo visto você tem vários pensamentos assim.

– A assistente de laboratório da Gessner – prosseguiu ela, encarando Langdon. – Você disse que a moça é epilética e passou um tempo da vida internada, certo?

– É, isso mesmo.

Katherine franziu a testa.

– Não acha estranho a CIA ter deixado Gessner contratar a paciente de uma instituição psiquiátrica *russa* sem qualificação nenhuma? Quer dizer, eu sei que Sasha só executa tarefas subalternas, mas me parece um risco para a segurança ter uma russa com problemas cerebrais tão perto do trabalho de Gessner. E, pelo que entendi, por algum motivo o trabalho de Gessner é fundamental para o Limiar.

– Não vejo que risco seria. Sasha me pareceu bastante equilibrada, e com certeza não adora o país natal. Acho que Gessner a contratou por pena.

Katherine gargalhou.

– Ah, Robert, você é uma graça. Ingênuo, mas uma gracinha. Com todo o respeito aos mortos, mas Brigita Gessner era uma ególatra que só pensava em si e uma empresária sem escrúpulos. Se ela contratou uma paciente psiquiátrica russa sem instrução para integrar seu círculo mais íntimo, é porque Sasha tem alguma coisa de que ela *precisa*.

– Bom, eu não faço ideia do que poderia ser.

– Mas talvez eu faça – disse Katherine, subitamente mais animada. – Acabou de me ocorrer, e é uma coisa sobre a qual eu escrevi no livro.

– Que coisa é essa?

Ela se virou completamente para Langdon antes de falar.

– Eu sei que você nutre um ceticismo profundo pela visualização remota, mas, se o Limiar tem alguma coisa a ver com isso, então a *epilepsia* de Sasha faz dela um elemento valioso.

– Como?

– Pense um pouco! A habilidade fundamental de um visualizador remoto é a capacidade de induzir uma experiência fora do corpo. O desafio é que as experiências fora do corpo orgânicas são extremamente raras, e pouquíssimas pessoas de fato *conseguem* ter uma.

De repente Langdon percebeu aonde Katherine queria chegar. As convulsões eram descritas como um sereno "desligamento" do corpo físico, um breve período de consciência não local.

– As experiências fora do corpo são uma coisa que os *epiléticos* vivenciam de forma bastante natural – continuou Katherine. – O cérebro com epilepsia já está programado para ter experiências fora do corpo, ou seja: um epilético teria uma probabilidade bem maior de ser um visualizador remoto habilidoso.

– Você acha mesmo que Sasha Vesna é uma espiã paranormal da CIA?

– Por que não?

– Porque eu passei um tempo com ela. A mulher tem um chaveiro de gatinho! Ela é uma alma perdida, doce.

– Doce? – contrapôs Katherine. – Você disse que ela deu na cabeça de um cara com um extintor de incêndio!

– Tecnicamente sim, mas foi para me proteger...

– Robert, eu reconheço que talvez Sasha não seja *ela própria* uma visualizadora remota, mas vai ver Gessner estava estudando os cérebros epiléticos para descobrir o que os torna tão propensos a ter experiências fora do corpo. Um programa que estivesse tentando *separar* a mente do corpo veria um valor extraordinário em informações neurológicas detalhadas sobre um cérebro com epilepsia.

É uma ideia interessante, pensou Langdon, sobretudo à luz de algo que Sasha havia compartilhado com ele mais cedo.

– Esqueci de dizer que Gessner trouxe *outro* paciente epilético dessa mesma instituição aqui para Praga, antes de Sasha. Um russo chamado Dmitri. Ele passou pela mesma cirurgia da Sasha e também ficou curado.

– Eu diria que isso é relevante. Difícil acreditar que Brigita Gessner estivesse tirando epiléticos de hospitais psiquiátricos e curando essas pessoas do próprio bolso por pura e simples caridade.

Langdon se viu obrigado a concordar que isso não parecia algo típico de Gessner. Além do mais, agora percebia que um participante de experiência trazido da *Rússia*, provavelmente com ajuda da CIA, estaria inteiramente fora do radar na Europa. *Um fantasma em Praga.*

– Vamos imaginar por um instante que Gessner tenha recrutado esses epiléticos como participantes de um estudo para o Limiar – disse Katherine. – Isso explicaria o fato de ela manter Sasha sempre por perto.

– Claro, para poder monitorar...

– Isso. Inclusive dando a ela um cargo sem importância, um apartamento, um pouco de dinheiro. Seria bem fácil.

– Imagino que sim.

– E o tal Dmitri? – indagou Katherine enquanto eles se aproximavam do Parque Folimanka. – Onde ele está agora? Ainda aqui em Praga?

– Sasha disse que ele voltou para casa, na Rússia, após ser curado por Gessner.

– Duvido muito. Vai ver foi isso que Gessner disse a Sasha, mas se a CIA tirou um sujeito de alguma instituição psiquiátrica, investiu nele e o transformou num participante de um programa ultrassecreto, será mesmo que iria simplesmente deixá-lo voltar para casa? Na *Rússia*?

Bom argumento, pensou Langdon, acelerando. Esticou o pescoço de leve para ver mais adiante.

Com sorte, em breve vamos obter nossas respostas.
A entrada do Limiar estava logo à frente.

CAPÍTULO 88

O sargento Kerble estava na calçada da embaixada americana, congelando em seu uniforme azul enquanto prestava atenção nos veículos que se aproximavam. Quando enfim identificou a embaixadora, espantou-se ao vê-la a apenas 10 metros de distância.

Ela veio a pé? Sozinha?

– Eu sei, Scott, sinto muito – disse ela, chegando e passando depressa por ele. – Eu precisava tomar um pouco de ar.

– Cadê o seu SUV?

– Está tudo bem. Mesmo. Venha comigo.

Já fazia dois anos que Kerble chefiava a equipe de segurança da embaixadora Nagel, e ele nunca a tinha visto se comportar de maneira descuidada, difícil ou errática. Era óbvio que a morte de Michael Harris a deixara profundamente abalada.

Após subir a escada até a sala da embaixadora, Kerble ficou esperando enquanto ela tirava o casaco e pegava uma garrafa d'água. Então, para surpresa do militar, ela foi ao computador e começou a escrever um e-mail, consultando meticulosamente um papel que havia tirado do bolso do casaco. O computador emitiu um som quando o e-mail foi enviado.

O seu assessor morreu e você está mandando um e-mail?

– Certo, Scott – disse ela, voltando sua total atenção para ele. – Suponho que o envelope esteja seguro, certo?

– Varredura total – garantiu ele, que já tinha feito o envelope passar pelo protocolo de segurança para as correspondências que chegavam na embaixada. – Nenhuma substância estranha.

Ele tirou o envelope do bolso da frente e o pousou diante dela.

Nagel o pegou.

– Um cesto de gatinhos?

– Como?

– O assassino me escreveu num papel de carta de *gatinhos*?

Ela apontou para a imagem no envelope.

– Sim, embaixadora. Ele pegou o papel de carta e o envelope no apartamento da Sra. Vesna. Pelo visto ela gosta de gatos.

Nagel pegou o abridor de cartas e com todo o cuidado fez a lâmina deslizar por baixo da aba do envelope. Então tirou de dentro uma folha de papel de carta com o mesmo padrão do envelope, dobrada uma única vez.

O sargento Kerble não conseguiu ver o que a carta dizia e tampouco interpretar a reação da embaixadora, mas pelo visto a mensagem era curta.

Instantes depois de pousar os olhos na carta, ela a colocou virada para baixo em sua mesa e foi até a janela. Após dez segundos de silêncio, virou-se e encarou Kerble.

– Obrigada. Vou precisar de um pouco de privacidade.

CAPÍTULO 89

A discreta entrada do "projeto de renovação" do Abrigo Nuclear Folimanka ficava bem onde a embaixadora Nagel havia descrito: numa área industrial da cidade, margeada por trilhos de trem de subúrbio, por uma rua movimentada e pela margem sudoeste do Parque Folimanka.

Protegido por uma cerca metálica, o pequeno triângulo de terreno onde ficava a entrada era conhecido como Praça Ostrčilovo e já havia tido muitas funções ao longo dos anos: pracinha infantil fracassada, pista de skate improvisada e mais recentemente local de descarte de lixo reciclável. Nos últimos tempos, porém, ela servia como canteiro de obras do Instituto de Engenharia do Exército dos Estados Unidos para uma "reforma" do combalido Abrigo Nuclear Folimanka, construído na década de 1950.

Katherine foi ficando cada vez mais nervosa conforme Langdon margeava a barricada alta, um muro sólido de 2,5 metros de altura onde placas alertavam:

VSTUP ZAKÁZÁN / ZUTRITT VERBOTEN / ENTRADA PROIBIDA

Ao final do muro, Langdon virou à esquerda e foi percorrendo lentamente a segunda face do triângulo, onde uma grande placa informativa fora instalada com diagramas e textos explicando o que estava sendo feito ali dentro.

PROJEKT OBNOVY PARKU FOLIMANKA /
PROJETO DE RECUPERAÇÃO DO PARQUE FOLIMANKA

Um portão de acesso reforçado no muro encontrava-se fechado, e apenas uma fresta permitia ver o outro lado. Dois soldados em uniforme preto de combate guardavam uma estrada de acesso recém-asfaltada que descia na direção de um túnel largo com teto curvo que desaparecia debaixo do parque. A entrada do túnel estava fechada por mourões de aço retráteis.

– Que segurança mais robusta para um projeto de *restauração* – comentou Langdon, esticando o pescoço.

Um projeto secreto do governo americano escondido em plena luz do dia.

Katherine deu uma última olhada na direção do túnel de entrada. Além dos guardas, não viu nenhum caminhão, nenhum operário – nada. Pelo visto a embaixadora tinha razão ao dizer que o Limiar ainda estava inoperante.

Langdon dobrou à esquerda e margeou o terceiro e último lado do perímetro fechado, que corria em paralelo ao limite ocidental do Parque Folimanka.

Lá vamos nós, pensou Katherine, ainda maravilhada com o notável plano de acesso explicado por Langdon mais cedo. O plano se baseava numa única e surpreendente ideia.

O Limiar tem uma entrada secreta.

Usando uma cadeia de pensamentos lógicos irrefutáveis, Langdon conseguira convencer a embaixadora de que a "entrada da obra" na ponta oeste do Parque Folimanka, que serviria como acesso principal quando o projeto estivesse concluído, não era o único jeito de entrar no abrigo.

O Limiar tinha um segundo acesso, engenhosamente disfarçado.

E o mais importante: Langdon conseguira determinar sua localização exata – bem como um jeito de entrar.

◆ ◆ ◆

O Golěm estava sozinho num recinto diferente de tudo que já vira ou imaginara. Após seguir as detalhadas instruções que forçara Gessner a fornecer na noite anterior, sua jornada o fizera enfim chegar àquele lugar surreal.

O Limiar.

Gessner havia confessado todos os detalhes, mas, mesmo assim, ao ver aquilo com os próprios olhos, ele ficou desorientado, quase nauseado.

Esta sala foi construída com o sangue de Sasha.

Sasha não tinha sido a primeira vítima do projeto e tampouco seria a última.

E por esse motivo o Limiar vai acabar hoje.

A longa estrada do Golĕm até esse momento de vingança havia lhe custado caro, e ele sentiu uma forte emoção brotar dentro de si. Sentiu também um leve mas inconfundível formigamento no corpo – um alerta antecipado.

Uma aura opaca começou a tomar conta do recinto.

O Éter estava se aproximando.

– *Ne seychas* – murmurou ele. *Agora não.*

Instintivamente, O Golĕm levou a mão ao bolso da capa para pegar o bastão de metal.

CAPÍTULO 90

Jonas Faukman franziu a testa ao ler os resultados de sua pesquisa no ChatGPT.

Apesar de ele ter usado as mais diferentes abordagens, seus esforços para encontrar um elo entre o trabalho de Katherine e os investimentos da In-Q-Tel não tinham produzido nada até então, a não ser textos absurdos, que mais pareciam um jogo de palavras maluco do que algo dotado de inteligência, fosse artificial ou não.

Frustrado, se afastou do computador, caminhou até a janela e para o norte em direção ao Central Park. À luz do dia que raiava, nuvens de tempestade se formavam na linha do horizonte atrás dos arranha-céus de ultraluxo à margem sul do parque.

Ficou um tempo ali, perdido em pensamentos, até que voltou ao computador para continuar a pesquisa. Ao se sentar, reparou que tinha recebido um e-mail.

A linha do assunto o deixou surpreso e animado.

MENSAGEM DE ROBERT LANGDON

Já fazia mais de uma hora que Faukman estava esperando um telefonema. Sua ansiedade crescia cada vez mais, junto com o medo de algo ter dado errado na residência da embaixadora. Mas o alívio que sentiu ao ver o e-mail teve vida curta: apesar da linha do assunto, Faukman viu que o remetente era a embaixadora americana Heide Nagel, ex-diretora jurídica da CIA.

Ela está mandando uma mensagem por ele?

No momento, Faukman não conseguia pensar em ninguém que estivesse em Praga e em quem confiasse menos. Para comprovar que Robert estava mesmo em segurança, a embaixadora deveria ter simplesmente permitido que ele telefonasse.

Não vou acreditar em nenhuma palavra desse e-mail até ouvir a voz de Robert.

Cogitou não abrir a mensagem, imaginando um vírus ou uma nova invasão a seu computador, mas concluiu que a essa altura não tinha mais nada a perder. Com cautela, clicou na mensagem para abri-la e ficou intrigado ao ver o que lhe pareceu ser uma sequência de caracteres sem significado.

ROT13GQORZPBZEY&XF

Levou um segundo para se dar conta de que os cinco primeiros tinham, *sim*, significado. *ROT13* era o nome de uma cifra de substituição na qual cada letra era trocada pela que ocorria *treze* posições à frente no alfabeto. Faukman só sabia disso porque vários anos antes, ao editar um livro sobre antigas técnicas de criptografia, o autor sempre lhe mandava textos cifrados em ROT13 de brincadeira.

O autor do livro era Robert Langdon.

Com o otimismo renovado, Faukman pegou um lápis e aplicou a chave simples para decodificar as letras. Em seguida analisou o resultado.

TDBEMCOMRL&KS

Sua incompreensão durou apenas um segundo, e ele então riu alto, em parte por achar graça e em parte por alívio.

Só Robert poderia ter escrito essa mensagem.

Langdon e Faukman viviam reclamando um com o outro sobre o declínio do registro escrito em face da proliferação de emojis e abreviações da internet. Essa tendência deixava Faukman tão consternado que ele havia escrito um artigo sobre o tema para a *The New Yorker*, o qual continha uma frase particularmente exagerada que tinha virado alvo de uma zombaria implacável por parte de Langdon.

Faukman havia escrito: *Economizar duas míseras teclas para digitar "td" em vez de "tudo" não só é indecoroso como é o cúmulo da preguiça.*

Ainda rindo baixinho do e-mail de Langdon, Faukman se sentiu tentado a responder: *Sua mensagem não só condiz com a situação como me traz imenso alívio.*

CAPÍTULO 91

Langdon parou o SUV, puxou o freio de mão e se recompôs antes de saltar do carro com Katherine, ciente de que em instantes saberia se seu plano os conduziria ao sucesso – ou ao desastre.

O vento no alto do morro começou a soprar mais forte, fazendo a mata logo abaixo farfalhar. Langdon se deteve por alguns instantes. Dali de cima, olhou em direção à vasta área coberta de neve depois das árvores – o Parque Folimanka – que se estendia na direção leste a partir do alto do morro. *Esse lugar inteiro agora parece diferente*, pensou, voltando a atenção para a construção à sua frente.

O Bastião U Božích Muk tinha um aspecto fantasmagórico. A estrutura se erguia como uma silhueta marcante contra o céu da tarde, já começando a escurecer. Enquanto caminhava depressa rumo à entrada com Katherine, Langdon sentiu uma sombra de incerteza, mas rapidamente lembrou a si mesmo o que o levara de volta ali.

Lógica racional.

A verdade tinha lhe ocorrido ao ver a piscina abandonada na residência da embaixadora Nagel. Ela havia picado em pedacinhos os termos de confidencialidade, ligado para Finch no viva-voz e mentido de forma convincente ao dizer a Finch que os desejos dele tinham sido atendidos. Então, para surpresa de Langdon, Finch havia mandado Nagel despachar uma equipe de fuzileiros navais para o Bastião U Božích Muk com o objetivo de isolar o perímetro. *A prioridade de Finch é isolar um laboratório tcheco longe de tudo? Por quê?*

Enquanto Langdon refletia sobre isso, uma segunda coisa lhe ocorreu. Mais cedo, Janáček tinha lhe dito que o onipresente sistema de câmeras de vigilância de Praga não conseguia confirmar se Katherine havia chegado ao bastião porque, infelizmente, parecia estar sendo prejudicado por um apagão sem precedentes no entorno do laboratório de Gessner.

O sistema de câmeras de Praga é a rede de vigilância Echelon, gerida pela CIA.

As engrenagens estavam girando, e Langdon se pegou questionando a chance estatística de o laboratório privado de Gessner estar localizado, por coincidência, no alto de um morro diretamente acima do Limiar, o projeto secreto para o qual ela trabalhava.

Os dois devem estar conectados de alguma forma.

O raciocínio por trás da decisão de construir uma instalação secreta de inteligência debaixo do Parque Folimanka fazia sentido para Langdon – camuflagem natural, acesso a materiais, infraestrutura existente –, mas ele seguia achando difícil aceitar que o Limiar tivesse sido projetado com apenas uma entrada, apenas *uma* entrada e saída. O lugar se transformaria numa armadilha mortal em caso de incêndio ou emergência, o que parecia um risco incongruente para uma agência cujos pilares eram estratégia, contingenciamento e planejamento.

Até o Vaticano tem rotas de fuga secretas!

Foi então que a embaixadora revelou uma surpresa inesperada: a entidade que, em segredo, havia comprado o bastião em nome de Gessner era nada menos do que a própria Q. O fundo de investimento havia oferecido o prédio à neurocientista tcheca como parte do pacote de recrutamento para convencê-la a trabalhar para a CIA, atraindo-a com o prestígio irresistível de poder comandar seu instituto num edifício tão único e cheio de história.

Mas esse não é o verdadeiro motivo de oferecerem justamente o bastião a Gessner, deduziu Langdon, e compartilhou sua suspeita cada vez mais forte de que Finch havia adquirido o prédio *não* para atrair Gessner, e sim para ter algo bem mais valioso.

Um segundo acesso ao Limiar.

A maioria dos bastiões medievais contava com uma característica arquitetônica singular conhecida como *poterna*. Oriunda da palavra latina "posterior", uma poterna era literalmente uma porta dos fundos, uma passagem secreta usada para fugir em caso de emergência.

O antigo bastião estoniano de Talin, explicou Langdon a Katherine e Nagel, tinha uma poterna escavada quatro pisos abaixo do nível do chão, que se estendia por quase 2 quilômetros até o subsolo de um monastério próximo. Dizia-se que o castelo esloveno de Predjama, situado no alto de um morro, tinha um duto vertical de seis andares dotado de um sistema rudimentar de polias que funcionava como "elevador" e era usado para reabastecer o castelo e transportar animais e soldados.

Era provável que o Bastião U Božích Muk também tivesse uma poterna, pensava Langdon. E, levando em conta a obra recente no Parque Folimanka e o amplo escopo do projeto Limiar, do ponto de vista lógico fazia sentido haver um duto vertical debaixo do bastião.

Mais cedo, no SUV, Langdon havia mostrado a Katherine e Nagel, num mapa, que uma poterna contemporânea – quer já existisse, quer tivesse sido escavada recentemente pelos operários da obra – desceria direto até a borda do Parque Folimanka e poderia chegar ao muro do abrigo nuclear.

A localização do bastião era perfeita. Remoto e discreto, o laboratório de Gessner proporcionava uma fachada infalível: qualquer funcionário que entrasse ou saísse de lá poderia simplesmente dizer que estava trabalhando no Instituto Gessner.

Vamos torcer para eu ter razão, pensou Langdon no SUV enquanto subia com Katherine em direção à entrada estilhaçada do bastião.

◆ ◆ ◆

Isto aqui é um laboratório de ciência?

Katherine Solomon mal conseguia acreditar no que estava vendo enquanto seguia Langdon pelo luxuoso corredor de mármore rosa até uma opulenta sala de recepção equipada com sofás suntuosos, obras de arte impressionantes e janelas que iam do chão ao teto com vista para a cidade.

Talvez eu devesse trabalhar para a CIA, pensou ela, estimando que a "sala de espera" de Gessner poderia abrigar o quadro de funcionários inteiro do Instituto de Ciências Noéticas.

Mesmo assim, sentiu um mau agouro naquele espaço. Se as suspeitas de Langdon estivessem corretas, o chiquérrimo "Instituto Gessner" tinha um propósito bem mais sombrio: servir de entrada secreta para o Limiar.

Langdon caminhou depressa até a parede dos fundos do recinto, parando a centímetros de uma pesada escultura de parede feita de blocos de metal soldados.

Que diabos ele está fazendo?

Para surpresa de Katherine, Langdon empurrou a escultura para um lado, e ela deslizou silenciosamente ao longo da parede, revelando um nicho espaçoso. Na penumbra do outro lado ela distinguiu uma porta de elevador.

Por que no fundo não estou surpresa?, perguntou-se, atravessando a sala a passos largos enquanto Langdon segurava a obra de arte para ela passar. Ao se aproximar da escultura, porém, Katherine reparou que ele estava olhando para algo atrás dela.

– Que foi? – perguntou, olhando por cima do ombro.

– O sofá na parede dos fundos está torto.

Katherine olhou para o sofá. *Sério, Robert?* Um dos cantos do comprido sofá bege estava um pouco afastado da parede.

– Hoje de manhã, quando me sentei nele, estava rente à parede – prosseguiu Langdon, sem tirar os olhos do móvel. – Não sei se deixei esse detalhe passar batido, se alguém mudou o sofá de lugar ou se...

– Ou se você se esqueceu de tomar o remédio para TOC?

Langdon voltou a atenção para ela outra vez.

– Desculpe – falou, deixando para lá. – Às vezes as memórias eidéticas me distraem.

– É, estou vendo. – Ela sorriu. – Será que a gente corrige essa emergência de feng shui ou é melhor tentar encontrar a tal instalação e salvar nossa vida?

– Certo.

Langdon a conduziu até o nicho. Ali dentro, no breu, Katherine viu um painel touch iluminado ao lado da porta do elevador.

– Esse painel é de uso exclusivo de Gessner – explicou Langdon. – É como ela acessava o laboratório particular um andar abaixo de onde a gente está.

– E você acha que existe outra entrada para o Limiar escondida em algum lugar *aqui*?

– Acho. Na verdade, acho que ela está bem na nossa frente. – Ele fez um gesto na direção do elevador. – Se eu estiver certo, o poço desse elevador é bem mais fundo, só que para descer até o Limiar seria preciso um cartão RFID como o que a gente viu na pasta de Gessner.

Ele apontou para um painel lustroso e redondo de vidro preto instalado logo acima do painel com teclado alfanumérico. Katherine não o tinha visto.

Um leitor RFID.

– Reparei nele hoje de manhã, mas só me dei conta do que era quando a gente estava na residência da embaixadora. Foi aí que me ocorreu por que Gessner poderia ter dois métodos de autorização distintos para o mesmo elevador. Se eu estiver certo, a gente só precisa do cartão que está na pasta dela, que eu vi mais cedo no laboratório aqui embaixo.

Langdon já estava digitando uma senha no painel de acesso.

– Quer dizer que você desvendou *mesmo* a senha? – perguntou Katherine. – Uma homenagem árabe a um grego antigo... com um toque de limão?

– Um *floreio latino* – corrigiu Langdon, sorrindo. – Você tinha bebido.

Ele terminou de digitar a senha, e o elevador ganhou vida com um rumor.

Impressionante, pensou Katherine. *Ele pode me explicar depois.*

O elevador pareceu demorar muito para chegar, e assim que a porta se abriu Katherine reparou que a cabine era enorme, surpreendentemente grande para o uso particular de Gessner.

Talvez seja mais adequada para o transporte de funcionários e equipamentos.

Até ali, a lógica de Langdon parecia fazer sentido.

Eles entraram e desceram um único andar.

Quando o elevador se abriu no piso inferior, Katherine se viu diante de um corredor comprido com paredes de pedra, piso de madeira encerado e modernos spots de iluminação. O lugar dava a impressão de que o Velho e o Novo Mundo tinham chegado a um esquisito meio-termo.

Quando os dois saíram do elevador, Langdon apontou para um segundo leitor RFID na parede, e Katherine assentiu com a cabeça. Eles começaram a andar. Apesar de nada ansiosa para ver a macabra cena mais à frente – que Langdon lhe descrevera em detalhes –, ela estava cada vez mais confiante de que a teoria dele poderia estar certa. Caso estivesse, o plano seria simples: eles pegariam o cartão de Gessner desceriam até o Limiar.

À medida que avançaram pelo corredor, eles passaram pela sala de Gessner e Sasha, por um laboratório de ressonância magnética e por uma porta com um ícone de uma pessoa usando óculos de realidade virtual.

É o *laboratório de realidade virtual*, pensou Katherine, lembrando que Gessner havia mencionado o lugar na noite anterior, durante a conversa no restaurante do hotel. Na hora Katherine não deu muita importância, mas agora, depois da conversa sobre a epilepsia de Sasha e experiências fora do corpo, ela se perguntou se a realidade virtual teria uma utilidade específica. *Como uma experiência fora do corpo artificial.*

– A pasta de Brigita... – disse Langdon, e sua voz falhou. – Está do outro lado da sala. Junto com... com o corpo dela.

Katherine o encarou, notando que de repente ele parecia pálido.

– Está tudo bem com você?

Ele assentiu com uma expressão séria.

– Tudo, obrigado. É que eu preferiria não rever o cadáver. Hoje de manhã, quando o vi pela primeira vez, pensei que fosse *você*.

Enquanto os dois caminhavam, Katherine passou o braço em volta da cintura dele, se lembrando do medo e da angústia que tinha sentido mais cedo, ao receber a notícia de que Langdon podia ter morrido afogado. Havia testemunhado muitas mortes nas suas pesquisas, mas eram sempre mortes tranquilas, esperadas e observadas com distanciamento clínico. Aquilo ali era outra coisa: algo violento, perturbador.

– Eu tento pensar num cadáver como uma concha vazia – sugeriu ela. – Não é mais uma pessoa. É um manequim sem vida.

– Obrigado, vou tentar me lembrar disso – respondeu Langdon, ainda parecendo apreensivo.

– Se você pensar bem, a espécie humana tende a ser totalmente irracional em relação ao corpo de um morto. Mesmo ele já não contendo mais nenhum resquício da pessoa amada, a gente embalsama, veste e enterra o corpo, depois faz visitas regulares a ele! Muitos chegam a comprar caixões luxuosos e estofados para garantir que o corpo fique "confortável".

Langdon esboçou um sorriso.

– Eu arriscaria dizer que essa prática serve mais aos vivos do que aos mortos.

– Sim, mas na realidade os registros sobre as experiências de quase morte mostram claramente que os seres humanos que morrem sentem *alívio* por abandonar seu corpo idoso, lesionado ou doente. Segundo todos os relatos, os mortos dão tanta importância ao que acontece com seus cadáveres depois da morte quanto ao destino dos carros que costumavam dirigir: nenhuma.

♦ ♦ ♦

Eu amo uma mulher que consegue explicar a vida e a morte por meio de uma analogia com carros usados, pensou Langdon ao entrar com Katherine na sala de trabalho atravancada onde havia encontrado o corpo de Gessner dentro da cápsula de PRE.

– Que tal esperar aqui? – sugeriu ele, querendo poupar Katherine do choque de ver o cadáver. – Eu volto já.

Langdon a deixou na soleira da porta e entrou apressado, evitando olhar para a cápsula e, em vez disso, seguindo para a mesa de trabalho no outro canto do recinto.

Conforme esperado, a pasta de couro de Gessner estava no lugar exato em que ele a vira mais cedo. Tinha imaginado que ela estaria trancada e teria que abri-la à força, mas ao examiná-la constatou algo inesperado.

Os fechos da pasta já estavam abertos, e o trinco tinha sido arrombado.

Ah, não.

Langdon abriu a pasta com força. Dentro dela encontrou todos os objetos da noite anterior: documentos, pastas, celular, canetas. Tudo parecia intacto, com exceção do único objeto de que eles necessitavam. O cartão RFID de Gessner não estava mais dentro da capa com revestimento de chumbo. Em pânico, Langdon enfiou o dedo na capa, na esperança de que o cartão tivesse escorregado para o fundo, mas não encontrou nada. Após esvaziar a pasta e revirar o conteúdo duas vezes, aceitou a terrível verdade.

Nosso acesso ao Limiar já era.

– Não faz mal – disse Katherine, num tom soturno, sua voz mais próxima do que Langdon esperava.

Ele se virou para trás e notou que ela não estava mais na soleira da porta. Havia entrado na sala e estava de cócoras ao lado da cápsula de PRE, olhando para o corpo de Gessner.

– O cartão de Brigita não teria ajudado a gente – sussurrou ela, erguendo os olhos para ele. – O cartão era *biométrico*.

– Como é? – perguntou Langdon, avançando na direção dela.

– O cartão só funciona se detectar a digital dela.

– Por que acha isso?

Katherine apontou para um objeto caído no chão perto da cápsula: um grande alicate de corte sujo de sangue.

– Porque quem quer que tenha levado o cartão de Brigita levou também o polegar dela.

CAPÍTULO 92

Sozinha em sua sala, Nagel olhava para o bilhete deixado junto ao corpo de Michael Harris.

Para a embaixadora dos EUA, Heide Nagel
Particular

A carta escrita à mão, sem assinatura, tinha apenas duas linhas. Nagel já a lera várias vezes e não sabia o que pensar. Imaginava que a carta seria macabra e ameaçadora; havia se preparado para isso. Mas o bilhete era curto e estranhamente contido. Quase educado.

Por favor, ajude a Sasha.
https://youtu.be/pnAFQtzAwMM

É só isso? Ele quer que eu ajude a Sasha?

Sem entender, a embaixadora pegou o teclado de computador e digitou o link enviado pelo assassino. Se o arquivo estivesse num pen drive ou anexado a um e-mail, ela teria hesitado em abri-lo numa das máquinas da embaixada, mas um link aberto da internet era razoavelmente seguro.

Quando a janela do YouTube se abriu, Nagel viu o que parecia ser um vídeo amador gravado com um celular apoiado ao lado de algum tipo de recipiente comprido e rente ao chão que a fez pensar nos "caixões de transporte" usados pelas Forças Armadas para repatriar os corpos dos mortos em combate. Só que o corpo dentro *daquele* recipiente estava muito vivo, tentando se soltar das tiras de velcro que o prendiam. Era uma mulher miúda, estilosa, branca e de cabelo escuro preso com força para trás.

Meu Deus, é a Dra. Brigita Gessner, reconheceu na hora a embaixadora, se encolhendo ao recordar Langdon descrevendo o momento em que havia encontrado o corpo da cientista. Temeu estar prestes a testemunhar os últimos instantes de vida da mulher. *Será que é um vídeo da morte dela?*

A resposta veio um segundo depois, quando o agressor de Gessner entrou no quadro. A pessoa encapuzada vestia uma capa preta, e quando o rosto se tornou visível Nagel se afastou da tela. O homem tinha o rosto coberto por uma grossa camada de barro, e em sua testa estavam gravadas três letras hebraicas.

Nagel conhecia a história de Praga, e não teve dúvida alguma do que era aquilo. *Ele está vestido de golem?* Cada vez mais horrorizada, assistiu ao que aconteceu a seguir: um interrogatório brutal com direito a acessos intravenosos e algum tipo de procedimento médico que nunca tinha visto. A dor infligida a Gessner era horrenda, mas as informações reveladas – a confissão detalhada da cientista – deixaram Nagel em estado de choque.

Quando o vídeo chegou à sua pavorosa conclusão, a embaixadora Nagel fechou os olhos. Respirou fundo, esforçando-se para absorver tudo que acabara de saber. Não tinha entendido muita coisa a respeito da confissão de Gessner, mas uma coisa alarmante havia ficado clara: o projeto ultrassecreto que Nagel cegamente ajudara a viabilizar estava correndo o risco de vir a público, e as consequências seriam devastadoras. As informações que havia acabado de receber sobre o programa a deixaram nauseada, e ela mal podia imaginar como o resto do mundo reagiria.

Tomada pelo medo, Nagel pegou seu celular.

Era chegada a hora de fazer uma ligação muito perigosa.

Ligação que eu deveria ter feito anos atrás.

◆ ◆ ◆

Submersa em algum lugar no vazio de uma escuridão sem fim, Sasha Vesna tentava se situar. Não fazia ideia de que mundo era aquele.

Onde estou?

Sasha conhecia bem a sensação de estar desorientada e separada do próprio corpo, mas esses períodos eram sempre acompanhados por um breu total. Ela nunca via qualquer luz, sombra ou estímulo visual.

Mas agora estou vendo uma luz.

Com certeza era uma luz. Fraca, suave, distante.

Quem me colocou aqui?

Em meio ao torpor, ela não se lembrava de como tinha ido parar ali. Sentiu que estava deitada de costas e tentou se sentar, mas percebeu que estava impedida por um peso impossível de mover.

Será que estou amarrada? Ou paralisada?

Com um pânico crescente, Sasha se esforçou para entender onde estava, mas o esforço só fazia deixá-la cada vez mais cansada, e a luz começou a perder força. Na sequência uma correnteza se agitou debaixo dela, erodindo o mundo físico que a prendia. Então, com uma força avassaladora, a maré subiu como se fosse uma onda e a tragou, fazendo-a mergulhar de volta na mais completa escuridão.

CAPÍTULO 93

Nas entranhas do Limiar, O Golĕm se sentia um fantasma de si mesmo.

Seu corpo continuava em estado de choque.

Literalmente.

Minutos antes, após chegar à câmara mais interna da estrutura subterrânea, ele fora tomado pela emoção. Sentira um formigamento familiar na têmpora. O Éter estava se aproximando depressa e ameaçando engoli-lo. Por instinto, havia enfiado a mão no bolso da capa para pegar seu bastão de metal, mas, para seu desespero, o bastão tinha sumido. Esvaziou os bolsos no chão e revirou todos os itens caídos.

O bastão sumiu. Eu perdi quando lutei com a mulher lá em cima.

O Golĕm sabia que agora estava à mercê da própria condição, e só lhe restava aceitar a convulsão iminente. Preparou-se da melhor forma que conseguiu, tomando precauções apressadas e encontrando um lugar seguro para se deitar de modo a não cair.

Por fim, as convulsões chegaram com tudo e o fizeram perder os sentidos.

◆ ◆ ◆

Ao voltar a si, O Golĕm não soube ao certo quanto tempo tinha passado. Precisou de vários minutos para se reorientar.

Por fim, reunindo todas as forças, ficou de pé e voltou a correr os olhos pelo espaço assombroso à sua volta. Construir uma coisa assim de forma totalmente sigilosa parecia um feito quase impossível, mas agora ele sabia quem estava por trás desse feito.

Eles têm uma quantidade quase ilimitada de influência – e de recursos.

Recompondo-se, O Golĕm dispersou a névoa pós-ictal e voltou para o lugar em que havia esvaziado os bolsos da capa em busca do bastão. De quatro no chão, foi recolhendo os objetos e guardando-os de volta: a arma de eletrochoque e uma caixa plástica que havia pegado numa bancada de trabalho próxima, que antes continha porcas e parafusos mas agora protegia o cartão RFID de Brigita Gessner, junto com o polegar decepado.

Meu acesso ao Limiar.

Conforme O Golĕm havia previsto, a impressão digital do polegar de Brigita havia autorizado sua entrada sempre que ele encostava o dedo decepado dela no cartão.

E me permitiu chegar aqui.

Gessner confessara ao Golĕm a existência daquele recinto, e agora que o tinha visto com os próprios olhos ele se sentia revigorado pela necessidade de destruí-lo. Mais determinado do que nunca, foi até os fundos da câmara, passou por uma porta de vidro e encontrou o que estava procurando: um nicho rodeado por uma grade de segurança.

Do outro lado da grade, o piso era uma plataforma metálica com as seguintes palavras gravadas em estêncil:

SISTEMAS / SERVIÇO

O Golĕm pisou na plataforma e, usando a ponta da bota, pressionou o grande botão vermelho no chão. Um silvo ecoou baixinho em algum lugar debaixo dele, e a plataforma começou a descer para levá-lo abaixo do chão.

Foi uma descida curta – 4 metros, talvez.

Quando a plataforma parou, lâmpadas frias piscaram até se acender e iluminaram uma passagem de pé-direito baixo que avançava de volta na direção de onde ele viera, debaixo do coração do complexo.

Conforme avançava pelo apertado túnel de concreto, O Golĕm passou por geradores, bombas, unidades de tratamento de ar e painéis de controle, além de quilômetros de tubos de cobre, conduítes e fiações altamente isoladas. Tudo conectado como se fosse um ecossistema, gorgolejando, respirando e piscando.

Apesar da ausência de funcionários no Limiar, os batimentos cardíacos do complexo estavam muito vivos.

Mas por pouco tempo, pensou O Golĕm, avançando rumo ao seu destino final.

CAPÍTULO 94

Parada junto à cápsula de PRE, Katherine olhava fixo para o cotoco ensanguentado onde o polegar de Brigita fora cortado logo abaixo da articulação. Por um instante, qualquer pensamento sobre o Limiar desapareceu, sobrepujado pelo horror da cena à sua frente.

Ah, Brigita. Sinto muito mesmo.

A violência do polegar decepado mal se destacava em meio ao panorama macabro à volta de Katherine. Dentro da cápsula, o rosto da neurocientista estava contorcido de dor, os olhos encarando o vazio, os lábios esticados numa careta. Sua pele estava lívida; os pulsos e tornozelos, esfolados de tanto Gessner tentar se desvencilhar das tiras de velcro; e seus antebraços tinham sido furados e conectados grosseiramente a cateteres intravenosos. Um deles tinha se soltado da veia e estava coberto de sangue coagulado que já havia adquirido um tom vermelho-escuro.

Um acesso intravenoso periférico?, pensou Katherine. *Não é de espantar que tenha dado errado.*

Gessner tinha lhe descrito aquele protótipo de cápsula de PRE como "uma ECMO modificada", que ela usava para substituir o sangue por soro fisiológico extrafrio, de modo a desacelerar o processo de morte. Esse tipo de procedimento exigia no mínimo dois acessos intravenosos femorais.

Com certeza não é assim que se conecta uma ECMO.

Analisando o procedimento, Katherine concluiu que quem quer que houvesse feito aquilo com Brigita ou era totalmente incompetente ou talvez soubesse que o processo iria matá-la e havia optado por aplicar o soro gelado lentamente para fazê-la sentir dor. Estremeceu ao imaginar a agonia que Gessner devia ter suportado caso não tivesse sido anestesiada antes. Além de tudo, a máquina parecia um protótipo tosco e improvisado, que com certeza não estava pronta para testes com humanos.

Quando Langdon chegou a seu lado, Katherine se espantou ao ver que ele estava segurando um smartphone.

– Isso é de *Brigita*? – indagou.

Ele assentiu.

– Ainda está ligado, mas quase sem bateria. A senha do elevador dela não destravou, mas... – Ele se agachou ao lado da cápsula e, com um ar sério, aproximou o telefone do rosto de Brigita. – Será que o reconhecimento facial distingue os vivos dos...

O celular emitiu um som.

Langdon se levantou e começou a mexer no aparelho.

– Espere aí, o que você está fazendo? – perguntou Katherine.

– A embaixadora precisa saber que a gente fracassou – respondeu ele baixinho. – Meu plano para entrar no Limiar dependia de aquele cartão estar na...

– Me dê esse telefone aqui! – exclamou Katherine com a mão estendida. – Eu tive uma ideia.

❖ ❖ ❖

Langdon ficou olhando Katherine fuçar rapidamente no celular de Gessner. *O que ela está procurando?*

– A Brigita é esperta... e eficiente – resmungou ela consigo mesma enquanto rolava a tela. – *Só pode* estar aqui!

– *O que* só pode estar aí?

– Um NFC.

– Eu não sei o que...

– Comunicação de campo próximo – esclareceu Katherine sem parar de mexer no aparelho. – É a tecnologia que permite que você aproxime seu telefone ou seu relógio de um painel de acesso RFID para interagir sem precisar de contato. É como funcionam os sistemas de pagamento por celular, as portas de quartos de hotel e até as passagens de avião.

Ela seguiu mexendo no celular.

– Hoje em dia as pessoas instalam *clones* dos seus cartões de crédito no celular, porque carregar um celular é muito mais prático do que ficar andando por aí com uma penca de cartões.

Katherine tinha razão, mas Langdon duvidava muito que ela fosse encontrar o que estava buscando.

– Você acha mesmo que Brigita criou uma cópia do cartão do Limiar no *celular*? Seria um enorme risco de segurança.

– Muito pelo contrário – disse Katherine, sem tirar os olhos do aparelho. – Os clones digitais são bem mais seguros do que os cartões físicos, porque a interação é criptografada e o usuário pode programar uma autenticação biométrica multifatorial. Ou seja, ele pode usar também reconhecimento facial, impressão digital, scanner de retina, o que preferir, tudo isso além da senha. Na verdade, é uma proteção bem maior do que um cartão biométrico. E o melhor: ninguém vê você tirar nem guardar o cartão na pasta toda vez que chega em frente a uma porta.

Interessante.

A explicação de Katherine fez Langdon ter uma centelha de esperança, porém quanto mais tempo ela passava navegando no celular, menos esperançosa parecia.

– Sei lá – disse ela, olhando preocupada para a tela. – Tem vários cartões na carteira digital dela, mas nada que pareça servir. Estou vendo um cartão de crédito, outro de débito, programas de pontos, carteira de identidade, acesso de garagem, transporte público, academia, seguro, milhas aéreas...

– Academia – repetiu Langdon.

Katherine ergueu os olhos.

– Lembra de ontem à noite quando eu perguntei sobre o cartão preto com a lança Vel? – prosseguiu ele. – Ela disse que era o cartão da *academia*. Pareceu mentira. Vai ver é assim que ela disfarça o cartão de acesso.

Katherine voltou para a tela e selecionou o item. Um segundo depois, esboçou um sorriso.

– Talvez isso pareça familiar – falou, entregando o celular a Langdon.

A imagem do cartão clonado era inconfundível.

Langdon sentiu uma onda de animação que foi imediatamente neutralizada pelo texto escrito abaixo do cartão.

AUTENTICAÇÃO DE TRÊS FATORES NECESSÁRIA

1) SENHA

– A única senha dela que eu sei é a do elevador – disse ele. – Que não funcionou para destravar o celular.

– Mas pode ser que funcione *aqui* – incentivou Katherine. – Esse cartão dá acesso ao Limiar, assim como o elevador, então talvez faça sentido ela usar a mesma senha.

Gessner é, antes de mais nada, eficiente, concordou Langdon, e digitou a senha com todo o cuidado.

314S159

O telefone emitiu um bipe alegre e avançou para a tela seguinte.

– É isso aí! – exclamou Langdon.

A segunda autenticação era bem mais simples.

2) IDENTIFICAÇÃO FACIAL

Ele se aproximou do rosto de Gessner novamente e apontou o aparelho, que emitiu um bipe e exibiu a última tela.

3) IMPRESSÃO DIGITAL

Langdon baixou os olhos para a mão mutilada de Brigita e hesitou. Katherine tomou a dianteira e, com delicadeza, pegou o celular de sua mão. Parecendo não ter qualquer problema em tocar no cadáver, segurou o indicador de Gessner e o encostou na tela.

Quando o celular emitiu um terceiro e último bipe, Langdon supôs que agora eles poderiam usar o telefone para descer de elevador até o Limiar. Mas Katherine olhou desanimada para a tela.

– Más notícias – resmungou. – Tem mais um dispositivo de segurança. – Ela mostrou o celular. – A autenticação só vale por dez segundos.

Na tela, Langdon observou um relógio fazer uma contagem regressiva de dez a zero. O cartão então se desativou e voltou para a tela inicial da senha, exigindo que o processo de autorização em três etapas fosse todo refeito.

Droga.

– E a bateria dela está quase no fim – acrescentou Katherine. – Vai acabar a qualquer momento.

Pense, Robert. Ele não tinha visto nenhum carregador na pasta de Gessner e estava começando a se sentir cada vez mais culpado por ter convencido Katherine e a embaixadora a arriscarem tudo em nome daquele plano.

Por um instante, Langdon se perguntou se eles poderiam tirar os acessos intravenosos de Gessner, remover o corpo da cápsula e, de algum modo, transportá-la até o elevador. *Não dá tempo.* Além disso, mexer no cadáver e contaminar ainda mais a cena do crime os incriminaria de vez.

– Robert, a gente precisa dar um jeito de entrar no Limiar. Estamos tão perto!

O comentário de Katherine foi claramente no sentido figurado, mas, por algum motivo, o cérebro de Langdon registrou as palavras no sentido literal. *Estamos tão perto.*

Quão perto exatamente?, pensou, visualizando o corredor comprido com piso de madeira do lado de fora do recinto e o elevador com o painel do cartão RFID no outro extremo. *Perto a ponto de ser possível chegar lá em dez segundos?*

Usain Bolt havia batido o recorde mundial ao correr 100 metros em 9,58 segundos.

O corredor deve ter menos da metade dessa distância, no máximo 35 metros.

Katherine voltou balançando a cabeça, e Langdon lhe comunicou seu plano.

– *Correr?* – estranhou ela. – Não vejo como a gente pode...

– Dez segundos é mais do que parece – disse ele.

– Robert, eu sei que você corre sempre, mas de sapato social num piso encerado?

– Vale a pena tentar. Eu acho que consigo.

Katherine checou a bateria do celular e arregalou os olhos.

– Então é bom conseguir de primeira.

Ela iniciou o processo de autenticação de três fatores ao mesmo tempo que Langdon se posicionava a seu lado, com a mão estendida como quem se prepara para receber um bastão. Quando o celular emitiu o terceiro bipe, Katherine o colocou na palma da mão de Langdon, que o segurou com força e saiu em disparada pelo recinto. Ao chegar à porta, se agarrou no batente e pegou impulso, entrando no corredor na velocidade máxima enquanto seus sapatos de couro tentavam se firmar na madeira lisa.

Passou correndo pelo banheiro, pelo laboratório de RV, pelo laboratório de imagem e por fim pela sala de Gessner e Sasha, até que viu o círculo negro do leitor RFID na parede ao lado do elevador.

Faltam menos de 20 metros...
Mais rápido!

Ao se aproximar do elevador, ele ergueu o celular na frente do corpo e viu a contagem regressiva na tela.

Três... dois...
Não vou conseguir.

◆ ◆ ◆

Katherine entrou no corredor no exato instante em que Langdon se chocou na velocidade máxima contra a porta do elevador e bateu com o celular no leitor RFID. Agachou-se, afastou a mão do aparelho e se apoiou nos joelhos para recuperar o fôlego.

Ele não chegou a tempo.

No entanto, enquanto ela caminhava na direção de Langdon, o corpo encolhido dele de repente se transformou numa silhueta: as portas do elevador se abriram e a luz vazou do interior da cabine.

– Você conseguiu! – gritou ela, correndo enquanto ele segurava a porta do elevador, ainda ofegante. – Nossa, professor! Fiquei impressionada.

– Que bom que deu certo. Não daria para tentar de novo.

– O celular morreu de vez?

– Não, quem morreu fui *eu*.

Ela sorriu e deu um beijo no rosto de Langdon, e os dois entraram no elevador. A porta deslizou e se fechou. Por alguns segundos, nada aconteceu.

Então Katherine sentiu o corpo mais leve.

Eles estavam *descendo*.

CAPÍTULO 95

Num canto úmido do porão da sua casa, o diretor da CIA Gregory Judd suava em bicas. Faltavam seis minutos para ele terminar sua sessão matinal na bicicleta ergométrica que possuía desde que era jovem e foi eleito senador. Sua esposa Muffy mandara instalar uma bicicleta mais nova para Judd no jardim de inverno, mas ele preferia o escuro e a solidão. As manhãs eram seu tempo sozinho para pensar, geralmente em como impedir que o mundo explodisse.

Quando o celular tocou no descanso de copo, ele se espantou ao ver um número desconhecido no identificador de chamadas. Pouquíssima gente sabia aquele número, e menos gente ainda se atreveria a ligar antes de o dia nascer.

Ele parou de pedalar, recuperou o fôlego e atendeu.

– Alô?

– Bom dia, diretor – disse uma voz feminina num tom alarmado. – É a Heide Nagel ligando de Praga.

– Heide? – A ligação da sua ex-diretora jurídica era totalmente inesperada. – Você é embaixadora agora, pode me chamar de Greg.

– Isso nunca vai acontecer, diretor.

Ele sorriu.

– Certo. Em que posso ajudar?

E quem lhe deu esse número?

– Preciso fazer uma pergunta direta ao senhor. E ficaria grata se o senhor me desse uma resposta sincera.

Perturbado pelo tom agitado de Heide, Judd desceu da ergométrica.

– Na verdade, eu estou num celular, e posso ver que você não está usando uma plataforma segura, então seria melhor usar um aparelho fixo para...

– Eu expliquei para sua equipe da madrugada que era embaixadora americana e que se tratava de uma emergência de segurança nacional. Foi esse o telefone que eles me passaram.

– Emergência de segurança? Heide, dependendo do assunto sobre o qual você quiser conversar, a gente pode...

– Eu deveria ter perguntado isso ao senhor mais de dois anos atrás – interrompeu ela. – Mas estou perguntando agora. – Antes de Judd poder interromper, Nagel emendou: – É sobre os documentos ultrassecretos que eu fui acusada de tirar de Langley. O senhor sabia que era uma armação da Q para me incriminar? Sabia que eu fui posta aqui em Praga como um fantoche?

Judd soltou o ar; sabia manter a calma em momentos de forte pressão. Optou por dizer a verdade.

– Sim, Heide. Eu sei disso.

O silêncio que se seguiu foi como uma tempestade prestes a cair.

– Mas só descobri *depois* – emendou depressa. – Na época eu não fazia ideia. Você era minha conselheira jurídica mais importante. Eu detestei perder você.

– Finch fez isso sem o senhor saber?

– Ele tinha total autonomia para cumprir o dever como julgasse pertinente – respondeu Judd, andando de um lado para outro do porão. – Fiquei uma fera quando descobri, mas você já estava aí em Praga, e além do mais havia questões de segurança nacional na região. Me pareceu contraproducente botar a boca no trombone. Você sabe por experiência própria que, para a agência, é valioso ter um dos nossos na diplomacia, resolvendo os problemas complexos do trabalho de inteligência no exterior.

– Ah, sim... com meu poder diplomático eu fui bem valiosa para Finch e para este projeto: derrubei barreiras, passei por cima da segurança pública local, plantei escutas em quartos de hotel, coagi Michael Harris a vigiar Sasha Vesna...

Merda.

– Eu preferiria não citar *nomes* numa ligação aber...

– Sabia que eu forcei Michael a entrar nessa situação porque Finch alegou que Sasha era *suspeita*, mas ele se recusou a me dizer *o motivo* da suspeita? Por acaso *você* sabe, Greg?

– Já chega. Eu vou des...

– Tem alguma coisa a ver com a instalação ultrassecreta que vocês estão prestes a inaugurar debaixo do Parque Folimanka?

O diretor Judd parou de andar e travou por completo.

– Embaixadora Nagel – respondeu ele, com a maior calma possível para o momento. – Apesar de eu não fazer a menor ideia do que a senhora está falando, sugiro que me dê quinze minu...

– Eu mandei o link de um vídeo para o senhor – disse ela com uma voz dura como pedra. – O senhor vai receber na agência. E depois que vir o vídeo vai fazer uma coisa por mim.

– Ah, vou? – desafiou ele.

– Me ligue quando tiver assistido ao vídeo. Acho que vai considerar as minhas exigências razoáveis.

– E se eu não conseguir atender às suas exigências?

– O senhor é o diretor da CIA. Tem pouca coisa que não consiga fazer.

E é bom que você não se esqueça disso.

– E se eu *decidir* não atender?

– Aí o vídeo vai se tornar público – respondeu ela num tom neutro. – Ele contém informações detalhadas sobre o projeto, e o conteúdo é extremamente perturbador. Sugiro que o senhor se apresse. O link é aberto, e alguém vai acabar topando com ele mais cedo ou mais tarde, provavelmente nas próximas horas.

Heide Nagel estava passando seriamente dos limites.

– Heide, você *sabe* que o meu pessoal pode simplesmente deletar...

– Eu baixei o arquivo e fiz cópias. Várias cópias. Elas estão em mãos seguras.

– Você ficou maluca? Entendo a sua raiva, mas por que você iria *ameaçar*...

– *Greg*, eu cansei de ser bucha! – explodiu Nagel. – Sempre fui uma colega leal e, para variar, mereço que alguém seja um pouco leal *comigo*. Então levanta essa bunda daí e vai fazer a coisa certa, caramba!

Judd nunca tinha ouvido Nagel perder a calma, e aquilo o deixou seriamente assustado. Heide Nagel era uma força da natureza. *E pessoas desembestadas tomam decisões incrivelmente ruins.*

– Eu ligo em menos de uma hora – disparou Nagel. – E, se eu sumir, pode acreditar: esse vídeo vai aparecer em todos os noticiários do planeta.

– Embaixadora, eu sugiro...

Ela já havia desligado.

◆ ◆ ◆

Nagel raramente bebia, sobretudo antes do meio-dia, mas o shot de Becherovka que acabara de se servir no bar de sua sala lhe pareceu justificado. Suas mãos ainda tremiam de leve quando ela se sentou diante do computador e baixou uma cópia do vídeo no seu desktop. Só por segurança, baixou uma segunda cópia, renomeou-a com o título inócuo de "Receitas" e a enterrou numa pasta secreta dentro de muitas outras no sistema de arquivos do computador.

Em seguida, vasculhou as gavetas da mesa de trabalho e encontrou um único pen drive que continha o PowerPoint de um discurso que havia feito na Associação Internacional de Mulheres em Praga. Apagou a apresentação, copiou o vídeo da confissão de Gessner para o pen drive e o pôs num malote diplomático com o selo da embaixada.

Fechou o zíper do malote e inseriu o anel de plástico de segurança no fecho, pressionando-o até ele formar um lacre permanente. Então, preencheu o endereço do destinatário do malote com os dados de *sua própria* residência. Segundo o Artigo 27.3 da Convenção de Viena sobre Relações Diplomáticas, qualquer outra pessoa que abrisse o envelope estaria cometendo um crime passível de punição.

Enquanto procurava um lugar seguro em sua sala para guardar o malote lacrado, Nagel se deu conta de que na verdade *não havia* lugar seguro na sala. Queria acreditar que o diretor Judd tomaria a decisão certa, mas, se ele decidisse traí-la, aquele seria o primeiro lugar que escolheria como alvo.

– Scott! – gritou ela, levando o malote até a porta.

Seu guarda estava a postos do lado de fora e entrou na mesma hora.

– Preciso confiar isso a você – disse ela.

– Claro, embaixadora – respondeu ele, olhando para as mãos dela. – O malote ou a bebida?

Ela olhou para baixo. *Putz.*

– O malote, Scott – respondeu, entregando o envelope ao militar. – Guarde num lugar seguro. Não comente nada com ninguém. Ninguém mesmo. Posso confiar essa missão a você?

– Claro, embaixadora. – Ele guardou o envelope no bolso da frente do uniforme e a encarou com ar de preocupação. – Está tudo bem com a senhora?

– Está, sim, obrigada. A morte do Sr. Harris me deixou meio... – Ela não completou a frase. – Alguma notícia da perícia?

– Ainda não, embaixadora.

– Você poderia entrar em contato com a Sra. Daněk e pedir que ela venha aqui agora mesmo?

– Claro, embaixadora. – O militar hesitou. – Mas devo alertar que a Sra.

Daněk ficou extremamente abalada quando encontramos o corpo do Sr. Harris. Pelo visto eles eram chegados.

Eram, pensou Nagel, envergonhada de ter usado o romance entre os dois para fazer pressão neles.

– Obrigada por me alertar. Estou com uma situação urgente aqui e preciso das competências dela.

Tomara que ela seja profissional.

O sargento Kerble se retirou, e Nagel voltou para sua mesa. Tomou uma golada da bebida. A carta do assassino de Harris a encarava.

Por favor, ajude a Sasha.

Não posso ajudar se não descobrir onde ela está, pensou Nagel, guardando a carta na gaveta da mesa de trabalho. Por sorte, Praga tinha um sistema de vigilância sem igual. A dificuldade não seria encontrar Sasha, e sim convencer Dana Daněk a ajudar.

◆ ◆ ◆

O Golěm acabara de percorrer um corredor estreito de quase 100 metros que se estendia como uma espinha dorsal abaixo do coração do Limiar. Quando chegou ao fim, parou diante de um portal incomum.

A porta era de aço, oval e sem janelas, com um volante pesado para fechar e abrir. Parecia a escotilha hermética de um submarino.

A placa dizia:

SMES

SOMENTE FUNCIONÁRIOS AUTORIZADOS

Na noite anterior, Gessner havia lhe revelado a surpreendente tecnologia guardada dentro daquela câmara. Naquela manhã, O Golěm tinha feito uma pesquisa na internet e descoberto o restante das informações de que necessitava, incluindo a confirmação do motivo científico de a máquina ser instalada naquele local específico.

Diretamente abaixo de um dos lugares mais frequentados do Parque Folimanka.

A estrutura situada acima dali era um dos poucos resquícios visitáveis do abrigo nuclear da década de 1950, e muitos turistas que passeavam no parque paravam para tirar fotos ao lado dele. Claro que nenhum deles desconfiava daquilo que O Golěm tinha descoberto mais cedo: que a estrutura tinha sido engenhosamente reconfigurada para atender às necessidades do Limiar.

Agora ele é um duto de exaustão para o recinto lacrado atrás desta porta.

O Golěm se demorou alguns instantes para recuperar o fôlego antes de tentar girar o volante. Sem o bastão, precisava tomar cuidado; uma nova convulsão ali embaixo poderia ser um perigo, em especial cercado por tantas superfícies duras e quinas pontiagudas.

O Golěm se concentrou, fincou os pés no chão, segurou o volante e fez força no sentido anti-horário, mas o volante girou apenas alguns centímetros.

Ele imaginou o rosto de Sasha, e a inocência dela lhe deu forças.

Estou fazendo isso por todos os que sofreram abusos aqui. Por você, por mim e por todos os que ainda estão por vir.

Trincando os dentes, tentou girar o volante outra vez.

CAPÍTULO 96

Enquanto o elevador seguia descendo e indo cada vez mais fundo no morro sob o Bastião U Božích Muk, Robert Langdon se viu lutando contra uma crise de ansiedade. Estava tão focado em conseguir acessar a instalação que não tinha pensado no caminho que precisaria percorrer até lá.

Estou fechado dentro de um duto estreito, cercado por milhares de toneladas de pedra.

Também não fazia ideia do que esperar quando as portas do elevador se abrissem. A embaixadora tinha lhes dito que o Limiar ainda não estava pronto e operacional, sendo assim duvidava que eles fossem encontrar algum segurança lá dentro. Só que não havia como ter certeza.

Langdon também se pegou pensando na questão que havia surgido minutos antes. *Alguém pegou o cartão de acesso de Gessner e decepou o polegar dela.* Estava claro que quem havia cometido esse crime pavoroso queria obter acesso ao Limiar, mas a pergunta era: quando isso tinha acontecido? Será que os intrusos tinham entrado e saído horas antes ou ainda estariam dentro da instalação? E, se estivessem, quão perigosos eram?

No espaçoso elevador, Katherine trocou o pé de apoio.

– Está descendo bastante – comentou ela quebrando o silêncio, começando a parecer incomodada com a longa descida.

Langdon estava tentando não pensar no assunto.

— O celular morreu — falou, ao reparar que a tela estava preta.

Katherine pegou o aparelho da mão dele e o guardou na bolsa.

Finalmente o elevador começou a desacelerar. Para sair da linha de visão da porta, os dois se espremeram no canto da cabine, que foi parando suavemente. Prenderam a respiração.

As portas se abriram.

Encolhidos no canto, ficaram aguardando qualquer barulho ou sinal de movimento do lado de fora, mas não ouviram nada. Com todo o cuidado, Langdon se inclinou e espiou lá fora.

O espaço fora do elevador estava um breu.

Ele não conseguia ver nada para além do meio-círculo de luz que saía da cabine. Não tinha lhe ocorrido que, como o Limiar ainda não estava operacional, talvez ainda não houvesse energia elétrica ali embaixo.

Estamos bem fundo debaixo da terra. Sem luz. Sem janelas. Até onde sabemos, é muito possível estarmos numa caverna imensa.

Sentiu o coração acelerar enquanto saía aos poucos do elevador e dava um passo hesitante para dentro da escuridão. Antes mesmo de seu pé tocar o chão, um trilho de holofotes se acendeu no teto, cegando-o por um instante. Ele tapou os olhos torcendo para as luzes terem sido acionadas de modo automático por um sensor de movimento, e não por uma equipe de interrogatório ou um pelotão de fuzilamento.

Aos poucos, ele abaixou a mão e fitou a cena à frente com os olhos semicerrados.

Ficou incrédulo à medida que a imagem foi entrando em foco.

Isso só pode ser alguma brincadeira.

Eles obviamente não estavam mais no Bastião U Božích Muk. Todos os toques antigos e orgânicos tinham desaparecido. O novo mundo no qual Langdon acabara de pisar era reluzente, futurista e de alta tecnologia.

— Inacreditável — sussurrou Katherine, saindo do elevador atrás dele. — Tudo isso parece bem caro.

Langdon imaginou que a instalação tinha sido bancada pelos investimentos da In-Q-Tel, com orçamento secreto e sem qualquer supervisão do Congresso.

Katherine caminhou até uma estreita plataforma de metal logo em frente ao elevador e observou maravilhada o espaço em volta.

— Parece... uma miniestação de metrô.

Uma espécie de monotrilho futurista, pensou Langdon, espiando mais adiante o túnel circular de concreto à sua frente, onde um trilho de mão única com dormentes próximos se afastava da plataforma, entrava na abertura e desaparecia na escuridão. A boca do túnel parecia bem apertada, sem largura para comportar um vagão normal de metrô, mas ao ver o veículo que corria pelo trilho Langdon percebeu que o buraco tinha um tamanho mais do que suficiente.

O vagão na verdade estava mais para um deque móvel: uma plataforma comprida, estreita e descoberta, com dois bancos compridos de frente um para o outro em cada ponta. Na parte de trás havia um espaço que, pelo visto, servia para o transporte de materiais e que estava com duas cadeiras de rodas presas.

Langdon lembrou que existia um sistema parecido interligando dois prédios no Capitólio. Ao contrário dos vagões de bonde antiquados e quadradões de Washington, porém, *aquele* sistema ali tinha um aspecto minimalista, reluzente e eficaz.

– Que bom que o vagão está *deste* lado da linha – disse Katherine, se aproximando dos bancos. – Parece um bom sinal.

Langdon entendeu o que ela queria dizer. Se o transporte estava ali, quem quer que tivesse levado o cartão de Brigita devia ter entrado no Limiar e voltado por ali para sair.

– Muito bem observado – disse ele, relaxando um pouco. – Além disso, as lâmpadas com sensor de movimento estavam desligadas, então pelo visto só tem a gente aqui.

Katherine pisou no vagão, e Langdon juntou-se a ela. Quando eles embarcaram, surgiu um zumbido baixo de eletricidade sob eles, e o deque pareceu se elevar uns 5 centímetros.

Alguém ou alguma coisa sabe que a gente está aqui, pensou Langdon, torcendo para o trem ser totalmente automatizado... e para que ninguém tivesse ligado o sistema ao vê-los ali.

– Um trem de levitação magnética – disse Katherine. – Tem um desses na Califórnia.

Como qualquer um que tivesse brincado com ímãs quando criança, Langdon conhecia o efeito de repulsão que polos magnéticos iguais exercem um sobre o outro, força que, nesse caso, era suficiente para fazer o deque levitar e ficar "pairando" praticamente sem fricção alguma.

– Não estou vendo nenhum controle – comentou Katherine. – Acho que é só se sentar e pronto.

Era um bom palpite, e Langdon se sentou ao lado dela, ambos de frente para o lado direito do vagão. Segundos depois, três bipes baixos ecoaram pela estação, e o deque partiu e começou a ganhar velocidade.

Tirando o zumbido da eletricidade, o movimento era silencioso.

A aceleração rápida foi surpreendentemente fluida, e em segundos os dois estavam mergulhando na boca do túnel e disparando escuridão adentro num silêncio quebrado apenas pelo ruído do ar.

Os faróis do vagão iluminavam apenas a pequena extensão do monotrilho localizada logo à frente. No escuro total, a sensação era de que eles estavam avançando numa velocidade alarmante, e não dava para ter ideia de quanto haviam percorrido.

De repente, Katherine agarrou o braço de Langdon e deu um arquejo, apontando para adiante.

Langdon também tinha visto. Logo à frente, no monotrilho, um farol vinha se aproximando – era um vagão indo em disparada na direção deles, em rota de colisão.

Eles obviamente não deviam ter pegado aquele vagão.

– Tem que ter um freio de emergência! – gritou Katherine, virando-se no assento e correndo os olhos pelo entorno.

Langdon também sentiu o desespero bater, olhando de um lado para outro em busca de qualquer lugar para onde pudessem saltar, mas constatando que eles estavam cercados bem de perto por paredes de concreto em ambos os lados.

O farol ofuscante avançava na contramão e estava a segundos de uma colisão frontal. Langdon e Katherine se deram as mãos e se prepararam para o impacto, mas de repente o vagão em que estavam se moveu com fluidez para a esquerda enquanto o que vinha na direção contrária se movia para o lado oposto, e os dois passaram em segurança um pelo outro num trecho ligeiramente mais largo de túnel. Um segundo depois, o vagão deles retornou para o centro, o túnel se estreitou outra vez e o trilho voltou a ser uma via de mão única.

Com o coração ainda a mil, Langdon soltou todo o ar que estava prendendo.

– Um desvio – falou, com a voz trêmula. – Controlado por computador.

Katherine respirou fundo de alívio e apertou a mão dele com força.

Embora o desvio fosse uma forma eficiente de não ter que escavar um túnel inteiro com duas vias, aquilo acabara de fazer Langdon chegar mais perto do que gostaria de uma experiência de quase morte.

O vagão seguiu em alta velocidade por mais dez segundos, então começou a desacelerar até parar suavemente numa estação idêntica à outra: uma plataforma de metal deserta e desprovida de qualquer sinalização. Quando eles saltaram, o zumbido eletrônico desapareceu, e o transporte baixou uns 5 centímetros até voltar à posição desligada.

– Um sistema de dois vagões – constatou Katherine. – O que significa que não dá para ter certeza se quem entrou antes já saiu.

Langdon assentiu. *Tem sempre um vagão em cada ponta.*

Seu palpite era que eles estavam em algum lugar abaixo do limite norte do Parque Folimanka, nas profundezas do imenso abrigo nuclear da década de 1950.

Em vez de uma porta de elevador, aquela plataforma tinha uma entrada em arco. Langdon e Katherine entraram e viram que a passagem se encontrava fechada por um imponente posto de controle de segurança: esteira rolante com raios X, scanner corporal, mais leitores biométricos, duas mesas para funcionários – tudo vazio por ora.

Isto aqui vai ser uma fortaleza quando estiver funcionando, percebeu Langdon enquanto eles passavam ao largo do scanner, saíam do posto de controle e chegavam a um corredor principal.

Até ali, Langdon não tinha visto nenhuma sinalização que indicasse se tratar de uma instalação da CIA. Quando eles chegaram a uma porta dupla de vidro, porém, viu uma única palavra em fonte pequena gravada com estêncil.

PRAGUE

É a confirmação.

Quando ele ergueu a mão para abrir a porta, ela se abriu de forma automática, e a iluminação foi acionada. Estava mais para uma leve claridade do que para os refletores ofuscantes que eles tinham visto antes. Duas faixas de discretos balizadores de piso margeavam a base das paredes do corredor, em linhas paralelas que lembravam a pista de pouso de um aeroporto.

O piso imaculado era de granilite preto e parecia uma superfície de basalto encerado. As paredes eram de metal prateado, mais provavelmente cromado, e brilhavam à luz dos balizadores. O ar recendia a tinta fresca, concreto e produtos de limpeza.

Langdon e Katherine seguiram apressados pelo corredor, seus passos ecoando no interior sólido da instalação. Depois de uns 20 metros, eles pararam numa interseção onde um corredor secundário seguia para a direita. Com piso verde-claro, o corredor estava inteiramente às escuras, e Langdon só conseguia ver algumas portas de salas antes de tudo ficar preto.

Uma placa informava: APOIO.

Seu instinto lhe dizia que vasculhar salas e arquivos seria um desperdício do seu precioso tempo. Eles precisavam de provas concretas do que estava acontecendo no Limiar, e só havia um jeito de fazer isso.

Precisamos encontrar o coração da estrutura.

Por sorte, logo à sua frente, ainda no corredor principal de piso preto, Langdon viu uma única palavra gravada em letras garrafais: OPERAÇÕES.

Conforme eles seguiam pelo corredor longo e reto, os balizadores de chão seguiram se acendendo de forma automática, até eles chegarem a um nicho com uma porta metálica enorme na qual havia um símbolo conhecido.

O caduceu? Langdon ficou surpreso por encontrar um símbolo da medicina numa instalação da CIA, mas ali estava ele, num local de destaque. Profundo conhecedor de iconografia, ele sabia que com frequência o símbolo era usado de forma incorreta.

Na verdade, o caduceu era o símbolo antigo de Hermes, deus grego dos viajantes e do comércio. Ali, o símbolo mais adequado seria o bastão de Asclépio – o deus grego da medicina –, uma imagem semelhante à que estava na porta, porém sem asas e com apenas uma cobra, em vez das duas do caduceu. Em 1902, o Corpo Médico do Exército dos Estados Unidos tinha passado vergonha ao estampar equivocadamente o caduceu em suas fardas, e até hoje esse símbolo era usado de forma errada por médicos e hospitais americanos.

Katherine foi até a porta e a abriu.

Langdon entrou atrás dela numa área com diversas salinhas que parecia ser um pequeno hospital. Havia uma sala de exames com avançados aparelhos de diagnóstico e de imagem, um armário estreito com um farto estoque de materiais hospitalares novos e uma sala reservada com duas camas, cercadas por mais equipamentos que Langdon jamais vira em qualquer UTI.

E o mais bizarro: a sala estava identificada como RECUPERAÇÃO.

Recuperação de quê?

Numa das salinhas, eles se depararam com uma pequena empilhadeira automática segurando um caixote imenso. Katherine se agachou para ler as etiquetas coladas no caixote.

– NIRS – disse ela. – Espectroscopia de infravermelho próximo. Geração avançada de imagens em tempo real.

– Numa unidade médica? – perguntou Langdon, que associava a NIRS à astronomia.

– Os neurocientistas usam a espectroscopia para medir a saturação de oxigênio e analisar a atividade cerebral com base nesses dados. – Katherine se levantou com uma expressão preocupada. – Não estou entendendo: por que a CIA construiria um hospital secreto debaixo do Parque Folimanka?

Langdon estava se fazendo a mesma pergunta ao se aproximar de uma porta dupla de vaivém. Abriu uma fresta com todo o cuidado e viu que estava tudo escuro do outro lado. Abriu mais um pouco, e a forte iluminação da sala se acendeu.

Ao entrar, ele se viu numa sala de preparação para cirurgias. Na parede dos fundos, uma janela de vidro plano proporcionava uma visão do recinto adjacente: uma reluzente sala de cirurgia inteiramente branca. E dentro dela, suspenso numa posição ameaçadora acima de uma maca cirúrgica reluzente, estava pendurado um aparelho diferente de tudo que Langdon tinha visto na vida.

– Não sei que máquina é essa – sussurrou ele quando Katherine chegou a seu lado. – Mas o aspecto é aterrorizante.

CAPÍTULO 97

O trânsito na Evropská estava todo parado, e Finch calculou que levaria mais meia hora para chegar à residência da embaixadora. Torceu para Nagel estar deixando Langdon e Solomon o mais à vontade possível.

Ofereça um drinque a eles, pensou. *Ou dois.*

Nagel tinha sido um ativo eficiente ali em Praga, e, apesar de amargurada em relação ao modo como tinha sido recrutada, ela havia cumprido com eficiência as ordens de Finch, exercendo sua influência diplomática quando necessário. Era bem verdade que tinha resistido à sua ordem de usar Michael Harris para se aproximar de Sasha Vesna.

– Por que monitorar a Sasha? – perguntara ela. – Acha que ela está espionando?

– Sasha não é espiã – garantiu Finch, e era verdade. – E também não é perigosa.

Sasha Vesna é bem mais valiosa do que uma espiã.

Ela é um investimento, um trabalho em andamento, uma agente involuntária da CIA.

– É só uma precaução – explicou ele.

E até hoje ela nem desconfia.

O celular de Finch tocou ao receber uma ligação por Signal. Ele imaginou que fosse Housemore com uma atualização relacionada ao bastião. Ao checar o identificador de chamadas, porém, se empertigou ao ver que era seu chefe ligando.

– Greg – atendeu com toda a calma, deixando de lado as formalidades em geral devidas a um diretor da CIA. – Que surpresa.

– Não vai ser uma surpresa agradável – disparou Judd em resposta, pelo visto sem disposição alguma para amenidades. – É sobre a Nagel. Ela *sabe* que você armou para ela no caso daqueles documentos.

– Já faz tempo que ela sabe disso. E você também.

– Pode até ser, mas continuo indignado com o jeito como você a recrutou.

Indignado? Sério? Finch não estava com a menor paciência para o comentário hipócrita do diretor da CIA. Tinha sido contratado para supervisionar a operação de Praga por um único motivo: seu histórico de fazer *tudo que for necessário* para ganhar uma guerra, mesmo que isso significasse passar por cima das regras.

– Greg, eu deixei você de fora de propósito, para sua própria proteção – explicou Finch. – Para você não ter que prestar contas depois.

Aliás, de nada.

– Entendi, mas Nagel merecia ser mais bem-tratada.

– Mais do que ganhar o cargo de embaixadora? Agora ela faz parte do corpo diplomático dos Estados Unidos da América! E trabalhou incrivelmente bem para nós em Praga. Todo mundo saiu ganhando.

– Talvez não seja bem assim. Ela está ameaçando ir a público com tudo que sabe sobre o projeto.

Finch teve certeza de que não havia escutado bem.

– Como é?

– Você me ouviu.

– Ameaçar ir a público... Não faz sentido.

– Ela está furiosa. E fez exigências.

– Mas ela não sabe *nada*!

– Ela diz ter provas detalhadas. Me mandou um vídeo no e-mail de Langley. Estou indo para lá daqui a pouco assistir.

– Um vídeo de *quê*? – indagou Finch com rispidez. – Nagel é inteligente demais para bater de frente com a agência. Não faço ideia de que jogo ela está jogando, mas isso é um blefe.

– Eu trabalhei com ela muitos anos. Ela era a diretora jurídica da CIA, caramba. Nagel *não* blefa.

Finch sentiu um nó desconfortável na garganta. *Será que a embaixadora traiu minha confiança?*

– Quais são as demandas dela?

– Ela ainda não fez nenhuma.

Finch se perguntou se era verdade.

– Vou falar com ela de novo daqui a pouco – prosseguiu Judd. – Mas se você tiver alguma questão de segurança para resolver, faça isso agora. Não preciso nem explicar que catástrofe seria se os detalhes desse projeto viessem a vazar.

– Vou cuidar disso pessoalmente. Acabei de chegar a Pra... – Finch fez uma careta ao perceber que tinha falado demais.

Judd fez uma pausa cautelosa.

– Se está em Praga, é porque claramente já *sabia* que tinha algo acontecendo. *Entre outras coisas, Gessner sumiu.*

– É, houve uns probleminhas ontem à noite, mas está tudo sob controle. Estou indo lá agora amarrar as pontas soltas.

– É melhor mesmo. Não faça com que eu me arrependa de ter colocado você como responsável da operação. Essa é uma das iniciativas mais importantes da agência no momento.

– O senhor me escolheu porque sabe do que sou capaz, diretor.

– Justamente. E, por falar nisso, um alerta. Se alguma coisa acontecer com Heide Nagel, *qualquer* coisa, vou fazer questão de que você pague por isso. Por tudo.

– Não sou eu o inimigo – disse Finch descontraidamente. – Estou do seu lado.

– Veja lá onde pisa. Não queira me testar.

Um clique soou e a ligação foi encerrada. Finch ficou sentado, atordoado e em silêncio, enquanto seu carro seguia em direção a Praga.

Por fim, furioso, ligou para a embaixadora Nagel.

A chamada caiu direto na caixa postal sem tocar uma vez sequer.

Será que ela desligou o celular?

Nervoso, ele ligou para Housemore no Bastião U Božích Muk, e felizmente o celular dela começou a tocar. Só que depois de oito toques a ligação também caiu na caixa postal.

O que está acontecendo?

A agente Housemore sempre atendia as ligações de Finch no primeiro toque, fosse dia ou noite, sem exceção. Tentou de novo. Nada.

Finch guardou o celular no bolso e passou vários segundos observando os prédios lá fora, pensando.

Então, tomou uma decisão.

– Mudança de planos – falou para o motorista. – Esqueça a residência. Me leve para o Bastião U Božích Muk.

CAPÍTULO 98

O aparelho que ocupava quase todo o centro da sala de cirurgia subterrânea parecia um instrumento de tortura futurista. Presos no teto logo acima de uma maca cirúrgica, quatro braços robóticos com dedos que pareciam pinças saíam de um emaranhado confuso mas bem ordenado de cabos e fios. As garras mecânicas pareciam prestes a atacar quem tivesse o azar de estar na maca, que mais parecia uma pedra sacrificial.

Para Langdon, o mais assustador da geringonça não eram os braços robóticos, e sim o sistema de contenção da maca. Mais de dez tiras de velcro pendiam do leito, claramente instaladas em pontos onde podiam imobilizar braços, pernas e tronco, impossibilitando que o paciente fizesse qualquer movimento. Num dos extremos da maca havia também uma espécie de arco metálico com cinco hastes pontiagudas que emergiam em diferentes ângulos: parafusos para imobilização craniana. Langdon estremeceu. Era incapaz de imaginar o terror que alguém sentiria por estar amarrado ali, com o crânio imobilizado por parafusos e aquele monstro mecânico suspenso acima do rosto.

Claustrofobia radical.

– Incrível. Eles têm um neurocirurgião robótico – disse Katherine. – Você deve se lembrar do primeiro a ser inventado. Se chamava Da Vinci.

Langdon se recordava vagamente das notícias.

Katherine foi até o imobilizador de crânio e observou os longos parafusos apontados para fora.

– Isso me lembra o pesadelo que tive de ontem para hoje.

Um halo de estacas pontiagudas, pensou Langdon, vendo o objeto com um novo olhar.

– E aqui fica a sala de controle – disse Katherine, indo até uma janela de vidro plano e espiando o outro lado.

Langdon se aproximou dela e viu três cadeiras ergométricas de frente para uma sequência de monitores de tela plana equipados com cobertura de cristal líquido para visualização estereoscópica em 3D. Perto dos monitores havia objetos de aço inoxidável perfeitamente alinhados: mouse, trackball, caneta digital, controlador de edição multimídia, console e joysticks. Uma bandeja identificada com as palavras CINÉTICA HOLOGRÁFICA continha um par de luvas de malha.

– Incrível – comentou Katherine. – Eu sabia que a cirurgia robótica estava avançando, mas esses aparelhos parecem anos-luz à frente de qualquer coisa de que eu já tenha ouvido falar.

Langdon se perguntou se Gessner havia projetado aquele maquinário. *Mais uma patente lucrativa.*

– Então é assim que ela implanta os tais chips de epilepsia?

– Meu Deus, não! A implantação de um chip de neuroestimulação responsivo é um procedimento rudimentar; tecnicamente nem é considerado uma cirurgia cerebral. Ele é simplesmente colocado dentro de um buraquinho no crânio do tamanho de um polegar; não há contato com o cérebro. – Ela voltou para dar outra olhada no aparelho instalado no teto, avaliando-o de diferentes ângulos. – Não, isto aqui é outro mundo. Esse aparelho foi feito para mexer *fundo* no cérebro. Serve para remover tumores complexos, cauterizar aneurismas ou quem sabe extrair amostras delicadas de tecido para análise. – Katherine se virou para Langdon. – Você comentou que Sasha Vesna tinha cicatrizes no crânio, certo? Elas eram grandes?

Langdon assentiu, lembrando-se do momento em que segurou a cabeça de Sasha durante a convulsão.

– A maioria é escondida pelo cabelo, mas são grandes, sim. Imaginei que fossem por ela ter se machucado, mas depois ela comentou que Gessner havia tido umas complicaçõezinhas na hora de implantar o chip. A cirurgia foi um sucesso, mas também um pouco mais invasiva do que o previsto.

– *Um pouco?* – Katherine tornou a olhar para o cirurgião robótico lá em cima. – Esta máquina não está zerada: ela já foi usada antes, e detesto dizer, mas Sasha teria sido perfeita para um teste. Uma moça ingênua, sem família, sem chance de questionar os procedimentos de acompanhamento recomendados por uma médica famosa que salvou a vida dela e que hoje paga seu salário…

Langdon achou a lógica de Katherine repreensível, mas forçou-se a se concentrar no assunto importante do momento.

– Está vendo *alguma coisa* aqui relacionada ao que você escreveu no seu livro?

Ela fez que não com a cabeça.

– Ainda não. E não tem nada de particularmente incriminatório aqui para a gente poder levar como prova do que estão fazendo. Tudo que posso dizer é que estão realizando cirurgias cerebrais altamente avançadas aqui.

A ilha do Dr. Moreau, pensou Langdon, incomodado ao pensar que a CIA estaria realizando cirurgias secretas num laboratório subterrâneo em solo estrangeiro.

– Vamos continuar procurando.

Eles saíram daquela espécie de ala médica, voltaram para o corredor com piso preto e seguiram adentrando o Limiar.

Chegaram num outro nicho que também continha uma porta, esta coberta por uma grossa camada de espuma acústica.

– Computação imersiva – disse Katherine, lendo a placa ao lado da porta. – Talvez aqui tenha alguma coisa.

Sem saber o que esperar, Langdon a seguiu para dentro de um cômodo com paredes, teto e piso que pareciam recobertos por um carpete preto. A única luz provinha dos discretos balizadores de piso que haviam se acendido gradualmente quando eles entraram.

No meio do recinto havia oito cadeiras reclináveis enfileiradas, mais profundas do que o normal, equipadas com cintos de segurança com fixação no ombro. Cada uma das cadeiras estava localizada acima de um emaranhado de braços e válvulas hidráulicos.

– Essas cadeiras estão montadas sobre estabilizadores – disse Langdon. – Elas se mexem.

Katherine assentiu e chegou mais perto.

– Computação imersiva é basicamente uma realidade virtual avançada. O movimento dessas cadeiras é sincronizado com as imagens e o som que chega por *isto aqui*. – Ela pegou uma espécie de capacete futurista feito de vidro opaco de cima de uma cadeira. – Displays panorâmicos de espectro profundo. Isto aqui é uma realidade virtual excepcionalmente avançada, Robert.

Realidade virtual? O que eles podem estar fazendo aqui?

Katherine foi até uma estação de trabalho com um computador no fundo da sala.

– Operar essas simulações de RV exige uma quantidade colossal de dados, e eles sem dúvida usam os dados de um sistema maior, como aquele ali. – Ela apontou para uma vitrine de vidro plano com vários computadores atrás. – Mas desconfio que tudo seja acessado aqui de fora, neste terminal.

Ela se sentou e ligou o computador.

Langdon foi até ela, e os dois ficaram esperando o terminal iniciar.

– Você falou de RV no seu livro?

Katherine ergueu os olhos para ele e assentiu.

– Algumas vezes, mas eram só menções anedóticas. Uma vez eu participei de um experimento de RV no Laboratório de Pesquisa de Anomalias da Engenharia de Princeton, e a experiência que tive me influenciou na decisão de estudar a consciência não local. Então eu escrevi sobre o tema.

– Sério? Então isso pode ser relevante.

– Em princípio, talvez – retrucou ela com um ar cético. – Mas não...

– Me conte – interrompeu Langdon.

– Bom, como você sabe, o objetivo da RV é basicamente enganar o cérebro e fazer com que ele *acredite* numa ilusão. Quanto mais dados virtuais você conseguir inserir na mente, maior a chance de convencer o cérebro a aceitar uma situação artificial como sendo *real*. Estou falando aqui de visões, sons, movimentos. Bem, o instante em que você começa a *acreditar* na ilusão é um estado que os psicólogos chamam de "presença".

– Uma vez pratiquei escalada virtual. Fiquei literalmente paralisado de medo.

– Exato. A sua mente *acreditou* que o seu corpo estava na beira de um precipício e em perigo. A ilusão se tornou sua realidade temporária. Eu também tive uma experiência de "presença" no experimento de RV em Princeton, mas a minha foi um pouco diferente. Na verdade, foi transformadora.

– Como foi?

Ela ergueu os olhos do computador e sorriu.

– Resumindo, eu tive a experiência da minha própria consciência, e ela era não local.

◆ ◆ ◆

Katherine jamais esqueceria aquele primeiro e mágico encontro com o "desligamento de si". A experiência tinha mudado sua vida e consolidado sua paixão pela consciência como campo de estudo.

No começo do experimento, um professor de Princeton lhe pediu que entrasse numa sala vazia e ficasse em pé, sozinha. Pelo intercomunicador, ele a instruiu a pôr os óculos de RV. Ao fazer isso, no mesmo instante ela foi transportada para um vasto campo aberto, onde estava em pé, parada em meio a flores e árvores.

Era uma cena bucólica – com uma surpresa inesperada.

Ela não estava mais sozinha.

A pouco mais de meio metro de Katherine havia uma sósia perfeita *dela mesma*. A sósia sorria calmamente e a encarava. Ao observar seu outro *eu*, Katherine naturalmente sabia que se tratava de uma projeção, mas mesmo assim a sensação foi inquietante. Ela passou quase um minuto no campo, cara a cara consigo mesma.

Então a voz do professor a instruiu a colocar a mão no ombro da sua sósia fantasma. Isso a deixou confusa. *A minha sósia não é real.* Insegura, Katherine ergueu a mão e a baixou com toda a delicadeza na direção do ombro do seu outro eu. Certa de que não tocaria em *nada*, ficou chocada quando sua mão pousou num ombro físico *de verdade*. E o mais chocante: nesse exato instante Katherine *sentiu* o peso de sua mão no *próprio* ombro!

O efeito foi totalmente desorientador, e de repente seu cérebro se viu pensando: *Qual desses corpos é o meu* verdadeiro *corpo?*

A visão da sua mão pousada no ombro da *outra*, aliada à sensação de uma mão no seu ombro *real*, construiu um estímulo sensorial capaz de transferir a noção de "eu físico" de Katherine para o outro corpo. Durante vários segundos místicos, sua consciência ficou pairando *fora* dela mesma. Ela era uma observadora, uma mente desprovida de corpo observando seu corpo físico, tal qual um paciente à beira da morte pairando acima do próprio cadáver.

Nesse instante, Katherine foi tomada por uma sensação de alegria com o fato de sua consciência estar livre e não precisar de uma forma física para existir. Mesmo após "relocalizar" seu verdadeiro *eu*, uma leve sensação de "desligamento" perdurou nela por muitos dias.

Apesar do efeito poderoso, Katherine ficou sabendo que fora bem simples criar aquela ilusão. Assim que ela pôs os óculos de RV, uma técnica do laboratório havia entrado na sala sem fazer barulho e ficado bem na sua frente. Ao estender a mão para tocar seu "eu fantasma", sem saber Katherine havia posto a mão no ombro da técnica, que ao mesmo tempo havia posto a *própria* mão no ombro de Katherine. Nesse instante, a noção de eu de Katherine foi estimulada a sair do seu corpo físico.

É claro que não tinha sido uma *autêntica* experiência fora do corpo, mas a sensação foi de tanta paz, tanto reconforto e tanta conexão com o mundo não físico que consolidou seu fascínio profissional pela possibilidade de a consciência ser *não local*.

Ao mesmo tempo que Katherine concluía seu relato, o computador terminou de carregar e exibiu a tela de boas-vindas.

– Protegido por senha – disse Katherine. – Esse era meu medo. A menos que eu saiba que tipos de simulação eles estão fazendo, não tenho como avaliar se este laboratório de RV tem algo a ver com o meu livro.

Langdon se sentou na cadeira de metal diante da mesa e fez algumas tentativas. Nenhuma funcionou, e por fim ele balançou a cabeça e tornou a se levantar.

– Será que eles estão fazendo simulações fora do corpo como a que você acabou de descrever? Esse tipo de coisa parece ter relação com a epilepsia, com Sasha e com a visualização remota.

– É verdade, mas... – Katherine observou os capacetes e as cadeiras montadas em estabilizadores. – Minha intuição me diz que esta sala serve para *outra* coisa.

Seu olhar então se dirigiu para a janela de vidro e para a sala de computadores do outro lado. Ela foi até a porta de metal ao lado da janela e tentou abri-la, mas estava trancada. Encostando o rosto no vidro, observou o espaço do outro lado e viu uma estante alta contendo computadores, recipientes variados com equipamentos eletrônicos e uma geladeira com porta envidraçada cheia de ampolas coloridas.

Então se afastou do vidro.

– Como assim? – disse.

Langdon foi até lá.

– O que foi?

– *Aquilo ali...* – Katherine apontou para a fileira de oito objetos disposta junto à parede do fundo. – Aquilo *não* tem o que estar fazendo num laboratório de RV.

Langdon espiou e viu os oito suportes hospitalares com rodinhas.

– Suportes para acesso intravenoso – constatou Katherine, perturbada. – E uma geladeira cheia de medicamentos! Este lugar está *combinando* medicamentos por via intravenosa com realidade virtual.

– E isso é algo fora do comum?

– É! Experiências de dupla estimulação podem causar danos graves ao cérebro. A superexposição pode literalmente alterar a sua fisiologia cerebral...

– Alterar... *como*?

– Depende de quais substâncias administrarem – respondeu Katherine, estreitando os olhos para a geladeira e tentando, em vão, ler as etiquetas das ampolas. – Robert, eu preciso entrar nessa sala e ver *especificamente* o que estão usando. Aí talvez a gente consiga entender o que estão tentando fazer.

Langdon a observou por alguns instantes, então assentiu.

– Certo, para trás – pediu ele.

Caminhou decidido até a mesa e voltou com a pesada cadeira de metal, olhando fixo para a janela.

– Espere um instante, você vai...

– A gente já está metido nessa até o pescoço. Uma janela quebrada não vai fazer a menor diferença.

Assim que disse isso, Langdon ergueu a cadeira e girou para trás num movimento circular para ganhar impulso, como se fosse um atleta de lançamento de martelo. Quando girou de volta para a frente, atirou a cadeira, que saiu voando e acertou a janela, estilhaçando parcialmente o vidro.

Espantada, Katherine ficou aguardando o som de um alarme ou algum tipo de comoção, mas o silêncio sinistro do Limiar permaneceu.

Langdon foi até a janela e, com uma cotovelada, derrubou parte do vidro no chão. Em seguida enfiou a mão com cuidado no buraco, encontrou a maçaneta do outro lado e destrancou a porta por dentro.

– Deselegante, mas eficaz – falou, com um sorriso. – Depois de você, doutora.

CAPÍTULO 99

– **Como está indo** a inquisição da sua chefe? – indagou Faukman quando Alex Conan reapareceu na sua sala.

O cabelo do TI parecia ainda mais bagunçado, e por um instante Faukman se perguntou se o rapaz teria de fato envelhecido desde a primeira vez que aparecera na porta da sua sala na noite anterior.

– Eu vou ficar bem – disse Alex, nitidamente exausto. – Minha chefe sabe que não tive culpa, mas em algum momento vai querer falar com o senhor. Eu disse a ela que o senhor já tinha ido para casa por hoje.

– Obrigado.

– Alguma notícia de Robert Langdon?

– Felizmente, sim. Ele mandou um e-mail. Os dois estão bem.

Alex fez cara de surpresa.

– Ele não *ligou*?

Faukman fez que não com a cabeça. *Pelo menos ainda não.*

– E a lista de investimentos da In-Q-Tel? Achou alguma coisa que cruze com o trabalho da Dra. Solomon?

– Não. O resultado da IA foi um lixo. Realmente não sou fã dessas coisas.

– Pode ser que eu tenha alguma coisa aqui – disse Alex, abrindo o notebook que vinha trazendo. – Me dei conta de que a sua pesquisa pela IA teria localizado uma correspondência com qualquer coisa na internet que a Dra. Solomon tivesse *escrito*, mas não necessariamente algo que ela tivesse *dito*, como conteúdos de áudio ou vídeo. Então, fiz uma referência cruzada modificada e descobri que *tanto* a In-Q-Tel quanto a Dra. Solomon têm um grande interesse pela ciência... dos *fractais*.

Faukman não sabia nada sobre fractais, fora que eles apareciam com frequência como imagens sinuosas formadas por padrões repetidos ao infinito.

– Nos últimos três anos – seguiu Alex, sacando o celular –, a Q investiu pesado em tecnologias de fractal, enquanto Katherine...

Ele acessou um vídeo e mostrou a tela para Faukman.

Katherine estava num palco com vários outros palestrantes e o logo do Instituto de Ciências Noéticas mais atrás.

– Sua pergunta é muito interessante – disse ela, dirigindo-se a alguém na plateia. – Por coincidência, no livro sobre a consciência humana em que estou trabalhando eu escrevi *extensamente* sobre fractais.

Faukman prestou mais atenção.

Ela seguiu falando:

– Como vocês sabem, os fractais têm uma característica espantosa: cada seção individual, quando ampliada, se revela uma versão menor idêntica do todo, uma repetição telescópica infinita da autossemelhança. Em outras palavras, cada ponto individual contém *todos* os outros. Não existe indivíduo, apenas o todo. Hoje em dia, um número cada vez maior de físicos acredita que o nosso universo é organizado como um fractal, o que sugeriria que cada pessoa aqui nesta sala contém todas as outras e que não existe separação entre nós. Nós somos *uma* consciência. Reconheço que é difícil de imaginar, mas, se vocês procurarem imagens da curva de Koch ou da esponja de Menger, ou melhor ainda, se simplesmente lerem *O universo holográfico*...

– Na essência é isso – disse Alex, pausando o vídeo.

Faukman não estava convencido.

– Alex, duvido muito que o interesse da CIA por fractais tenha alguma coisa a ver com a interconexão do universo e da humanidade.

– Concordo, mas os *fractais* têm um papel fundamental nos esquemas de criptografia, nas topologias de rede, na visualização de dados e em todo tipo de tecnologia de segurança nacional. Katherine disse que escreveu *extensamente* sobre fractais, então talvez tenha descoberto algo que comprometa um dos investimentos da Q. Vale a pena seguir essa pista.

– É um bom argumento – concordou Faukman. – Vou pesquisar mais sobre isso. Obrigado, de verdade.

– Me avise se encontrar alguma coisa. Tenho que correr.

O TI voltou para o interrogatório, e Faukman voltou para seu computador.

Lá fora agora chovia mais forte.

CAPÍTULO 100

Isto aqui é uma verdadeira farmácia de psicodélicos.

Katherine olhava estupefata para a geladeira, que guardava uma espantosa coleção de drogas potentes. Além de várias substâncias que não reconheceu, viu ampolas de dietilamida, psilocibina e DMT – as substâncias ativas do LSD, dos cogumelos alucinógenos e da ayahuasca. Viu até recipientes de extrato destilado de sálvia e de MDMA, ambos ilegais nessa apresentação.

A presença dessas drogas num laboratório de RV só podia significar uma coisa: *O Limiar está fazendo pessoas terem imersões de realidade virtual de última geração enquanto estão sob efeito de drogas.*

As terapias de dupla estimulação – RV/drogas – eram fortemente restritas e regulamentadas na medicina porque seus resultados ainda eram desconhecidos. Em muitos casos, a combinação era tão potente que alterava a estrutura cerebral de modo rápido e imprevisível. Neurocientistas tinham começado a ver mudanças estruturais surpreendentes no cérebro de jovens que combinavam jogos de computador com o uso de drogas sintéticas.

Uma nova geração de pessoas em busca de emoções fortes hoje em dia usava óculos de RV para flutuar virtualmente pelo espaço enquanto passava horas fumando maconha, andar de montanha-russa virtual enquanto cheirava cocaína, ou ver pornografia e retardar o orgasmo usando drogas que alteram a percepção de passagem do tempo. Autoridades tinham emitido vários alertas avisando que essas experiências eram altamente viciantes, mas sem resultado.

As pessoas não querem saber do perigo que estão correndo.

No ano anterior, Katherine fora vaiada ao explicar para uma plateia de gamers que pesquisas tinham demonstrado que a exposição prolongada a jogos de tiro hiper-realistas não só alterava a sensibilidade do usuário a imagens violentas como *reprogramava* a estrutura cerebral, enfraquecendo os gatilhos normais da empatia.

As vaias ganharam força quando ela citou novos estudos sobre o cérebro mostrando que o consumo voraz de pornografia na internet estava alterando fisicamente a mente dos jovens, basicamente "criando um calo na libido" e tirando a sensibilidade deles para o sexo real. Como resultado, mesmo os jovens só conseguiam se excitar com o auxílio de uma quantidade e variedade estarrecedora de estímulos.

Ao lado de Katherine, Langdon correu os olhos pelas ampolas e recipientes na geladeira.

– Para que servem essas drogas?

– Especificamente eu não tenho certeza, mas algumas dessas substâncias não são brincadeira. São alucinógenos potentes. – Ela olhou em volta com a cabeça a mil. – Se tivesse que dar um palpite, eu diria que esta sala foi construída sob medida com um único objetivo: *reprogramar* um cérebro humano.

– Como é? Reprogramar?

Ela assentiu.

– É o que chamamos de neuroplasticidade. O cérebro *evolui* fisicamente para responder às necessidades que surgem em novos ambientes. Ele cria rotas neurais para processar experiências novas. Tomar drogas como estas aqui, em conjunção com estímulos de RV, criaria uma experiência de uma intensidade avassaladora, exponencialmente mais vívida em comparação com a vida real. Uma experiência desse tipo, se repetida, literalmente começaria a *reprogramar* a rede neural de um cérebro numa velocidade alarmante.

– Reprogramar o cérebro para fazer *o quê*?

Essa é a grande questão, pensou ela.

Katherine sabia que o cérebro de um guru que houvesse passado a vida inteira praticando meditação tinha uma anatomia única: pouco a pouco, os anos de meditação o reprogramariam para alcançar um estado de calma profunda sempre que ele quisesse. Basicamente, a *calma* se tornava o novo normal desse cérebro.

– Robert, acabei de me dar conta de uma coisa: se o Limiar pusesse um participante repetidas vezes num estado fora do corpo induzido artificialmente, estado esse *acentuado* pelo uso de psicodélicos, o cérebro do participante começaria a se reprogramar para fazer esse estado *dissociativo* parecer mais... normal. Em outras palavras, esse processo poderia *sintonizar* uma consciência a se sentir mais à vontade *fora* do corpo.

As palavras de Katherine passaram vários segundos pairando naquele espaço subterrâneo.

– Não local – disse Langdon por fim. – Isso sem dúvida tem a ver com seu livro.

– Com certeza – concordou ela.

Isso sem falar no Stargate.

– Detesto dizer isso, mas Sasha seria uma candidata perfeita para uma reprogramação por RV – prosseguiu Katherine. – Por ser epilética, ela tem um cérebro já parcialmente programado para ter experiências fora do corpo. Usar Sasha como cobaia de um teste seria uma espécie de atalho.

– Sasha não comentou sobre nada do tipo comigo.

– Vai ver ela não se lembra, ou nem sequer tem consciência... – disse Katherine, deixando a frase pela metade e apontando para a geladeira. – Está vendo aquilo ali? É flunitrazepam.

– Esse é o boa-noite Cinderela?

Ela assentiu.

– Essa droga compromete gravemente a função da memória e causa amnésia anterógrada. Ou seja, ela mantém o usuário funcional, mas praticamente impede que ele se lembre de qualquer coisa que tenha acontecido.

Langdon ficou horrorizado.

– Sasha me disse que tem problemas de memória. Ela acha que tem a ver com a *epilepsia*.

– E pode ser que tenha mesmo, mas se estão administrando Rohypnol em Sasha com frequência, ela deve estar com a memória gravemente comprometida. Talvez não tenha nenhuma lembrança de já ter estado aqui.

– E pode ser que isso explique as cadeiras de rodas no trem de levitação magnética. Será que eles a trazem e levam de cadeira de rodas?

– É bem possível. E isso me faz pensar no outro paciente epilético que você mencionou, o tal que Brigita trouxe da mesma instituição. Ela pode até ter dito a Sasha que ele voltou para casa, mas essas drogas aqui são extremamente perigosas. *Qualquer coisa* pode ter acontecido. Ele pode ter enlouquecido ou morrido. Quem sabe? Uma das vantagens de ter um paciente que foi abandonado numa instituição psiquiátrica pública é que ninguém vai sentir falta se ele sumir.

Langdon já estava se encaminhando para a porta.

– Tudo está começando a fazer sentido – falou. – E se a gente estiver certo e encontrar provas de que a CIA vem fazendo experiências com participantes inocentes sem eles saberem...

Vai ser o fim da linha, compreendeu Katherine, imaginando o escopo da indignação pública.

◆ ◆ ◆

De volta ao corredor, Langdon estava ansioso para ir mais fundo nas entranhas do Limiar. O corredor principal fazia uma curva fechada para a direita e tinha dois corredores menores se bifurcando para a esquerda. A instalação estava se revelando um labirinto.

Um sinuoso abrigo nuclear dos tempos da Guerra Fria. Até onde será que ele vai?

Langdon sabia que precisaria prestar muita atenção para conseguirem sair dali depois.

Eles dobraram à direita, mantendo-se no corredor principal. Mais uma vez, quando adentraram o espaço sem iluminação, as luzes do piso se acenderam na hora.

Um pouco à frente, um par de portas duplas fechava o corredor. Langdon se sentiu reconfortado ao notar que as janelas ovais da porta estavam às escuras, concluindo que não havia luzes acesas do outro lado.

Ainda estamos sozinhos aqui embaixo, pelo menos nesta parte.

Quando empurraram as portas duplas eles se depararam com mais escuridão, e novamente luzes se acenderam no piso, revelando outro trecho de corredor. Mas algo ali era diferente: o ar estava alguns graus mais frio e havia um leve odor de carvão no ar, como num museu. *O ar é fortemente filtrado.*

A segunda coisa que Langdon notou foi que o corredor não tinha saída. Havia apenas um nicho à esquerda, mais ou menos na metade do corredor – ao que tudo indicava, um acesso a outra ala com diversas salas.

Langdon se deu conta de que, se eles não encontrassem aquilo de que precisavam *ali*, teriam que começar a se aventurar pelas outras alas. Apesar da sua memória eidética, ele já estava ficando confuso naquele labirinto.

Conforme avançavam, ele tentou imaginar exatamente em que ponto sob o Parque Folimanka se encontravam. Olhou para a parede sólida no fim do corredor e se perguntou se do outro lado era a parte do abrigo aberta ao público, com turistas passeando sem fazer a menor ideia de que estavam ao lado de uma instalação sinistra.

Quando entraram no nicho, eles travaram. À sua frente havia uma enorme porta giratória com vedações de borracha grossa para preservar a qualidade do ar. Parecia uma porta de laboratório qualquer, mas o espaço do outro lado era um breu só.

– PDT – disse Katherine, lendo as três letras gravadas em estêncil na parede acima da porta giratória. – Parece promissor.

– Parece? – perguntou Langdon, sem fazer a menor ideia do que poderia haver ali dentro.

– É a sigla para Pesquisa e Desenvolvimento Técnico – explicou ela, espiando o outro lado do vidro escuro. – Talvez seja *exatamente* o que a gente está procurando.

CAPÍTULO 101

O diretor da CIA, Gregory Judd, pisou fundo no Jeep Grand Cherokee da esposa pela estrada Georgetown Pike em direção à sede da CIA em Langley. Como ainda era muito cedo, seu motorista não estava pronto, e Judd não tinha tempo a perder. Embora não gostasse nada dos métodos de Finch, o dever do diretor da CIA era, acima de tudo, com seu país, e a maioria dos americanos não era capaz de sequer começar a compreender as ameaças que seu país estava enfrentando.

Os Estados Unidos e seus aliados estão sob ataque o tempo todo.

Nos últimos anos, seus inimigos só haviam precisado de ferramentas rudimentares das redes sociais para influenciar a mente e as decisões de milhões e milhões de pessoas. A agência havia identificado influências estrangeiras em eleições, hábitos de consumo, decisões econômicas e tendências políticas. Mas esses ataques não eram nada comparados à tempestade que estava por vir.

Um novo terreno de combate está surgindo, e ele exige novos tipos de armamento.

Russos, chineses e americanos estavam correndo para dominar essa nova arena e vencer a corrida que vinha sendo a principal diretriz de Gregory Judd em seus vinte anos de mandato no alto escalão da agência. Com sua espantosa tecnologia, o Limiar estava prestes a lhe proporcionar uma grande vantagem.

Enquanto acelerava rumo a Langley, ele se perguntou o que Nagel teria mandado para seu e-mail com servidor protegido acreditando ser explosivo o bastante para fazer a CIA de refém.

Um blefe? Improvável. *Um exagero?* Nagel era inteligente demais para isso.

Tudo que Judd conseguia imaginar era que, de alguma forma, ela havia descoberto o que eles estavam fazendo no Limiar. Se fosse isso, Judd teria que fazer tudo que pudesse para garantir seu silêncio. Se Nagel fosse a público com esse tipo de informação confidencial, as consequências seriam explosivas – e globais.

Da noite para o dia, a corrida armamentista paranormal se intensificaria de forma descontrolada.

◆ ◆ ◆

Nas entranhas do Parque Folimanka, O Golěm estava sentado com as costas apoiadas na pesada porta de metal, recuperando o fôlego.

Não posso correr o risco de ter outra convulsão.
Preciso escapar com vida. Preciso soltar Sasha.

À medida que os batimentos cardíacos foram desacelerando, ele se levantou com cautela e segurou o pesado volante fixado à porta. Parou por dez segundos para deixar qualquer vestígio de tontura ir embora. Então, com toda a força, girou o volante várias vezes até ouvir o pesado trinco lá dentro se soltar e empurrou a porta. Um vento gélido vindo do interior escuro passou por ele e ergueu a barra de sua capa enquanto ele abaixava a cabeça e entrava pela abertura hermética. As luzes lá dentro se acenderam, e ele fechou a porta.

Na mesma hora o vento parou.

A caixa-forte na qual ele se encontrava estava gelada, mas ele sabia que aquilo não era ar-condicionado. Era o inverno de Praga entrando. O teto tinha um buraco com mais de 2 metros de diâmetro. O buraco subia por um duto vertical de aço através da terra até uma abertura engenhosamente camuflada no meio do Parque Folimanka.

O Golĕm tinha visto essa abertura muitas vezes.

Todo mundo tinha.

O duto subia uns 3 metros a partir do chão e era encimado por um domo de concreto. Durante décadas, quem passava pelo parque olhava aquilo e achava parecido com um torpedo gigante de concreto brotando da terra.

Os guias turísticos corretamente explicavam que aquele era o duto de ventilação original do hoje desativado Abrigo Nuclear Folimanka, e apesar de muitos abaixo-assinados para retirar a "ponta do torpedo" por ele ser um horrível lembrete da época da Guerra Fria, artistas de rua haviam tido uma ideia bem diferente. Sendo Praga uma cidade de arte de vanguarda, alguns anos antes o duto de concreto fora misteriosamente usado como uma "tela" e se transformado numa homenagem a um dos astros mais amados de Hollywood, um robô cuja forma era convenientemente idêntica à da "ponta do torpedo": o androide R2-D2 de *Star Wars*.

O R2-D2 tinha se tornado uma atração popular do Parque Folimanka, com seu emblemático corpo prateado, azul e branco se agigantando perto de todos que iam até ali posar para fotos. A prefeitura concordara que, do ponto de vista histórico, era adequado deixar a arte de autoria desconhecida ali, uma vez que fora um autor tcheco – Karel Čapek – quem havia cunhado a palavra "robô", numa peça escrita em 1920.

De fora, é claro que ninguém que passasse por ali podia ter a menor ideia de que aquele duto de ventilação desativado havia sido totalmente modificado. Não era mais usado para fazer o ar *entrar*. Pelo contrário: era agora um plano B de emergência, projetado para fazer outra coisa *sair*.

♦ ♦ ♦

O tamborilar monótono da chuva nas janelas de Faukman parecia uma trilha sonora adequada para seu mais novo beco sem saída. Após pesquisar todos os investimentos relacionados a fractais da In-Q-Tel, ele não havia encontrado nada que pudesse ser comprometido pelo que Katherine havia escrito em seu livro.

Telescópios fractais? Componentes de resfriamento fractais? Geometria fractal antidetecção?

Ele balançou a cabeça, frustrado, à medida que a exaustão da noite ia se entranhando. Não tinha como garantir, mas desconfiava que o que quer que tivesse provocado o ataque ao manuscrito de Katherine era muito mais importante do que os fractais.

CAPÍTULO 102

Ao empurrarem a porta giratória e entrarem no espaço de PDT, Langdon e Katherine se viram dentro de uma pequena antecâmara: um cubículo de vidro imaculado, com sapateiras, nichos de armazenagem e uma série de ganchos com macacões brancos limpos pendurados. Além disso, havia dois "chuveiros de ar": boxes fechados com jatos de ar filtrado de alta velocidade para soprar partículas e contaminantes de roupas e pele.

Parece o nártex de uma catedral, concluiu Langdon. *Um recinto para purificar os impuros antes de adentrarem o santuário.*

Nesse caso, o santuário pelo visto consistia no que quer que estivesse do outro lado da parede de vidro logo à sua frente, cuja entrada, em vez de um arco gótico, era uma segunda porta giratória hermética.

Katherine já estava empurrando a segunda porta, e Langdon a seguiu. As lâmpadas halógenas que se acenderam no teto eram as mais fortes que Langdon já tinha visto, seu brilho amplificado pelo que havia no recinto: quase *tudo* naquele espaço imenso era totalmente branco – as paredes, o chão, as mesas, cadeiras, bancadas de trabalho, até as capas plásticas que cobriam todos os equipamentos.

– É uma sala esterilizada – disse Katherine.

Fileiras e mais fileiras de bancadas continham ferramentas perfeitamente organizadas, além de máquinas e aparelhos eletrônicos protegidos por coberturas de plástico. Os sistemas de computação pareciam complexos, mas todos os monitores estavam pretos.

Katherine foi até o centro do recinto enquanto Langdon margeava uma parede lateral, parando para olhar por uma janela para dentro de uma sala adjacente. Do outro lado do vidro, viu uma espécie de laboratório de biologia: microscópios, frascos, placas de Petri, boa parte já desembalada. Encostada na parede do fundo, dentro de um box de vidro com isolamento próprio, estava um equipamento que Langdon nunca tinha visto.

O delicado mecanismo consistia em centenas de pipetas de vidro compridas e penduradas na vertical em uma plataforma perfurada. Cada pipeta parecia ser alimentada por um tubo ultrafino que descia da parte superior da máquina. Aquilo fez Langdon pensar vagamente num sistema de cultivo hidropônico de alta precisão que certa vez tinha visto numa exposição. *Será que eles estão cultivando alguma coisa?*

– Aqui – disse Katherine ao lado de uma engenhoca grande com cerca de 1 metro de altura e o aspecto de uma invenção futurista de Rube Goldberg.

Langdon se aproximou para observar de perto.

– Um aparelho de fotolitografia – acrescentou ela.

Langdon sentiu que seu conhecimento do grego estava a ponto de deixá-lo na mão.

– Quer dizer que esse negócio usa... luz para gravar... em pedra?

– Exato. Contanto que a luz seja um ultravioleta profundo e a pedra seja um wafer de *silício*. – Ela apontou para uma pilha de discos metálicos reluzentes ao lado do aparelho. – Este laboratório tem tudo que é preciso para projetar e fabricar chips de computador.

Chips de computador? Aquilo não parecia ter qualquer ligação com a consciência humana ou com nenhum assunto sobre o qual Katherine pudesse ter escrito no livro.

– Por que eles projetariam *chips de computador* aqui embaixo?

– Meu palpite é que são implantes *cerebrais*.

A ideia deixou Langdon espantado, mas ele logo fez a conexão.

– O neurocirurgião robótico.

– Exato. Acho que me enganei quando chutei que eles estavam extraindo amostras cerebrais. Parece bem claro que o robô é usado para *implantar* chips no cérebro.

Um silêncio desagradável se instalou no recinto iluminado.

– Mas você não disse que implantar chips no cérebro era uma cirurgia *simples*? – indagou Langdon.

— Chips para *epilepsia*, sim, porque são máquinas de choque minúsculas implantadas no crânio. Mas um implante avançado ficaria posicionado mais fundo e, nesse caso, com certeza a cirurgia robótica faria uma grande diferença.

Langdon pensou em Sasha e sentiu um quê de apreensão. Pensou se ela teria um protótipo de chip implantado no cérebro disfarçado de procedimento para tratar sua epilepsia. Ela não devia ter a menor ideia do que havia dentro de sua cabeça – aliás, de que o Limiar sequer existia.

— Se Gessner tiver mentido e o implante que ela pôs em Sasha na verdade for um chip mais avançado, subcraniano... – começou ele.

— ... nesse caso, o implante poderia facilmente fazer o papel do aparelho de neuroestimulação para controlar as convulsões epiléticas de Sasha, mas ao mesmo tempo poderia ter inúmeras outras funções.

— Tenho até medo de perguntar, mas que funções, por exemplo?

Katherine tamborilou com o indicador no aparelho de fotolitografia enquanto pensava.

— Não dá para saber sem analisar o chip – falou. – Mas pelo visto eles estão começando a fabricá-los aqui. Meu palpite é que Sasha e aquele outro paciente do sexo masculino devem ter sido os primeiros, um estudo inicial de validação e prova de conceito antes de pôr a estrutura inteira em pleno funcionamento.

Langdon se sentiu extremamente incomodado com o que estava ouvindo.

— O que quer que eles tenham feito deve ter dado certo, porque o Limiar está obviamente se preparando para uma operação em larga escala – disse Katherine, então olhou em volta e franziu a testa. – Infelizmente, não tem nada de incriminatório aqui. Tudo que isto aqui prova é que a CIA parece estar desenvolvendo algum tipo de implante cerebral, um projeto que não surpreenderia absolutamente ninguém.

Verdade, pensou Langdon. *Implantes cerebrais são o futuro.*

Ele já tinha lido colunas de ciência o bastante para saber que, apesar de invocarem imagens de ciborgues e ficção científica, os chips cerebrais já eram funcionais e surpreendentemente avançados.

Empresas como a Neuralink, de Elon Musk, vinham trabalhando desde 2016 no desenvolvimento da chamada interface H2M: a interface homem-máquina, um aparelho capaz de converter dados obtidos do cérebro num código binário compreensível. Um dos primeiros marcos de Musk fora implantar um chip da Neuralink num macaco e ensinar o animal a jogar o jogo de computador *Pong* usando apenas os impulsos do próprio cérebro para mover a barra.

Quando a Neuralink enfim recebeu o sinal verde do FDA para realizar testes com humanos, a empresa implantou no tetraplégico Noland Arbaugh, então com 30 anos, um dispositivo que, como que por milagre, lhe devolveu algumas habilidades motoras. Infelizmente, semanas depois os filamentos eletrônicos do chip – os sensores metálicos por meio dos quais ele se comunicava com os neurônios do cérebro – tinham se retraído, aparentemente rejeitados pelos neurônios biológicos que deveriam monitorar. Mesmo assim, foi um salto e tanto.

Outros grandes nomes da indústria, como a Synchron, de Bill Gates e Jeff Bezos, e a Blackrock Neurotech, estavam fabricando chips menos invasivos e mais especializados que, segundo eles, alcançariam resultados assombrosos, como por exemplo curar a cegueira, a paralisia, reverter distúrbios neurológicos como o mal de Parkinson e até proporcionar a capacidade de "digitar com a mente".

Embora ainda não tivesse certeza de como essa tecnologia se relacionava com a consciência e com o trabalho de Katherine, Langdon não tinha dúvida de que os chips cerebrais teriam consequências fundamentais do ponto de vista da inteligência nas Forças Armadas: drones pilotados pela mente, comunicação por telepatia em zonas de combate, infinitas aplicações para a análise de dados. Ou seja, fazia total sentido a CIA estar investindo pesado neles.

A interface homem-máquina é o futuro.

Langdon se lembrou do que tinha visto no Centro de Supercomputação de Barcelona, onde softwares de modelagem previam a futura evolução da raça humana: OS HUMANOS VÃO SE FUNDIR COM OUTRA ESPÉCIE EM RÁPIDA EVOLUÇÃO: A TECNOLOGIA.

– Então a pergunta que fica é: em que ponto isso tem a ver com seu manuscrito? – insistiu Langdon, ansioso para encontrar a conexão. – Você escreveu sobre chips?

– Um pouco – respondeu ela, visivelmente frustrada. – Mas nada que pudesse despertar qualquer interesse ou ameaçar este programa de alguma forma.

– Tem certeza?

– Tenho. Minha única menção sobre implantes no cérebro foi no último capítulo, e era mais uma reflexão teórica narrativa sobre o futuro da ciência noética.

O futuro da noética, pensou Langdon, que tinha passado os olhos pelo sumário antes de colocar fogo no manuscrito na biblioteca.

– E os implantes cerebrais são citados nesse capítulo? – insistiu ele, sentindo que eles poderiam estar perto.

– Os implantes *hipotéticos*, sim. Implantes que a gente vai demorar décadas para ter, se é que *algum dia* vai ter.

Certa vez, Langdon ouvira dizer que a tecnologia disponível para a comunidade de inteligência estava *anos* à frente do que era do conhecimento da população.

– Katherine, é possível a CIA estar mais adiantada do que você imagina?

– Possível é, mas não *muito*. O que eu escrevi estava mais para um experimento mental do que para uma tecnologia plausível. Pense no demônio de Maxwell ou no paradoxo dos gêmeos. É claro que não dá para inventar um demônio capaz de identificar moléculas nem projetar gêmeos na velocidade da luz, mas *imaginar* essas coisas serve para ajudar a entender o panorama.

Se você está dizendo, eu acredito, pensou ele.

– Me diga o que você escreveu.

Katherine suspirou.

– Era uma fantasia que tinha a ver com minhas descobertas relacionadas ao GABA. Lembra que a gente falou sobre o cérebro ser uma antena, uma espécie de rádio que recebe sinais de tudo que está à nossa volta, sinais do universo?

Langdon assentiu.

– E lembro também que você explicou que a substância química GABA funciona como um dial de rádio no cérebro, filtrando as frequências indesejadas e limitando a quantidade de informações e de consciência que entra.

– Exatamente. Bem, a hipótese que eu sugeri foi que um dia, num futuro distante, a gente iria entender como fabricar um implante capaz de *regular* os níveis de GABA no cérebro, para, basicamente, enfraquecer nossos filtros quando quiséssemos. Assim, poderíamos ter uma experiência expandida da *realidade*.

– Incrível – disse Langdon. O conceito por si só era empolgante. – E não *dá* para fazer isso?

– Nem de longe! – respondeu ela, balançando a cabeça. – Nem mesmo a ciência noética mais avançada está perto disso. Em primeiro lugar, a gente precisaria estar certo quanto à teoria noética de uma Consciência Universal, do Campo Akáshico, da Anima Mundi ou de como você queira chamar o campo da consciência que teoricamente existe ao redor de todas as coisas.

– E você *acredita* nisso.

– Acredito. A gente ainda não consegue *provar* que esse plano cósmico existe, mas ao que parece ele é visto com regularidade por pessoas em estado alterado de consciência. Infelizmente essas experiências são fugidias, pouco controladas, subjetivas e muitas vezes impossíveis de repetir, e isso as torna suspeitas do ponto de vista científico.

– E alvos fáceis para os céticos.

– É. Não temos nenhum método quantitativo, nenhuma máquina ou tecnologia capaz de receber sinais do plano cósmico. Só o *cérebro* consegue fazer isso. – Ela deu de ombros. – Então eu propus um chip hipotético que pudesse ser acoplado ao cérebro para baixar os níveis de GABA, ampliar a banda e transformá-lo num receptor muito mais *potente*.

Langdon a encarou assombrado. A ideia de Katherine não só era irrefutavelmente brilhante como talvez conseguisse enfim explicar com exatidão *por que* a CIA estava em pânico em relação ao seu manuscrito.

E se Katherine estivesse prestes a publicar um livro que descrevia um chip ultrassecreto que a CIA já estava fabricando?

– Katherine, o Limiar está levando o estudo da consciência à próxima dimensão, e talvez seu livro estivesse a ponto de revelar o elemento central da tecnologia secreta deles.

– Sem chance. Como expliquei, o chip que eu descrevi *não é fabricável*. É interessante do ponto de vista conceitual, mas estritamente hipotético. As barreiras técnicas para a fabricação são intransponíveis. E a meu ver a maior barreira é o fato de que, para regular os níveis sistêmicos de um neurotransmissor, o chip precisaria alcançar uma *integração física total* com a rede neural do cérebro, que tem mais de cem trilhões de sinapses a serem monitoradas.

– Mas o progresso científico está se acele...

– Robert, acredite no que estou dizendo: a integração física completa é inalcançável. Seria a mesma coisa que conectar todas as lâmpadas da face da Terra num só interruptor, multiplicado por um milhão. É genuinamente *impossível*.

– A fissão nuclear também era, mas a ciência sempre arruma um jeito de solucionar os problemas, sobretudo quanto tem um orçamento ilimitado. Se lembra do Projeto Manhattan?

– Tem uma diferença enorme: a tecnologia nuclear já *existia* em 1940. O urânio existia. Os cientistas só fizeram juntar todos os elementos. O chip que eu propus demanda tecnologia e materiais que nem sequer existem no planeta. Antes de podermos sequer *falar* sobre integração com a árvore dendrítica do cérebro, alguém precisa inventar um biofilamento nanoelétrico.

– Um bio o quê?

– Justamente, isso nem *existe*. Eu inventei no meu livro como um jeito de falar sobre uma tecnologia que não é real. Seria um filamento futurista, ultrafino e flexível, feito de um material biocompatível capaz de transmitir tanto impulsos elétricos quando iônicos. Basicamente um *neurônio* artificial.

– E é impossível fabricar um neurônio artificial?

– Não estamos nem perto. Ano passado, dois suecos ganharam as manchetes internacionais ao induzirem uma planta carnívora a abrir e fechar estimulando quimicamente um neurônio. Estamos falando de um único impulso binário, mas que mesmo assim causou abalos sísmicos no mundo inteiro. É esse o estado atual do conhecimento, Robert, e ele está a gerações de distância de um neurônio artificial.

Langdon seguiu em direção à janela do laboratório de biologia que tinha visto minutos antes.

– Em teoria, um neurônio artificial seria *fabricado* ou *cultivado*? – perguntou ele.

Ela passou alguns instantes pensando.

– Um biofilamento nanoelétrico? Bom, seria um filamento biológico, então seria preciso *cultivar*.

Langdon se deteve diante da janela e olhou para a máquina com centenas de pipetas compridas e tubos de vidro.

– Em suspensão líquida, imagino.

– Sim. Microestruturas frágeis são cultivadas sempre em suspensão.

– Então eu acho que você deveria vir aqui – disse ele com um aceno, chamando-a para ir à janela. – Pelo visto o Limiar está cultivando *alguma coisa*, e eu chutaria que não é rúcula.

CAPÍTULO 103

Everett Finch irrompeu pela entrada destruída do Bastião U Božích Muk e percorreu o corredor a toda a velocidade até chegar ao saguão com paredes de vidro. *Cadê todo mundo, caramba?* Furioso por não ver sinal de Housemore nem dos seguranças prometidos pela embaixada, ele sacou seu cartão RFID e seguiu para o elevador.

Os sensores biométricos do cartão de acesso se ativaram sob a ponta de seus dedos enquanto ele atravessava o recinto, mas ele se deteve ao lembrar que não havia hipótese alguma de Housemore – ou de *qualquer um*, aliás – acessar o elevador para descer até o Limiar.

Ela deve estar aqui em cima, a menos que por algum motivo tenha ido embora.

Telefonou uma última vez para a agente.

Assim que a ligação se completou, um celular começou a tocar por perto. *Que esquisito.* O som parecia vir de um sofá encostado na parede do fundo. *Será que Housemore perdeu o celular?* Isso explicaria por que não tinha atendido mais cedo.

Finch se encaminhou a passos largos até o sofá, mas não encontrou o aparelho. Os toques pararam, e ele ligou outra vez. O aparelho começou a tocar de novo. *Será que está debaixo do sofá?*

Finch se agachou para olhar debaixo do móvel estiloso.

Ao encarar o espaço escuro, soube na hora que o Limiar estava sob ataque.

Dois olhos mortos o encaravam de volta – com a expressão sem vida da agente de campo Susan Housemore.

◆ ◆ ◆

Na caixa-forte gelada, O Golěm encarou a poderosa máquina à sua frente. O corpo de metal reluzente do aparelho era um anel bulboso de alumínio brilhante que ocupava a câmara de concreto quase inteira. Com 5 metros de diâmetro e um de altura, a máquina lembrava uma rosquinha de metal gigantesca. O estranho formato – tecnicamente denominado "toroidal", segundo as pesquisas feitas pelo Golěm naquela manhã – pelo visto era o mais eficiente para se enrolar bobinas supercondutoras com o objetivo de criar um campo magnético capaz de armazenar grandes quantidades de energia.

SMES, pensou ele. *Armazenamento de energia magnética por supercondução.* Essa era a fonte secreta de energia do Limiar.

Naquela manhã O Golěm ficara sabendo que, num campo magnético toroidal, a energia fica circulando indefinidamente, sem perdas, e pode ser canalizada conforme a necessidade. O único pré-requisito é manter as bobinas supercondutoras resfriadas.

Extremamente resfriadas.

A temperatura crítica para as bobinas era de pouco abaixo de -260°C, e se elas esquentassem um pouco que fosse perderiam a capacidade supercondutora e começariam a gerar resistência à corrente. Essa resistência causaria um aquecimento rápido das bobinas, o que por sua vez causaria mais resistência, e em segundos o ciclo fugiria ao controle, resultando num acontecimento perigoso chamado *quench*.

Para impedir isso, as bobinas eram continuamente banhadas com o líquido mais frio do planeta. *Hélio líquido.*

Ele olhou para além do SMES, em direção à câmara adjacente onde, trancados dentro de uma gaiola gradeada de mumetal, havia doze tanques de hélio feitos de aço inoxidável austenítico. Cada tanque da Cryofab tinha 1.900 litros e a mesma altura do Golěm, além de ser equipado com uma baioneta criogênica e com tubulações isoladas a vácuo que transportavam o líquido frio até a SMES para manter os supercondutores resfriados.

Segundo a maioria das métricas, o hélio líquido era inofensivo: não explodia, não era inflamável nem venenoso. Sua única característica perigosa era ter o ponto de ebulição mais baixo de qualquer substância conhecida pelo homem: frígidos -270ºC. Isso significava que, caso deixassem o hélio "esquentar" acima de -270ºC – temperatura já próxima do zero absoluto –, na mesma hora ele ferveria e se transformaria em gás.

O gás em si também era inofensivo, mas o perigo estava na *física* do processo de conversão. A conversão do hélio líquido em gás era extremamente rápida e violenta, e na verdade era esse o motivo que levara o Limiar a cooptar o duto de ventilação R2-D2 no Parque Folimanka.

Quando o hélio líquido se convertia em gás, seu volume se multiplicava numa estarrecedora proporção de 1 para 750. Isso significava que, caso liberado, o hélio líquido naquela caixa-forte se converteria rapidamente numa quantidade de gás suficiente para encher *sete* piscinas olímpicas.

Num espaço sem ventilação, esse novo volume não teria para onde ir, e o aumento de pressão ocorreria tão depressa que criaria uma "bomba de pressão": uma força centrífuga violenta e quase instantânea que se expandiria em todas as direções. Na tentativa desesperada de abrir espaço para si, o gás destruiria o que o estivesse contendo, resultando numa onda de choque bem parecida com a de uma arma nuclear tática, acabando com tudo em seu raio de alcance.

Para mitigar o risco, todas as instalações que usavam hélio líquido, inclusive os hospitais que trabalhavam com aparelhos de ressonância magnética, tinham a obrigação de instalar um "duto de exaustão de emergência" que atravessasse o telhado do edifício, garantindo que, em caso de vazamento involuntário de hélio, o gás em rápida expansão tivesse uma rota *alternativa* segura para escapar, em vez de explodir o prédio. O duto de exaustão de emergência do Limiar era imenso, mas a quantidade de hélio líquido armazenada ali embaixo também.

O Golěm olhou para os doze cilindros da Cryofab atrás do SMES. *Mais de 20 mil litros de hélio*, pelas suas contas. O potencial de expansão era quase incalculável.

Ele havia descoberto na internet que explosões catastróficas com hélio líquido eram bastante comuns, entre elas a do foguete *Falcon 9* da SpaceX, a do Grande Colisor de Hádrons do CERN e até a de uma clínica veterinária em Nova Jersey cujo aparelho de ressonância magnética acabou explodindo devido a um pequeno vazamento.

O Golěm sabia que, se *aquele* SMES sofresse um *quench* inesperado, o hélio líquido armazenado no sistema ferveria na hora e subiria pelo duto numa torrente de gás em expansão, disparando em direção ao céu de Praga num gêiser gelado.

E muito provavelmente decapitaria o R2-D2.

O hélio líquido armazenado na máquina de SMES representava uma parcela muito pequena do volume total contido nos tanques. O Golĕm não conseguia sequer imaginar o que aconteceria se *todo* o hélio daquela estrutura fosse liberado ao mesmo tempo e num instante se convertesse de líquido em gás.

Um evento assim nunca tinha ocorrido. Jamais. Em lugar nenhum.

Havia mecanismos de proteção demais.

Os tanques de hélio eram extremamente robustos e tinham vários mecanismos de segurança. Construídos como gigantescas garrafas térmicas, sua estrutura de parede dupla usava o vácuo puro, isolante mais eficiente da natureza, para garantir que o líquido lá dentro permanecesse frio o bastante para nunca se converter em gás. Como segurança adicional, cada tanque armazenava seu líquido sob uma pressão extremamente alta. Isso aumentava o ponto de ebulição do hélio, proporcionando uma margem de erro maior antes de ele alcançar uma temperatura crítica.

O último mecanismo de segurança era um "disco de ruptura": um disco de cobre diminuto embutido no casco do tanque. Construído de modo a ser um ponto fraco intencional, ele era calibrado para se romper caso a pressão interna aumentasse demais, evitando uma explosão cataclísmica do tanque.

Embora os discos de ruptura fossem feitos para explodir para *fora*, eles também se rompiam para *dentro* se a pressão externa sobre o cilindro ficasse grande demais. Isso nunca acontecia, claro, porque ninguém jamais tinha sido descuidado a ponto de armazenar hélio líquido num ambiente hermético.

Considerando esses três mecanismos de segurança, a chance de vários tanques apresentarem defeito ao mesmo tempo tinha uma probabilidade estatística de zero.

Simplesmente não tinha como acontecer.

Não sem ajuda.

Pensando nos horrores infligidos a Sasha pelo Limiar, O Golĕm deu uma última olhada na máquina de SMES, que zumbia baixinho, e saboreou a ironia. Aquela máquina, que era a fonte secreta de energia do Limiar, estava prestes a causar a destruição da instalação inteira.

CAPÍTULO 104

Após entrar no laboratório de biologia com Langdon, Katherine começou a analisar cuidadosamente a sofisticada máquina à sua frente.

Neurônios artificiais não existem. Não ainda.

Fora sempre nisso que ela acreditara, mas agora não tinha mais tanta certeza. Embora a máquina de fato parecesse uma complexa incubadora por hidroponia, a olho nu ela não tinha como saber o que havia nas ampolas de líquido.

É impossível, não?

Boa parte da tese de doutorado de Katherine tinha sido sobre neuroquímica, o estudo dos mecanismos químicos específicos de funcionamento da rede neural do cérebro. O conceito de neurônios artificiais fora proposto originalmente em 1943 pelos cientistas americanos Warren McCulloch e Walter Pitts, mas a *concretização* desse conceito sempre havia parecido um sonho distante. Os biólogos costumavam brincar dizendo que *os seres humanos vão habitar Marte muito antes de conseguirmos fabricar um neurônio artificial.*

– Dê uma olhada naqueles manuais ali – disse ela, apontando para a estante do outro lado da sala. – Veja se acha alguma coisa sobre a incubadora ou sobre o que estão cultivando aqui. Eu vou olhar as gavetas.

Enquanto Langdon ia até a estante, Katherine começou a vasculhar uma série de gavetas embutidas na reluzente bancada de trabalho do recinto. A maioria dos laboratórios meticulosos, entre eles o Instituto de Ciências Noéticas, criava um "livro de protocolo" para cada projeto: um material físico com orientações de procedimentos para garantir a consistência e a reprodutibilidade dos resultados. Era isso que ela estava torcendo para encontrar, mas não achou nada de interessante nas gavetas.

Mas, quando descobriu uma "gaveta rasa" escondida sob o tampo da mesa, Katherine teve certeza de que tinha encontrado algo promissor, incluindo um fichário preto pesado de três argolas. Embora fosse grosso demais para ser o livro de protocolo, ela sentiu um arrepio ao ler as palavras na capa.

ULTRASSECRETO
PROPRIEDADE DA AGÊNCIA CENTRAL DE INTELIGÊNCIA

Na mesma hora levou o fichário até a bancada e o abriu.

Por favor, nos revele alguma coisa.

Ao folhear por alto as primeiras páginas, espantou-se ao saber que os autores do fichário vinham do prestigioso Laboratório de Eletrônica Orgânica (LEO) da Suécia. *A CIA recrutou no LEO?* Na busca para fabricar neurônios artificiais, o LEO era um dos principais *think tanks* do mundo. Minutos antes, Katherine tinha falado sobre a descoberta deles com a planta carnívora!

Hipnotizada, ela foi percorrendo as várias seções do fichário e lendo os cabeçalhos. Viu vários tópicos conhecidos, até que seus olhos recaíram sobre um que a fizeram travar na hora.

MODULAÇÃO POR POLÍMEROS CONDUTORES COMPOSTOS ÍON-ELÉTRON

Modulação? Ela começou a passar os olhos pela seção. *Eles solucionaram a questão da modulação?*

Um dos maiores obstáculos na busca para fabricar um neurônio artificial era imitar a "modulação do canal iônico": a capacidade singular que um neurônio tem de ativar e desativar os canais de íons de sódio. No entanto, a julgar por aquele cabeçalho, a modulação do canal de íons agora era possível.

Mas... como?

Com o coração aos pulos, Katherine começou a ler a solução do Limiar para o problema. Tudo parecia fazer total sentido, era quase perfeito demais, e, quanto mais ela lia, mais difícil foi ficando respirar.

Não, não, não pode ser!

◆ ◆ ◆

– Katherine? – repetiu Langdon, que tinha se aproximado dela perto da bancada após ouvi-la arquejar segundos antes. – Tudo bem com você?

Mas ela não respondeu, mantendo os olhos no fichário enquanto passava as páginas uma depois da outra e murmurava consigo mesma.

Langdon espiou por cima do ombro dela para tentar ver o que a deixara tão abalada, mas o cabeçalho da página não significava nada para ele. *Modulação por polímeros condutores compostos íon-elétron?*

À medida que os segundos foram passando, Langdon percebeu que Katherine havia entrado num leve estado de choque e por fim encostou a mão no braço dela.

– O que foi?

Ela se virou abruptamente para ele com uma expressão de raiva nos olhos.

– "O que foi"? – repetiu ela. – O Limiar está usando BBL sintético como transístor eletroquímico orgânico! Eles moldam num filme bem fino e o dissolvem em metanossulfoni...

– Calma... o quê?

– BBL! Eles estão usando isso nos *neurônios artificiais*! Essa ideia foi *minha*, Robert!

– Antes de mais nada, o que é BBL?

– Benzimidazobenzofenantrolina. Um polímero altamente condutor que tem uma resistência única e também é elástico.

– Certo, e...

– E eles estão usando *policondensação* para sintetizar BBL, uma sugestão que foi *minha*. O resultado é uma substância que é forte condutora de elétrons, bem parecida com um *neurônio*. – Ela virou uma folha do fichário. – Veja! Os protocolos químicos deste fichário são *exatamente* os mesmos que eu descrevo no meu manuscrito! Até os mínimos detalhes! Eu sugeri modificar a condutividade acrescentando 3 milimolares de glutamina à solução de eletrólitos, e é exatamente isso que eles estão fazendo!

Langdon não estava conseguindo acompanhar grande parte daquilo, mas estava claro que Katherine pensava ter identificado um ponto de interseção entre seu livro e o projeto do Limiar. *Foi isso que a gente veio buscar aqui.*

– Katherine – falou ele baixinho –, será que você tem como respirar fundo e me explicar, em termos simples, o que está acontecendo?

Ela assentiu, soltando o ar.

– Desculpe, posso sim – falou, também baixando a voz. – Em termos bem simples, meu livro teorizava sobre como esta tecnologia aqui poderia vir a ser *produzida* um dia. Eu propunha especificamente tecer a substância sintética para formar uma "malha" neural que pudesse ser vestida por cima do cérebro feito um gorro, uma capa de neurônios que ficasse em contato direto com o cérebro. – Ela suspirou. – E, por incrível que pareça, é *exatamente* isso que eles estão fazendo aqui. Não consigo acreditar.

– Quer dizer que você escreveu com todas as letras sobre neurônios artificiais?

– Escrevi. Quando eu propus um chip cerebral hipotético para regular o GABA, sabia que esse chip não podia ser fabricado sem neurônios artificiais, então incluí meu palpite sobre como os neurônios um dia poderiam ser fabricados num futuro distante.

Futuro esse que, pelo visto, chegou, percebeu Langdon, olhando para o fichário.

– E você acha que o Limiar de fato fabricou o chip de GABA que você propôs?

– Não, não – disse ela, balançando a cabeça. – Não faço *ideia* de que chip eles fabricaram, mas tenho quase certeza de que não deve ter sido o que eu propus. Se eles têm neurônios artificiais, o céu é o limite: vão poder fabricar literalmente *qualquer coisa* com que sonharem. Os neurônios artificiais são *o grande* salto crítico necessário para a plena integração entre homem e máquina. Robert, você precisa entender... – Ela o encarou. – Essa tecnologia de neurônios é a chave para o futuro. Ela muda tudo.

Langdon não tinha a menor dúvida de que ela estava certa; tinha lido mais de uma vez que, segundo várias previsões de futuristas, a descoberta de um neurônio artificial inauguraria uma espantosa nova era de comunicação direta entre cérebros, de aumento de memória, de aprendizado acelerado e até da capacidade de gravar os sonhos à noite e reproduzi-los pela manhã.

Mas, para ele, o mais perturbador de tudo era a previsão alardeada como "a rede social suprema": humanos fazendo gravações de todas as sensações das próprias experiências e compartilhando os próprios "canais" pessoais com outras mentes. Basicamente, as pessoas seriam capazes de reviver as imagens, os sons, os cheiros e os sentimentos da experiência de *outro indivíduo*. É claro que não levaria muito tempo para o mercado clandestino começar a oferecer lembranças particularmente chocantes, pornográficas ou violentas. O filme cyberpunk dos anos 1990 intitulado *Estranhos prazeres* tinha se aventurado nesse mundo sombrio, aparentemente prevendo o que iria acontecer.

Embora Langdon reconhecesse que aquilo poderia ser um divisor de águas na história da ciência, o impacto colossal da descoberta não era o que mais o preocupava. Ele estava mais focado nas consequências do incrível azar de Katherine.

Ela propôs uma ideia incrivelmente brilhante no livro e acabou descobrindo que a CIA já a desenvolvia em segredo.

Embora a coincidência fosse espantosa, Langdon sabia que o clichê "grandes mentes pensam parecido" tinha sido comprovado inúmeras vezes ao longo da história: Isaac Newton e Gottfried Leibniz inventaram o cálculo de forma independente; Charles Darwin e Alfred Wallace imaginaram simultaneamente a evolução; Alexander Graham Bell e Elisha Gray inventaram um aparelho telefônico e registraram patentes distintas com poucas horas de diferença. Agora, pelo visto, Katherine Solomon e a CIA tinham, ambas, descoberto como fabricar neurônios artificiais.

– Agora tudo faz sentido – murmurou Katherine consigo mesma, o olhar perdido. – Não é de espantar eles terem me escolhido como alvo...

– Que falta de sorte incrível essa coincidência – comentou Langdon, solidário. – Pelo menos agora a gente enten...

– Coincidência *coisa nenhuma*, Robert! – exclamou Katherine, com uma expressão de raiva nos olhos. – A CIA *roubou* minha ideia!

Roubou? A acusação não fazia sentido para ele; é claro que a CIA já estava desenvolvendo neurônios artificiais muito antes de Katherine começar a escrever seu livro.

– Eles roubaram meu projeto! – repetiu ela. – *Todo ele!*

Desde que havia conhecido Katherine Solomon, Langdon nunca a vira fazer sequer uma afirmação irracional, que dirá ter um rompante paranoico.

– Não estou entendendo – falou ele, abrindo um sorriso tranquilizador. – Você está escrevendo o livro há um ano, e o Limiar com certeza tem mais tempo que isso...

– Acho que não fui clara – interrompeu Katherine, com um olhar feroz que ele nunca tinha visto. – O *meu* manuscrito continha uma parte sobre neurônios artificiais, que explicava os detalhes dessa fórmula exata. Mas nessa parte eu estava falando sobre minha paixão e meu trabalho quando era uma jovem aluna do *doutorado* e já sonhava com o futuro da noética. Eu inventava tecnologias hipotéticas que os futuros cientistas poderiam um dia usar para aprofundar nosso conhecimento da consciência humana.

De repente Langdon se deu conta do que ela estava tentando dizer.

– Meu Deus... *o quê?*

Ela assentiu.

– É! Robert, a primeira vez que eu propus, e *documentei*, esse exato projeto de neurônios artificiais foi na minha tese de doutorado... 23 anos atrás.

CAPÍTULO 105

Pela expressão atordoada de Langdon, Katherine notou que ele estava com dificuldade para compreender a logística do que ela acabara de dizer.

– Esta é *exatamente a minha ideia* sobre neurônios artificiais – disse ela, batendo o dedo no fichário. – De 23 anos atrás. Não há como eu estar enganada.

– Quer dizer que a sua tese de doutorado foi sobre neurônios artificiais?

– Não diretamente. Eu fazia neurociência, e o título da tese era *A química da consciência*. Na prática, era um texto nerd sobre neurotransmissores e consciência. Só que no final, assim como no livro, eu escrevi uma parte sobre o *futuro* da pesquisa sobre a consciência. Fantasiei sobre várias grandes descobertas, entre elas o avanço mais significativo que poderia ocorrer na minha área: a criação de neurônios artificias, uma tecnologia que enfim tornaria possível uma verdadeira interface homem-máquina, permitindo aos cientistas monitorar a consciência do cérebro de novas maneiras e finalmente *ver* como tudo funciona.

– E você tem certeza? Não pode ser uma coincidência em relação ao trabalho da CIA?

– Robert, os neurônios deste fichário são *idênticos* aos que eu propus na minha tese, inclusive na nomenclatura! A descrição literalmente faz referência a "biofilamentos nanoelétricos" e a "fusão organotécnica bilateral". Fui eu que *inventei* esses termos.

Langdon agora parecia convencido.

– Uau! Para começo de conversa, isso significa que *você*, Katherine Solomon, descobriu como fabricar neurônios artificiais quando ainda era doutoranda?

– Eu era uma *menina* com uma imaginação hiperativa. Essa ideia era uma fantasia. Não esqueça que 23 anos atrás os neurônios artificiais eram coisa de ficção científica!

– Assim como a engenharia genética, os carros com piloto automático e a inteligência artificial – rebateu ele. – Mas cá estamos. Graças à Lei de Moore.

É verdade, pensou ela. *O futuro chega mais depressa a cada dia.*

– Vinte anos atrás, as pessoas da área imaginavam que os neurônios artificiais seriam fabricados com *silício*, o que fazia sentido, levando em conta que os neurônios são basicamente interruptores do tipo liga/desliga, como os de um chip de computador. Mas eu discordava, e na minha tese argumentei que, como o objetivo final dos neurônios artificiais seria *se integrar* ao cérebro, qualquer solução real precisaria ser *biológica*. Então dei asas à imaginação e pus no papel, com riqueza de detalhes, como achava que um neurônio desses poderia ser criado um dia.

– Um excelente palpite, eu diria – comentou Langdon, ainda admirado. – A CIA deve estar trabalhando no desenvolvimento disso há décadas, e finalmente conseguiu. A questão de propriedade ou de crédito é outra história.

– Só me pergunto como eles *ouviram falar* da minha ideia ou como conseguiram chegar a ela.

Langdon deu de ombros.

– Bom, eles são a *maior* operação de coleta de informações do planeta.

– Pensando bem... – disse Katherine, as lembranças fluindo. – Acabei de pensar numa coisa.

Ela hesitou, perdida em pensamentos.

– Me conte no caminho – disse Langdon, pegando o fichário e seguindo em direção à porta. – A gente precisa sair daqui e entregar isto à embaixadora. Vamos torcer para ser suficiente.

Katherine pôs a bolsa no ombro e seguiu Langdon pelo laboratório, agora com o pensamento a mil.

– Aconteceu uma coisa esquisita com a minha tese. Eu nunca entendi de fato, e faz décadas que não penso nisso, mas talvez explique alguma coisa.

– O que houve? – perguntou Langdon, enquanto eles atravessavam às pressas o laboratório iluminado em direção à porta giratória.

– Meu orientador no doutorado em Princeton era o A. J. Cosgrove, uma lenda da química que me escolheu como discípula – recordou ela. – Ele adorou minha tese e disse que ela podia me valer um Blavatnik, um prêmio nacional para pesquisa científica. Bom, eu perdi, e por mim tudo bem, mas por algum motivo Cosgrove ficou uma fera e acabou tendo uma rusga com o presidente do comitê da premiação, um professor bambambã de Stanford. Quando a poeira enfim baixou, Cosgrove me disse que eu merecia o prêmio e que não tinha ganhado por "motivos não relacionados a mérito". Eu concluí que era devido a alguma politicagem acadêmica, mas disse que não tinha importância, porque tinha decidido seguir pelo campo da noética. Aí ele fez uma coisa estranha: sugeriu fortemente que, antes de abandonar *por completo* a neurociência, eu... – Katherine travou diante da porta. – Ah, *não*.

Langdon se virou.

– O que foi?

Katherine fechou os olhos, incrédula, e pousou a bolsa numa mesa de trabalho. No meio de todo o caos do dia, aquilo só tinha lhe ocorrido naquele instante.

– Robert – sussurrou ela, abrindo os olhos e passando a mão pelo volumoso cabelo escuro. – Tem um motivo *maior ainda* para a CIA precisar que meu livro suma para sempre.

◆ ◆ ◆

Empunhando a pistola SIG Sauer que pegara da agente Housemore, e conhecendo tão bem toda a instalação, Finch desceu do transporte do Limiar e atravessou às pressas a plataforma e o posto de controle de segurança vazio. Após encontrar o corpo da agente no lobby, tinha corrido até a sala de Gessner, onde seus maiores medos se confirmaram com uma clareza brutal.

Brigita foi assassinada.

Na mesma hora ele havia entrado em contato com a agência para pedir reforço, mas, com sua agente de campo local morta, sabia que o apoio demoraria a chegar. A situação estava ficando cada vez mais preocupante e delicada, e a prudência exigia que ele lidasse com a crise o quanto antes. Finch era um atirador de elite, totalmente capaz de neutralizar qualquer um que encontrasse.

Ao adentrar o corredor de OPERAÇÕES, ficou aliviado ao ver que todas as luzes da área se encontravam apagadas. Por outro lado, ele havia participado ativamente do projeto da estrutura subterrânea e sabia que as luzes se apagavam de forma automática a cada dez minutos. Assim, não havia garantia alguma de que estivesse sozinho.

Ainda não conseguia conceber que Housemore e Gessner tivessem sido mortas. E o mais perturbador de tudo era a improvável identidade do assassino. Ao puxar o corpo de Housemore de trás do sofá, ele tomara um susto ao encontrar um bastão de metal para epilepsia largado no carpete. Alguém obviamente o deixara cair, e só dois pacientes epilépticos já haviam estado no Bastião U Božích Muk: Sasha Vesna e Dmitri Sysevich, ambos tirados da mesma instituição.

E me garantiram que Dmitri não está mais entre nós.

Pensar que Sasha tivesse matado alguém era quase inimaginável. Gessner sempre a descrevera como uma jovem tímida e gentil. Mas, pensando bem, tudo indicava que Sasha havia atacado um agente da ÚZSI horas antes, o que levava a crer que havia algo muito fora do normal com ela. Seu cérebro fora submetido a uma fortíssima pressão, e não era impossível ela ter sofrido alguma espécie de colapso mental.

Será que Sasha matou Gessner? A hipótese parecia impensável, mas, se Sasha tivesse descoberto o que Gessner havia feito com ela, seria uma motivação poderosa. Ainda assim, Finch duvidava que Sasha fosse capaz de tudo aquilo, ao menos não sozinha.

Finch dobrou uma curva fechada para a direita, entrou na ala médica e ficou aliviado ao encontrar a parte cirúrgica às escuras. Quando as luzes se acenderam, tudo pareceu estar em ordem. Deu uma olhada no cirurgião robótico pendurado no teto. Até então, Gessner só havia usado aquela tecnologia para realizar duas cirurgias em humanos: uma bem-sucedida, a outra um desastre.

Finch não estava com disposição alguma para surpresas e pretendia fazer uma varredura completa nas instalações, a começar pela ala médica, para garantir que ninguém tinha se enfiado debaixo de uma cama ou dentro de um armário e ficado escondido tempo suficiente para os sensores de presença apagarem as luzes.

Se alguém tivesse entrado no Limiar, Finch não deixaria escapar.

Qualquer um que tivesse visto aquele lugar não seria autorizado a sair com vida.

◆ ◆ ◆

Na caixa-forte onde estava o SMES, O Golěm ergueu a cabeça e olhou para o duto de ventilação. Viu os pequenos pontos de luz que atravessavam as perfurações na cabeça do R2-D2 lá em cima, na altura da superfície do Parque Folimanka.

Por motivos óbvios, dutos como aquele ficavam *sempre* abertos, para proporcionar ventilação em caso de emergência. Só eram lacrados para testar a pressão da caixa-forte em busca de vazamentos, e, mesmo assim, somente em circunstâncias muito específicas – a saber, a total ausência de hélio líquido no ar.

Hoje vai haver uma ligeira mudança de protocolo.

Reunindo forças, O Golěm subiu no anel de metal, que zumbia ininterruptamente. A parte superior da estrutura era arredondada e perigosa, mas as botas dele tinham boa tração. Sentiu a leve vibração da máquina ao erguer a mão em direção ao teto e se equilibrar segurando uma manivela que acionava uma série de polias que moviam uma placa de metal grossa presa ao teto.

A tampa de teste.

Um painel quadrado de aço estava preso a um trilho cujas linhas corriam de ambos os lados da abertura do duto. Parecido com uma gigantesca tampa de bueiro, o painel era movimentado por meio de uma manivela e apertado com parafusos borboleta, lacrando a abertura e vedando hermeticamente o recinto.

A tampa de aço tinha as seguintes palavras em estêncil vermelho-vivo:

NEBEZPEČÍ! NEZAVÍRAT!
PERIGO! NÃO FECHAR!

Ignorando o alerta, O Golěm começou a girar a manivela.

Em um minuto, a caixa-forte estaria hermeticamente fechada.

CAPÍTULO **106**

Um motivo ainda maior? Langdon não conseguia imaginar que motivação a mais a CIA poderia ter para destruir o manuscrito de Katherine. *O livro dela revela uma nova tecnologia ultrassecreta da CIA. Não é preciso mais nada.*

Katherine tinha estacado e se virado para ele; à forte luz das lâmpadas halógenas, seu rosto denotava uma forte preocupação.

– Acho que o professor Cosgrove sabia que havia algo errado – falou ela. – Depois de bater boca com o cara de Stanford, ele me passou uma última tarefa antes de eu trocar a neurociência pela noética. Um pedido fora do comum.

– O que ele quis que você fizesse?

– Ele insistiu que parte da formação de qualquer futuro cientista era passar pelo processo de solicitar um registro de patente. Disse que tinha adorado minha abordagem criativa sobre os neurônios artificiais e que, mesmo que a patente não fosse concedida, o simples processo de solicitar uma iria...

– Espere aí – interrompeu Langdon. – Você está dizendo que registrou uma *patente* desses neurônios artificiais?

– Como *exercício acadêmico* – explicou ela, assentindo. – Cosgrove me avisou que minha solicitação seria negada por "falta de utilidade", pois não era *factível*. Mesmo assim, me incentivou a pensar e descrever tudo do ponto de vista mais técnico possível, a imaginar ferramentas, tecnologias e materiais que ainda não existiam, e a passar pelo processo de solicitar a patente. Então foi isso que eu fiz! Preenchi uma solicitação de catorze páginas da melhor maneira possível e despachei pelo correio. Minha patente foi negada, como eu imaginava que seria, e eu nunca mais pensei no assunto.

Até agora, percebeu Langdon, incrédulo. *Ela está cara a cara com a própria invenção.*

– Olhando para trás, agora me ocorre que o professor Cosgrove talvez estivesse tentando me *proteger* quando me sugeriu solicitar a patente – disse Katherine. Ela fez uma pausa, e sua voz embargou. – Como se ele soubesse o *real* motivo de a minha tese ter sido negada.

– Foi porque a CIA estava se apropriando secretamente da sua tecnologia?

– Sim, roubando.

– Mas como Cosgrove podia saber que a CIA estava fazendo isso?

– Não faço ideia, mas meu instinto me diz que ele *sabia* – disse Katherine. –

Anos depois, descobri que eu tinha sido o único orientando que Cosgrove havia pressionado a tentar registrar uma patente.

– Que estranho.

– Pois é, e Cosgrove insistiu bastante. Me lembro de ele ter dito: "Não *diga* nada a ninguém, Katherine. Só vá lá e *faça*." Ele já morreu faz tempo, senão eu ligaria para ele.

– Você ainda tem uma cópia da solicitação? – indagou Langdon, supondo que seria um perigo ter essa documentação por perto.

– Eu com certeza tinha, mas todas as cópias desapareceram misteriosamente dos meus arquivos em algum momento. Sempre imaginei que tivessem se perdido na confusão das mudanças, mas agora...

A CIA deve ter roubado essas cópias também. Langdon estremeceu ao pensar que a agência havia passado tanto tempo vigiando Katherine, mas aquilo explicava muita coisa.

– Mas tem um detalhe – continuou Katherine. – Na época, quando recebi a negativa do escritório de patentes, eu tive que rir: catorze páginas dos meus esforços científicos mais intensos, todas com um carimbo vermelho-vivo de NEGADO. Mostrei para o professor Cosgrove, e ele não pareceu achar tanta graça quanto eu, mas pediu que eu lhe desse uma cópia, para "quando ficasse famosa". E é claro que eu concordei.

– Então *Cosgrove* tem uma cópia?

– Tem – respondeu ela, num tom subitamente emocionado. – Quando Cosgrove morreu, uns dez anos atrás, a irmã dele apareceu na porta da minha casa com um envelope pardo lacrado e disse que uma das últimas vontades dele era que aquele envelope fosse entregue a mim. – A voz de Katherine falhou. – E, claro, o envelope continha meu pedido rejeitado de patente. Estava desbotado, mas intacto.

Incrível. Langdon estava convencido de que o antigo professor de Katherine sabia que havia algo suspeito no modo como sua tese de doutorado e seu pedido de patente tinham sido recebidos. A questão de *como* Cosgrove sabia ainda era uma incógnita, mas ele obviamente havia tomado providências para garantir que Katherine tivesse provas.

Meios de exercer pressão, pensou Langdon. É disso que estamos falando.

– Onde essa cópia está agora? – perguntou ele, de repente temendo que a CIA a tivesse pegado também.

– Até onde sei, na minha mesa de trabalho, em casa.

– A gente precisa ir – disse Langdon, com um gesto na direção da porta. – Se a CIA descobrir...

– Tem mais uma coisa que você precisa saber. – Katherine trocou o pé de apoio meio sem jeito e o encarou. – Quando eu estava escrevendo o capítulo final do livro, sobre o futuro da noética, falei do meu sonho juvenil e crédulo de fabricar neurônios artificiais. Por impulso, decidi incluir no livro uma cópia do meu pedido recusado de patente, com imagens de todas as catorze páginas com o carimbo NEGADO, porque imaginei que meu fracasso inicial poderia servir de inspiração para outros jovens cientistas que lessem meu livro e estivessem encarando rejeições no começo da trajetória.

Langdon ficou sem palavras. *A peça que faltava no quebra-cabeça.*

O pedido de patente de Katherine teria sido publicado, e o mundo inteiro teria conhecimento dele. Não era preciso nenhum outro motivo para a CIA tomar medidas desesperadas contra ela.

O Limiar é o Projeto Manhattan do futuro da neurociência, e Katherine estava a ponto de publicar os desenhos de sua bomba atômica.

Langdon podia apenas imaginar o pesadelo jurídico para a CIA caso um grupo ativista, como a Federação de Cientistas Americanos, descobrisse que o pedido de patente de uma famosa cientista noética tinha sido negado e depois roubado pela agência, sem que a requerente soubesse ou fosse remunerada.

Seria o sonho de qualquer jornalista investigativo.

O livro ofereceria uma visão ousada sobre uma tecnologia inovadora, a peça que faltava na corrida global para se alcançar uma verdadeira interface homem-máquina. No momento, só a CIA detinha essa tecnologia, mas, se Katherine publicasse seu livro, tudo podia acontecer.

Fosse qual fosse o objetivo específico dos implantes da CIA, claramente o Limiar tinha potencial para conferir à agência uma vantagem tecnológica secreta e sem paralelo.

Mas não é só isso, entendeu Langdon. *O Limiar é uma possível mina de ouro.*

Se a CIA decidisse pôr sua tecnologia exclusiva no mercado, a Q se tornaria o mais rico fundo de investimento do planeta, capaz de financiar qualquer operação da agência. Fosse como fosse, o sigilo era um elemento crucial.

– Aliás – disse Katherine –, isso explica por que Brigita ficou se gabando das próprias *patentes* ontem à noite. Ela tocou no assunto porque estava numa missão de reconhecimento. Lembra que ela me perguntou se eu tinha alguma patente ou se algum dia tinha *solicitado* uma patente?

Langdon se lembrava muito bem.

– E você respondeu que não!

– Eu não queria entrar nesse assunto, só isso. E já faz muito tempo.

– Não é de espantar que Finch tenha entrado em pânico ontem à noite – disse

Langdon. – Gessner deve ter dito a ele que você não só se recusou a assinar o termo de confidencialidade como se negou a dar uma cópia de leitura do seu livro, *e* também deve ter relatado que você mentiu descaradamente sobre nunca ter solicitado uma patente! Com base nisso, Finch deve ter desconfiado que você estava se preparando para publicar uma denúncia explosiva e tentando ganhar dinheiro em cima da descoberta.

– Bom, *agora* a gente vai poder publicar – afirmou Katherine, apontando para o fichário ultrassecreto que Langdon estava segurando. – Junto com o PALM de um cérebro implantado. Uma prova bem conclusiva.

– O que é PALM?

– Microscopia de localização fotoativada, uma técnica de obtenção de imagens do cérebro. O Limiar codificou geneticamente os neurônios artificiais com proteínas fosforescentes para poder *ver* esses neurônios e acompanhar o crescimento deles. Uma ideia inteligente *da agência*, não minha.

– Espere aí, tem *imagens* neste fichário? Você não me...

– É porque você o pegou depressa demais das minhas mãos – disse ela, estendendo as mãos para receber o fichário. – Vou mostrar.

Langdon devolveu ansiosamente o fichário a Katherine. Apesar dos indícios de que a CIA havia roubado a ideia dela e estava fabricando neurônios artificiais, Langdon não tinha visto nenhuma *prova* real de que o Limiar estava praticando testes em humanos. *Vai ver essa é a prova.*

– Olha aqui uma boa – disse Katherine, pousando o fichário aberto na bancada à sua frente.

Ao ver a imagem, Langdon se sentiu nauseado e ao mesmo tempo seguro do que aquilo representava. A fotografia colorida parecia um raio X computadorizado de um cérebro humano dentro de uma caixa craniana. O mais horrível, porém, era o que *mais* havia junto com o cérebro.

Abaixo do crânio, um chip de computador surpreendentemente grande estava entranhado no tecido cerebral. Uma cordinha conectada ao chip serpeava até um emaranhado de filamentos fosforescentes que parecia formar um gorro rendado, semelhante a uma teia ou rede de cabelo, vestido por cima do cérebro.

– A malha neural – disse Katherine. – Isso foi ideia *minha*.

Langdon ficou olhando assombrado enquanto ela passava por várias imagens, gráficos e dados de monitoramento da evolução do implante ao longo do tempo. Os registros eram surpreendentes, mas o choque maior foi quando Langdon reparou no pequeno rodapé ao fim de cada página.

PACIENTE #002 / VESNA

– Sasha... – sussurrou ele, ao confirmar seu maior medo. *O que fizeram com você?*

Langdon sentiu um enjoo ao ver a grossa malha de tentáculos espalhada por cima do cérebro de Sasha como uma espécie de parasita. Que ironia: ele e Katherine tinham invadido o Limiar para encontrar provas incriminatórias, mas haviam descoberto que a mais incriminatória de todas estava fora dali, dentro da cabeça de Sasha Vesna.

Tomara que a embaixadora tenha conseguido localizá-la, pensou, sentindo mais uma vez que estava na hora de sair dali.

– O que quer que a Sra. Vesna tenha dentro da cabeça, faz muito mais do que curar a epilepsia – comentou Katherine.

– O fichário descreve o que o chip *faz*?

– Não fala nada específico – respondeu Katherine, folheando as páginas. – O fichário todo é sobre *integração neural*, e devo admitir que estou espantada de ver que eles estão conseguindo isso tão depressa.

– Como assim?

– Estou falando da integração entre chip e cérebro. Quando você põe uma malha neural por cima de um cérebro vivo, os dois elementos precisam de tempo para se fundir e virar um só sistema. Apesar de ser um milagre, a neuroplasticidade não acontece da noite para o dia. Fundir todas as sinapses de um cérebro com um implante neural levaria pelo menos uma década, talvez duas. Esse é um dos maiores obstáculos que eu menciono na tese de doutorado.

– E o que você propôs como solução?

– Nada. A única solução é esperar. O crescimento biológico leva *tempo*. A evolução leva *tempo*. Mas de alguma forma... – Ela estudou uma série de gráficos e balançou a cabeça. – Eles aceleraram o processo com uma rapidez notável. Em um ano, fizeram o que deveria ter levado no mínimo uma década. A pergunta é: *como*?

Ela seguiu virando as páginas e passou por uma onde havia o que parecia ser uma fotografia três por quatro de Sasha Vesna mais nova, com um longo cabelo louro.

– Tenho outra pergunta – disse Langdon. – Se Sasha é a paciente número *dois*...

Katherine ergueu os olhos.

– ... Então quem é o paciente número *um*? – perguntou ela, e começou a folhear o fichário de trás para a frente, em busca de informações sobre o primeiro paciente, que Langdon supunha ser o paciente epilético russo, Dmitri, oriundo da mesma instituição de Sasha.

– Que estranho – comentou Katherine. – Não estou achando nenhuma seção com dados sobre outro... ah, espere, achei. É bem mais curta. Tinha pulado.

A seção incluía dados e gráficos variados, além de um raio X igualmente perturbador do cérebro do paciente, no qual se podia ver um chip e uma malha neural implantados.

O rodapé informava:

PACIENTE #001 / SYSEVICH

Sysevich com certeza parece um nome russo, pensou Langdon.

– Que homem bonito – comentou Katherine, que havia aberto numa página contendo um retrato três por quarto de um belo homem de maxilar bem delineado e cabelo preto cacheado.

Os traços eram claramente eslavos, fortes e imponentes, mas os olhos tinham uma perturbadora expressão sem vida.

– Obviamente implantaram nesse cara o mesmo chip que na Sasha – disse Katherine, ainda lendo. – Mas que estranho: não tem nenhum dado pós-operatório. Nada.

– Vamos poder conversar sobre isso depois – retrucou Langdon, seguindo para a porta giratória. – A gente precisa sair daqui.

Katherine fechou o fichário e o guardou na bolsa.

– Detesto dizer isso, mas o prontuário dele termina de modo abrupto demais. Não tem nenhum acompanhamento. É como se eles tivessem implantado o chip e alguma coisa tivesse dado errado. Vai ver ele *morreu*.

Era uma ideia perturbadora, mas que dava a Langdon e Katherine ainda mais munição: se a CIA tivesse feito experiências e *matado* um epilético russo inocente, as consequências diplomáticas poderiam ter graves repercussões num mundo que já vivia um precário equilíbrio.

Quando eles passaram pela porta giratória e voltaram para o corredor, Langdon se acalmou ao constatar que estava um breu e que as luzes tinham se apagado enquanto eles estavam no laboratório.

Ainda estamos sozinhos aqui embaixo.

A iluminação do piso se acendeu, e Langdon e Katherine se viraram na direção das portas duplas pelas quais haviam entrado.

Mas assim que deram alguns passos Katherine segurou o braço de Langdon.

– Veja! – sussurrou ela, apontando para as portas duplas com janelinhas ovais.

Langdon também tinha visto.

As luzes do outro lado das portas tinham acabado de se acender.

♦ ♦ ♦

Após concluir sua varredura da ala médica, Finch havia voltado e dobrado a esquina do corredor, onde as luzes do piso se acenderam, iluminando seu caminho até as portas duplas no final. Sem querer correr riscos, espichou a cabeça para dentro da Computação Imersiva, onde, para seu alívio, viu as cadeiras de RV vazias e os capacetes em ordem.

Mas então viu uma cadeira no chão.

E o vidro quebrado da janela da sala de computação.

Normalmente, Finch teria corrido até lá para verificar o computador, mas algo bem mais alarmante acabara de lhe ocorrer: uma reação retardada a algo que tinha visto segundos antes, no corredor... uma claridade suave entrando pelas janelinhas ovais das portas duplas.

As luzes no corredor de PDT estavam acesas.

♦ ♦ ♦

Tem alguém vindo!

Fosse uma equipe de limpeza, um segurança ou coisa pior, Langdon sabia que ele e Katherine não podiam ser vistos ali, mas estavam presos num corredor que só tinha uma saída: o mesmo caminho pelo qual haviam entrado.

Langdon voltou correndo para o laboratório de PDT na esperança de encontrar um lugar para se esconder, mas ao se aproximar da porta da sala esterilizada percebeu que Katherine tinha parado no corredor e apontado para o chão.

– Robert – sussurrou ela. – São marcas de pneu!

Langdon tinha visto as mesmas marcas pouco antes: era um rastro deixado pelos pneus de uma empilhadeira no piso encerado.

Não entendeu nada quando Katherine partiu em disparada, acenando para que ele a seguisse em direção ao fim do corredor. *O que ela está fazendo? Não tem saída!* Um segundo depois, porém, Langdon percebeu o que Katherine já havia notado: a marca dos pneus avançava pelo corredor e desaparecia *por baixo* da parede fechada.

Impossível, a menos que...

Langdon disparou em velocidade máxima até alcançar Katherine a pouco menos de 15 metros do fim do corredor. Viu o olho eletrônico e correu em sua direção, acenando para ativar o sensor. A parede inteira começou a deslizar para a esquerda num movimento fluido, revelando um novo trecho de corredor escuro do outro lado.

O ar que saía pela abertura estava perceptivelmente mais frio.

Sem diminuir o passo, ele e Katherine passaram correndo pela abertura e poucos metros depois mergulharam no breu. Pararam num guarda-corpo de metal no mesmo instante em que a parede deslizante se fechou atrás deles.

Uma luz suave se acendeu e revelou onde eles estavam. Langdon se espantou ao ver que era o alto de uma rampa de concreto que descia contornando o perímetro de um duto estreito. Ao espiar a escuridão lá embaixo por cima do guarda-corpo, ele se deu conta de que o Limiar era de fato consideravelmente maior do que tudo que eles tinham visto – e se estendia numa direção perturbadora.

Para baixo.

CAPÍTULO 107

A embaixadora Nagel desceu correndo a escadaria de mármore da embaixada. Estava zonza, o que era natural, considerando que acabara de dar um ultimato ao diretor da CIA e de tomar um drinque forte no meio da tarde.

Onde a Dana se enfiou?

O sargento Scott Kerble tinha prometido escoltar a relações-públicas até a sala, mas Dana não havia aparecido. Estranhamente, Kerble também estava sumido.

Quando Nagel chegou à sala de Dana, a esbelta relações-públicas estava no chão, aos prantos, colocando seus pertences numa caixa de papelão. Ela ergueu os olhos injetados e cheios de desprezo na direção da embaixadora, então retomou o que estava fazendo.

Isso não é nada bom.

A embaixadora aguardou alguns instantes e se preparou para falar.

– Sra. Daněk, por acaso Scott Kerble pediu para a senhora ir à minha sala?

– Pediu.

– E a senhora ignorou?

– Não trabalho mais para a senhora – respondeu Dana, amargurada.

Nagel respirou fundo, entrou na sala e fechou a porta.

– Dana, posso ver que está chateada. Eu também tinha muita afeição por Michael Harris, mas...

– *To je lež* – murmurou ela sem olhar para cima.

– Eu me importava com o Michael, *sim*, e nunca vou me perdoar por tê-lo posto em perigo, mas fui pressionada pelos meus superiores. Eu errei e estou envergonhada. Em algum momento vou lhe explicar tudo, mas por ora é crucial localizarmos Sasha Vesna, e preciso desesperadamente da sua ajuda.

– E *por que* eu ajudaria? – disparou Dana. – A senhora devia ter pensado melhor antes de obrigar Michael a ter um romance com uma desconhecida... uma desconhecida que o matou!

– Sasha *não* matou Michael – garantiu Nagel. – A verdade é que ela própria está correndo grande perigo, provavelmente nas mãos da mesma pessoa que matou Michael. É preciso que você me ajude a encontrá-la o quanto antes.

– Por que a senhora se importa tanto com essa mulher?

Nagel se aproximou para sussurrar:

– Dana, sinto vergonha de dizer, mas, assim como Michael, Sasha é uma vítima do governo do meu país.

Ela é uma agente da CIA e nem sequer sabe disso.

– Eu me sinto no dever de ajudar essa moça – prosseguiu a embaixadora, então fez uma pausa ainda encarando Dana. – E acho que Michael também teria gostado que você ajudasse Sasha.

De repente, a mulher escultural começou a tremer, abraçou o próprio corpo e contraiu a mandíbula, tentando prender o choro. Nagel se deu conta de que é fácil esquecer as fragilidades humanas de pessoas com a beleza de Dana Daněk.

– Eu nunca mais vou conseguir confiar na senhora – disse Dana com a voz embargada.

– Eu não tenho mais nada a perder, Dana. Estou tentando me redimir a qualquer custo, e não sei até que ponto isto lhe interessa, mas acabei de fechar minha última porta. Liguei para o meu ex-chefe e ameacei o governo americano.

Dana pareceu não acreditar.

– Seu ex-chefe? A senhora ameaçou o diretor da CIA?

– É. – Nagel abriu um sorriso tenso. – Como eu disse, não tenho mais nada a perder. Acabei de descobrir fatos extremamente perturbadores sobre um programa que ajudei a viabilizar, e minha única esperança de acabar com ele e provar minha inocência é um vídeo que recebi há pouco: a confissão no leito de morte da princi...

– Embaixadora – chamou um homem atrás dela.

Nagel se virou e deu de cara com o sargento Scott Kerble, que espiava pela fresta da porta que acabara de abrir sem fazer barulho.

– A maioria das pessoas bate antes de entrar – disparou Dana.

– Scott? – disse Nagel. – *Onde* você estava? Deveria ter...

– Sinto muito, embaixadora – interrompeu ele, a voz mais grave que de costume. – Infelizmente recebi ordens de deter a senhora.

Nagel encarou seu guarda-costas de confiança; não tinha dúvida quanto ao que acabara de acontecer.

– Ordem do diretor da CIA?

– Me acompanhe, por favor.

– Você não pode prender a embaixadora! – exclamou Dana. – Ela é sua chefe!

Kerble fez que não com a cabeça.

– Nós somos das Forças Armadas.

Dana olhou para Nagel, que assentiu para informá-la de que podiam prendê-la, sim. Os Fuzileiros Navais recebiam ordens de um nível muito mais alto da cadeia alimentar. Nesse momento, a embaixadora se arrependeu profundamente de ter confiado a Kerble seu malote diplomático. *Minha única cópia do vídeo...*

– Senhora embaixadora – chamou Kerble, nitidamente sem jeito com a situação –, me acompanhe, por favor.

– Claro, Scott. Preciso só de um instantinho. A Sra. Daněk pediu demissão, e eu gostaria de ter alguns instantes a sós com ela para me desped...

– Mãos na frente do corpo! – ordenou uma voz grave ao mesmo tempo que a porta se abriu, revelando dois outros militares atrás de Kerble.

Pelo visto eles se sentiam no dever de apoiar o líder, que, com seu jeito educado, não estava chegando a lugar algum.

– Não vai ser preciso usar algemas – disse Nagel. – Eu vou sem reclamar, mas gostaria de trocar duas palavras com a Sra. Dan...

– Não vai ser possível – bradou o primeiro militar, entrando pela porta. – Estenda as mãos, senhora.

Sem acreditar, Nagel olhou para Kerble, que estava com uma expressão bem mais fechada na presença dos colegas.

– Faça o que ele disse – ordenou Kerble. – E nem mais uma palavra com a Sra. Daněk. Nós recebemos ordens. Mais nenhum contato com ninguém. Já isolamos a sua sala e vamos fazer uma revista lá dentro, e no restante da embaixada também.

– Uma revista? – Nagel sentiu que seu único meio de chantagear a CIA estava lhe escapando. – Para procurar... *o quê?*

Kerble ignorou a pergunta e se virou para Dana.

– Sra. Daněk, se a senhora pediu demissão vai ter que sair da embaixada agora mesmo. Entendido?

– Entendido, mas...

– São seus pertences dentro dessa caixa?

Dana assentiu.

Kerble foi até a caixa, espiou o que tinha dentro, em seguida encarou Nagel enquanto os outros militares algemavam a embaixadora. Ela observou Kerble se inclinar sobre a mesa de Dana e anotar alguma coisa num post-it. Então, num movimento ágil, ele levou a mão ao bolso da frente do uniforme, pegou o malote diplomático que Nagel havia lhe confiado, colou o post-it nele e o pôs na caixa, escondendo-o sob os pertences de Dana.

Ele acabou mesmo de fazer isso?

Com o semblante impassível, Kerble caminhou rápido até Nagel, agora algemada com braçadeiras de náilon.

– Senhora embaixadora – disse ele. – Sugiro que cumpra à risca as ordens destes dois homens. Para sua própria segurança.

Antes de Nagel conseguir responder, Kerble já tinha se virado de volta para Dana.

– Sra. Daněk! – chamou, num tom severo, sem deixar margem para dúvida sobre quem estava no comando. – Seu tempo acabou. Pegue a caixa com seus pertences e saia imediatamente do prédio da embaixada!

Amedrontada, Dana pegou a caixa de papelão e passou depressa pela embaixadora algemada, tomando o rumo da saída.

◆ ◆ ◆

Nagel está em sérios apuros.

Scott Kerble ficou vendo seus colegas escoltarem a embaixadora pela escada de serviço até o subsolo da embaixada. Apesar de ter passado a carreira inteira servindo a diplomatas, nunca conhecera nenhum que admirasse tanto ou em quem confiasse mais do que Heide Nagel. Sua decisão impulsiva de desrespeitar a hierarquia e protegê-la tinha sido um reflexo, um instinto puro, e ao fazer isso ele havia exposto a própria carreira a um risco nada pequeno.

Tem algo errado acontecendo.

O diretor da CIA, Gregory Judd, não tinha dado nenhum detalhe ao time de Kerble; tudo que tinha feito fora dar uma ordem direta: trancar a embaixadora na sala de crise da embaixada, sob escolta, e mantê-la detida até segunda ordem.

Altamente irregular.

E o mais estranho: o diretor havia ordenado uma revista completa da sala da embaixadora para recolher toda e qualquer mídia digital – computadores, discos rígidos, DVDs, pen drives, etc. –, algo que só fazia sentido em dois cenários:

ou ele desconfiava que Nagel fosse uma espiã, o que era absurdo, ou estava com medo de ela ter informações prejudiciais à agência em si.

Kerble tinha certeza de que aquilo que o diretor estava tentando confiscar, fosse o que fosse, acabara de sair do prédio dentro da caixa de papelão com Dana Daněk.

Guarde num lugar seguro, tinha dito a embaixadora. *Não comente nada com ninguém.*

Kerble não fazia ideia do que o malote poderia conter, mas sabia que Dana jamais se atreveria a abri-lo. Além do mais, o diretor da CIA seria a última pessoa que Dana contataria para tratar do assunto.

Só para garantir, Kerble havia acrescentado um post-it ao malote. Sem assiná-lo, para maior segurança.

D., não fale com ninguém sobre isto. Alguém vai entrar em contato com você.

O malote está seguro, pensou. *Pelo menos por enquanto.*

Não tinha comentado nada com os colegas. Tampouco mencionara o comportamento anormal da embaixadora, incluindo sua chegada à embaixada *a pé e sem escolta*. *Nagel é a pessoa mais ética que já conheci*, lembrou ele a si mesmo. *Obviamente está metida em alguma coisa que eu não compreendo.*

Considerando que Nagel agora se encontrava detida, Kerble achou prudente ir buscar o SUV particular da embaixadora, tirá-lo da rua e estacioná-lo no pátio da embaixada junto com o restante da frota. Foi até o posto de segurança e pegou a chave reserva que eles tinham de todos os veículos da embaixada. Então, foi a um computador para acessar a localização do rastreador que era instalado em qualquer automóvel que pudesse transportar a embaixadora. Sabia que o SUV estava por perto, uma vez que a embaixadora tinha voltado para a embaixada a pé, mas acessar as coordenadas por GPS lhe pouparia um tempo precioso vagando pelas ruas.

Aguardou alguns instantes até o rastreador ser ativado. Quando o pontinho piscante surgiu no mapa de Praga, Kerble ficou encarando a tela sem entender. O veículo com certeza *não estava* estacionado ali por perto, como ele imaginava. Na verdade, estava a 5 quilômetros dali, no alto do monte acima do Parque Folimanka.

◆ ◆ ◆

Muitos metros abaixo da superfície, O Golěm percorreu a caixa-forte do SMES em direção aos doze tanques de hélio líquido da marca Cryofab. A parte superior de cada um dos imensos tanques terminava numa baioneta com uma válvula eletrônica reforçada e conectada a um cano revestido que alimentava o SMES. Na parede perto dos tanques, um painel de controle iluminado exibia um diagrama dos tanques e o status de cada um.

Ao que tudo indicava, o painel regulava o fluxo de hélio em direção a cada tanque. O Golěm não fazia ideia de como usá-lo, tampouco tinha qualquer intenção de tentar aprender. O que estava planejando fazer não exigia nenhuma sutileza. Havia um jeito muito simples de interromper o fluxo do líquido super-resfriado para dentro do SMES.

Ele se aproximou do primeiro tanque, um recipiente de aço inoxidável mais alto que ele próprio. Viu o reflexo de seu rosto coberto de barro seco. *Eu não sou um monstro*, lembrou a si mesmo, sabendo que sua casca exterior, assim como a de qualquer pessoa, era uma miragem que ocultava a verdade interior. *Eu sou o protetor dela.*

Conforme previsto, no alto de cada tanque, ao lado de conectores eletrônicos e válvulas, havia um bloqueador *manual*: uma válvula em formato de torneira que podia ser acionada em caso de emergência para deter o fluxo do hélio.

Simples como fechar a água de uma mangueira de jardim.

De acordo com tudo que ele tinha lido, a lenta reação em cadeia começaria assim que o fluxo do hélio fosse interrompido: as bobinas supercondutoras começariam a esquentar, perderiam parte da condutividade, passariam a resistir à corrente – e dariam início a uma reação em cadeia mortal.

Calor → Resistência → Calor → Resistência → Calor...

Depois que eu fechar as válvulas vou ter uns vinte minutos, estimou ele.

Ao final desse tempo, as bobinas iriam alcançar a temperatura crítica: o "limite de *quench*", quando todo o hélio líquido do sistema começa a ferver – e a se converter em gás. O Golěm visualizou o duto de exaustão acima dele, agora fechado, e imaginou a nuvem de gás hélio em rápida expansão tentando sair em segurança na forma de um gêiser de vapor gelado.

Isso não é mais possível, pensou. *Hoje vai acontecer algo diferente.*

O gás em rápida expansão não conseguiria encontrar saída e começaria a aplicar uma enorme pressão em cada centímetro quadrado da câmara hermeticamente fechada.

Inclusive nos discos de ruptura.

O Golěm respirou fundo e correu os olhos pela fileira de tanques. Já podia imaginar a pressão aumentando sobre os discos de ruptura de cada tanque, a pressão na caixa-forte subindo e empurrando as grossas paredes de concreto. Muito de repente, haveria uns vinte mil litros de hélio líquido expostos ao ar livre.

A reação em cadeia seria instantânea e incontrolável: uma expansão catastrófica, tão violenta e destruidora quanto detonar uma ogiva poderosa dentro daquele espaço apertado.

CAPÍTULO 108

Enquanto descia a rampa de concreto, Langdon se pegou desejando que a parede deslizante se abrisse para a *luz do dia*, não para uma rampa em espiral que os obrigava a descer ainda mais. Embora fizesse sentido o Abrigo Nuclear Folimanka ser construído debaixo da terra – afinal, os centros de comando nucleares do Monte Cheyenne e do Monte Yamantau eram construídos sob mais de 300 metros de granito puro –, ele tinha esperança de levar as provas reunidas *para cima* e *para fora* do Limiar, não mais para dentro.

Langdon e Katherine estavam torcendo para que quem tivesse entrado no Limiar atrás deles não fosse uma ameaça, mas preferiram se precaver: começaram a descer e a abrir distância de quem estivesse vindo atrás. Após enfim conseguirem as provas de que precisavam, agora eles tinham que encontrar *a saída*.

Quando chegaram ao pé da rampa ouviram um barulho assustador vindo de cima: o som de sapatos de solado duro pisando firme em ritmo acelerado sobre concreto. Não havia chance de essa pessoa ser um zelador.

– A gente tem que *sair*! – sussurrou Langdon.

Na base da rampa havia outra parede retrátil idêntica à de cima. Eles passaram depressa por ela e se viram num corredor sinistro com cerca de 10 metros de extensão. À meia-luz, as paredes, o teto e o piso pretos foscos mais lembravam um mausoléu do que numa instalação com equipamentos tecnológicos.

– Aqui embaixo é um mundo diferente – sussurrou Katherine.

Onde quer que eles estivessem agora, Langdon calculou que tinham menos de vinte segundos para encontrar um lugar onde se esconder. A rampa em espiral o deixara desorientado, e a saída pelo Bastião U Božích Muk parecia mais distante a cada passo. Langdon agora temia que, se eles fossem vistos ali embaixo, isso faria um alarme disparar, o que tornaria a fuga quase impossível.

Eles avançaram pelo corredor sepulcral, passando por uma janela comprida à direita, que protegia, do outro lado, um mar de luzinhas verdes e vermelhas piscando na escuridão. Com esforço, Langdon distinguiu a silhueta de dezenas de imensas estantes de computadores protegidas por uma gaiola de metal.

– Gaiola de Faraday – sussurrou Katherine. – Devem ser computadores quânticos.

Langdon não sabia quase nada sobre computadores quânticos, a não ser que eles precisavam ser protegidos de raios cósmicos e outros tipos de radiação. *Mais um motivo para o Limiar ser subterrâneo?*

Quando eles passaram em frente à entrada da sala de computadores, Katherine não diminuiu o passo, pelo visto tendo o mesmo instinto de Langdon: não se deixar encurralar dentro de uma gaiola de metal.

O corredor fazia uma curva fechada para a esquerda, e quando eles viraram novas luzes suaves se acenderam, iluminando outro trecho de corredor preto parecido com o anterior, porém bem mais comprido.

– Ali! – sussurrou Katherine, apontando para o fim do corredor.

O que eles viram à frente oferecia uma centelha de esperança, mas então Langdon ouviu o inconfundível som de passos ecoando mais uma vez atrás deles.

A gente nunca vai conseguir sair a tempo.

Ao longo, o corredor terminava numa porta de metal, acima da qual havia uma mensagem na linguagem mais eficiente e universal do mundo, um símbolo imediatamente identificável.

Langdon ficou feliz ao ver a imagem da escada subindo e sentiu que, se eles conseguissem voltar para o piso superior, seriam capazes de encontrar a saída do bastião pelo mesmo caminho usado para entrar.

Só que a gente não vai chegar na escada sem ser visto, pensou, ouvindo os passos se aproximarem.

O corredor à sua frente tinha duas outras portas, ambas do lado direito. Infelizmente, Langdon já via que nenhuma das duas ajudaria.

A primeira, logo à frente, estava identificada como SALA DE MATERIAIS. Se tivesse semelhança com a sala de materiais hospitalares lá de cima, o espaço era uma toca comprida repleta de prateleiras, com iluminação automática e sem saída. *Uma armadilha mortal.*

A segunda, logo depois da primeira, era bem maior e ficava recuada cerca de 1 metro dentro de um nicho. O que quer que houvesse atrás dela parecia importante, pois de onde eles estavam Langdon viu que estava equipada com um dispositivo de segurança que já tinha visto: um painel redondo de vidro preto.

Um leitor de RFID... para o qual a gente não tem mais autorização.

Os passos atrás deles foram ficando altos.

Quando eles se aproximaram da porta da sala de materiais hospitalares, Langdon diminuiu o passo até parar, e na mesma hora um pensamento surgiu em sua mente. Um dos grandes mistérios da consciência era *de onde* as ideias vinham. Katherine defendia que a mente era uma antena, que sintonizava um campo de consciência maior. Gessner defendia que o cérebro era um computador com trilhões de interruptores neurais que simplesmente solucionavam os problemas.

Nesse momento, Langdon não estava nem aí para quem tinha razão. A origem da ideia era irrelevante. Tudo que importava era que de repente ele sabia exatamente o que fazer.

◆ ◆ ◆

Por que ele parou?

Katherine virou-se para trás e viu Langdon abrindo a porta da sala de materiais. Estava claro que eles não tinham como chegar à escada no fim do corredor sem serem vistos, mas se esconder na sala de materiais parecia suicídio.

Ela voltou depressa para impedi-lo, mas Langdon já tinha entrado. As luzes fluorescentes do teto se acenderam e iluminaram a entrada daquela sala estreita repleta de prateleiras que se estendia escuridão adentro. Sem hesitar, Langdon pegou uma garrafa de produto de limpeza numa estante e, como um jogador de boliche, o arremessou pelo corredor entre as prateleiras. O frasco deslizou pelo chão até o fim do corredor sem tocar nenhuma prateleira na lateral, fazendo uma série de luzes acionadas por sensores de presença se acenderem até o fundo da sala. Antes mesmo de a garrafa acertar a parede da outra extremidade, Langdon saiu da sala, voltando para o corredor. Fechou a porta, mas deixou uma fresta aberta, permitindo que um facho de luz fria escapasse para a penumbra do corredor. Então segurou Katherine pela mão e a puxou o mais depressa possível na direção em que estavam indo antes – a da porta da escada, que ainda estava a pelo menos 40 metros de distância.

Enquanto eles corriam, ela se sentiu tomada por um súbito otimismo, pois acabara de entender o inteligente raciocínio de Langdon. *A gente ainda não precisa chegar ao fim do corredor.*

Como Katherine imaginava que fosse acontecer, quando eles se aproximaram do nicho recuado com o leitor de RFID, Langdon deu uma guinada para a direita e a puxou para dentro do nicho. Era um espaço raso – menos de 1 metro de profundidade –, e eles se posicionaram com as costas no metal frio da porta pesada com a barriga encolhida, torcendo para o nicho ser fundo o bastante para ocultá-los.

Segundos depois, o som de passos adentrou o corredor e parou.

Fez-se um longo silêncio.

E por fim Katherine ouviu o inconfundível som de uma pistola sendo engatilhada.

◆ ◆ ◆

Os olhos de Jonas Faukman se abriram de repente, e ele se deu conta de que tinha pegado no sono sentado à mesa de trabalho. Não sabia ao certo por que havia acordado de uma hora para outra – talvez por causa do barulho da chuva, que agora batia forte em sua janela –, mas, quando se levantou para se espreguiçar, ficou surpreso ao sentir que estava ficando apreensivo outra vez.

Está tudo bem, tranquilizou-se. TDBEMCOMRL&KS.

CAPÍTULO 109

Langdon e Katherine encolheram a barriga lado a lado, quase sem respirar. Estavam com as costas na parede ou, mais exatamente, numa porta de aço larga. Assim que entraram no nicho sem serem vistos, ouviram o som nada bem-vindo de uma pistola sendo engatilhada.

Langdon permaneceu imóvel, torcendo para as lâmpadas acesas da sala de materiais hospitalares serem suspeitas o bastante para fazer a pessoa que os perseguia resolver investigar.

Só precisamos de um minuto de distração.

Caso contrário, estavam encurralados.

Os passos da pessoa voltaram a soar lentamente, se aproximando deles. Após segundos de tensão, Langdon teve uma visão feliz: um leve clarão na outra parede do corredor. *Quem quer que esteja aqui acabou de abrir a porta da sala de materiais hospitalares!*

De repente, as luzes sumiram, e Langdon ouviu a porta da sala de materiais se fechar com um clique. *Será que a pessoa entrou?* Esforçou-se para ouvir passos, mas o silêncio era total. Katherine se remexeu a seu lado, e Langdon sentiu a mão dela tentando encontrar a dele junto à lateral do corpo. Por um instante pensou que ela queria apoio emocional, mas então a sentiu colocar um pequeno objeto na palma de sua mão. Olhou para baixo e viu um espelhinho de maquiagem que ela havia pegado da bolsa.

Ele abriu o espelho com o polegar e, com todo o cuidado, o estendeu apenas 2 centímetros para fora do nicho. Torceu para ver um corredor vazio no minúsculo reflexo. Em vez disso, porém, viu nitidamente uma silhueta se aproximando deles sem fazer ruído. Era um homem mais velho, de cabelo grisalho, terno escuro e óculos.

Fosse quem fosse, ele não tinha se deixado enganar. Estava com a pistola em riste, apontada na direção deles.

◆ ◆ ◆

Everett Finch olhou por cima do cano da sua pistola SIG Sauer apontada para o corredor à sua frente. O intruso estava por perto. Quem quer que houvesse chegado às entranhas do Limiar não tinha ido até lá para se esconder num quartinho de materiais hospitalares; tinha ido buscar outra coisa.

E, se chegou aqui, essa pessoa está perigosamente perto de descobrir o grande segredo do Limiar.

Enquanto avançava, Finch mantinha o foco no único esconderijo possível do corredor: o nicho mais à frente, à direita, profundo justamente o bastante para esconder qualquer um que estivesse com as costas coladas na porta pesada de metal.

Mantendo-se rente à parede esquerda do corredor, ele foi avançando com passos furtivos e a pistola apontada para o nicho. À medida que seu ângulo de visão foi melhorando, sua linha de mira começou a revelar o interior do recuo. Quando conseguiu ver o canto esquerdo da porta de metal, Finch avançou com duas passadas compridas e já se agachou mirando a pistola de um lado para outro.

Para sua surpresa, o nicho estava vazio.

◆ ◆ ◆

Langdon e Katherine estavam frente a frente, com o coração a mil.
O que foi que acabou de acontecer?

Segundos antes, quando eles estavam com as costas apoiadas na porta larga de metal, Langdon instintivamente recuou ao ver o reflexo de um homem se aproximando com uma pistola em riste. Ao forçar a porta para trás, de repente perdeu o equilíbrio, mas logo em seguida Katherine arregalou os olhos, incrédula, e Langdon compreendeu o que acabara de acontecer.

A porta pesada atrás deles tinha se movido.

Ao perceber isso, ele se apoiou com força para trás, e Katherine fez o mesmo. Era uma porta com mola e estava dura, mas quando eles fincaram os pés no chão e fizeram força ela cedeu. Aquilo não fazia sentido, levando em conta que a porta tinha um leitor de RFID, mas quando os dois passaram Langdon reparou que a chapatesta estava bloqueada por um tecido verde, aparentemente para impedi-lo de trancar.

Quem escorou essa porta?

Temendo o homem armado no corredor, Langdon instintivamente tirou o tecido do trinco e deixou a porta se fechar sem fazer barulho. A porta emitiu um clique e se armou. *Trancada*. Então ele percebeu que o material que tinha na mão não era um tecido, e sim vinil ou borracha: um ramo de folhas artificiais que devia ter sido arrancado da planta falsa ao lado da porta.

– Que sorte incrível – sussurrou, pasmo.

Katherine parecia menos aliviada do que ele esperava.

– A menos que alguém tenha feito isso de propósito para garantir que conseguiria *sair*.

– Como assim?

Ela apontou para um segundo leitor de RFID na parede ao lado da planta.

– É preciso um cartão para *sair* também, Robert. Alguém tentou manter essa porta escorada, mas a gente acabou de se trancar do lado de dentro.

◆ ◆ ◆

O Golĕm segurou o registro do quarto tanque de hélio e o girou para a direita, da mesma forma que havia feito com os três primeiros. *O fim está próximo*. Depois de várias voltas para a direita o registro se fechou por completo, e o painel de controle começou a emitir bipes de alarme. O ícone do tanque 4 ficou vermelho. DESLIGADO. Agora quatro indicadores lado a lado estavam vermelhos e havia oito ainda verdes.

Ele começou o processo no tanque 5, usando a força para girar o registro devagar. DESLIGADO.

O Golĕm foi percorrendo a fileira e fechando todos os registros. Sempre que fechava um tanque, o painel de controle emitia um bipe e fazia um ajuste, abrindo o fluxo de hélio do tanque seguinte.

Embora estivesse ansioso para acabar, O Golěm avançava devagar e mantinha a respiração lenta e profunda para evitar uma nova convulsão. Seu objetivo estava próximo, e ele se forçou a ter cautela. A cada registro que fechava ensaiava mentalmente os passos que precisaria dar para fugir.

Vinte minutos vai ser tempo de sobra.

Em dado momento um alarme alto começou a tocar, despertando O Golěm de seus pensamentos. O painel de controle piscava e emitia bipes cada vez mais urgentes. A tela mostrava que *onze* tanques estavam desligados. Todos, com exceção do tanque 12, tinham sido manualmente desconectados do SMES. E o mais importante: a tela mostrava que nove tanques estavam 100% cheios.

Toneladas de hélio líquido neste espaço minúsculo.

O Golěm respirou fundo, revisou seu plano uma última vez, então segurou o registro do tanque 12.

Estou fazendo isso por você, Sasha, pensou enquanto começava a fechar o registro.

O Limiar foi construído com o seu sangue.

Com o nosso sangue.

O último registro travou, completamente fechado.

E agora eu destruí tudo.

◆ ◆ ◆

No quartel-general da CIA, em Langley, o diretor Judd estava sentado sozinho na sua sala de comunicação protegida, tentando formular a reação adequada ao pavoroso vídeo ao qual acabara de assistir. Um time de TI já havia apagado o vídeo da internet, mas isso não adiantava muito: quem quer que tivesse interrogado Gessner poderia simplesmente postá-lo outra vez a qualquer momento.

Judd não tinha dúvida alguma de que, se o vídeo vazasse, iria viralizar quase na mesma hora, e no mundo inteiro. Ele não só mostrava uma cientista de renome sendo brutalmente torturada como continha uma confissão que revelava a existência de um projeto de inteligência americano ultrassecreto – incluindo sua localização, suas inovações tecnológicas e o uso de cobaias humanas involuntárias.

As consequências seriam algo que a CIA jamais havia enfrentado.

CAPÍTULO 110

Langdon observou o pequeno cômodo no qual ele e Katherine tinham acabado de entrar para escapar do homem armado.

O que quer que seja este lugar, eu acabei de trancar a gente aqui.

O espaço decididamente tinha um aspecto mais suave do que o corredor estéril do lado de fora: era todo acarpetado, tinha várias árvores falsas realistas e até quadros abstratos na parede. À frente deles havia um pórtico em formato de arco, e Langdon o observou com receio. Do outro lado, um túnel largo de concreto dobrava à esquerda e sumia de vista. De imediato, Langdon notou três maus sinais.

Em primeiro lugar, as luzes já estavam acesas – azul-claras em paredes cinza –, sugerindo que talvez já houvesse outra pessoa lá dentro. Em segundo lugar, o chão do túnel era inclinado para baixo, e Langdon temia ter que descer *ainda mais*. E, por fim, a julgar pelos cartões de RFID necessários para entrar *e* sair daquela área, parecia claro que o túnel levava à área mais protegida do Limiar, e não a uma saída.

Por um breve instante, Langdon se perguntou se seria mais seguro simplesmente se render, mas suspeitava cada vez mais que o sujeito grisalho que estava atrás deles fosse *o próprio Sr. Finch, um homem que, segundo a embaixadora, era implacável e faria de tudo para proteger o Limiar.*

Precisamos de um lugar para nos esconder, e agora.

Langdon alcançou Katherine no meio do túnel, e eles seguiram até um segundo pórtico em formato de arco emoldurado numa elegante pedra preta com uma porta de vaivém larga de vidro fosco. A superfície translúcida tinha uma imagem que eles já conheciam:

PRAGUE

Langdon e Katherine trocaram um olhar. Ao que parecia, tudo que eles tinham visto até ali – cirurgião robótico, laboratório de RV, neurônios artificiais e chips de computador – era apenas o preâmbulo para o que estava atrás daquela porta.

Sentindo a adrenalina a mil, Langdon foi até a porta e a abriu o suficiente para espiar lá dentro. Para sua surpresa, sentiu seu olhar se deslocar na mesma hora numa direção que não imaginava ali, tão abaixo da superfície.

Para cima.

Langdon se pegou olhando na direção do teto alto e abobadado, uma cobertura côncava suavemente iluminada de baixo para cima. O domo circular o fez pensar num planetário, mas ele entendeu de imediato o que tinha sido aquele lugar. *O domo é o formato arquitetônico mais forte.* Aquilo era o "abrigo de explosão" propriamente dito do Abrigo Nuclear Folimanka, a sala protegida onde as pessoas se reuniriam durante um ataque; o ponto mais profundo e protegido da construção inteira.

Uma vez ele tinha visto outro domo subterrâneo secreto – também pertencente ao governo americano – escondido debaixo do campo de golfe do Greenbrier Resort, na Virgínia Ocidental. Por mais de três décadas, o abrigo privativo do Congresso americano, conhecido como Bunker de Greenbrier, tinha sido um dos segredos mais bem-guardados do país, até o The Washington Post publicar uma denúncia em 1992.

Langdon baixou os olhos e observou o recinto em si. *Isto aqui com certeza não é um planetário.* A câmara era enorme e tinha um formato perfeitamente redondo. E era diferente de tudo que ele já tinha visto na vida.

◆ ◆ ◆

Que lugar é este?

Desnorteada, Katherine adentrou a câmara abobadada junto com Langdon. À primeira vista, o lugar lembrava uma ponte de comando de uma nave espacial futurista.

O centro do espaço era dominado por uma plataforma circular elevada, com no mínimo vinte estações de trabalho reluzentes dispostas em círculo, todas viradas para fora. Cada posto de comando consistia num cockpit completo, parecido com um simulador de voo.

Quando Katherine olhou para baixo, ficou confusa. No piso de carpete felpudo ao redor da ponte de comando havia uma série de cápsulas metálicas baixas e estreitas, organizadas com precisão, todas iguais e viradas para fora como os raios de um aro. As cápsulas lembravam obras de arte modernas: uma casca minimalista em formato de torpedo, feita de metal preto reluzente, com 3 metros de comprimento e alinhada com uma estação de trabalho na ponte de comando.

Intrigada, ela foi em direção à cápsula mais próxima e viu que a parte superior delas era, na verdade, um painel convexo de vidro fumê, de fabricação tão precisa que não apresentava emendas. Olhou através do vidro, mas só viu escuridão do lado de dentro.

– O que são essas coisas? – sussurrou Katherine quando Langdon chegou a seu lado.

Ele passou alguns instantes estudando a cápsula, então baixou a mão e tocou um botão discretamente embutido na lateral. Ouviram um silvo semelhante ao de vácuo se rompendo, e a tampa de vidro da cápsula se ergueu como a porta de uma aeronave. Luzes suaves iluminaram o interior, revelando uma superfície acolchoada que lembrava uma cápsula de sono futurista.

Ou um caixão.

– Parece uma versão avançada da cápsula que a gente viu no laboratório de Gessner – comentou Langdon.

Katherine assentiu, olhando para as tiras de velcro e para o acesso intravenoso. Aquela máquina era claramente o filhote do protótipo rudimentar dentro do qual eles tinham encontrado o corpo de Gessner, a máquina de animação suspensa capaz de manter um paciente com um ferimento letal no limiar da morte por horas.

Além de maior e mais lustrosa do que sua precursora, aquela versão continha um descanso de cabeça especializado, com um forro de couro macio e uma abertura do tamanho de um crânio. A abertura se parecia muito com a "cavidade sensora" de um aparelho de magnetoencefalografia, a área equipada com sensores magnéticos responsáveis por detectar atividade neural. Katherine imaginou que, se os chips cerebrais estivessem envolvidos naquele processo, a abertura decerto conteria algum tipo de tecnologia de campo próximo ou de banda ultralarga, em geral usados para criar a interface com implantes cerebrais.

Comunicação sem fio diretamente através do crânio, pensou ela, sentindo um calafrio. *Se uma pessoa tiver um chip de interface homem-máquina implantado no cérebro e plenamente integrado, e esse chip for capaz de um monitoramento em tempo real...*

Katherine foi ficando zonza à medida que se deu conta do propósito daquela sala. Por mais incrível que parecesse, ela e Robert tinham passado a tarde conversando exatamente sobre estes assuntos: estados alterados de consciência, experiências fora do corpo, viagens psicodélicas, êxtase epilético pós-ictal. Nesse momento, uma colagem de conceitos inundou a mente dele: filtros cerebrais, conexão universal, a capacidade humana inexplorada de vislumbrar um espectro muito mais amplo de realidade.

Ela se deu conta de que aqueles sarcófagos reluzentes eram a peça final de um projeto de pesquisa que, menos de uma hora antes, teria declarado ser totalmente impossível.

Isso está mesmo acontecendo?

A seu lado, Langdon tirou os olhos da cápsula e observou o recinto como um todo.

– Não estou entendendo: o que acontece nesta sala?

Katherine sabia que a resposta para essa pergunta era ao mesmo tempo simples e estarrecedora. *Este lugar foi criado para desvendar o segredo mais enigmático da vida. O estado alterado supremo da mente. A mais misteriosa das experiências humanas.*

Enquanto o peso da descoberta se assentava dentro de Katherine, ela segurou a mão dele sem dizer nada.

– Robert – sussurrou, por fim. – Eles criaram um laboratório da morte.

CAPÍTULO 111

Um laboratório da morte.

À medida que começava a compreender as implicações da espantosa revelação de Katherine, Langdon se sentiu invadido por novas perguntas. *Por que a CIA estaria estudando a morte? O que eles esperam descobrir?*

Por mais que considerasse empolgante a ideia de compreender a morte do ponto de vista intelectual, Langdon temia que o propósito daquele recinto fosse mais sinistro do que o simples estudo da consciência ou da morte. O horror de submeter alguém ao "estado de morte" por qualquer outro motivo que não a manutenção da vida parecia injustificável. *Mesmo que o paciente esteja drogado ou não consiga se lembrar da experiência.*

– Eu preciso saber *tudo* sobre esta pesquisa – disse Katherine, se aproximando das cápsulas.

– A gente precisa sair daqui – retrucou Langdon, alarmado, lançando um olhar nervoso para trás, na direção da porta por onde tinham entrado.

Aproximou-se de Katherine e apontou para o outro lado do recinto, onde uma placa informava SISTEMAS / SERVIÇO. Imaginou que uma ala de serviço não teria uma saída, mas talvez houvesse pelo menos um lugar melhor para se esconder, e ele não estava vendo nenhuma opção melhor. *Isto aqui não tem saída.*

Eles passaram depressa pelas cápsulas, e ao se aproximar da placa Langdon viu que o acesso à ala de serviço se dava não por uma porta, e sim por uma grande abertura retangular no chão.

Vamos descer ainda mais?

Quer a abertura tivesse algum tipo de escada ou de elevador, a ideia de descer ainda não lhe agradava nem um pouco.

No fim das contas, eles nem sequer tiveram a opção de descer.

Um tiro de estourar os tímpanos ecoou atrás deles. O estrondo da pistola reverberou no domo. Langdon e Katherine travaram e giraram nos calcanhares, enquanto o homem grisalho de terno escuro se aproximava com a pistola apontada para eles.

– Imagino que os senhores sejam a Dra. Solomon e o professor Langdon, certo? – disse ele com calma.

Sua voz era conhecida – Langdon tinha ouvido o mesmo sotaque arrastado do sul dos Estados Unidos saindo do viva-voz da embaixadora.

Finch.

– Vocês estão jogando um jogo perigoso – comentou ele ao se aproximar. – E infelizmente ele não vai acabar bem.

◆ ◆ ◆

Finch sabia que nada é tão impressionante quanto o som de um tiro num espaço fechado. Nos filmes, o estrondo faz as pessoas fugirem, mas na vida real o efeito é paralisante. Ele sentiu prazer ao ver Langdon e Solomon imóveis, os braços erguidos e a palma das mãos para a frente, no gesto universal de rendição. Agora seus alvos estavam no modo *reação*, e era ele quem dava todas as cartas.

– Ponha a bolsa no chão, Dra. Solomon – ordenou, para o caso de ela ter uma arma guardada.

Solomon obedeceu. Finch viu que a bolsa continha um fichário preto grosso, sem dúvida um dos documentos ultrassecretos que eles deviam ter pegado no caminho.

Vocês estão facilitando as coisas para mim.

Ao que tudo indicava, aqueles dois intrusos haviam acabado de invadir um projeto secreto do governo e roubar materiais ultrassecretos. Se Finch os matasse a tiros não haveria investigação, sobretudo tendo em vista que eles estavam nas entranhas de uma instalação com acesso restrito. Por ironia, aquele recinto tinha sido projetado exatamente para a morte.

Mesmo assim, primeiro Finch precisava interrogá-los, para descobrir quem mais estava envolvido, e de que forma. Estava claro que a embaixadora Nagel tinha culpa no cartório, uma vez que havia não só traído Finch como ameaçado a agência. *Péssima ideia.* Imaginou que a essa altura o diretor Judd já estaria com a embaixadora sob custódia e lidaria com ela do modo adequado.

O elemento imprevisível é Sasha Vesna, pensou ele, ao se lembrar do bastão de epilepsia que havia encontrado, embora ainda achando difícil acreditar que Sasha tivesse assassinado duas pessoas. *São perguntas para mais tarde,* falou para si mesmo. *No momento preciso lidar com a situação imediata: meus dois reféns.*

Estrategicamente, não fazia sentido Finch sair do prédio com Langdon e Solomon sob a mira de sua pistola. Embora estivesse em plena forma física aos 73 anos, era baixo e não seria páreo para o 1,83m de Langdon caso algo desse errado – e o trajeto de volta ao bastião oferecia inúmeras oportunidades para um ataque surpresa. O outro ponto de acesso do Limiar ficava mais perto, mas no momento estava sendo usado na obra e vigiado por militares dos Estados Unidos. Se Finch saísse dali com dois americanos sob a mira de uma arma, suscitaria perguntas demais.

Então vamos esperar, decidiu, lembrando que havia chamado reforços imediatamente após encontrar o corpo de Housemore. *A ajuda está a caminho.*

O interrogatório iria acontecer ali mesmo, no Limiar, decidira ele, orgulhoso. A instalação proporcionava um sigilo e uma *eficiência* excepcionais. As cápsulas de PRE podiam ser usadas de forma extremamente persuasiva, e a farmácia do Limiar estava repleta de substâncias que poderiam ajudá-lo no interrogatório, algumas das quais, inclusive, incapacitavam a memória caso fosse necessário fazê-los acreditar que "nada disso aconteceu".

Caminhando devagar na direção de seus reféns, Finch se sentia confiante de ter a situação sob controle. Sua única falha – uma falha menor – fora não ter checado quantas balas ainda restavam na pistola de Housemore, mas, como não vira sinal de tiroteio lá em cima, tinha quase certeza de que a SIG Sauer P226 da agente estava com o pente quase cheio.

Finch preferia não usar a arma – pelo menos não ainda –, mas sabia que não teria escolha se Langdon e Solomon decidissem atacá-lo. *Preciso manter os dois calmos.* A estratégia de manipulação mais eficiente para controlar reféns era distraí-los com outros pensamentos. Para sorte de Finch, Langdon e Solomon ainda pareciam em choque com o que tinham descoberto ali embaixo, e quanto mais Finch explicasse sobre o Limiar, mais certeza a CIA teria de que Langdon e Solomon sabiam demais para serem libertados. Fosse quando fosse.

– Não precisa atirar – declarou Langdon quando Finch se aproximou com a pistola apontada. – Nós vamos assinar seus termos de confidencialidade. É só dizer do que o senhor precisa.

– Ah, agora já era – respondeu Finch com calma. – Vocês invadiram uma instalação ultrassecreta e viram coisas demais.

– É verdade – declarou Solomon num tom indignado. – Vi que vocês roubaram minha patente.

O jeito destemido de Katherine fez Finch se dar conta de que ela ainda precisava entender o verdadeiro perigo da situação em que se encontrava.

– Nós não roubamos coisa alguma, Dra. Solomon – disse ele, calmo. – A senhora não detinha nenhuma patente. Como talvez se lembre, seu pedido foi negado.

– Mas por que todas essas manobras táticas? – quis saber Langdon. – Por que não simplesmente entrar em contato com Katherine ou com a editora dela e explicar...

– Porque nós não somos suicidas – cortou Finch. – Pergunte à Dra. Solomon o que ela acha de compartilhar pesquisas com as Forças Armadas americanas. Certa vez ela foi a um podcast e deu uma entrevista comprometedora sobre esse assunto. A CIA não podia correr o risco de ela negar um pedido e depois vir a público revelar as preocupações da agência. Além do mais, Sr. Langdon, nós não tínhamos tempo. A situação chegou rapidamente a um ponto crítico ontem à noite...

– Que experimentos vocês estão fazendo aqui? – interrompeu Katherine, observando as cápsulas de PRE visivelmente assombrada. – Estão estudando a *morte*?

– Até que ponto a senhora quer saber? – rebateu Finch, meneando a cabeça de modo ameaçador em direção à cápsula mais próxima. – Pode entrar, eu lhe mostro.

– Não vai ser necessário – disse Langdon. – Pegue seu fichário ultrassecreto de volta. Nós vamos assinar os termos. Vimos parte da sua instalação, mas não entendemos quase nada.

Finch deu uma risadinha.

– Pessoas inteligentes se fingindo de burras? Ninguém cai nessa, professor. Permitam-me esclarecer as coisas para vocês.

– Por favor, não faça isso – disse Langdon. – Acho que preferimos *não* saber o que vocês estão fazendo aqui embaixo.

– Isso não parece justo – retrucou Finch com um sorriso. – Levando em conta que a Dra. Solomon ajudou a *construir* isto aqui.

◆ ◆ ◆

O Golěm havia embarcado no elevador pneumático para subir de volta para o recinto abobadado quando o tiro ecoou. Alarmado, desceu do elevador na mesma hora e ficou aguardando em silêncio abaixo da abertura.

Dali podia ouvir toda a conversa acima.

Um homem armado acabara de fazer dois reféns no domo e havia se dirigido a eles como Dra. Solomon e Robert Langdon. O Golěm não fazia ideia do motivo para os dois americanos estarem ali, mas nenhum deles merecia morrer.

O homem armado, porém, *com certeza* merecia. Em pouco tempo O Golěm tinha se dado conta de que aquele era Everett Finch – segundo Gessner, o cérebro por trás do Limiar.

A cabeça da serpente. Aqui, em carne e osso.

O universo havia acabado de oferecer ao Golěm um presente inesperado: a oportunidade de eliminar o traidor supremo de Sasha, o homem que havia criado aquela casa dos horrores.

No entanto, por mais que gostasse da perspectiva de matar Finch, O Golěm sabia que a tarefa parecia quase impossível. Dispunha apenas de uma arma de choque elétrico que só continha uma carga, o que não era páreo para uma arma de fogo. Além disso, se subisse na plataforma pneumática iria emergir do chão nos fundos do recinto, totalmente exposto.

O tempo está passando, lembrou a si mesmo, e se perguntou se era melhor voltar urgentemente pelo corredor comprido até a caixa-forte do SMES para tentar abortar a explosão. Ele precisara fazer um grande esforço para girar o volante do portal hermético ao sair e temia não ter a energia necessária para reabri-la.

Uma aposta arriscada sem meu bastão, pensou.

O Golěm se sentia pronto para dar a própria vida em troca da do Sr. Finch, mas sabia que não podia tomar essa decisão por Sasha. Se ele não saísse dali para soltá-la, ela nunca mais veria a luz do dia.

CAPÍTULO 112

À luz espectral do domo, cercado por cápsulas de animação suspensa, Robert Langdon estava ao lado de Katherine, observando o homem que os fizera de reféns. Everett Finch havia se posicionado em segurança a uns 5 metros deles e estava recostado confortavelmente numa das cápsulas, com a pistola apontada.

Levando em conta a tensão da situação, Finch parecia inquietantemente tranquilo, demonstrando uma indiferença gélida de quem é capaz de fazer o que for necessário.

– O futuro vai ser controlado por aqueles que conseguirem desenvolver primeiro uma verdadeira interface homem-máquina – começou Finch. – Uma comunicação sem entraves entre as pessoas e a tecnologia. Sem digitação, sem ditado, sem visualização... somente com o *pensamento*. As simples ramificações financeiras disso já bastam para criar uma nova superpotência mundial, mas as aplicações *práticas*, em especial no campo da inteligência, são inimagináveis.

Langdon desconfiava que se uma tecnologia funcional caísse nas mãos erradas, faria o pior pesadelo orwelliano parecer um devaneio divertido.

– Por esse motivo – continuou Finch –, a CIA vem fazendo um trabalho incansável para acompanhar o ritmo das gigantes da biotecnologia, como a Neuralink, a Kernal, a Synchron e outras. Todas elas têm orçamento ilimitado e estão engajadas na mesma busca: ter o primeiro implante cerebral capaz de uma verdadeira comunicação em alta velocidade entre homem e máquina. Felizmente para nós, todas elas esbarraram no mesmo obstáculo.

– A interface – disse Katherine. – Como criar neurônios artificiais.

Finch assentiu.

– A Neuralink até teve algum sucesso, mas nada perto do que é necessário. A peça que faltava acabou se revelando um projeto que a CIA teve a sorte de estar desenvolvendo há duas décadas.

– Roubado da patente de Katherine – disse Langdon.

– Vou repetir: a Dra. Solomon não detém patente alguma. E *caso* detivesse nós teríamos nos apropriado dela em nome da segurança nacional. O problema de aplicar a desapropriação é que o processo pode ser contencioso e público, muitas vezes revelando exatamente o que a agência quer manter em sigilo.

– O que vocês estão fazendo com o meu projeto? – exigiu saber Katherine. – O que é o Limiar?

Finch tirou os óculos com a mão livre e esticou lentamente o pescoço.

– Dra. Solomon, talvez a senhora se lembre de quando a Caltech fabricou um implante que se acoplava ao córtex visual e conseguia efetivamente "ver" o que o hospedeiro estivesse vendo com os olhos dele.

– Com certeza me lembro – disse Katherine. – O implante captava os sinais que passavam pelo nervo óptico, traduzia esses sinais e os transmitia como se fosse um vídeo ao vivo.

Langdon não conhecia a tecnologia, mas pela explicação parecia basicamente uma câmera GoPro interna, um jeito de enxergar através dos *olhos de outra pessoa*. *Será que o Limiar está monitorando o que as pessoas estão vendo?* Caso esteja, isso constitui um tipo inteiramente novo de vigilância. Langdon ergueu os olhos para as telas que margeavam o domo e imaginou transmissões em primeira pessoa de gente cuidando de seus afazeres diários. *Mas, nesse caso, por que as cápsulas?*

– A agência vem trabalhando em algo parecido – disse Finch. – Uma versão bem mais avançada desse implante, capaz de monitorar não uma imagem *visual*, e sim *mental*.

Para Langdon, a expressão "imagem mental" evocava imagens de *bindis* coloridos pintados na testa para representar o portal da sabedoria espiritual, também chamado de Terceiro Olho.

– As imagens mentais, professor, são o mecanismo que permite ao cérebro ver *sem* usar os olhos – disse Finch, aparentemente percebendo a hesitação de Langdon. – Quando o senhor fecha os olhos e imagina a casa da sua infância, uma imagem vívida aparece. Isso é uma *imagem mental*. Seu cérebro não precisa de estímulos visuais para evocar imagens detalhadas. A todo momento ele está vendo lembranças, fantasias, devaneios, coisas imaginadas. Mesmo enquanto o senhor está dormindo, seu cérebro evoca imagens na forma de sonhos e pesadelos.

– Não é possível vocês terem construído... – Katherine parou a frase no meio, sem conseguir encontrar as palavras certas.

– É possível, sim – retrucou Finch com certo orgulho. – O Limiar criou um implante capaz de visualizar as imagens mentais. Agora conseguimos monitorar todo o espectro de imagens evocadas por um cérebro e vê-las se desdobrar em tempo real, com todos os detalhes.

Pela expressão estupefata de Katherine, Langdon pressentiu que aquilo era um feito extraordinário no campo da neurociência. Ele sabia que recentemente um cientista da Universidade de Kyoto havia anunciado uma tecnologia que gravava os sonhos e os reproduzia como um esboço de filme, embora o processo parecesse rudimentar e usasse a IA para traduzir os dados dos sonhos captados por ressonância magnética em imagens aproximadas. O que Finch estava descrevendo parecia ser um grande salto.

Será que o Limiar consegue espionar a imaginação?

Langdon se perguntou se a tecnologia teria algo a ver com o conceito de Katherine, de que o cérebro funciona como uma antena. Afinal, se um implante era capaz de ver uma imagem que *se materializava* no cérebro, talvez pudesse identificar também *de onde* vinha a imagem. Será que ela ficava armazenada *dentro* da memória física, como alegavam os materialistas? Ou vinha *de fora*, como acreditava Katherine no seu modelo de consciência não local?

– Esse implante... ele funciona mesmo? – perguntou ela, conseguindo encontrar a voz. – Uma tecnologia como essa poderia ter implicações imensas para as pesquisas sobre consciência.

– Imagino que sim – disse Finch. – Mas o único foco do Limiar é a segurança nacional.

Langdon viu Katherine perder a cor e se virar para observar as cápsulas reluzentes de PRE dispostas em círculo abaixo do domo.

– Animação suspensa – sussurrou ela, virando-se de volta para Finch com uma expressão amedrontada. – Vocês estão pondo cobaias à beira da morte e assistindo ao que elas *veem*? Estão *monitorando* as experiências de quase morte?

– Em certo sentido, é claro que sim – respondeu Finch. – Como vocês bem sabem, o delicado "limiar" entre a vida e a morte é cercado de mistérios.

Finch fez uma pausa, como para deixar suas palavras assentarem.

Limiar.

Langdon não havia pensado nesse sentido da palavra até então.

– As pessoas à beira da morte *veem* coisas, *sabem* coisas, *entendem* coisas que em geral estão além do nosso alcance – continuou Finch. – Há quase meio século a agência vem conduzindo pesquisas com o objetivo de utilizar o poder inexplorado da mente humana e, assim, obter informações de inteligência. Nós contratamos paranormais, médiuns, videntes, visualizadores remotos, especialistas em precognição e até sonhadores lúcidos. Mas nem mesmo as mentes mais talentosas do mundo chegam perto do que pode ser alcançado no estado alterado que acompanha a morte.

Foi exatamente sobre isso que Katherine escreveu, pensou Langdon, recordando a teoria dela sobre a química da morte: quando morremos, os níveis de GABA despencam, os filtros do cérebro desaparecem, e passamos a acessar uma banda de realidade muito mais ampla. Inevitavelmente sentiu que, se o presente místico que acompanhava a morte era mesmo o aumento da percepção por alguns momentos, canalizá-la para fins de inteligência militar era, de certa forma, um sacrilégio.

– O desafio é que as experiências de quase morte são efêmeras, confusas – disse Finch. – Quando a pessoa volta e tenta se lembrar delas, é meio como tentar se lembrar de um sonho quando acorda de manhã: as imagens ficam borradas e logo se dissolvem.

– E agora vocês conseguem *gravar* essa experiência? – perguntou Katherine com um ar de espanto.

– Sim, e também conseguimos introduzir guias *do lado de fora* assistindo em tempo real. – Finch indicou o círculo de cockpits e telas de vídeo, cada um associado a uma cápsula que lembrava um caixão. – Quando esta instalação estiver em pleno funcionamento, estas paredes vão transmitir imagens saídas diretamente de mentes humanas no estado mais alterado de todos, o limiar da morte, que, como a senhora sabe, Dra. Solomon, em geral resulta em...

– Uma experiência fora do corpo – murmurou ela. – A consciência não local.

Langdon pensou nos relatos frequentes de pacientes que "morriam" na sala de cirurgia, depois eram ressuscitados e relatavam ter pairado acima do próprio corpo no hospital. *Na morte, nós deixamos o corpo para trás.*

– Correto – disse Finch. – Quando uma pessoa dentro de uma dessas cápsulas é colocada perto da morte, sua consciência se solta. A mente poderosa se torna uma alma desvinculada... uma mente consciente *externa* ao corpo físico. Nós nos referimos a alguém nesse estado como um "psiconauta". E conseguimos monitorar a experiência exata do psiconauta levitando para fora da cápsula, subindo pelo domo e saindo mundo afora. Essas telas nos mostram imagens em primeira pessoa de uma mente livre de amarras. É a experiência integral da consciência não local.

Não tem como isso ser verdade, pensou Langdon, mas Katherine estava absorvendo tudo como se para ela fizesse perfeito sentido. Parecia fascinada, como se tivesse esquecido por completo que o homem que estava falando empunhava uma pistola.

Esse é o Santo Graal dela, lembrou Langdon a si mesmo.

No mundo de Katherine, as experiências fora do corpo eram o mais forte indício de que a consciência era não local, mas elas eram efêmeras e estavam longe de constituir uma *prova*. Uma pessoa que afirmava ter pairado acima do próprio corpo estava descrevendo uma experiência subjetiva, ocorrida quando ela se encontrava sozinha e num estado mental alterado. Sem testemunhas, sem corroboração científica. E a incapacidade de reproduzir esses fenômenos místicos num ambiente controlado – a crise da replicabilidade, como Katherine havia descrito – punha em dúvida a veracidade dos relatos. Aquela instalação, por sua vez, talvez oferecesse enfim uma *prova* de que a consciência humana era capaz de sobreviver fora do corpo; isso seria um divisor de águas, um novo paradigma, com implicações milagrosas para nossa compreensão da vida.

E também para nossa compreensão da morte, pensou Langdon, recordando o raciocínio de Jonas Faukman ao pagar uma nota preta pelo manuscrito de Katherine: *Os indícios da consciência não local têm relação direta com a esperan-*

ça suprema da humanidade: a existência de uma vida após a morte. É um tema com impacto universal e um gigantesco potencial comercial.

— O que são esses cockpits? — quis saber Katherine, apontando para a plataforma elevada.

— Acreditem ou não, eles são para os *pilotos* — respondeu Finch. — Ainda estamos aperfeiçoando a pilotagem, mas, como vocês podem imaginar, dois cérebros com chips implantados agora podem se comunicar de formas que estamos apenas começando a entender. Como o estado fora do corpo é confuso, o psiconauta é pareado com uma "mente aterrada" que ajuda a pilotar a experiência. A pessoa dentro do cockpit age como uma espécie de *guia espiritual*.

Katherine o encarou, momentaneamente sem palavras.

— Está me dizendo que vocês estão *operando* uma consciência livre de amarras? Como se estivessem pilotando um drone?

Finch sorriu, obviamente satisfeito com o estalo de Katherine.

— Eu sabia que a senhora iria entender, doutora. E tem razão: quando este lugar estiver em plena operação, os cockpits serão tripulados por um pequeno esquadrão de pilotos operando o equivalente a uma frota de drones *invisíveis*, que poderemos despachar para qualquer lugar do planeta para observar o que quisermos: zonas de combate, salas de guerra ou de conselho. Indetectáveis. Onipresentes.

E totalmente impossíveis! Era o que Langdon queria gritar. *Que loucura, pura ficção científica.* No entanto, ele sabia que aquelas afirmações eram sustentadas pela teoria cada vez mais aceita da consciência não local.

Apesar do ponto de vista de Katherine, Langdon ainda não conseguia aceitar que uma consciência pudesse sair de um corpo e continuar presente o bastante para observar o mundo físico. Na condição de acadêmico rigoroso, sentia que seu dever era se manter cético e racional em face da superstição. Mas, no caso do Limiar, ele estava se vendo diante de um paradoxo.

Chega uma hora em que o próprio ceticismo se torna irracional.

Para manter o ceticismo em relação ao que Finch dizia, Langdon precisava deixar a lógica de lado e ignorar uma montanha cada vez maior de provas racionais. Em primeiro lugar, milhares de experiências de quase morte documentadas pela medicina descreviam *exatamente* aquele fenômeno. Em segundo lugar, a física quântica havia revelado indícios avassaladores de que a consciência era não local e funcionava de formas que ainda não compreendíamos. Em terceiro lugar, havia milhares de casos confirmados de fenômenos "paranormais": telepatia, precognição, mediunidade, sonhos compartilhados, síndrome de Savant adquirida. Eram ocorrências impossíveis dentro do modelo estabelecido e que exigiam que Langdon modificasse drasticamente seu ponto de vista ou se dispusesse a classificar esses fenômenos do jeito que menos lhe agradava: como "milagres". À luz dos indícios, ele sabia que, caso se recusasse a crer que o Limiar podia funcionar, estaria sendo tão racional quanto a pessoa que vê um eclipse lunar e insiste que a lua não passa de um mito.

– Robert... – Katherine se virou para ele, sua voz transbordando empolgação. – Isso muda tudo! Isso vai além da teoria: é uma *prova* de que a consciência é não local.

Langdon assentiu, tentando imaginar como ela devia estar vivenciando aquele momento, ao de repente se inteirar de uma grande descoberta numa área que vinha estudando havia décadas.

Katherine se virou de volta para Finch.

– A comunidade científica precisa saber. A ciência noética...

– O Limiar não é um projeto científico – cortou Finch com rispidez, sua voz alterada ecoando pelo recinto na mesma hora. – É uma operação de inteligência militar. A única verdadeira fonte de poder é a *informação*, e na guerra para entender nossos inimigos este domo é o nosso arsenal nuclear, a arma de vigilância suprema. O Limiar é a próxima geração da visualização remota. A CIA está trabalhando para criar isto aqui há décadas.

Décadas?, pensou Langdon, surpreso.

– Por que a CIA investiria tão pesado num projeto que parece exatamente igual ao Stargate, que fracassou trinta anos atrás?

Finch lhe lançou um olhar penetrante e desconfortável.

– Muito simples, Sr. Langdon. O Stargate jamais fracassou. – Ele manteve a pistola firme enquanto gesticulava para o amplo espaço à sua volta. – Simplesmente evoluiu para algo muito maior.

CAPÍTULO 113

Na sala de comunicação protegida na sede da CIA, o diretor Judd andava de um lado para outro, ansioso, à espera de notícias de Praga. A detalhada confissão em vídeo de Gessner era uma tragédia. Revelava informações demais sobre a instalação ultrassecreta da agência. Sua única esperança era conseguirem contê-la a tempo.

O Limiar fazia parte da vida de Judd havia décadas, ao menos em conceito.

Quando era um jovem analista na agência, Gregory Judd recebera um esboço de um canteiro de obras com uma série de guindastes mecânicos estranhos. Pediram a ele que comparasse os desenhos com uma fotografia por satélite do mesmo local. As duas representações eram quase idênticas, e Judd havia chegado à conclusão lógica de que o artista tinha *visto* o local em primeira mão – ou ao menos a foto do lugar.

Aí eles me contaram a verdade, recordou ele.

A instalação representada era uma estrutura russa altamente secreta localizada na Sibéria; a imagem por satélite fora feita *depois* de o desenho ter sido concluído; e o artista era um jovem chamado Ingo Swann, que nunca tinha viajado para fora dos Estados Unidos. Suas informações provinham de uma "visualização remota" do local: ele havia fechado os olhos e transferido a consciência para a Sibéria, onde ficara pairando acima do local e memorizara os elementos.

Que absurdo, Judd se lembrava de ter pensado, junto com muitos outros de seus amigos na agência. Mesmo assim, a pergunta persistia: como aquele desenho podia existir?

A resposta aparente surgiu em 1976, quando o imigrante soviético August Stern confessou ter trabalhado numa instalação de inteligência paranormal na Sibéria que conseguira visualizar remotamente uma instalação militar americana ultrassecreta. A descrição feita por Stern do lugar protegido foi precisa a ponto de detalhar o padrão do piso de lajotas.

Pega de calça curta, de imediato a CIA decidiu lançar o primeiro programa de visualização remota do país, com o objetivo de alcançar o mesmo sucesso que os soviéticos. Criada sob o inócuo guarda-chuva de um *think tank* acadêmico ligado à Universidade Stanford, o projeto ultrassecreto teve várias versões e codinomes nesse início, entre eles Grill Flame e Center Lane, até que em 1977 foi formalmente oficializado como projeto Stargate.

Para surpresa dos cientistas participantes, o primeiro grupo de visualizadores remotos do Stargate – Ingo Swann, Pat Price, Joseph McMoneagle, entre outros – teve um sucesso espantoso. Embora logo tenham entendido o tamanho do desafio que era entrar no estado fora do corpo de forma consistente, todos eles conseguiam se "projetar" e fornecer dados de inteligência estarrecedores.

Incluindo "resultados do tipo oito martínis", lembrou Judd, frase oficial do projeto para designar um sucesso tão estrondoso que todos precisavam tomar várias doses de bebida para se recompor. Entre esses resultados estava a espionagem de um submarino soviético classe Typhoon de dois cascos no Ártico; a localização de um bombardeiro soviético Tu-95 acidentado na África; a localização do general de brigada sequestrado James L. Dozier na Itália; a identificação de um coronel da KGB que praticava espionagem na África do Sul; e mais de uma dezena de outros resultados aparentemente impossíveis.

Em 1979, o Comitê Especial de Inteligência da Câmara fez uma demonstração ao vivo da visualização remota, a portas fechadas, e muitos parlamentares presentes no recinto ficaram desnorteados. O deputado democrata Charlie Rose chegou a dar a seguinte declaração: "Se os russos têm isso e nós não, estamos seriamente encrencados."

O programa Stargate foi ficando cada vez mais sigiloso até 1995, quando uma série de vazamentos graves veio a público e provocou a indignação popular. Ao que tudo indica, ou a CIA estava treinando um exército de espiões paranormais ou gastando o dinheiro dos contribuintes numa empreitada absurda.

Em vez de tentar negar a existência do programa secreto, a agência fez uma admissão pública de que o Stargate de fato existira, mas a partir de então estava encerrado, por ser considerado um total fracasso e desperdício de dinheiro do contribuinte americano. Isso não era verdade, mas a agência torcia para que seu mea culpa vergonhoso acabasse com a curiosidade da população em relação ao programa e ao mesmo tempo convencesse os adversários globais dos Estados Unidos a não investir em inteligência paranormal.

O estratagema funcionou bastante bem, apesar de ter desagradado alguns dos visualizadores remotos aposentados do Stargate, que se ofenderam ao ver seus sucessos retumbantes serem taxados de "farsa". Vários decidiram escrever biografias não autorizadas com títulos como:

- *Guerreiro paranormal: a história real do maior espião paranormal dos Estados Unidos e a verdade por trás do programa ultrassecreto Stargate da CIA*
- *Espiões psíquicos: a verdadeira história do programa bélico paranormal dos Estados Unidos*
- *Aprendiz de feiticeiro: a viagem de um cético rumo ao projeto Stargate da CIA*
- *Projeto Stargate e tecnologia de visualização remota: os arquivos da CIA sobre espionagem paranormal*

Felizmente para a agência, embora em grande parte verídicos, os relatos compartilhados nesses livros pareciam tão absurdos que quase ninguém acreditou neles. Em vez de processar os autores e chamar atenção para o que haviam escrito, a agência simplesmente deu de ombros, alegando que não condiziam com a realidade e eram nada mais que relatos ficcionalizados por parte de ex-funcionários desequilibrados tentando ganhar dinheiro.

No entanto, problemas mais sérios ainda estavam por vir.

Em 2015, a revista *Newsweek* publicou mais uma denúncia inesperada sobre o Stargate. Judd jamais se esqueceria de quando lera as aspas do gerente de projeto aposentado do Stargate, o tenente-coronel Brian Buzby, que rompeu um silêncio de duas décadas para dizer: "Eu acreditava na época e acredito até hoje. Era de verdade e funcionou."

Para desespero de Judd, a matéria descrevia também um desenho de autoria do lendário Agente 001 do Stargate – Joseph McMoneagle –, que havia visualizado remotamente um enorme submarino de dois cascos num estaleiro russo secreto. Segundo a *Newsweek*, tempos depois fotografias americanas feitas por satélite confirmaram que no estaleiro secreto soviético de Severodvinsk havia um gigantesco submarino classe Typhoon, que representava uma nova ameaça para a segurança nacional dos Estados Unidos.

Ao ser perguntado sobre o que pensava do finado programa Stargate, o então senador e futuro secretário de Defesa americano William Cohen havia respondido:

Fiquei impressionado com o conceito da visualização remota... A exploração do poder da mente era e segue sendo uma empreitada importante... Eu apoiava, sim, o programa Stargate, assim como o senador Robert Byrd e outros integrantes do comitê. Eles se mostraram um pequeno grupo de pessoas capazes de sintonizar um outro nível de consciência.

Quando a matéria foi publicada, o diretor Judd precisou enfrentar uma enxurrada de documentários conspiratórios sobre o Stargate na TV. Uma produção particularmente alarmante era intitulada *Espiões do terceiro olho*, e, embora a agência tivesse reagido da forma padrão, fazendo pouco-caso do documentário, Judd se lembrava de ter ficado surpreso ao ver que muitas das alegações conspiratórias do filme eram verdadeiras – entre elas a desconfiança de que o fracasso público do Stargate tinha sido uma ilusão cuidadosamente encenada.

Eles não têm provas, mas errados não estão.

Na verdade, a visualização remota havia continuado em segredo dentro das quatro paredes de Langley, da SRI International e de Fort Meade. A cortina de fumaça provocada pela admissão do fracasso do Stargate permitira à agência planejar discretamente o futuro do programa: uma versão com mais recursos, muito mais protegida e infinitamente mais avançada do ponto de vista tecnológico, enterrada bem fundo debaixo da terra, distante de seu passado maculado e com um codinome novinho em folha.

Assim nasceu o Projeto Limiar.

– Diretor? – chiou uma voz no interfone. – Ela está na linha.
Judd despertou do devaneio e ergueu os olhos para a tela à sua frente.
– Obrigado – falou. – Pode me conectar.
Um segundo depois, o brasão da CIA desapareceu da tela e foi substituído pela expressão desafiadora da embaixadora Heide Nagel, ladeada por dois fuzileiros navais.

CAPÍTULO 114

Katherine encarava o cano da pistola de Finch com a sensação de quem havia acabado de levar um choque e voltado à realidade. O "laboratório da morte" da CIA não era uma instalação de pesquisa sobre a consciência, e sim o centro de comando de um espantoso novo tipo de visualização remota transformada em arma.

No mundo da noética de Katherine, o Limiar seria o triunfo supremo. A chave para entender a consciência não local sempre fora a compreensão das experiências fora do corpo, mas essa compreensão sempre havia esbarrado em dois imensos obstáculos.

E o Limiar resolveu ambos.

O primeiro era o fato de os estados fora do corpo serem raros, efêmeros e, com frequência, imprevisíveis. Pouquíssimos indivíduos eram capazes de se "projetar sob demanda", e mesmo eles tinham dificuldade de manter a consciência fora do corpo por um minuto que fosse. No Limiar, porém, usando as cápsulas de Gessner, *qualquer um* podia ser forçado a sair do corpo e ficar suspenso fora dele por uma hora ou mais.

Aterrorizante, mas real.

O segundo desafio era o *recordar*. Ao retornar da experiência e voltar para o próprio corpo, as pessoas relatavam que a lembrança sumia quase de imediato, como um sonho, dificultando o trabalho de pesquisadores em busca de dados detalhados e confiáveis. Mas agora, com o implante cerebral de neurônios do Limiar, essas experiências podiam ser *gravadas* e estudadas.

Aquela instalação representava um grande avanço em potencial para a pesquisa sobre a consciência e tinha tudo para desvendar os segredos mais profundos da mente humana. *Entre eles, a natureza da própria morte.* No entanto, para a imensa frustração de Katherine, em vez de se aprofundar nos mistérios da consciência e da morte, a CIA havia canalizado a consciência não local para criar uma estrutura de vigilância de proporções nunca antes imaginadas. Katherine ainda não conseguia aceitar que uma tecnologia como aquela pudesse existir e ser tão facilmente transformada em arma.

– Uma coisa que eu não entendi – disse ela. – O implante no cérebro... a trama neural foi integrada tão depressa...

– Eu já ouvi o bastante – interrompeu Langdon, olhando para a pistola de Finch ainda apontada para os dois. – O manuscrito de Katherine não existe mais. Ela não vai publicar o livro. Nós aceitamos assinar seu termo de confidencialidade. Pode guardar a arma.

– Tudo no seu devido tempo – disse Finch, olhando por cima do ombro em direção à porta, como se estivesse esperando alguém. – Fico feliz que a Dra. Solomon tenha notado que nós integramos a trama neural dela com grande rapidez.

Com uma rapidez impossível, pensou Katherine. Segundo os registros que ela e Langdon haviam encontrado, a fusão dos neurônios naturais de Sasha com os neurônios *artificiais* tinha sido dez vezes mais rápida que os padrões naturais de crescimento ou que qualquer outra coisa que Katherine tinha visto em laboratório.

– A solução é uma técnica nova que chamamos de "cooperação forçada", uma espécie de solução de quebra-cabeças conjunta – gabou-se Finch. – Nós usamos a realidade virtual para inserir o mesmo quebra-cabeça ao mesmo tempo tanto no *cérebro* do participante quanto no *chip* implantado. Como a senhora sabe, quando neurônios desconectados sentem que podem ser mais eficientes compartilhando informações, eles formam novas sinapses.

As soluções mais brilhantes são sempre as mais simples, pensou Katherine, e era exatamente esse o caso da estratégia descrita por Finch. Ao apresentar desafios *idênticos* a duas máquinas de processamento distintas – um cérebro humano e um chip de computador –, eles incentivavam as duas a cooperarem, motivando-as a criar sinapses o mais depressa possível. *Neurônios que disparam juntos se conectam uns aos outros*. Esse processo era conhecido como *aprendizado hebbiano* e fazia parte do campo da neurociência desde os anos 1930, quando Donald Hebb descobriu que, quando desafiado repetidamente com tarefas intensas, o cérebro formava novas rotas neurais com grande rapidez, de modo bem parecido com um halterofilista que ganha músculos ao se exercitar.

– E as drogas no laboratório de VR? – indagou Katherine. – Imagino que os psicodélicos intensifiquem a neuroplasticidade. É isso?

– Isso mesmo – disse Finch. – Além de estimular o crescimento, elas são usadas para tornar os quebra-cabeças mais difíceis, forçando o cérebro a se concentrar em meio a uma névoa mental. É como um maratonista que treina com pesos nos tênis. O peso extra acelera a adaptação.

Katherine estava assombrada.

– Essa ideia vocês não tiraram da minha tese – constatou ela. – Foi da Brigita?

– Em grande parte, sim. A Dra. Gessner não era uma pessoa fácil, e nós discordávamos em muitas coisas, mas não poderíamos ter construído o Limiar sem ela.

– A tese de Katherine... – disse Langdon. – Como a CIA teve acesso a ela?

– Pela candidatura ao Prêmio Blavatnik – respondeu Finch. – Essas candidaturas sempre trazem as ideias mais ousadas vindas das mentes jovens mais brilhantes. Então, na época, a CIA sempre garantia que um dos membros do júri fosse do Instituto de Pesquisas de Stanford.

O IPS? Katherine ficou abismada por não ter pensado na conexão assim que ficara sabendo do envolvimento da CIA no sumiço do seu manuscrito. O Instituto de Pesquisas de Stanford tinha vínculos de longa data com a CIA, e alguns teóricos da conspiração chegavam a considerá-lo o berço do Stargate. Um "professor" do IPS no comitê do Prêmio Blavatnik poderia facilmente ser um espião escondido à vista de todos.

– Quando a sua tese não ganhou sequer uma menção honrosa, seu professor de Princeton, que salvo engano se chamava Cosgrove, questionou insistentemente o comitê julgador do prêmio, em especial o jurado de Stanford – disse Finch. – Mas em dado momento ele se deu conta de que o IPS estava envolvido e teve o bom senso de largar o osso e nunca mais tocar no assunto.

– Nós queremos sair daqui – disse Langdon. – Agora.

– O senhor não está em condição nenhuma de exigir nada, professor – retrucou Finch. – Vocês dois invadiram uma instalação ultrassecreta e violaram muitas leis. E se acham que a embaixadora vai aparecer para salvar vocês, devo dizer que duvido que neste exato momento ela esteja livre para ir a qualquer lugar.

– Se Katherine e eu sumirmos, *muita* gente vai reparar – disse Langdon num tom de ameaça. – Não vai ser como sua cobaia anônima, Sysevich.

– O senhor não sabe nada sobre o que aconteceu com Dmitri.

– Sabemos que vocês o usaram como cobaia humana – disse Katherine. – Tanto ele quanto Sasha Vesna.

– Eles estavam levando uma vida atormentada – retrucou Finch. – Gessner salvou os dois. Curou a epilepsia deles e lhes deu uma vida.

– É *esse* o seu raciocínio? – desafiou Langdon. – Dmitri tem uma vida melhor agora? Nós vimos os registros dele. Ao que tudo indica, ele morreu aqui!

– Professor – disse Finch, mirando a pistola apenas em Langdon –, deve ser um luxo viver no meio acadêmico e não ter que enfrentar os verdadeiros problemas do nosso país nem se preocupar com aqueles que desejam destruir o modo de vida ocidental. O mundo é um lugar extremamente perigoso, e pessoas como eu são o único motivo pelo qual a cidade de Boston continua de pé. Digo isso num sentido muito literal.

– Pode até ser, mas isso não dá a vocês o direito de fazer experimentos com seres humanos sem eles saberem – respondeu Langdon.

Finch o encarou.

– O teste supremo da consciência de um homem é descobrir quanto ele está disposto a sacrificar hoje em nome das futuras gerações sabendo que não vai ouvir os agradecimentos delas.

– Se quer mesmo roubar uma citação, deveria saber o que ela significa – retrucou Langdon. – Quando Gaylord Nelson disse isso, estava falando sobre salvar o meio ambiente, não sobre abusar de pessoas inocentes.

– Sasha está longe de ser inocente – disse Finch. – Ela matou a Dra. Gessner.

– Que absurdo! – protestou Langdon. – Sasha amava Brigita. Não tem como ela...

– Também matou minha agente de campo lá em cima – cortou Finch. – Eu entendi que *Sasha* havia invadido o Limiar quando encontrei um bastão de epilepsia lá em cima, perto do corpo da minha agente morta, e só existe uma pessoa a quem ele pode pertencer.

– Esse bastão é *meu* – declarou uma voz fantasmagórica na escuridão. – E eu quero de volta.

CAPÍTULO 115

Finch se virou depressa, alarmado, e correu os olhos pelo recinto.

Quem falou isso?

A acústica dificultava apontar *exatamente* de onde as palavras tinham vindo. Langdon e Katherine pareciam igualmente espantados.

– Cadê você? – chamou Finch, que não tinha reconhecido a voz masculina reverberante. O sotaque com certeza era russo. – Apareça, agora!

Finch ouviu um silvo baixo, o único ruído a romper o silêncio do domo.

Estava vindo de trás de Langdon e Solomon. Enquanto seus reféns se viravam na direção da voz, Finch olhou para além deles e percebeu que o som vinha do elevador pneumático que dava acesso à ala de serviço.

À medida que a plataforma foi subindo, os três testemunharam uma cena diferente de tudo que Finch poderia ter imaginado em seus sonhos mais loucos.

De dentro da terra... vinha brotando um monstro.

O rosto foi o primeiro a aparecer, sem traços, a pele cinza como de um cadáver. A cabeça era toda calva e estava coberta pelo capuz de uma capa preta, e os dois olhos frios estava fixos em Finch e sua pistola em riste. Quando o corpo coberto pela capa foi surgindo, tinha os braços abertos na horizontal e as palmas expostas, como uma espécie de Cristo em ascensão.

Quando a plataforma parou, o ser começou a caminhar na direção deles, as botas pesadas batendo no chão acarpetado. Com os braços ainda abertos num gesto de rendição, foi se aproximando por entre o mar de cápsulas, a capa preta esvoaçando. Nesse momento Finch percebeu que a cabeça e o rosto do monstro estavam cobertos por uma grossa camada de barro ou lama seca, e sua testa tinha algo gravado. *Mas que porra é essa?*

– Parado! – gritou Finch, enfim reencontrando a voz quando a criatura já estava a menos de 5 metros de distância. – Nem mais um passo!

O monstro obedeceu e se deteve, ainda com os braços abertos.

Finch deu um passo para a direita, desviando de Langdon e Katherine e mirando a criatura.

– Quem é você?

O que é você?

– Você traiu a confiança de Sasha – respondeu o ser, a voz reverberando pelo domo. – Eu sou o protetor dela.

– Sasha está aqui também? – quis saber Finch.

– Não, Sasha está num lugar seguro. Nunca mais vai pôr os olhos em nada disto aqui.

– E *você*? Quem é?

O monstro sofreu um espasmo repentino e pareceu tomar um susto, mas se recuperou logo em seguida.

– Eu... sou...

A voz da criatura falhou, e dessa vez Finch viu o medo surgir no semblante dela. Os braços estendidos começaram a tremer, e seu olhar desafiador se desfez.

– *Não, ne seychas!* – gaguejou ele, num tom de súplica apavorada. – Agora não...

De repente, o monstro desabou no chão com o corpo inteiro sacudindo violentamente. Rolou de costas e ficou deitado no carpete, impotente, trêmulo.

Finch já tinha visto convulsões epiléticas antes, e, embora não fizesse ideia de quem fosse aquela pessoa, sua presença ali explicava o bastão de epilepsia que ele havia encontrado perto de Housemore. *Será outro paciente de Gessner? De fora do programa?*

O monstro apalpava os bolsos da capa, obviamente desesperado para encontrar alguma coisa.

– Foi isso que você perdeu? – provocou Finch, tirando do próprio bolso o bastão de metal e se aproximando da criatura incapacitada. – Me diga quem você é que eu devolvo.

– Ele não consegue falar! – gritou Langdon. – Pelo amor de Deus, ajude ele!

– Quer o bastão de volta? – indagou Finch, se aproximando.

A criatura seguiu em convulsão, a cabeça vibrando contra o chão.

– Ajude ele! – gritou Katherine.

Ainda segurando a pistola, Finch se agachou e segurou o bastão bem diante dos olhos do ser espasmódico.

– Por que não começa me dizendo...

Mas não chegou a terminar a frase.

Num movimento rápido, coordenado e preciso, a figura trêmula se sentou ereta e, como uma serpente dando o bote, esticou um braço na direção de Finch, encostando no peito do homem. Um zumbido ecoou alto pelo recinto, um clarão de luz azul se acendeu e uma dor lancinante varou o corpo de Finch, que se retesou, fazendo a arma disparar involuntariamente contra a lateral de uma cápsula, então tombou para a frente. Com agilidade, a criatura se afastou para deixar Finch se estatelar de cara no chão.

Com o impacto, Finch sentiu a cartilagem do nariz se estraçalhar. A dor foi nauseante, diferente de tudo que ele já havia sentido. Com o sangue escorrendo pelo rosto, ele travou com o corpo deitado de lado. Viu a figura de capa se pôr de pé sem o menor esforço e pegar a pistola e o bastão, que haviam caído no chão. As pesadas botas de salto plataforma se moveram na direção de Finch e ficaram a centímetros de seu rosto. Com dificuldade para respirar, Finch se esforçou para virar a cabeça, e seus olhos foram subindo pelo corpo do agressor até chegarem ao rosto. Ao ver o monstro de pé acima dele, Finch se perguntou se tinha morrido e ido para o inferno.

A criatura que o encarava não tinha quase nada de humano. O rosto era uma camada de barro seco com rachaduras profundas. Na testa havia três símbolos gravados. Os olhos da criatura não se desviavam dos dele, e a expressão dela fez Finch entender que não haveria clemência.

◆ ◆ ◆

Robert Langdon estava acostumado a processar informações complexas com rapidez. Mas a cena à sua frente havia se desenrolado depressa demais para ele compreender plenamente o que estava acontecendo. Finch estava caído no chão, estremecendo e debilitado. A criatura de capa que encarava Langdon e Katherine estava usando algum tipo de fantasia; a cabeça toda calva e o rosto estavam cobertos por uma grossa camada de barro seco, e na testa havia uma palavra em hebraico gravada.

אמת

Langdon não lia bem hebraico, mas aquelas três letras eram emblemáticas. Pronunciavam-se EMET, e quando gravadas numa testa tinham um significado inconfundível.

Verdade.

O Golĕm de Praga.

Antes de Langdon conseguir sequer começar a dar sentido a qualquer um desses elementos, o silêncio do recinto foi quebrado por uma sirene ensurdecedora, e luzes de emergência giratórias começaram a percorrer repetidamente o espaço.

– Saiam! – gritou o ser encapuzado, apontando para a porta por onde eles tinham entrado. – AGORA! A instalação inteira está prestes a explodir!

Langdon torceu para ter entendido errado. *Explodir?*

– Nós trancamos a porta com acesso por RFID! – exclamou Katherine. – E não temos cartão para sair!

– Venham cá!

A criatura se agachou junto a Finch, que ainda tremia, impotente. Langdon correu até eles enquanto o monstro revirava os bolsos de Finch, sacava sua carteira e pegava um cartão preto idêntico ao de Gessner, com a palavra "PRAGUE" escrita.

– Vocês vão ter vinte segundos – gritou a criatura, a voz quase inaudível por causa do alarme, então forçou o polegar de Finch no cartão até uma luzinha ficar verde na superfície. Logo em seguida, entregou o cartão ativado a Langdon. – Vinte segundos! Vão!

– Mas e *você*? – perguntou Langdon.

– Eu sou O Golĕm – respondeu a criatura. – Já morri muitas vezes.

◆ ◆ ◆

Vão com Deus, pensou O Golěm, aliviado ao ver Robert Langdon e Katherine Solomon fugirem correndo. *Eles não merecem morrer.*

Já Finch era outra história.

O Golěm parou em pé diante de seu prisioneiro ensanguentado – o mestre das marionetes que comandava aquele projeto. Sob as luzes giratórias, foi até a cápsula de PRE mais próxima, apertou o botão de abrir e ergueu a tampa. Então suspendeu o homem pequenino por cima da borda da cápsula e o jogou lá dentro como se ele já fosse um corpo sem vida.

Finch esbugalhou os olhos e começou a recuperar os movimentos, mas era tarde. O Golěm prendeu rapidamente as tiras de velcro nos braços e nas pernas de seu prisioneiro, imobilizando-o no interior da cápsula, que lembrava um caixão.

– Pare, por favor... – gemeu o homem ao recuperar a voz.

O Golěm se inclinou para dentro do recipiente, aproximou a boca da orelha de Finch e sussurrou:

– Queria transformar seu sangue em gelo e fazer você sentir o que eu senti tantas vezes, mas não há tempo para isso.

– Quem... é... você? – gaguejou o homem.

– Você sabe quem eu sou. Você me *criou*.

Cada vez mais desesperado, Finch encarou o monstro, observando, examinando cada parte do rosto dele. Mas O Golěm não tinha a menor intenção de lhe dar a satisfação da descoberta.

Com toda a calma, O Golěm baixou os olhos para sua vítima e pronunciou as últimas palavras que o homem iria escutar em vida. Na sequência, apertou o botão na lateral da cápsula e ficou observando satisfeito a tampa transparente descer, lacrando Finch do lado de dentro e abafando seus gritos de terror, que se perderam em meio ao barulho do alarme.

CAPÍTULO 116

Langdon e Katherine irromperam no corredor do lado de fora do recinto. Com o cartão começando a piscar vermelho na mão de Langdon, quase não chegaram ao leitor de RFID a tempo.

Num só movimento, os dois dobraram à direita e correram juntos na direção da escadaria no fim do corredor. Parecia mais provável que ela levasse a uma saída mais rápida do que o caminho tortuoso que tinham feito para chegar ali.

Sob o clarão caótico das luzes de segurança giratórias, eles chegaram à porta no fim do corredor e entraram depressa na escadaria de concreto. Enquanto subia os degraus de dois em dois, Langdon ainda escutava a voz reverberante da criatura com o rosto coberto de barro que acabara de ajudá-los a fugir. *A instalação inteira está prestes a explodir!* Langdon não fazia ideia de como ou por que isso iria acontecer, mas, a julgar pelas sirenes e luzes de emergência, uma catástrofe estava prestes a ocorrer no Limiar, muito provavelmente causada pelo homem mascarado.

Langdon sabia que um dos subprodutos do medo, em especial o medo da *morte*, era a total clareza de propósito. Apesar do emaranhado de perguntas sobre o que acabara de acontecer ali, o cérebro de Langdon ignorou esse ruído e se sintonizou num único canal.

O da sobrevivência.

Ele subiu na frente até o patamar superior, onde os dois chegaram ofegantes a uma porta de metal identificada como ADMINISTRAÇÃO. Sem pensar duas vezes, Langdon a abriu e entrou, e eles se viram em um corredor acarpetado com paredes revestidas de painéis de carvalho. O lugar não tinha nada a ver com a ala operacional, fria e estéril: parecia mais a sede de um sofisticado escritório de advocacia em Cambridge.

Eles avançaram a mil pelo corredor, passando por salas de reunião e escritórios, até chegarem a um amplo salão com baias. Ali Katherine se deteve e estendeu a mão para fazer Langdon parar também. Na outra ponta do salão, uma mulher com roupa de trabalho recolhia objetos apressadamente da sua baia. Pelo visto, o Limiar não estava totalmente deserto. Nesse exato instante, dois homens jovens de terno correram na direção da mulher e acenaram para ela segui-los. Os três saíram correndo sem olhar para trás.

Vamos atrás deles, pensou Langdon. *Eles devem saber onde fica a saída.*

Assim que os três sumiram de vista, Langdon e Katherine seguiram na mesma direção, que ele desconfiava ser para o lado da entrada principal que eles tinham visto mais cedo, na beira do Parque Folimanka. Langdon olhou para o fichário ultrassecreto despontando da bolsa de Katherine e torceu para a evacuação de emergência criar um caos grande o bastante para eles poderem sair dali sem serem notados.

Isso se sairmos a tempo, pensou ele enquanto as sirenes seguiam berrando.

– Ali! – gritou Katherine, apontando para uma placa acesa de SAÍDA no fim do corredor.

Eles passaram pelas portas e se viram dentro de uma sala de controle de segurança parecida com aquela pela qual haviam passado mais cedo, com detector de metais, esteira de raio X e scanner corporal. Mas felizmente não havia ninguém ali, e Langdon e Katherine puderam passar correndo, dando no que parecia ser uma grande garagem subterrânea quase vazia, com exceção de veículos de construção, uns poucos carros e algumas máquinas grandes sobre caçambas de caminhão.

Uns 50 metros à frente, Langdon viu aquilo que temia nunca mais voltar a ver. *A luz do dia.*

No fim do estacionamento, a abertura em formato de arco do bunker dava para uma rampa. Os três funcionários que eles tinham acabado de ver no escritório subiram apressados e sumiram de vista. Langdon e Katherine correram em direção à abertura, mas no meio do caminho a luz do dia começou a diminuir, e a abertura, a ficar menor.

Eles estão fechando a porta!

– Espere! – gritou Langdon, sua voz engolida pela cacofonia de alarmes. – ESPERE!

Percebeu que eles nunca conseguiriam chegar a tempo. Ainda a uns 20 metros de distância, o facho de luz do dia foi sumindo aos poucos até desaparecer por completo quando o portal se fechou com um baque retumbante, prendendo-os lá dentro.

◆ ◆ ◆

Três níveis abaixo, imobilizado como um paciente psiquiátrico violento qualquer, o Sr. Finch havia parado de se debater. Tudo que conseguia fazer era manter o olhar fixo e incrédulo através da tampa transparente da cápsula de PRE enquanto as luzes de emergência varriam o domo lá em cima.

O alarme geral confirmava duas realidades que ele não podia negar. A primeira era que as últimas palavras de seu agressor tinham sido verdadeiras. *Eu fechei as válvulas de passagem de hélio e selei o duto de exaustão.* E a segunda era que o Limiar e tudo que ele continha estavam prestes a ser destruídos.

O SMES está superaquecendo.

A instalação do sistema de armazenamento de energia magnética supercondutora tinha sido a menina dos olhos de Finch, uma forma de disfarçar discretamente os picos de consumo do Limiar durante operações que exigissem muita energia. Em vez de chamar a atenção das concessionárias de energia locais, o Limiar extraía discretamente baixas quantidades de energia do grid, 24 horas por dia, e as armazenava nas bobinas supercondutoras para usar sempre que precisasse.

Uma energia constante, ininterrupta.

Era uma tecnologia extremamente estável e segura. Isto é, a não ser que alguém decidisse transformá-la em arma, o que, aliás, se aplicava à maioria das tecnologias.

Mas não existe plano B para a espionagem.

Finch já compreendera que iria morrer e se forçou a aceitar o fato com a frieza e o distanciamento que o haviam acompanhado em todas as decisões e encruzilhadas de sua vida. Agora certo da verdadeira identidade da pessoa que o mataria, ele sentiu estar preso dentro de uma espécie de mito clássico. *Um monstro volta para destruir seu criador.* A ironia do histórico golem de Praga não tinha lhe passado despercebida.

Ao visualizar o SMES lá embaixo, Finch soube que era apenas questão de segundos. O que estava prestes a acontecer seria cataclísmico.

Uma bomba de pressão detonada bem debaixo da terra.

O último som que Finch ouviu antes de seus tímpanos implodirem foram o estalar e o estilhaçar da tampa da cápsula acima dele. Quando seu campo de visão subiu em direção ao teto abobadado, ele não teve certeza se seu espírito estava se projetando para fora do corpo feito um foguete ou se todo o piso do recinto estava sendo arremessado para cima. Fosse como fosse, ele não sentiu nenhuma dor, apenas um vago desligamento quando seu corpo físico foi destroçado pelo vento branco uivante.

◆ ◆ ◆

A onda de choque jorrou da prisão subterrânea com uma força inimaginável. Em menos de um décimo de segundo, rasgou o chão da câmara e se espalhou lateralmente pelo nível inferior do Limiar, destruindo o laboratório de computação quântica antes de explodir para cima em direção ao laboratório de PDT, à ala médica e à área de cirurgia, destruindo tudo pelo caminho. A nuvem de gás em movimento foi se expandindo em todas as direções à procura do caminho de menor resistência.

Logo depois, ela o encontrou.

◆ ◆ ◆

Um fuzileiro naval não se abala com qualquer coisa.

Mesmo assim, o sargento Scott Kerble nunca se sentiu tão confuso em toda a sua carreira. O espetáculo que se desenrolava diante dos seus olhos era diferente de tudo que ele tinha visto, ou mesmo imaginado ser possível.

Após localizar o SUV da embaixadora discretamente estacionado no meio de algumas árvores na estradinha de acesso ao Bastião U Božích Muk, Kerble se viu parado, no alto do morro, tentando entender a situação, quando sentiu o chão tremer com força sob seus pés.

De imediato intuiu que fosse um terremoto, mas o tremor se resumiu a uma única sacudida acompanhada por um rugido grave vindo das entranhas da Terra. Ao baixar os olhos em direção à extensão coberta de neve do Parque Folimanka, ele se deu conta de que estava assistindo a algo totalmente diferente.

Em câmera lenta, o centro do parque pareceu se erguer com força em direção ao céu, formando uma grande protuberância, como se um imenso animal subterrâneo estivesse tentando se libertar. A neve escorregava pelos flancos do morro recém-criado à medida que o chão subia. Então, com um estalo estrondoso, um violento gêiser de gás branco jorrou pela superfície e se projetou mais de 30 metros no ar.

Estupefato, Kerble cambaleou para trás enquanto a coluna de vapor subia pelo céu acima do parque. O uivo ensurdecedor vindo lá de baixo durou apenas segundos antes de cessar e foi seguido pelo impacto da montanha de terra desabando de volta sobre si mesma.

Ele deu um passo lento à frente e, incrédulo, avaliou o estrago. Uma cratera funda havia se aberto onde antes ficava o centro do Parque Folimanka. O buraco escancarado continha uma pilha de entulho e uma nuvem de poeira que crescia.

Um segundo depois, um frio mortal subiu do parque.

Então, como por magia, o ar à sua volta se cristalizou e foi tomado por flocos de neve delicados como açúcar de confeiteiro.

CAPÍTULO 117

Segundos antes da explosão, com as sirenes no volume máximo, Langdon e Katherine tinham gritado por socorro enquanto a porta blindada da garagem baixava e os trancava dentro da instalação. Desesperado, Langdon abriu com um puxão a porta do motorista de um sedã parado ali perto e começou a buzinar, mas o barulho das sirenes era tão alto que nem o som do carro foi audível do lado de fora.

Fosse como fosse, não tinha mais importância, pois logo em seguida Langdon sentiu uma mudança no ar, uma pressão repentina nos ouvidos acompanhada pela primeira onda de um uivo grave e gutural.

O que quer que estivesse acontecendo no Limiar estava acontecendo *naquele instante*. Ele torceu para a garagem estar longe o bastante do centro do complexo, de modo a não explodir.

– Entre na frente! – gritou Katherine ao mesmo tempo que abria a porta de trás do sedã e entrava. Langdon pulou no banco do motorista, e ambos bateram as portas ao mesmo tempo. – Se abaixe e aperte o...

As janelas do carro explodiram, e uma onda de vento gélido fustigou o veículo. Com a mesma força de um trem de alta velocidade passando, um furacão varreu a garagem, apagando todas as luzes e levantando o sedã como se fosse um brinquedo. Num instante eles ficaram de cabeça para baixo no escuro, e o veículo começou a capotar de lado.

– Katherine! – gritou Langdon em meio à tormenta ensurdecedora, agarrado ao volante e tentando se manter seguro enquanto o carro seguia capotando.

Diziam-se que o 360º era a menos chacoalhante das manobras num jato de caça, porque a força centrípeta mantém o piloto colado no assento. Langdon entendeu nesse momento que isso era verdade – ao menos por alguns instantes.

Então veio o impacto.

O sedã bateu em algo fixo e parou abruptamente com um tranco.

Langdon foi ejetado do banco e aterrissou de peito *em alguma coisa*. Atordoado e numa escuridão total, sentiu um frio surpreendente. Seu cérebro fez uma checagem rápida do corpo e concluiu que a dor era resultado de cortes e hematomas, não de um desmembramento. A fúria da explosão havia se acalmado com a mesma rapidez com a qual chegara. As sirenes de alerta também haviam se calado.

Os ouvidos de Langdon apitavam, e, no breu, ele se sentia desorientado. Um frio cortante havia baixado à volta eles, embora Langdon sentisse ainda estar dentro do carro.

– Katherine – chamou.

A voz que respondeu foi fraca, mas muito próxima.

– Aqui.

Langdon foi tomado pelo alívio.

– Tudo bem com você?

– Eu... eu não sei direito – respondeu ela com dificuldade. – Você está me esmagando.

Langdon então percebeu que estava deitado bem em cima de Katerine. Com todo o cuidado, deslocou o peso para o lado e mudou de posição. Seu ombro esmagou dolorosamente estilhaços de vidro temperado, obrigando-o a mudar de posição outra vez. Por fim, encontrou uma área livre na qual pôde se apoiar. Começando a se situar, ele percebeu que o carro estava de cabeça para baixo, e os dois estavam deitados no teto.

Langdon foi se contorcendo e tateando no escuro até suas mãos encontrarem a moldura de uma janela quebrada, mas a abertura parecia pequena demais para ele passar, então ele seguiu tateando o interior do automóvel até localizar outra abertura, esta maior, do para-brisa ou da janela traseira. Agarrou-se nela, puxou o corpo para a frente e se espremeu pela abertura até chegar ao chão duro da garagem, que estava frio e escorregadio, coberto por uma camada que parecia ser de gelo. De quatro no chão, Langdon se virou e estendeu a mão para dentro da abertura.

– Aqui, Katherine – falou ele com a maior calma possível, ansioso para saber se ela estava ferida. – Consegue achar minha mão? Está machucada?

Ouviu movimentos no escuro e seguiu falando com ela, guiando-a na sua direção. Por fim, suas mãos se tocaram. Os dedos de Katherine estavam frios, e as mãos tremiam por causa do choque. Ele a puxou com cuidado, ajudando-a a sair do carro. Assim que conseguiu, ela ficou em pé e o abraçou com força.

Naquele instante, Langdon teve um déjà-vu de abraçá-la outra vez na escuridão fria, sentindo um enorme alívio por constatar que ela estava bem.

– Minha bolsa – sussurrou ela. – Eu perdi o fichário.

– Esqueça isso – disse ele, segurando-a mais forte.

Estamos vivos. Isso é tudo que importa.

Langdon não fazia ideia do que acabara de acontecer nem da extensão dos danos, mas desconfiava que o governo americano precisaria responder a várias perguntas nos dias seguintes. Com sorte, ele e Katherine passariam a ser a *menor* das preocupações da CIA.

Muito provavelmente Finch já era, pensou, sentindo pouca tristeza pela perda. O sentimento de pesar e culpa que experimentava era pela outra alma perdida: o homem com a máscara de golem feita de barro, a criatura que literalmente havia brotado da terra para salvar a vida deles.

Finch exigira saber a identidade da criatura, que com toda a calma havia respondido: *Você traiu a confiança de Sasha. Eu sou o protetor dela.*

Langdon pensou em Sasha Vesna e se perguntou onde ela se encontrava, e mesmo se ainda estaria viva em algum lugar da cidade. Tinha decidido que, se ele e Katherine saíssem inteiros dali, iriam encontrar Sasha e *ajudá-la*. Ela não só merecia e precisava disso como Langdon e Katherine tinham uma dívida de gratidão para com o homem que acabara de salvar a vida deles. *Se ele se foi, salvar Sasha é nossa obrigação moral.*

– Olhe – sussurrou Katherine, pondo a mão no ombro dele para virá-lo no escuro. – Ali.

Langdon estreitou os olhos e não viu nada.

– Onde?

– Bem ali na frente – disse ela, apontando-o ligeiramente para a direita.

Foi quando ele viu.

Ao longe, quase invisível em meio à nuvem de poeira que baixava, uma nesga de luz do dia tremeluzia na escuridão.

◆ ◆ ◆

Num dia qualquer, um terremoto que atingisse Praga estaria no topo da lista de preocupações da embaixadora Nagel. No presente momento, porém, o tremor que ela acabara de sentir parecia uma trivialidade em comparação com sua conversa com o diretor Judd.

– Tirem as algemas dela – ordenara o diretor aos militares assim que a conexão fora estabelecida. – Fiquem de guarda do lado de fora da sala. Ninguém entra nem sai.

Os soldados obedeceram, e, assim que Nagel se viu sem as algemas e sozinha, Judd baixou a voz e disse:

– Finch está fora de controle. Considere isso uma medida protetiva.

Na sequência, sem nenhuma outra explicação, o diretor da CIA dera início a um monólogo, tentando justificar tudo que Nagel havia escutado na pavorosa confissão de Gessner. Agora, após defender seu ponto de vista, Judd se inclinou para a frente, se aproximando da câmera com uma expressão ao mesmo tempo de súplica e total seriedade.

– A gente está numa corrida armamentista, Heide, e a cada dia que passa nossos adversários ficam mais poderosos e agressivos – disse ele. – Os planos que estão sendo preparados contra os Estados Unidos são muito reais e têm um potencial catastrófico, e a gente precisa descobri-los *antes* de eles se concretizarem. O Limiar representa a vantagem de que a nossa comunidade de inteligência precisa para sobreviver na tempestade que está por vir. Se a gente não conseguir uma dianteira na tecnologia da mente humana, *outro* país vai conseguir, e, em vez de sermos os observadores, nós seremos os observados.

O argumento de sempre, pensou Nagel. *Alguém vai fazer, então melhor que seja a gente.*

A empreitada científica mais perigosa e questionável do ponto de vista ético da história – a construção da bomba atômica – fora lançada com uma justificativa parecida. E, deixando de lado o argumento ético ou político, era verdade que o fato de os Estados Unidos terem sido a *primeira nação* a ter a bomba havia posto fim a uma guerra devastadora e consolidado o país como uma superpotência pelo meio século seguinte – um exemplo convincente de que os fins justificam os meios. Só que o cenário agora era outro.

Nagel não era sequer capaz de imaginar o que aquele vídeo causaria no contexto mundial. Ele revelava não só a existência de uma chocante tecnologia ultrassecreta como também uma estarrecedora e imperdoável verdade: a CIA realizava testes em pacientes psiquiátricos russos raptados, um dos quais, ao que tudo indica, tinha perdido a vida no programa: Dmitri Sysevich. *A CIA seria crucificada a torto e a direito, a começar pelo diretor.*

– Como você já deve ter adivinhado, a In-Q-Tel nunca teve qualquer envolvimento com o Limiar – disse Judd. – Eu coloquei Finch no escritório londrino da Q porque era uma fachada verossímil e porque dali ele daria apoio operacional ao programa, mas ele obviamente se excedeu. – O diretor parecia arrependido. – Eu nunca deveria ter dado tanto poder a ele.

Uma batida forte na porta chamou a atenção de Nagel, e um dos guardas da embaixada pôs a cabeça para dentro.

– Embaixadora – disse ele, parecendo abalado. – Desculpe interromper. Estamos com uma ligação de emergência para a senhora.

Sua vontade foi berrar: *Eu já estou em uma!*

– Quem é? – perguntou ela.

– O sargento Kerble. Ele disse que houve uma explosão subterrânea colossal no Parque Folimanka.

CAPÍTULO 118

A 300 metros do epicentro da devastação, o túnel subterrâneo do monotrilho que levava de volta ao Bastião U Božích Muk havia sobrevivido mais ou menos intacto, apesar de não ter mais energia nem iluminação. A pequena plataforma antes da entrada do Limiar estava coalhada de poeira e escombros.

Deitado no chão do túnel do trilho, um corpo se mexeu.

Na escuridão total, O Golěm se ajoelhou devagar; sabia que tinha sorte de estar vivo. Sua fuga do Limiar não havia corrido como esperado, e ele mal conseguira chegar ao monotrilho quando a explosão o atirou no chão.

Agora a pergunta era se O Golěm conseguiria sair daquela tumba subterrânea. O caminho atrás dele devia estar obstruído por entulho. O caminho à frente, pelo túnel comprido e escuro como breu, podia estar bloqueado por um desabamento causado pela onda de pressão, e não havia como saber se o poço do elevador que subia para o Bastião U Božích Muk seguia intacto. Embora exausto, O Golěm sabia que não podia se dar ao luxo de morrer ali dentro.

Preciso escapar para poder libertar Sasha.

Movido por essa certeza, O Golěm localizou a lateral do túnel, encostou a mão na parede de concreto e se forçou a seguir caminhando escuridão adentro. Arrastando a mão para se guiar, começou a andar num ritmo constante; as botas de salto plataforma estalavam contra os destroços da explosão espalhados pelo chão irregular, e suas pernas ficavam mais pesadas a cada passo.

Um anjo da guarda não pode dormir.

◆ ◆ ◆

Abalados e feridos, Langdon e Katherine foram avançando devagar pela garagem sombria e enevoada, passando por destroços afiados de veículos destruídos e concreto desabado, avançando em direção à única fonte de iluminação ali dentro: uma fresta de luz do dia que ganhava força à medida que a poeira se assentava.

Quando finalmente chegaram à luz, Langdon viu que a gigantesca porta de correr da garagem fora arrancada do trilho. A parte inferior do painel estava dobrada para fora, criando uma brecha estreita na parte de baixo. Ele se agachou para espiar pela abertura e conseguiu ver uns poucos metros da rampa de acesso do outro lado.

Sem saber ao certo o que iriam encontrar ao sair, Langdon se deitou de lado com a cabeça na frente e se espremeu pela brecha para ir na dianteira. Centímetro a centímetro, foi passando pela abertura. Era mais apertada do que ele havia imaginado, e na metade do caminho ele se sentiu tomado por uma nova onda de claustrofobia. Desesperado, contorceu o corpo até seu quadril finalmente passar, o que lhe permitiu rolar e engatinhar até o espaço aberto.

O alívio que sentiu por estar livre, porém, logo foi embora quando dois soldados de preto se aproximaram com fuzis apontados para seu peito.

Puxa, que maravilha.

Antes de Langdon conseguir alertar Katherine, ela já estava passando o corpo esbelto pela abertura em direção à rampa, com bem menos dificuldade que ele. Quando ela ergueu os olhos, um dos soldados lhe apontou o fuzil.

– Identidade! – gritou ele. – Agora!

Langdon estreitou os olhos para o entorno e viu exatamente o que temia: a entrada de obra altamente vigiada que eles tinham visto mais cedo, isolada dentro do triângulo de tapumes.

– Identidade! – repetiu o soldado, se aproximando. – O senhor tem exatamente...

– PARA TRÁS, SOLDADO! – bradou uma voz de comando americana do alto da rampa. Um imponente fuzileiro naval de uniforme azul completo vinha descendo a rampa a passos largos. – OS DOIS ESTÃO COMIGO!

Espantados, os guardas se afastaram de Langdon e Katherine para interagir com o militar que, pelo visto, era mais graduado que eles. O diálogo entre os três foi breve, e os dois soldados, obviamente contrariados por terem sido desautorizados, subiram a rampa de volta.

Langdon ficou feliz de não ter mais nenhuma arma apontada para si, mas agora temia que ele e Katherine tivessem se metido numa situação ainda mais grave.

Quem é esse militar? Um dos capangas de Finch?

Depois que os soldados se retiraram, a postura rígida do homem se suavizou, e ele adotou uma expressão afável que não combinava com o uniforme que estava usando.

– Sr. Langdon, Sra. Solomon – falou, enquanto os ajudava a se levantar. – Meu nome é Scott Kerble. Eu trabalho para a embaixadora Nagel.

Langdon torceu para ele estar dizendo a verdade.

– Precisamos falar com a embaixadora o quanto antes.

Kerble estava a ponto de responder quando um dos soldados do exército reapareceu, desceu a rampa, tirou uma foto dos três juntos e subiu dando um telefonema.

Kerble soltou um palavrão entre os dentes.

– Preciso tirar vocês daqui agora mesmo.

– E ir para a embaixada? – indagou Langdon.

– Podemos falar sobre isso no carro – disse Kerble, começando a subir a rampa. – Venham comigo.

Falar sobre isso? O comentário deixou Langdon duplamente ressabiado.

– Na verdade, antes de irmos a qualquer lugar eu gostaria de falar com a embaixadora Nagel.

– Concordo – disse Katherine. – Se nós...

– Escutem aqui, vocês dois – disparou o militar, virando-se bruscamente de volta para eles e se posicionando bem perto, sem a expressão afável de antes. – A embaixadora foi detida por ordem expressa do diretor da CIA, e tenho quase certeza de que *vocês dois* são os próximos na lista dele.

CAPÍTULO 119

Ao volante do sedã da embaixada, Scott Kerble margeava o rio em alta velocidade para o norte, voltando depressa pelo mesmo caminho que havia feito para chegar. Na direção oposta, uma fila de veículos de resgate seguia em direção ao Parque Folimanka.

Não sobrou nada para salvar, pensou ele.

No banco de trás do carro, Langdon e Solomon estavam em silêncio, atordoados ao verem o tamanho da devastação a que haviam sobrevivido. Tudo que restava do abrigo nuclear era um rombo com vários andares de profundidade preenchido por um emaranhado de pedras, terra, concreto despedaçado e aço retorcido.

Kerble não conseguia imaginar o que poderia ter causado tamanha explosão. Até onde podia ver, não houvera fogo nem calor, apenas frio. Sabia que o abrigo antibombas da era soviética vinha sendo reformado pelo Instituto de Engenharia do Exército dos Estados Unidos nos últimos dois anos e que com certeza não estavam usando explosivos na obra.

– Para onde está nos levando? – perguntou Langdon do banco de trás.

Boa pergunta, pensou Kerble, que não tinha compreendido o panorama inteiro, mas sabia que a embaixadora Nagel e o diretor Judd da CIA estavam no meio de uma queda de braço que de alguma forma tinha a ver com Langdon e Solomon.

Depois da explosão, enquanto descia correndo o morro, Kerble havia telefonado para Nagel para se certificar de que ela estava bem, mas a pegou no meio de uma ligação com o diretor. Quando Kerble explicou que o tremor não tinha sido um terremoto, e sim uma explosão subterrânea no Parque Folimanka, estranhamente a primeira coisa que Nagel fez foi perguntar sobre o paradeiro de Langdon e Solomon. Em seguida, ordenou que Kerble fosse ao local procurá-los.

Independentemente do que estivesse acontecendo entre a embaixadora e o diretor da CIA, Kerble havia escolhido seu lado uma hora antes, ao tomar a rápida decisão de tirar clandestinamente o malote diplomático de Nagel da embaixada. Foi um improviso oportuno, uma vez que quase na mesma hora o diretor havia ordenado uma busca na sala de Nagel e na de seus funcionários mais próximos, entre eles o próprio Kerble.

Se eu tivesse ficado com o malote, a essa altura ele estaria nas mãos da CIA.

Enquanto dirigia na direção da embaixada – para não levantar suspeitas caso o sedã estivesse sendo rastreado –, Kerble concluiu que entregar Langdon e Solomon à CIA não era o que Nagel gostaria que fosse feito. Pressentiu também que os americanos no banco de trás estavam lhe escondendo muita coisa.

– Nós precisamos saltar – declarou Langdon, com uma voz surpreendentemente segura diante das circunstâncias. – Não posso dar detalhes, mas confie em mim quando digo que sua embaixadora está correndo um *grande* perigo, sobretudo se estiver detida por ordem do diretor da CIA.

Grande perigo? Kerble conhecia muito bem a reputação de Gregory Judd – um homem capaz de passar por cima de tudo e todos quando o assunto era segurança nacional. *Mas será que ele faria mal a uma embaixadora?* Cogitou mencionar o malote diplomático que o diretor parecera tão decidido a encontrar, mas a ordem da embaixadora tinha sido clara: *não comentar sobre o malote com ninguém.*

– Acho que só existe uma coisa que pode ajudar a embaixadora a sobreviver a essa situação, seja do ponto de vista político ou até do físico – disse Langdon. – E também acho que consigo encontrar essa coisa.

Apesar da ousadia, Kerble sentiu que o sujeito pelo menos *acreditava* no que estava dizendo.

– O que o senhor está procurando?

– Não é *o quê* – respondeu Langdon. – É quem.

Kerble encarou o professor pelo retrovisor.

– Então quem?

– O nome dela é Sasha Vesna, e tudo de que a embaixadora precisa para sair dessa tormenta está dentro da cabeça dela.

◆ ◆ ◆

Robert sabe onde encontrar Sasha?
Por um instante, Katherine imaginou que Langdon estivesse blefando, mas com um meneio de cabeça ele a fez perceber que era verdade.
Encontrar Sasha é a chave para tudo.
A *própria* Sasha era a prova mais irrefutável de que o Limiar havia existido, muito mais que o fichário que Katherine havia perdido na explosão. Um simples exame de imagem do cérebro provaria não só que o implante avançado era real, como também que a CIA havia enganado uma jovem paciente psiquiátrica russa para fazê-la participar de um ensaio clínico sem saber.
Localizar Sasha era ainda mais importante agora que a destruição do Limiar havia tornado sua frágil situação ainda mais perigosa. A essa altura a CIA devia ter entrado no modo contenção de danos, e, com todos os indícios de suas transgressões convenientemente sepultados sob o Parque Folimanka, a agência iria correr para amarrar as pontas soltas.
Robert e eu com certeza estamos na categoria dos detalhes ainda não solucionados, pensou ela. *Assim como Sasha Vesna e Dmitri Sysevich.*
Katherine pensou na sinistra figura de capa que eles tinham visto no Limiar. O homem tinha dito ser "o protetor de Sasha" e quase com certeza era Sysevich: o russo epilético de cabelo escuro que, assim como Sasha, fora tirado de uma instituição psiquiátrica. À primeira vista, o prontuário médico levara Katherine a pensar que ele tinha morrido, mas agora parecia que *outra coisa* havia acontecido. Talvez ele tivesse conseguido escapar das garras da CIA. Fosse qual fosse a situação de Dmitri, ninguém mais que ele tinha motivação para voltar e aniquilar a instalação onde tinha sido submetido a horrores indizíveis.
Katherine estava quase certa de que Dmitri tinha alguma questão mental. *O homem se cobriu de barro e sacrificou a própria vida para destruir o Limiar.* Ela ficou se perguntando se ele teria algum distúrbio psicológico quando ainda estava na instituição psiquiátrica ou se passou a ter devido ao trauma provocado pela cirurgia cerebral invasiva e pelo uso involuntário de psicodélicos. Fosse como fosse, Dmitri Sysevich era nitidamente um homem com problemas.
Sasha está num lugar seguro, tinha dito ele.
– Robert, você sabe mesmo onde encontrar Sasha? – perguntou Katherine, alarmada.

– Acabei de me dar conta do paradeiro dela – respondeu ele. – Só existe um lugar onde ela poderia estar, mas para encontrá-la vou precisar entrar no apartamento dela.

– Ela não está lá – interrompeu Kerble. – Quem encontrou Harris fui eu. Sasha não estava no apartamento. Nosso time recolheu o corpo rapidamente, trancou a porta e foi embora.

– Entendi – disse Langdon. – Mas mesmo assim eu preciso entrar lá. Tem uma coisa lá dentro que pode ajudar a gente. Como vocês conseguiram acesso ao apartamento?

– Minha colega Dana Daněk tinha a chave.

– Num chaveiro de gatinho? – perguntou Langdon.

Kerble olhou por cima do ombro.

– Como sabe?

– Porque fui *eu* que dei essa chave à Sra. Daněk. E agora preciso que ela me devolva imediatamente.

– Impossível. Dana não está mais com a chave.

Langdon resmungou um palavrão.

– Quem está com a chave agora?

Kerble levou a mão ao bolso e atirou um pequeno objeto para Langdon no banco de trás.

– *O senhor*, professor.

◆ ◆ ◆

Uma enorme explosão em Praga?

Jonas Faukman passou os olhos na matéria de última hora do *The New York Times* em seu computador e tentou se convencer de que a explosão tinha sido só coincidência. Apesar da improbabilidade estatística de Langdon se encontrar perto da explosão, seu amigo tinha o incômodo hábito de sempre estar no epicentro de qualquer encrenca.

Mais de uma hora havia se passado desde o e-mail de Langdon, e desde então Faukman não tinha recebido mais nenhuma notícia. Cada vez mais preocupado, ligou para o Four Seasons de Praga e pediu para ser transferido para o quarto de Langdon.

◆ ◆ ◆

Enquanto avançava a duras penas pela escuridão do túnel fechado, O Golĕm escutou uma mudança repentina no som reverberante dos próprios passos.

Tem menos eco. Estou num espaço aberto.

Ainda com a mão na parede, encontrou um parapeito e percebeu, para seu alívio, que finalmente havia chegado à plataforma do monotrilho abaixo do Bastião U Božích Muk. A plataforma tinha a altura de sua cabeça, era mais elevada do que o esperado, e ele precisaria fazer força para subir.

Despiu rapidamente a capa pesada e as botas de salto plataforma e as usou para fazer um montinho improvisado a seus pés. Então, subiu nele, esticou os braços e tateou a borda para avaliar a altura da plataforma. Teria que pular alto para se apoiar nos cotovelos e antebraços.

Você precisa sair daqui. A vida de Sasha depende disso.

Impulsionado por esse pensamento, O Golĕm se agachou bem baixo e saltou com todas as forças, conseguindo se apoiar na plataforma com dificuldade. Ergueu uma perna e firmou o calcanhar na borda. Lutando contra a gravidade e a exaustão, conseguiu subir o corpo inteiro na plataforma de metal, então desabou.

Passou quase um minuto descansando, com os olhos fechados, respirando fundo.

Quando por fim abriu os olhos, O Golĕm viu algo suspenso na escuridão: um minúsculo círculo aceso.

Uma luz no fim do túnel.

Era o botão iluminado do elevador do Bastião U Božích Muk.

CAPÍTULO 120

Katherine estava ressabiada quando ela e Langdon desceram do sedã da embaixada e encararam o vento frio perto da Praça da Cidade Velha. A pedido de Langdon, o sargento Kerble havia concordado em deixá-los ali antes de seguir para a embaixada.

Tomara que Robert saiba o que está fazendo.

Tinha percebido que Langdon estava se mostrando estranhamente vago com Kerble, evitando revelar qual acreditava ser o paradeiro de Sasha. Disse apenas que precisava entrar no apartamento dela para localizar algo capaz de ajudar.

Kerble, por sua vez, pareceu entender e talvez até preferir o jeito reticente de Langdon. *O diretor da CIA precisa desesperadamente localizar Sasha Vesna; se for interrogado, Kerble não vai poder revelar o que não sabe.*

Katherine teria se sentido mais segura se Kerble tivesse ido junto, mas ele obviamente precisava voltar para a embaixada. Ao que tudo indica, o militar era o único aliado da embaixadora, e talvez se sentisse obrigado a estar presente para protegê-la como possível do diretor da CIA.

– A embaixadora vai ficar grata pelo seu esforço – disse Kerble, baixando o vidro para se despedir rapidamente. – Boa sorte. *Aonde quer* que estejam indo.

– Obrigado pela compreensão – respondeu Langdon.

– Compartimentalização: um dos pilares da segurança de operações – disse Kerble. – O senhor poderia ser um fuzileiro naval.

– Eis aí um pensamento assustador – falou Langdon, estendendo a mão pela janela para apertar a do militar. – Eu tenho seu número de celular. Ligo assim que soubermos de algo.

– Se conseguirmos encontrar Sasha, vamos levá-la para um lugar seguro, e a embaixadora vai ter todos os meios de pressão de que precisa para proteger você – acrescentou Katherine.

– Tomara que a senhora tenha razão – disse Kerble. – A corte marcial não costuma ser muito gentil.

Enquanto Kerble saía com o carro, Langdon pôs o braço na cintura de Katherine e a guiou pela praça movimentada. Ao chegar do outro lado, passaram sob um arco e percorreram uma sequência de ruelas estreitas. Quando os barulhos da praça começaram a perder força, Katherine sentiu que enfim estavam sozinhos o bastante para conversar.

– O que está acontecendo, afinal? – perguntou ela num impulso. – E para onde a gente está indo? Onde a Sasha está?

– A gente está indo para o apartamento dela. Concluí que Sasha não chegou a sair de lá. Não *pode* ter saído. Ela continua no apartamento.

Katherine estacou.

– Kerble acabou de dizer que ela *não* está lá.

– Ele se enganou.

– Ele disse que a perícia revistou o apartamento!

– Sim, mas não revistaram *tudo*.

– Não estou entendendo.

– Mas *vai* entender – disse ele, estendendo a mão. – Venha.

Katherine o seguiu pelo labirinto de ruelas no entorno da praça da Cidade Velha.

Que sorte ele ter boa memória, pensou, enquanto Langdon refazia o caminho pelo qual Sasha o conduzira mais cedo. As ruelas foram ficando mais estreitas, as ruas com calçamento de pedra já cobertas por sombras escuras do fim da tarde.

– É aqui – anunciou Langdon por fim, parando em frente a uma porta sem nada especial, parecida com todas as outras por que haviam passado.

– Tem certeza? – Katherine não viu nenhum número nem nada escrito.

Langdon apontou para a janela ao lado da porta, e Katherine levou um susto ao ver quatro olhos a encará-la. Dois gatos siameses observavam com atenção do lado de dentro, como que esperando a dona voltar. Embora os animais confirmassem que aquele era o apartamento de Sasha, a presença deles na janela deixou Katherine ainda mais confusa, sem entender por que Langdon achava que Sasha estivesse de fato *ali*.

– Robert, me parece que esses gatos estão esperando Sasha voltar para casa.

– E *estão*. É que eles também não sabem que ela está aqui.

O comentário não fez sentido para Katherine.

– Dê uma boa olhada nesta ruela – disse Langdon, acenando em volta. – Lembra que eu falei do bilhete que alguém pôs debaixo da porta de Sasha hoje de manhã? Segundos depois de receber o recado, eu saí para *esta mesma* ruela, mas o mensageiro tinha sumido. De um jeito impossível. Ele não poderia ter simplesmente evaporado.

Ela correu os olhos pela ruela. *De fato, não tem onde se esconder.*

– Aí me dei conta de que a resposta era óbvia – disse ele. – A pessoa que deixou o bilhete *não chegou* a sair daqui. Simplesmente entrou num esconderijo muito conveniente.

Katherine olhou em volta, sem entender.

– Onde?

– Bem ali – respondeu Langdon, e apontou.

O olhar de Katherine acompanhou o dedo dele, subindo pela fachada do prédio até as janelas logo acima do apartamento de Sasha, todas fechadas por venezianas de madeira.

– O apartamento de cima – prosseguiu Langdon. – Gessner disse que os dois apartamentos eram dela e que antes morava no de cima, enquanto o de baixo era da mãe doente. Agora ela deixa Sasha morar no de baixo, enquanto o de cima fica vazio.

Katherine observou as janelas fechadas do apartamento vazio e imaginou alguém – mais provavelmente Dmitri – pondo um bilhete por baixo da porta de Sasha e subindo sem fazer barulho enquanto Langdon procurava em vão pela rua. Era bem possível.

Langdon caminhou decidido até a porta externa do prédio, de madeira grossa, com ripas diagonais e grade de segurança. Tirou do bolso o chaveiro de gato, destrancou a porta e conduziu Katherine para dentro do saguão sombrio.

Apesar da entrada modesta, ela viu que Sasha havia transformado aquilo em seu lar. A porta do apartamento em que morava ficava logo à direita e estava decorada com vasos de plantas, uma guirlanda de glicínias e um capacho que dizia FAVOR LIMPAR AS PATAS.

Na parede dos fundos do saguão de entrada, um quartinho de tralhas estava abarrotado até o teto com caixas velhas de papelão. Para surpresa de Katherine, Langdon foi direto para lá e parou a centímetros da pilha de caixas, com o peito praticamente encostado nelas. Olhou para cima, como se estivesse estudando a arquitetura do cubículo, em seguida a chamou com um aceno de cabeça.

Quando Katherine se aproximou, Langdon deu um passo para a direita e desapareceu dentro de uma passagem quase imperceptível entre as caixas e a parede do quartinho. Espantada, ela rapidamente foi atrás, dobrou à esquerda depois da pilha, então novamente à esquerda, parando ao lado de Langdon. À meia-luz que entrava pelos lados das caixas, viu que eles estavam no pé de uma escada estreita que subia rumo à escuridão.

Isto não é um quartinho de tralhas, entendeu ela. É o patamar de uma escada.

– No começo não reparei que este saguão não tinha escada para o segundo andar. Depois me dei conta de que *tinha* que haver algum acesso, e, como não existe uma entrada separada, o acesso ao apartamento de cima só podia ser por este saguão. Isso explica também como alguém pode ter desaparecido sem deixar rastro logo depois de passar um bilhete por baixo da porta de Sasha.

Katherine assentiu.

– E se escondido a poucos passos de distância. Que esperto.

– Sim. E depois que eu saí correndo para a Torre Petřín ele simplesmente saiu do esconderijo, entrou no apartamento de Sasha, e das duas uma: ou a convenceu a subir para o segundo andar ou a incapacitou de alguma forma. Seja como for, ele deve ter deixado Sasha lá em cima para ela não precisar ver quando matou Harris.

Simples e limpo. Katherine assentiu.

– E tendo em vista que ela estava sumida quando a embaixada encontrou o corpo de Harris, eles logicamente concluíram que ela havia fugido.

– Exato.

– Mas como você vai *entrar* no apartamento de cima? – indagou ela, olhando para cima.

– Vou bater na porta e torcer para Sasha me escutar.

– É esse o seu plano? E se ela estiver drogada e não escutar? E se estiver imobilizada e não conseguir chegar à porta?

Langdon enrugou a testa.

– Nesse caso eu tenho um plano B.

Ele acionou o interruptor no pé da escada, mas nada aconteceu.

Katherine fez um gesto em direção à luminária do teto: vazia.

– Não tem lâmpada.

Quando ela ia sugerir que Langdon voltasse para o apartamento de Sasha para procurar uma lanterna, ele já estava avançando para dentro da escuridão, sem dúvida ansioso para sair daquela escada apertada.

Katherine gostava de escuro tanto quanto Langdon gostava de espaços fechados, mas forçou-se a ir atrás dele. Segurando firme o corrimão bambo, subiu até o alto da escada e estendeu a mão hesitante para encontrar Langdon num pequeno patamar, em meio à escuridão quase total, parado diante de uma porta.

– Sasha – chamou ele ao bater. – Olá!

Silêncio.

Ele bateu com mais força.

– Sasha? É o Robert Langdon! Está tudo bem com você?

Nada.

Langdon tentou abrir a porta. Estava trancada.

Após bater mais um pouco, ele encostou o ouvido na porta por dez segundos. Por fim, recuou e balançou a cabeça.

– Silêncio absoluto lá dentro. Tomara que esteja tudo bem com ela.

– Qual era o plano B? – indagou Katherine no escuro. – Achar um pé de cabra ou um martelo?

– Talvez seja mais simples – respondeu Langdon, pensativo. – Gessner era dona dos dois apartamentos e morava acima da mãe, que era doente.

Ele parecia analisar a maçaneta da porta no escuro.

Katherine estreitou os olhos para ver o que ele estava fazendo.

– Está tentando arrombar a fechadura?

– Não exatamente.

Langdon seguiu mexendo a mão sobre a maçaneta, até que em dado momento Katherine ouviu um clique. Langdon baixou a maçaneta e abriu a porta com um leve empurrão.

Katherine o encarou.

– O que foi que acabou de acontecer?

Langdon ergueu o chaveiro de gatinho.

– Gessner morava aqui, era dona dos dois apartamentos e tinha uma mãe doente, então por que não facilitar as coisas e ter *uma* só chave que abrisse os dois apartamentos?

Mas claro, entendeu Katherine. *E ela não tinha motivo algum para mudar a fechadura quando Sasha veio morar aqui, porque o segundo apartamento ficava vazio.*

Quando a porta se abriu com um rangido, Langdon e Katherine se viram diante da escuridão total, o que não era de espantar, levando-se em conta as venezianas pesadas tapando as janelas. Katherine tateou em volta, tentando localizar um interruptor. Quando o acionou, ambos recuaram surpresos. A cena que se iluminou diante deles parecia de outro mundo.

O apartamento vazio estava inteiramente banhado numa claridade roxa sinistra.

CAPÍTULO 121

O Golěm encarou no espelho o rosto coberto de barro seco, sabendo que aquele era um rosto que nunca mais voltaria a ver. O fim estava próximo, e felizmente era o fim que ele havia imaginado.

Eu sou O Golěm. Meu tempo está quase no fim.

Após subir em segurança até o laboratório de Gessner, agora ele estava um nível abaixo do Bastião U Božích Muk, dentro do pequeno banheiro do laboratório.

Diante da pia, observou as três letras hebraicas gravadas na testa. Estavam desgastadas devido ao suor e à poeira, mas ainda assim a poderosa palavra antiga mantinha sua força.

אמת

Verdade.

O Golěm sempre soubera que aquele momento chegaria.

Verdade se transforma em Morte.

Como o rabino Judá Loew tinha feito séculos antes para matar seu monstro de barro e libertá-lo da escravidão, O Golěm encostou o indicador na camada grossa de barro seco e pressionou a letra mais à direita, o *aleph*. Mesmo sentindo uma pontada de perda e apego, raspou o barro com o dedo até a letra desaparecer.

Como mandava o antigo protocolo, sua testa agora exibia uma palavra totalmente distinta.

מת

A palavra hebraica para *morto*.

O Golĕm não se sentia diferente por fora, mas percebeu que seu eu interior, sua alma, sua consciência estava começando a mudar. Estava se preparando para se separar de uma vez por todas daquele corpo emprestado.

Tinha morrido muitas vezes e sabia que sua essência iria perdurar, mas também sabia que *dessa* vez era diferente. Dessa vez a escolha era sua.

Eu vim a este plano para ela poder viver.

E em breve terei que ir embora para ela poder viver.

Nesse dia ele tinha visto muitas coisas morrerem.

Tinha visto a morte do Limiar.

Tinha visto a morte dos torturadores de Sasha.

E em breve veria a própria morte.

O Golĕm se afastou do espelho e começou a tirar as roupas que ainda estava usando. Nu, entrou no chuveiro do laboratório e abriu a ducha.

Sentiu a água morna e restauradora sobre a cabeça e os ombros cansados.

Aceitando a transformação, olhou para baixo e ficou vendo os filetes de barro escorrerem por sua pele clara, longos riachos amarronzados que desciam em espiral pelo ralo uma última vez.

CAPÍTULO 122

Robert Langdon adentrou com cautela o apartamento luminescente e tentou entender o que estava diante de seus olhos. O apartamento do andar de cima parecia inteiramente banhado por uma luz negra, que conferia a seu desolado interior um brilho roxo fantasmagórico. As paredes, os pisos e os tetos eram pintados de preto. No canto havia uma cadeira e uma mesa vagabundas, e em cima da mesa um copo que parecia com água até a metade.

Será que alguém mora aqui de verdade?

Langdon precisou de apenas um instante para concluir que o misterioso ocupante daquele lugar só podia ser Dmitri Sysevich. Isso fez surgir uma série de perguntas ainda sem resposta, mas pelo menos Langdon tinha quase certeza de que o homem não voltaria.

O mais provável é ele estar enterrado sob o Limiar.

Sasha provavelmente não fazia ideia de que a chave de seu apartamento servia para o espaço abandonado logo acima, mas Dmitri quase com certeza sabia. *Ele se proclamava protetor de Sasha e tinha acesso direto ao apartamento dela.* Pensar nisso deixou Langdon arrepiado.

– Sasha – chamou ele, adentrando o apartamento. – É o Robert Langdon! Você está aqui?

Silêncio. O ar tinha um ranço de lugar fechado, e o piso rangia quando ele e Katherine andavam.

– Sasha! – gritou Katherine.

A planta daquele apartamento era diferente do de Sasha, embora fosse igualmente modesto. De maneira metódica, Langdon e Katherine fizeram uma varredura pelo lugar. A cozinha não tinha nada, e a geladeira estava vazia, com exceção de duas garrafas grandes de água mineral Poděbradka. O pequeno closet anexo ao quarto continha apenas um varão com três cabides vazios.

Langdon estava começando a pensar que aquele lugar era menos uma morada e mais uma espécie de refúgio ocasional bizarro.

– Não tem luz no quarto – disse Katherine, acionando o interruptor.

Langdon se juntou a ela.

– Sasha! – chamou.

Como não obteve resposta, passou por Katherine, adentrou a escuridão e avançou às cegas pelo quarto com os braços à frente na expectativa de sentir uma janela ou um jeito de abrir as venezianas. No meio do cômodo, sentiu que pisava em algo macio: uma almofada ou esteira.

Ouviu o som de fósforo sendo riscado e, ao se virar para trás, viu Katherine agachada diante de uma mesa baixa, acendendo algumas velas. Conforme a luz foi se intensificando, Langdon viu que a mesa era uma espécie de altar formado por três velas e um arranjo de flores secas. Acima dele, na parede, viu a foto pendurada de uma mulher loura.

Langdon a reconheceu na hora.

– Meu Deus do céu, é a Sasha – disse a Katherine, aproximando-se do altar sinistro e percebendo que a afeição de Dmitri por Sasha beirava a obsessão. *O protetor dela*, pensou, ainda tentando juntar as peças.

– Veja – disse Katherine, apontando para uma grande esteira no centro do recinto.

– Imagino que ele dormisse aqui de vez em quando.

– Acho que não, Robert. Essa esteira não serve para *dormir*. Não tem travesseiro. Nem lençol. E tem... uma *mordaça*.

De fato: em cima da esteira Langdon viu uma correia de couro com uma bola preta e macia de silicone, toda perfurada para a pessoa amordaçada poder respirar.

– Então isto aqui é uma espécie de... de quarto para sexo? – perguntou ele.

– Acho que a mordaça não é para *sexo*. Acho que é para proteger os dentes e a língua durante uma convulsão epilética.

Surpreso, Langdon pensou no protetor bucal para convulsões no kit de primeiros socorros da sua sala de aula. A bola perfurada devia ter a mesma função.

– Dmitri deve ter usado este quarto como um lugar seguro para ter crises epiléticas – concluiu Katherine. – Travesseiros representariam um risco de sufocamento, e lençóis podem embolar. Este seria um ambiente seguro, sobretudo se ele estivesse usando uma mordaça como essa.

Langdon estranhou alguém ter o bastão de epilepsia de Gessner e não optar por impedir todas as convulsões. Pensando bem, contudo, alguns epiléticos diziam que as convulsões proporcionavam uma clareza mental e um êxtase que compensavam em muito o trauma físico. Pelo visto, o bastão de epilepsia de Dmitri oferecia o melhor de dois mundos. *Ele podia decidir onde e quando ter convulsões e contava com um ambiente seguro e controlado para isso.*

Mas a única certeza de Langdon era que Sasha não parecia estar ali. Como só faltava olhar no banheiro, saiu para o corredor enquanto Katherine apagava as velas no quarto. Conforme esperado, encontrou o banheiro e a banheira vazios; se Dmitri havia escondido Sasha em algum lugar, não era naquele apartamento.

A luminária do banheiro, assim como todas as outras do apartamento, estava equipada com uma lâmpada de luz negra, e com isso a pia e a banheira brancas ficavam luminescentes. Estranhamente, o espelho da pia tinha sido removido e havia apenas os buracos dos parafusos na parede.

Numa prateleira ao lado da pia, Langdon encontrou um espelho de mão, uma espátula de pintor, uma tigela e uma pilha de toucas de borracha branca. Encontrou também três potes de maquiagem cênica da marca UltraMud, cujo rótulo exibia a imagem assustadora do rosto de um ator coberto por uma grossa camada de barro. Reconheceu o efeito na hora.

Ao passar os olhos pelo restante do banheiro, Langdon notou algo luminescente no cesto de lixo debaixo da pia. Um paninho branco parecia ter sido embolado e descartado. Parecia também estar coberto de sangue – *muito* sangue.

Alarmado, pegou o cesto, jogou o pano na pia e na mesma hora viu que tinha se enganado. O que caíra na pia era uma touca branca, toda amassada e enlameada.

Não é sangue, pensou ele aliviado. A luz roxa dificultava a identificação das cores.

Enquanto olhava para a touca, porém, reparou em algo reluzindo à luz negra: uma fibra minúscula grudada na borracha. O fio era tão pequeno que, se não estivesse luminescente, Langdon jamais o teria notado.

Isso não pode ser o que parece.

Com todo o cuidado, ele removeu o fio da touca e o segurou contra a luz. Tinha certeza do que estava vendo, mas não conseguia entender o que aquilo estava fazendo *ali*.

Não faz o menor sentido.

Então sentiu uma súbita apreensão.

A não ser que...

As aulas de Langdon sobre simbolismo muitas vezes incluíam um ditado: às vezes uma ínfima mudança de perspectiva *revela uma verdade oculta*. Sob muitos aspectos, essa ideia havia definido a carreira dele. Por diversas vezes, a capacidade de olhar para um quebra-cabeça de um ângulo inesperado lhe permitira vislumbrar verdades que outros tinham deixado passar.

Agora, ao observar o pequeno fio entre os dedos, ele temeu estar vivenciando um desses momentos.

Langdon ficou zonzo diante dessa mudança de direção repentina e precisou se segurar na pia para se equilibrar. Na sua mente se formou uma imagem mental com todas as peças do quebra-cabeça que ele havia reunido ao longo do dia. De repente elas começaram a se partir e saíram rodopiando, até que os fragmentos se recombinaram e caíram de volta no chão. Fragmento por fragmento, a imagem na mente de Langdon foi sendo montada até formar um novo quadro.

Meu Deus, como eu deixei isso passar?

A ideia na sua frente era quase inimaginável, mas ele intuiu que só podia ser verdade. Como toda verdade pura, ela respondia a todas as perguntas, solucionava todas as anomalias e estava bem na sua cara desde o começo.

– Consciência não local... – sussurrou ele. – Katherine estava certa.

◆ ◆ ◆

– Eu deixei passar! – exclamou Langdon ao sair correndo do banheiro em direção à porta de saída. – A gente tem que ir! Depois eu explico!

Deixou passar o quê?, pensou Katherine, saindo apressada atrás dele. *Espere!* Quando ela chegou à porta, Robert já estava descendo desabalado a escada escura. Quando conseguiu alcançá-lo ele já estava em frente ao apartamento de Sasha, ajoelhado no capacho de boas-vindas. Parecia tatear alguma coisa debaixo da porta. *O que ele está fazendo?*

– Robert, a gente tem a chave se...

– Não tinha *como*! – exclamou ele, pondo-se de pé com um salto, enfiando a mão no bolso e sacando o pedacinho de papel que Katherine reconheceu como o bilhete que ele havia recebido mais cedo por baixo da porta de Sasha.

Para espanto de Katherine, Langdon tentou várias vezes deslizar o papel por baixo da porta, mas não conseguiu fazê-lo passar sob o batente. Ele sempre parava na tira grossa de isolante térmico instalada para evitar que o frio entrasse.

– Não tinha como – repetiu ele, levantando-se. – Eu tinha visto esse isolante térmico, mas não registrei direito. Não tem como, daqui de fora, passar este bilhete por baixo da porta!

– Estou vendo. Mas não...

– Não está vendo, Katherine? O bilhete não foi entregue pelo lado de fora. A pessoa que deixou o bilhete estava o tempo inteiro *dentro* do apartamento de Sasha!

Katherine foi tomada por um calafrio. *Ela já estava escondida lá dentro.*

– No armário do hall de entrada – sussurrou ela, visualizando o russo de cabelo escuro aguardando em silêncio, saindo do armário, enfiando parcialmente o bilhete debaixo da porta e logo em seguida voltando para se esconder no armário. Era um truque brilhante. Tanto Sasha quando Robert tinham caído direitinho.

– Não – disse ele, com o rosto pálido. – Dentro do armário não.

Katherine nunca tinha visto Langdon tão perturbado.

– Não tinha *ninguém* dentro do armário – prosseguiu ele. – O esconderijo era muito mais engenhoso. – Ele estava com a voz trêmula. – Não acredito que não percebi nada em momento algum.

– O que você não percebeu? Não estou entendendo.

Langdon se levantou.

– Na palestra de ontem à noite você falou a respeito – disse ele, os olhos fixos nos dela. – Explicou que era um indício da consciência não local, uma prova de que o cérebro funciona como uma antena e que se ele for danificado pode dar problema no sinal.

– Está falando da síndrome de Savant adquirida? – indagou ela. – Certo, mas não vejo como...

– Não! O que você descreveu *logo depois* disso!

Katherine refletiu por alguns instantes, tentando se lembrar da sequência de temas abordados na palestra, e de repente percebeu a que Langdon estava se referindo. Só precisou de mais um instante para entender o que ele estava tentando dizer.

– Robert, você não pode estar pensando que...

– Eu achei isto aqui no banheiro lá de cima – interrompeu ele, erguendo algo pequeno entre o polegar e o indicador. – Estava grudado na parte de dentro da touca suja.

Katherine viu o que Langdon estava mostrando.

Se ele estivesse certo, tudo que eles pensavam sobre o golem estava totalmente errado.

CAPÍTULO 123

O vapor tomou conta do boxe do chuveiro no laboratório no Bastião U Božích Muk. O Golěm jogou a cabeça para trás e saboreou a maciez da água no rosto. Massageando delicadamente as bochechas com as palmas das mãos, sentiu os últimos resquícios do barro seco se soltarem da pele e o que restava de si se dissolver.

Ao passar as mãos pela cabeça, percebeu que de tão exausto tinha se esquecido de tirar a touca. Com a ponta dos dedos, encontrou a borda de borracha e a descolou do couro cabeludo, fazendo cara de dor quando vários fios foram arrancados.

Largou a touca no chão e massageou a cabeça de leve, deixando a água correr pela cabeleira farta e removendo o que restava do barro. Só saiu do boxe quando a água que entrava em espiral pelo ralo passou a descer perfeitamente límpida.

Enrolado numa toalha, parou diante da pia, e ali, por um raro instante, se demorou, examinando-se no espelho.

Os olhos que o encararam de volta estavam injetados e exaustos, um rosto marcado por um passado violento. Ele sabia que não era uma face bela, mas era a que havia recebido.

Aprendi a ver beleza nela, pensou.

Com o passar do tempo, O Golěm tinha passado a amar aquele rosto: o modo como o cabelo louro caía nos ombros e emoldurava seus olhos azuis inocentes. Até o nariz torto tinha seu charme. Ele pensou na foto iluminada pela luz das velas na parede de seu *svatyně* e sorriu.

– Sasha – sussurrou para o reflexo. – Queria que você pudesse me conhecer.

A mulher loura no espelho não respondeu.

Apesar da presença física, Sasha nada escutava. O Golěm a havia trancafiado num vazio semelhante ao sono, onde ela estava em paz e alheia a tudo, inclusive a si mesma.

Embora os dois dividissem a forma física, O Golěm tinha estabelecido seu domínio havia um tempo e estava sempre no controle, filtrando cuidadosamente tudo que Sasha vivenciava, recordava, compreendia. Fazia isso para protegê-la, para poupar sua alma meiga. Ele era o cofre-forte que guardava as dores de Sasha, o exército que travava os combates dela.

Você me invocou, Sasha, e eu atendi ao seu chamado.

O Golěm jamais esqueceria aquele instante de horror em que, incapaz de suportar mais um segundo sequer de sofrimento no hospital psiquiátrico na Rússia, a alma de Sasha havia clamado ao universo num pedido desesperado de socorro.

O instante em que eu nasci.

Poucos recordavam o momento em que tinham começado a existir, mas O Golěm recordava o seu. Sua consciência havia surgido de forma abrupta, como um interruptor, despertando diante de uma cena de puro horror, aprisionada dentro de um corpo que estava sendo surrado sem piedade. Tomado pela dor e pela indignação, ele instintivamente se insurgiu, mobilizou reservas de força que aquele corpo jamais havia acessado e esganou sua agressora. De pé diante do corpo sem vida da enfermeira noturna de Sasha, O Golěm tinha ouvido a própria voz reverberar pela primeira vez.

– Eu sou seu protetor, Sasha. Você está segura agora.

◆ ◆ ◆

No saguão em frente ao apartamento de Sasha, Katherine Solomon penava para organizar a enxurrada de pensamentos inquietantes causada pelas palavras de Langdon. Ele tinha razão ao dizer que ela havia falado sobre a síndrome de Savant adquirida, distúrbio que, na sua opinião, era um indício claro da consciência não local, de um cérebro danificado que passava a receber múltiplos sinais.

E ele *também* tinha razão ao dizer que depois ela havia falado de um *segundo* fenômeno notável.

– Existe outro distúrbio curioso que tem relação com a síndrome de Savant adquirida, pois também sugere que o cérebro é capaz de receber sinais múltiplos – tinha dito Katherine à plateia. – Esse fenômeno é conhecido pelo termo clínico "transtorno dissociativo de identidade", também chamado de TDI, embora a maioria de nós o conheça pelo nome mais comum, "transtorno de personalidade múltipla", fenômeno psicológico que se manifesta como *várias* personalidades distintas habitando um *mesmo* corpo.

Katherine seguira explicando que esse distúrbio, documentado no mundo todo, era mais frequente em mulheres e muitas vezes surgia como um mecanismo de adaptação provocado por abusos físicos ou sexuais repetidos. O mais comum era a segunda identidade se manifestar com o objetivo de *absorver* a dor da hospedeira, suportando o trauma em seu lugar, absorvendo as angústias, bloqueando todas as lembranças ligadas ao problema e permitindo que o hospedeiro "se dissocie" do próprio sofrimento.

A personalidade secundária era conhecia como personalidade alternativa, ou "alter", e costumava surgir numa ruptura abrupta ocorrida durante um trauma agudo. Após se manifestar, o alter podia passar a residir dentro do hospedeiro de forma permanente, perdurando por anos ou por uma vida inteira como uma espécie de guardião, chegando inclusive a absorver as lembranças mais sombrias da pessoa, numa espécie de amnésia seletiva, proporcionando uma *tabula rasa* para ela poder seguir em frente. Também era comum o alter protetor assumir o controle do corpo e virar a personalidade *dominante*, decidindo quando e como a pessoa traumatizada podia "retornar à superfície" com segurança.

O transtorno dissociativo de identidade fora diagnosticado pela primeira vez no século XIX como uma espécie de sonambulismo desperto, no qual o indivíduo parecia ser dominado por outra consciência, que agia sem permissão ou conhecimento do hospedeiro, que ao fim nem se lembrava do que tinha acontecido.

Dois dos casos mais extraordinários da história foram documentados de forma tão meticulosa que se tornaram a base dos best-sellers *As três faces de Eva*, *Estranhos dentro de mim* e *Sybil*. Porém, o livro mais famoso de todos os tempos sobre o transtorno era, naturalmente, *O médico e o monstro: O estranho caso de Dr. Jekyll e Mr. Hyde*, de Robert Louis Stevenson.

Katherine sabia que muitos casos de TDI envolviam *vários* alters, alguns com mais de uma dúzia de identidades vivendo dentro de um só corpo hospedeiro. O mais incrível era que cada alter tinha voz, sotaque, caligrafia, habilidades, preferências alimentares e até identidade de gênero distintos. Eles caminhavam de forma diferente, tinham gostos próprios, padeciam de males físicos diferentes, e até o QI e a capacidade visual variavam.

Um só rádio captando várias estações.

A psiquiatria tinha visões radicalmente distintas sobre como essas fortes dessemelhanças entre os alters era possível, e alguns céticos chegavam a acusar os pacientes com TDI de serem atores talentosos em busca de atenção. No entanto, quando os pacientes eram submetidos a testes rigorosos envolvendo imagens geradas por ressonância magnética, detectores de mentira e interrogatórios sofisticados, os resultados eram sempre os mesmos: havia *de fato* vários indivíduos existindo num mesmo corpo.

Alguns alters tinham *consciência* dos outros com quem conviviam em algo conhecido como "o sistema". Esses alters eram chamados de "coconscientes". E havia também os alters que não sabiam da existência do sistema e acreditavam estar sozinhos no corpo. Esses muitas vezes sofriam lapsos de memória quando eram bloqueados por alters mais poderosos, que tomavam conta da mente.

Agora, parada com Langdon naquele saguão mal iluminado, Katherine prestou atenção no fio de cabelo louro que ele havia encontrado grudado na touca de borracha. A conclusão dele era chocante – e lógica. *Ele acha que O Golĕm e Sasha são a mesma pessoa.*

Se Robert estivesse certo, não seria possível encontrar Sasha Vesna. Tragicamente, o distúrbio psicológico que surgira para salvar a vida da jovem tinha acabado com ela. O Golĕm devia ter morrido na explosão, levando Sasha junto.

❖ ❖ ❖

O Golĕm terminou de se vestir e se olhou atentamente no espelho. Embora sempre estranhasse a imagem dela, era assim que ele existia no mundo na maior parte do tempo: vestido como Sasha, usando as roupas dela todas as manhãs.

O traje do dia – calça jeans, blusa branca, tênis e parca – eram roupas que O Golĕm havia deixado na sala de Sasha para essa exata ocasião. Um visual que não a favorecia – isso sem falar no cabelo molhado e embaraçado –, mas que a tornava uma figura digna de pena, e Sasha precisava desesperadamente de que as pessoas se apiedassem dela.

Por favor, ajude Sasha.

O Golĕm tinha feito de tudo para ser um parceiro silencioso na vida de Sasha, escondendo-se nos cantos mais recônditos de sua mente, observando-a se adaptar corajosamente à nova vida – à vida que merecia ter. Como qualquer guardião cuidadoso, às vezes ele intervinha para protegê-la. Assumia a dianteira e tomava as rédeas com discrição, passando a dominar o corpo de Sasha e imitando a voz e o comportamento dela sem esforço. Seu objetivo era sempre servir de escudo, protegê-la de situações perigosas, informações dolorosas ou decisões difíceis que ela não estava preparada para tomar.

Sasha percebia esses momentos como pequenas lacunas em sua vida e sua memória, parecidos com quando estamos dirigindo, temos um devaneio e não nos lembramos de como chegamos ao destino. Ela aceitava o fato de ter uma memória que falhava vez ou outra. As intervenções do Golěm tinham se tornado menos frequentes nos últimos tempos, porque Sasha estava mais feliz que nunca.

O motivo de sua felicidade era Michael Harris.

Sasha estava apaixonada.

O belo assessor jurídico havia entrado na vida dela por acaso, ou assim parecera, e embora O Golěm se sentisse pouco à vontade com as intimidades físicas cada vez mais maiores, tinha decidido não intervir. Sasha merecia um primeiro amor, e Michael parecia ser um homem decente.

Mas, no fim das contas, as aparências não condiziam com a realidade.

Três semanas antes, O Golěm estava deitado no tapete de juta de seu *svatyně*, saboreando um êxtase pós-ictal, quando ouviu algo no apartamento do andar inferior. Intrigado, encostou o ouvido no chão e escutou o que parecia ser alguém *revistando* o apartamento de Sasha. Antes que ele pudesse se vestir e descer correndo, uma voz começou a falar bem alto no espaço abaixo dele.

Era a voz de Michael Harris.

Atônito, O Golěm se viu escutando uma conversa telefônica entre Harris e a embaixadora americana. Descobriu não só que Harris tinha motivos escusos para ficar amigo de Sasha, como também que a gentileza demonstrada pela mentora de confiança de sua hospedeira, a Dra. Brigita Gessner, também podia não ser sincera.

Em questão de segundos, O Golěm reavaliou a vida perfeita que pensava que Sasha houvesse encontrado. Sabia tudo sobre os extensos tratamentos médicos que ela havia recebido, mas sempre acreditara que Brigita Gessner tivesse curado Sasha por pura bondade e seguisse realizando procedimentos para aperfeiçoar os resultados.

Naquele instante, porém, O Golěm começou a enxergar outra realidade. Passou a estar quase sempre presente, observando através dos olhos de Sasha, escutando, guiando e aguardando a chance de revelar a verdade. Na noite anterior, O Golěm havia aproveitado a oportunidade, isolado Gessner no laboratório e imortalizado a traição. A confissão filmada de Gessner revelara tudo: as cirurgias, os implantes, a morte de Dmitri, as drogas psicodélicas, o Sr. Finch, a CIA e o verdadeiro objetivo da agência em Praga.

O Limiar não existe mais, regozijou-se O Golěm ao sair do banheiro do laboratório para o corredor. Torceu para Robert Langdon e Katherine Solomon terem conseguido escapar. Mais cedo, o professor americano tinha demonstrado grande gentileza, e sua amiga cientista compreendia o universo de maneiras que apenas os seres semelhantes ao Golěm eram capazes de apreender.

Embora o dia tivesse terminado em triunfo, imprevistos não haviam faltado. O primeiro choque do Golěm fora topar com agentes da ÚZSI no bastião; o segundo fora encontrar Langdon agachado junto ao corpo de Gessner; e o terceiro, que sem dúvida era consequência dos dois primeiros, fora ter sofrido uma convulsão epilética que não conseguira impedir quando estava no laboratório de Gessner.

O problema das convulsões era que o cérebro do Golěm sempre reiniciava no estado original padrão: Sasha, que acordava sozinha e vulnerável. Depois de uma convulsão, a consciência dela ficava plenamente presente e no controle, e O Golěm precisava de vários minutos para conseguir se ressintonizar e assumir o comando. Por esse motivo, ele mantinha seu *svatyně* no breu ao receber o Éter, garantindo que Sasha sempre recobrasse os sentidos na escuridão, e não num lugar desconhecido.

Naquela manhã, depois da convulsão junto ao corpo de Gessner, O Golěm tinha, a duras penas, feito sua consciência voltar ao comando, momento em que se viu deitado no colo de Robert Langdon. Ao perceber que sua descida ao Limiar teria que esperar, ele convenceu Langdon a fugir do bastião, aparentemente com Sasha, mas, enquanto o professor descia a encosta nevada para chegar ao Parque Folimanka, quem o havia acompanhado a cada passo fora O Golěm, observando através dos olhos de sua hospedeira.

No apartamento de Sasha, já sabendo que Harris estava prestes a chegar, O Golěm percebeu que aquela era a oportunidade perfeita para punir o mais cruel de seus traidores. Assim, para garantir a segurança de Langdon, improvisou uma ilusão simples: colocou um pedaço de papel no batente da porta de entrada, deu uma batida nela e voltou rapidamente para o banheiro. Langdon encontrou o bilhete e saiu correndo para a ruela só de meias, sem reparar no Golěm espiando pela janela do apartamento de Sasha.

Quando O Golěm voltou ao bastião, foi atacado por uma agente, e ele ainda podia ver a expressão de surpresa da mulher quando, desesperada, em meio à luta, ela pôs a mão no peito do Golěm e sentiu as protuberâncias macias – os seios de Sasha.

Eu não sou como você pensa que sou.

E por fim, já no Limiar, O Golĕm teve seu desafio derradeiro. Após perder o bastão magnético, ele foi surpreendido por uma convulsão iminente no recinto abobadado. Procurando às pressas um lugar seguro para esperá-la passar, no fim optou pelo interior acolchoado de uma cápsula de PRE – um lugar que conhecia bem.

Eu já morri muitas vezes ali dentro.

Sentiu um calafrio quando se recordou da real natureza dos experimentos de Gessner: levar Sasha à beira da morte e trazê-la de volta, repetidas vezes. Na época, ele acreditava na generosidade de Gessner, por isso deu o melhor de si para absorver a dor e o desconforto desses eventos, protegendo Sasha. E felizmente Sasha não se lembrava das muitas vezes que Gessner a havia drogado e conduzido pelo Limiar de cadeira de rodas, para realizar experimentos diversos na sala de cirurgia e no recinto das cápsulas.

Mas eu me lembro, pensou O Golĕm.

Esses fragmentos de recordação ainda o atormentavam.

Foi em outra vida, disse ele a si mesmo. *Isso é passado.*

Agora o futuro estava se aproximando – o futuro que ele tinha planejado para Sasha, o futuro que ela merecia. *Em breve irei libertá-la e sumir.* Tudo que restava a fazer era sair daquele mundo subterrâneo e chegar à embaixada americana.

CAPÍTULO 124

Em pé na cozinha de Sasha Vesna, Langdon ainda tentava se acostumar com o que ele e Katherine haviam descoberto. Os gatos siameses de Sasha se enroscavam carinhosamente em seus tornozelos, e o cheiro de chá russo ainda pairava no ar. Mesmo assim, o apartamento dela agora lhe parecia um lugar desconhecido.

Quando estive aqui antes, provavelmente não era com a verdadeira Sasha que estava falando.

Apesar do caráter profundamente perturbador dessa revelação, o distúrbio psicológico de Sasha explicava muita coisa: o acesso do Golĕm ao Bastião U Božích Muk, as perdas de memória de Sasha, o apartamento estranho no andar de cima e talvez até o motivo de Langdon ter recebido uma chave do apartamento e ser instado a voltar lá. *Será que a ideia era eu encontrar o corpo de Harris e entregar o envelope à embaixadora?* Fosse como fosse, após ter esse estalo em relação à identidade de Sasha, Langdon passou a compreender parte do que estava acontecendo.

Katherine se juntou a ele na cozinha após vasculhar o apartamento.

– Fico pensando se o Limiar escolheu *epiléticos* como cobaias porque eles têm uma predisposição natural para viver experiências fora do corpo – arriscou ela. – Ou se é porque os epiléticos proporcionavam a Brigita o disfarce ideal para realizar cirurgias no cérebro sem levantar suspeitas.

Era uma boa pergunta, e Langdon imaginava que talvez tivesse sido pelos dois motivos.

– Seja como for, o que aconteceu é imperdoável – disse ele. – Desconfio que alguma coisa tenha saído muito errado com Dmitri e ele tenha morrido, como sugeria o prontuário.

Um longo silêncio pairou entre eles enquanto Langdon corria os olhos pelas decorações singelas – infantis até – espalhadas pela cozinha.

– E esses dois? – perguntou Katherine, agachando-se para fazer carinho nos gatos muito bem-cuidados de Sasha. – Quando será que eles comeram pela última vez?

É verdade, pensou Langdon. *Alguém vai ter que adotar os gatos.*

Foi até o armário debaixo da pia e pegou o saco de ração.

– Eu ponho a comida – disse Katherine, pegando o saco. – É melhor você fazer a ligação.

Langdon foi até o telefone de parede e discou o número que Scott Kerble tinha lhe passado. Quando começou a ouvir os toques, pensou no que iria dizer quando Kerble perguntasse sobre Sasha Vesna. *Não encontramos Sasha. Ela morreu no Limiar. Falando nisso, foi ela que matou Michael Harris.* Ainda estava tentando compreender como era possível Sasha amar profundamente o assessor jurídico ao mesmo tempo que seu protetor sabia a verdade sobre o americano e sentia ódio por ele. *Duas pessoas. Um só corpo.*

Langdon se lembrou de quando ouviu falar num caso jurídico envolvendo um suposto estuprador, William Milligan, que havia passado por um detector de mentiras e demonstrado não ter lembrança alguma de seus supostos crimes. Tempos depois, ficou claro que Milligan sofria de TDI sem saber – um de seus alters tinha cometido o crime e ele não fazia ideia. Milligan foi inocentado e internado numa instituição psiquiátrica.

Antes da psiquiatria moderna, grande parte dos indivíduos que exibiam múltiplas personalidades era levada para os únicos profissionais de psiquiatria disponíveis então: os padres. A Igreja com frequência os diagnosticava como pessoas "possuídas pelo demônio" e receitava um tratamento comum na época: o "exorcismo". Até hoje, o ritual do exorcismo seguia sendo executado em pessoas com transtornos mentais, e, embora sempre se horrorizasse ao pensar nisso, Langdon reconhecia que a descrição da consciência não local feita por Katherine trazia um novo ponto de vista.

Talvez o exorcista não esteja tentando tirar um demônio de dentro do corpo, e sim ressintonizar a antena do corpo para bloquear a estação indesejada.

– Kerble falando – disse uma voz do outro lado, chamando Langdon de volta para o momento presente.

– Alô, aqui é Robert Langdon.

– Professor, estávamos aguardando sua ligação. Espere um instante, por favor, enquanto transfiro para a embaixadora Nagel.

Langdon se espantou com o fato de a embaixadora poder falar ao telefone. *Achei que ela estivesse presa.* Pelo visto algo havia mudado na embaixada.

– Professor – entoou a voz da embaixadora na linha. – Nem sei dizer o quanto estou aliviada por vocês dois estarem bem. Scott me disse que foi por pouco.

– É, foi raspando mesmo. E ficamos sabendo que a senhora foi detida pelo diretor da CIA. É isso?

– Sim, mas o diretor Judd alega que foi uma medida protetiva, para garantir minha segurança.

– E a senhora acredita nele?

– *Gostaria* de acreditar – respondeu Nagel sem rodeios. – Ele disse que estava com medo de Finch talvez... não sei. De toda forma, não tenho notícias de Finch desde nosso último telefonema.

– Finch está morto – informou Langdon, também sem rodeios. – Nós o vimos dentro do Limiar pouco antes da explosão. Katherine e eu fomos os últimos a sair, e Finch...

– Certo – interrompeu ela, soando abalada. – Não por telefone. Vamos conversar pessoalmente.

– Nós temos muito a contar. É seguro ter essa conversa na embaixada?

– Não tenho muita certeza. Eu ia sugerir seu hotel, mas seria um lugar óbvio demais e não posso garantir que estaríamos seguros. Não ainda. – Ela fez uma pausa de alguns instantes. – Conhece a Umělá Krápníková Stěna?

– Conheço, sim – respondeu Langdon, intrigado por ela mencionar um lugar tão público e sobretudo tão sinistro. – Fica perto da embaixada, mas não sei bem se...

– Cheguem lá o mais depressa possível.

◆ ◆ ◆

No quartel-general da ÚZSI, o tenente Pavel estava recolhendo solenemente os últimos pertences de seu armário. Após se apresentar a seu novo superior hierárquico e passar por um demorado interrogatório, ele fora rebaixado e recebera um afastamento disciplinar de três meses.

Não vou voltar, ele sabia.

Tudo agora estava diferente. Embora sua lembrança do dia estivesse turva, Pavel jamais esqueceria a imagem do tio morto num despenhadeiro gelado. A morte do capitão fora catalogada oficialmente como acidente, e, por mais que Pavel quisesse protestar, não estava em condições de fazê-lo. Além do mais, a embaixadora americana tinha proibido a abertura de qualquer inquérito sobre o ocorrido, e ela estava com todas as cartas na mão após ter descoberto os métodos desonestos usados por Janáček para deter dois importantes cidadãos americanos.

Pavel saiu do prédio e foi caminhando a passos pesados para o ponto de ônibus. Ao chegar, viu uma mulher jovem esperando o transporte. Ela parecia simpática, e Pavel lhe abriu um sorriso cansado.

– *To je ale zima* – disse ele, educado. *Que frio.*

Na mesma hora a mulher virou as costas e foi para o outro extremo do ponto de ônibus.

De repente Pavel se sentiu muito sozinho no mundo.

Quando o ônibus chegou, ele embarcou e foi se sentar no fundo do veículo. Nenhum dos outros passageiros ergueu os olhos; estavam concentrados nos próprios celulares. Pavel se sentou, pegou seu próprio aparelho e por reflexo abriu o Dream Zone, seu simulador de paquera virtual.

Várias solicitações novas tinham entrado, e ele imaginou que fosse sentir a centelha de emoção que sempre acompanhava a esperança de novas possibilidades. Naquela noite, porém, o celular pareceu frio na sua mão. Ele passou alguns segundos encarando a tela brilhante, e então, surpreendendo a si mesmo, desligou o aparelho e o guardou de volta no bolso. Em seguida, fechou os olhos, orou pelo tio e ficou escutando o rumor do ônibus que o levava de volta para casa.

CAPÍTULO **125**

A Umělá Krápníková Stěna, uma das atrações antigas mais surreais de Praga, parece um paredão de rocha derretida. Com 12 metros de altura, essa misteriosa escultura do século XVII localizada dentro do Jardim Wallenstein dá a impressão de ser um rio de lava que endureceu no meio do caminho, formando uma parede de estalactites fluidas, formações arredondadas e reentrâncias amorfas.

Formalmente conhecida como a Gruta, o muro é uma das atrações mais sinistras de Praga. A superfície de pedra ondulada tem um aspecto quase fantasmagórico, com rostos grotescos que os visitantes gostam de procurar. Durante muitos séculos, representantes religiosos solicitaram a remoção do muro, alegando que o lugar era assombrado e estimulava a aparição de maus espíritos. Muitos turistas reclamam de ter pesadelos após visitar o ponto turístico, e várias personalidades importantes já passaram mal ali.

A embaixadora Nagel não era uma delas.

A mim este muro acalma, pensou, observando a estrutura à sua frente. A Gruta estava particularmente bonita nesse dia, silenciosa e pálida à luz do fim da tarde, com montinhos de neve branca acumulados nas fendas e reentrâncias dos inúmeros rostos.

Enquanto aguardava à luz cada vez mais fraca do sol, Nagel viu novos rostos se materializarem no muro. Ficara sabendo que, na verdade, apenas alguns dos que via tinham sido incluídos *propositalmente* pelo arquiteto. Os outros na verdade eram rostos que ela estava vendo em *alucinação*, num fenômeno psicológico conhecido como *pareidolia*. O cérebro tem uma inclinação natural para distinguir formas que fazem sentido em meio a contornos nebulosos, e os seres humanos viam rostos em tudo, de nuvens a estampas em tecidos, tigelas de sopa ou sombras num lago. Bastavam dois pontos e uma linha para a maioria dos cérebros humanos fazer a mesma conexão.

☺

Por ter trabalhado na CIA, Nagel tinha certeza de que os teóricos da conspiração padeciam de uma espécie de pareidolia cognitiva, enxergando padrões suspeitos onde não existiam, alucinando que havia uma ordem quando de fato havia apenas caos.

Com Everett Finch acontecia o contrário: ele via padrões *de verdade* e os usava para fabricar o caos, com o intuito de preservar algum tipo de ordem no mundo. A notícia da morte dele representava uma trégua para Nagel, mas mesmo assim era algo que ela jamais comemoraria. Em sua carreira na CIA, ela havia aprendido uma verdade simples: *o bem e o mal em forma pura não existem*. Sabia que a falta de escrúpulos de Finch era movida por seu profundo comprometimento com uma agência que estava tentando se firmar no admirável mundo novo da neurotecnologia.

– As corujas já foram dormir – disse uma voz grave atrás dela, ecoando na intimidadora superfície da Umělá Krápníková Stěna.

Por um instante, Nagel pensou que havia escutado uma senha usada por espiões, mas ao se virar deparou com dois rostos conhecidos. Robert Langdon e Katherine Solomon vinham se aproximando e estavam passando em frente ao aviário do jardim, onde as corujas estavam empoleiradas e imóveis, com a cabeça escondida dentro das penas dos ombros.

Nagel sorriu e apertou a mão de ambos enquanto seu onipresente guardião Scott Kerble surgia das sombras e se juntava ao grupo. Langdon e Solomon continuavam sem casaco, mas felizmente a embaixadora não pretendia conversar ao ar livre.

– Venham comigo – disse ela, conduzindo-os em direção à Gruta. – Vamos conversar lá dentro.

Langdon ergueu os olhos para o paredão, claramente sem entender.

– Dentro... *de onde*?

Sem dizer nada, Nagel conduziu o grupo em direção à base do muro e parou diante de uma minúscula porta de madeira com pouco mais de 1 metro de altura cercada por assustadoras formas semelhantes a caveiras. A expressão incrédula de Langdon ficou completa quando Nagel sacou uma chave e a destrancou.

Um dos privilégios de ser embaixadora dos Estados Unidos, pensou ela. Os americanos ricos que eram donos do que havia do outro lado daquela porta tinham emprestado uma chave a Nagel, dando-lhe acesso àquela discreta entrada de fundos na esperança de que um dia ela fosse uma visitante assídua, coisa que de fato era.

Quando o grupo entrou, Nagel se perguntou o que Langdon pensaria se soubesse para onde eles estavam indo agora. Atrás daquele muro, em qualquer uma de seis câmaras iluminadas por velas, o professor poderia se ver deitado numa plataforma de granito, nu, enquanto funcionários de roupão despejavam cera quente no seu corpo.

◆ ◆ ◆

Ela tem uma chave?

Se Langdon bem lembrava, a célebre Umělá Krápníková Stěna de Praga fora erguida rente à fachada dos fundos de um mosteiro agostiniano do século XIII, o Mosteiro de São Tomás. Ou seja: ele acabara de adentrar corredores centenários e sagrados.

Não mais tão sagrados assim, pensou.

O grandioso mosteiro, como tantos outros na Europa, fora reformado para atender às necessidades de um mundo cada vez mais laico e se transformado no Augustine Luxury, hotel da rede Marriott. A antiga cervejaria dos frades tinha sido reimaginada como o megadescolado The Refectory Bar, e o *scriptorium* original do mosteiro fora mantido totalmente intacto, incluindo os textos antigos, instrumentos de escrita e pedras de afiar penas.

– Vamos fazer o mínimo de barulho possível – sussurrou Nagel, guiando-os por uma passagem estreita até uma porta de serviço. Quando a embaixadora a abriu, Langdon se viu num elegante corredor perfumado com melaleuca, incenso e eucalipto.

– A senhora nos trouxe a um spa? – perguntou Langdon quando eles chegaram diante de uma porta dourada onde uma plaquinha listava os diversos tratamentos disponíveis, entre eles a especialidade da casa: o Ritual Monástico. Langdon não era especialista em clausura religiosa, mas tinha quase certeza de que rituais monásticos não incluíam velas corporais de lavanda e tratamentos faciais com colágeno.

– Aqui vamos estar seguros – sussurrou ela. – Eu conheço os funcionários, e as paredes têm tratamento acústico.

Nagel fez um gesto pedindo que aguardassem enquanto entrava pela porta. Segundos depois, voltou com um chaveiro e os conduziu pelo corredor, onde destrancou um dos *salóneks* privativos do spa para serem usados após os tratamentos.

A saleta sem janelas tinha um clima falsamente eclesiástico, com velas elétricas tremeluzentes, vitrais e um canto gregoriano saindo pelo sistema de som. Langdon reparou que a trilha sonora era uns quatro séculos mais antiga do que o mosteiro. Anacronismos à parte, porém, era capaz de imaginar lugares piores. *Aqui é reservado e quentinho.* E o melhor: Kerble tinha entrado no hotel para pegar algo para eles comerem.

– Antes de mais nada – disse Nagel, tirando o casaco de inverno e gesticulando para todos se acomodarem nos confortáveis sofás. – Não consigo nem imaginar tudo por que vocês dois passaram hoje. Fico aliviada por estarem bem e sei que temos muito a conversar. Mas, antes de entrarmos a fundo no assunto, queria compartilhar uma ótima notícia. – Ela abriu um sorriso cansado. – As provas incriminatórias que esperávamos obter sobre o Limiar... Nós as *conseguimos*.

Como?, perguntou-se Langdon, imaginando que as provas concretas da existência do Limiar estivessem pulverizadas e enterradas debaixo de entulho, tragicamente junto com a mais forte de todas as provas: *a própria Sasha Vesna*.

Nagel encarou ambos. Apesar de cansada, parecia animada.

– O fato é que temos um anjo da guarda. Para ser mais exata: Sasha Vesna tem um anjo da guarda.

O comentário deixou Langdon espantado. Na mesma hora visualizou o vulto de capa que havia declarado ser o protetor e guardião de Sasha. *Será que Nagel sabe que Sasha tem mais de uma personalidade?*

– E o anjo da guarda dela me mandou *isto aqui* – acrescentou a embaixadora.

Nagel sacou uma folha de papel e a pôs na mesa diante deles. Ao ver o papel, Katherine deixou escapar um leve arquejo. Langdon sentiu um peso semelhante ao ler a mensagem manuscrita às pressas num papel de carta com estampa de gatinhos.

POR FAVOR, AJUDE SASHA.

Meu Deus do céu, pensou ele, visualizando as mãos de Sasha escrevendo aquelas exatas palavras – um pedido desesperado de ajuda, um apelo sobre o qual, estranhamente, a própria Sasha nada sabia.

A embaixadora explicou rapidamente que a URL incluída na mensagem levava ao vídeo em que Gessner, sob tortura, revelava tudo que sabia sobre o Limiar: testes em humanos, cirurgias no cérebro, implantes, psicofármacos, experiências de quase morte, a lista dos envolvidos... tudo.

– É um vídeo muito difícil de assistir, mas a existência dele significa que a CIA nunca mais vai poder ir atrás de vocês – disse Nagel.

Ela esperou os dois assimilarem as implicações da frase.

– Eu guardei uma cópia num lugar seguro e pretendo fazer backups. Ou seja: independentemente do que mais acontecer, esse vídeo é o único seguro de que vocês vão precisar. – Os olhos dela reluziram à luz das velas. – É a sua bomba atômica.

– E a *sua* também, espero – disse Katherine baixinho.

Nagel assentiu.

– Embora eu não saiba muito bem se vamos mesmo precisar dela. O diretor pareceu tão consternado quanto eu ao se inteirar de algumas das coisas que aconteciam no Limiar.

– *Não é possível* que ele não saiba – argumentou Langdon. – Ele é o *diretor*.

– Exato, motivo pelo qual talvez *não* tenha sabido – rebateu Nagel. – Os processos da agência são extremamente compartimentalizados. Isso aumenta a eficiência na tomada autocrática de decisões e, ao mesmo tempo, possibilita a quem não está diretamente envolvido num problema negar de forma plausível que tenha conhecimento dele. O diretor Judd pôs Finch no comando, portanto só devia conhecer os detalhes que Finch decidia compartilhar.

Pode ser que sim, pensou Langdon, *ou pode ser que não*.

Intuindo que a embaixadora não sabia nada sobre o transtorno de Sasha, pegou a carta.

– Mas por que o guardião de Sasha mandaria isso para a *senhora*? Por que não mandar o vídeo direto para a imprensa?

– No vídeo, a Dra. Gessner admite que eu não sabia quase nada sobre o verdadeiro propósito do Limiar e que ficaria horrorizada com o fato de aquilo existir – respondeu Nagel. – Desconfio que essa admissão tenha levado o guardião de Sasha a confiar o vídeo *a mim*. Ele imaginou que eu fosse influente o bastante para ajudar Sasha. Nem preciso dizer que, se algum de nós um dia encontrar Sasha, vou fazer de tudo para ajudá-la da maneira que puder. Ela é uma vítima, e eu tive, *sim*, um papel no processo de transformar o Limiar em realidade, embora tenha sido coagida e não soubesse de nada. – Seu olhar se perdeu no vazio. – Mas Michael Harris... – sussurrou, quase chorando. – Eu o forcei a espionar Sasha para Finch, e isso custou a vida dele. – Ela tornou a encará-los. – Essa culpa e essa vergonha eu vou carregar para sempre.

Langdon se perguntou como Nagel se sentiria ao saber da complicada verdade em relação à pessoa que matou Harris. *Estranhamente, a mulher que a senhora mandou Harris seduzir foi a mesma que o matou.*

– E quanto ao protetor de Sasha, o "anjo da guarda" dela, como a senhora colocou? – disse Katherine. – Já descobriu quem é a pessoa?

– Não de forma conclusiva – respondeu Nagel. – Ele só aparece de relance no vídeo e estava disfarçado, mas tenho uma forte desconfiança de quem seja.

Langdon e Katherine trocaram um olhar de surpresa.

– O homem que se filmou torturando Gessner tinha sotaque russo – disse Nagel. – E disse a Gessner que aquilo era um castigo por ela ter traído a confiança de Sasha. Mas a raiva dele tinha um jeito estranho que dava a entender que havia ali uma traição *pessoal*, como se ele também tivesse sido uma cobaia do Limiar.

E foi mesmo, pensou Langdon. *Em certo sentido, ele foi o paciente número três.*

Embora não entendesse bem as complexidades do TDI, Langdon intuiu que qualquer procedimento que Gessner tivesse realizado em Sasha poderia ter sido vivenciado também pelo seu alter, em especial se esse alter fosse protetor e tivesse decidido assumir as partes dolorosas da vida de Sasha. Segundo Katherine, um alter dominante tinha o poder de decidir, a qualquer momento, que identidade estava consciente e no comando.

– O diretor Judd me informou que a primeira cobaia do Limiar também era um russo, vindo da mesma instituição de Sasha – continuou Nagel. – O nome dele era Dmitri Sysevich. Finch falou que ele tinha *morrido* no programa, mas o diretor afirmou não ter visto nenhuma prova da morte de Dmitri. É possível que, por algum motivo, Finch tenha mentido sobre isso.

Finch não mentiu, sabia Langdon. *Dmitri morreu. Nós vimos o prontuário.*

– Levando em consideração o vídeo, o diretor e eu concluímos que, de alguma forma, Dmitri Sysevich deve ter sobrevivido ao programa e voltado para se vingar – disse Nagel num tom de pesar.

No silêncio desconfortável que se seguiu, Langdon encarou Katherine. Ambos sabiam o que precisava acontecer. Estava na hora de a embaixadora saber a verdade.

– Embaixadora – falou Langdon, virando-se de volta para ela. – A pessoa que a senhora viu matando Gessner... *não era* Dmitri Sysevich.

CAPÍTULO 126

A embaixadora Nagel não sabia ao certo quanto tempo tinha se passado quando o grupo saiu pela portinha na Gruta. *Uma hora? Duas?* A escuridão já havia tomado conta do Jardim Wallenstein, e as sombras pareciam prometer uma noite gelada.

Ela ainda estava abalada pelo que Langdon tinha lhe explicado sobre Sasha e, embora soubesse que alguma hora conseguiria aceitar a verdade do ponto de vista *racional*, havia um fato que para todo o sempre seria como uma facada em seu coração, deixando-a emotiva.

Michael Harris foi morto... por Sasha.

– A senhora precisa ter em mente que *não foi* Sasha quem matou Michael – insistiu Katherine. – Ela o amava. Pense que são *duas* pessoas distintas.

Fosse como fosse, a notícia havia provocado em Nagel uma nova onda esmagadora de culpa. Ela se viu desejando poder implorar perdão tanto a Michael quanto a Sasha, mas nenhum dos dois estava mais ali.

Até o Jardim Wallenstein lhe parecia sem vida agora, com os arbustos de roseiras protegidos por sacos de aniagem, o chafariz esvaziado para o inverno. Nagel duvidou que fosse presenciar seu renascimento anual na primavera seguinte. Horas antes tinha conquistado influência política suficiente para fazer o que quisesse, e o que queria não incluía mais ser embaixadora dos Estados Unidos e morar em Praga.

Eu nunca deveria ter vindo para cá, pensou. *Fui mandada para ser um fantoche.*

Provavelmente iria aguardar um mês para ajudar a embaixada na crise e em seguida pediria demissão. Não tinha ideia do que faria depois, mas ainda sentia ter energia dentro de si – e muito mais com que contribuir.

No momento, sua grande preocupação era recuperar o pen drive que Scott Kerble havia espertamente contrabandeado para fora da embaixada dentro da caixa com os pertences de Dana. Dali a pouco Kerble iria ao apartamento dela para pegá-lo.

Enquanto ela e Kerble seguiam em direção à saída do jardim, Nagel olhou por cima do ombro na direção de Langdon e Solomon, que conversavam baixinho caminhando mais atrás. Os dois sem dúvida estavam exaustos e precisavam dormir.

– Eu levo os dois de carro de volta para o hotel – disse Kerble, como se tivesse lido os pensamentos de Nagel. – Logo depois de deixar a senhora na embaixada.

Eles saíram do Jardim Wallenstein e ganharam a rua, que já estava iluminada pelos postes. Nesse momento Nagel soube que, de tudo, o que mais lhe faria falta seria Kerble.

– Scott – falou em voz baixa –, sei muito bem os riscos que você correu por mim hoje. Saiba que sua lealdade significa muito para mim.

O militar abriu um raro sorriso e levou a mão ao quepe.

– E a *sua* para mim também.

CAPÍTULO 127

Langdon acreditava havia tempos que a obra de arte mais perturbadora e mais eficaz da Europa era *Vítimas do Comunismo*, monumento em que seis homens de bronze em tamanho real descem uma larga escadaria de concreto. Cada um num grau diferente, os seis estão emaciados e barbados. O mais perturbador, porém, é que os seis eram a mesma pessoa, cada um num estágio de decomposição: a um faltava um braço; a outro, metade da cabeça; outro tinha um rasgo no meio do peito.

Desafio e resistência, pensou Langdon, recordando a mensagem que o artista queria transmitir. *Independentemente do grau de sofrimento que viveu, esse indivíduo permaneceu de pé.*

Langdon não imaginara que fosse ver a escultura nessa ida a Praga, mas ali estava ela, passando veloz pela janela do sedã da embaixada enquanto eles percorriam a Rua Újezd em alta velocidade. Teria comentado com Katherine, mas ela já havia pegado no sono com a cabeça apoiada em seu ombro, o cabelo macio e bagunçado encostado em sua bochecha.

Após deixar Nagel na embaixada, o sargento Kerble estava passando pelos Jardins de Petřín, rumo ao Four Seasons, onde Langdon e Katherine teriam um muito necessário descanso. Quando eles dobraram à esquerda para pegar a Ponte da Legião, Langdon fechou os olhos e ficou escutando a respiração suave de Katherine, sentindo-se reconfortado pelo som tranquilizador... da vida.

O conceito da *morte* havia tomado conta daquele dia, não só nas conversas, mas também na realidade de Langdon: ele quase havia morrido congelado no rio Moldava, depois fora alvejado por Pavel e por fim tinha escapado por um triz do Limiar.

De modo surpreendente, ao longo do último ano, tudo que Langdon tinha aprendido com Katherine sobre a consciência havia alterado sua opinião sobre a morte, aliviando em grande parte sua apreensão com o envelhecimento e a mortalidade. Se o modelo não local de consciência de Katherine se revelasse correto, a conclusão lógica seria que parte de Langdon – de seu ser, de sua mente – transcenderia a morte do seu corpo e seguiria vivendo.

Não estou com a menor pressa para descobrir, pensou ele, saboreando a cabeça quentinha de Katherine no seu ombro.

Na véspera, durante uma visita à Fortaleza de Vyšehrad, eles haviam se deparado com um relicário extremamente mórbido, feito com uma escápula humana

– supostamente a de São Valentim –, quando Katherine o surpreendeu com uma pergunta que parecia simples, mas era tudo menos isso: *Como você define a morte?*

Por nunca ter pensado na morte em termos literais, Langdon não soube o que responder e por fim ofereceu uma definição sofrível e falha que jamais teria aceitado de seus alunos: *morte é ausência de vida.*

Para sua surpresa, Katherine disse que a resposta estava muito próxima da definição oficial da medicina: *a cessação irreversível de qualquer função celular.* Então acrescentou que a definição oficial da medicina estava totalmente incorreta.

– A morte não tem nada a ver com o corpo *físico* – falou. – Ela tem a ver com a *consciência*. Pense num paciente com morte cerebral, não reativo, que continua vivo por aparelhos: tecnicamente o corpo dele está muito vivo, mas muitas vezes nós desligamos os aparelhos que sustentam a vida do corpo. Sem a consciência, nós consideramos que o corpo está essencialmente *morto*, mesmo quando as funções físicas estão intactas.

É verdade, percebeu Langdon.

– E o contrário é igualmente verdadeiro – continuou ela. – Um cadeirante tetraplégico que perdeu as funções físicas no corpo todo mas preservou a *consciência* é alguém muito vivo. Stephen Hawking foi essencialmente uma mente sem corpo. Imagine se alguém tivesse sugerido desligar os aparelhos dele!

Era a primeira vez que Langdon ouvia um argumento nessa linha.

– Robert, não há mais como negar o número cada vez maior de indícios de que a consciência pode existir *fora* do corpo, além dos limites do cérebro – concluiu ela. – Chegou o dia de redefinir a consciência e de, portanto, redefinir inteiramente a *morte*!

Langdon torcia para ela estar certa e para que a morte não fosse um acontecimento tão "terminal" quanto a maioria das pessoas imaginava. De um canto remoto de sua memória surgiu um antigo ensinamento de Asclépio:

Muitas pessoas temem a morte e a consideram a pior tragédia que podem sofrer, mas elas não sabem do que estão falando. A morte é a dissolução de um corpo exaurido. Assim como o corpo deixa o ventre da mãe ao ficar maduro, a alma deixa o corpo ao atingir a perfeição.

Quando era um jovem estudante de religião comparada, Langdon ficara abismado com o fato de *todas* as crenças defenderem a existência da reencarnação e da vida após a morte, a única e imutável garantia oferecida por toda e qualquer tradição religiosa a ter resistido ao tempo. Sempre havia considerado esse traço constante um exemplo da "sobrevivência do mais apto" darwiniana. *As únicas religiões que sobreviveram foram as que ofereceram uma solução para o maior temor da humanidade.*

Seu lado mais espiritual muitas vezes se perguntava se a promessa ancestral de vida eterna na realidade era *anterior* à religião, enraizada na sabedoria perdida dos antigos: uma época em que a mente humana era desobstruída o bastante para perceber as verdades mais profundas que permeavam o universo.

Um pensamento para outro dia, decidiu ele no exato instante em que o carro diminuía a velocidade em frente ao Four Seasons.

– Ei, dorminhoca – sussurrou ele para Katherine. – Chegamos.

◆ ◆ ◆

Faukman praticamente se atirou no telefone.

– Alô!

– Jonas, é o Robert – anunciou Langdon em seu inconfundível barítono. – Acabei de chegar ao hotel. O gerente disse que você ligou sem parar.

– Liguei mesmo! – exclamou Faukman. – A tal explosão em Praga... fiquei preocup...

– Desculpe. Estamos os dois bem.

Faukman suspirou aliviado.

– Sabe, Robert, a maioria dos autores me deixa aflito quando atrasa a entrega do original, mas você tem esse hábito irritante de...

– Agradeço a sua preocupação, mas eu não estava nem perto da explosão – retrucou Langdon com uma risada.

– Fico feliz em saber, mesmo não acreditando. Já testemunhei sua inclinação para estar perto do perigo.

– E eu, sua predileção por pressuposições paranoicas.

Faukman deu uma risadinha.

– Essa resposta foi meio rápida demais, até para *você*, Robert. Como vou saber que não estou conversando com um chatbot de IA?

– Porque a IA jamais saberia que você recusou um dos romances mais vendidos dos últimos vinte anos por achar que o autor abusava das elipses.

– Ei! Eu te contei isso em sigilo absoluto.

– Sim, e quando eu morrer vou levar esse segredo comigo para o túmulo – garantiu Langdon. – Só que não vai ser hoje.

– Alguma notícia do manuscrito da Katherine? – perguntou Faukman, esperançoso.

– Lamento – respondeu Langdon com uma voz cansada. – Queria poder dar uma notícia melhor, mas...

◆ ◆ ◆

Faltava pouco para as sete da noite quando Langdon desligou o chuveiro da Suíte Real. A noite era uma criança, mas a escuridão do inverno havia coberto Praga horas antes, e ele e Katherine tinham combinado de ir direto para a cama.

Quando ele enrolou uma toalha na cintura e saiu do chuveiro, encontrou Katherine mergulhada num banho de espuma com uma perna esguia estendida e uma gilete na mão.

Ela está raspando as pernas?, pensou, surpreso.

– A gente vai sair?

Katherine deu uma risada.

– Não, Robert, a gente *não* vai sair. Sério que você não sabe por que uma mulher raspa as pernas antes de ir para a cama?

– Ahn... – Ele hesitou. – É que eu achei... que você estivesse exausta.

– E estava. Mas acordei quando vi você entrando no chuveiro. – Ela apontou para o abdominal sarado de Langdon. – Para alguém da sua idade, você está inteiraço, Aquaman.

– Da *minha* idade? Você é mais velha do que eu!

– Vai querer mesmo ter essa discussão?

– Não, minha querida. – Langdon foi até a banheira, sentou-se na borda e afetuosamente levou a mão à nuca de Katherine. – O que eu quis dizer foi que você é linda, brilhante, engraçada à beça, e que eu te adoro. – Deu um beijinho nos lábios dela. – Vejo você na cama.

◆ ◆ ◆

É oficial, pensou Katherine enquanto terminava os preparativos e saía da banheira. *Estou apaixonada.*

Desconfiou que talvez amasse Langdon desde sempre, mas só agora o momento certo tivesse enfim chegado. Pouco importava. Fosse como fosse, eles estavam ali agora. Juntos. *Esses instantes devem ser saboreados.*

Após se secar, ela colocou a mão debaixo da pia e pegou o lindo embrulho que tinha escondido ali mais cedo, com a lingerie mais elegante que já havia comprado na vida. *Seda Macchiato, de Simone Pérèle.* Torceu para Robert gostar da sofisticada peça única.

Soltou o cabelo, deixou a toalha cair e vestiu a peça que não pesava quase nada. O toque da seda em sua pele quente era luxurioso, e o tecido caiu com perfeição no seu corpo. Abrindo mão do Balade Sauvage, seu perfume habitual, ela pegou o minúsculo borrifador de amostra da fragrância Mojave Ghost que viera junto com a lingerie. Borrifou uma nuvem de perfume no ar e passou por dentro dela, seus sentidos sendo despertados pelas notas de almíscar chantilly e violeta aveludada.

Após se olhar no espelho uma última vez, abriu a porta para o quarto e ficou satisfeita ao ver que Langdon já tinha apagado a luz. *Perfeito*, pensou, sabendo que sua peça de lingerie agora estaria iluminada na contraluz, exibindo plenamente suas curvas suaves. Com um sorriso sedutor, fez uma pose no vão da porta e aguardou a reação de Langdon.

Mas a única resposta que escutou foi a cadência suave e ritmada de um leve ronco.

CAPÍTULO 128

Num modesto apartamento no bairro de Dejvice, Dana Daněk assistia ao noticiário sentada sozinha no seu sofá. As Forças Armadas americanas tinham assumido total responsabilidade pela explosão no Parque Folimanka, causada, pelo visto, por um grande estoque de gás natural trazido pelos engenheiros para aquecer e curar o concreto fresco que estavam despejando. Segundo vários especialistas externos em construção, essa era uma técnica muito comum, sobretudo em espaços úmidos e subterrâneos no inverno, e aquele não era o primeiro acidente do tipo.

Mesmo assim, especialistas em política estavam começando a questionar essa versão. Fosse como fosse, independentemente do que havia causado a explosão, as Forças Armadas americanas já estavam isolando a área e se preparando para uma imensa operação de limpeza.

– Sra. Daněk – chamou um homem do lado de fora do apartamento após bater na porta. – É o sargento Kerble.

Surpresa, ela se levantou e foi espiar pelo olho mágico. De fato, era o chefe da segurança da embaixadora. *Será que eu estou encrencada?* Nenhum segurança jamais tinha ido à sua casa. Dana estava de moletom, de óculos e sem maquiagem, e se perguntou se o sargento Kerble sequer iria reconhecê-la.

Quando abriu a porta, viu o militar de rosto lisinho parado a uma distância educada.

– Desculpe incomodá-la em casa – disse ele. – A embaixadora me pediu que transmitisse mais uma vez seu profundo pesar pela morte de Harris. A embaixada inteira está abalada, claro, mas a embaixadora me explicou que vocês dois eram amigos próximos.

– Obrigada, Scott.

– Devo acrescentar que a prisão da embaixadora foi um mal-entendido, e ela foi liberada com um pedido de desculpas integral.

– Talvez ela se arrependa de ter sido liberada – disse Dana, apontando para a TV atrás de si. – Vai estar metida até o pescoço nessa história. A chapa já esquentou para o governo de vocês.

– É, essa situação toda foi meio...

– Uma cagada total? – sugeriu Dana.

Kerble sorriu.

– Eu ia dizer "politicamente delicada".

– Nesse caso, talvez você devesse assumir meu cargo de relações-públicas.

– Na verdade, é por isso que estou aqui. A embaixadora está torcendo muito para você voltar e gerenciar as relações públicas nesta crise.

Dana soltou uma gargalhada.

– Scott, você por acaso sabe o que aconteceu comigo hoje? Uma mulher apontou uma arma para a minha cara, meu namorado morreu estrangulado, a embaixadora americana foi presa na minha frente, eu fui escoltada para fora da embaixada e o Parque Folimanka explodiu! Esqueci alguma coisa?

Kerble deu um suspiro.

– Foi mal, Dana, eu reconheço que o dia de hoje foi...

– Politicamente delicado?

– Eu ia dizer "uma cagada total".

Dana esboçou um sorriso.

– Mas que diabo está acontecendo, afinal?

– Eu não sei de tudo. Você deveria perguntar à embaixadora amanhã, quando voltar ao trabalho.

– É assim que você acha que vai me convencer?

– Nunca fui bom em convencer as pessoas. Pode pelo menos pensar no assunto?

– Tudo bem. Boa noite.

Dana já ia fechando a porta, quando Kerble se aproximou.

– Na verdade, eu queria saber se posso dar uma olhada naquela caixa de papelão. – Ele apontou para trás de Dana, em direção à sala, onde estava a caixa de pertences pessoais que ela havia levado do escritório. – Acho que talvez tenha um malote diplomático da embaixadora ali dentro. E acho que posso ter deixado cair na sua caixa por engano. Posso entrar?

Dana já havia suportado inúmeras paqueras sofríveis, e se não tivesse tanta estima pelo sargento Scott Kerble teria imaginado que aquela era mais uma. Ainda assim, fez um gesto para ele esperar na porta.

– Vou lá olhar.

Dana se afastou, revirou a caixa e levou um susto ao encontrar um malote diplomático lacrado e endereçado à embaixadora Heide Nagel. O malote tinha um post-it colado:

D., não fale com ninguém sobre isto. Alguém vai entrar em contato com você.

Dana se virou para ele, chocada.

– Que diabo é isso? E o que está fazendo na minha caixa?

– Sinto muito. Fui eu que coloquei. E agora preciso pegar de volta.

◆ ◆ ◆

Na embaixada americana, Heide Nagel estava sentada sozinha na sua sala, encarando um copo de shot de Becherovka agora vazio. Raramente bebia destilados, e nunca duas doses num dia só.

Se não fosse hoje, quando seria?

Ela e o diretor tinham chegado a um acordo, uma espécie de *détente*, mas Nagel não estava disposta a abrir mão de sua garantia e confiar cegamente nele. *Ainda estou com o pen drive do vídeo.*

Kerble tinha ido buscar o pen drive com Dana, e, pelo som dos passos agora subindo sua escadaria de mármore, ela imaginou que o segurança acabara de voltar – só que o rosto que apareceu na sua porta não foi o dele, e sim o de um dos guardas mais novos da embaixada.

– Embaixadora? – disse o rapaz, parecendo pouco à vontade. – Sinto muito, mas temos uma questão na porta principal que requer sua atenção.

– Chega de questões por hoje. Por favor, peça para o seu time cuidar disso.

– Nós não temos qualificação oficial para isso, embaixadora. É um assunto *diplomático*.

Nagel não estava conseguindo raciocinar direito. *Um assunto diplomático na porta principal?*

O rapaz entrou na sala com um pedacinho de papel na mão.

– Isto aqui é para a senhora.

Nagel pegou o papel e olhou para as duas palavras escritas.

САША ВЕСНА

– Não sei o que é isso – falou, irritada. – Não falo russo.
O militar pareceu não entender.
– A mulher me garantiu que a senhora saberia quem ela é.
– Que mulher?
– A russa que está lá na porta. Ela pediu para falar com Michael Harris.
Uma russa procurando Michael? Aqui? Agora?
– Pedi que ela escrevesse o nome. – O homem indicou com um aceno o pedacinho de papel. – Acho que se pronuncia "Sasha Vesna".

CAPÍTULO 129

No carro, voltando do apartamento de Dana, o sargento Kerble estava se sentindo esgotado. Ligou o rádio e aumentou o volume para ajudar a se manter alerta. O malote diplomático estava no banco a seu lado, e, conforme requisitado, ele iria entregá-lo de imediato à embaixadora.

No meio da imensa rotatória da Praça Vítězné, sentiu o celular vibrar no bolso. Pegou o aparelho e olhou o identificador de chamadas: era uma das extensões da embaixada.

– Kerble – falou ao atender, abaixando o volume do rádio.
– Graças a Deus você atendeu! – A voz feminina era conhecida, mas falava num tom estranhamente desnorteado.
– Embaixadora? – No mesmo instante, Kerble ficou em alerta total. – Está tudo...
– Onde você está agora? – interrompeu ela.

O tom abrupto não era normal em se tratando de Nagel, e Kerble teve a estranha sensação de que a embaixadora havia bebido, o que também não era do seu feitio.

– Estou saindo de Dejvice agora – respondeu ele. – Estou com aquilo que a senhora pediu e estou indo...
– Preciso que você faça outra coisa. Agora.

Enquanto a embaixadora explicava, o instinto de Kerble lhe disse que havia algo seriamente errado naquela situação.

– Embaixadora, estou escutando mal – mentiu ele, implementando o protocolo de segurança que os dois haviam combinado. – A senhora está na rua? Teve que ir resolver alguma coisa?

– Pelo amor de Deus, Scott! – disse ela, ríspida. – Você sabe que eu não resolvo nada na rua! Só faz o que eu pedi e pronto!

◆ ◆ ◆

O coração da embaixadora Nagel batia forte quando ela desceu a escadaria de mármore até o elegante saguão de entrada da embaixada. Havia sempre um guarda na antessala que separava a embaixada da rua, mas nessa noite, a pedido de Nagel momentos antes, três homens musculosos estavam posicionados no saguão. O jovem cabo que comandava o grupo pareceu aliviado ao vê-la se aproximar.

Os soldados estavam na companhia de uma recém-chegada: uma mulher loura, de calça jeans, parca e tênis. Seu cabelo, na altura dos ombros, estava molhado e despenteado, e sua postura era de uma pessoa exausta, quem sabe até ferida.

Nagel a reconheceu na hora; já a tinha visto em fotografia.

É Sasha Vesna, e ela parece ter passado por uma guerra.

A presença da russa ali – em péssimas condições, porém *viva* – era um choque e tanto. Por um instante Nagel ficou sem saber o que fazer, em especial levando em conta a informação que tinha sobre a complexa personalidade da mulher. Se Langdon e Solomon estivessem certos em relação ao TDI de Sasha, a primeira coisa que Nagel precisava fazer, por mais bizarro que parecesse, era identificar *qual* Sasha estava ali na embaixada.

– Sra. Vesna – disse Nagel, num tom educado, mantendo distância. – Eu sou a embaixadora Nagel. Fui informada de que a senhora veio procurar Michael Harris.

– Sim – respondeu a mulher com uma voz frágil e um sotaque russo carregado. – Michael é meu amigo. Disse que, se eu ficasse encrencada, deveria vir aqui procurar por ele. – A moça estava tremendo de frio, e sua voz falhou. – E eu... eu acho que estou encrencada.

Você acha? A vontade de Nagel foi gritar. *Você matou Michael Harris e explodiu uma instalação ultrassecreta do governo!* Quando ela falou, porém, foi num tom calmo.

– Infelizmente Michael não está aqui agora.

E acho que você já sabe disso, certo?

– Ele vai demorar? – perguntou Sasha. – Michael disse que eu podia vir sem avisar se um dia me sentisse em perigo.

– E a senhora *está* em perigo? – perguntou Nagel.

– Sim, eu... eu acho que estou – respondeu ela, quase aos prantos.

– Por causa de quem?

– Eu não sei! – explodiu ela, as lágrimas já escorrendo livremente. – Não sei o que aconteceu comigo! Estou confusa e não consigo me lembrar. Só sei que preciso de um lugar seguro para ficar!

– Então a senhora está pedindo *asilo político*? – perguntou a embaixadora.

– Não sei o que é isso – respondeu Sasha, dando um passo na direção de Nagel. – Só preciso de...

– *Sasha, parada!* – berrou Nagel ao mesmo tempo que dois militares se interpunham entre elas, fazendo a mulher estacar na hora. Sasha parecia genuinamente apavorada de ter feito algo errado.

– Sra. Vesna – disse Nagel, recuperando a calma –, eu quero ajudar a senhora, mas primeiro preciso que me escute com muita atenção. É fundamental.

Sasha assentiu.

– Esta embaixada é considerada território americano, e, quando um cidadão que não é americano requer proteção em território americano, nós chamamos isso de "pedido de *asilo político*". Todos os pedidos de asilo demandam uma entrevista de avaliação imediata por um representante consular graduado. Essa pessoa seria eu.

Sasha assentiu para informar que entendia.

– As regras dessas entrevistas são muito rígidas – continuou Nagel. – O protocolo da Estrutura de Avaliação de Asilo Político exige um procedimento obrigatório que nós chamamos de "contenção controlada".

O militar situado mais perto de Sasha olhou torto para Nagel, o que não era de espantar, levando em conta que a embaixadora estava inventando tudo isso de improviso.

– A senhora não está encrencada, Sra. Vesna, apesar de talvez sentir que sim. A contenção controlada é parte essencial do protocolo de pedido de asilo político. É uma medida de precaução que garante um ambiente seguro tanto para a senhora quanto para os funcionários da em...

– Eu compreendo – disse Sasha, estendendo as mãos para oferecer os pulsos. – Tudo bem, podem me algemar.

– Grata pela sua cooperação – falou Nagel, surpresa com a aceitação imediata de Sasha. – Minha equipe agora vai executar a contenção segundo nossos protocolos. A senhora será levada para uma sala de reunião segura e trancada, onde receberá comida, água e acesso ao banheiro, além de atendimento médico, caso precise.

Os militares hesitaram por um breve instante, quando então Nagel os fuzilou com o olhar. O cabo que chefiava o grupo passou à ação e em segundos colocou a braçadeira de plástico nos pulsos estendidos de Sasha. Em seguida, junto com os dois outros guardas, a fez atravessar a barreira de segurança.

Nagel abriu caminho para eles passarem e olhou seu relógio de pulso. Eram oito e meia da noite.

— Eu irei ao seu encontro assim que puder, Sra. Vesna, mas pode ser que demore um pouco. Enquanto isso, minha equipe vai se certificar de que a senhora seja mantida aquecida e alimentada.

Sasha tinha lágrimas nos olhos ao passar.

— Obrigada pela sua gentileza — conseguiu sussurrar.

Enquanto se recompunha e subia de volta para sua sala, Nagel se deu conta de que tinha algumas decisões imprevistas bem importantes por tomar.

E logo.

CAPÍTULO 130

A calçada de Manhattan brilhava sob os pés de Jonas Faukman conforme ele subia a Broadway. A chuva da tarde finalmente havia estiado, e era hora de ir para casa.

Seu telefonema com Praga fora breve, pois Langdon tinha hesitado em falar muito ao telefone. Deu garantias de que ele e Katherine se encontravam em segurança e avisou que estavam pensando em fazer uma parada em Nova York na volta para casa, assim os três poderiam conversar pessoalmente sobre tudo que havia acontecido com o manuscrito.

Não tem grande coisa para conversar, lamentou o editor. Mesmo que Katherine conseguisse dar um jeito de reescrever o livro inteiro, a CIA quase certamente iria interferir. Para Faukman, perder aquele título era um golpe profissional considerável, mas ele se consolava com a certeza de que Robert e Katherine estavam bem.

Ao se aproximar de Columbus Circle, sentiu o cheiro terroso de café torrado e entrou na Starbucks mais movimentada da cidade. Se alguma vez houvera um dia que justificasse uma dose extra de cafeína para a caminhada de volta para casa, o dia era esse.

Robert que me perdoe, ponderou ele enquanto fazia o pedido.

Havia tempo que o professor de Harvard boicotava a rede Starbucks alegando que a empresa fazia "um mau uso flagrante de um símbolo clássico".

Faukman pensou consigo mesmo ao ver o conhecido logo gravado em todos os copos e canecas do estabelecimento.

– A *sereia* do Starbucks tem *duas* caudas! – vociferara Langdon. – Isso significa que na verdade ela é uma sereia da tradição *grega*, uma sedutora malvada, que atrai os marinheiros e faz com que a sigam cegamente até o naufrágio, e em última instância até a *morte*! Não tenho como confiar numa empresa que deixou de fazer uma pesquisa iconográfica antes de enfeitar seus frappuccinos com um monstro marinho mortal.

Só mesmo um simbologista para estragar um bom café, pensou Faukman, sentindo zero culpa ao sorver o primeiro e delicioso gole do mais cremoso *flat white* da cidade. Então, subindo a gola do seu casaco de lã vintage cinza, saiu de volta para a rua e tomou o rumo de casa.

CAPÍTULO 131

Pairando na escuridão, Robert Langdon flutuava bem alto acima de Praga. Viu a Ponte Carlos ao longe lá embaixo, com seus postes de iluminação a gás tremeluzindo qual fieiras de pérolas estendidas de uma margem a outra do rio negro. Sem peso algum, solto, foi seguindo o fluxo do rio e passou pela cascata, sentindo apenas uma leve irritação causada por um ruído distante de batidas. Mas de repente elas foram ficando mais altas, a gravidade ganhou força, e Langdon se sentiu arrastado para baixo numa queda livre apavorante, caindo cada vez mais rápido em direção ao rio gelado, até estilhaçar sua superfície espelhada.

Acordou sobressaltado e sentou-se na cama, surpreso por não ter percebido que estava sonhando. Para ele, aquilo era um paradoxo intrigante: a capacidade da mente humana de se ver numa situação impossível, mas mesmo assim aceitá-la como um fato, ignorar qualquer incongruência e nunca desconfiar que aquilo *na realidade* não está acontecendo.

Agora alerta devido à adrenalina do sonho, Langdon correu os olhos pela penumbra do quarto de hotel. Silêncio total, a não ser pela respiração suave de Katherine a seu lado. O cheiro do perfume exótico que ela estava usando pairava no ar, e Langdon ainda podia sentir a textura macia e luxuriosa do que quer que ela estivesse vestindo.

– Sinto muito por acordar o senhor, professor... – sussurrou ela.

Langdon ainda estava impactado pelas sensações.

Dra. Solomon, por favor, fique à vontade para me acordar assim sempre que quiser.

Saiu da cama sem fazer barulho, vestiu um roupão e foi andando até a saleta da suíte. Olhou para o relógio de pé e, consternado, percebeu que eram pouco mais de nove da noite.

Não dormi quase nada.

Ao olhar pelo janelão, ele se deu conta de que o sonho bizarro não era nem um pouco surpreendente. Seu cérebro decerto ainda estava tentando assimilar o trauma do salto desesperado que ele dera dali mesmo para dentro da água congelante do rio Moldava. Os sonhos sempre o haviam fascinado, e mais cedo naquele dia ele ficara em choque quando Katherine havia alegado descobrir o que os *causava*.

Os experimentos dela haviam chegado à incrível revelação de que um cérebro que *sonha* se parece com um cérebro que *morre*. Em ambos os momentos, os níveis de GABA caem quase a zero, enfraquecendo os filtros cerebrais e abrindo a porta para bandas mais largas de informação. O fato de o cérebro passar a receber dados não filtrados fazia com que os sonhos se apresentassem como emaranhados sem lógica de imagens e ideias. Isso também explicava por que, poucos segundos após acordar, mesmo as mais vívidas imagens oníricas começavam a se dissipar, apesar de nossas desesperadas tentativas de retê-las. O cérebro era reiniciado, os níveis de GABA subiam e os filtros eram religados, eliminando as informações recebidas no sonho e voltando a regular nossa percepção da realidade.

Ela havia explicado que morrer era bem parecido com sonhar, descrevendo como, durante os sonhos, muitas vezes as pessoas se percebem como seres desprovidos de peso ou massa corporal, capazes de atravessar obstáculos, voar ou se teletransportar de um lugar para outro basicamente tornando-se uma consciência sem forma física. *O corpo bardo*, pensou Langdon, recordando a descrição feita no *Livro tibetano dos mortos*. Em muitas culturas, o corpo do sonho era sagrado, por ser considerado capaz de transitar entre os planos da vida e da morte.

Quando a consciência se desprende do corpo, nossos poderes de percepção aumentam.

Langdon continuava em pé junto ao janelão quando todos os telefones da suíte de repente começaram a tocar ao mesmo tempo. Correu até a extensão da saleta e tirou o fone do gancho, torcendo para Katherine não ter acordado.

– Sr. Langdon, aqui é o gerente da noite – anunciou a conhecida voz. – Sinto muito por acordar o senhor. Tentei bater na porta, mas ninguém atendeu.

As batidas no meu sonho.

– Sim. Está tudo bem?

– Não sei – respondeu o gerente, claramente alarmado. – Um militar da embaixada americana chamado Kerble está aqui dizendo que é muito importante que o senhor vá até a embaixada agora mesmo.

◆ ◆ ◆

Numa sala de reunião trancada dentro da embaixada americana, O Golĕm baixou a cabeça e olhou para a braçadeira em seus pulsos. *Não vou deixar Sasha se ver algemada*, pensou. *Ela já suportou isso o suficiente durante os anos que passou na instituição.* Depois de sair das ruínas do Limiar, ele ainda não tinha liberado Sasha para assumir o controle da própria mente, mas esse instante estava se aproximando depressa.

Tudo está correndo conforme o planejado.

Embora, na prática, Sasha no momento estivesse presa, O Golĕm seguia confiante de que a embaixadora iria se solidarizar com ela e se tornar sua aliada.

A confissão de Gessner revelou tudo que eu precisava saber.

– A embaixadora Nagel não sabe de nada! – insistira Gessner. – Ficaria horrorizada se descobrisse o que vem acontecendo aqui embaixo. Só está aqui em Praga porque Finch a enganou para aceitar o posto. Ele precisa de um aliado no corpo diplomático!

Eu também, tinha decidido O Golĕm.

Por isso, tinha recorrido a ela.

Por favor, ajude Sasha.

A embaixadora sem dúvida devia estar tentando entender o que "ajudar

Sasha" acarretaria, mas não levaria muito tempo para perceber que só existia um cenário possível. O Golěm tinha plantado a ideia com muita delicadeza, mas ela já havia fincado raízes.

Minutos antes, a embaixadora havia dito a única coisa que O Golěm queria escutar.

Asilo político.

CAPÍTULO 132

Heide Nagel tinha passado a vida profissional inteira servindo a seu país. Treinada para considerar sempre o bem maior, era raro pensar apenas em si. No momento, porém, pensar em si era exatamente o que ela estava fazendo.

Já tinha tomado a decisão de se demitir do posto de embaixadora e sair de Praga. Era o que queria fazer havia anos, mas agora, muito de repente, seu mundo tinha virado de cabeça para baixo. Finch estava morto, e ela, de posse de um meio de pressão capaz de garantir sua segurança até mesmo na tormenta política mais feroz.

Para surpresa de Nagel, porém, essa garantia não lhe trazia consolo, apenas um vazio insistente que havia ganhado força nas últimas horas.

O foco da minha vida precisa ser algo mais importante do que apenas sobreviver.

Foi quando Sasha Vesna entrou pela porta principal da embaixada.

◆ ◆ ◆

Katherine Solomon tinha a sensação de que minutos antes estava imersa na profunda satisfação causada por um mundo de sonhos, até ser puxada de volta para a luz ofuscante da realidade.

O que estamos fazendo aqui?

O sargento Kerble tinha acabado de deixá-los na sala da embaixadora Nagel, que estava diante de seu bar servindo três xícaras de café num jogo de porcelana gravado com o selo oficial da embaixada.

– Mais uma vez, me desculpem por ter ligado tão tarde – disse ela. – Mas infelizmente tivemos desdobramentos importantes na última hora, e preciso atualizar vocês agora mesmo. A informação é ao mesmo tempo urgente... e extremamente confidencial.

– Está nos dizendo isso *aqui*? – indagou Langdon. – Achei que não confiasse mais na privacidade da embaixada.

– E não confio mesmo, mas agora tudo mudou. A informação que estou prestes a dividir com vocês é algo que me vejo obrigada a dividir também com o diretor da CIA. – A embaixadora virou as costas para o bar e caminhou até a área de estar no canto levando uma bandeja com os cafés. – Se ele estiver escutando, então que seja.

– O que mudou? – quis saber Katherine, com a incômoda sensação de que a única aliada deles talvez estivesse reconsiderando a aliança.

– Como são várias peças em movimento, vou começar pelos desdobramentos que afetam vocês dois de modo direto – respondeu Nagel, acenando para eles se sentarem.

Katherine não gostou de como isso soou.

– Fui informada de que neste exato momento uma força-tarefa das Forças Armadas americanas está a caminho daqui partindo da base aérea de Ramstein, na Alemanha. Eles devem pousar em Praga daqui a pouco para isolar formalmente o Parque Folimanka e começar a limpeza. – Nagel pousou os cafés e se acomodou na frente deles com uma expressão séria. – Além disso, fui informada de que um time da CIA está vindo de avião de Langley para dar início a um inquérito confidencial sobre *quem* foi responsável pela explosão. Fui informada de que a investigação deles vai começar por *vocês*.

– Por nós? – Katherine estava chocada.

A embaixadora assentiu com uma expressão de gravidade.

– O exército americano tem uma foto que confirma que dois civis sem autorização, a senhora e o professor Langdon, foram flagrados saindo do local poucos minutos depois da explosão.

Droga. Katherine olhou para Langdon, que parecia tenso.

– Vocês entraram na instalação ilegalmente – prosseguiu Nagel –, o que por si só já os torna suspeitos de sabotagem, mas, levando em conta o conflito com a agência por causa do manuscrito, esse ato poderia ser considerado uma motivação para vingança.

– Mas e o *vídeo*? – protestou Langdon. – A confissão da Dra. Gessner? A senhora disse que...

– Sim, é uma arma que nós temos. E eu *vou* proteger vocês dois. A questão é *qual* a melhor maneira de fazer isso. A resposta vai depender das nossas ações nas próximas horas.

– Certo – disse Langdon. – A senhora tem um plano?

– Tenho. E desconfio que vocês não vão gostar de primeira, então antes de eu falar existem algumas coisas que preciso que entendam sobre a CIA e sobre o que estamos enfrentando.

Tanto Katherine quanto Langdon estenderam a mão ao mesmo tempo para pegar suas xícaras de café. Pelo visto ninguém iria dormir tão cedo. Nagel prosseguiu:

– Durante a minha ligação com o diretor, ele confirmou que o Limiar é de fato a continuação de um trabalho que a agência vem fazendo há décadas e que começou como uma exploração rudimentar da visualização remota, o projeto Stargate, como vocês mencionaram mais cedo. Com o tempo, porém, o Limiar evoluiu e se transformou em algo bem mais abrangente, um projeto com o objetivo de encontrar respostas para algumas das questões mais importantes que o futuro nos reserva. Qual é a natureza da consciência humana? Uma mente é capaz de se comunicar de forma direta com outras mentes? Com máquinas? A grandes distâncias? Talvez até com outros planos?

– Com todo o respeito, não acho que uma organização de inteligência militar seja o melhor veículo para explorar as questões filosóficas mais profundas da humanidade – interrompeu Katherine.

Nagel uniu as pontas dos dedos e contraiu os lábios, numa expressão mais fechada.

– Dra. Solomon, nada disso tem a ver com questões filosóficas. Sem querer ofender, mas a senhora e o professor Langdon só podem se dar ao luxo de explorar a ciência e a história no meio acadêmico por um motivo: a diligência das agências de inteligência do nosso país. Eu com certeza consigo entender o encanto da ciência pura, mas a *aplicação* dessa ciência é a responsável por proteger pessoas como nós de inimigos que vão erradicar nosso país da face da Terra se tiverem a oportunidade.

Katherine respirou fundo para contra-argumentar, mas pelo visto a embaixadora não tinha terminado e seguiu encarando a cientista.

– O diretor da CIA acredita *enfaticamente* que o futuro dos Estados Unidos depende de nós sermos os primeiros a dominar o potencial da consciência humana. Fez questão de me lembrar que, quando Einstein previu a quantidade descomunal de energia armazenada no átomo, o governo americano injetou milhões de dólares em pesquisas na área de física, e nós conseguimos ter a bomba atômica na frente de todo mundo. Mas imagine se *não tivéssemos* conseguido. Imagine se só a Rússia tivesse a bomba. Ou a Alemanha. Ou os japoneses.

Katherine precisava admitir que era um bom argumento.

– A corrida atual para mobilizar o poder da mente não é diferente – continuou Nagel. – Os russos já conseguem ler ondas cerebrais por meio de ultrassom; os chineses estão fazendo encomendas enormes de implantes cerebrais da Neuralink; campanhas em redes sociais movidas por robôs influenciam nossas eleições, e acabamos de descobrir o que parecem ser tecnologias de controle do cérebro embutidas em aplicativos de redes sociais estrangeiras. Não se iluda: estamos no meio de uma *corrida informal* que já alcançou velocidade máxima, e, francamente, essa é uma corrida que é melhor tanto a senhora quanto eu desejarmos que nosso país vença.

A embaixadora se recostou no assento e tomou um golinho de café.

– Me desculpe – disse Katherine, num tom conciliador. – Se meu comentário deu a entender que não sou grata pelo trabalho da agência ou ignorante em matéria de política mundial, nesse caso o erro foi meu. Eu só estava ressaltando o problema fundamental de assumir uma posição de superioridade moral e ao mesmo tempo realizar cirurgias no cérebro invasivas nas pessoas sem elas saberem ou consentirem.

– E eu concordo com a senhora em gênero, número e grau – respondeu Nagel. – O problema é que o diretor Judd nunca foi informado sobre a morte de um paciente nem sobre os métodos usados por Finch para conseguir cobaias.

– *Não tem como* a senhora acreditar nisso – disse Langdon.

Nagel deu de ombros.

– Quer Finch tenha ou não informado Judd, muitas vezes um diretor da CIA se vê obrigado a fazer vista grossa. A segurança nacional é um mundo onde os *resultados* têm mais valor do que a metodologia. É fácil se indignar antes de considerar as alternativas. Às vezes, a melhor escolha é simplesmente o desfecho menos repreensível.

– Embaixadora – disse Langdon baixinho –, Katherine e eu entendemos como os deveres da CIA são complexos, mas a senhora nos chamou aqui para dizer que estamos em perigo e que tem um plano para nos proteger, e que ele depende do que nós vamos fazer nas próximas horas.

– Isso – falou Nagel, pousando a xícara na mesa. – A situação é complexa, mas eu me dei conta de que existe um jeito. Um jeito *certo*. Um jeito *decente*. – Ela se inclinou para a frente com os olhos agora cravados em Langdon. – Só que, para poder dar esse jeito, professor, eu vou precisar da sua ajuda.

Langdon parecia inseguro. A embaixadora então concluiu:

– Cerca de meia hora atrás, Sasha Vesna entrou aqui nesta embaixada... vivíssima.

CAPÍTULO 133

Asilo político?

Robert Langdon andava de um lado para outro na sala da embaixadora, tentando organizar os pensamentos. A notícia surpreendente de que Sasha estava *viva* o deixara abalado, tanto física quanto emocionalmente. Embora ele estivesse aliviado, a existência de Sasha fazia surgir algumas perguntas delicadas.

A mais imediata delas – *será que ela é perigosa?* – pelo visto foi resolvida no momento em que Sasha se permitiu ser algemada e trancada sozinha numa sala de reunião vigiada. Parecia uma medida dura, mas, levando em conta tudo que acontecera, o que mais Nagel poderia ter feito?

Langdon não sabia o que pensar da informação de que Sasha havia pedido asilo político ao mesmo governo que havia cometido abusos contra ela. *A menos que Sasha não saiba o que fizeram com ela.* A única outra possibilidade era o alter de Sasha ter chegado se *fazendo passar* por ela, o que também fazia pouco sentido, pois o alter queria protegê-la, e entregá-la para o governo americano parecia o contrário disso.

Langdon voltou para seu lugar ao lado de Katherine enquanto a embaixadora servia mais café.

– Hoje mais cedo, a Dra. Solomon me explicou que Sasha e o alter são duas pessoas *diferentes*, e que assim devem ser consideradas – disse a embaixadora. – Eu venho tentando aceitar esse fato e, por mais difícil que seja, concluí que, se considerada de forma isolada, Sasha Vesna é uma vítima inocente. Ela era uma criança epilética quando foi internada e mais tarde sofreu abusos físicos e mentais ao participar sem saber de um programa secreto que explorou seu corpo e, com isso, muito possivelmente exacerbou seus distúrbios mentais e os fez chegar ao estado atual.

– Concordo – disse Katherine. – Ela com certeza é uma vítima.

– E então nós temos *isto aqui* – falou a embaixadora, apontando para o bilhete na mesa de centro.

POR FAVOR, AJUDE SASHA.

– Embora eu não tenha o hábito de acatar pedidos de assassinos, refleti muito sobre esse bilhete, e, levando em conta as circunstâncias, me parece que ajudar Sasha é a atitude ética a se tomar – disse a embaixadora.

Um imperativo moral, pensou Langdon.

– O problema, claro, é que Sasha Vesna é duas pessoas. – A embaixadora suspirou e balançou a cabeça. – Uma vítima inocente... e uma assassina ardilosa. Não há como conceder asilo político a uma e processar a outra. Quer tenha consciência disso ou não, Sasha tem dentro de si um outro indivíduo, criminoso e perigoso. Além disso, tem um protótipo de chip cerebral altamente confidencial instalado no cérebro e não pode simplesmente ser deixada solta.

Pelo olhar de Nagel, Langdon sentiu que a questão de Sasha era não só excepcionalmente complexa como também muito pessoal para a embaixadora.

– Outro problema é que nosso tempo é bem curto – prosseguiu Nagel. – Praga não é um lugar seguro para Sasha. Quando o dia raiar amanhã, esta embaixada vai estar no olho de um furacão de investigações internacionais em relação ao que aconteceu no Parque Folimanka. As impressões digitais de Sasha estão espalhadas por todo o Bastião U Božích Muk, muito provavelmente em mais de um cadáver, e o rosto dela, ou talvez *rostos*, sem dúvida vai ser identificado nos arquivos de segurança, e seus passos vão ser cuidadosamente rastreados. Não vai demorar muito para os investigadores reunirem peças suficientes para identificar Sasha como suspeita.

Assim como Katherine e eu, pensou Langdon, sentindo as paredes se fecharem. Nagel tirou os óculos e se inclinou para perto deles.

– Embora eu ainda não tenha contado *a ninguém* que Sasha está viva, imagino que o diretor Judd vá saber muito em breve. Na verdade, talvez inclusive já saiba que ela está aqui na embaixada.

– Como? – perguntou Langdon.

– Vigilância, vazamento de informação por algum funcionário ou o mais provável: GPS. Não me espantaria se o chip cerebral dela incluísse algum tipo de rastreador.

É claro que deve incluir, percebeu Langdon.

– E sem querer ser pessimista – acrescentou Nagel –, mas, considerando a natureza ultrassecreta deste projeto, talvez o chip dela também esteja equipado com uma capacidade de destruição remota. É um protocolo comum para tecnologias avançadas nessa área, incluído em todo tipo de coisa, de telefones por satélite a submarinos. Vale para o caso de a tecnologia cair em mãos inimigas que possam tentar reproduzi-la por engenharia reversa.

– Espere aí – disse Langdon. – A senhora acha que o chip no cérebro de Sasha pode ser *destruído remotamente*? Imagino que isso queira dizer desligado ou apagado remotamente, não *explodido* ou coisa do tipo.

– Com certeza nada tão dramático. Mas eu por acaso sei que a Q detém patentes de chips de silício que contêm uma camada isolada de ácido fluorídrico que pode ser liberada mediante um telefonema para dissolver o processador inteiro.

– Dentro do *cérebro* dela? – exclamou Katherine. – Mas isso a mataria!

– Muito possivelmente, mas creio que matar Sasha seja um último recurso para a agência – disse Nagel. – O diretor sabe que eu consideraria isso um rompimento flagrante do nosso acordo e ele está ciente de que eu tenho como retaliar. Por ora minha principal preocupação é manter uma linha clara de comunicação aberta com o diretor. Se tem uma coisa que a Guerra Fria nos ensinou sobre destruição mútua assegurada é que a *comunicação* é um ponto crítico. Não deixe seu adversário *adivinhar* o que você está fazendo... avise antes. Se o diretor Judd desconfia que Sasha está na jogada, é crucial para *todos nós* que ele ouça os detalhes de mim. Eu preciso revelar *tudo*, e no devido contexto.

À luz de todos os fatores que a embaixadora estava tendo de ponderar, Langdon ficou impressionado com a clareza do seu pensamento estratégico. *Nagel deve ter sido uma advogada e tanto.*

– E o vídeo? – indagou Katherine. – A senhora acha que ele basta para manter a CIA longe?

– Isoladamente, pode ser que não. Mas, junto com a explosão e com a morte da Dra. Gessner, a agência vai ter grande dificuldade para alegar que o vídeo é falso. E mesmo que eles façam isso, o vídeo seria muito prejudicial para a agência.

– E quanto a Sasha? – perguntou Langdon, consciente de que a única cobaia sobrevivente do Limiar estava trancada numa sala no andar de baixo. Acha que o vídeo vai protegê-la também?

– Vai, mas ela não precisa do vídeo. Sasha goza de um nível extremamente raro de proteção: ela é muito mais valiosa para a agência *viva* do que morta. Não tenho dúvida de que o diretor vai reconstruir o Limiar. Não aqui, mas em *algum outro lugar*. Sasha vai ser considerada um elemento insubstituível para um programa bilionário. Ela representa anos de pesquisa e desenvolvimento, e imagino que a primeira coisa que o diretor Judd vá fazer seja tentar negociar conosco a devolução dela.

O pensamento provocou um calafrio em Langdon.

– E como vamos manter Sasha longe dele?

Nagel respirou fundo.

– Não vamos.

A resposta pegou Langdon de surpresa.

– Como é que é?

– Não vamos – repetiu ela, firme.

– Embaixadora – protestou Langdon, erguendo a voz. – Está sugerindo devolver Sasha para a CIA?

– É exatamente isso que nós vamos fazer. É a única alternativa.

– De jeito nenhum! – exclamou Katherine. – O Limiar já matou um paciente! A senhora não *pode* mandar a Sasha de volta para...

– Não *posso*? – interrompeu Nagel, incisiva. – Vou lembrar a vocês dois que dentro desta embaixada a representante mais graduada do governo sou eu, e peço a ambos que me ouçam antes de me dizerem o que posso e o que não posso fazer.

A embaixadora fez uma pausa curta, e Katherine se recostou de volta no assento, balançando a cabeça em silêncio para discordar.

– Eis os fatos – declarou Nagel num tom neutro. – Sasha Vesna demanda um cuidado altamente especializado, tanto do ponto de vista físico quanto do psiquiátrico. Ela já se revelou extremamente perigosa, o que significa que todos os envolvidos no atendimento a ela precisarão ter cautela e compreender *plenamente* a situação. Levando em conta o chip cerebral, a lista de organizações qualificadas para cuidar dela é extremamente curta. Talvez só exista *uma* organização nessa lista. Quando penso no que vocês me disseram sobre esses neurônios artificiais avançados dentro do cérebro dela, me vejo obrigada a concluir que as únicas pessoas capazes de prestar atendimento mental adequado a Sasha são os próprios cientistas envolvidos no Limiar.

Embora Langdon entendesse a lógica no raciocínio da embaixadora, no fundo o plano era simplesmente entregar Sasha às mesmas pessoas que a haviam usado como rato de laboratório. Ao lado dele, Katherine seguia balançando a cabeça, visivelmente contrariada.

– E não se enganem – disse Nagel. – Não estou sugerindo que Sasha volte para o Limiar tal como era. Não vou mais tolerar *nenhum* teste em Sasha Vesna. Ponto. Ela vai voltar como o elemento mais valioso e mais valorizado do programa, para ser tratada como tal e para ter uma boa vida. Sasha é um verdadeiro triunfo, representa a maior vitória do programa até aqui, e sua presença oferece uma oportunidade inestimável de pesquisa. Vou deixar claro para o diretor que os experimentos feitos pelo Limiar no cérebro de Sasha muito provavelmente exacerbaram o distúrbio mental dela, se é que não o *causaram*. Em outras palavras: vou fazer o diretor Judd entender que o bem-estar mental de Sasha é responsabilidade moral da agência. No fim das contas, ele vai ter uma grande motivação para garantir a saúde geral dela, sobretudo se souber que eu vou estar de olho, com o dedo no gatilho.

Um longo silêncio se abateu sobre eles, e Langdon se viu travando uma batalha clássica: o conflito entre Apolo e Dioniso, como era conhecido na mitologia, a maior das lutas internas. *Cérebro contra Coração*. O cérebro apolíneo de Langdon via ordem e razão no plano de Nagel, mas seu coração dionisíaco via caos e injustiça.

– A senhora pinta um belo retrato, mas Sasha nunca pediu para ter o Limiar em sua vida – disse Katherine, quebrando o silêncio.

– *Nem a senhora*, Dra. Solomon, mas mesmo assim cá estamos. – Nagel a encarava sem vacilar. – Todos nós precisamos jogar com as cartas que temos. Para poder levar uma vida saudável, Sasha Vesna vai precisar interagir de alguma forma com o projeto Limiar. O nível de envolvimento pode ser uma decisão pessoal dela, e talvez ela só participe das partes do projeto relacionadas à pesquisa sobre a consciência. Mas me vejo obrigada a crer que, quando alcançar um estado mental saudável, ela vai querer fazer parte de um time, e isso talvez até proporcione a ela um propósito e um status diferente de tudo que já vivenciou.

Langdon estava com o pé atrás. *Todos nós precisamos de propósito*. Mas o que Nagel propunha dependia de a agência fazer a coisa certa, e Langdon não tinha a menor certeza de que eles seguiriam por esse caminho.

– Entendo que é difícil ter *confiança* numa situação dessas – prosseguiu Nagel, como se pudesse sentir a hesitação dele. – Sobretudo depois de tudo que vocês testemunharam com a agência. Mas lembrem-se, por favor: sua experiência foi com Everett Finch. *Agora* vocês vão estar lidando com o diretor Gregory Judd. O erro dele foi ter dado liberdade demais a Finch, mas eu sempre considerei Judd um homem decente num mundo de escolhas indecentes. Apesar de tudo, ele é honesto.

– Honesto? – disse Katherine em tom desafiador. – A senhora era a *diretora jurídica* dele, e mesmo assim ele mentiu para a senhora dizendo que o Stargate tinha fracassado.

Nagel descartou a questão com um aceno.

– A desinformação por meio do engodo é um protocolo da agência, uma tática de compartimentalização muito comum. Falsas narrativas protegem os funcionários que não precisam saber a verdade. Todos nós mentimos melhor quando realmente *acreditamos* na mentira que contamos. E é óbvio que o Stargate não foi o único projeto ultrassecreto sobre o qual a agência mentiu para depois retomar. Se com o tempo eu perceber que estava enganada e que não deveria ter confiado no diretor Judd, lembrarei a ele da espada de Dâmocles pairando sobre sua cabeça, deixando claro que pretendo usá-la se a agência não cumprir suas obrigações morais em relação a Sasha.

Os três ficaram sentados em silêncio na sala belamente decorada. A embaixadora então arrematou:

– Isso sem contar que, em quase todos os outros cenários, Sasha vai ficar desprotegida e muito possivelmente será presa e processada por alta traição, terrorismo e homicídio.

Katherine se virou para Langdon devagar, ainda com uma expressão hesitante, mas com um meneio cansado de cabeça transmitiu um recado claro: *Eu acompanho você no que decidir.*

Langdon imaginou Sasha trancafiada no andar de baixo e sentiu um aperto no coração. Apesar de ter profundas reservas em relação ao plano da embaixadora, não via alternativa melhor. Por mais difícil que fosse admitir, para Sasha Vesna o lugar mais seguro na face da Terra provavelmente era Langley, Virgínia. Parecia-lhe um paradoxo os opressores de Sasha se tornarem seus guardiões, mas isso era também, de certa forma, inevitável.

Talvez até engenhoso.

O fato de Sasha ter aparecido inesperadamente na embaixada fez Langdon se perguntar se seu misterioso anjo da guarda golem já teria pensado em tudo aquilo de antemão, fornecendo a Nagel o meio de pressão necessário para poder ditar as regras do jogo e em seguida fazendo o mais singelo apelo.

Por favor, ajude Sasha.

Enquanto ponderava tudo que a embaixadora acabara de propor, Langdon ouviu uma única pergunta sem resposta ecoar em sua mente.

◆ ◆ ◆

Quis custodiet ipsos custodes?

Apesar de nunca ter estudado latim, a embaixadora Nagel reconheceu a pergunta que Langdon acabara de fazer. Era o grito de guerra dos delatores antigoverno mundo afora.

Quem vai vigiar os vigias?

Era uma pergunta válida e que vinha sendo feita com frequência cada vez maior. A CIA estaria vigiando Sasha, mas *quem* vigiaria a CIA? Mesmo que Nagel ameaçasse divulgar o vídeo se algum protocolo fosse desrespeitado, ela não teria nenhuma forma confiável de saber se os protocolos estavam sendo seguidos, a menos que tivesse uma fonte de confiança *lá dentro*, no centro de tudo.

Quem vai vigiar os vigias?

Nagel se deu conta de que já conhecia a resposta, e ao dizê-la em voz alta escutou na própria voz um propósito ausente havia muitos anos.

– *Eu* – respondeu, erguendo os olhos para Langdon.

Ao fazer a promessa, Nagel sentiu uma súbita onda de emoção e percebeu que, na verdade, cuidar de Sasha Vesna talvez fosse justamente a redenção de que sua alma ferida necessitava, uma reparação parcial pela forma complacente e medrosa com que havia participado de tudo que tinha acontecido em Praga.

Eu nunca vou conseguir me redimir pela morte de Michael Harris, mas posso tentar.

CAPÍTULO 134

A SÓS, Langdon segurou o corrimão de ferro ao descer a escadaria de mármore que dava para a sala da embaixadora. Não se sentia nem um pouco seguro em relação ao que estava por vir, não só nos minutos seguintes, mas nos meses também.

Nagel vai vigiar os vigias?, pensou, refletindo sobre a conversa que haviam acabado de ter. A embaixadora pretendia monitorar *pessoalmente* o Limiar, impondo-se como uma espécie de inspetora-chefe, ou quem sabe até diretora da próxima versão do projeto. Reconstruir o Limiar era fundamental para a segurança nacional, insistira ela, além de ser a coisa *certa* a se fazer, mas era preciso ser do jeito *certo*.

– Só é possível defender a superioridade moral se nós de fato a *aplicarmos* – tinha dito Nagel. – Eu vou ser uma defensora pessoal, *in loco*, de Sasha Vesna: vou ficar de olho nas condições de vida, na segurança e no bem-estar mental dela. E farei o mesmo com aqueles que vierem a participar do programa no futuro. – Nagel fez uma pausa e deu um suspiro quase inaudível. – Ao supervisionar tudo também vou poder proporcionar *a mim mesma* algo crucial: a oportunidade de me redimir dos erros terríveis que cometi.

Langdon sentiu que havia uma emoção profunda por trás daquelas palavras.

– Quanto mais eu penso nisso, mais realmente acredito que será o melhor desfecho para Sasha, para a CIA e para nós também – continuou ela. – Mas antes de ligar para o diretor Judd e informar exatamente o que ele vai fazer por nós, ou melhor, *conosco*, existe um último obstáculo a ser superado.

– Sasha... – disse Katherine. – É preciso convencer Sasha.

Nagel assentiu.

– Isso. Sasha precisa concordar integralmente com o plano. Sem o consentimento dela, nada disso vai acontecer. Eu prometo a vocês que essa agência nunca mais vai forçar Sasha, nem mais *ninguém*, a participar de algo sem querer ou sem saber.

Langdon se identificava com esse pensamento.

– Difícil saber se ela vai concordar – falou.

– Acho que a resposta vai depender de *como* o pedido será feito.

Falou como uma verdadeira diplomata, pensou Langdon.

– A senhora acha que consegue convencê-la?

– Eu nunca tive um diálogo propriamente dito com ela, então não acho que consiga – respondeu Nagel, observando-o com atenção. – Mas desconfio que *o senhor* talvez consiga.

Langdon inclinou a cabeça.

– Como é? A senhora quer que *eu* converse com Sasha?

Nagel tinha dito a Langdon mais cedo que precisaria de sua ajuda, mas não era isso que ele havia imaginado.

– Professor, das três pessoas aqui presentes, *o senhor* foi o único que passou algum tempo com a Sra. Vesna. Infelizmente, talvez seja a única pessoa que restou no mundo com quem ela *de fato* estaria disposta a falar.

O argumento ficou pairando no ar por alguns segundos.

– Na verdade, não tenho sequer certeza de *quem* conheci hoje – rebateu Langdon. – Parecia ser Sasha, pelo menos em parte do tempo, mas sob muitos aspectos faz bem mais sentido eu ter estado com o alter se fazendo passar por ela e orquestrando tudo que estava acontecendo. Eu não teria como saber.

– Seja como for, quem quer que tenha sido a pessoa com quem lidou mais cedo, o senhor foi prestativo e gentil, e essa pessoa pareceu reparar nisso – disse a embaixadora. – Afinal, ela protegeu o senhor não uma, mas duas vezes.

É verdade, percebeu Langdon, recordando como fora instado a fugir do Limiar e, antes, ludibriado a sair do apartamento de Sasha antes do assassinato de Harris.

– Sasha demonstrou que confia no senhor – continuou Nagel. – Estou curiosa: hipoteticamente falando, o que o senhor acha que a convenceria a confiar em nós, em mim, neste plano e numa vida nova nos Estados Unidos?

Langdon começou a desconfiar que talvez não fosse uma ideia tão difícil de vender.

– Eu simplesmente lembraria Sasha que, sob muitos aspectos, essa proposta é o sonho dela virando realidade. E, dependendo de quanto lembre ou compreenda do que aconteceu com ela, eu insistiria que o único jeito de seguir em frente vai exigir *perdão*, não só da parte dela, mas de todos os envolvidos. Uma absolvição bilateral. O alter dela também vai entender isso. Sasha vai ter que perdoar a agência que a traiu de maneira tão horrível, e a agência vai ter que perdoar a cobaia que se vingou das pessoas e da instalação secreta que lhe fez mal. Se tanto Sasha quanto a agência conseguirem deixar o passado para trás e concordarem em se perdoar mutuamente em nome de um bem maior, talvez exista um futuro em comum benéfico para todos.

Nagel e Katherine trocaram um impressionado meneio de cabeça, e a embaixadora falou:

– É exatamente por isso que estou fazendo esse pedido *ao senhor*, professor.

◆ ◆ ◆

Langdon abriu uma fresta da porta para a sala de reunião revestida de madeira da embaixada e espiou lá dentro. Viu Sasha Vesna sentada sozinha na ponta de uma mesa muito comprida. Parecia abatida, o cabelo louro desgrenhado. Estava com uma toalha sobre os ombros, e na sua frente havia uma refeição consumida pela metade. Ela estava com as duas mãos no colo, decerto algemadas.

Langdon passou algum tempo observando-a, até que entrou e fechou a porta. Aproximou-se devagar, com um leve sorriso.

– Oi, Sasha.

Ela pareceu mais ressabiada do que feliz em vê-lo.

– Que alívio você estar bem – prosseguiu Langdon, sentando-se numa cadeira a uns 3 metros dela.

– Obrigada – disse ela, observando-o com uma expressão hesitante.

De repente Langdon sentiu que aquele não seria o reencontro cheio de calor e afeto que a embaixadora previra.

– Sasha – começou Langdon –, eu vim aqui porque tenho informações importantes para você e quero ter certeza de transmiti-las... – Ele fez uma pausa enquanto procurava as palavras. – ... de uma forma que faça mais sentido para você.

– Está bem – disse ela, impassível.

Langdon aguardou alguns instantes, organizando os pensamentos, então falou com o máximo de calma que seu nervosismo permitiu.

– Sasha, pelo que entendi, você veio aqui hoje pedir ajuda. Fico feliz em afirmar que a embaixadora quer *muito* ajudar você. Ela sabe que você sente estar correndo perigo. Ela quer proteger você, fazer com que se sinta segura. E tem um plano para isso. Eu ouvi o plano dela. Não é uma solução *perfeita*, mas é a melhor disponível. A embaixadora acha que essa é a sua melhor chance de ter uma vida segura e relativamente normal. Sou obrigado a concordar com ela.

Sasha pareceu um pouco mais animada.

– Antes de eu explicar a ideia, me perdoe, mas preciso fazer uma pergunta um tanto incomum – disse Langdon. – Ela pode soar bem estranha, mas é fundamental que você responda com total sinceridade. Nada do que vou dizer tem como acontecer sem isso. – Langdon fez uma pausa e encarou os olhos claros dela com firmeza. – Me perdoe por perguntar, mas eu preciso saber: com *quem* estou falando neste momento? É *você*, Sasha?

A jovem passou vários segundos estudando Langdon, então fez que não com a cabeça.

– Não – respondeu, com uma voz grave e reverberante. – Para a segurança da própria Sasha, eu ainda não a libertei.

CAPÍTULO 135

Katherine se sentou abruptamente ereta no sofá da embaixadora após perceber que tinha pegado no sono. Robert ainda não havia voltado, e a embaixadora estava na janela da sala observando a escuridão lá fora com um olhar vazio. Ao ouvir Katherine se mexer, virou-se para dentro e checou seu relógio de pulso.

– Meia hora – disse. – Ainda estão conversando.

– Talvez seja um bom sinal – opinou Katherine. – Quando quer, Robert é bem... meticuloso.

– Eu reparei – disse Nagel, indo se sentar a seu lado. – Ele me puxou de lado mais cedo e me interrogou *sob todos os ângulos* em relação ao seu manuscrito desaparecido. Exigiu que eu mandasse a CIA devolver.

– E...? – perguntou Katherine, esperançosa.

Nagel balançou a cabeça.

– Infelizmente o diretor confirmou que o time de operações da Q tinha destruído todas as cópias.

Katherine soltou um muxoxo.

– Não acredito neles.

– Infelizmente, a resposta deles faz sentido. Depois do escândalo do WikiLeaks, nós implementamos novos e rígidos protocolos relacionados à destruição imediata de informações que a agência considere prejudiciais. Sinto muito, mas acho que seu livro não existe mais.

Katherine passou a mão no estofo do sofá, tentando não pensar em tudo que havia perdido.

– Sabe, é uma grande ironia a CIA ter destruído o livro. Na verdade, as ideias que ele continha poderiam ter proporcionado à agência uma nova maneira de ver a teoria da gestão do terror.

Nagel pareceu espantada com o comentário.

– A senhora escreveu sobre a TGT?

– Sim, é bem relevante para o meu trabalho.

E para o seu também.

A TGT era usada pela inteligência militar para prever a reação de uma população a determinadas ameaças. Seus achados estavam bem consolidados. Embora inúmeras fontes causem a ansiedade humana – medo de uma guerra nuclear, do terrorismo, da ruína financeira, da solidão –, a TGT havia estabelecido que o maior motivador por trás do comportamento humano era inegavelmente o medo da morte. Quando uma pessoa sente medo de morrer, o cérebro lança mão de estratégias muito bem definidas para "gerir" esse terror.

Em circunstâncias normais, a desagradável certeza de que vamos morrer – conhecida como "saliência da mortalidade" – é gerida por uma ampla gama de estratégias, entre as quais negação, espiritualidade, práticas de atenção plena e diversos tipos de reflexão filosófica.

Mas, em circunstâncias extremas – guerras, crimes, confrontos violentos –, as pessoas se comportam de modo previsível, independentemente da população considerada: ou lutam até a morte para sobreviver ou fogem da ameaça. A denominação clássica desse comportamento é reação de luta ou fuga, e para estrategistas militares é especialmente útil prever *qual das duas coisas* vai ocorrer.

– Na verdade, a reação de luta ou fuga não é a única do cérebro em relação ao medo da morte – disse Katherine. – Existe algo mais gradual que acontece ao longo de muitos anos quando começamos a sentir que vivemos num mundo inseguro, que é o caso de muitas pessoas na atualidade.

– É um medo baseado numa lógica bem robusta – comentou Nagel.

– Todos os dias, nós somos expostos a uma cobertura midiática que nos faz lembrar que nosso meio ambiente está em colapso e que o risco de guerra nuclear só aumenta. A mídia fala sobre futuras pandemias, genocídio e inúmeras atrocidades que acontecem ao redor do mundo. *Tudo isso* desencadeia a estratégia de gestão do terror do cérebro e a faz ficar ativa em segundo plano, num nível baixo. Não é um modo de luta ou fuga totalmente ativado, mas nos faz sempre prever o pior. Em suma: quanto mais aterrorizante o mundo se torna, mais tempo gastamos nos *preparando* para a morte em nosso inconsciente.

Nagel não parecia saber aonde o argumento de Katherine estava conduzindo.

– Nos preparando para a morte... *como*?

– Acho que a resposta a essa pergunta vai deixar a senhora surpresa. Com certeza *eu* me surpreendi com ela. Quando eu estava pesquisando a saliência da mortalidade e o cérebro, descobri que o medo aumentado da morte produz um conjunto consistente de reações comportamentais, todas elas *egoístas*.

– Como é?

– O medo nos torna *egoístas*. Quanto mais tememos a morte, mais nos agarramos a *nós mesmos*, a nossos pertences, a nossos espaços seguros, a tudo que é conhecido. Passamos a manifestar mais nacionalismo, racismo e intolerância religiosa. Desafiamos a autoridade, ignoramos os costumes sociais, roubamos dos outros para prover a nós mesmos e nos tornamos cada vez mais materialistas. Até abandonamos nossos sentimentos de responsabilidade ambiental, seguindo a lógica de que o planeta é uma causa perdida e que já estamos todos condenados.

– Mas isso é alarmante. São justamente esses os comportamentos que instigam perturbações globais, terrorismo, divisão cultural e guerra.

– Sim, e é isso que tanto dificulta o trabalho da CIA. Infelizmente, tudo acaba virando um círculo vicioso. Quanto piores as coisas ficam, pior nosso comportamento. E quanto pior nosso comportamento, piores as coisas ficam.

– E a sua teoria é de que esse padrão perturbador vem do medo que os seres humanos têm da morte?

– A teoria não é *minha*. Ela já foi provada cientificamente por um monte de evidências estatísticas colhidas por meio de análise observacional, experimentos comportamentais e pesquisas de opinião científicas. O ponto mais importante da pesquisa, porém, mostra que aqueles que *não* temem a morte, seja por que motivo for, tendem a manifestar um comportamento mais benevolente, a aceitar melhor os outros, a ser mais cooperativos e a se importar com o meio ambiente. Na essência, isso quer dizer que se todos pudéssemos livrar a mente desse fardo, desse terror que sentimos em relação à morte...

– Nós passaríamos a viver num mundo radicalmente melhor.

– Exato. Nas palavras do grande psiquiatra tcheco Stanislav Grof: "A eliminação do medo da morte transforma o modo de ser do indivíduo no mundo." Para Grof, uma transformação interna radical da consciência talvez seja nossa única esperança de sobreviver à crise global criada pelo paradigma mecanicista ocidental.

– Bom, se for assim – disse Nagel, servindo mais café –, talvez seja melhor colocar ansiolíticos na rede mundial de abastecimento de água.

Katherine deu uma risadinha.

– Não sei se essa seria uma resposta existencial, mas existe uma esperança num horizonte próximo.

Nagel interrompeu o gole no meio.

– Ah, é?

– Conforme escrevi no meu livro, acredito que a nossa visão sobre a morte está prestes a mudar. Grandes cientistas mundo afora estão cada vez mais convencidos de que a realidade não é *nem um pouco* como acreditamos que seja. Isso inclui a ideia provocadora de que a morte é muito possivelmente uma ilusão, de que nossa consciência *sobrevive* à morte física e segue vivendo. Se for assim, e se conseguirmos provar isso, daqui a várias gerações a mente humana funcionará segundo uma premissa inteiramente distinta da atual: a crença de que a morte, no fim das contas, não é tão aterrorizante assim. – A voz de Katherine transbordava empolgação. – Pense nisto: o único medo universal responsável por tantos comportamentos destrutivos da humanidade evaporaria. Se conseguirmos aguentar o suficiente até essa mudança de paradigma chegar sem nos explodir nem destruir o planeta, talvez nossa espécie alcance um novo patamar filosófico que vai inaugurar um futuro de paz inimaginável.

A embaixadora não disse nada, mas Katherine sentiu no olhar dela um desejo profundo de se sentir encorajada, apesar de tudo que havia testemunhado no mundo.

– Como eu torço para a senhora estar certa... – sussurrou ela.

Segundos depois, Robert surgiu de repente à porta.

Nagel se pôs de pé com um pulo.

– Como foi?

Ele entrou na sala com um sorriso cansado.

– Embaixadora, acho que está na hora de a senhora ligar para o diretor.

◆ ◆ ◆

Era fim de tarde em Langley, Virgínia, quando o diretor Gregory Judd terminou a segunda videochamada do dia com sua ex-diretora jurídica Heide Nagel.

Fui um idiota por tê-la mandado embora, pensou ele. Não por Nagel ter voltado para assombrá-lo, mas por ela ser tão boa no que fazia. Poucas pessoas eram capazes de ir ao foco da questão como Nagel. Enquanto a maioria dos advogados vivia num mundo maniqueísta regido pela letra fria da lei, ela vivia no mundo real, como de fato era: uma paisagem cambiante, complexa, cheia de nuances.

Com clareza, humildade e uma transparência emocional surpreendente, Nagel dividira com ele os inesperados desdobramentos relacionados a Sasha Vesna, bem como as implicações óbvias para a inevitável reconstrução do Limiar. Como qualquer boa negociadora, Nagel havia ajudado Judd a chegar à conclusão *dela* fazendo-o pensar que a ideia fora dele.

O diretor não era um cientista, mas as pesquisas da CIA sobre a mente humana com certeza tinham revelado uma realidade diferente de tudo que ele imaginava ser possível quando jovem. Por sorte, seu trabalho não era compreender a natureza da realidade, e sim canalizar o poder dela para servir e proteger seu país da melhor maneira.

De tempos em tempos, Judd se permitia sonhar com um futuro no qual programas como o Limiar desvendavam provas da conexão entre todas as mentes humanas, inaugurando a era de uma comunidade global unida não pelo medo ou pela rivalidade, e sim pela empatia e pela compreensão, um mundo onde o conceito de segurança nacional era uma relíquia do passado.

Por ora, no entanto, havia trabalho a fazer.

CAPÍTULO 136

Parada na pista de pouso em frente ao terminal particular do Aeroporto Václav Havel, Heide Nagel sentiu o peso do plano que havia forçado a acontecer.

Asilo político.

É a decisão certa, disse ela a si mesma. *A única possível.*

Não muito longe dali, Scott Kerble estava ao volante do sedã da embaixada, com o motor ligado e o bagageiro lotado de bolsas de lona enchidas às pressas com as roupas e os pertences pessoais de Sasha. A própria Sasha estava sentada tranquila no banco de trás, ainda presa por braçadeiras, e, apesar de atordoada, parecia calma enquanto brincava com os gatos siameses dentro da caixa de transporte a seu lado no assento.

Um jatinho particular emergiu do hangar do terminal e taxiou na direção dela. Era o mesmo Citation Latitude no qual Finch havia chegado mais cedo. Os pilotos tinham recebido um comando direto do diretor da CIA em pessoa, ordenando um "voo fantasma" com dois passageiros não identificados para a Base da Força Aérea de Langley, na Virgínia.

Sem manifesto de voo.

Enquanto observava o avião se aproximar, Nagel sentiu sua confiança no diretor Judd aumentar. Mesmo assim, seus anos na CIA haviam lhe mostrado os perigos da fé cega. No mundo da segurança nacional, os elos da *confiança* – e até os da mais profunda lealdade – eram rompidos com frequência quando as necessidades do país pesavam mais do que as de um punhado de cidadãos. Servir ao bem maior tinha sua nobreza, mas Nagel já havia "cumprido sua pena".

Para consolidar sua capacidade de chantagear a CIA, ela tinha ido ao almoxarifado da embaixada e pegado quatro discos rígidos IronKey com criptografia de 256 bits, gravado uma cópia do vídeo com o interrogatório de Gessner em cada um deles e protegido todos com uma senha de dezesseis caracteres escolhida naquela mesma noite e que só ela conhecia. Um dos HDs estava no seu bolso, outro no seu cofre pessoal e os outros dois já estavam lacrados dentro de malotes diplomáticos a caminho de dois amigos advogados – um na Europa, outro nos Estados Unidos –, todos eles acompanhados por instruções de *só* serem abertos caso Nagel tivesse uma morte prematura ou desaparecesse.

Um dispositivo de segurança automático, redundante, duplo-cego.

O elemento surpresa da situação era Sasha Vesna, com seu distúrbio incomum que tornava muito difícil prever suas ações ou confiar nela. A jovem russa com certeza precisava de tratamento psiquiátrico, mas depois de tudo que havia suportado na vida também merecia um lar, amigos, segurança e a chance de levar uma vida até certo ponto normal. Sua personalidade alternativa superprotetora só tinha se manifestado quando pessoas a haviam maltratado, e o plano de Nagel girava em torno de impedir que isso voltasse a acontecer.

Preciso dar um porto seguro a Sasha, pensou ela. *O mais seguro possível nas atuais circunstâncias.*

Estava ansiosa para tirar Sasha de Praga. Em menos de uma hora, um verdadeiro exército aterrissaria vindo da base aérea americana de Ramstein, na Alemanha, para dar início à "recuperação" do local da explosão. No entender de Nagel, os detritos dentro da cratera seriam pulverizados por microexplosões pontuais e cobertos com uma camada de concreto. Por cima desta haveria uma camada de cascalho, outra de solo superficial, e, por fim, turfa. Se tudo corresse conforme o planejado, em semanas os gramados do Parque Folimanka pareceriam jamais ter sido mexidos.

Morto e enterrado, pensou ela. *Só meia dúzia de pessoas vão saber que o Limiar sequer existiu.*

Enquanto o Citation taxiava na pista na direção de Nagel, Kerble saltou do carro e foi se juntar a ela.

– A Sra. Vesna parece bastante satisfeita, embaixadora. Devo embarcar as malas?

– Obrigada, Scott. Fico grata por você viajar com ela. E, claro, mantenha algum tipo de contenção até a transferência. O time do diretor vai encontrar vocês em solo e assumir.

– Claro, embaixadora.

– O diretor me garantiu que vai estar lá pessoalmente quando Sasha pousar. Será que você poderia entregar isto aqui a ele? – Nagel tirou do bolso o HD criptografado e o entregou ao soldado. – Ele vai saber o que tem dentro. Diga que esse é um de quatro e que se ele quiser confirmar o conteúdo é só me ligar e pedir a senha.

– Sim, senhora. – Kerble guardou o drive no bolso e se virou para partir.

– Na verdade, melhor ainda – disse Nagel, mudando de ideia. – Diga a ele que é a primeira letra de cada palavra da citação de Kissinger preferida dele.

Kerble pareceu confuso, mas se encaminhou para pegar as malas.

Enquanto seguia em direção à aeronave, Nagel torceu para Robert Langdon e Katherine Solomon estarem se sentindo mais tranquilos sobre a própria situação. Ambos estavam em segurança agora, sobretudo porque um dos homens mais poderosos do país não podia correr o risco de nada acontecer com nenhum deles. Nagel havia contado a Judd parte das ideias de Katherine sobre a TGT e o futuro, e ele ficara tão intrigado que chegara a perguntar a Nagel se ela achava que a Dra. Solomon poderia ser convencida a integrar o time do Limiar.

Zero chance, respondeu ela, usando termos um pouco mais políticos, fazendo-o se lembrar de tudo que Katherine havia passado nas mãos da agência. *Além do mais, pode ser que ela decida reescrever o livro.*

◆ ◆ ◆

Era comum Sasha Vesna sentir que havia acordado de um sono profundo e perdido algo importante. Em geral, dias como aquele – com mais falhas de memória que o normal – a deixavam desorientada. No momento, porém, apesar de recordar apenas fragmentos dos acontecimentos do dia, Sasha estava se sentindo mais tranquila do que de costume. A todo momento, sua voz interior – aquela em que havia aprendido a confiar – sussurrava que tudo iria ficar bem. Na verdade, que tudo iria ficar *maravilhoso*.

Meia hora antes, ela havia emergido de uma névoa densa e se visto algemada no banco de trás de um sedã com aquecimento, com Harry e Sally na caixa de transporte a seu lado. Um homem fardado dirigia, e uma mulher que tinha se apresentado como embaixadora dos Estados Unidos ia no banco do carona, virada para trás, encarando Sasha e explicando com cuidado o que estava acontecendo.

Por mais estranho que fosse, Sasha não se sentiu em pânico por ver a braçadeira em seus pulsos, nem por estar de repente na companhia de dois desconhecidos. Sentia-se, isso sim, preparada para aquele instante, e sua voz interior a tranquilizava dizendo que tudo aquilo era para seu próprio bem – e sua segurança.

A embaixadora tinha se desculpado pelas algemas e pela partida às pressas, e lhe dado uma explicação detalhada da situação. Sasha havia entendido bem pouco: algo sobre uma oportunidade de asilo político, regulamentos do Departamento de Estado, sobrevoo de águas internacionais – mas nada disso lhe importava. Ela só havia escutado uma coisa.

Estou indo para os Estados Unidos.

A voz em sua cabeça tinha lhe dito que ela devia se mostrar agradecida e cooperar, mas nem era preciso. Desde menininha, quando era louca por filmes românticos, o sonho de Sasha era ir para os Estados Unidos. Ela sempre se perguntava se um dia conseguiria ir a Nova York para ver o Central Park, a Katz's Deli e o Empire State.

Não entendia muito bem como aquilo tudo tinha acontecido e se perguntou se talvez tivesse a ver com a dedicação demonstrada no trabalho feito para a Dra. Gessner. Sua única certeza era de que a embaixadora americana havia tornado aquilo possível.

Ela é alguém em quem eu posso confiar, sentia. *Uma nova amiga.*

Sentada com seus gatos no banco de trás do sedã aquecido, Sasha esperou as teias de aranha começarem a se dissipar de sua mente. Viu o militar levar suas malas para o avião e percebeu que não restava mais nada para ela em Praga. Sem Brigita, Sasha não tinha mais emprego, lugar para morar ou...

De repente, lembrou-se da outra coisa que estava deixando para trás: Michael Harris. *Eu não cheguei a me despedir!* Por mais estranho que parecesse, as lembranças que tinha de Michael pareciam estar se dissolvendo com uma rapidez espantosa, como se ele já fosse um namorado de um passado remoto.

Foi quando ela se lembrou de ter ouvido certa vez a seguinte frase num filme romântico: *O primeiro amor é importante porque abre nosso coração para o que está por vir.*

Mas o que está por vir?, foi a pergunta que Sasha se fez, sentindo pela primeira vez na vida que estava adentrando um mundo de possibilidades sem limites. A voz discreta sussurrou mais uma vez dentro da sua cabeça. *Não questione seu passado, Sasha*, dizia a voz. *Olhe para o futuro.*

Era uma voz que ela ouvia com frequência. Segundo Michael era sua intuição, seu eu maior, seu inconsciente. Todo mundo tinha uma voz interior, garantira ele, uma parte da alma que sussurrava, tranquilizava e guiava. Sasha escreveria uma carta para Michael assim que se instalasse. Mas, pensando bem, talvez fosse melhor deixar aquilo para trás. Nos últimos tempos, vinha tendo a sensação de que talvez eles estivessem perto do fim da relação amorosa.

– Sra. Vesna – chamou uma voz do outro lado da janela. O militar tinha voltado e aberto sua porta. – Estão todos prontos para o seu embarque. – Ele soltou o cinto de segurança dela e a ajudou a sair. Em seguida, estendeu o braço e pegou a caixa de transporte dos gatos com delicadeza. – Vamos acomodar Harry e Sally a bordo, que tal?

Ela assentiu, agradecida.

– Fico muito grata ao senhor.

– Pode me chamar de Scott – disse o homem, olhando para trás com um sorriso. – Vou acompanhá-la no voo. Posso chamá-la de Sasha?

– Claro! – exclamou ela, se sentindo mais animada conforme eles se aproximavam do avião.

A embaixadora estava parada sozinha no pé da escada, pelo visto esperando para se despedir.

– Sargento Kerble – disse ela quando os dois chegaram. – Pode, por gentileza, tirar os dois gatos do frio e depois voltar aqui para buscar a Sra. Vesna?

– Claro, embaixadora – respondeu ele, subindo a escada com Harry e Sally e entrando na cabine.

A embaixadora examinou Sasha com preocupação.

– Sei que é tudo muito repentino e que são coisas demais para absorver. Você está bem?

Sasha estava tentando se conter diante de uma onda inesperada de gratidão, espanto, empolgação e incredulidade. A embaixadora havia prometido várias vezes que tudo começaria a fazer mais sentido ao longo dos dias seguintes. Havia prometido também se juntar a ela muito em breve nos Estados Unidos, ideia que provocava em Sasha uma profunda sensação de tranquilidade.

– Eu... estou bem – conseguiu dizer. – A névoa ainda está forte. Mas sei que a senhora foi muito gentil comigo. – De repente, ela sentiu o choro chegar. – Como vou poder agradecer algum dia?

A embaixadora agora também parecia comovida.

– Acredite ou não, Sasha, você já agradeceu.

Quando Sasha começou a chorar, a embaixadora deu um passo à frente e a envolveu num abraço demorado que fez a jovem pensar nos abraços que sua mãe costumava dar quando ela estava com 4, 5 anos – antes de virar uma menina estragada. Fazia muitos, muitos anos que Sasha não era abraçada assim.

CAPÍTULO 137

O sol de inverno acabara de nascer sobre Praga, os raios fracos refletindo de leve nos pináculos cobertos de neve.

Langdon estava um pouco nervoso em relação ao último assunto ainda não resolvido que precisava concluir antes de ele e Katherine embarcarem no voo de volta naquela tarde. Perguntou-se como ela reagiria quando ele explicasse a delicada situação.

Quase contei a ela mais cedo, pensou, mas, apesar do desejo sincero de dividir com ela o que havia acontecido, não tinha encontrado o momento certo. *Aproveite seu café da manhã*, pensou, tranquilizando-se. *Vai dar tudo certo.*

Noventa minutos antes, após terem uma última conversa séria com a embaixadora e de, um tanto hesitantes, se despedirem de Sasha, Langdon e Katherine haviam saído da embaixada e, por recomendação pessoal de Nagel, percorrido apenas vinte passos pela praça calçada de pedra até o Hotel Alchymist para saborear o célebre "café da manhã com prosecco" servido ali.

O hotel ficava numa mansão barroca do século XVI impecavelmente restaurada, com um grande pátio interno que todo inverno se transformava num rinque de patinação cintilante sob uma cobertura de luzinhas piscantes. A decoração do salão era rebuscada, com poltronas vermelhas estofadas, lustres reluzentes de Murano e colunas "coríntias espiraladas" douradas que davam aos clientes a impressão de estar num set de filmagem de conto de fadas.

Numa mesa discreta junto à janela com vista para o rinque, Langdon e Katherine tinham acabado de encerrar um café da manhã suntuoso, cujo ápice tinha sido massa recheada de figo salpicada com flocos de ouro comestíveis. Plenamente saciados, e após refletir demoradamente sobre os acontecimentos da manhã, estavam bebericando um Melta – bebida de cereais tostados – sabor chicória e admirando o rinque de patinação, no qual uma jovem acabara de chegar e estava amarrando os cadarços dos patins.

– Será a *freira* patinadora? – sugeriu Langdon, fazendo referência à história de fantasma contada por seu garçom sobre uma freira morta naquele exato local séculos antes, e que se materializava de vez em quando para patinar tranquilamente no gelo.

– Acho que não – respondeu Katherine ao mesmo tempo que a jovem tirava o casaco, revelando um exíguo traje de patinação todo decorado com lantejoulas brancas e miçangas prateadas.

Ao pisar no rinque, a jovem pareceu surpreendentemente desequilibrada para alguém com uma roupa tão caprichada. *Que estranho*, pensou Langdon ao vê-la cambalear até o meio do rinque, onde parou, afofou o cabelo, ergueu o celular e começou a tirar selfies.

– Mistério resolvido – disse Langdon. – Patinadora de Instagram.

– Nossa nova realidade – comentou Katherine com uma risada.

– Você não fica preocupada? – indagou ele, virando-se para ela. – Esses jovens fazendo lives sem parar para o mundo inteiro? Vejo isso diariamente no campus. Até os "melhores e mais inteligentes" parecem bem mais interessados no mundo virtual do que no *real*.

– Pode até ser – disse ela, tomando um gole de sua bebida. – Mas em primeiro lugar não são *só* os jovens que agem assim. E em segundo lugar acho que é preciso considerar que o mundo virtual é um mundo real.

– Um mundo real em que o amor é expressado por meio de emojis e medido em "likes"?

– Robert, quando você se depara com alguém grudado num celular, o que vê é uma pessoa ignorando *este* mundo, e não uma pessoa envolvida num *outro* mundo, um mundo que, assim como este, é feito de comunidades, amigos, beleza, horror, amor, conflito, certo e errado. Está tudo lá. O mundo virtual não é tão diferente do nosso, exceto por uma característica marcante. – Katherine sorriu. – Ele é não local.

O comentário o pegou de surpresa.

– O mundo virtual não está vinculado à localização – prosseguiu ela. – É um mundo que você habita como uma mente sem corpo, livre de qualquer amarra física. Nele você pode se mover sem esforço *por qualquer lugar*, ver o que quiser, aprender o que quiser, interagir com outras mentes sem corpo.

Langdon nunca havia pensado na internet sob essa ótica, e isso o deixou ao mesmo tempo surpreso e intrigado. *Na internet eu sou uma consciência sem corpo.*

– Quando nos perdemos no mundo virtual, estamos nos proporcionando um tipo de experiência não local que, sob muitos aspectos, é comparável a uma experiência fora do corpo: estamos soltos, sem peso, mas ainda assim conectados a tudo – disse Katherine. – Nossos filtros somem. Podemos interagir com o mundo inteiro por meio de uma tela e vivenciar quase *tudo*.

Langdon percebeu que Katherine tinha toda a razão.

Ela bebeu o que restava de seu Melta e encostou o guardanapo de linho na boca.

– Enfim, eu escrevi sobre tudo isso no meu livro. É uma ideia incomum, mas passei a acreditar que a nossa explosão de tecnologia atual na verdade faz parte de uma evolução *espiritual*, uma espécie de treino para a existência que em última instância vai ser nosso destino final, uma consciência desvinculada do mundo físico, mas mesmo assim conectada a tudo.

Langdon se recostou na cadeira, absolutamente impressionado com a genialidade desbravadora das ideias de Katherine.

– Tudo isso se funde para formar um conceito mais geral – prosseguiu ela, empolgada. – A morte não é o fim. Ainda há trabalho a fazer, mas a ciência segue descobrindo indícios de que *de fato* existe alguma coisa depois disto tudo aqui. É *essa* mensagem que a gente deveria estar gritando do alto das montanhas, Robert! Ela é o segredo final. Imagine só o impacto que isso vai ter no futuro da raça humana.

– E é por isso que você ainda precisa publicar o seu livro!

O comentário fez Katherine franzir a testa e a trouxe de volta à realidade, e Langdon se arrependeu de não ter guardado o pensamento para si. De toda forma, ficara animado ao saber que o diretor da CIA havia concordado que não haveria *nenhuma* interferência em qualquer publicação futura do livro de Katherine, contanto que ela removesse alguns parágrafos em especial e, naturalmente, omitisse o pedido de patente. A reação de Katherine à boa notícia tinha sido morna, o que não era de espantar levando em conta que ela ainda estava indignada com a agência e intimidada pela perspectiva de recomeçar do zero todo o processo de escrita.

Langdon se remexeu na cadeira, incomodado por tê-la deixado chateada.

– E então? – arriscou ele em voz baixa. – Ainda quer visitar o Castelo de Praga antes de irmos embora?

Katherine ergueu os olhos, obviamente ansiosa para ter outra coisa em que pensar.

– É claro que quero. Não vi quase nada desde a noite da palestra, e você disse que a catedral de São Vito é imperdível.

– Perfeito – disse Langdon, pegando o casaco. – Saindo daqui, é só uma subidinha rápida.

Pensou outra vez na tarefa que teria pela frente. Ainda estava com medo de como Katherine iria reagir à notícia.

Ela olhou em volta à procura de um garçom.

– Eu até pagaria a conta, Robert, só que perdi a bolsa.

– Não precisa se preocupar – respondeu ele com um sorriso. – Fui informado de que o nosso café foi cortesia da embaixada americana.

◆ ◆ ◆

Ao saírem do hotel e chegarem à rua iluminada pelo sol da manhã, Katherine e Langdon olharam na direção da janela da embaixadora para acenar em agradecimento, mas lá dentro estava escuro. Torceram para que tudo tivesse corrido bem com a partida de Sasha e para que Heide Nagel estivesse indo, enfim, dormir.

A embaixadora tinha prometido que naquela manhã um pacote seria entregue no hotel deles com dinheiro vivo para a viagem, duas passagens na primeira classe e um par de cartas diplomáticas para garantir que ambos chegassem em casa sem complicações.

– É o mínimo que a embaixada pode fazer, considerando as últimas 24 horas – dissera Nagel.

Katherine foi seguindo Langdon até a excêntrica ruazinha calçada de pedra chamada Tržiště, que dava no Castelo de Praga. Quando começaram a subida, ele a segurou pela cintura, deu-lhe um beijo no rosto e a puxou para perto. Só tinham dado uns dez passos colina acima quando de repente Langdon parou, como se estivesse reconsiderando a subida.

– Está íngreme demais para você, com esse casaco pesado? – provocou ela, cutucando o amado casaco de gominhos vermelho Patagonia, que várias vezes ela já sugerira que ele substituísse por algo *deste* milênio.

– Não... – Ele arregaçou a manga do casaco, checou as horas no relógio do Mickey e franziu o cenho. – Mas acabou de me ocorrer que a gente tem poucas horas antes de precisar ir para o aeroporto, e eu preciso resolver uma papelada antes de poder sair do país. Que tal eu encontrar você lá em cima?

– Papelada? – estranhou ela.

– Desculpe. Na verdade, eu não quis lhe contar tudo que aconteceu ontem. Foi bem caótico, e tem uma ponta solta que eu ainda preciso amarrar.

Katherine ficou preocupada, pensando no que poderia ser, sobretudo levando em conta que na manhã da véspera Robert tinha causado a evacuação de um hotel de luxo e escapado da polícia tcheca.

– Está tudo bem, Robert? A gente precisa pôr a embaixadora na jogada?
– Vai ficar tudo bem – garantiu ele. – Eu prometo.
– Quer que eu acompanhe você?
– Obrigado, mas não quero que você perca o passeio. – Ele apontou para o alto da colina. – É um espetáculo. Vou pegar um táxi rapidinho, cuidar desse assunto e com sorte vamos chegar os dois no castelo ao mesmo tempo.
– Como preferir – disse ela, ainda incomodada. – Onde vamos nos encontrar?

Langdon pensou por alguns instantes.

– Encontro você na porta das sete fechaduras.

Katherine o encarou.

– Tem uma porta com *sete* fechaduras?

Ele assentiu.

– Uma das mais misteriosas de toda a Europa. É só perguntar quando chegar.
– Robert, por que não nos encontramos no guichê de informações, como qualquer pessoa normal?
– Porque... – Ele a beijou na bochecha. – Porque o *normal* é uma coisa extremamente supervalorizada.

CAPÍTULO 138

Bem acima da imensidão escura do oceano, Scott Kerble sentiu chegar um cansaço profundo. Enquanto o jatinho zunia na direção oeste, à frente do sol nascente, ele foi até os fundos da aeronave para checar uma última coisa antes de fechar os olhos.

Sasha estava dormindo pesado.

Kerble já havia tirado a braçadeira e a substituído por uma única tornozeleira presa no assento. Também tinha deixado Harry e Sally saírem da caixa de transporte, e agora viu os siameses dormindo enroscados no assento ao lado dela, formando uma única bola de pelos ronronando em uníssono.

Kerble voltou para seu assento e tirou o casaco, sentindo o disco rígido criptografado no bolso. Pegou-o e ficou estudando o equipamento, curioso em relação ao que poderia ser capaz de proporcionar à embaixadora um poder tão indiscutível. Observando o painel embutido no drive, recordou o que deveria dizer ao diretor sobre a senha de dezesseis caracteres.

A primeira letra de cada palavra da citação de Kissinger preferida dele.

Kerble passou alguns instantes pensando, então sacou o celular e perguntou ao ChatGPT se o diretor da CIA Gregory Judd alguma vez havia citado Henry Kissinger em algum discurso público. Descobriu que Judd fizera isso muitas e muitas vezes, usando sempre a mesma citação, em geral acompanhada por um preâmbulo: "Só mesmo Kissinger poderia ter transmitido uma verdade tão complexa com apenas dezesseis palavras."

O país que exigir perfeição moral em sua política externa não terá nem perfeição nem segurança.

OPQEPMESPENTNPNS, pensou Kerble, sabendo que poderia abrir o disco rígido e visualizar qualquer dado que estivesse ali dentro. Sabia também que jamais trairia a confiança da embaixadora. Sem pensar duas vezes, enfiou o disco no fundo de sua bolsa de lona para entregar ao diretor.

Semper Fidelis, pensou, ao fechar os olhos para dormir.

◆ ◆ ◆

Num assento dos fundos da cabine escura, O Golĕm emergiu das sombras. Sasha dormia profundamente, e O Golĕm avançou em silêncio até o primeiro plano da mente dela, abriu os olhos e olhou pela janela. Lá embaixo, tudo que viu foi escuridão, o grande vazio que separava o Velho Mundo e o Novo.

Os Estados Unidos seriam um recomeço para Sasha, como já tinham sido para milhões de pessoas ao longo da história. Uma segunda chance. Enfim, O Golĕm se sentiu seguro de que sua dedicação e seu amor por Sasha seriam recompensados. *O universo ajuda aqueles que o compreendem.*

Embora cada vez mais certo de que Sasha estaria segura sob os cuidados da embaixadora, O Golĕm não tinha planos de abandoná-la por completo. Não ainda. Seguiria observando das sombras, cada dia um pouco mais afastado, fazendo cada vez menos parte da vida dela, até que algum dia seria apenas um sussurro fraco na mente dela. O pensamento lhe parecia, de certa forma, melancólico, mas ao mesmo tempo o preenchia com uma sensação de vitória.

Quanto menos ela precisar de mim, mais eu terei sido útil.

Embora soubesse ser capaz de abandonar Sasha por completo, de se desvincular e voltar para o plano do qual viera, O Golěm sentia que parte de si estaria sempre com ela, como um anjo da guarda. Ele se manifestaria de modo discreto, como tantos anjos faziam: como um instinto, um palpite, uma certeza, um empurrãozinho de ajuda dado por uma alma mais experiente, vinda de outro mundo.

Sasha vai ter a vida que merece.

Satisfeito, O Golěm fechou os olhos e se permitiu se perder no sono mais profundo que experimentava em muito tempo.

– *Spokoynoy nochi, minha querida* – sussurrou ele.

Boa noite, meu amor.

Enquanto ele pegava no sono, sua mão esquerda se esticou, por vontade própria, e fez um leve carinho nos siameses que ronronavam no assento a seu lado.

CAPÍTULO 139

Após terminar a subida íngreme da colina do Castelo de Praga, Katherine precisou de um instante para recuperar o fôlego e também para absorver a escala da estrutura à sua frente. O Castelo de Praga na verdade não era um castelo, e sim uma imensa *cidade* murada.

Segundo Robert, a fortaleza no alto da colina abarcava mais de seis hectares e incluía quatro palácios, dois salões de assembleia, uma prisão, um arsenal, uma residência presidencial, um mosteiro e cinco igrejas, entre elas uma das maiores do mundo: a catedral de São Vito.

Duas noites antes, ao dar sua palestra ali, Katherine fora levada de carro e chegara ao Salão Vladislav passando por uma modesta entrada de colunas no lado sul do complexo. *Provavelmente para eu não me apavorar*, concluiu ela, olhando para o corredor estreito e ameaçador que agora tinha diante de si na entrada principal.

O acesso ao castelo era bloqueado por um muro de perímetro colossal, com mais de 10 metros de altura, ele próprio protegido por uma cerca alta de estacas com um portão de ferro forjado guardado por dois soldados armados com fuzis. A única abertura na cerca era ladeada por duas gigantescas estátuas de homens musculosos perfurando com lanças, apunhalando e atacando com porretes outros homens.

Mensagem recebida, pensou Katherine.

Ela entrou pelo portão e percorreu um labirinto de pátios e túneis até sair numa ampla esplanada com calçamento de pedra. No espaço aberto, sentiu o olhar ser atraído imediatamente para cima e viu a fachada de uma construção tão grande que mal conseguiu acreditar que estivesse *dentro* dos muros do castelo.

A catedral de São Vito.

Tudo que ela sabia sobre a catedral era que Langdon a considerava uma obra-prima da arquitetura. O aspecto de que ele mais gostava era um campanário de 100 metros de altura que abrigava um dos maiores sinos da Europa: um colosso de 17 toneladas chamado Zikmund que aparentemente tocava tão alto que só era usado no Natal e na Páscoa, por medo de as reverberações danificarem a torre antiga.

Katherine se demorou alguns instantes olhando para o imenso campanário antes de se encaminhar para a entrada, ansiosa para localizar a famosa porta que, segundo um guarda a quem acabara de perguntar, ficava no interior da catedral.

A porta das sete fechaduras. Ainda não fazia ideia do que seria, mas torcia para já encontrar Langdon lá à sua espera. A caminhada colina acima tinha levado mais tempo do que o esperado, enquanto ele havia pegado um táxi e, com sorte, conseguira resolver depressa a tal papelada.

O interior da catedral de São Vito era justo como Katherine tinha imaginado: cavernoso, opulento e imponente, igualzinho a qualquer outra catedral europeia que ela já visitara. Ainda achava espantoso seres humanos terem trabalhado por séculos para construir aqueles templos a um Deus todo-poderoso e benevolente, numa época em que pestes, guerras e fome dizimavam fiéis aos milhões. Se perguntou se o Deus deles era indiferente ao sofrimento humano ou incapaz de impedi-lo. Fosse como fosse, parecia evidente que a promessa da "vida eterna" era um bálsamo irresistível para aliviar o temor universal da morte.

E segue sendo até hoje, pensou ela enquanto adentrava a catedral à procura de Langdon. São Vito estava quase deserta nesse horário, e quando ela perguntou ao solitário guia sobre a porta misteriosa o homem apontou para o corredor central da nave, na direção de uma abertura em forma de arco à direita logo ao lado do centro do altar.

– Fica na Capela de São Venceslau – sussurrou ele.

A capela, que também estava vazia, acabou se revelando uma câmara tão linda que chegava a tirar o fôlego, com piso de mármore cinza e paredes cobertas por afrescos elaborados que subiam muitos metros até o teto abobadado. No centro da capela havia uma imensa caixa retangular repleta de pedras preciosas coloridas e encimada por uma cobertura pontuda. Era um objeto tão incomum que Katherine precisou ler a placa para entender o que estava vendo.

Um sarcófago real.

Na realidade, a caixa era o túmulo de um famoso "rei" que nunca tinha sido rei de verdade, e sim um príncipe de bom coração, imortalizado por engano como rei numa conhecida canção natalina inglesa. Katherine ficou feliz ao ler que o local de descanso do bondoso rei Venceslau era *também* o portal de entrada para as joias da coroa da Boêmia, de valor inestimável, guardadas numa caixa-forte acessível apenas por meio de uma famosa porta com sete fechaduras.

Katherine foi depressa até a porta, situada no canto. Tratava-se de uma imponente placa de metal cinza, riscada por barras de reforço diagonais entrelaçadas e presas por rebites. O formato de diamante produzido ao longo da porta era embelezado por leões rampantes e águias, símbolos do brasão tcheco. No lado esquerdo da porta havia uma fileira vertical de fechaduras rebuscadas. Katherine não ficou surpresa ao contar sete delas, cada uma rodeada por uma chapa blindada.

Olhou por cima do ombro, viu que a capela estava vazia e então, sentindo-se uma boba, tentou abrir a porta.

Trancada.

Esperou alguns minutos, mas, sem ver sinal de Langdon, acabou saindo de volta ao templo principal para descansar as pernas num banco próximo. Foi bom se sentar, mas sua preocupação com Langdon estava aumentando. *Será que algo deu errado?*

Forçando-se a pensar em outra coisa, ergueu os olhos para o altar-mor, uma imensa estrutura de pináculos de filigrana de ouro contra um fundo de vitral. Não havia como negar que aquele edifício era uma realização humana espantosa, uma obra de arte majestosa.

Até o púlpito é uma obra-prima, pensou, ao admirar o pódio intrincadamente esculpido em cima da coluna ao seu lado. Acessado por uma elegante escada em caracol, o púlpito hexagonal era coroado por um toldo de querubins dourados. O poleiro sagrado fora obviamente projetado para imbuir o orador de uma autoridade quase divina.

– Achei você! – exclamou Langdon, a voz grave ecoando pela igreja.

Ela se virou e o viu saindo da Capela de São Venceslau e indo depressa na sua direção, ainda em seu casaco de gominhos Patagonia.

– Não vi você lá dentro e fiquei com medo de ter desistido de mim – disse ele ao chegar, ofegante. – Achou a porta das sete fechaduras?

– Achei. Fiquei em choque: estava *fechada*.

Langdon sorriu, parecendo mais relaxado.

– Bom, se quiser que eu abra vou ter que dar sete telefonemas: um para o presidente, outro para o primeiro-ministro, outro para o arcebispo, outro para o administrador do castelo, outro para o deão da catedral, outro para o prefeito e o último para o presidente da câmara.

– Nem vou perguntar como você sabe disso, Robert. Resolveu sua papelada?

– Resolvi. Tudo certo.

– Vai me contar que história foi essa? – perguntou Katherine, aliviada.

– Vou... – respondeu ele, parecendo distraído pelo púlpito ali perto. – Espere aí... – Ele correu os olhos pela catedral deserta, então tornou a encarar Katherine. – Fique aqui sentada. Quero lhe mostrar uma coisa. – Foi até a escada do púlpito e passou com agilidade por cima da fita de veludo que a interditava.

– Robert, o que você está...

Subiu de dois em dois os degraus espiralados. Ao chegar ao alto, apenas sua cabeça ficou visível quando ele olhou por cima de uma imensa Bíblia aberta no suporte.

– Katherine, eu queria ler umas passagens para você – falou, num tom animado. – Abra seu coração e escute.

Passagens da Bíblia?

– Não estou enten...

– Só escute – insistiu ele. – Acho que essas palavras vão reconfortar sua alma.

Katherine ficou olhando para cima, perplexa, enquanto Robert se posicionava, tirava o casaco volumoso, deixava-o cair no chão e manuseava a Bíblia. Parecia estar folheando as páginas, como à procura de um trecho em especial.

Quando terminou de se organizar, Langdon limpou a garganta com um pigarro e a encarou uma última vez antes de baixar a cabeça em direção ao suporte. Quando ele falou, seu conhecido barítono soou límpido e retumbante.

– Está provado agora que os *bebês* são capazes de ter experiências conscientes desde que nascem... – entoou ele num tom dramático. – ... jogando por terra nosso modelo atual, segundo o qual a consciência se desenvolve com o tempo.

Como é? Katherine não soube o que pensar. *O que foi que ele acabou de dizer?*

Langdon passou várias páginas e recomeçou a ler.

– E o mais notável: nós detectamos *indícios* irrefutáveis de intensa atividade de raios gama no cérebro no momento da morte – continuou ele.

Katherine se levantou com um pulo, reconhecendo exatamente o que ele estava lendo. *Impossível!* Correu em direção ao púlpito ao mesmo tempo que Langdon começou a ler outro trecho.

– Os níveis de GABA caíram drasticamente nos instantes que precederam a morte, e com eles caiu também a capacidade do cérebro de filtrar os espectros mais amplos, em geral desconhecidos da experiência humana – entoou ele.

Com o coração a mil, Katherine subiu desabalada a escada curva.

– Robert! – exclamou ao chegar ao púlpito, detendo-se de modo abrupto e encarando incrédula a pilha de páginas impressas pousadas sobre a imensa bíblia. – Isso daí é o meu *manuscrito*?

– Parece que sim – respondeu ele, dando de ombros e dando aquele sorriso de lado que ela havia passado a amar.

Foi quando Katherine se deu conta de que ele devia estar carregando o manuscrito sob o casaco.

– Mas... – Ela não conseguia encontrar as palavras. – Eu pensei... que você tivesse *queimado*!

– Só a bibliografia, meu bem – disse ele, sorrindo. – O restante eu escondi atrás de uns livros antigos nas prateleiras da galeria da biblioteca.

Atônita, Katherine pensou na fogueira que Langdon tinha acendido na escada de metal e nos pedaços de papel chamuscado que caíam em direção ao chão.

– Mas a fogueira parecia tão *grande*...

– E *foi*. Culpa *sua* por ter digitado 42 páginas de fontes com espaçamento duplo. Você *sabe* que a editora diagrama e organiza essa parte toda, não sabe? Enfim, eu misturei sua bibliografia com um punhado de páginas de pergaminho em branco de um dos antigos livros-caixa que estavam lá em cima. Gordura animal produz *bastante* fumaça preta.

Katherine reprimiu uma enxurrada de emoções que a percorriam. Alívio, gratidão, incredulidade – e também frustração. *Meu manuscrito nunca foi perdido?*

– Por que você não me *contou*? – exigiu saber. – Eu fiquei arrasada!

A expressão de Langdon foi de genuíno remorso.

– Acredite, Katherine, eu queria *desesperadamente* contar. Foi uma agonia ver você sofrer, mas estávamos cercados por caos e prestes a ser presos e interrogados. Eu não queria que você tivesse que mentir. Era bem mais seguro você *não* saber que o manuscrito ainda existia até tudo se resolver. A última coisa que eu queria era que ele fosse confiscado outra vez pela ÚZSI, ou coisa pior.

Katherine mentia muito mal, e os dois sabiam disso. Ela se deu conta de que Langdon provavelmente tinha razão. *Desinformação por meio do engodo*, como tinha dito Nagel. Ele nem sequer havia contado do livro a Jonas por telefone.

– Espero que você me perdoe – suplicou ele. – Foi um segredo difícil de guardar.

Katherine o encarou com uma expressão indecifrável, então deu um passo à frente e o envolveu nos braços, derretendo-se junto a ele.

– "Uma papelada"? – disse ela. – Sério?

– Sim, uma papelada superimportante – esclareceu ele. – Importante demais para queimar.

Ela o abraçou mais apertado.

– Só tem uma coisa em que eu simplesmente não consigo acreditar: o estimado professor Langdon arrancou mesmo páginas de pergaminho de um livro antigo?

– Páginas *em branco* – retrucou ele. – Ninguém nunca vai dar por falta. E como costumava dizer o Sr. Lelchuk, meu professor de inglês no segundo grau: "O livro certo na hora certa pode salvar sua vida."

Ela riu.

– Tenho quase certeza de que ele não falou nesse sentido.

– É provável que não – concordou Langdon, puxando-a mais para perto.

Katherine não teve a menor ideia de quanto tempo eles passaram abraçados no púlpito da catedral de São Vito antes de os sinos começarem a tocar. Estava totalmente entregue à felicidade de ter seu manuscrito de volta... e também às ondas de carinho que estava sentindo pelo homem junto a ela.

– Eu te amo, Robert Langdon – murmurou. – Me desculpe por ter levado tanto tempo para entender isso.

EPÍLOGO

Robert Langdon acordou com o som de uma percussão militar, uma solitária caixa-clara tocando uma cadência de batalha ritmada como quem conduz um pequeno exército. Quando abriu os olhos, viu-se diante da vastidão de um parque arborizado no inverno. Ao longe irrompiam as primeiras luzes da aurora, brilhando através de um labirinto de arranha-céus.

Manhattan, lembrou ele à medida que sua mente despertava aos poucos. *Hotel Mandarin Oriental. Quinquagésimo segundo andar.*

A percussão seguia tocando. Parecia próxima.

Quando Langdon se sentou na cama viu que Katherine estava acordada a seu lado, apoiada num dos cotovelos e com um sorriso animado no rosto, o cabelo solto e despenteado. Estava mexendo em seu celular novo, que Langdon percebeu ser a origem da percussão.

– Cansei da *Atmosfera da Manhã* de Grieg – disse ela. – Mudei o som do nosso despertador.

Para uma marcha militar? Langdon então ouviu uma única flauta se unir à percussão, pondo-se a tocar uma melodia conhecida.

– Espere um instante: é o *Boléro*?

Ela deu de ombros de um jeito inocente.

– Talvez.

A obra-prima para orquestra de Ravel era amplamente considerada a peça de música clássica mais erótica já composta. Muitas vezes chamada de "a trilha sonora perfeita para o sexo", *Boléro* tinha quinze minutos de um ritmo pulsante e insistente, que subia num *crescendo* até alcançar um clímax *fortissimo* com a orquestra inteira, ao qual críticos já haviam se referido como um orgasmo em dó maior.

– Você não é nem um pouco sutil – comentou Langdon, arrancando o celular da mão dela, aumentando o volume da música e imobilizando-a de brincadeira na cama. Passou os dez segundos seguintes encarando-a, sem fazer absolutamente nada, a não ser escutar o dueto de caixa-clara e flauta.

– Hããã, Robert... – disse Katherine, por fim. – O que você está fazendo?

– Esperando o clarinete entrar no compasso dezoito – respondeu ele. – Não sou nenhum selvagem.

◆ ◆ ◆

Uma hora mais tarde, Langdon e Katherine estavam relaxando em seus roupões felpudos, saboreando o café da manhã à luz do sol que entrava por cima do Central Park.

Apesar de o corpo de Langdon estar tomado por um contentamento sublime, sua mente estava inquieta, ansiosa para chegar a hora de sua reunião da tarde com Jonas Faukman na Torre da Random House.

Ele ainda não faz ideia de que a gente está com o manuscrito.

O livro de Katherine estava guardado em segurança no cofre do quarto, preso por dois elásticos grandes. Antes de sair de Praga, eles tinham feito três fotocópias e mandado uma para ela própria, outra para ele e uma terceira para Jonas. Com sorte, não precisariam de nenhuma das três; a Penguin Random House ficava a poucos quarteirões do hotel.

– Já pensou no título? – perguntou Langdon. – Jonas vai querer saber.

Katherine ergueu os olhos.

– Para o livro? Ainda não.

– Só perguntei porque em Praga você disse uma coisa que não me saiu da cabeça. Acho que você pode ter encontrado o título perfeito.

– Ah, é?

– Você me disse que se a ciência conseguir provar que de fato existe alguma coisa depois da morte, a gente deveria estar gritando essa mensagem do alto das montanhas. Chamou isso de segredo final e disse que teria um enorme impacto no futuro da humanidade.

– Eu lembro.

Langdon aguardou. Katherine também parecia estar aguardando.

– Você não escutou? – indagou ele. – *O segredo final.* Pensando bem, a questão no cerne do livro, sobre o que acontece quando morremos, é o mistério que intrigou *todas* as mentes humanas. É o maior de todos os segredos.

– Como *título para o livro*? – Katherine parecia cética. – Soa meio, sei lá...

– Meio título de best-seller? – sugeriu Langdon.

– Eu ia dizer "exagerado".

Ele riu.

– Bom, meu instinto precognitivo me diz que em breve as estantes no lobby da Penguin Random House vão ter que abrir espaço para mais um clássico.

Os olhos de Katherine ficaram marejados de emoção. Ela se inclinou para a frente e deu um beijinho nele.

– Obrigada, Robert... por tantas coisas.

Eles passaram um bom tempo sentados em silêncio, observando o mundo agitado lá embaixo através da janela. Por fim, Katherine se levantou e olhou para o relógio de pulso.

– A gente tem cinco horas para explorar a cidade – falou. – Vou tomar uma ducha, depois você pode bancar o guia.

– Perfeito – disse Langdon enquanto ela se encaminhava para o banheiro. – Vamos começar pela Igreja da Trindade. Depois vamos à Catedral de São João, o Divino, depois à de São Patrício, à Igreja da Graça, aos Claus...

– Robert! – Katherine girou nos calcanhares. – Não!

– Estou brincando, meu bem – disse ele, sorrindo. – Pode deixar comigo. Sei exatamente aonde levar você.

◆ ◆ ◆

O barco de turismo da Circle Line singrava as águas agitadas do porto de Nova York. Na brisa matinal, uma solitária águia-pesqueira planava sem esforço a bombordo, observando as águas em busca do café da manhã. Na proa, Katherine Solomon se aninhou sob o braço de Langdon, saboreando o calor do corpo dele e o cheiro de maresia do ar puro do oceano.

– Ela é incrível, né? – sussurrou Langdon quando eles se aproximaram do destino.

É, sim, pensou Katherine. *Eu não fazia ideia.*

À sua frente, com quase 100 metros de altura acima da superfície, uma figura colossal se erguia em sua ilha particular, irradiando uma graça solene com um quê de divindade. Com o braço direito erguido, segurava uma tocha cintilante cuja chama reluzia ao sol da manhã.

Conforme a barca foi se aproximando, Katherine começou a ver detalhes no cobre oxidado da estátua: os grilhões partidos da escravidão ao redor dos pés calçados com sandálias, as delicadas dobras das vestes da justiça, a tabuleta na mão direita na qual estava inscrita a data de nascimento da nação, o olhar firme e o porte tranquilizador... e bem lá no alto, em cima da cabeça, o antigo símbolo que Langdon tinha levado Katherine para ver.

A coroa de raios.

O halo de estacas pontiagudas que enfeitava a Estátua da Liberdade era o mesmo ornamento que durante milênios havia coroado as mentes iluminadas.

Dizia-se que as sete pontas, cada uma com 3 metros de comprimento, simbolizavam os raios de uma iluminação que iria se irradiar daquele jovem país e clarear os sete continentes.

É justamente o contrário, acreditava Katherine, que os via como raios de iluminação que fluíam *para dentro* e representavam o fluxo das culturas, dos idiomas e das ideias dos sete continentes, tudo misturado no caldeirão que era a mente dos Estados Unidos. Afinal, aquele país fora criado para ser uma espécie de antena, atraindo almas dispersas do mundo inteiro e fazendo-as fluir para lá rumo a uma experiência comum.

Ao fitar a estátua, Katherine podia ouvir o eco baixo dos milhões de pessoas que haviam aportado ali para perseguir seus sonhos. *Como fez minha própria família, muitas gerações atrás.* Seus antepassados imigrantes já tinham partido, claro, mas Katherine seguia sem saber ao certo para *onde*. Tinha passado a crer que a consciência humana não era como pensávamos. Havia algo de real e profundo além da experiência física, do fim físico.

Quando o vento soprou mais forte, Katherine pousou de leve a cabeça no ombro de Langdon; seu pensamento estava mais claro do que nunca. Ergueu os olhos para ele.

– Queria que a gente pudesse ficar aqui para sempre.

– Eu também – disse ele, e sorriu. – Mas você tem um livro para entregar.

AGRADECIMENTOS

Antes de mais nada, a Jason Kaufman, o melhor editor que um escritor pode ter, pelos instintos narrativos, pelo senso de humor e pelas incansáveis horas a meu lado nas trincheiras.

À minha incomparável agente, Heide Lange, pelas décadas de dedicação e amizade, e por ter conduzido com tamanha perícia e inigualável entusiasmo todos os aspectos da minha carreira.

Um obrigado todo especial a meus leais *publishers*, Maya Mavjee e Bill Thomas, por seu apoio e paciência inabaláveis enquanto eu escrevia este livro, e acima de tudo por seu compromisso, criatividade e empolgação.

Ao time de primeira linha da Doubleday e da Penguin Random House, com agradecimentos especiais ao guru da publicidade Todd Doughty; à inovadora trupe de marketing formada por Heather Fain, Judy Jacoby, Erinn McGrath e Abby Endler; à maravilhosa editora-assistente Lily Dondoshansky pelo trabalho cuidadoso e pelo bom humor; à meticulosa Nora Reichard, da produção editorial, junto com Vimi Santokhi, Barbara Richard, Kirsten Eggart e Casey Hampton; aos criativos diretores de arte e capistas Oliver Munday e Will Staehle; ao melhor time de vendas do mundo, com agradecimentos extras a Beth Meister, Chris Dufault, David Weller e Lynn Kovach; à assessora jurídica Claire Leonard; ao time de TI e segurança formado por Chris Hart, Tom Saal, Mike DeMasi e Zafar Nasir; a Amanda D'Acierno dos audiolivros; a Beth Lamb das brochuras; à minha querida amiga Suzanne Herz; e claro, na sede corporativa, às mãos firmes de Nihar Malaviya, Jaci Updike e Jeff Weber. Obrigado a todos.

Uma dívida de gratidão a meus 57 *publishers* internacionais, que moveram montanhas para fazer desses livros um sucesso global e passaram a ser minha família estendida longe de casa. Um grande obrigado também ao talentoso time de tradutores que dão vida a esses livros mundo afora.

Um obrigado muito especial a meu editor tcheco e amigo, Petr Onufer, pelas valiosíssimas pesquisas e orientações relacionadas a todos os aspectos de Praga, bem como da cultura e da língua tchecas – e também por ter me ajudado a ver a espetacular cidade de Praga sob uma luz verdadeiramente mística. Meu agradecimento também aos diretores da Argo Publishing em Praga, Milan Gelnar e Hana Gelnarova.

A meu brilhante *publisher* britânico, Bill Scott-Kerr, por ser um amigo tão bom desde o primeiro dia com meu primeiríssimo romance.

Minha sincera admiração e gratidão às mentes notáveis que compõem o Instituto de Ciências Noéticas. Obrigado pelo seu trabalho importante e esclarecedor.

Um obrigado muito especial a Norm Eisen, ex-embaixador dos Estados Unidos na República Tcheca, pela generosa hospitalidade enquanto estive em Praga e pelas histórias fascinantes contadas durante o jantar na espetacular Villa Petschek.

Ao longo dos seis últimos anos, um grande número de cientistas, historiadores, curadores, estudiosos de religião, representantes de governo e organizações particulares ofereceu uma generosa ajuda nas pesquisas para este romance. Palavras são incapazes de expressar minha gratidão por sua generosidade e disposição para compartilhar sua expertise e seus conhecimentos.

À minha assistente pessoal de confiança, Susan Morehouse, pela amizade e dedicação inabaláveis ao longo dos anos, e por tudo que ela faz nos bastidores para manter este trem nos trilhos.

Ao meu guru digital especialista em tecnologia, Alex Canon, por cuidar de todos os aspectos do meu mundo virtual (e também por identificar hackers de manuscritos).

Ao time dos sonhos da William Morris Endeavor, com agradecimentos especiais a Ari, Sylvie, Conor, Ryan, Michael e CJ, por criarem sinergias tão empolgantes.

À distinta mente jurídica de Karl Austen, pela expertise e também por ter sido um criptógrafo da NSA no meu primeiro romance.

A todos da Sanford J. Greenburger Associates, com sincera gratidão a Iwalani Kim e Madeline Wallace, por terem cuidado de infindáveis detalhes com elegância e precisão, e também a Charles Loffredo, por ter cuidado com tanta competência de tudo que tinha a ver com números.

A Peter Fahey, Philip McCaull, Jennifer Rouleau, Ginny McGrody, Glenn Greenfader e sócios, por terem gerido o *Fructus laborum* com tanta habilidade.

Obrigado também aos doutores Mona Laifi, Elizabeth Klodas, Bob Helm, Chad Prusmack e Dennis G. Whyte. do Plasma Science and Fusion Center do MIT, a Georgie Venci e Charlie Venci pela sagacidade aquática, a Carl Schwartz pelas habilidades gastronômicas, a meu personal trainer Evan Schaller por me tirar da mesa de trabalho e me manter em movimento, ao Four Seasons de Praga pela hospitalidade, ao Turismo na Cidade de Praga, à Universidade

Carlos, ao Klementinum, ao segurança da embaixada americana Carlton Cuse, ao indomável Emanuel Swedenborg, ao Global Consciousness Project, ao Center for Consciousness Science, a Rose Schwartz, Eric Brown, Neil Rosini, e à memória de meu querido amigo Michael Rudell, por ter sido tamanho modelo de elegância e gentileza.

Ao grande e saudoso agente literário George Wieser, por ter me levado para almoçar em 1994 e sugerido enfaticamente que eu tirasse um período sabático da música e escrevesse um romance.

Mi agradecimiento al distinguido caballero Roberto Batalla por haberme servido de guía en el paisaje costarricense.

Aos leitores da primeira versão deste livro: Gregory Brown, Heide Lange, John Chaffee, Iwalani Kim, Madeline Wallace e Lily Dondoshansky, entre outros. Obrigado pelas sugestões de primeira hora feitas num original *muito* longo. E meu contínuo agradecimento a Rebecca, Caleb, Hannah e Sophie Kaufman, além de Olivia e Jerry Kaufman, por todos os anos de apoio... e por gentilmente compartilharem meu editor.

Uma vida inteira de gratidão a meus pais, Connie e Dick Brown, por terem me ensinado a ser eternamente curioso e a abraçar as perguntas difíceis.

E, por fim, agradeço à minha noiva, Judith Pietersen, pela paciência, pelo amor e pelo incrível bom humor enquanto eu estava enterrado neste livro.

CRÉDITOS DAS ILUSTRAÇÕES

páginas 10-11: Jeffrey L. Ward

página 235: richard/Adobe Stock

página 377: lalithherath/Adobe Stock

página 428: Elvira Astahova/Adobe Stock

CONHEÇA UM DOS MAIORES FENÔMENOS EDITORIAIS DE TODOS OS TEMPOS

O Código Da Vinci
Dan Brown

Um assassinato no Museu do Louvre traz à tona uma sinistra conspiração para revelar um segredo que foi protegido por uma sociedade secreta desde os tempos de Jesus Cristo.

A vítima é o curador do museu, Jacques Saunière, um dos líderes dessa fraternidade, o Priorado de Sião, que já teve como membros Leonardo da Vinci, Victor Hugo e Isaac Newton.

Pouco antes de morrer, ele consegue deixar uma mensagem cifrada na cena do crime. Apenas sua neta, a criptógrafa Sophie Neveu, e Robert Langdon, um famoso simbologista de Harvard, podem desvendá-la.

Os dois se transformam em suspeitos e em detetives enquanto percorrem as ruas de Paris e de Londres tentando decifrar um intricado quebra-cabeça que pode lhes revelar um segredo milenar que envolve a Igreja Católica.

Poucos passos à frente das autoridades e do assassino, Sophie e Robert buscam pistas nas obras de Da Vinci e se debruçam sobre alguns dos maiores mistérios da cultura ocidental – da natureza do sorriso da Mona Lisa ao significado do Santo Graal.

Mesclando com perfeição suspense, informações sobre obras de arte, documentos e rituais secretos, Dan Brown consagrou-se como um dos autores mais brilhantes da atualidade.

CONHEÇA OS LIVROS DE DAN BROWN

Anjos e demônios

O Código Da Vinci

O símbolo perdido

Inferno

Origem

Fortaleza digital

Ponto de impacto

Sinfonia dos animais

O segredo final

Para saber mais sobre os títulos e autores da Editora Arqueiro,
visite o nosso site e siga as nossas redes sociais.
Além de informações sobre os próximos lançamentos,
você terá acesso a conteúdos exclusivos
e poderá participar de promoções e sorteios.

editoraarqueiro.com.br